湖中居士　著

沙僧传

中国友谊出版公司

图书在版编目（CIP）数据

沙僧传 / 湖中居士著 . -- 北京：中国友谊出版公司，2024.7
ISBN 978-7-5057-5754-7

Ⅰ.①沙… Ⅱ.①湖… Ⅲ.①长篇小说 — 中国 — 当代 Ⅳ.① I247.5

中国国家版本馆 CIP 数据核字（2023）第 225480 号

书名	沙僧传
作者	湖中居士
出版	中国友谊出版公司
发行	中国友谊出版公司
经销	新华书店
印刷	晟德（天津）印刷有限公司
规格	710 毫米 ×1000 毫米　16 开 38.75 印张　500 千字
版次	2024 年 7 月第 1 版
印次	2024 年 7 月第 1 次印刷
书号	ISBN 978-7-5057-5754-7
定价	108.00 元
地址	北京市朝阳区西坝河南里 17 号楼
邮编	100028
电话	（010）64678009

鹧鸪天·琉璃盏

西天诸佛著真经，欲传东土度众生。
仙魔本来是一体，三界涅槃水火风。
琉璃盏，至深情，霓裳翩翩舞飞鸿。
花开花落爱不逝，果报善恶演图腾。

爱，已经消逝在岁月的长河中。对你的依恋，化作了永恒图腾。此时我的身体守在流沙河，忍受着万剑穿心的苦痛。多么希望那破碎的琉璃盏，能有修复的可能。那天河的繁星，仿佛是你神奇的眼睛，更像是一盏指路明灯，让我的灵魂走出佛与魔的执念，在无上正觉的西天大道上，为你开启永恒不变的修行。

——题记

引　子

　　这是一个阳光明媚的清晨,一道道霞光温暖地照在大地上,让整个定州大地披上了柔和的晨光。碧波荡漾的沙河水,也荡漾起金色的波光。水面下,一条条金色的鲤鱼在游来游去;水面上,一对对鸳鸯在尽情地戏水游波……

　　沙河岸边,成片的树木郁郁葱葱,一眼望不到尽头,几只鸟儿凌空飞过,展翅飞向湛蓝的天空。在沙河岸边的小路上,迎面走来了一个人,一个高大俊朗、眉清目秀的小沙弥。小沙弥的手上托着一个化缘的钵,身上的百衲衣尽管已经缝补多次,但看起来却是非常干净,他的眼神里透着自信,正迎着柔和的晨光,行走在沙河岸边的小路上……

　　突然,一声女人"哎哟"的尖叫从不远处传来。小沙弥朝着声音传来的方向望去,只见在不远处的沙河岸边,一位女子跌倒在地上,手里的篮子也掉在了一旁。小沙弥见状,赶紧向着那位女子跑了过去。

　　走到近前,小沙弥发现眼前的女子有着沉鱼落雁之容,闭月羞花之色,便不敢再看。借着往地上放钵的机会低下了头,边扶起女子边问道:"女施主,您这是出什么事了?"

　　年轻女子娇滴滴地说道:"小师父,今天是我爷爷八十大寿,为了让我爷爷吃到新鲜的蘑菇,天还没亮我就上山了。刚刚采完蘑菇回来,一时赶路心急,过河的时候不小心崴了脚,怕是走不了路了。"

　　小沙弥抬起头看了看河水,感觉河水似乎不太深,背起这个女子应该能过去,于是下定决心一般点了点头,说道:"女施主,既然你走不了路,那就让小僧来背你过河吧。"

年轻女子笑了笑说:"哎哟,劳驾小师父,但我哪里好意思呢?我自己待一会儿,或许能好起来。可是,这样的话,也许会耽误给我爷爷过寿了。"

小沙弥说道:"女施主,不用客气,助人行善本是佛家弟子的本分。来吧,就让我来背你过河吧。"

说着话,小沙弥便卷起了裤腿,弯下腰,让年轻女子趴到了自己背上,迈开大步向着河里走去。河水确实不是很深,可却有很多淤泥,为了不让水花溅到女子身上,小沙弥使劲地将女子往上托了托,每走一步,都是那样小心。

年轻女子趴在小沙弥背上,咯咯笑着说:"小师父,你这么年轻,怎么出家当和尚了呢?佛门清苦,你受得了吗?"

小沙弥回过头,看了一眼背上的女子,笑道:"女施主,人各有志,越是清苦,越能显出修行的决心哪。"

年轻女子抬起手,指着远处正在水面上嬉戏的一对鸳鸯,笑盈盈地说道:"小师父,你看那河面上的鸳鸯,都是成双成对的。你这么年轻,以后的日子还长,真的甘心当一辈子和尚吗?"

小沙弥顺着女子手指的方向,抬头看了看水面上的那对鸳鸯,说道:"滚滚红尘,不过是过眼云烟,纵使人间有千娇百媚,也难改我佛前修行的决心。"

年轻女子哈哈大笑道:"我看你啊,是入了魔了,人活在世,哪个男人不想有个女人陪着,至少还能留个后人啊。我再问你,出家可以长生吗?可以发财吗?成家的人,百年之后,至少有人来坟前烧纸。像你这么年轻就出家,百年以后,坟上的杂草都没人清理呀。"

小沙弥听罢,双脚停下来,朗声说道:"阿弥陀佛,女施主,人各有志。既然选择了出家,那就是跳出三界外,不在五行中,女施主还是不要再说了。"

说完,小沙弥便迈开脚,向着河中间走去,双脚溅起的水花,溅到了女子身上。年轻女子"哎哟"一声,哆哆地说道:"小师父,水花溅到我的脚上了。"

小沙弥听闻,过河的速度慢了下来,说道:"女施主,我这就小心些。"

引子

年轻女子沉默一会儿，缓缓地抬起了手，伸出纤纤玉指，向着小沙弥的脖子勾去，小沙弥被女子的手指一勾，顿时觉得浑身如同过电一般。于是，他便一只手扶住那女子，抬起另一只手挡住女子的手，说："女施主，切莫如此，你再这样，只怕要掉进河里去了。"

年轻女子哈哈大笑道："小师父这么慈悲，怎么会忍心让我掉到河里去呢？"

小沙弥说："那你就放开手，不然我真怕一个不小心，让你掉到河里去。"

年轻女子故作嗔状地说道："好好好，我不跟你玩了，你快背我过河吧。"

尽管年轻女子这样说，可手却没有停下来，继续在小沙弥的脖子上勾画着，另一只手还伸到小沙弥的脸上，不停地抚摸着，小沙弥内心已乱，想要阻止，却又不能同时伸出两只手来。他闭上眼睛，心里不停地念着"阿弥陀佛"，正在他虔心念佛的时候，突然，脑海中升腾起五彩莲花，燃灯古佛的金身圣像出现在他的心里，给了小沙弥抵挡诱惑的力量。小沙弥突然睁开眼睛，不再去管这位年轻女子的撩拨，迈开大步，坚定地向着河对岸走去。小沙弥的双脚溅起了一阵阵水花，水花不停地溅到女子的脚上，尽管年轻女子一个劲地娇嗔，可是小沙弥却不再答话，只是快速地向着河对岸走去……

沙河的水不深，但是河面还是有几十米宽，小沙弥背着这个年轻女子，感觉过河的时间是那样漫长。终于，他的一只脚踏上了河岸，便如释重负地将年轻女子放到地上说："女施主，我将你背过河了，你快些回家吧。"

年轻女子笑着说："谢谢你，小师父，你可真是一个好人啊！听我一声劝，你还这么年轻，还是蓄发还俗吧，不然，以后你会后悔的。"

小沙弥双手合十，虔诚地说道："女施主，我既然已经许下了受'十戒'的大愿，就不会轻易改变，你还是不要再说了。"

年轻女子呵呵一笑道："都说出家人不近女色，可是你怎么解释背我过河这件事呢？男女授受不亲，可是你这个好色的小和尚，却亲自背着我过了河。"

小沙弥抬起头来，看了一眼年轻女子说道："女施主，我背你过河是为了帮助你。过了河，我已经将你放下了。女施主，愿佛祖保佑你，我们后会有期！"

说完，小沙弥便转过身去，不顾已经湿透的双腿，迈开双脚坚定地向前走去。刚走了没有两步，年轻女子就在后面大声地呼喊开来："小师父，你给我回来，你不能走。"

小沙弥听到女子的呼喊，转过身来问道："女施主，我已经将你背过了河，怎么，你还有事？"

年轻女子迎上前，说道："小师父，求求你，好人做到底，送佛送到西，你就将我送回家吧。再说，今天可是我爷爷的八十大寿，我爷爷对佛门一直有偏见，既然你对佛法这么执着，就去劝服我爷爷学佛向善吧。"

小沙弥笑了笑，说道："女施主，你爷爷信不信佛，这是他的善缘所在，我也不敢说一定能够劝他信服佛法，我看咱们还是就此别过吧，我还要急着赶往定州开元寺去参加燃灯古佛的圣寿仪式。"

年轻女子道："小师父，你就送送我吧，即使不为了让你劝我爷爷，你看这荒郊野外的，我又刚刚崴了脚，你就忍心将我放下独自一个人赶路？难道不怕我遇到歹人？"

小沙弥看了看年轻女子，想了一下说："好吧，女施主，那我就将你送回家，届时咱们再作别吧。"

说完，小沙弥便一手拿着钵，一手搀扶着年轻女子，向着前方走去。两人边走边聊，小沙弥这才知道，年轻女子名叫妙缘，两人一路之上聊得还不错，没过多久便来到了村口。这时，一阵噼里啪啦的鞭炮声从村里传来，随即，一阵悠扬欢快的乐曲声也响了起来。妙缘笑吟吟地说道："小师父，你看，咱们还是迟了，我爷爷的寿辰已经开始了，宴会也应该很快开始，咱们快些走，你也好快些参加我爷爷的寿宴。"

小沙弥笑着说："妙缘，今天真是一个好日子，我在此祝福爷爷福如东海寿比南山。听你这么说，我的肚子也有些饿了，宴会我就不参加了，麻烦你让爷爷赐给我些素斋就可以了。"

年轻女子笑道："你就放心吧，是你把我背过了河，你帮了我这么大的忙，我爷爷是不会亏待你的。"

两个人说着话，拐过两道弯，就来到了妙缘的家中。只见院门口大红灯笼高高挂，喜庆寿辰的对联贴在红色的大门上，妙缘领着小沙弥来到了院门口。小沙弥停下脚步说："妙缘，我就不进去了，请代我向爷爷问好，让他老人家给我布些斋饭，我吃完马上就走。"

妙缘笑道："你来都来了，怎么急着走？你帮了我这么大的忙，即使我让你走，我爷爷也肯定不会让你走。爷爷尽管不信佛，但他这个人还是挺好的，走吧，快跟我进去吧。"

小沙弥笑道："谢谢你，妙缘，你就别为难我了，小僧就站在这里，你布些斋菜给我就行。"

妙缘见小沙弥坚持不进家门，只好独自走了进去。小沙弥手拿着钵站在门口，工夫不长，妙缘领着一位老者从院里走了出来。老者走到门口，看了一眼小沙弥，快步走上前，双手合十道："小师父，今天可是谢谢你了！要不是你把我孙女背过河，恐怕她现在还到不了家哪。既然来了，就快些进门赴宴吧。"

小沙弥赶紧向老者还礼道："老人家，小僧在此祝您福如东海长流水，寿比南山不老松！但我因为急着要赶去定州开元寺参加燃灯古佛圣寿，所以不能参加您的宴会，就请您多谅解吧。"

老者当下便是一愣，接着呵呵一笑道："小师父，燃灯佛你见过吗？那么虚幻的人物，你怎么还当真了？听我一句劝，还是赶紧进屋赴宴吧。"

小沙弥双手合十道："阿弥陀佛，老人家，您不知道，从小僧出家那天起，就发下大愿要以燃灯佛祖为师。今日如果我留在你家吃饭，就赶不上燃灯古佛的圣寿了，老人家，求您多谅解吧。"

老者听闻，哈哈大笑，转过头对身边的妙缘说道："妙缘哪，这位师父真是一个好人，既然他不肯留在咱们家赴宴，这样吧，你赶紧将我爱吃的东西，全给他拿出来，咱们可不能亏待了这位小师父。"

妙缘听完，冲着小沙弥笑了笑，转身就走进了院子，工夫不长，只见妙缘托着一个饭盆走到老者身旁，老者用手将饭盆盖打开，一股肉香的味道就飘了过来，老者指着盆里还冒着热气的肉说道："小师父，你来我家，实在没有什么可以招待的，这是我最爱吃的蜜汁酥肉，你就将就着吃点吧。"

小沙弥一看那肉，赶紧低头说道："阿弥陀佛，老人家，出家人不吃肉，您是知道的，怎么能让我破戒呢？"

老者拿着饭盆盖子的手停在半空，有些不高兴地说："小师父，你是来化缘的，怎么能挑三拣四呢？再说，这可是我最爱吃的东西，要不是你背我孙女过河，我才不舍得将它给你吃哪。"

小沙弥道："老人家，谢谢您的好意，但出家人是不能吃肉的，如果我吃了肉，那我也就不是和尚了。"

老者将盖子放到瓷盆上说道："小师父，你是一个好人，也是一个好和尚，我是打心眼里喜欢你啊。你看我只有这一个孙女，模样还算俊俏，这样吧，小师父，你要是吃了这肉，我就将孙女许配给你，如何？"

站在老者身旁的妙缘一听，眉目含羞地看着小沙弥，两只眼睛向小沙弥频送秋波。小沙弥不敢直视，低头道："老人家，谢谢您的美意，但小僧确实已经发下了受十戒的大愿，肉尚且不吃，这色戒是更破不得了。"

老者听闻，又道："小师父，这样吧，如果你吃下这肉，我不但将孙女许配给你，还要将我的万贯家财尽数相送，这样总行了吧？好了，快吃肉吧。"

小沙弥抬起头，望着老者说道："老人家，真的谢谢您，但我是一个和尚，您又何必强人所难呢？"

小沙弥的话刚说完，老者一抖袍袖，大怒道："你这个秃驴，我好说歹说，你怎么能败我的兴！要不是看你背我孙女过河，我现在就叫人将你打出去。最后再问你一句，你吃还是不吃？"

小沙弥的目光直视着老者，坚定地回答了两个字："不吃！"

老者大喊一声："来人哪！"

话音刚落，两个家丁就冲了过来。紧跟着两个家丁还有许多前来贺寿的乡邻亲戚。

老者面对着乡邻亲戚说道："乡亲们，今天可是我的八十大寿，这个小和尚啊，真是气死我了！我好心好意地让他吃我最爱吃的蜜汁酥肉，他偏偏不吃。败了我的兴不说，还疯言疯语地说什么要赶着去开元寺给燃灯佛贺寿。依我说啊，你不吃我送的肉，就别走了，我把你捆起来，你照样不能去开元寺。"

老者的话刚说完，众乡邻便纷纷指责小沙弥不应该败了老寿星的兴，也有的乡邻劝小沙弥赶紧吃肉，这样不但能抱得美人归，还能得到老者的万贯家财，这样的好事可是打着灯笼也难找。可是小沙弥依然不为所动，他双手合十，在众人的围观下，口里不停地念着"阿弥陀佛"。

老者显然已经气急，他冲上前，对着小沙弥的脸就是一巴掌，大声地喝道："你吃还是不吃？"

小沙弥的嘴角被打出了血，他没有还手，依然平和地说道："老人家，出家人不能破戒，我确实不能吃啊。"

引子

说完，小沙弥便扑通一声跪倒在地，说道："老人家，今日是您八十大寿，我确实不该败您的兴，就求您收回成命吧，我愿意折去我十年阳寿，加到您的身上。"

老者手捋着长须点了点头，语气略有缓和地说道："人的命天注定，我怎么能凭空要你的十年阳寿呢。听我的，孩子，你还是把肉吃了吧，妙缘，你来喂他。"

妙缘端着饭盆缓缓地走上前，打开盖子，用勺子盛起一块肉，递到小沙弥嘴边说道："小师父，你就听我一句劝吧，你吃了这肉，爷爷高兴不说，咱俩以后也就是一家人了，来，快吃吧，我喂给你吃。"

众人闻听也都一起嚷着，让小沙弥快吃了妙缘勺子里的肉。跪在地上的小沙弥，将头偏到了一旁，说道："血肉淋漓味足珍，一般痛苦怨难伸。老人家，众位乡亲们，我吃了这肉，其实就是妄造杀业啊。"

老者已经被小沙弥气得发抖，他用颤抖的手指着小沙弥喊道："你给我住嘴！照你这么说，我吃了这么多的肉，造了这么多的杀业，应该短命才对啊，为什么我还活这么大岁数？"

妙缘又将勺子往前递了递，勺子已经碰到了小沙弥的嘴唇，小沙弥的脸又转了过去，避开了勺子，在心里默念着"阿弥陀佛"，抵挡那阵阵的肉香。

老者看了一眼小沙弥，又说道："要我收回成命也行，除非你割下自身的肉来。我活这么大，还从来没吃过人肉哪。"

老者的话刚说完，站在小沙弥身旁的人，就将一把匕首递了过来。小沙弥看了看众人，缓缓地站起身，接过了刀，在众人的注目下，撸起袖子，两眼一闭，牙关一咬，匕首刺穿了肌肤，血流了出来，小沙弥却没感觉到疼，心里当下就是一惊，睁开眼睛之时，便看到了神奇的一幕……

只见满天祥云飘飘，半空莲花朵朵，一道道金光不停地闪耀，老者竟然变成了燃灯古佛，而那妙龄女子妙缘，则变成了灵吉菩萨，周围的乡邻变成了五百罗汉护持左右，一朵朵圣洁的莲花托载着燃灯古佛、灵吉菩萨与五百罗汉，升上祥云朵朵霞光瑞霭的半空。小沙弥见状，赶紧跪倒在地上，不停地向燃灯古佛及菩萨罗汉磕头……

莲花台上的燃灯古佛哈哈大笑，对着跪在地上的小沙弥说道："在过去无量劫中，有一天，善慧童子在路上行走，正巧遇到我也在路上走着。善

—7—

慧童子发现地面有一摊污水，心想佛是赤足行走，这污水一定会弄脏了佛的双脚，就顿发善心扑在地上，用自己的头发，铺在污水上面，让我从他头发上走过去。当我看到善慧童子这种布发掩泥的情景，就为他授记说'善男子，汝于来世，当得作佛，号释迦牟尼'。今日，你为了去定州开元寺参加我的圣寿仪式，不为色动，坚守十戒，我心甚慰，特赐你法号'法藏'，跟我回灵鹫山元觉洞学法，待时机成熟，你将接过西天取经的重担，到东土弘扬佛法，以渡三界之劫……"

跪在地上的小沙弥听闻，喜出望外，赶紧口诵佛号道："阿弥陀佛，弟子谨遵吾师法旨。"

灵吉菩萨道："法藏，能跟随燃灯古佛修行，这是你的善缘，还望你继续坚守十戒，别辜负了佛祖的期待啊。"

法藏双手合十，仰望着莲台之上的诸佛菩萨，高声说道："弟子谨遵教诲。"

话音刚落，只见脚下升腾起一朵莲花，托举着自己慢慢离地而起。莲花飞向半空，与佛菩萨的莲花台汇合，漫天的祥云瑞霭，圣洁的莲花朵朵。在一片金光闪闪、宛若梦境的仙韵中，脚踩莲花的法藏，随着燃灯古佛向西飞去……

目 录

第一章	万年无花果	1
第二章	五宝的传闻	15
第三章	定海神针铁	27
第四章	传奇圣水珠	39
第五章	地府救敖丙	52
第六章	疑是故人来	64
第七章	生死两茫茫	76
第八章	兄弟情深重	88
第九章	镇元战天魔	100
第十章	镇元救法藏	112
第十一章	宝鉴降天魔	125
第十二章	法藏救天魔	137
第十三章	阿牛上天庭	149
第十四章	七窍玲珑心	161
第十五章	金蝉游地府	172
第十六章	勇闯极阴洞	184
第十七章	借尸还龙魂	197
第十八章	月宫梭罗木	207
第十九章	哪吒斗霓裳	224
第二十章	法藏助东海	236
第二十一章	阿牛闹东海	248
第二十二章	牛郎出海牢	260

第二十三章	相会是七夕	272
第二十四章	天魔气玉帝	280
第二十五章	众仙斗天魔	292
第二十六章	西天取经人	305
第二十七章	月宫失玉兔	318
第二十八章	历险天魔洞	330
第二十九章	霓裳舞月宫	341
第三十章	兄弟救霓虹	354
第三十一章	魂飞冥河宫	367
第三十二章	母女情堪伤	380
第三十三章	何处诉衷肠	392
第三十四章	大战天魔洞	403
第三十五章	最美是霓裳	415
第三十六章	无敌宝莲灯	429
第三十七章	布施玲珑心	440
第三十八章	大闹蟠桃会	452
第三十九章	流沙困法藏	463
第四十章	夺宝紫金莲	475
第四十一章	枯骨的心愿	489
第四十二章	菩提收高徒	501
第四十三章	金蝉子投胎	514
第四十四章	天宫盗仙丹	526
第四十五章	小白龙大婚	538
第四十六章	火烧圣水珠	550
第四十七章	大战南天门	562
第四十八章	决战总动员	574
第四十九章	五行朝西行	588

第一章
万年无花果

　　天空乌云滚滚，海面惊涛骇浪。

　　一道道闪电划过天空，一声声惊雷震彻天地！

　　在巨浪滔天的大海边，有一个穿着红肚兜的小男孩，手里拿着一条混天绫，正迎着海浪起舞。别看他个子矮小，却是英气十足，只见他将手里的混天绫舞得呼呼带风，不时地将拍过来的一道道巨浪给打了回去。在不远处的海岸上，一个夜叉正躺在地上一动也不动……

　　突然，浪如山倒，波涛纵横，海水猛地涨高数尺，波浪中现出一头水兽，水兽上坐着一个人。只见那人身穿银盔银甲，手拿着一柄方天画戟，用手一指小男孩，大声叫道："什么人竟敢搅闹我的婚礼，还打死了我们东海的巡海夜叉李艮？！"

　　小男孩先是一惊，然后将手里的混天绫一收，大声地答道："是我。"

　　来人又问道："你是何人？"

　　小男孩答道："我乃陈塘关李靖第三子哪吒，刚才我在这里洗澡避暑，他来骂我，我就打死了他。"

　　来人怒道："夜叉李艮乃龙王殿差，奉父王旨意前来查看是谁搅闹我的婚礼，你竟敢将他打死？！看我来取你小命，为夜叉报仇雪恨！"

　　说完，来人便挥起方天画戟，冲着哪吒就是一戟，哪吒忙用乾坤圈架住方天画戟，大声地说道："你先别忙着动手，通个姓名，我手下不死无名之鬼。"

　　来人吼道："好大的口气！告诉你，站稳了别吓着，我乃是东海龙君三太子敖丙，今天就算你不打死夜叉，就凭着你搅闹了我的婚礼，我也断不能饶你，拿命来吧！"

话音未落，敖丙便将水兽一催，照着哪吒又是一戟，哪吒一见那戟照着面门直刺了过来，便把混天绫向空中一展，向着敖丙便挥了过去，将敖丙给逼到了水兽下，敖丙大怒，就在海岸边，持戟与哪吒你来我往地斗在一处。

两人的打斗搅得天摇地动，海边花果山也被搅得不停地摇晃。此时，奉燃灯古佛之命在此看护圣水珠的法藏，正在洞中参禅打坐，突然之间，整个山洞不停地摇晃起来，洞顶的石头也纷纷掉了下来，差点砸到法藏，将法藏从禅定中惊醒。不知道出了什么事的法藏慌忙跑出口，就看到海边一个小男孩猛地抡起乾坤圈，一下子打在了那个银盔银甲的小将身上，将小将打倒在地上。片刻，那小将便化作一条白龙瘫软在了海岸上。眼看着小男孩提起乾坤圈又要砸上去，慌得法藏忙高声喊道："快住手！"

可是太迟了，乾坤圈又一下子砸中了龙身。哪吒听到法藏的呼喊，扭过头来冲着法藏龇了龇牙，调皮地说道："你来晚了，他已经被我打死了。"

法藏走上前，看到那条白龙早已一命呜呼，忙双手合十，高诵佛号："阿弥陀佛，善哉善哉，你怎么就把他打死了呢？"

哪吒笑道："他们不许我在这里洗澡，说我搅闹了他的婚礼，不但骂我还要来打我，我这才还手的。你说，要不是我比他们厉害，是不是被打死的就是我啊？"

法藏摇了摇头，长叹一声说道："阿弥陀佛，孩子，你还这么小，就妄造杀业，将来可如何是好啊？"

法藏的话音刚落，就看到那条白龙的元神出窍，迎着法藏就飘了过来，高声喊道："大师快些救我。"

法藏一见，着急地喊道："你已经身死，我如何救你？"

敖丙的灵体慌忙地说道："大师，你快些救我吧！我已经被哪吒打死了，地狱的黑白无常马上就来勾我的魂了，你快些救我，不然，我就真的活不成了。"

法藏抬头一看，只见不远处站着一白一黑两个鬼差，手里拿着勾魂索，就往敖丙的魂魄处追来。

哪吒一见法藏在自言自语，大声问道："师父，你在跟谁说话？难道你有法眼，能够看到鬼魂？"

第一章
万年无花果

敖丙的魂魄飘到法藏身前,法藏赶紧用手一接,将其藏到袖子里,扭头看了眼一头雾水的哪吒,扔下了一句话:"我没空理你。"

说完,法藏便带着敖丙的魂魄,没命地往前跑去,边跑边冲着袖子里的敖丙问道:"黑白无常就要追上来了,我们往哪里跑?"

藏在袖子里的敖丙魂魄着急地说道:"大师,你往花果山后山上跑,那里有一棵我父王栽种的万年无花果,可以让人起死回生,你只要将我的魂魄放进无花果里,黑白无常就勾不走我了,到时你再将无花果放进我真身的嘴里,我就能还阳了。"

法藏听闻,不敢急慢,加快了向前奔跑的步速,后面两位地狱的勾魂使,一边追着一边喊道:"法藏,你虽是燃灯古佛的弟子,可是你私自帮助鬼魂拒捕,就不怕地府找你麻烦吗?"

看着越追越近的黑白无常,法藏气喘吁吁地答道:"救人一命胜造七级浮屠,我是个出家人,不能看着他死而不救。"

黑白无常越追越急,眼看着就要追上的时候,白无常将手里的勾魂索往前一抛。这一下抛得急,眼看就要抛到法藏脖子上时,法藏将头一歪,躲过了勾魂索,可是脚下一歪,一个趔趄就倒在了地上。趁着法藏倒地,黑白无常追了上来,黑无常站在法藏面前,大声笑道:"怎么样,你跑不了吧?"

倒在地上的法藏长叹一声,说道:"两位神君,我亲眼看着敖丙被无辜打死,你们就行行好,放过他吧。"

白无常皮笑肉不笑地说道:"法藏,你也不是不知道,自从盘古开天地以来,地府何曾饶过谁?东海龙王三太子敖丙本应命丧哪吒先锋之手,这是生死簿里早就定好了的。依我看,你就伸出衣袖,让我将他带走吧。"

黑无常也劝道:"是啊,法藏,你要相信,东海龙王敖广跟我们家的十殿阎君那可是好朋友,我们是不会亏待了三太子的。"

法藏想想黑白无常的话也有道理,心念转动的时候,就听到袖子里的敖丙哀求道:"大师,你不要听他们的,他们说的都是骗人的,我父王根本就不认识他们,你快念佛号,这样他们就不敢追你了。"

黑白无常听到敖丙这么说,大声喊道:"法藏,你要是敢用佛号来阻止我们抓人,你就得罪了地府,到时阎君告到玉帝那里,就连燃灯佛祖也救不了你。"

趁着黑白无常说话之机,法藏一个鲤鱼打挺便站起了身。眼见法藏蹿

—3—

起，白无常猛地举起了勾魂索。躲在袖子里的敖丙一见，着急地喊道："大师，你快念佛号，不然我就没命了！"

正当白无常的勾魂索要碰到法藏的袖子时，法藏念起了"阿弥陀佛"的佛号。一声声"阿弥陀佛"从他的口里念出来，法藏的身上披上了一道道柔和的佛光。黑白无常两位鬼使本是灵体，哪里受得了佛光的拂照，赶紧用袖子遮住头，可是那一道道的佛光却越来越密，将他们向远处逼去。

看到两个勾魂使越来越远，法藏停止了念佛，对着袖子里的敖丙问道："敖丙，我念佛你受得了吗？"

躲在袖子里的敖丙答道："大师，受不了也得受啊，这可比丢了性命强多了！大师，你快带我上山，只要你能在一天之内把我的魂魄放进万年无花果里，然后再让我的真身吃下万年无花果，我就可以还阳了。"

法藏急于救人，于是赶紧迈开大步，顺着山路便向山顶跑去。后面的黑白无常虽然惧怕法藏的佛号不敢靠前，可是忠于职守的他们，又不能不去勾魂，只好远远地跟在法藏的后面。

法藏这一通跑，直跑得大汗淋漓。等到了后山不远处，就闻到一股异香扑鼻而来。法藏寻香望去，只见远处一座山峰上，有一棵万年无花果树正发出柔和的光彩。就在法藏不停地向前跑着的时候，敖丙的魂魄从法藏的袖子里飘出来，站到法藏的面前，拱手说道："大师，谢谢你救了我，我这就躲进万年无花果里，劳驾您赶紧去把我的尸体找来，这样我就能还阳了。"

法藏停住了脚步，擦了一把汗说道："好，那你就先忍耐一会儿，我这就去寻你的龙身。"

说完，法藏转身向着山下跑去，龙王三太子敖丙看着法藏离去，对着法藏的背影便跪了下去，磕了三个头，然后高声喊道："大师，谢谢你的再生之恩。"

敖丙刚磕完头站起身，猛地看到黑白无常已经站在了眼前，黑无常掏出勾魂索对着敖丙阴笑道："敖丙，现在没了法藏，你还能跑到哪里去？这就乖乖地跟着我们走吧。"

白无常的勾魂索往前一抛，眼见就要勾到敖丙的脖子，敖丙将头一低，躲过了勾魂索。刚躲过白无常的勾魂索，黑无常对着敖丙就是一脚，这一脚将敖丙踹飞出去。敖丙知道两位鬼使非常厉害，不敢恋战的他借着这一脚的力道，径直向着万年无花果飞去。黑白无常一见，赶紧向前追去，可是却已

第一章
万年无花果

经迟了，敖丙的魂魄早已经飞进了万年无花果里。黑白无常气得哇哇大叫，却无计可施，因为他们根本就不敢靠近万年无花果。

哪吒的乾坤圈与混天绫，那都是三界有名的宝贝。刚才哪吒与敖丙一战，直搅得是天摇地动，三界也为之震动。就连那九天之上灵霄宝殿里的三界大天尊玉皇大帝，也被搅得是心烦意乱，派千里眼顺风耳前去查探时，猛地看到御案上多了几根掉落的头发。天人仙福永享，最怕的就是"仙人五衰"，而掉头发正应了"天人五衰"之迹象。心烦意乱的玉皇大帝坐在御案前，忧心地拿起御案上的镜子，看到镜子里的自己面容憔悴，更是觉得心神不安。

正在玉帝忧虑的时候，千里眼和顺风耳来报，是哪吒闹海搅得三界震动，玉帝闻听大怒，一拍桌案，对着太白金星说道："太白金星，你立即派遣天兵天将下界，将哪吒给我抓上天来。"

站在御前台阶之上的太白金星一听，马上双手向玉皇大帝作揖道："启禀玉帝，当下仙人历劫，周朝即将代商，而哪吒是周王的先锋，被打死的龙王三太子也是封神榜上的人物，哪吒将来也要上天听命于您，我看下界之事，就由他们去吧。"

玉帝听闻，这才语气转缓地说道："既如此，就听星君之言，暂时不去理会哪吒之事，等哪吒上了天庭再说吧。另外，你马上传旨让三圣母带宝莲灯上天，我有要事要召见她。"

玉帝传旨，太白金星不敢怠慢，赶紧说了一声"遵命"，然后就转身离开了灵霄宝殿。看着太白金星离开了灵霄宝殿，玉皇大帝便匆匆地退了朝，摆开銮驾，向着紫薇宫走去。

紫薇宫的寝室内，王母娘娘早已经准备好了蟠桃。仙娥将门推开，玉帝迈步进了寝室。王母娘娘看到玉帝回来了，赶紧起身施礼道："玉帝日夜操劳，真是辛苦了，蟠桃已经备好，您赶紧吃几个解解乏吧。"

玉皇大帝本来满脑子都是"仙人五衰"之事，听到王母娘娘这么说，心内稍安，便携起王母娘娘的手向前走去。玉帝来到桌前，一眼就看到了桌子上的宝莲灯，便笑道："王母，你看咱们天宫众仙，还是太白金星办事让人放心哪，我刚刚在灵霄宝殿说让他去找三圣母要宝莲灯，这宝莲灯就送到了，实在是太好了。"

王母娘娘拿起一个蟠桃，笑道："玉帝，您是三界最大的天尊，您说的话，众仙都会努力去办的，但仙人的资质也不一样，所以才有迟有慢。您就不要放在心上了，来，赶紧吃蟠桃吧。"

玉皇大帝施展法术，将桌上的宝莲灯点燃。一丝丝柔和曼妙的光线立即充满整个紫薇宫，玉帝略显憔悴的脸也被柔和的灯光照得温润起来。玉帝笑着接过王母娘娘递过来的蟠桃，刚咬了一口，突然想到了亘古前的往事，张口问道："王母，这仙人一亿年历一劫，您说这次仙人历劫，咱们会遇到什么困难？"

王母娘娘坐到了玉帝的旁边，说道："玉帝，您是三界大天尊，自然是洪福齐天，就不要为此事忧心了。"

玉皇大帝长叹一声，说道："话虽如此，可是眼前的仙人劫还是让我感到恐惧啊，那个被封印了几十亿年的天魔，还没死心哪。"

王母娘娘还没来得及搭腔，宝莲灯里的一根灯芯一动，倏然之间，便飞出了宝莲灯，玉皇大帝忙伸手去抓，却已经迟了，这根灯芯带着火光，飞出了紫薇宫，一直飞下界去。看着这根灯芯飞下界，玉皇大帝猛地站起身来，用手指着外面，着急地喊道："坏了，坏了，灯芯下界，天魔出世，这正应了仙人劫之兆！王母，你立即传旨，让太白金星马上带人去寻找灯芯。"

王母娘娘听闻，忙对着玉皇大帝说道："是，我这就派人去给太白金星传旨。"

说完，王母娘娘转身离开了寝宫。玉皇大帝长叹一声，将手里的蟠桃往嘴边一递，使劲地咬了一口，只见略显斑白的头发马上变黑，并且透出光泽来……

就在玉皇大帝为了寻找宝莲灯灯芯费心劳神之际，为了快些让东海龙王三太子敖丙还阳的法藏，早已经跑到了大海边。此时，哪吒还没有走，正在海边拿着一根绳子玩耍，看到法藏跑过来，就笑着问道："大师，你看我这条绳子怎么样啊？"

法藏看了看哪吒手里的绳子，再看看地上已经蜷缩成一团的龙身，大惊失色地问道："你这根绳子是哪里来的？"

哪吒摇了摇绳子，呵呵笑道："这根绳子就是这条龙的龙筋。你要是喜欢，我就将它送给你；你要是不要，我就拿回家，给我父亲束甲。"

法藏大惊失色，双手合十道："阿弥陀佛，善哉善哉，哪吒，你闯了大祸了。"

第一章
万年无花果

哪吒却毫不在意地说道："他们也不过如此，要是龙宫的人来找我寻仇，我就用乾坤圈和混天绫打他们。这根龙筋既然你不要，那我就回家了，师父。"

说完，哪吒将龙筋缠到了腰上，把乾坤圈往脖子上一放，手里挥舞着混天绫，蹦蹦跳跳地向着远处跑去，只留下法藏一个人呆立在海边。法藏看着龙王三太子的尸身，双手合十，嘴里念念有词道："敖丙啊敖丙，真是对不住了，我来晚了。"

法藏的话刚说完，只见大海波涛翻滚，海面上的浪花突然又高了十几尺，浪花翻滚之处，一个身穿大红衣服、头戴凤冠的年轻女子从海里飞了出来，她的身后跟着一队虾兵蟹将。女子看到岸边蜷缩成一团的龙王三太子，一下子冲到岸上，扑到三太子敖丙的尸身上放声痛哭起来，边哭边喊道："三哥啊，虽说我不愿意嫁给你，可是，在我们婚礼的当天看到你命丧黄泉，我这个做妹妹的还是不忍心啊！你放心，不管是谁对你下了毒手，我都会和父王一起为你报仇雪恨……"此女子正是敖丙的未婚妻霓裳。

法藏看着放声痛哭的红衣女子，慈悲心发动，口里念诵着佛号走上前，双手合十，对着年轻女子说道："女施主，他已经这样了，你节哀顺变吧。"

霓裳听到法藏的话，停止了哭泣，她擦了一把眼泪，一下子站起身来，用手指着法藏，大声问道："说，是不是你杀了我三哥？"

法藏一听，马上否认道："不是，女施主，你错怪小僧了。"

霓裳"嗖"地一下抽出七星宝剑，照着法藏劈头就是一剑，嘴里哭喊道："我让你抵赖，杀了人还想否认。"

法藏忙低头避过宝剑，边往后退边辩解道："女施主，不是我打死的你三哥，是一个小孩子打死了他。"

霓裳一边挥动宝剑向着法藏乱劈，一边说道："我让你不承认，一个小孩子怎么能打死我三哥？看我今天不取你的狗命，为我的三哥报仇！"

法藏看到那剑势攻得很急，再不还手就要被她砍中，忙变出一把禅杖，抵住宝剑说道："女施主，你真的误会我了，杀死你三哥的不是我，真的是一个小孩子啊。"

霓裳哪里肯听，又是一剑，向着法藏的前胸刺去，怒喊道："你骗人，我三哥武功威震龙宫，一个小孩子怎么能是他的对手？"

霓裳凌厉的攻势，让法藏不敢掉以轻心，边往后退，边用禅杖抵住宝剑。谁知，一个没留神，禅杖竟然击中了霓裳的左臂，霓裳招架不住，一个趔趄倒在地上。法藏见状，慌乱地冲上前，想要将霓裳扶起。可是刚弯下腰，倒在地上的霓裳冲着法藏又是一剑，法藏一个侧身将剑锋躲过，趁这个工夫，霓裳一个鲤鱼打挺跃起身来，冲着法藏又是一剑，法藏不敢再躲，只好硬着头皮，跟这位女子打斗在一处。霓裳毕竟是女儿身，虽然仗着一股怒气死缠烂打，但毕竟不是法藏的对手，慈悲的法藏不忍出手伤她，手底下留着情，却还是将霓裳逼得手忙脚乱。

就在霓裳的剑法越来越乱之际，只见空中白光一闪，一个黑衣人出现在了两人的面前。黑衣人正是离开宝莲灯的灯芯所化。本来，他正在慌忙地逃窜，可是法藏与霓裳的打斗，正好吸引了他的注意，于是，他就停了下来，一下子站到了霓裳的旁边，一阵凌厉的狂笑过后，用手指着法藏怒喝道："好大胆，你竟然敢欺负女人，看我怎么收拾你。"

法藏见到凭空出现的黑衣人，先是一惊，然后，大声地说道："冤枉啊，这怎么就说不明白了呢？"

霓裳用手指着法藏，对着黑衣人说道："就是他杀了我三哥，搅闹了我与三哥的婚礼。三哥啊，你死得好惨啊！"

黑衣人哈哈大笑道："好，今天，老夫就替你出这一口恶气。"

说完，黑衣人不顾法藏的解释，挥手就打来一道白光。那道白光力道很强，快速袭向法藏，法藏赶紧用禅杖抵挡。可是这道白光实在太快，劲道实在太大，法藏的禅杖刚撞上白光，就感到臂膀发麻，连人带禅杖都被那道白光震飞，法藏重重地跌倒在地，禅杖也脱手而出。法藏自知不是人家的对手，不敢去捡掉在地上的禅杖，赶紧爬起来向着花果山上跑去。

黑衣人也没有追赶法藏，霓裳一看，用手推着黑衣人，着急地说道："老头儿，他跑了，你快去把他追回来，给我出气啊。"

眼前的黑衣人哈哈大笑，他的笑声越来越大，竟然将海面激起了无数的巨浪，十几个虾兵蟹将也被黑衣人的笑声震倒在地。霓裳用手捂住耳朵，感到这笑声实在是太厉害了，竟然能够穿透人的肺腑，震得她腹内生疼，霓裳实在是受不了了，一咬牙一跺脚，大声地喊出了五个字："老头儿别笑了！"

霓裳的高喊让黑衣人停止了笑声，黑衣人看了看霓裳，对着霓裳说道："好你个小姑娘，真是好大的胆子，竟然敢叫我老头儿！我告诉你，可从来没有人敢对我这样说话，你是头一个。"

第一章
万年无花果

霓裳嘴角一撇，不服气地说道："老头儿，你好大的口气，你是谁啊？"

黑衣人一闪身形，只一刹那的工夫，就出现在霓裳的身边，将手按到霓裳的肩膀上，大声问道："你不怕我？"

霓裳眼睛眨了眨，调皮地说道："我怕你干啥？你帮我打跑了恶人，你跟我是一伙的，我为什么要怕你？"

黑衣人突然面目狰狞地问道："你告诉我，我到底是魔还是佛？"

那张狰狞的脸在霓裳看来特别有趣，她还以为黑衣人在跟自己开玩笑，也做了一个鬼脸，对着黑衣人笑着说道："你当然是魔。但我才不管你是魔还是佛呢，反正你救了我，你就是我的恩人，是大大的好人。"

黑衣人狰狞的面孔慢慢恢复了正常，他又笑了起来，只是笑声比刚才平和了很多，甚至还透出了一丝和蔼。黑衣人笑过后，说道："小姑娘，我帮了你的忙，你也要帮我一个忙，可好？"

霓裳呵呵一笑，说道："说吧，你要本姑娘帮你做什么？反正你帮了我，我帮你也是应该的。我这个人啊，最不愿意欠别人的人情了。"

黑衣人一捋胡须，点了点头说道："嗯，好个调皮的小姑娘，很好，你很对我的脾气，我很高兴。你既然愿意帮我，那就赶紧跟我走吧。"

霓裳眨了眨眼，问道："你要带我去哪里？我还没回龙宫跟我父王说三哥的事呢。你看我三哥已经死了，我现在去帮你不合适吧？"

黑衣人突然厉声说道："时间已经来不及了，你得赶紧跟我走。"

说完，黑衣人一伸手就将霓裳抱了起来，身形一闪飞到了空中，霓裳"哎哟"一声，喊道："你快放下我，快放下我，我还从来没这么飞过哪，我害怕！"

黑衣人一边飞着，一边说道："不要害怕，我是不会将你从空中扔下去的。你放心，我这一个侧身就是十万八千里，咱们很快就会到的。"

耳旁的风呼呼地吹过，眼前是一望无垠的白云，被黑衣人抱在怀里的霓裳使劲地挣扎着，一边挣扎一边说道："你快放开我，快放开我，我还要回龙宫呢。"

黑衣人用手打了一下霓裳的头，说道："你给我闭嘴！你再喊，我就把你从天上扔下去，摔你个稀巴烂。"

霓裳两眼一瞪，那股子倔劲也上来了，她一边踢着黑衣人，一边说道："你就是扔下我，我也要喊，你快放下我，快放下我。"

黑衣人一看，两手一松，霓裳便失去了依托，一下子就从空中掉了下去，霓裳"啊"的一声尖叫，已经掉下了云端，快速地向着地面坠去。她心想，这下可真是玩完了，真的要如黑衣人所说，被摔得稀巴烂了。

就在霓裳即将着地的时候，突然，白光一闪，一只大手稳稳地托住了正在快速降落的霓裳，黑衣人的声音从耳边传来："怎么样啊，小姑娘，刺激不刺激，好玩不好玩？"

再次回到黑衣人怀里的霓裳，将两只眼睛一瞪，嘴一噘，说道："好玩，真是好玩，要不你再扔我一次，好不好？"

这一下轮到黑衣人无语了，他哈哈大笑道："很好，临危而不惧，我很喜欢你，你就当我的徒弟吧，好不好？"

霓裳嘴一嘟，说道："老头儿，我才不要做你的徒弟呢。"

黑衣人看了看怀里的霓裳，大笑道："很多人都想做我的徒弟，只有你不愿意做我的徒弟，很好。你越是不肯做我的徒弟，我就越是要你做我的徒弟。"

霓裳调皮地说道："做你的徒弟有什么好啊？"

黑衣人笑了笑，说道："做我的徒弟，我可以教你飞，还会教你很多的法术，让你成为纵横三界的大仙，没有人会再欺负你。"

霓裳反问道："真的假的，你真有那么厉害？我才不信呢。"

黑衣人哈哈一笑，突然指向怀里的霓裳，刚才还鬼灵精怪的霓裳，转眼就变成了一块石头。黑衣人单手托着石头笑道："这下你信还是不信啊？"

霓裳这一下是真的被吓着了，封在石头里的她大声地喊道："喂喂喂，你干啥呀，咱俩往日无冤近日无仇，你快把我变回来吧。"

黑衣人一笑，问道："这下你愿意做我的徒弟了吧？"

石头里的霓裳，依然倔强地说道："我想做你的徒弟是想学本事，可不是害怕你把我变成石头。"

黑衣人笑道："好，很好，你很有胆量，要不要尝尝我把你变成别的东西？"

霓裳说道："你这个臭老头儿，快把我变回来吧。"

黑衣人用手打了一下石头："老头儿也是你叫的？快叫我师父。"

蜷缩在石头里的霓裳用脚蹬着四面石壁，说道："好了，好了，我叫你师父不就行了，你快把我变回来吧。"

第一章
万年无花果

黑衣人闻听哈哈大笑，笑过以后，对着石头一指，一个鬼灵精怪的霓裳又出现在了黑衣人的怀里。黑衣人抱着霓裳飘落到山间的一处洞穴入口，说道："好了，徒儿，我们到了。"

霓裳离开黑衣人的怀抱，走到洞口向前望去，只见洞里黑幽幽的深不见底，她转过头问黑衣人道："老头儿，这是哪里啊？"

黑衣人笑道："你这个小姑娘，真是调皮！不过，你还挺对我的脾气，我告诉你，不管你叫我老头儿还是师父，我都要收你为徒弟。"

霓裳嘟了嘟嘴，笑道："叫你老头儿，是对你的尊敬。老头儿，你把我带到这里来，到底要做什么啊？"

黑衣人用手指着洞口上的一道封印，说道："徒儿，这是极阴洞，你快去把洞顶的封印给我揭下来。"

霓裳顺着黑衣人手指的方向一看，只见离地十丈左右的山石上，一道道家封印贴在洞口，霓裳看了看，问道："老头儿，你看这张纸这么高，我可够不到。"

黑衣人说："没有关系，我用法力送你上去，记住，你要用牙咬破你的手指，只有用带血的手指才能揭去封印。"

霓裳不解地问道："你法力那么厉害，为什么不自己去揭下那张破纸？"

黑衣人道："这就是我需要你的地方，尽管我法力高深，但却揭不得它，你虽然是一个凡人，却可以帮我解开这道封印，好了，徒儿，你快些上去吧。"

说完，黑衣人用手一指，一道金光托举着霓裳慢慢地腾空而起，很快就飞到了封印旁，霓裳往下一看，大声地喊道："老头儿，这么高，我害怕。"

黑衣人大叫："不要往下看，快咬破手指，将封印给我揭去。"

霓裳只好硬着头皮抬起头，心一横牙一咬，将手指咬破，手指上很快就流出了鲜血，黑衣人一看，站在地上大声地喊道："徒儿，快，快揭封印。"

霓裳伸出带血的手指，向着封印伸去，带血的手指刚碰到封印，那张鲜艳的封印，便马上虚化成一个个碎片，飘落开来，随着封印被揭开，黑衣人疯狂的笑声又响了起来，震得山间鸟儿乱飞，走兽乱窜……

待笑声过后，霓裳也飘落到洞口，黑衣人用手一指山洞，对着霓裳说道："徒儿，你看。"

只见刚才还黑幽幽的洞口，转眼就变得明亮起来。黑衣人带着霓裳走进洞中，很快就走到了洞的最深处。原来这里竟然是一处金碧辉煌的宫殿，在宫殿中间有一口棺材。黑衣人打开棺盖，只见棺材里一个被蛛网密封住的人，一动不动地躺在那里。霓裳不解地问道："师父，这是谁啊？"

黑衣人没有回答，用手聚起一道白光向着那个人一指，白光闪处，那些蛛网全都灰飞烟灭。霓裳定睛一看，直吓得面如土色，原来这个人竟然就是黑衣人。霓裳惊叫道："老头儿，这个人怎么会是你？"

黑衣人没有回答，身形一晃，化作一根灯芯飘进了躺着的黑衣人的身体内。躺着的黑衣人眼睛立时睁开，射出两道亮光，随即一下子飞出了棺材。黑衣人站定后便是一阵狂笑，张开双手仰头大声地喊道："几十亿年了，我终于重生了！玉帝，你记着，咱们俩没完！"

黑衣人的笑声让霓裳一惊，霓裳不解地问道："老头儿，你到底是谁啊？"

黑衣人哈哈大笑道："好徒儿，你问得好！我告诉你，我就是三界的至尊玉皇大帝。"

霓裳有些蒙了，接着问道："你是玉皇大帝？不对啊，玉皇大帝不是住在天上吗？你怎么会在这里？"

黑衣人转过身，走到宫殿中央的宝座前站住，回过身来对着霓裳说道："没错，我既是玉帝，又是天魔。等到我倒反天宫以后，你就是一人之下万人之上的无量金仙。这下你愿意跟着我了吧？"

霓裳一撇嘴："老头儿，我怎么听你说话像是吹牛啊，我没有那么大的野心，我只要你救活我的龙三哥哥敖丙。"

天魔一听，说道："吹牛？我说话可从来不吹牛，区区一条小龙的生死，本无足轻重，我也懒得出手。这样吧，以后我慢慢教你法术，去救那条小龙。"

霓裳点了点头，问道："老头儿，你真的那么厉害？"

天魔一脸严肃道："不用怀疑我，快跪下磕头，我要正式收你为徒。"

霓裳一看天魔严肃的面孔，知道这不是开玩笑的时候，赶紧跪在地上，向着天魔恭恭敬敬地磕了三个头，嘴里喊道："师父老头儿在上，请受徒儿霓裳三拜。"

天魔哈哈笑着，将霓裳搀扶起来。

就在霓裳帮助天魔解开封印，拜天魔为师的时候，一心惦记着龙王三太

第一章
万年无花果

子的法藏在被黑衣人打跑后,赶紧返回后山。他急于告诉躲身在万年无花果里的敖丙,他的尸身已经被哪吒抽了筋,再也无法重生了。

法藏被黑衣人打得不轻,当他跌跌撞撞地返回花果山后山时,还没靠近万年无花果,突然从山间里窜出一头黑熊,法藏没有防备,被黑熊一个巴掌拍到了地上,疼得法藏"啊啊"直叫,鲜血也从脸上流了下来见了血的黑熊更是兽性大发,张开锋利的爪子,向着法藏的脑袋抓来。法藏知道自己性命顷刻不保,只得闭上了眼睛……

就在法藏心如死灰之际,一支箭"嗖"地一下向着黑熊射了过来。这支箭力道非常强劲,正好射在黑熊的左肩上。黑熊一惊,放下躺在地上的法藏,疯了一样冲着射箭的地方跑去。

躲在一棵大树后面的猎户,连忙搭弓引箭,不停地向着黑熊射去。可是,已经有了防备的黑熊,接连躲过了猎户射过去的三四支箭,顷刻间就跑到了大树前,张开爪子冲着猎户就拍了下去。猎户再想搭弓引箭已经来不及了,他慌忙用手里的弓箭招架,谁承想,这弓箭竟然被黑熊拍得粉碎。猎户无奈,只得挥舞起手里的木棍,向着黑熊打去。黑熊皮糙肉厚,根本不躲不闪,一棍子打在头上,黑熊一点事也没有,倒是把猎户的手震得生疼,握在手里的木棍也差点丢在地上。猎户一看没有办法,只得撒腿便跑。黑熊疯了一样地追赶,没跑几步便将猎户追上,一个巴掌就将猎户手里的木棍打断,又一巴掌将猎户打倒在地。正在黑熊张开血盆大口要撕咬猎户的时候,已经赶到的法藏拿起了石头,冲着黑熊扔了过去。

石头不偏不倚地正好砸中黑熊的头。被激怒的黑熊放开猎户,再次向着法藏扑去。已经有了防备的法藏,捡起猎户丢在地上的半根木棍,向着黑熊就是一棍。黑熊也不躲避,直冲冲地迎了上来。法藏知道不能硬拼只能取巧,趁着黑熊扑来之机,木棍直冲着黑熊张开的大嘴插去,这一下正好插在了黑熊的口里,直疼得黑熊"嗷嗷"叫。法藏不敢停歇,赶紧抽出木棍向着黑熊的头部砸去。黑熊知道了法藏的厉害,张开血盆大口,一下子咬住了法藏手里的断棍。法藏拼力地往外抽木棍,可是木棍竟然纹丝不动。着急的法藏灵机一动,将死死扯住的木棍往前一递,借着黑熊往后挣的力道,一下子就将黑熊闪了一个趔趄。

法藏手里的木棍已撒出去。黑熊张开嘴吐出木棍,再次向着法藏扑了过去。法藏撒腿就跑,又被黑熊一巴掌拍倒在地上。法藏为了免落熊口,借着倒地之势，顺势一个翻滚，黑熊扑了个空，刚要往前冲时，又遭到了站起来的猎户的当头一棍。趁着猎户与黑熊争斗之机，法藏捡起掉在地上的断棍，与猎户两个人一起，各自手持半根断棍与黑熊周旋。黑熊早已经被两人激怒，左冲右突不停地拍打，一个巴掌将法藏拍倒在地。法藏本就身受重伤，直拍得他奄奄一息，头一歪晕倒在地上。猎户一看，发了疯一样地冲上前，挡住了冲上前来的黑熊，黑熊狠狠地将猎户撞倒在地上，将两个爪子往倒在地上的猎户胸前一按，张开血盆大口就咬了下来。

　　倒在地上的猎户早已经浑身是血，此时，看着黑熊的血盆大口，他无奈地闭上了眼睛，高声喊道："想不到我阿牛命丧于此啊……"

第二章
五宝的传闻

　　就在黑熊的血盆大口即将咬下之时，远处飘来了一条红色的丝带，一下子就挡开了黑熊的血盆大口。黑熊被红丝带重重地打倒在地上，"嗷"的一声嚎叫，就从地上站了起来，两只爪子用力一拍，张开大嘴，向着红丝带便咬了过去。

　　红丝带左飘右舞，黑熊就是咬不到。正在黑熊发狂之时，一位手持红丝带的粉衣丽人从空中飘落而来，恰巧落到了阿牛的身旁，她弯下腰扶起倒在地上的阿牛，轻声问道："阿牛，你没事吧？"

　　阿牛睁开眼，看见粉衣丽人，激动地说道："紫霞姐，幸亏你来得及时，不然我可就真的没命了。"

　　紫霞刚要将阿牛搀扶起来，阿牛大叫："紫霞姐，小心！"

　　阿牛的话还没说完，黑熊的一个巴掌就已经拍到了。只见一袭粉衣的紫霞也不回头，只一挥手的工夫，红色的丝带便带着凌厉的气势，向着扑过来的黑熊打去。黑熊迎头扑来正撞在看起来柔软的丝带上。这一下紫霞可没留情，急于救人的她可是使上了力气，将黑熊打出了百米开外。黑熊重重地跌倒在山谷里，再也爬不起来了。

　　阿牛看到紫霞的这一手漂亮的武功，连忙擦了一下脸上的血迹，拍着手说道："哎哟，紫霞姐姐，你的功夫实在是太漂亮了，我以前怎么不知道你会武功？"

　　紫霞将一块手绢往阿牛手里一递，笑着说道："阿牛啊，姐没有告诉你的事还多着哪。你受了伤，别说那么多的话，还是先擦擦血吧。"

阿牛接过紫霞手里的手绢，不停地擦着脸上的血，突然，他停住了手，一拍脑袋，大声说道："紫霞姐，光顾着跟你说话了，你看这地上还有一个人呢，也是被黑熊给打伤了，咱们快过去看看他吧，我没事。"

紫霞微微一笑，说道："阿牛啊，你实在是太善良了，自己受了伤，还惦记着别人的安危，姐现在可真是越来越喜欢你了。"

紫霞看了一眼倒在不远处的法藏，说道："阿牛，一个和尚，你又不认识他，为什么要救他啊？再说要不是遇到你，他早已经被黑熊给吃了。"

阿牛说道："紫霞姐，话不能这么说，确实如果没遇到我，他早就没命了，可是，在我遭到黑熊攻击的时候，他也没有抛下我，他还与我一起并肩战斗呢，所以，我更不能见死不救了。"

说着话，阿牛便走上前，弯下腰扶起法藏的头，用手拍了拍法藏的脸颊，大声地喊道："大和尚，你没有事吧？你快醒醒，快醒醒啊！"

法藏早已经奄奄一息，微弱地睁开双眼，嘴角露出一丝笑意，慢慢地从嘴角挤出几个字："谢谢你，兄弟……"

话还没说完，头一歪，便又昏了过去。

阿牛一看，大喊道："紫霞姐，你快过来，他好像不行了！"

紫霞没有回答，而是飞到万年无花果的树上，一伸手就摘下了树顶端的那颗万年无花果，然后转身飞回到阿牛的身旁，将手里的果子往阿牛身前一递，笑盈盈地说道："阿牛啊，这个万年无花果可珍贵了，今天可让我给摘到了。来吧，你快吃掉它吧。"

阿牛转过头看到紫霞在笑，有些不高兴地说道："紫霞姐，这人都快不行了，你还在笑，你能笑得出来吗？"

紫霞一听，也有些不悦地说道："阿牛，话可不能这么说，你知道我手里拿着的是什么东西吗？这可是东海龙王亲手栽种的万年无花果，具有起死回生的功能。你快吃了它，吃了它你就可以长生不老了。"

阿牛将脖子一梗，说道："我又不需要吃什么无花果，再说长生不老有什么好的？要是它真有奇效的话，我看还是给他吃下吧。"

紫霞气急，着急地说道："我辛辛苦苦为你将万年无花果摘来，你怎么就是不听话呢？这可不是我的好弟弟。来，听话，快将万年无花果吃下去。"

说着话，紫霞将手里的万年无花果再次递到阿牛的面前。阿牛没再说话，一把接过紫霞手里的万年无花果，就要往法藏的嘴里塞，却被紫霞给拦

第二章
五宝的传闻

住，紫霞没好气地说道："阿牛啊，我可真是好人没好报，我费尽千辛万苦采来的万年无花果，怎么能平白地便宜了别人呢？"

阿牛还没有说话，紫霞就看到一黑一白两个勾魂的鬼使从远处飘了过来，紫霞转过头对阿牛说道："阿牛，这个人已经没救了，地府的勾魂使都来了。"

阿牛听紫霞这么说，赶紧向四处望了望。可他肉眼凡胎，根本看不见黑白两个鬼使，就向着紫霞大声喊道："紫霞姐，黑白无常两个鬼使在哪里？我怎么看不到啊？"

紫霞笑道："哎哟，我说我的傻弟弟，看不见他们才好；你要是真看见他们，你也就离死不远了。"

阿牛有些奇怪地摸了摸脑袋，问道："紫霞姐，那怎么你看到他们没事啊？"

紫霞指着阿牛手里的万年无花果，说道："阿牛，不是姐看见他们没事，而是姐以前就吃过这种万年无花果，所以才没事的。"

此时，黑白无常两位鬼使已经飘到了紫霞的身边，纷纷拱手作揖道："原来仙子也在这里，我们两位给仙子施礼了。"

紫霞摆了摆手，笑道："免礼免礼，不要客气，我一会儿就走，不会打扰两位神君办差的。"

黑无常赶紧说道："没事没事，仙子那么漂亮，是我们阎君最敬重的仙人。阎君还特意让我们捎话，改天等仙子有空，欢迎您到地府做客。"

紫霞一听，眉头一皱说道："你们那里阴森森的，又冷又黑，我才不去呢！再说谁平白无故地愿意到你们那里做客啊？我觉得那些愿意到你们那里做客的，不是脑袋坏了就是不想活了。"

白无常一听，呵呵一笑道："那是那是，我们那里条件不好。不过，您那里虽然是天上，可也是整天凉飕飕的，我觉得比我们那里也好不到哪里去。"

紫霞一听，脸上露出不悦的神色，说道："你怎么说话呢？"

黑无常赶紧打圆场道："仙子，白兄不是那个意思，他是说尽管我们那里条件不好，可是，我们的邀请却是最真诚的。"

紫霞的脸上这才一改愠色，回道："那好吧，你们忙吧，我不打扰你们了。阿牛，我们走。"

阿牛看着紫霞对着空气自顾自地说话,先是愣在了那里,等到紫霞叫他,这才回过神来,问道:"紫霞姐,你到底在跟谁说话?"

紫霞笑道:"吓着你了吧?我在跟黑白无常两位地府神君说话。"

阿牛摇了摇头,说道:"姐,你就别骗我吃这个万年无花果了,我才不信呢,要是真有什么地府的阎君,我怎么看不到呢?那些都是传说,不可信的。"

黑无常一听,马上笑道:"没什么不可信的,你等着,我这就让你看到我们。"

只见黑无常将舌头往前一伸,在阿牛的眼前来回地舔了两下,又一下子将长长的舌头收了回来。这一下子阿牛可是开了"鬼眼"了,真的看到了站在他面前的两位鬼使,吓得他一下子躲在了紫霞的身后,嘴里大叫道:"哎哟妈呀,真是见鬼了!"

白无常用手拍了一下黑无常,说道:"黑兄,你无故给凡人开'鬼眼',难道就不怕阎君责罚吗?"

黑无常一笑,说道:"白兄,你可能不知道,可是我却看出来了,这位阿牛既然能跟仙子在一起,就说明他不简单,他是一个有仙缘的人,让他开'鬼眼'没事。"

紫霞一听,笑呵呵地道:"嗯,算你的眼光还不错,我的小弟当然有仙缘了。好了,你们办差吧,我该带着我弟弟走了。"

紫霞一拉阿牛,就要带着他走,可是阿牛却不肯抛下法藏。正在紫霞与阿牛拉扯之际,就看到黑无常飘到躺在地上的法藏身前,用脚一踢法藏的身子,大声地叫道:"行了,你的时辰到了,快跟我们走吧。"

这一声叫喊,将法藏的魂魄从体内叫了出来。法藏的魂魄一见黑白无常就要逃走,可是他刚转过身来,就被白无常一个勾魂索给套住了。白无常笑着说道:"大和尚,你救那条龙救得挺欢啊,现在终于也落到我们手里了。等到了地府,我一定要好好地教你学学规矩。"

眼前发生的这一切,都被阿牛真真地看在眼里。阿牛一把挣开紫霞的手,跑到法藏的魂魄前,冲着两位鬼使大声喊道:"你们不能带走他,他还没死呢,你们这样做,不怕犯了天条吗?"

黑无常哈哈大笑道:"阿牛啊,我告诉你,他现在已经死了。你要是再阻拦我们,你就犯了天条,可就别怪我们不客气了。"

第二章
五宝的传闻

阿牛生气地说道:"你敢!"

说完,阿牛便伸手去拉法藏的魂魄,想要将法藏拉到自己的身后。可是明明眼看就碰到了法藏,却怎么也抓不住,急得阿牛直跺脚。

就在阿牛着急的时候,法藏说话了:"阿牛,我的好兄弟,你阻挡不住他们的,我们现在已经是阴阳两隔。感谢你让我生前感受到了兄弟情,等到来生,我们再做兄弟吧,永别了。"

法藏的话让阿牛更加激动,眼看着黑白鬼使将法藏给套走,阿牛发了疯似的拼命挥着手,试图拉住被黑白无常带走的法藏,可是却怎么也拉不住。阿牛突然一下子跪倒在紫霞的面前,高声喊道:"紫霞姐,求你了,救救他吧。"

紫霞赶紧用手拉起阿牛,劝说道:"阿牛,不是姐不救他,而是生死有命。他已经死了,你让我怎么救他?我总不能阻止地府的神君办差吧?"

阿牛闻听,一边向着紫霞磕头一边哀求道:"紫霞姐,我求你了,你要是不救他,我就不起来。"

紫霞手拉着阿牛,可是阿牛却怎么也不起来,阿牛突然喊道:"紫霞姐,你要是不救他,我就撞死在这里,跟他一起去地府。"

看着阿牛这么倔强,为了救法藏连命都不要了,紫霞长叹一声说道:"好吧,今天我就豁出去,帮你这个忙。"

说完,紫霞就放开拉着阿牛的手,快速地飞到了押着法藏的黑白无常身前,拱手施礼道:"两位神君,你们也看到了,我的那位弟弟,已经认定要救活他的兄弟。我也觉得见死不救,确实有些残忍,本仙子就求你们网开一面,放开他吧。"

黑无常看了看紫霞,冷冷地说道:"仙子,你可不能坏了地府的规矩啊。"

紫霞将手中的丝带一举,说道:"所以,就恳请两位神君给我一个薄面吧。"

白无常将舌头伸了伸,说道:"仙子,你在阎君面前有面子,这我们都知道。可是你也别为难我们,因为这个事吧,我们兄弟俩做不了主。要我说,你还是到阎君那里去求情吧,只要他点头,我们就放开他。"

紫霞一听,有些不高兴地说道:"你也不是不知道,等到我从地府回来,他的身子早就冷了,还得了阳吗?"

黑无常笑道:"仙子息怒,这个我们可管不了,我们只管带人,不管放人哪。要是仙子强行阻拦，那就别怪我们对你不敬了。"

话说到了这个份上，紫霞已经是忍无可忍，她丝带一扬，一下子就将法藏的魂魄给拉了过来。黑白无常一见紫霞已经出手了，也不再客气，掏出勾魂索，向着紫霞就抛了过来。紫霞低头避过，接过缩回的丝带，用力一摔向着黑无常扬去。黑无常一闪身形，飘到紫霞的面前，照着紫霞就是一勾魂索。紫霞手托丝带，与两个鬼使你来我往地斗到一处。

阿牛看着紫霞独斗两位鬼使，抄起掉在地上的木棍就冲上去帮忙。可是，他的木棍根本打不中两位鬼使，倒是给紫霞添了不少的乱子。急得紫霞直呵斥阿牛，让他闪到一旁，可是急于要帮紫霞的阿牛，明知道伸不上手，却还是胡乱地举着棍子，就是不愿意退到一旁去。

白无常一看阿牛在胡搅蛮缠，非常生气，一个勾魂索向着阿牛打来。这一下重重地将阿牛打倒在地上，身上的万年无花果也掉了出来。看着紫霞独斗两位地府的鬼使，帮不上忙的阿牛急得是直跺脚，正在他着急之时，突然听到万年无花果说话了："阿牛，你快将这枚万年无花果给法藏喂下去，只要喂下去，他就还阳了。"

阿牛听到万年无花果说话了，有些奇怪地说道："真是奇了怪了，这怎么什么都会说话了，你是谁啊？"

万年无花果道："我是被哪吒打死的龙王三太子敖丙，先前是恩人法藏救了我，将我的魂魄藏到了这颗无花果里。你快听我的，给恩公服下这颗万年无花果吧。"

阿牛一听，用脚一踩万年无花果，嚷道："我说你小子可真不仗义，法藏救了你，你却躲在无花果里不肯出来帮忙？看我不踩扁你。"

躲在无花果里的敖丙说道："你轻些，踩坏了这颗果子，恩公就无法还阳了。再说，我不是怕事，而是我出来帮不上忙不说，也会被黑白无常带走啊。"

阿牛一听，继续嚷道："要我说，还是你贪生怕死。"

阿牛边说边抬头望去，只见紫霞在两位鬼使的联手攻击下，渐渐地有些抵挡不住了，只能靠着丝带的飘舞来回抵挡着两条勾魂索的攻击。阿牛不敢再看，只得捡起地上的万年无花果，用手撬开法藏的嘴，将万年无花果放到了法藏的嘴里。

就在阿牛将万年无花果放到法藏嘴里的那一刻，只见龙王三太子的魂魄

第二章
五宝的传闻

飘了出来，而一直飘着的法藏魂魄，则慢慢地向着法藏的肉身靠拢，化成一条光线，钻进了法藏的身体。地上的法藏缓缓睁开了眼睛，虚弱地说道："谢谢你救了我，我的好兄弟，阿牛。"

阿牛看到法藏睁开了眼睛，一下子扑到了法藏身上，激动地喊道："哈哈，你真活了，我实在是太高兴了！"

远处的黑白无常看到法藏已经还阳，猛地停住了勾魂索，冲着紫霞厉声喊道："仙子，你真是好大胆，竟敢阻止我们地府的人办差，我们是不敢怎么着你，但是你给我等着，我们这就到阎君那里告你去。"

紫霞也停住了手中的丝带，气喘吁吁地说道："随你们的便，就是告到玉皇大帝那里，本仙子也一定奉陪到底。"

黑无常一看远处正在逃跑的敖丙魂魄，灵机一动，对着白无常说道："白兄，我们既然抓不走法藏，拿住他也行啊，至少这趟没白来。"

白无常点了点头，转身对着紫霞说道："仙子，你已经阻拦我们办差了，我们现在要带那条龙的魂魄回地府，你不会再阻拦我们吧？"

刚才的一番打斗，紫霞累得骨架都散了，听黑白两位无常这么说，也就顺坡下驴道："悉听尊便，我才懒得管他呢。"

黑白无常听紫霞这么说，也是长长地吁了一口气。白无常向着正在飘往远方的敖丙魂魄抛出了勾魂索，将正在逃命的敖丙魂魄给抓了回来，然后一闪身形，消失在花果山的后山上。

躺在地上的法藏，看到敖丙的魂魄被勾走，两行热泪也流了下来，不停地说着："阿弥陀佛，敖丙，对不住了，我尽管已经尽力，可却还是救不了你啊。"

听法藏这么说，站在一旁的紫霞冷冷地说道："你就知足吧，今天不是你死就是他亡。你现在已经没事了，就别再想其他的了，先养好伤再说吧。"

阿牛听紫霞这么说，赶紧将法藏搀扶起来，说道："法藏大哥，你的家在哪里？我带你回家吧。"

法藏在阿牛的搀扶下站起身来，对着阿牛与紫霞深深地作了一揖，嘴里高诵佛号道："阿弥陀佛，今日多谢你们两位救了我，日后我一定报答你们的救命之恩。"

紫霞有些不耐烦地说道："行了，你也别说那么多的废话了，这颗万年无花果可是我弟弟给你的，你也不用报答我，就报答我弟弟好了。"

法藏深深地点头说道:"是,令弟之大恩我一定铭记于心,这三太子敖丙的恩情我也铭记在心上,日后我一定作法,好好地超度他。"

紫霞把手一挥,说道:"行了,你就别唠叨了,咱们赶紧下山吧。"

阿牛笑道:"是啊,法藏大哥,咱们还是听紫霞姐的先下山吧。我们先是恶斗黑熊,又斗了两位鬼差,今天可真是累得够呛。走吧,你家在哪里,我送你回家。"

法藏不再执拗,在阿牛的搀扶下,和紫霞一起,向着山腰的卷帘洞里走去。

…………

就在三人下山的时候,东海龙宫里已经乱翻了天,看着躺在水晶宫龙床上蜷缩成一团的三太子,老龙王敖广悲痛欲绝,整个龙宫也沉浸在一片悲伤的气氛当中。本来,今天是三太子的吉日良辰,可是转眼之间,婚事就成了丧事,老龙王痛失爱子,霓裳也不知道去了哪里,他真的是痛断肝肠啊,就在水晶宫里放声痛哭起来。

老龙王哭罢,用手一擦眼泪,猛地一拍桌案,喊道:"李靖啊李靖,血债要用血来偿,看我不水淹你的城池,替我的龙儿报仇!你儿哪吒杀我儿一人,我要你李家满门来抵债,还要用满城的百姓给我的孩子陪葬!"

老龙王敖广的话刚说完,只见水晶宫里白光一闪,一身皇袍的天魔,带着霓裳出现在龙宫里,慌得水晶宫的虾兵蟹将忙抽出刀剑来护驾。

老龙王敖广一见天魔,当时就愣在了那里。天魔哈哈大笑道:"敖广,咱们可是好多年没见了,你这是要让谁来陪葬啊?"

老龙王看见天魔,脸上早已经吓得没了血色,他赶紧将手下的侍卫们喝退,快速跑到天魔的面前跪下,毕恭毕敬地说道:"启禀玉帝,是哪吒杀了我的儿子,还活活抽了我儿的筋哪,求玉帝看在我当年曾跟着您出生入死的分上,替我报仇雪恨吧。"

天魔伸手扶起龙王敖广道:"嗯,不错,亏你还记得跟着我与天仙大战的事。现在的我还不是玉帝,你也不用称呼我为玉帝。不过,你们等着吧,将来有一天,我会成为三界之主玉皇大帝的。"

老龙王敖广听天魔这么说,吓得浑身发抖,他颤巍巍地说道:"是,您是三界的大天尊,自然是仙福永享寿与天齐,属下愿意跟着您赴汤蹈火,万死不辞,大天尊万岁万岁万万岁。"

第二章
五宝的传闻

天魔点了点头,径直走到了龙王的龙椅上坐下,对着站在大殿上的霓裳说道:"霓裳,你现在知道我没有骗你了吧?"

霓裳使劲地点了点头,然后快速地跑到天魔的面前,冲着天魔说道:"老头儿,没想到你真的有这么大的能耐啊?就连我父王都怕你。"

老龙王敖广看到霓裳竟然敢对天魔这么说话,更是吓得面如土色,搞不明白出了什么事的他,误以为天魔会发怒,就将眼睛冲着霓裳一瞪,厉声喝道:"霓裳,你大胆,这是三界的大天尊,还不快跪地行礼?"

天魔却将手摆了摆,哈哈大笑道:"老龙王,没事没事,你还不知道吧,现在,你的养女霓裳,已经是我的徒弟了。"

天魔的这句话说出口,可把老龙王敖广给吓傻了,他跪在地上颤巍巍地问道:"大天尊,我女儿霓裳何德何能成为您的徒弟啊?"

天魔一笑,说道:"说起来,这都是缘分哪,谁让我喜欢这个孩子呢。实话告诉你,我来龙宫找你,也是因为你女儿霓裳,是她让我来帮你救活敖丙的。"

老龙王听天魔这么说,刚才悬着的心终于放下了。天魔的法力通天,只要他说救人,那是一定错不了的。想到这里,敖广再次向天魔磕头道:"大天尊若是能救活小儿敖丙,我们东海乃至整个龙族,必定会牢记大天尊的大恩,也一定誓死追随大天尊的麾下,誓死效忠大天尊。"

天魔哈哈大笑,高叫了一声"好",然后缓缓地说道:"敖广,现在我还不需要你跟玉皇大帝闹翻,我刚刚解除封印,还有许多大事要办,等到办得差不多了,咱们再一起打上天庭,一举夺了玉皇大帝的宝座。"

老龙王趴在地上,磕头如捣蒜地说道:"是,是,大天尊算无遗策百战百胜,一定能够入主天宫一统三界。"

霓裳冲着老龙王敖广笑了笑,跑到敖广的面前说道:"什么入主天宫一统天界啊,父王,我怎么觉得你今天说话不靠谱啊?"

这一句话可把老龙王敖广给吓坏了,他觉得这一下天魔肯定会发怒,于是,他趴在地上,不停地磕着头说道:"大天尊,小女不懂事,您可千万别怪他……"

谁承想,天魔竟然没有生气,他慢慢地站起身来,走到霓裳的身边,摸着霓裳的头说道:"敖广,你不必害怕,在我面前确实没人敢如此说话,可是我的徒弟这么说,我不但不生气,反而感觉特别高兴。"

老龙王闻听天魔这么说，心里长长地舒了口气，想到义女霓裳已经成为三界至邪天魔的徒弟，也就不再害怕了。他壮着胆子，再次恳求天魔救活自己的儿子。

听到父王再次提及救活自己的三哥，霓裳也向天魔说道："老头儿，既然你这么厉害，就快些救活我的三哥吧，你看都快把我父王给急坏了。"

老龙王敖广也恳求道："是啊，大天尊，就请您广施大法，快些救我儿敖丙还阳吧。也不瞒大天尊，很多年以前，我曾经在三十三重天外求来一枚无花果的种子，种在了花果山。若是我儿不被哪吒这个凶手抽筋，就凭着这万年无花果，我也能救活我儿敖丙；可是我儿现在被哪吒那个恶贼抽了筋，我实在是再无办法了啊。"

说完，龙王敖广长叹一声便哭了起来。天魔点了点头说道："敖广，你别哭了，你儿敖丙被抽了筋，要想救活他，确实需要费一些周折，容我再想想。"

敖广擦了一把眼泪，接着说道："大天尊，也是您洪福齐天，既然已经无法用无花果救我儿敖丙，我就将这万年无花果采来，献与大天尊助长您的法力吧。"

天魔闻听，哈哈一笑说："好，将万年无花果献给本尊，足见你的忠诚。敖广，实话跟你说，虽说万年无花果可以令人起死回生、延年益寿，但对我来说，这无花果并不重要，你知道对我来说，什么最重要吗？"

站在一旁的霓裳早已经不耐烦了，她跺着脚对着天魔催问道："老头儿，你就别卖关子了，快告诉我，到底什么对你最重要？"

天魔没有理会急得直跺脚的霓裳，而是对着跪在水晶宫御前的龙宫众位说道："很多年以前，我带着龙族众将、真武大帝及七十二洞的妖王，与天界众仙展开水火大战。谁想，玉帝暗施诡计，将我打败。我趁机从天庭盗走圣水珠，致使天河倒灌，这才形成了你们的四海。而燃灯古佛用琉璃盏将我打伤，玉帝趁机将我的身体封印在黑暗的极阴洞，将我的魂魄囚禁在宝莲灯里。如今，圣水珠遗失在下界无法找回，为了救治这场洪荒，女娲炼石补天堵住天河漏洞，大禹用定海神针铁治水，王母用梭罗木救治人间众生，三界里那些所谓的仙佛们共同出力，才使三界安定……"

天魔说到这里，老龙王敖广赶紧点了点头，赔着笑脸说道："是啊，大天尊，直到今天，三界都在传言，说什么木盏针珠石，三界无人敌。五宝合

第二章
五宝的传闻

一体，逆天不足奇。"

天魔用手捋了捋胡须，恨恨地说道："什么三界无人敌？他们这是在怕我！哼，他们越是怕我，我就越是要得到定海针、女娲石、圣水珠、梭罗木与琉璃盏这五件宝贝。不但如此，我还要带着你们打上天庭，将他们赶出灵霄宝殿，也让玉帝尝尝被封印的滋味。"

老龙王赶紧说道："是是是，属下自当誓死跟随大天尊，将他们赶出天宫。"

霓裳赶紧道："老头儿，你快说啊，那后来呢？"

天魔缓缓地说道："后来，燃灯古佛派了一个叫什么法藏的弟子，到下界找到了圣水珠。所以，你们现在要做的，不是去找哪吒报仇，而是先去帮我找到这个法藏，夺回我们的圣物圣水珠。"

老龙王道："大天尊说得是，我这就派人去找。"

天魔一摆手道："这个先不急，藏在你大海里的定海针，你可要替我看好了，那下面镇压着七十二路妖王，等我得到其他四件宝贝后，就取出这根定海针，放出七十二路妖王，跟着我一起倒反天宫。"

老龙王道："是，大天尊说得是，那根定海针重一万三千斤，您放心，就是有人想偷，他也拿不起啊。"

天魔笑了笑说道："这个是自然。好了，我要先回去练功了，你切记今天自己说的话，如果我发现你不忠，小心我对你不客气。"

老龙王一听，吓得面如土色，又跪倒在地上说道："小龙不敢，小龙不敢啊！小龙这就让人去将万年无花果采来献给您，以增强您的法力。"

天魔笑道："你不用派人去采了，我自己去花果山吃那最新鲜的万年无花果，好尽快恢复法力。"

天魔身形一闪便消失得无影无踪，留下老龙王敖广及龙宫众位，傻愣愣地站在原地。

等到他们确定天魔已经走远，老龙王这才走到霓裳的面前，有些不悦地说道："霓裳啊，不是我说你，你以后一定要对天魔尊敬些，他一动怒三界震动，咱们整个龙宫都有灭顶之灾啊。"

霓裳看到老龙王脸色凝重，有些不以为意，就冲着老龙王笑了笑，漫不经心地说道："好啦，父王，孩儿知道了，您不用为我担心，我不怕他的。"

老龙王责怪道："为父跟你说话，你能不能认真一些？"

霓裳用手调皮地摸了摸老龙王敖广的胡子，笑着说道："父王不必为女儿担心，我没事的，真的没事。好了，我不陪您了，我要到后院去找避水金睛兽玩了。"

说完，霓裳就一蹦一跳地离开了水晶宫。看着养女霓裳离开的背影，老龙王长叹一口气，似是自语地说道："但愿霓裳跟了天魔这个三界至邪，是福不是祸啊。"

天魔的法力极深，只在一眨眼的工夫，已经飞到了花果山后山。刚落下云头，就看到一头黑熊躺在山谷里，浑身是血，奄奄一息。这引发了天魔的慈悲心。他俯下身来，用手摸了摸黑熊的胸口，口里念念有词，一通咒语念罢，只见眼前忽地浮现出黑熊受伤前的一幕幕画面：黑熊与法藏及阿牛在激烈地搏斗，被紫霞击中的黑熊飞向山谷，紫霞摘走万年无花果，法藏吞下万年无花果，还有黑白两鬼使抓走敖丙魂魄……

天魔看完空中的画面，猛地一挥，空中又恢复了平静。天魔看了看地上的黑熊，长叹一声道："黑熊啊黑熊，幸亏你遇到了我，不然你的小命就没有了。你放心，遇到我是你的福气，我是不会让你平白无故地死去的。我这就取来万年无花果，助你还阳。"

说完，天魔便用手指聚起一道白光，往黑熊的身上一指，黑熊的身体忽地变得越来越小，小成了一粒尘埃。天魔将这粒尘埃往袖中一放，一转身，向着法藏下山的方向追去……

第三章
定海神针铁

霓裳急于见到老朋友避水金睛兽，蹦蹦跳跳地出了水晶宫后，来到了后院那座大海山的山脚下。眼前的大海山巍峨雄伟，山峰连绵起伏，彰显着东海的气派。

东海是霓裳自幼生活的地方，自从被老龙王敖广收养进龙宫之后，老龙王便对这位养女疼爱有加，自然对她的要求也是格外严格。可是，天生性格叛逆的霓裳却不太喜欢被人约束得太紧，虽说她明白这是父王的一片爱女之心，却依然感到不舒服。尤其是当老龙王敖广让她嫁给三太子敖丙之时，她更是坚决反对。可是她也确实没有什么好办法，她就是再叛逆，面对以后的漫漫长路，也只得答应做敖丙的太子妃。谁能想到，敖丙竟然在婚礼当天被哪吒给打死了。连续几日来的遭遇，使霓裳非常不开心，虽说新认的师父天魔对她还不错，却仍然没能帮她摆脱内心的伤感。想来，现在唯一能够让她高兴起来的也只有老朋友避水金睛兽了。

远远望去，那根架海紫金梁就出现在了霓裳的眼前。稳定东海的如意定海神针铁，闪着五彩的光芒，让整座大海山都披上了璀璨的光彩，真是霞光艳艳瑞气腾腾。霓裳蹦蹦跳跳地走到定海神针下，用手摸了摸，然后调皮地亲了一下。

定海神针被霓裳这么一亲，仿佛有灵性，竟然晃动了一下，然后闪现出更加唯美柔和的光彩，似乎是在迎接霓裳。霓裳冲着定海神针笑了笑，自语道："哎，我说神铁，你当年是怎么测量江河深浅的啊？"

霓裳刚问完，那根定海神针，好像长了一些又好像短了一些，似乎是在回应霓裳的问话。霓裳高兴地拍了拍那根神铁，笑道："我知道了，你是可以变长变短的。"

正当霓裳跟定海神针说话时，远处的一股股水波带着气泡向着霓裳涌来。霓裳抬眼一看，只见避水金睛兽踩着水花向前飞来。霓裳高兴地迎上前，说道："老朋友，你可来了，你知道我有多想你吗？"

避水金睛兽飞到霓裳面前，便在海底趴了下来，摇着头对霓裳说道："霓裳，我的老朋友，多日不见，我可真是想死你了，你可是我的开心果，少了你啊，我都不想待在龙宫了。"

霓裳弯下腰，拍了拍避水金睛兽的头，说道："老朋友，其实我也挺想你的，所以，我刚回到龙宫，就赶紧来看你了。"

避水金睛兽把头一摇，说道："霓裳，你说这可怪了，只要你一来，这根定海神针就会发出祥光来。而我刚才看到，你一跟它说话，它好像就能变长变短。它只是一根铁棒子啊，你是怎么让它听你的话的？"

霓裳笑了笑，说道："老朋友，你要知道，万物都是有灵气的。只要你用心对它，即使是一块石头，也会跟你成为好朋友的。"

避水金睛兽摇头晃脑地说道："霓裳，你不会真把这根棒子当成你的好朋友吧？我可要吃醋了啊。"

霓裳调皮地笑了笑，说道："我在龙宫里，父王和各位哥哥都对我要求那么严格，总是板着脸，我也不愿意跟他们在一起，心里可闷了。只有你和它可以跟我说话，所以，在我的心里，你和这根棒子都是我的好朋友。"

霓裳说着话，便一个翻身骑到了避水金睛兽的背上，然后，俯下身子，用手摸着避水金睛兽的头，有些伤感地说："老朋友，你知道吗？龙三哥哥敖丙总是板着脸，我真不愿意嫁给他，心里还经常诅咒他。可如今，他被哪吒那个恶贼给打死了，我的心里是真难受啊，我多想他能活过来，再骂我一回。可是，他却再也不会骂我了。其实我知道，他也是爱我的，只是对我的要求太严厉了。"

避水金睛兽点了点头，说道："霓裳，你也别太伤心了，凡事自有定数。好了，咱们不聊这些伤感的事了，说吧，你今天想到哪里玩啊？看你今天这么不开心，你想去哪里，我都驮着你去。"

霓裳一听，高兴地拍着手道："这可是你说的，不许反悔啊。"

避水金睛兽说道："不反悔。"

第三章
定海神针铁

霓裳想了一下，说道："老朋友，你今天带我到定海神针铁的下面看看吧，我想去看看咱们龙宫的大海牢。"

避水金睛兽一听，赶紧摇了摇头，说道："霓裳，你又不是不知道，那里可是咱们龙宫的禁地，如果私自到那里去，被老龙王知道，我会挨打的。再说那里黑森森的，什么也看不见，有什么好玩的啊？"

霓裳调皮地拍了拍避水金睛兽，说："还说我们是老朋友哪，这点要求都不肯满足我。再说，我都已经求了你好长时间了，可是你每次都说是下一次，多没意思啊！你刚才可是说过不反悔的。"

避水金睛兽被霓裳的话语一激，想了一想，说道："好吧，今天我就带你到咱们龙宫的禁地去看看。可是你要答应我，不能进到大海牢里。"

霓裳一拍避水金睛兽的头，说道："好，咱们一言为定，我不进去就是。"

在得到霓裳的保证后，避水金睛兽便驮着霓裳，绕着定海神针铁转了一圈，然后慢慢地踩着水花向着大海沟里游去。伴随着避水金睛兽下潜得越来越深，骑在兽背上的霓裳有些受不了了。她紧了紧衣服，对避水金睛兽说道："老朋友，你说，这怎么越往下越冷啊？"

避水金睛兽摇晃着脑袋说道："霓裳，这可是咱们龙宫的禁地，关押着三界七十二洞的妖王，你说能不冷吗？要我说，我还是驮你回去吧，要是被你父王知道了，少不了打咱俩的板子。"

霓裳小嘴一噘，有些不高兴地说："老朋友，别人威胁我可以，你可不能威胁我啊。我实话告诉你吧，现在的我再也不怕我父王了。"

避水金睛兽回过头来看了看霓裳，奇怪地问道："你不是最怕你龙三哥哥和父王吗？怎么今天又说不怕你父王了？"

霓裳听避水金睛兽这么一问，有些得意地说道："老朋友，我最近认识了一个对我特别好的老头儿，非要收我做徒弟，我父王挺害怕他的，有他护着我，我还有什么好怕的？没事，你就大胆地带我去海牢里玩吧。"

避水金睛兽奇怪地问道："你说什么？你父王可是东海之主、四海的老大，竟然还有你父王害怕的人？"

霓裳答道："那是当然了，我父王还尊称他为玉帝呢。不过那个老头儿却没接受这个称号。我就纳了闷了，他一个糟老头儿，怎么敢称玉帝呢？"

霓裳的这句话一出口，避水金睛兽马上停住了脚步，对着霓裳严肃地问道："那个老头儿还说了什么？"

霓裳又笑着拍了拍避水金睛兽的头，说道："想不到你对那个老头儿还挺感兴趣。其实啊，那个老头儿也没有说啥，只是说什么当年曾经带着我父王一起打过仗，但不幸的是他们打输了，所以才造成了他们很长时间都没有见面，还说——"

避水金睛兽听罢，语气有些着急地问道："霓裳，你快说，那个老头儿还对你父王说了什么？"

霓裳道："他真的没有说什么，只是说让我父王帮着他找什么破针烂木头什么的，说什么找到了，他要给我父王封官晋爵。"

看着一直停在水中的避水金睛兽，霓裳又问道："老朋友，你怎么不走了呀？"

避水金睛兽这才重新奋起四蹄，继续踩着水花向下潜水。它与霓裳一问一答地说着话，潜了大约有一个时辰，便来到了一处海洞旁，只见海洞的岩石上刻着四个明晃晃的大字：龙宫禁地。

霓裳一看到这四个大字，立即来了兴趣。避水金睛兽看着那四个字，心想，这四个字不写还好，写了反而更能激起霓裳的好奇心，到时再想拦住她可要费一些周折了。

果不其然，霓裳翻身下地后就朝着洞内走去。避水金睛兽赶紧一个纵身，挡在了霓裳的身前，急叫道："霓裳，你不能进去，这里关着的可都是三界的七十二洞妖王啊，你要是有个好歹，让我怎么跟你父王交代啊？！"

霓裳用手将眼睛撑大，冲着避水金睛兽做了一个鬼脸，又吐了吐舌头，学着那个老头儿的说话语气，说道："我若为妖，将会是三界第一妖王，哪个妖王又敢对本尊行凶呢？"

避水金睛兽笑了，但还是不肯让开，摇头晃脑地说道："你一个小丫头，吹什么牛皮，小心牛皮吹破了伤着你自己。"

霓裳拍了拍挡在身前的避水金睛兽，说道："好了，你不用替我担心，再说有你陪着，我能有什么事？你快让开吧，我就进去一会儿，马上出来。"

避水金睛兽没有动，说道："刚才你还说不进洞哪，我才带你来到这里的，你这个小姑娘怎么说话不算数呀？"

霓裳笑道："我要是不那么说，你能带我到这里来吗？好了，算我求你了，我就进去看一眼，很快就出来，父王他是不会知道的。"

避水金睛兽道："霓裳，我不是怕你父王知道了打我的板子，而是怕那

第三章
定海神针铁

些妖王伤害你。"

霓裳假装生气地说道:"我又没惹他们,他们怎么会伤害我呢?真的不会有事的,你快让开吧,你要是不让开,咱们可就不是好朋友啦。"

避水金睛兽一听,有些无奈地说道:"霓裳,你还是骑在我的身上吧,这样咱们见事不好便能拔腿就跑。不然,我是不会让你进去的。"

霓裳听避水金睛兽这么说,只好妥协道:"好了好了,听你的,都听你的还不行吗?你快带我进去吧。"

说着话,霓裳就重新骑到了避水金睛兽的背上,用手一拍避水金睛兽,神兽便小心翼翼地向着洞内走去。通过那条深邃的地道,避水金睛兽便驮着霓裳,来到了大海牢的门口。只见一根根粗大的铁栅栏密集地插在洞中,远远望去,海牢里乌蒙蒙阴森森的样子,好不瘆人。只有远处定海神针铁底部粗大的乌金部分,还在闪着柔和的光泽,给这个锁魔洞带来一丝光亮。

霓裳骑着避水金睛兽刚走到洞口,就听到一个雄浑的男人声从大海牢里传来:"哈哈哈,今天太阳是从西边出来的吗?可算是有人来了。"

霓裳向着大海牢里望去,却根本看不到人,心直口快的她马上回道:"太阳怎么会从西边出来?难道你不是人?"

里面那个人的声音又响起:"我当然是人了。可是我告诉你,这里面被关着的,除了我以外,全都不是人,都是些纵横三界的妖王,你不害怕吗?"

那个人的问话,激起了霓裳的好奇心,霓裳呵呵笑道:"你既然不是妖王,那你又是谁?"

霓裳的话刚出口,里面的那个人一下子现身到栅栏前,长叹一声说道:"可真是好久没有人陪我说话了,我告诉你,我就是牛郎。我的心里真的好苦啊,就因为跟玉帝的女儿织女结了婚,便触犯了天条,被关在这里。关着我不要紧,可怜我那一对苦命的儿女,不知道流落到哪里受苦啊。"

霓裳听那个人说自己是牛郎,一个翻身就跳下了地,不顾避水金睛兽的阻拦,便跑到了大海牢的铁栅栏前,仔细地看了看那个人,只见那人头上长着两个角,正冲着她笑。

霓裳用纤手一指牛郎,说道:"噢,原来你就是牛郎啊。你的大名我是早就知道了,你快给我说说,你当年是怎么追到织女的?"

牛郎长叹一声,刚要说出自己的事情,突然,海牢里面伸出了一只巨大的手,向着霓裳便抓了过来。就在巨手即将抓到霓裳的时候,说时迟,那时快，牛郎猛地一挥手，将抓向霓裳的巨手打到一旁，冲着霓裳大声疾呼道："小姑娘，你快走，这里不是你待的地方。"

霓裳被那只突然抓来的巨手吓了一跳，刚要往回跑，又一只巨大的手伸出铁栅栏，向着霓裳抓来。就在巨手即将抓到霓裳的时候，避水金睛兽猛地冲到巨手前，舍身挡住了霓裳，可是避水金睛兽的兽角却被那只巨手死死地抓住了。霓裳着急地冲上前，想要推开抓住避水金睛兽的巨手，但是那只巨手竟然纹丝不动。再一看，只见铁栅栏前的海牢里站着一只巨猿，它的两只巨手一只抵住牛郎，一只伸出铁栅栏狠狠地抓住避水金睛兽的兽角。

霓裳使劲地扭打着那只伸出海牢的手，可是那只手却纹丝不动。就在避水金睛兽挣扎的时候，只听那只巨猿对着牛郎说道："牛郎，咱们都关在海牢里，本应一致对外，你又何必为了一个活物，跟我翻脸呢？"

牛郎拼命地抓住巨猿的巨手，厉声说道："水猿大圣，虽说咱们都被关在这里，可是我跟你不一样，我是人，我喜欢这个小姑娘，毕竟她是第一个来看我的人。所以，今天我就是拼了命，也要救下她来。"

那个被称作水猿大圣的巨猿听牛郎这么说，愤怒地说道："你不怕我吃了你吗？"

牛郎一边用力揪住那只巨手，一边说道："你要是能吃了我，恐怕早就吃了吧。实话告诉你，我就是要保护这个小姑娘。"

牛郎的话，彻底地激怒了水猿大圣，只听那头水猿怒吼道："好吧，既然你想死，那我就成全你。"

水猿大圣猛地张开大嘴，向着牛郎便咬了下来，牛郎也不含糊，将头上的两只牛角往上一顶，抵住水猿大圣的大嘴，牛角一下子刺到水猿大圣的舌头，疼得水猿大圣"哎哟"一声怪叫，就将避水金睛兽给扔了出去……

避水金睛兽倒地的片刻，水猿大圣将手腕一抬，一下子便抓住了霓裳，又将手往回一缩，便将霓裳抓到了铁栅栏前，直吓得霓裳花容失色，一边使劲地挣脱，一边惊叫道："你快放开我，快放开我。"

水猿大圣一下子推开牛角，向着正在挣扎的霓裳狂叫道："好多年没有吃过人肉了，今天我就拿你来解解馋。"

说完，水猿大圣便要将霓裳抓进海牢之内，眼见霓裳情况不妙，重新爬起来的避水金睛兽一伸兽角，猛地向着水猿大圣的手臂冲了过来，水猿大圣的巨手被避水金睛兽冲开，不由得松开了霓裳。水猿大圣彻底被激怒，他一

第三章
定海神针铁

把推开扑上来的牛郎,张开血盆大口,忽地吐出了一阵大火柱。这火柱冲着避水金睛兽便烧了过来,烧得避水金睛兽"嗷嗷"直叫。眼见避水金睛兽就要没命之时,只见牛郎嘴里念念有词,一道道水墙升起隔住了火柱,救下了避水金睛兽。看见牛郎用水破了它的火,气得水猿大圣"嗷嗷"直叫,伸出双手抓住牛郎的肩膀,一下子便将牛郎给甩了出去。

腾出手来的水猿大圣,再次将手伸出铁栅栏,将正在慌忙逃跑的霓裳紧紧地抓在了手里,嘴里狂叫道:"小丫头,现在你跑不了了吧?"

说完,水猿大圣便将嘴对住铁栅栏,刚要将霓裳往自己嘴里塞,突然,只见霓裳头上的一根头发,如灯芯般灵光一闪,天魔出现在铁栅栏前,一伸手就将水猿大圣的手打开。大惊失色的霓裳,一下子从巨猿的手中掉了下来。

水猿大圣被眼前的一幕惊呆了,但他毕竟是成精许久的妖怪,很快便镇静下来,哈哈大笑道:"我以为是谁哪,原来是大天尊到了啊。"

天魔也狂笑道:"水猿,你这个当初在我眼里根本不入流的水怪,竟然也成精了。见了本尊,竟然连礼都不施,你不怕我发怒吗?"

水猿大圣笑道:"天魔,你还以为是当初吗?你知不知道在你被封印的这几十亿年里,三界出了多少事情?我再也不是那个普通的水怪了,要是真动起手来,现在的我未必怕你。"

天魔用手一指水猿大圣,怒道:"如果我出手,你未必能够挡住三个回合。我告诉你,即使被封印了这么多年,可我毕竟是这三界的大天尊,不是你这个山精野怪能比得了的。我来问你,今日我重新出山,你可愿意跟我走?"

水猿大圣龇牙咧嘴地怪叫道:"跟着你,笑话,除非你让我吃了这个小姑娘。"

霓裳看到师父天魔来救自己了,顿时来了底气。跑到天魔的面前,用手一指水猿大圣,冲着天魔便喊:"老头儿,就是这个水怪想要吃了我,你快给我报仇啊。"

天魔看了看霓裳,冲着水猿大圣喊道:"水猿。实话告诉你,这个小姑娘是我的徒弟,你不能吃她,假如你愿意跟我倒反天宫,我倒是可以将你放出海牢。"

水猿大圣道:"跟着你有什么好的?我可不愿跟着你,有本事你就进来跟我比试比试。"

天魔笑了笑,说道:"你连海牢都出不了,就这点本事,还敢跟我比试吗?

跟你动手，有失我的身份，你等着吧，以后有你求我的时候。"

说完，天魔便拉起霓裳的手，说道："霓裳，我们走。"

天魔将霓裳扶上了避水金睛兽背上，避水金睛兽便化作一道清风，逃离了定海神针铁下面的东海大海牢，一直跑到了霓裳的闺房前。

送霓裳回了闺房，避水金睛兽便化作一阵清风，一口气跃到了大海岸边，四蹄刚落地，就摇头晃脑地念出了一通咒语。只见海面的沙滩上忽然出现了一根信香，避水金睛兽吹一口仙气，轻轻地点燃信香，信香升起的烟袅袅地向着天宫飞去……

九天之上的紫薇宫里，玉皇大帝正坐在一张桌子前品茶，身后的两位仙娥侍立左右。玉皇大帝刚将茶杯放下，就看到屋里的地板上升起了一缕青烟，只见那缕青烟弥漫，旋即化作了一个帅气的小伙子站到了大殿上，向玉皇大帝跪倒磕头道："小臣避水金睛兽叩见吾皇玉帝，祝玉帝大天尊万岁万岁万万岁！"

玉皇大帝点了点头，向着避水金睛兽问道："你这次来见朕，有何事密报啊？"

避水金睛兽赶紧说道："启奏玉帝，宝莲灯上的灯芯已经与被封印的天魔合体。他还到龙宫去找了龙王这位以前的下属，把龙王给吓得够呛。龙王好像表面上已经答应了归顺天魔。"

玉皇大帝闻听大怒，一拍桌子，震得茶水四溅，怒喊道："这条孽龙真是大胆，原先他跟着天魔，朕不与他计较。天河水下界汇成大海后，朕为了安抚众仙之心，还封他为东海龙王，没想到他竟然还敢跟天魔沆瀣一气。"

避水金睛兽忙道："玉帝息怒，我看那东海龙王是绝对不敢跟天庭作对的，只是他害怕天魔，才不得不假意应付啊。"

玉皇大帝的脸色这才缓和下来，说道："虽说如此，可却不得不防啊。但是眼下，我们还需要四海安定，你暂时还不能暴露自己的身份，有什么新的消息，你再及时跟我禀报吧。"

避水金睛兽点了点头，说道："是，小臣自当谨遵陛下旨意。"

玉皇大帝又道："避水金睛兽，等三界安全渡过这一次的仙人劫，朕自当对你有重赏，你先下去吧。"

避水金睛兽一听，心中非常高兴，赶紧跪地向着玉皇大帝磕头谢恩，然后，化作一阵清风，飞出了玉皇大帝的紫薇宫。

第三章
定海神针铁

　　话说法藏与阿牛、紫霞一起下山而去。紫霞因为有事，便将一把梳子交给阿牛，然后便辞别了两人独自离去。阿牛将法藏送到卷帘洞的门口，刚要进洞，却被一道佛光给挡了出去，顿时大惊失色。法藏这才将一串进洞的咒语教给阿牛，将阿牛迎进洞里。两次共渡危机后，两人已经是好朋友了。

　　阿牛进到洞里，看着那石桌石椅石床石碗，高兴地这里摸摸那里摸摸。趁着阿牛参观卷帘洞的时候，法藏端出山果招待阿牛。阿牛早就饿了，拿起山果便大口咬了起来，边吃边问法藏："法藏大哥，你平时就吃这个啊？"

　　法藏笑道："是啊，阿牛，山果最养人了。我一边吃着山果，一边在洞中修行，感觉这真是神仙般的日子啊。"

　　阿牛摇了摇头说道："不，你这不是神仙般的日子，你这是在受苦。法藏大哥，听弟弟我的，你还俗吧。正好我也无父无母，只有一个义姐紫霞经常来照顾我，家里也没有什么人，你就跟我住到一起吧，咱们一起到山上打猎，多好？"

　　法藏用手拍了拍阿牛的肩膀，笑着说道："阿牛啊，我的好兄弟，我知道你也是为我好。可我是个出家人啊，怎么能打猎杀生呢？我既然选择了出家，就不会后悔。"

　　阿牛问道："法藏大哥，你出家以前是做什么的？"

　　阿牛这一问，显然是触及了法藏灵魂深处的往事。法藏长叹一声，两眼直直地望着前方，说道："咳，都是些陈年的旧事了，还提起来干啥？"

　　阿牛笑着说道："你不会是爱上了一个姑娘，然后那个姑娘嫁了人，你就大彻大悟，才选择了出家吧。"

　　法藏听阿牛这么说，沉默了一会儿，说道："阿牛，我给你讲一个故事吧。"

　　阿牛听法藏说要给自己讲故事，拍着手笑道："太好了，太好了，村里的小伙伴们都有爹娘给他们讲故事，而我无父无母，也没有人给我讲故事。大哥，你快讲吧，讲得越多我越高兴，因为我最爱听故事了。"

　　法藏点了点头，缓缓地说道："好，阿牛，以后我就多给你讲我们佛家的故事。"

　　阿牛高兴地叫道："好啊，我最爱听佛家的故事了，你快给我讲吧。"

　　法藏两眼望着前方，一脸郑重地说道："从前啊有一座寺庙，这个寺庙里有一位撞钟的老和尚，他撞出来的钟声悦耳，特别好听，吸引了很多的香客。庙里的老方丈呢，就让一个刚入寺的小和尚跟老和尚学撞钟。小和尚虽然认真地学了,可是他撞出来的钟声,却总是不好听。"

阿牛奇怪地问道:"这是为什么呢?"

法藏又说道:"是啊,小和尚也有这么一问,老和尚就告诉他:你撞钟时,一定要心中有佛。于是,小和尚每次撞钟就念着佛号。可是,他撞出来的钟声还是不好听。直到这位老和尚就要圆寂的时候,他将小和尚叫到跟前,跟小和尚说:'我在出家以前曾经深爱过一个女人,后来女人死了,我就选择了出家。于是,我发下宏誓大愿,要用一生为心爱的女人撞钟,所以,我撞出的钟声才这么好听。'"

阿牛又问道:"那这个小和尚以后撞的钟声,还是不好听吗?"

法藏摇了摇头说道:"不,从老和尚圆寂以后,那个小和尚撞出来的钟声就越来越好听了。"

阿牛皱着眉头,问道:"这是为什么呢?"

法藏用手拍了拍阿牛的肩膀,说道:"阿牛啊,等你以后有了自己喜欢的人,你就知道那种感觉了,那是一种甘愿为她放弃,又甘愿为她坚持的一种信仰。"

阿牛一拍大腿说道:"噢,我明白了,那个小和尚就是为了自己心爱的女人,而去撞钟的吧?"

法藏微微地点了点头,说道:"是啊,阿牛,为了自己的爱人去坚守,是这人世间最美的事情。"

阿牛点头说道:"法藏大哥,你也是这样的一个和尚吧?"

法藏摇了摇头,又点了点头说道:"阿牛,我是不是这样的人根本就不重要,重要的是你要为了自己的信仰,坚守自己的理念。"

阿牛道:"法藏大哥,我知道你是一个有信仰的人。可是,再有信仰的人,也不能整天吃山果喝山泉啊。这样吧,我也不打扰你修行,以后只要我不打猎了,就给你送饭来吃,你看好吗?"

法藏笑道:"好啊,你是我的好兄弟,我一个人待在卷帘洞里,有时也会闷得慌,我知道这是因为我的修行还不够。有了你,我的生活也就多了些乐趣。"

阿牛拉住法藏的手,两个好兄弟的手握在了一起,法藏说道:"阿牛,你是老天赐给我的好兄弟,谢谢你救了我。"

阿牛笑道:"大哥,能够与你一起并肩战斗,也是我的福气,以后,就

第三章
定海神针铁

让我来给你送饭吧。"

法藏收回握在一起的手,问道:"阿牛啊,你的紫霞姐去了哪里,怎么给了你一把梳子就离开了?这深山老林里多危险啊。"

阿牛说道:"我的这个紫霞姐总是神秘莫测的,有时会莫名其妙地出现在我眼前,有的时候又莫名其妙地不见了,我也不知道为什么。但她对我很好,有好几次我差点被野兽咬死,都是她及时出手救下了我。"

法藏听闻,想到紫霞既然能够跟黑白无常两个人动手,又被黑白无常称为仙子,恐怕不是凡人,也就没跟阿牛细说下去,只是淡淡说道:"阿牛,你姐可真是一个好人啊,我要是有这样一个姐姐,那该多好啊。"

阿牛又问道:"大哥,你还没告诉我,你出家前是做什么的呢?"

法藏叹了一口气,说道:"阿牛,这是很久以前的事了,我本来不愿意提起,可你是我的好兄弟,跟你说了也无妨。"

阿牛说道:"谢谢你这么信任我,大哥,请相信,我会替你保守秘密的。"

法藏点了点头说道:"阿牛,其实我跟你一样,从小也无父无母,在我很小的时候,父母就去世了,我是被爷爷一手带大的。父亲生前给我留下了很大一笔财产,可我因为没人管教,很快就上了骄奢淫逸的生活。直到有一天,我遇到了素女,她的美丽善良让我愿意为她改变,终于,我改掉了以前那些臭毛病,赢得了素女的芳心。可是好景不长,她过门之后,我又慢慢恢复了以前的恶习,素女很是伤心。有一次,我从外面喝酒回来,刚进家门,却猛地看到素女已经站到了院中的井旁,我大声地哭喊着,疯了一样想要拉回我最爱的素女,可素女却回望了我一眼,就流着泪跳入了黑漆漆的井中,我悲痛欲绝,从此洗心革面,决定用自己的一生为素女修行……"

此刻的法藏已泪流满面。看着伤心欲绝的法藏,阿牛拉住了他的手,劝慰道:"不哭了,大哥,相信素女看到你现在变得这么有信仰,她的在天之灵也定会为你感到高兴的。"

法藏猛地站起来,大声地喊道:"可是这有什么用、这有什么用啊?我再也见不到我最爱的素女了,再也见不到了!"

阿牛赶紧安慰法藏道:"大哥,你别伤心了,凡事自有天定,你走上修佛的道路,也是上天的安排。等你成佛以后,不论她在哪里,你都可以度化她的。"

阿牛的话一下子点醒了法藏,他往前走了两步,走到石壁之上的圣水珠前，恭恭敬敬地跪倒在地上，磕了三个头，然后双手合十，虔诚地说道："燃灯师祖，我刚才着了相了，求您原谅我吧，我一定好好修行，一定守护好这颗圣水珠。期待着在您的指导下，我能早日成佛，度化我最爱的素女……"

法藏刚磕完头，神奇的一幕出现了，只见那颗石壁上的圣水珠，闪现出了千道祥光，将整个卷帘洞都给照亮了。阿牛被眼前的一幕惊呆了，他迎着柔和的圣水珠光彩，走到法藏的身旁，说道："大哥，这是什么宝贝啊，这么有灵性？"

法藏说道："阿牛，这是三界至宝圣水珠。当年就是因为天魔盗走圣水珠，才致使天河倒灌人间，有了女娲炼石补天与后来的大禹治水。这是三界的圣物。我在水帘洞修行，就是按燃灯师祖的吩咐，在这里守护圣水珠。"

阿牛点了点头，说道："原来如此啊，怪不得这宝珠能够放出千道祥光呢！你放心吧，大哥，以后，我会和你一起来守护这颗圣水珠的。"

法藏握住阿牛的手说道："好阿牛，好兄弟，以后我们就一起来守护这三界的至宝吧。"

阿牛道："大哥，我听说男女相好应结为夫妻，男人之间相好应结为兄弟，如果大哥不嫌弃我，我们两人就结拜为兄弟吧。"

法藏大喜，忙说道："阿牛，论说出家人不应着世俗之相，可要不是你，我早已经命丧熊口，你的提议很好，我们今天就在圣水珠前结为兄弟吧。"

阿牛也高兴地说道："大哥，我们就对着圣水珠起誓，兄弟同心，共同守护圣水珠。"

就在阿牛与法藏兄弟两人对着圣水珠结拜的时候，没有采摘到万年无花果的天魔，追到了卷帘洞洞口。刚到洞口的他，就看到洞内放出了祥光阵阵，天魔忙张开法眼往里看去，内心随即一阵惊喜。原来，他重生以来苦苦寻觅的圣水珠，竟然就藏在卷帘洞内。想到这儿，天魔迈开大步向着洞中走去。刚走到洞口，只见道道佛光涌现，一下子就将天魔给撞飞了出去，天魔"啊"的一声，重重地跌倒在地上。

第四章
传奇圣水珠

倒在地上的天魔站了起来，他举起双臂，发出了震动三界的怒吼，直震得天摇地动。卷帘洞内的阿牛与法藏也赶紧跑到洞口，一眼就看到了正在发飙的天魔。

阿牛站在洞口，冲着天魔大声地喊道："你是什么人？在这里乱喊什么？"

天魔看着眼前的这个凡人阿牛，狂笑道："我是天界的至尊，你是谁？"

阿牛无知者无畏，讥笑道："瞧你那不大的身材，你还天界的至尊哪！你要是天界的至尊，那我就是玉皇大帝。"

天魔听到阿牛这么讥讽他，早已经气急，用手指着阿牛说道："你这个凡人，赶紧去将那圣水珠给我拿出来，不然，我让你顷刻没命。"

阿牛根本不相信天魔有这么大的能力，故意学着天魔说话的样子，也用手一指天魔说道："我就是不去拿，你要是敢跟我动手，我也让你顷刻没命。"

法藏看到站在洞外的天魔被阿牛气得够呛，心里暗道不好，学过法术的他知道，眼前这位天魔不好惹。于是，法藏赶紧打圆场，双手合十冲着天魔行了一礼，恭敬地说道："阿弥陀佛，大天尊，你是三界有头有脸的人物，何必跟个凡夫俗子一般见识呢？小僧这就代他给你赔罪了。"

天魔刚要动怒，听到法藏这么一说，便点了点头，缓缓地说道："我当然不会跟一个凡人一般见识，我看你是一个懂事理的人，听我的，去给我将洞内的圣水珠拿出来。"

法藏忙道："天尊，这圣水珠乃是三界的圣物，我按照燃灯师祖的盼咐，在这里看护圣水珠，除了我师祖燃灯古佛之外，我是不能将它交给任何人的。"

天魔听闻，马上问道："你是那个叫法藏的和尚吗？"

法藏听天魔说出了自己的名字，先是一惊，赶紧问道："天尊，你是怎么知道小僧的名字的？"

天魔笑道："法藏，这三界之内的事，只要我想知道就能知道。好，你很好，去把圣水珠给我拿出来吧，只要你把圣水珠给我，我是不会亏待你的，到时，我会教你一身纵横三界的本事，说到做到，决不食言。"

法藏听闻，赶忙答道："天尊吩咐，法藏自当无有不从，但是，守护圣水珠这是师祖燃灯古佛的吩咐，弟子不敢违背，更不敢将圣珠交给除师祖以外的任何人，还请天尊谅解。"

天魔听法藏这么说，用手指着法藏说道："好，很好，有志气，不愧是燃灯古佛的弟子。但我问你，你就不怕我让你顷刻毙命吗？"

阿牛听天魔这么说，心里非常生气，也用手指着天魔说道："你信不信，只要你敢动手，我只用一个手指头，就能打得你满地找牙。"

法藏听阿牛这么说，赶紧用手捂住了阿牛的嘴巴，不让他继续说下去，以免激怒天魔。谁想，这一句话却把天魔给气乐了，天魔笑过后，又恢复了一脸严肃的模样，说道："本尊纵横三界，鲜有对手。自从苏醒过来以后，除了我的徒弟，还没有人敢对我这么说话呢。"

法藏赶紧对天魔说道："天尊，您就饶了阿牛的不敬之罪吧。"

天魔道："你让我饶了他也可以，本来我也不想跟一个凡夫俗子一般见识，这样吧，只要你去取来圣水珠给我，我就饶了他。"

法藏摇了摇头，坚定地说道："天尊，您是三界至尊，想要什么本来都应该给您。可看护圣水珠这是师祖的吩咐，求天尊谅解，弟子真的不敢违背。如果您还是想要圣水珠，请您去找我的师祖燃灯古佛吧，只要他老人家点头答应，我马上将圣水珠取来双手送给您。"

天魔说道："法藏，你真是好一副伶牙俐齿啊，看来你是铁定不会将圣水珠给我了？"

法藏坚定地答道："是的，天尊，人唯死而已，要想让我将圣水珠交给您，那是断无可能。"

天魔点了点头，看了看法藏身边的阿牛，问道："刚才是哪位说要把我

第四章
传奇圣水珠

打得满地找牙来着？"

阿牛一句"我"字还没说出口，就感觉口内不对劲，赶紧用手一摸，发现自己的牙全都不见了，顿时感到口腔内异常疼痛。但他仍然忍着疼，就是不肯向天魔求饶。他说话"嗡嗡"带着气，但依咬着牙根，用手一指天魔喊道："你竟然敢暗害我？快还我的牙来，不然小心我揍你。"

法藏听到阿牛说话不对劲，赶紧转过头，着急地问阿牛道："阿牛，你怎么了？"

天魔看着两个人惊慌失措的样子，说道："他要打得我满地找牙，我就让他先没有牙，我不跟你们这些凡人动手，但也不能容忍一个凡人这么对我说话。"

法藏赶紧双手合十，说道："大天尊，求您别为难我兄弟了，他就是一个凡人，您就饶恕他吧。"

天魔笑了笑说道："你去将圣水珠给我拿来，我就马上还他一口比原来还好的牙。而且我告诉你们，我还他的这口牙，可是被我施了法的，保证他一辈子吃香的喝辣的。"

阿牛用手捂着腮，强忍着疼痛，使劲地咬着牙根，继续瓮声瓮气地说道："我不稀罕。"

法藏看天魔依然在索要圣水珠，再看看强忍着疼痛的阿牛，心里也是来了气，他知道卷帘洞有师祖燃灯古佛的佛光护着，任何妖魔鬼怪都进不来，就壮着胆子对天魔说道："天尊，您若是想要，就自己进来取，何必非要我帮您拿呢？难道是怕了我师祖的护洞佛光？"

天魔被法藏这么一激，心里的那股子狂劲也上来了，他指着法藏跟阿牛说道："好，我不跟你们一般见识，今天我就让你们见识一下本尊的厉害。"

说完，天魔便暗暗地发动法力。只见天魔的身边聚集了无数道绿光，绿光越来越强，晃得法藏睁不开眼，法藏大叫一声"不好"，拉起阿牛就向着洞内跑去……

卷帘洞外，早已经气急的天魔，在数道强绿光的环绕下，渐渐地向着卷帘洞的洞口飘去。这一道洞门是有燃灯古佛的佛光护佑，自然也是神圣非凡，伴随着绿光的逼近，洞口的金光也是越来越璀璨，绿光与金光在洞门口互相缠绕着，激起了阵阵的火星，噼里啪啦直响，整个花果山更是地动山摇，洞顶的乱石也不停地掉下来。阿牛与法藏不断地奔跑躲避乱石，最后，躲在了一块巨石的后头，再也不敢探出身来。

绿光与金光两道强光在激烈地斗争着，很快，只听得"啊"的一声，绿光全都不见了，天魔再次重重地摔倒在地，天魔猛地从地上爬起来，心有不甘地收起了法力，一甩袍袖，向着远处飞去。

直到卷帘洞外再无一点声响，法藏才拉起惊魂未定的阿牛，问道："阿牛，你没事吧？"

阿牛说话漏风，依然瓮声瓮气地说道："没事，就是牙没有了。"

法藏说道："阿牛，刚才天魔要用一口吃香喝辣的好牙让你取来圣水珠献给他，你都不为所动，大哥很是感动，真是没有看错你啊。"

阿牛被法藏一夸，胸脯一挺，说道："大哥，我阿牛是世界上最仗义的人，敢为大哥两肋插刀，为了帮助你守护圣水珠，别说掉了这满口牙，就是搭上我的性命也在所不惜。"

法藏听阿牛这么说，有些激动地拍着阿牛的肩膀，说道："阿牛，我的好兄弟，真没白交你这个朋友，请你相信，以后等你有需要的时候，我也会为你两肋插刀的。"

阿牛忍着疼，问道："大哥，你说要是这个天魔再来，我们可怎么办？"

法藏说道："阿牛，没事的，卷帘洞有我师祖燃灯古佛的护洞金光，任何妖魔鬼怪都进不来的，这个你可以放心。不过，我们也不敢轻易出洞，你说，咱们出不了洞，这吃饭可怎么办？"

阿牛一拍胸脯，说道："大哥，没事，我不是说过吗，我来给你送饭。"

法藏摇了摇头说道："不行，如果你出去，天魔找上你可怎么办？"

阿牛笑道："他如果真是一个三界的至尊，自然不会跟我这个凡人一般见识。再说了，他要找的是你，要取的是你洞内的圣水珠，找我干啥？"

法藏想了想，点了点头，说道："你说的也有几分道理，这段日子我不能出洞采野果，可能真的要辛苦你了。"

阿牛笑道："没事，谁让你是我的大哥呢，我这就回家给你做饭去。"

说完，阿牛便迈开大步，向着卷帘洞外走去。看着阿牛渐渐地离开了卷帘洞，法藏迈步走到圣水珠下坐定，开始闭目修行起来。

被燃灯古佛护洞金光所伤的天魔带着已经被他化成尘埃的黑熊，回到了天魔洞。回到洞内站定，天魔将黑熊重新变了出来，此时的黑熊已经没有了呼吸，天魔叹口气，对着黑熊说道："唉，我被封印了这么多年，真是万事

第四章
传奇圣水珠

开头难哪,身边竟然连一个能使唤的人都没有!黑熊啊黑熊,等我救活你,就让你来做我的护法吧。"

天魔的嘴里念念有词,猛地向空中一伸手,一朵紫金莲便出现在手中,天魔将紫金莲往黑熊的头顶一放,只见紫金莲发出一道道紫色的光线,照亮了黑熊的脑门,黑熊身上的血迹慢慢地消失……

黑熊的脑门被紫金莲照得发紫,只用了片刻的工夫,便慢慢地睁开眼来。待到紫金莲的光彩渐渐消失,天魔一伸手将紫金莲收了回来,黑熊一下子站了起来,扑通一声跪倒在地,对着天魔恭敬地磕头,说道:"感谢大天尊的救命之恩!自此以后,我将永远跟随大天尊,誓死效忠大天尊!"

天魔点了点头,缓缓地说道:"黑熊啊,你不必谢我,这是我们之间的缘分。再说,我的紫金莲只能给你续命,要想彻底地救活你,还需要那个万年无花果,可它已经被法藏给吃了。"

黑熊再拜道:"感谢大天尊给我续命,不然我现在已经是一只鬼了。"

天魔笑道:"你有感恩之心甚好,我现在刚刚从封印中苏醒过来,有很多的大事要办,你就给我当个护法神吧。你放心,我一定给你找来万年无花果,不但要让你彻底恢复,还要让你成为拥有超强法力的战神。"

黑熊听天魔这么说,又不停地磕头谢恩,天魔摆了摆手说道:"你现在赶紧赶往龙宫,去把我的徒弟霓裳找来,就说我有要事找她。"

跪在地上的黑熊诚惶诚恐地说道:"是,大天尊,我这就去东海水晶宫找霓裳,可是,我没有法术,根本下不了海啊。"

天魔笑道:"这个无妨。"

说完,天魔将手中的紫金莲往下一扬,送到了黑熊的手中,说道:"你拿着这个紫金莲,它会带你找到霓裳,并且会很快将你俩带回来的。"

黑熊手里拿着紫金莲,认真地看了看这个宝物,又向着天魔深施一礼,转身离开了天魔洞。

待黑熊离开天魔洞,天魔站到了大殿的中央,口里念念有词。等魔咒念完,天魔用手一指,一道白光闪过,只见一座"太阴魔水炉"出现在了天魔洞大殿的正中央。天魔哈哈大笑道:"法藏啊法藏,我就用这个太阴魔水炉将你体内的万年无花果炼出来,给我的黑熊护法增添法力。"

话毕,天魔转身坐到了大殿的椅子上。刚刚坐定,就看到大殿之内紫光一闪,紫金莲已经带着黑熊及霓裳,出现在了天魔洞的大殿里。黑熊跑到天魔跟前，恭敬地跪倒在地上，说道："大天尊，霓裳已经被我找来了，您还有什么吩咐？"

天魔点了点头，笑道："好，很好，这第一件事你就给我办得这么漂亮，算你大功一件。现在没有你的事了，退下吧。"

黑熊赶紧跪地磕头，口中喊道："谢大天尊赞赏，属下这就告退，祝大天尊仙福永享寿与天齐。"

天魔摆了摆手，黑熊转身退出了大殿。

霓裳看着黑熊离开了大殿，便蹦蹦跳跳地走到天魔身旁站住，问道："老头儿，那个黑熊来找我，我还不肯跟来。他拿出您的紫金莲来，我就迷迷糊糊地到了这里，这才知道真的是您有事找我。说吧，找我啥事啊？"

天魔瞅了瞅霓裳，笑道："霓裳，我被封印了这么多年，有很多的大事要办。但是有些事我不方便亲自办，还得你帮我出手啊。"

霓裳笑道："您是三界的大天尊，还有什么事您办不了的？再说，我法力低微，怎么能帮您出马呢？"

天魔点了点头，说道："这就是我找你来的目的。今天，我便要传你一套冷月冰心剑法和一些法力，等你学会了，你就能出去帮我办事了。"

霓裳调皮地摸了摸天魔的胡子，笑着说道："老头儿啊老头儿，我说呢，您怎么会这么好心要传我法术，原来是要让我为您办事啊。"

天魔拨开霓裳摸着胡子的手，严肃地说道："你这个鬼灵精怪的小丫头，我告诉你，你是我下界后遇到的第一个人，也是帮我解开封印的人，我自然不能亏待了你，传你法术也是应该的，但是有一个事我得跟你说明白。"

霓裳趁着天魔说话的工夫，再次调皮地摸了一下天魔的胡子，说道："说事就说事呗，别那么认真好吗？我不习惯。"

天魔再次挡开霓裳摸胡子的手，说道："你要记住，以后，随着我们倒反天宫日期的到来，会有许多以前的下属来投奔我，你在没人的时候可以叫我老头儿，要是当着这些妖王的面，你可一定得给我留面子，叫天尊可以，叫师父也行，反正不能叫老头儿，坏了我天魔洞的规矩。"

霓裳一听，笑着说道："噢，原来您也好面子啊。好，我答应您，在您面前我叫您老头儿，在别人面前，我就叫您师父，好不好？"

天魔的脸上这才露出笑容，说道："我就是这个意思。来吧，你赶紧站到魔水炉前，为师要将你送进炉里传你法力了。"

第四章
传奇圣水珠

霓裳一看大殿中央的魔水炉,张大了嘴巴问道:"你不是要将我放进那个炉子里吧?老头,我害怕那个炉子。"

天魔笑了笑没再说话,他将两手伸过头顶,只见头顶冒出了一朵白云,天魔一拽白云,将它铺到霓裳的脚下,说道:"霓裳,你快站到这朵云上。"

霓裳跺跺脚说道:"我才不呢,我怕踩空了摔着。"

天魔再用手一指霓裳,只见霓裳的身体腾空而起,站到了白云之上,直吓得霓裳左右挣扎。可是,凭她再怎么挣扎也落不了地。只见那朵白云托举着霓裳飞到了炉顶,白云一下子消失不见,霓裳扑通一声便掉到了那个魔水炉中,炉盖"咣"的一声盖住,直吓得霓裳大喊大叫起来:"老头儿,你想要谋财害命吗?"

天魔笑着走到炉子前说道:"霓裳,等你从炉子里出来的时候,你感谢我还来不及呢,我怎么会谋你的财害你的命,再说你又有什么财值得我谋呢?"

说完,天魔不顾在炉内乱踢的霓裳,开始作起法来。透过炉窗可以看到魔水炉内紫焰腾腾,炉内的霓裳大声地叫着:"老头儿,我头晕得厉害,心跳得厉害,我快不行了……"

天魔不顾霓裳的叫喊,继续作法,只见天魔的头上流出了豆大的汗珠,头顶紫气环绕,脸上时红时白。魔水炉内的霓裳渐渐地不叫喊了。等到做完了法,天魔双手合十,站起身来长吁一口气,说道:"大功告成。"

接着,天魔用手一指炉盖,炉盖掀了开来,被魔水炉里的魔水浸得发黑的霓裳从魔水炉里飞了出来。待到霓裳站定,天魔往霓裳的头顶一指,叫道:"徒儿,快些醒来。"

霓裳被天魔这么一指,猛地睁开了眼睛,她对着天魔问道:"老头儿,我现在已经死了吗?"

天魔笑着说道:"你咬咬自己的手指看看。"

霓裳按天魔所说,用牙咬了咬自己的手指,只听她"哎哟"一声尖叫,说道:"老头儿,我刚才可是被你的魔水给害苦了,疼得我在炉里直打滚,我记得我分明是已经死了,怎么又没事了?"

天魔没有接霓裳的话茬,只是缓缓地说道:"霓裳,你现在有什么心愿?"

霓裳道:"老头儿,我的心愿多的是,可是都实现不了啊,你是想帮我实现吗?"

天魔笑道："不用我帮你实现，经过在魔水炉里这么一炼，你已经拥有了我三成的法力，你自己就能变出想要的东西来，试试看吧。"

霓裳听到天魔这么说，兴奋地跺着脚说道："我想想啊，噢，我想起来了，我想要一根金簪子。原先，我缠着我龙三哥哥给我买，可是他死活不给我买，就连我们成亲，他也没有送给我，害得我现在头上也没有簪子。"

霓裳的话刚说完，只见空中出现了一只金簪子，霓裳大喜，一伸手便将簪子抓到了手中，举着簪子向天魔问道："老头，这是你送给我的礼物吗？"

天魔呵呵一笑道："当然不是，你被我的魔水炉这么一炼，已经拥有了法力，想变什么，都可以随心所欲。"

霓裳又道："这是真的吗？那我现在想飞起来。"

天魔点了点头，说道："这有何难？你看看你现在在哪里？"

天魔的话刚说完，只见霓裳已经飘在了大殿之上。霓裳一袭紫衣，衣袂飘飘地在大殿上飞了起来。刚开始会飞，霓裳还有些不适应，接连"啊啊"地尖叫着，这一声声的尖叫里透着无尽的喜悦与兴奋。

霓裳忙用意念将自己身体落地，快速地走到天魔的面前，双膝跪倒在地上，大声说道："多谢师父传我法力，师父在上，请受徒儿一拜。"

说完，霓裳抬起头，冲着天魔吐了一下舌头，天魔笑了笑说："你终于又叫我师父了，很好很好啊，为师真的很高兴。"

霓裳笑道："叫师父还是不顺口，还是叫你老头儿顺嘴。哎，我说老头儿，我现在已经有法力了，您告诉我，您想吃什么？是想吃龙肝凤髓，还是山珍海味？我这就给您变来。"

天魔摇了摇头，笑着说道："你这个小吃货，为师传你法力，可不是让你来吃的，你得替为师去办一件大事。"

霓裳想了一想，说道："说吧，老头儿，您让我为您办什么事，不管什么事，我都能替您办到。"

天魔点了点头，伸出手凭空取来一个画像，对着霓裳说道："画上的这个人叫阿牛，是法藏的好朋友，你趁机接近他，让他带你走进卷帘洞，给我把圣水珠拿来。"

霓裳接过天魔手里的画像，展开来看了看，说道："师父，您要珠子咱们龙宫里有的是啊，我只要求我的父王，他能给您送来一箩筐，何必非要这个破珠子呢？"

第四章
传奇圣水珠

天魔说道:"你可曾听说过'木盏针珠石,三界无人敌,五宝合一体,逆天不足奇'这个传闻?"

霓裳点头说道:"我小时候曾经听我父王跟西海龙王谈起过这个传闻,您前几天在龙宫不是也说过这话吗?老头儿,快告诉我,这个传闻跟我去拿珠子有什么关系吗?"

天魔说道:"当然有关系!这个传闻里的珠子,就是我要让你取来的圣水珠。"

霓裳问道:"可是,这个圣水珠是别人的东西,我们取走它,人家会高兴吗?"

天魔缓缓地说道:"徒儿,几十亿年前,这颗圣水珠曾经是我的宝贝,现在却成了别人的东西,你说别人拿着我的东西,我会高兴吗?"

霓裳听天魔这么说,就说道:"好了,我的老头儿,我的师父,我的大天尊,我替您去取还不行吗?"

天魔这才满意地说道:"好,很好,你一定要记着,要先去找阿牛套出进洞的咒语,绝对不能先进卷帘洞,你有了我传你的法力,很容易被燃灯佛的护洞金光伤着。"

霓裳一听,不以为意地说道:"好好好,老头儿,我都听您的还不行吗?您可真能唠叨。"

天魔笑了笑说:"霓裳,你快去吧,为师需要这颗圣水珠。"

霓裳听天魔这么说,点了点头,转过身来,向着殿外飞去,飞了差不多两个时辰,就到了花果山卷帘洞的上空。

站在云端的霓裳向下望去,只见脚下的花果山山峦起伏,一片郁郁葱葱的景象。在那群山之间,更是有一大片祥云升腾,再抬头向前望去,一轮明日正在云天之上,闪烁着耀眼的光芒。踩在云头之上的霓裳,张开双臂向着太阳高兴地喊道:"我会飞了,我终于会飞了,父王,我已经像您一样,成为神仙了……"

对于天魔的命令,霓裳自然是不敢怠慢,她用自己的意识控制着脚下的云彩,慢慢地将云彩落在了卷帘洞外。刚到卷帘洞外的她,抬头向里望去,只见洞内最深处的石壁上,有一颗硕大的珠子,正在闪着奇异的光彩,整个卷帘洞内,也被这圣水珠所发出的光彩照亮了。

霓裳在心里说,这可真是一个好宝贝啊,师父失去这颗宝珠时,心里一定很难过。想到这里，霓裳在心里恨起了那些偷师父圣水珠的人。她想，师父这么善良这么可爱，可是好人却没有好报，就连他最心爱的珠子都被别人抢去。作为徒弟，自己一定要帮师父完成心愿，替他老人家拿回这颗圣水珠来。

想到这里，霓裳早就忘记了天魔的嘱托，情不自禁地向着卷帘洞内走去，刚走到洞口，便激发了燃灯古佛设下的护洞佛光，一下子便将霓裳给打向空中。

霓裳重重地摔倒在地上。此时，正好阿牛出洞回家，看到洞外的空地上躺着一个姑娘，热心肠的他快步地跑上前，弯下腰搀扶起霓裳，瓮声瓮气地问道："这位姑娘，你怎么躺在这里啊？"

霓裳看到阿牛，一下子就认出了这就是师父画上的人，想想如果将真实的目的告诉他，阿牛肯定不会理睬自己，想到这里，霓裳就换了一副面孔，娇滴滴地指着阿牛的嘴问道："你怎么说话漏风啊？我害怕。"

阿牛笑道："你别害怕，我是山下的猎户阿牛，我的牙被坏人给偷走了。没事，姑娘啊，你快告诉我，你是怎么来到这里的？"

霓裳这才说道："这位壮士，我被一个妖怪绑架到了山里，妖怪正要吃掉我的时候，却碰到了一位仙人，仙人将我救下后独自离开了。我一个人找不到回家的路，这才在山中胡乱走着，想找个人来问问这是哪里，不想却摔倒了。"

阿牛点了点头，说道："这里是东胜神洲花果山，姑娘是哪里人氏？"

霓裳答道："我是傲来国人氏，这里距离我家远吗？"

阿牛叹了一口气，继续说道："远，当然远了，姑娘，不瞒你说，这简直是太远了，你就是走一辈子也不一定能到得了家，何况中间还隔着好几重大海。"

霓裳听阿牛这么说，嘤嘤地哭了起来，一边哭一边可怜兮兮地说道："哎哟，我的妈呀，我这可怎么办哪？"

阿牛看到霓裳在哭，心里就有些不落忍，他用手拍了拍霓裳的胳膊，说道："嘿，我说，你别哭了，你看你一个人在山里也不安全，山里颇多狼虫虎豹，姑娘如果信任我，就跟着我回家去吧。"

霓裳这才止住了哭声，对着阿牛说道："壮士说的是，可是我一个姑娘家，住到你家里，你不怕别人说闲话吗？"

第四章
传奇圣水珠

阿牛一听,张嘴说道:"我怕谁说我的闲话?别说山里没几户人家,没有人说闲话,就是有人说闲话,那也比让你一个人落到虎口里强。我说,你快跟我回家吧,你一个人待在这里,实在是太不安全了。"

霓裳听阿牛说得这么肯定,心想这个阿牛可真是一个好人,尽管他的兄弟夺去了师父的圣水珠,可他却不是一个坏人。

看着霓裳在发愣,阿牛用手搀扶起霓裳,说道:"走吧,咱们赶紧回家,我还得给我的大哥送饭哪。"

霓裳问道:"你给你大哥做饭?你还会做饭?"

阿牛笑道:"山里人会做什么饭哪,不过就是胡乱填饱肚子而已。"

霓裳又问道:"你大哥跟你不住在一起吗?"

阿牛答道:"咳,忘记告诉你了,我的这位大哥不是我的亲兄弟,而是我的结义大哥,他住在山上的卷帘洞里,需要我送饭给他吃。好了,咱们先别聊了,该回家做饭了,不然,我大哥又要饿肚子了。"

霓裳说道:"好,听你的,咱们这就走吧,一会儿到了你家,我也给你做几道小菜,以报答壮士的救命之恩。"

说完,霓裳在阿牛的搀扶下,迈开双脚向着山下的阿牛家走去。

两个人有说有笑地向前走着。阿牛一边往前走一边想,这位姑娘可真好,又漂亮又会做饭,是个不可多得的玉人,如果能娶回家给自己做老婆,那该多好啊!想到这里,阿牛情不自禁地笑出了声。

看到阿牛一个劲地在傻笑,霓裳好奇地问道:"阿牛,你笑什么啊?"

阿牛这才从美梦中醒过来,为了掩饰自己的失态,只好慌乱地答道:"没什么,没什么,再往前走一会儿,咱们就到家了。"

到了阿牛的家门口,霓裳这才发现,阿牛所谓的家,不过就是两间破茅草屋,十分简陋。不过此时的霓裳却没工夫注意这些,反而紧张起来,因为她从小生活在龙宫,过的是衣来伸手、饭来张口的生活,根本就不会做饭,霓裳在心里一个劲地琢磨,该怎么将阿牛引开,自己好给他变出一些可口的饭菜来。

阿牛推开柴门,将霓裳让进院里,说道:"姑娘这就是我家了,太简陋了,实在是不好意思,以后等我再找人盖几间房子,你住着也就舒服多了。"

霓裳听阿牛这么说,有些不好意思,想想也没什么要说的,便没再说话,而是跟在阿牛后面走去。等到了房门前,霓裳问道:"阿牛,你家里有什么菜没有？我这就给你做饭。"

阿牛将霓裳领进房门，对霓裳说道："家里也没有什么菜，就是从山里采来的蘑菇，还有白菜萝卜什么的，你看这些够吗？"

霓裳一边回着话，一边在快速地思索着该怎么将阿牛支出去。突然，她灵机一动，趁着阿牛不注意，便用手一指盐罐，将里面的盐给变没，这才对着阿牛说道："阿牛啊，我这就为你做饭去，只是，只是家里的盐已经不多了，你去问邻居们借把盐过来吧。"

阿牛走到盐罐前看了看，一摸脑袋，似是自语地说道："这可真是奇怪啊，我前几天才从集市上用野兔换来的盐，怎么用得这么快呢？是不是被贼偷走了？贼可是进门不空手啊。"

霓裳听他这么说就有些不高兴了，因为盐是被自己弄没的，阿牛却说是贼来偷盐，这不就是说自己是贼吗？刚要发作，却想起了师父的嘱咐，只得继续装出淑女的样子，娇滴滴地说道："阿牛啊，谁会偷一把盐啊，你快去借盐吧，别多想了，别耽误了你大哥吃饭。"

阿牛想了想，觉得霓裳说得也有道理，便匆匆告别，迈开大步走出家门，到邻居家里借盐去了。

看着阿牛出了家门，霓裳这才松了一口气，她赶紧拿过一棵白菜来，进入冥想状态后用手一指，一盘炒白菜就呈现在眼前，再拿过地上的蘑菇，用手又一指，一个素炒蘑菇又盛在了盆里，看着两道菜冒着热气，霓裳笑着弯下腰闻了闻，说道："好，这两个菜肯定够了。"

只用了一会儿的工夫，阿牛便拿着一把盐回到家，一看霓裳已经做好了饭，皱着眉头说道："姑娘你做菜怎么这么快？哎，奇怪了，也没见咱们家的烟囱冒烟啊。"

霓裳听阿牛这么说，马上意识到用法术变来的菜实在是漏洞极多，她灵机一动，用手一指，只见锅底下出现了未燃尽的柴火，霓裳这才说道："阿牛，你是没注意吧？你看锅底下的柴还红着哪，怎么能说没看到烟呢？"

阿牛这才点了点头，说道："难道是我看花眼了？不管怎么说，我都谢谢你为我做饭。"

霓裳笑说道："你救了我，我为你做顿饭也是应该的。好了，咱们就别互相客套了，快坐下来吃饭吧。"

阿牛摇摇头说道："姑娘你自己先在家吃饭吧，我得去给大哥送饭。两

第四章
传奇圣水珠

个菜你每样拨一点在碗里,我这就带着饭菜,给我大哥送进洞里。"

霓裳说道:"阿牛,我也不太饿,不如我跟你一起去送饭吧。"

阿牛笑道:"不用了,我自己去就可以,你刚刚摔倒受了伤,还是在家里好好吃饭,然后安心地休息吧。"

霓裳听阿牛这么说,也不好再坚持,只好说道:"好吧,阿牛,你路上小心些。"

阿牛说道:"我天天上山打猎,你真的不用担心我。"

说着话,阿牛便拿过一个盆,将两份饭菜一样拨了一些,然后,拿起装满菜的盆,大踏步地向着屋外走去。

看着阿牛远远地走出了院门,霓裳也来到院里,一个纵身便飞到空中,她空中跟着阿牛,向着花果山卷帘洞飞去。

第五章
地府救敖丙

阿牛提着一饭盆的菜，走到了卷帘洞口。站在洞口的他向里望去，只见法藏正在练拳，阿牛不忍打扰，就站在洞口默默地看着。

法藏正对着圣水珠练一套拳法，他练得非常专注，所以对于阿牛的到来浑然不觉。因为食用了万年无花果，法藏的功力大增，一套"禅韵拳"被他舞得虎虎生威，他越舞越快越舞越快，人如风拳如电，风电相加，如同一道疾风，又似一道骤雨，看得阿牛在心里一个劲地叫好。"禅韵拳"练完，一个收式，法藏立在了卷帘洞的正中央。

法藏刚收了拳式站好，站在卷帘洞洞口的阿牛立即连声喝彩。这时，法藏才发现阿牛已经到了洞口。阿牛从地上拿起饭盆，迈开大步走进洞里，对着法藏笑道："大哥，你练拳肯定累了，赶紧过来吃饭吧。"

法藏也笑呵呵地走过来，接过阿牛手里的饭盆，与阿牛一起走到石桌子前。将饭菜往石桌子上一搁，便双双在石椅上坐下。法藏笑道："好，我这就尝尝兄弟的手艺。可别说，我还真是有些饿了。"

阿牛给法藏递过一双筷子，刚夹了一筷子菜，便"哎哟"一声尖叫了起来。这一声叫可把法藏给吓了一跳，法藏忙问道："怎么了，兄弟？"

阿牛用手捂着腮，骂道："这个天魔可真不是个东西，士可杀不可辱，他让我没了牙，还不如直接杀了我呢，弄得我这一吃饭就疼。"

法藏叹了一口气，说道："兄弟，你就知足吧，天魔可是三界的大魔头，就连天上的神仙都怕他，更别说我们这些凡人了。他没有要你的命，只是让你没了牙，已经算是对你手下留情了。"

第五章
地府救敖丙

阿牛说道:"可是我连说话也说不清,吃饭嘴就疼,这可怎么办哪?"

法藏低下头沉思一会儿,说道:"是得想个办法,只要我能出洞见到我的师祖燃灯古佛,咱们就会有办法。可是,我现在根本出不了洞,这可怎么办哪?"

阿牛听闻,将一口菜囫囵地咽下肚去,说道:"大哥别多想了,吉人自有天相,即使我是一个凡人,也绝不害怕那个天魔。他来了,我照样敢跟他说打得他满地找牙。"

法藏对阿牛伸出大拇指,说道:"好兄弟,你真有志气,大哥佩服你。"

阿牛又道:"大哥,你的师祖燃灯古佛厉害吗?"

法藏一笑,说道:"当然厉害了。他是过去佛,现在的佛祖也得尊称他一声祖师。我能够有幸跟他修行,这是我的福气。不过,我现在出不了洞,如果我能见到师祖,不但你的牙能回来,就连东海龙宫三太子敖丙,也能被他老人家给救活。"

阿牛点了点头,说道:"大哥,你不说我还忘了,你没被地府的黑白无常两个鬼使带走,是应该感谢龙王三太子的。可是,这阴阳两隔,我们这些凡人该怎么走进地府救他呀?"

法藏听阿牛这么说,低头想了一想,说道:"我曾经听师祖说起过一个办法,可以接近地府,可是我从来没有试过,也不知道行还是不行,如果不行的话,我也就回不来了。"

阿牛听法藏这么说,赶紧劝道:"大哥,我说你还是别去地府了,要是你回不来的话,谁来替你看护圣水珠呢?"

法藏说道:"不是还有你吗?"

阿牛说道:"大哥,虽然我们情同手足,可是我真的不愿意当和尚。当和尚多没意思啊,连个媳妇都不能娶。我最大的梦想啊,就是娶一个漂亮的媳妇,然后生很多很多的孩子。"

法藏一听,扑哧一声笑了出来,用手拍了一下阿牛的脑袋,说道:"你可真是一个凡夫俗子。"

阿牛说道:"这不是逗大哥开心嘛。哦,对了,你快跟我说说到底是什么办法?"

法藏想了一下,说道:"燃灯师祖当年曾经教给我一个元神出窍的咒语,但是因为我的修行还不够,所以得有人帮助我一起来做这个事情。"

阿牛一拍胸脯，说道："这不是还有兄弟我嘛，大哥说吧，要我怎么做？"

法藏说道："阿牛，在我元神出窍的时候，你需要点燃一炷香，在一炷香的时间里一直不停地念阿弥陀佛，你要是停下来，我也就回不来了。"

阿牛说道："这个没有问题，包在我的身上，别看我没牙了，可是我念的阿弥陀佛肯定会很好听。没准啊，我这瓮声瓮气地念佛，还真能把你的师祖燃灯古佛给请来。"

法藏笑了笑，说道："即使救回了龙王三太子敖丙的魂魄，他的龙身也已经被哪吒抽了筋，不能还阳了。我还得到西天灵鹫山元觉洞去一趟，请我的师祖来给他重塑真身。"

阿牛叹了一口气，说道："还要这么麻烦啊？"

法藏道："那是当然了，到地府救一个魂魄，行这逆天改命的事情，当然不是那么容易了。"

阿牛笑道："大哥，你就吩咐吧，你让我怎么做，我就怎么做，人家龙王三太子敖丙救了你，咱们也得舍身把他给救回来。"

法藏点了点头，说道："好兄弟，你真是一个有情有义的人啊。"

听到法藏的夸奖，阿牛有些不好意思："大哥，其实这不是我做的饭菜。"

法藏停下了筷子，疑惑地说道："不是你做的，难道是你的紫霞姐做的？"

阿牛说道："当然不是了。我早就跟你说过紫霞姐来无影去无踪，经常莫名其妙地就不见了。我也不知道她到底是什么人，只是她对我实在是太好了，总是在我需要的时候出来救我。"

法藏想到紫霞或许是一位有背景的仙人，可是她为什么要照顾阿牛这个凡人呢？一个大大的问号画在了法藏心里，法藏不想将对紫霞的疑惑告诉阿牛，以免吓着他，便又问道："既然不是紫霞给你做的，那这么香的饭菜是谁做的？"

阿牛不好意思地笑笑，有些害羞地说道："大哥，是一个漂亮的女孩给我做的。"

法藏张大了嘴巴，问道："不会吧，你才离开我这么一会儿，就认识了一个漂亮女孩？而且这个女孩还为你做饭？这也太快了吧？"

连续三个问句将阿牛问得更加不好意思。于是，阿牛便将跟霓裳认识的来龙去脉，对法藏原原本本地说了一遍。法藏听完，笑道："原来是这样啊，等到她养好了伤，还是应该尽快将她送回家里去，这家里丢了个大活人，可

第五章
地府救敖丙

不得把人家姑娘的爹妈给急坏了。"

听法藏说要尽快将女孩送走，阿牛有些失望地说道："大哥说得对，可是女孩走了，谁给你做饭呢？我做的又不好吃。"

法藏哈哈大笑道："吃饭不重要，重要的是别让人家姑娘的家里人担心。"

两个人正在说着话，突然，就听到卷帘洞外传来了一声女子的尖叫。法藏与阿牛赶紧跑到洞口，看到霓裳重重地摔倒在地上。阿牛一看霓裳，赶紧跑到洞外，将霓裳搀扶起来，问道："霓裳，你怎么不在家里待着，跑到卷帘洞来做什么啊？"

霓裳被阿牛搀扶起来，装成淑女的样子笑笑说道："我在你家里，觉得闷得慌，就跟着你来到了洞外，可是我不敢进去，就在洞外等着你。这半天也没见你出来，我就想进去看看，谁想刚走到洞口，不知道被什么东西给拦住，将我重重地打了出去，哎哟，可真是疼死我了。"

法藏看到霓裳，感觉眼前这个女孩有些眼熟，可是就是想不起在哪里见过，也信步走到了洞外，向着霓裳说道："姑娘既然在家里闷得慌，不如就跟着我俩进洞吧。"

霓裳一听，赶紧摇头道："我可不敢进去了，这个洞口有妖怪，刚才把我打出去的肯定是守门的妖怪。"

法藏听霓裳这么说，哈哈大笑道："姑娘，没有什么妖怪的，这不过是师祖设下的护洞金光。我这就教给你进洞的口诀，以后你就可以随便进洞了。"

霓裳听法藏说要教给自己进洞的口诀，心里暗喜，心想这个卷帘洞的佛光可真是厉害啊，任凭你法力再高深，那也绝对进不去，怪不得师父明明在洞外看到圣水珠了，却偏偏不敢进去拿。想到这里，霓裳假装不想学的样子，说道："不就是一个山洞吗，至于设下什么护洞金光吗？好了，我不进洞了，也不想学你们的那个进洞咒语。"

阿牛一听，赶紧说道："别，姑娘，你还是学学吧，这样如果你在家里闷得慌，就可以来洞里找我和大哥玩了。"

在阿牛的劝说下，霓裳这才"勉强"答应学进洞的咒语。于是，法藏就认真地将咒语念给霓裳听，等到霓裳学会，法藏便领着阿牛与霓裳，一起走进了卷帘洞中。

霓裳的心思一直都在圣水珠上，所以，进到洞里的她两只眼睛全盯在了石壁的圣水珠上。此时的圣水珠正散发着柔和的光彩，看到霓裳一直在看圣水珠，阿牛指着石壁上的圣水珠，笑道："姑娘，你也喜欢这颗珠子吗？"

霓裳笑道："我只是感觉奇怪，这明明就是一颗珠子，怎么就能放出这万道霞光呢？

法藏看到霓裳一直盯着圣水珠，心中暗叫"不好"，怕是这个姑娘进洞来的目的，就是这颗珠子。他有些后悔将进洞的口诀教给她，可是已经教了，自然没有收回来的可能。于是，法藏一直守在霓裳的身边，只要霓裳敢去碰这颗圣水珠，他就立即出手将她制服，但是在霓裳动手之前，他还是不能贸然出手。

想到这里，法藏就对着霓裳说了一句一语双关的话："是啊，阿牛兄弟说得没错，这颗珠子确实是三界的至宝，所以，想偷它的人可真是不少啊。"

霓裳看到法藏一直守在自己身边，心生郁闷，这个僧人可能已经对自己起了疑心了，如果自己冒失地动手，这个法藏看起来也不是一个善茬，像是一个会些法术的人，如果自己打不过他，到时打草惊蛇，完不成师命，反而得不偿失。想到这里，霓裳只好将目光从圣水珠上移开，笑着说道："不瞒大师说，我们家里也有不少的珠子，至于三界的至宝，小女子可真是不稀罕哪，我现在最关心的就是怎么回家，还请大师帮帮我。"

听霓裳这么说，法藏的戒备之心稍微有些松懈，笑道："是啊，阿牛，我们兄弟两人，是应该想想怎么帮助姑娘回家了。"

说着话，三个人就在放着饭菜的石桌前坐定。霓裳看着被吃得干干净净的饭菜，问道："阿牛，大师，我做的饭菜还可口吗？"

阿牛笑道："可口，当然可口了，我只盼着能天天吃到姑娘做的饭菜，那才是人间第一美事呢。"

法藏也称赞道："姑娘的手艺确实不错，只是你离开家这么长时间，家里人肯定担心你，只怕以后等姑娘回到家里，我们想品尝姑娘的手艺，也是不可得了啊。"

霓裳听到两个人的赞美，心里想，打从记事起，自己就过着衣来伸手饭来张口的生活，至于做菜做饭这些小事，都是由龙宫的水族去做，自己还从来没有做过饭哪。要不是师父教给自己法术，根本不可能变出这么好吃的饭菜来，更不可能得到两个男人的夸奖。可别说，法藏与阿牛两人的夸奖，让霓裳的心里美滋滋的，就想以后一定要好好地跟着水族的那些大厨学学手

第五章
地府救敖丙

艺，凭真本事赢得别人的夸奖。

想到这里，霓裳笑盈盈地说道："既然两位想吃我做的饭菜，在我回家之前，我就多做几道拿手的饭菜，让你们俩吃个够，如何？"

听霓裳这么说，阿牛乐得直拍手，就连嘴巴都合不拢了，心想最好她还是别回家，就住在自己家里，这样该有多好啊。

法藏却在心里盘算这个无缘无故出现的女人，如果真是为了早些回家，为什么在她的脸上看不出一点着急的样子呢？她到底是不是为了得到圣水珠？还有，她究竟是不是妖怪变化而来的？

看到法藏正在低头沉思，阿牛说道："大哥，现在姑娘来了，就更好了，她来给我们俩做饭，我来守着那点燃的香，你念着咒去地府救三太子敖丙，岂不是很好？"

法藏一想，阿牛可真是心直口快，对人一点防范之心都没有，若霓裳真的是前来盗圣水珠的贼，那可怎么办？可这些话法藏不能当着霓裳的面跟阿牛挑明，再一想，霓裳做饭也需要工夫，上下山更需要工夫，这一炷香的时间，怎么也够自己去地府了。想到这儿，法藏只好附和道："是啊，姑娘，你来洞里实在是太好了，我们可以专心地做我们的事情了。"

霓裳听到法藏要元神出窍去地府救人，心说这可是一个千载难逢的好机会，也省得跟这个大和尚动手了，对付凡人阿牛还不容易，这样拿回师父的至宝圣水珠也就容易多了。想到这里，霓裳笑着说道："阿牛是我的恩人，要不是遇到阿牛，我现在说不定已经成为野兽的腹中之食了，所以，你们的事就是我的事，你们专心地做事吧，我这就下山去做饭。"

法藏听霓裳这么说，心想这位姑娘来卷帘洞应该不是为了圣水珠。想到这里，法藏就在心里责怪自己作为出家人，不应该对人的疑心这么重，也就对霓裳放松了警惕，但为了保险起见，还是要赶紧打发霓裳下山做饭。

法藏就向霓裳拱手说道："姑娘，真是太感谢你了，既然如此，麻烦你现在就下山去给我们做饭吧，有劳姑娘了。"

霓裳赶紧还礼道："能为两位恩公做饭，这是小女子的福气，无须客气的。"

话虽这么说，可是霓裳还是感觉到了法藏对自己的警惕，心说这个法藏可真是一个有心眼的和尚，把我支开以后，他们就可以放心地去救人了。哼，想得倒美，现在我已经知道了进洞的口诀，啥时候拿回圣水珠，还不是本姑娘说了算。

看着霓裳起身离开卷帘洞,阿牛也站起身来,将霓裳送到了洞口,说道:"姑娘,山路崎岖,你可要多加小心啊。"

霓裳回过头来,冲着阿牛摆摆手,说道:"阿牛,你就放心吧,我已经记住了山路怎么走,你快回洞去,帮助大师守香吧,我这就回家给你们做饭去。"

阿牛点了点头,转身进了卷帘洞。看着阿牛的背影,霓裳变换身形,一下子飞到了空中,专等着合适的时间进洞,替师父抢回圣水珠。

刚刚返回洞内的阿牛,看到法藏已经找来了一根香,面对着师祖燃灯古佛西方灵鹫山元觉洞的方向,恭敬地跪倒在地上。阿牛走上前,也学着法藏的样子,跪在地上问道:"大哥,你说吧,让我怎么做我便怎么做。"

法藏又嘱咐道:"阿牛兄弟,你一定要牢牢地记住,等到我元神出窍以后,无论遇到什么样的情况,你都不可以停止念佛,否则我便回不来了。"

阿牛使劲地点点头,说道:"大哥说得是,你就放心好了,我一定能够好好地念佛,但是如果遇到紧急的情况,我该怎么办啊?"

法藏听阿牛这么一问,皱着眉头想了一想,说道:"阿牛,应该没有什么紧急的情况吧,我们的洞口有护洞神光加持,任何妖魔鬼怪都进不来的,你就放心吧。"

阿牛还是不放心,说道:"大哥,我觉得你还是说说这万一吧,很多事不怕一万就怕万一啊。"

法藏点了点头,说道:"还是兄弟考虑周详啊,师祖好像曾经说过,万一要是有紧急情况出现,就将'阿弥陀佛'四个字倒过来念,而且要一直不停地念'佛陀弥阿',直到我回来。"

阿牛闻听,说道:"大哥,你就放心吧,我已经记下了,大哥赶紧施法吧,我这就开始念佛。"说完,阿牛便闭上眼睛,用他那没有牙的嘴,嗡里嗡气地念起了"阿弥陀佛"。

见阿牛开始念佛,法藏便开始施法,口中念念有词,用手一指那根香,一道强光便将香点燃,接着,法藏念起了燃灯师祖传的元神出窍咒语。只一会儿,法藏的元神便缥缥缈缈地脱离了肉身,向着卷帘洞外飘去。

法藏的元神刚来到洞口,就看到霓裳也站在空中,心说不好,可是却来不及了,因为香已经点燃,不等到燃完香或者阿牛倒念佛号,他的元神就不

第五章
地府救敖丙

能归位。好在霓裳看不到自己，想到这里，急于救东海龙宫三太子敖丙的法藏，便定下心来，元神穿透地面，向着地府直飞而去。

法藏的元神飘到了九泉之下，看到地府到处是阴雾彤彤愁云密布，充斥屈死鬼的喊冤声。藏也不管它，抬头望去，迎面走来一队鬼差，法藏便悄悄地跟在那队鬼差的后面，向着地府的深处走去。法藏一边往前走，一边想这下可坏了，偌大个地府，该到哪里去寻找三太子的魂魄呢？如果在一炷香的时间里救不回三太子的魂魄，找燃灯古佛为其重塑真身，那么这趟地府岂不是白来了？

正为此发愁的时候，法藏就听到前面两个鬼差说话了："哥们儿，你说咱们去提那个龙宫三太子的魂魄，他能老实吗？被哪吒打死还被抽了龙筋，这可真是死得冤枉啊，自从他来到地府，就从来没有老实过，你觉得阎君会怎么发配他？"

另一个鬼差说了："怎么发配他？我告诉你，你别看他死得冤枉，可是他死后，魂魄一直在逃，这可是拒捕啊。在咱们这里不管你是什么原因死的，拒捕这条罪一定下来，你就得下十八层地狱。"

那个鬼差又说了："你觉得阎君会不会因为他是龙王之子，对他网开一面？"

这个鬼差又说了："网开一面？龙族与咱们可是井水不犯河水，咱们阎君也求不着他龙族，何况这个三太子已经被哪吒抽了筋，就算是阎君送他还阳，恐怕也无能为力了，何况他还不服气，整天大喊大叫，要我说他就该下十八层地狱。"

听着两个鬼差你一言我一语地说着，法藏心中大喜，心说他们这是要去提三太子的魂魄，我就跟着他们，等看到了敖丙的魂魄，我就想个主意把这两个鬼差给打发了，然后将敖丙的魂魄带到卷帘洞，再找燃灯古佛为他塑身。

想到这里，法藏一路悄悄地跟着两个鬼差，一直走到了一处鬼牢的大门口。走到这里，法藏停住了脚步，心说，我不能进去，等他们出来，半道上我再跟他们动手。

不一会儿，两个鬼差押着被打得遍体鳞伤的敖丙的魂魄，从鬼牢里走了出来。法藏看着满身是伤的敖丙，心里不是滋味，心说如果不是敖丙告诉阿牛，让自己吞下这万年无花果，那么现在在这里的应该就是自己了。想到这里，法藏就更加坚定了救活敖丙的决心。

两个鬼差押着敖丙的魂魄一路往前走着，走到一处不大的阴山后面，法藏觉得动手的时候到了，于是举起手中的禅杖，从背后向着两个鬼差砸了下去。自从食了万年无花果之后，法藏明显感觉自己的法力大进，但他毕竟是个和尚，不想打死两个鬼差，所以，手上的劲道用了不到两成，可还是将两个鬼差打得不轻，一个身子一软瘫在地上，另一个还没叫喊出声来，也被法藏用禅杖给打晕在地。

两个鬼差先后倒地，把敖丙吓了一跳，转过身来一看，站在自己身前的竟然是法藏，不由得大喜道："法藏大哥，怎么会是你？"

法藏冲上前，一边抱着敖丙，一边拍着敖丙的肩膀说："敖丙兄弟，大哥来晚了，让你受苦了。"

敖丙的眼里含着泪，哽咽着半天说不出话来，突然，他一把推开法藏说道："法藏大哥，这里不是你该来的地方，莫非你已经死了？快，你快走，我来掩护你还阳。"

法藏笑了笑，说道："好兄弟，算我没有看错你，你都已经魂归地府了，还在牵挂着我的安全。没事的，你不用担心，我还没有死，我用的是元神出窍的办法来救你，你快跟我走吧。"

说完，法藏一把拉住敖丙的手，一晃身形就向着地府的上空飞去。刚飞了没一会儿，就听见下面锣声阵阵，只见黑白无常两个鬼使从下面追了上来。法藏心说不好，赶紧加快了向上飞的速度，可这毕竟是他第一次用元神出窍，飞得还不够快，很快便被黑白两位鬼使给追上了。

黑白无常远远地看到是法藏拉着敖丙的魂魄在飞，老远地就扔出了勾魂索，嘴里喊道："法藏，天上有路你不走，地狱无门你自来投。我们正打算寻你的晦气呢，没想到你却送上门来了，今天，你就是插翅也难逃出地府了。"

法藏也不含糊，高声喊道："黑白无常，你们两个少说废话，咱们手底下见真章吧。"

说时迟那时快，眼看着勾魂索即将套到脖子上，法藏一挥禅杖，便将勾魂索给荡开，然后迎着黑白无常就冲了上去。敖丙在地府的这段时间，被打得够呛，可他也不甘心被抓，赤手空拳地夺过一名鬼卒的刀，便与法藏一起恶斗黑白无常两个鬼使。

四个人你来我往地斗在一处，从地府的空中一直斗到地面，勾魂索不停

第五章
地府救敖丙

地飞舞，禅杖也是上下翻飞。法藏自从吃了万年无花果以后，功夫确实突飞猛进，他与敖丙两个人渐渐地占到了上风，眼看着黑白无常即将不敌。突然，四面八方冲来了牛头马面及无数的鬼卒，将法藏与敖丙围了个结结实实。敖丙一个不小心，便被一个鬼卒用刀砍中，疼得他"啊呀"一声大叫，倒在了地上。两名鬼卒赶紧冲上前，用刀架住敖丙的脖子。又有几名鬼卒上来，用绳索将敖丙给绑了个结结实实。

被绑起来的敖丙看着正在独斗众鬼卒的法藏，大声喊道："法藏大哥，别管我，你快……"

"走"字还没有说出口，一个鬼卒挥舞着刀，一个刀背就将敖丙给打晕在地上。看着敖丙被鬼卒们重新绑了起来，又被打晕在地，法藏知道自己这一趟算是白来了，兴许还要搭上自己这条命。一条条的勾魂索，一道道的刀光剑影，容不得法藏多想，他只得奋力地挥舞着禅杖，试图冲出这众鬼卒组成的包围圈。

看到法藏这么勇猛，黑白无常也感到很纳闷，上一次这个法藏只有跑的份儿，怎么这么快就功力猛进呢？为了尽快抓到法藏，黑白无常的手下毫不留情，将勾魂索抛得凌厉无比……

随着地府鬼卒越聚越多，挥舞着禅杖的法藏明显体力不支了，他的手已经酸麻。就在这时，一条勾魂索抛了过来，法藏一个不小心，被勾魂索套中了脖子，禅杖也落在了地上。

众鬼卒在黑白无常的率领下，活捉了法藏与敖丙，高兴地鬼叫着，将二人押到了阎罗大殿。法藏有些垂头丧气，心说就自己这点三脚猫的功夫，也敢硬闯地府，可真是丢人丢大了。可敖丙却不这么想，他觉得法藏能够亲赴地府来救自己，确实是一条响当当的汉子，更是一位重情重义的大哥。只是为了救自己，让法藏白白地丢了性命，敖丙的心里有些难以接受。

地府的大殿之上，高高在上的阎君瞧了一眼跪在殿前的法藏与敖丙，一拍桌子，怒喊道："法藏，敖丙，你俩可知罪？"

法藏抬起头，说道："阎君在上，小僧我为了救自己的兄弟闯了地府，要杀要剐就随你的便吧。要说知罪，我不知自己所犯何罪。"

这一句话可把阎君给气坏了，他一拍桌子，对着法藏怒吼道："之前你们从黑白无常的手中逃脱，已经犯下了大罪，本王欲派鬼卒再去抓你，谁想你却送上门来了。好啊，来了就别走了，来人哪，将法藏给我打入十八层地狱，永世不得超生。"

阎君的话刚一出口，就听敖丙大叫道："阎君在上，你不能这么对待我大哥，他是为了救我才来到地府的，我愿意将所有的过错都承担下来，只求阎王送我大哥还阳。"

法藏看到敖丙如此重义气，也高声喊道："不，兄弟，错是我犯下的，与你没有关系。"

说完，法藏又对着阎君说道："阎君在上，我的兄弟被哪吒给活活地打死，你说他死得冤枉不冤枉？你不去找哪吒替我兄弟报仇，还将我兄弟给打得遍体鳞伤，你说你这样做对吗？"

阎君一听，被法藏彻底激怒了，他用手一指法藏，怒喊道："住嘴！那哪吒是天庭的三坛海会大神，是兴周灭纣的先锋，他本不归地府所管，而生死簿上已经写明，龙宫三太子就是由哪吒给打死，这是他前世欠哪吒的，他这世就得还给哪吒，天道循环报应不爽，岂是你们这些凡人能明白的？本来，看敖丙死得冤枉，本王还欲从轻发配，谁想他竟然敢拒捕，今天，我也将他打入十八层地狱，你们就到十八层地狱里好好地做伴吧。"

听阎君这么说，法藏的豪气顿生，他一下子站起身来，就在阎罗殿上对着众鬼卒哈哈大笑起来。笑毕，法藏用手一指阎君说道："好个阎君，亏你还是人间敬仰的神君，想不到竟然这么不明事理，真是可笑啊可笑。"

阎君怒道："你且说说，本王哪里不明事理了？"

法藏说道："就算按你所说，敖丙前一世欠了哪吒的，那他这一世又对哪吒做错了什么？他根本就不认识哪吒，凭什么被哪吒活活地打死？而且是在他的婚礼当天被打死。"

阎君怒道："法藏，亏你还是佛家之人，你可曾听说人的命天注定？你又可曾听说，阎王让你三更死，谁敢留你到五更？我告诉你，这世间所有人的生死，都是本王说了算。"

法藏听阎君说话这么霸道，也不再客气，他高诵一声佛号，说道："阿弥陀佛，我只听说过，我命由我不由天。"

法藏的这一句话刚出口，便将阎君给彻底激怒了，他指着法藏的手哆嗦着，对着大殿之上的众鬼卒，高声叫道："来人啊，快，快将法藏和敖丙给我拖下去，让他们尝尝十八层地狱的滋味。"

阎君的话刚说完，牛头马面就带着几名鬼卒，气势汹汹地冲了上来，将

第五章
地府救敖丙

法藏与敖丙两人一起连拖带拽地拉出了阎罗大殿……

被几个鬼卒押着的法藏和敖丙，向着十八层地狱走去。看着身边遍体鳞伤的敖丙，法藏百感交集，心说自己为了素女抛却万丈红尘开始修行，想着以后能够成佛道，想着能够度化转世的素女，可却没有想到，自己因为一时的义气忘却了恩师燃灯古佛的教诲，一步错步步错，竟然被打入了十八层地狱，他的心里不甘啊。再想到还在苦苦地等待着自己回去的阿牛，法藏轻轻地摇了摇头，为自己这一世的修行而感到不值。可是他又觉得，自己救人没有错，因为燃灯古佛经常告诉他，救人就是度人。想到这里，法藏就觉得很矛盾。如果有来世，自己一定要好好学习佛法，不再被人间的事情所纠缠，好好地做一个和尚，好好地修行，以期在无量劫之后能够重新见到素女，并能够度化她到一个永恒的佛国净土。

可是这一切都结束了，结束在地府的十八层地狱。法藏心想，其实，这十八层永不超生的地狱，尽管会吃很多苦、受很多罪，可细算起来，这永世不得超生的苦，也算得一种修行和永恒啊。

想到这里，法藏的心里反而释然了，再看一看身边同样被押着的敖丙，他觉得自己没有做错，自己所做的一切，都是应该做的……

第六章
疑是故人来

　　卷帘洞内的阿牛，正闭着眼睛不停地念着阿弥陀佛。就在他虔诚地念佛的时候，霓裳悄悄地走进了卷帘洞。看着已经元神出窍的法藏，再看着一旁正在不停念佛的阿牛，霓裳知道，自己替师父拿回圣水珠的时候到了。

　　圣水珠依然散发出阵阵祥光，给这座卷帘洞增添了无限的光彩。霓裳悄悄地走到圣水珠前，刚要伸手去拿圣水珠，谁知由于第一次做贼，过度紧张的霓裳竟然被脚下的一个石子给绊倒了。霓裳"哎哟"一声尖叫，将正在念佛的阿牛给惊醒过来，阿牛也"哎哟"一声，看到是霓裳站在圣水珠下，暗道不好，却也不敢分心，将眼一闭，便将佛号倒过来快速地念道："佛陀弥阿，佛陀弥阿，佛陀弥阿……"

　　这一声声的反念佛声，直传到正被鬼卒押往十八层地狱的法藏耳中。法藏心里一惊，知道卷帘洞里真的出事了，他情牵卷帘洞内圣水珠，知道自己不能坐以待毙。于是，法藏一边向前走着，一边在心里虔诚地念诵着佛号。终于，人间的阿牛反念佛号，与地府里法藏的正念佛号，正反两个佛号的不停念动，在人间与地府之间架起了一道彩虹，这道彩虹又似一个超级磁场，将法藏的元神给吸了进去。地府的鬼卒们一看，赶紧飞向彩虹，想要拦住已经踩在彩虹上的法藏，可是这个彩虹却是另一个时空的产物，地府的鬼卒怎么也站不到上面去，直急得哇哇乱叫，却是毫无办法。

　　此时的法藏站到彩虹上，被一股强大的力量推着，慢慢地向前飘去，急得黑白两位无常直跺脚，可是却一点办法也没有，只能眼睁睁地看着法藏离开地府。就在法藏回头的工夫，就听到敖丙向着法藏大声地喊道："大哥，

第六章
疑是故人来

保重啊，你不要再来了，我们来生再见吧！"

法藏冲着敖丙喊道："敖丙，你放心，我还会再来救你的……"

卷帘洞内，被绊倒的霓裳重新站了起来，看着即将到手的圣水珠，心里有些高兴。就在她伸手要够到圣水珠的时候，一只手猛地将她挡在一旁，霓裳定睛一看，已经元神归位的法藏站到了面前。法藏怒喝一声道："大胆！你是什么人，竟然敢来偷三界至宝圣水珠？"

霓裳哈哈一笑，说道："我是什么人不重要，重要的是，我一定要拿到这颗圣水珠。"

阿牛看到法藏回来了，高兴地从地上爬起来，指着霓裳喊道："你接近我，难道就是为了走进卷帘洞来偷圣水珠吗？"

霓裳笑道："阿牛，你说的不错，我来卷帘洞就是为了圣水珠，不然的话，你一个凡夫俗子，我接近你干啥啊？"

阿牛有些生气地说："你知道吗？我一直把你当成是良家的女子，没想到你却是个贼。"

霓裳反唇相讥，指着法藏与阿牛说道："谁是贼？你们说谁是贼？阿牛，你问问法藏，这颗圣水珠原来就是他的吗？"

这一问倒把法藏给问住了，法藏怒道："即使原来不是我的，那这颗圣水珠原来也不是你的，你进洞来偷，那你就是贼。"

霓裳道："这颗圣水珠本来就是我师父的，是你们这些人偷走了我师父的宝贝，现在还说我们是贼，真是可笑啊可笑。"

法藏听霓裳这么说，也回击道："就算这颗圣水珠以前不是我的，那也不是你们的。我告诉你，这颗圣水珠本是天河的圣物，在上古仙魔大战的时候，被天魔盗走，才致使天河泛滥流入人间，形成了江河湖海。幸亏我师燃灯古佛用琉璃盏截杀天魔，才使这颗圣水珠没有落入天魔之手，你竟然敢说圣水珠是你们的，我看可笑的是你们这些贼。"

霓裳听法藏对自己说话毫不客气，竟然说自己是贼，从小长在龙宫被众人宠着的她，早就被法藏激怒了，她的魔性也被激发了出来。她用手一指法藏，大喊道："你竟然敢说本姑娘是贼？那好，咱们手底下见真章，决定这颗圣水珠的归属吧。"

说完，霓裳长啸一声，挥舞着手里的七星宝剑，向着法藏就刺了过来。虽说刚刚在地府历劫，与地府的鬼卒们大干了一场，可是真动起手来，重新还阳的他还是毫不含糊，因为他的信念非常坚定：无论如何，也不能让圣水珠落于他人之手。法藏一伸手聚起一道强光，强光闪处，禅杖便握在了手里，法藏挥舞着禅杖，迎着霓裳的宝剑，二人就在卷帘洞内打斗起来。

霓裳一套冷月冰心剑，舞得密不透风，急于替师父拿回圣水珠的她，剑剑直指法藏的要害。法藏的禅杖融入了燃灯师祖传的禅韵拳要义，也是不落下风，两个人你一剑我一杖，就在洞内打了个难解难分。霓裳的剑法透着一股股寒气，让人不寒而栗，而法藏的禅杖则带着阵阵的春风，让阿牛信心顿生。

看着两个人打斗在一处，阿牛急得直跺脚。于情于理，他都应该帮助自己的大哥法藏；可是短短的相处，他已经对霓裳产生了好感，觉得霓裳这个女孩不应该是一个恶人，即使现在明白她接近自己就是为了套取进洞的口诀，可阿牛依然狠不下心来去对付这个漂亮的女孩。

帮法藏打霓裳，阿牛不愿意；帮助霓裳打法藏，以赢取霓裳的好感，阿牛又觉得对不起自己的结义大哥法藏。阿牛站在原地一动也不动，心里纠结得很，只能不停地喊着："快住手，别打了！"

可是，法藏与霓裳两个人，一个不替师父拿到圣水珠决不罢休，一个为了守住圣水珠丝毫不让，两个人打斗得难解难分，谁又会听阿牛的？不但住不了手，反而越打越猛，越打越来劲……

随着打斗时间越来越长，刚刚经历过地府大战的法藏，还是首先撑不住了，禅杖挥舞得明显有一些乱了。看着法藏开始力不从心，霓裳有些高兴，想着自己作为一个龙女，在被师父天魔亲自传法以后，第一次出山就显现威力，越发觉得跟着师父算是跟对了人，只要以后勤加练习，一定可以成为一个威震三界的女仙。

看到法藏越来越难以应付霓裳快如闪电的进攻，阿牛急得团团转，他既不想对霓裳动手，又不愿意霓裳伤到法藏，情急之下，阿牛只得冲上前去，用自己的身体挡住霓裳。

霓裳看到冲上来的阿牛，想到阿牛这个人还是挺善良的，就停下来，用剑一指阿牛说道："阿牛，我看你这人还不错，不想与你为敌，再说这件事也跟你无关，只要你让开，我保证不伤害你。"

阿牛着急地说道："不能让啊，姑娘，如果我让了，你们俩还得打。"

法藏看阿牛急成这个样子，说道："阿弥陀佛，阿牛，她是来偷圣水珠

第六章
疑是故人来

的,我是奉师祖之命来看护圣水珠的,这个事与你无关。我看得出来,你喜欢这位姑娘,又对我情深义重,所以,听大哥的话,你还是不要管了。"

法藏将阿牛的心事点破,霓裳略有些害羞,为了掩饰自己的失态,她怒喝一声,说道:"法藏、阿牛,你们不要再说了,动手吧,如果你们不让我替师父大天尊拿回圣水珠,今天就是你们两人的死期。"

说完,霓裳再也不管阿牛的劝阻,挥舞着手中的七星宝剑,向着法藏一剑刺去。法藏只得振作精神,再次与霓裳打斗到一处。阿牛再一次被置于尴尬的境地,再一次感受到了不知道该帮谁的滋味,站在原地跺着脚不知所措。

突然,霓裳一剑向着法藏的前胸刺去,法藏一转身形忙着躲闪,可是却已经迟了,胳膊被剑刺中,顿时鲜血直流,禅杖也掉在了地上。看到法藏落败,霓裳一收手中的七星宝剑,停住手说道:"法藏,你不是我的对手,我也不想伤害你,你赶紧给我让开,别挡着我。"

法藏用手捂住流血的胳膊,高声说道:"阿弥陀佛,小僧我奉师命来花果山守护圣水珠,绝不可能为了活命而将珠子给别人,你就是杀了我,我也绝不退后半步。"

霓裳用手中的长剑一指法藏,说道:"法藏,你是一个有信仰的和尚,本姑娘很是佩服你,可是,你知不知道,不让开的话只有死路一条。"

法藏依然挡在圣水珠前,坚定地说道:"纵使是死,我也要守护住这颗圣水珠。"

此时的阿牛,看着随时都有可能被七星宝剑刺死的法藏,一下子冲到了霓裳的面前,大声地喊道:"你有种就冲我来,别伤害我大哥法藏!"

霓裳大喝道:"你一个凡夫俗子,有什么资格跟本姑娘谈条件?难道你也要学着法藏的样子,用身体来守护这颗珠子吗?本姑娘再说一遍,我真的不想伤害你们,你给我躲一边去。"

阿牛倔强地说道:"我就是不躲,有种你就拿剑刺我。"

看着眼前站着两头倔驴,举着宝剑的霓裳反而笑了。她对着阿牛与法藏说道:"法藏、阿牛,你们以为这样就可以阻挡本姑娘了吗?也太自不量力了!"

说完,只见霓裳将宝剑一收,猛地跳了起来。就在她的手即将够到圣水珠时,阿牛猛地从怀里掏出一把梳子,向着霓裳扔了过去。霓裳一挥剑,便将梳子斩成两截。

霓裳又伸出手去拿圣水珠，阿牛一见，猛地向前跳了过去，一把拽住了霓裳的脚。半空中的霓裳被阿牛拽住，接连转了好几个圈，头都转晕了，不免有些生气，一剑冲着阿牛刺了过来。眼看宝剑就要刺到自己，阿牛不得不撒开手，重重地跌倒在地上。趁着阿牛拽住霓裳的工夫，法藏重新捡起禅杖，再一次如护法的罗汉一般，守在了圣水珠前。

为了尽快替师父拿回圣水珠，霓裳使出了浑身的法力，只用几个回合，就将法藏再次打倒在地上，然后，一跃身便冲着圣水珠飞去。法藏一个鲤鱼打挺又跃了起来，挥舞起手中的禅杖，又与霓裳打斗到一处。两个人你来我往，用了没多长时间，法藏又倒在了地上。如此反复几次，霓裳已经被法藏给气急了。这一次，当霓裳的双手即将够到圣水珠时，法藏沾满鲜血的手再一次伸了过来，霓裳没再客气，一剑向着法藏的前胸刺去。

就在七星宝剑即将刺到法藏的时候，神奇的一幕出现了，霓裳脖子上的七星痣突然发出了柔和的光，这光与圣水珠的祥光遥相呼应，霓裳的头开始疼，思维似乎有些乱，脑子里出现了一些离奇的画面。在这些画面里，一个模样模糊的男人正在给自己画眉。霓裳用手捂着头，试图摆脱脑海画面的控制，可是那些画面却不停地闪现。霓裳终于忍不住了，她大叫一声倒在地上，又猛地爬起来，捂着自己的头，扔下受伤的法藏，独自飞出了卷帘洞。

霓裳一个侧身飞到了空中，站在云端之上的她，望着那九天之上的云展云舒，大喊道："这是为什么，这到底是为什么？那个男人他到底是谁？"

说完，霓裳便乘着风，向着师父的天魔洞飞去，不一会儿就到了。此时，洞里的天魔正在修炼魔界大法，看到霓裳回来了，缓缓地睁开了眼睛，问道："霓裳，我让你去取圣水珠，你可取回来了？"

霓裳跑到天魔的面前，说道："这次我按照您的计划去取圣水珠，与守护圣水珠的法藏展开大战，我也赢了他，可是，不知道为什么，我脖子上的七星痣竟然让我产生了奇怪的幻想，让我下不了手，求师父告诉我，这是为什么。"

天魔闻听，说道："你把事情的经过跟我细说一遍。"

霓裳只好将这次去拿圣水珠的经过，都跟天魔说了一遍。天魔听到霓裳说好像以前就认识法藏的时候，长叹道："男女私情，又是男女私情。为师最怕你有男女私情，可是偏偏你又要往这条道上走。你知道吗，咱们天魔洞的人是

第六章
疑是故人来

不能有男女私情,这不只是天庭的天条,也是咱们魔界的戒规。"

霓裳顶嘴道:"什么戒规,我又不是你们魔界的人。"

天魔道:"你是我解除封印后收的第一个徒弟,当然是我们魔界的人。"

霓裳道:"我不是。"

听霓裳这么说,天魔已经气急,一个耳光扇到了霓裳的脸上,怒喊道:"你是我的徒弟,就是我们魔界的人,就不能有儿女私情,你知道吗?"

霓裳捂着自己被打的脸,后退了两步,流下了两行热泪,说道:"你,你以前可不是这么对我的。"

天魔怒道:"你没有完成我交给你的任务,还敢跟我顶嘴,就是对我的背叛,你明白吗?"

霓裳流着泪抽泣道:"我不明白,可我现在明白了,别人之所以说你是魔是妖,就是因为你无情无爱。"

霓裳的这一句话彻底激怒了天魔,他抡起了拳头,冲着霓裳就是一拳,嘴里喊道:"你说谁是魔?谁是魔?"

这一拳将霓裳打出了血,霓裳擦了一把嘴唇上的血,依然不屈服地说道:"你是魔,你就是魔。"

天魔已经被霓裳气急,猛地举起了手,霓裳迎着天魔的拳头毫不退缩,眼里流着泪,但头却是昂着的。天魔看着霓裳,高高抡起的拳头终究没有落下来,他的手慢慢地垂了下来,搭在了霓裳的肩膀上,轻声说道:"霓裳,你不要再哭了,是为师错了,为师不该这么对你的。"

天魔这么一说,霓裳反而哭得更厉害了,她委屈地说道:"你知道吗,我从小无父无母,被收养在龙宫,父王与龙三哥对我的要求实在太严厉了,我也是被逼无奈才嫁给龙三哥的,可是他却在婚礼当天被哪吒给打死了。我虽然不喜欢他,也不愿意他死。在他死后,我的心里很难过,后来,我遇到了你,你对我好,教我法术,我以为对我最好的人是你,可是你却打我。"

天魔叹了一口气,递给霓裳一方手帕,说道:"好了,霓裳,别哭了,快擦擦眼泪吧,为师刚才被你气糊涂了,为师真的错了,不应该打你的,你快别哭了。"

霓裳接过天魔递过来的手帕,擦了一把眼泪,哽咽着说道:"你那个样子太恐怖了,求你以后别这样了,好吗?"

天魔点了点头,说道:"好,为师听你的,为师以后再也不对你发火了,来，霓裳，笑一个，为师可爱看你笑了。"

霓裳听天魔一个劲地安慰自己，只好从嘴角挤出一丝笑容来。看到霓裳笑了，天魔这才说道："这就对了嘛，你一个女孩子家，整天哭多不好啊。"

霓裳说道："师父，这次没有拿到圣水珠，是我的不对，我错了。"

天魔摆了摆手，对霓裳说道："霓裳啊，你没有错，都是为师错了，为师不该打你的。"

霓裳擦了一把眼泪，说道："您对我的要求严格，我知道其实您与父王一样，也是为了我好。这次我虽然没有为您老人家拿来圣水珠，但我却知道了进入卷帘洞的口诀。"

听霓裳说知道了进入卷帘洞的口诀，天魔的眼里放着光，说道："好，很好，霓裳，你做得很好，快跟为师说说，进洞的口诀是什么。"

于是，霓裳就将进洞的口诀一五一十地对天魔说了。天魔大喜，他用手指着天，大声地喊道："几十亿年了，我失落的这颗圣水珠就要回来了，玉帝，还有天上的神仙们，你们等着吧，我一定要你们尝到被赶下神坛的滋味。"

说完，天魔张开双臂，抬起头发出了一声狂笑，狂笑中带着凌厉的势道，将霓裳震得倒退了好几步。待天魔笑过后，重新站定的霓裳惊恐地看着天魔，问道："您怎么了？"

天魔看着霓裳，说道："霓裳，为师高兴啊，属于我的东西终于就要回来了。好，霓裳，你做得很好，我想你跟法藏打斗也累了，你这就回龙宫休息吧，为师还有很重要的事情要办。"

霓裳没再说话，只是默默地点了点头，然后转身离开了天魔洞。

对于天魔来说，在这三界之内，他真正的对手不多，算来算去，也就只有天上的玉帝与太上老君等寥寥几位天仙，此外，还有西方的那几个佛老，而真要是拼起法力来，谁胜谁败还不好说。天魔坚信，如果说道高一尺，必定魔高一丈。数来数去，真正让他恐惧的还是那位燃灯古佛，当年自己盗来圣水珠，致使天河倒灌的时候，就是这位古佛用琉璃盏将自己打退，而在自己重新苏醒过来的今天，又是他设下的这道佛光，将自己挡在了卷帘洞外，明明伸手就可以拿到圣水珠，却就是得不到，不得不派出自己的徒弟霓裳，用计策套出进洞的口诀，这才使事情有了转机。

想到这里，天魔觉得自己的本事确实是不如燃灯古佛，而有了这些佛界

第六章
疑是故人来

　　大神帮忙的天庭，更是稳如磐石。要想实施倒反天宫的计划，就必须尽快拿到圣水珠、定海针等五件宝贝。现在来看，定海针已经板上钉钉是自己的了，如果再有了这颗圣水珠，那就可以极大地提升魔界的力量。

　　想到这里，早已经按捺不住兴奋心情的天魔身形一晃，化作一阵清风飞向了花果山卷帘洞。天魔的飞行速度在三界之内首屈一指，也就是一眨眼的工夫，天魔已经飞到了卷帘洞外。天魔向里望去，只见洞中的情形与往日没有什么不同，只是正对着洞口石壁上的圣水珠，已经不在原地了。

　　天魔自语道："圣水珠哪里去了？怎么不见了？有燃灯佛罩着的卷帘洞内的情形，我又看不到，这可怎么办？"

　　想到这里，天魔突然想到了一位神仙，变成他的样子或许可以骗出圣水珠的下落。于是，他嘴里叫声"变"，就变成了镇元大仙的模样，念动起霓裳教给他的进洞口诀，大摇大摆地走进了卷帘洞内。

　　此时，法藏正在敲着木鱼念经，听到脚步声响，误以为阿牛来了，可是睁开眼睛，却看到不是阿牛，心里顿生疑惑。师祖燃灯古佛布下的这个护洞佛光，那可是天下第一，任何妖魔鬼怪仙佛神圣，也休想进得洞来，除非有口诀才能进入，这个人怎么能进到洞里来呢？眼前这个人仙风道骨，又不像个坏人，想到这里，又惊又疑的法藏赶紧站起身来，向来人行礼道："阿弥陀佛，施主，您是怎么进来的？"

　　来人哈哈大笑道："我就是这么进来的啊。怎么？连这座十洲之祖脉、三岛之来龙的花果山都是我的，难道还不许我进来看看吗？"

　　来人的一席话，使法藏马上明白了来人是谁，赶紧跪地磕头道："哦，原来是地仙之祖镇元大仙来了，弟子法藏给大仙磕头了。"

　　"镇元大仙"笑呵呵地走上前，用双手将法藏搀扶起来，说道："贤侄不必多礼，快起来，快起来吧。"

　　法藏被搀扶起来，赶紧端起石杯，来到卷帘洞中的石板桥下，用石杯取来一杯山间溪水，恭恭敬敬地端到了"镇元大仙"的面前，说道："大仙，您光临卷帘洞，小僧不胜荣幸，洞中也无茶水，就请大仙饮用一杯山间溪水吧，寒酸了，还请大仙莫怪啊。"

　　"镇元大仙"接过石杯，喝了一口水，将石杯放到石桌上，说道："贤侄，这些石桌石椅，都是你自己造的吗？"

　　法藏忙答道："大仙，山中岁月长啊，在参禅打坐之余，我就采来山石，打造了这些石桌石椅什么的,大仙莫笑话小僧啊。"

"镇元大仙"哈哈大笑,用手摸了摸石椅说道:"好,不用仙法不用佛法,只用自己的两只手,就打造出这么多的石桌石椅,足见尔等毅力,看来,燃灯佛祖没有收错你啊。"

法藏听到"镇元大仙"夸奖自己,赶忙谦虚地说道:"大仙过誉了,这都是燃灯佛祖苦心教导的结果,以后,还要请大仙多加指导啊。"

"镇元大仙"大手一挥,笑道:"贤侄,没有问题,我这次来就是要传给你一些法力的。"

法藏闻听,赶紧双手合十道:"弟子法藏先谢过大仙传法之恩,但小僧已经师承燃灯古佛,不敢再学大仙的仙法啊。"

"镇元大仙"向法藏伸出大拇指,赞道:"嗯,贤侄,我很佩服你忠于师门。实话告诉你,教你法术并不是我的意思,而是受你的师祖燃灯古佛相邀,我才亲临卷帘洞的。"

法藏一听"镇元大仙"是燃灯古佛请来的,高兴地说道:"既然是本师燃灯古佛的意思,那我就受之有愧,却之不恭了,祖师是想让大仙教我什么呢?"

"镇元大仙"笑道:"今年上元节,我在定州开元寺见到了贵师燃灯古佛,燃灯古佛跟我说起你,说你在花果山卷帘洞看护圣水珠,经常受到妖魔的骚扰,于是,贵师便将开启圣水珠法力的秘诀教给了我,并让我来传给你。"

法藏闻听,赶紧跪倒在地上,口称:"阿弥陀佛,弟子法藏受教。"

看着法藏恭恭敬敬地给自己磕了三个响头,"镇元大仙"也不客气,就受了法藏磕的三个头,这才将开启圣水珠的秘诀说了出来。等"镇元大仙"说完,法藏这才站起身来说道:"谢谢大仙传师祖之法。"

"镇元大仙"笑道:"贤侄,不必客气,你去将圣水珠取来,我当场帮你演示一番如何?"

天魔本以为,自己以这样的方式,足可以让法藏取来圣水珠,可却没有想到,这一句话说出口,立即引起了法藏的警觉。因为法藏知道,秘诀是秘诀,演示归演示,燃灯古佛是绝对不会将什么都告诉别的神仙,即使让人来传佛法秘诀,也一定是亲自现身给自己演示。想到这里,法藏开始在心里犯嘀咕:这位"镇元大仙"为什么要亲自拿着圣水珠演示呢?谁又有这么大的

第六章
疑是故人来

本事,能够进入洞中来呢?目前来看,能进入洞中的只有三位,他自己,阿牛还有霓裳,难道这位是霓裳变化后复来?

看着法藏在发愣,天魔化成的镇元大仙便笑道:"贤侄,你快去取来圣水珠吧。"

法藏一听,回过神的他赶紧答道:"大仙,我想修炼法术不急,等燃灯师祖来了再演示给我也不迟,我自己先慢慢参悟着,就不劳大仙费神了。"

看到法藏似乎对自己有所察觉,为了不使法藏继续怀疑,"镇元大仙"便笑道:"贤侄,我已经将贵师的秘诀传到,五庄观里的事情也多,这就告辞了,还望贤侄能够早日演习贵师开启圣水珠法力的仙法。"

说完,"镇元大仙"便不等法藏回话,站起身来,大摇大摆地走出了卷帘洞。法藏毕恭毕敬地跟在后面,将"镇元大仙"送出卷帘洞后,才转身回到洞中。

法藏刚刚坐到石椅上,就看到阿牛提着饭菜走进洞来。阿牛大声地嚷道:"大哥,今天可是我第一次为你下厨,你快来尝尝我的厨艺吧。"

法藏赶紧迎上前,接过阿牛手里的饭菜,放到石桌上,两人坐到石桌前边吃边聊,法藏就将今天"镇元大仙"来卷帘洞传法的事情一五一十地告诉了阿牛。阿牛听闻,说道:"大哥,地府里的三太子还在受苦,咱们又被霓裳打得这么狼狈,我想这一切,燃灯古佛也应该是知道的,就算他要传你法术,那他为什么不亲自来呢?"

法藏答道:"我师燃灯古佛现在正在闭关修炼,不方便来传法,我想正是因为他在闭关,这才让镇元大仙来的。"

阿牛道:"大哥啊,你就别怀疑了,赶紧按照那个口诀来修炼吧,等你修炼好了,就不用再受天魔和霓裳的气了,也好尽快救回敖丙来。"

法藏点了点头,说道:"可是,有了霓裳偷珠子的教训,我已经将珠子给藏起来了啊,就这么快地拿出来,万一被霓裳发现了怎么办?恐怕又会引她来偷。"

阿牛道:"大哥,我觉得做人做事就不应该前怕狼后怕虎,你应该尽快用仙法开启圣水珠的功能,学会这些仙法,你就不会再受那些人的气了。"

法藏听阿牛这么说,想了想,也觉得阿牛说得有道理,于是放下筷子,跑进密室将圣水珠拿了出来。

圣水珠一拿进卷帘洞,那圣洁的光彩重新绽放开来,柔和的光线又洒满了整个卷帘洞。在阿牛的劝说下，法藏按照"镇元大仙"所说，认真地念起了秘诀，圣水珠放出了璀璨的光芒，光芒越来越亮，照得法藏的额头直冒热气。很快，法藏觉得自己进入了一个虚幻的世界，在这个世界里，他不停地旋转着，不停地学习着圣水珠里的法术，他感到自己越转越快，快到整个世界都变成虚幻的时候，突然一下，他回到了现实。

阿牛看到正对着圣水珠入定的法藏突然一下子站起身来，叫一声"变"，只见桌上多了一盆瓜果，再叫一声"变"，又变出了一身新衣服。法藏高兴地跪在地上，对着圣水珠磕头道："多谢师祖让镇元大仙传我仙法，我终于学会变化的法术了。"

阿牛走上前，拍着法藏的肩膀说道："大哥，恭喜你，你也成神仙了。"

法藏拿起桌上的衣服，对着阿牛说道："阿牛啊，我哪里是什么神仙哪，这些都是一些法术，今天是我特别高兴的一天，我学会仙法的第一件事，便是给你变出一身新衣服，来，你快穿上给大哥看看。"

阿牛也是特别高兴，赶紧到桌上拿起衣服，说道："谢谢大哥，这身衣服我实在是太喜欢了。"

正在阿牛高兴的时候，天魔笑呵呵地走了进来，说道："法藏，阿牛，我们又见面了，怎么样？我传你的仙法还好使吧？"

看到天魔闯进洞来，法藏先是一惊，然后，一把抓起圣水珠，就放到了自己的口里，说道："天魔，我是不会让你得到圣水珠的。"

天魔看到法藏吞下了圣水珠，心里已经气急，但是为了得到圣水珠，他还是耐心地说道："法藏，你学会了我的法术，就是我的徒弟，你应该叫我一声师父，还应该把圣水珠交给我。如今，你不感谢我不说，还吞下了珠子，实在是大逆不道，难道你不想活了吗？"

不等法藏答话，阿牛就指着天魔，瓮声瓮气地吼道："天魔，你快还我的牙来。"

天魔说道："阿牛，我碍于身份，不忍心伤害你，你就别掺和我和法藏的事了，小心惹祸上身。"

阿牛一下子挡在了法藏的面前，怒道："谁用你可怜了，法藏就是我的大哥，我不许你伤害他。"

天魔没再说话，突然一拳向着法藏打来。法藏暗叫不好，低头躲过了天魔的袭击。天魔笑道："呵呵，法藏，吃了万年无花果的你，功力见长啊，

第六章
疑是故人来

不过,你就是再见长,也逃不出我的手掌心,来吧,你能接我两个回合,就算我输。"

法藏毫不畏惧地说道:"让你打死,也不能让你吓死,我就算是身死,也不会将圣水珠交给你,你就死了这条心吧。"

法藏的这一席话,真将天魔给惹怒了,他狂叫一声,化作一阵疾风冲上前去。阿牛一见,忙冲上前想要护住法藏,却被天魔一阵风给刮倒在地上。法藏转身要跑,还没等迈开步子,那阵疾风就缠住了法藏,只见那风围着法藏一转,法藏就直挺挺地倒在了地上。

天魔指着地上的法藏,怒道:"现在知道在我面前说大话的后果了吧?"

倒在地上的法藏说道:"那又如何?圣水珠已经被我吞了,我的身体可是被师祖燃灯古佛加持过的,我吞下的东西,就会与我的身体融到一起,纵使你法力高深,也是得不到圣水珠的。"

天魔用手一指法藏,一根发着光的绳子便绑住了法藏,天魔冲着法藏怒吼道:"你这个疯和尚,别以为抱上了燃灯佛的大腿,我就拿你没有办法了,看我今天怎么收拾你。"

被天魔捆仙绳绑得结结实实的法藏,不再理会天魔,他不停地念着"阿弥陀佛"。一声声的佛号吵得天魔心烦意乱,天魔直接用手一指,法藏尽管嘴张着念佛,却再难发出一句声响。

倒在地上的阿牛,疯了一样地扑到法藏的身上。天魔一脚将阿牛踢飞,阿牛重重地跌倒在地上,头一歪便晕了过去。

接着,天魔不再理会阿牛,轻轻用手一指,将法藏的身体收到掌心,化作一阵清风,飞离了花果山卷帘洞……

第七章
生死两茫茫

  卷帘洞里，阿牛躺在地上，一动也不动，好一会儿，才缓缓地醒了过来。阿牛摸着自己的头，自语道："我怎么倒在了地上？法藏大哥哪里去了？"

  阿牛站起身来，冲着洞里大喊道："大哥，大哥，你在哪里啊？"

  卷帘洞里无人回答，阿牛着急了，摸着自己的头，感觉到事态应该很严重，可是却怎么也想不起在洞里发生了什么。正在着急之时，他突然想到了紫霞姐姐，一下子就兴奋起来，猛地从石椅上站起来，快速跑到了卷帘洞外，站到洞口大声地向着空中喊道："紫霞姐姐，你在哪里？"

  卷帘洞外空无一人，只有风从阿牛的耳边吹过。阿牛一拍脑袋，自语道："哎呀，我差点忘了，紫霞姐姐告诉过我的，有事找她时，要提前说一套话，她就能及时赶过来了。"

  想到这里，阿牛坐到了地上，双手合十，嘴里念念有词道："九重广寒意馨香，梭罗木里诉衷肠，衣袂飘飘为伊秀，暂寄皎洁赋月光。紫霞姐，你快出来吧，弟弟遇到事，想求你帮忙啊。"

  阿牛刚念完这几句话，只见一道金光一闪，紫霞便出现在了阿牛的面前。阿牛也是好几天没见到紫霞了，看到紫霞出现在身旁，兴冲冲地跑上前，拉住紫霞的手说道："紫霞姐，你去哪里了？我好想你啊。"

  紫霞摸着阿牛的头说："阿牛，姐姐不是跟你说过吗，姐姐的事情特别多，但是只要你有事找姐姐，姐姐就是再忙也会过来看你的。哎哟，不对啊，你说话的声音怎么了？"

  阿牛放开了紫霞的手，长叹一声，说道："紫霞姐，你不知道，这些日

第七章
生死两茫茫

子出了很多事,有人来偷法藏大哥的宝贝圣水珠,那天还来了个叫天魔的,嫌我说话对他不敬,就把我的牙变没了。现在,法藏大哥不见了,我想他恐怕是被坏人抓走了,所以,才急着将你找来帮忙。"

紫霞看了看阿牛的口,说道:"阿牛,没事,你的牙姐来帮你治。我告诉你,法藏这个和尚不简单,你尽量别管他的事,以免惹祸上身啊。"

阿牛说道:"姐,除了你,就法藏大哥对我最好了,他如果有事,我就是豁出命去也要帮他。姐,你先别管我的牙,快帮我把他找回来吧。"

紫霞长叹一声,说道:"阿牛,你跟你的父亲一样,都是重情重义的人啊。"

阿牛听紫霞说起自己的父亲,忙问道:"姐,你是不是认识我的父亲啊?他长的什么样子?现在在哪儿?你告诉我,好吗?"

紫霞发现自己说漏了嘴,忙说道:"不,阿牛,姐真的不知道,姐是瞎猜的。你放心吧,等姐将来知道了,肯定会告诉你的,好吗?"

阿牛点了点头,说道:"好的,紫霞姐,你快帮我找找法藏大哥吧,我都快急死了。现在的我头很疼,也不知道怎么回事,醒来时就躺在地上了,法藏大哥也不见了。"

紫霞伸手出来,向着阿牛说道:"阿牛,你把上次姐送给你的梳子,借给我用一用。"

阿牛听紫霞要梳子,忙从怀里掏了掏,随即说道:"紫霞姐,那把梳子我也不知道扔哪里去了,你要梳子干啥?难道用梳子就能找到我大哥?"

紫霞一听,着急地问道:"你快说说,你把梳子扔哪里了?"

阿牛摸了摸脑袋,想了一下说道:"那天,有个女孩霓裳来偷圣水珠,法藏大哥打不过他,我为了帮大哥,就将梳子扔出去打她,没想到,被她一剑给斩成了两半,我一看梳子断了,也就没再捡,应该还在洞里吧。"

紫霞听阿牛这么说,一直悬着的心这才放下来,冲着阿牛说道:"阿牛,咱们快到洞里去找梳子。"

阿牛赶紧说道:"姐,你还是先帮我找法藏大哥吧,一把断梳子,什么时候找都没关系的。"

紫霞着急地说道:"阿牛,你哪里知道,这把梳子不是普通的东西,是一件宝贝,拿着这把梳子,就能知道法藏去哪里了。"

阿牛奇怪地问道:"紫霞姐,这把梳子,真有你说的那么神啊?"

紫霞说道:"弟弟,你别啰唆了,快跟我一起回洞里寻找梳子吧。"

说完，紫霞就拉着阿牛的手向着卷帘洞内走去，谁知，刚走到洞口，那道护洞佛光就把她震飞了老远。阿牛看到紫霞重重地摔在地上，赶紧上前搀扶，关切地问道："姐，你没事吧？"

紫霞边说着没事，边站起来拍了拍身上的尘土，说道："好厉害的护洞佛光啊，弟弟，这下可怎么办，我进不了洞了。"

阿牛笑了笑，说道："没事，姐，法藏大哥已经将进洞的口诀告诉我了，我这就带你进洞去。"

说完，阿牛与紫霞就一起来到了卷帘洞的洞口，按照阿牛的口诀，紫霞也进到了洞中。看到洞中石桌石椅齐备，紫霞就笑道："阿牛啊，你看这里的石桌石椅可真是漂亮啊，等将来我们不忙了，到这里来喝杯水酒，该是多么美的一件事情啊。"

阿牛说道："这都是法藏大哥在参禅打坐之余，用自己的双手打磨出来的，应该费了不少的工夫吧。"

紫霞听阿牛说这些石桌石椅全是法藏一个人打造出来的，在心里暗暗佩服，心说如果这个法藏不是燃灯古佛的弟子，她一定要找天上的仙人来收法藏为徒……

看到紫霞姐走神，阿牛用手指着远处的石壁说道："姐，那天梳子就是掉到那个地方的，我过去找找看。"

看着阿牛向着石壁走去，紫霞也跟着走了过去。两个人找了一会儿，终于，那把掉在石头缝隙中的断梳，被阿牛给找了出来。阿牛一手拿着一半断梳，高兴地说道："紫霞姐，你看梳子还没丢，被我找到了。"

说着话，阿牛将断梳交到了紫霞的手里。紫霞接过断梳，口里念念有词，不一会儿，那把断梳就复原成完整的一把了，断裂处竟然严丝合缝，一点也看不出来曾经断过。

看着这把断梳复原，阿牛高兴地拍起了手，说道："姐，你真了不起，竟然还会将梳子复原的法术，改天你教给我，好吗？"

紫霞用梳子梳了一下头，笑盈盈地说道："好啊，只要我的弟弟肯学，姐就教给你。来吧，阿牛，你张开口，姐先用梳子给你把牙找回来。"

阿牛将信将疑，只见紫霞扬了扬手中的梳子，在他的头上梳了几下，梳下几根头发来，一边念念有词，一边将这几根头发放到了阿牛的口中。紫霞念完，高叫一声："还阿牛牙来，还阿牛牙来！"话音刚落，紫霞笑着对阿牛

第七章
生死两茫茫

说道:"阿牛,你摸摸看,自己的牙是不是回来了?"

阿牛用手摸了摸自己的嘴巴,激动地说道:"姐,你太了不起了,竟然把我的牙给找回来了,太好了,以后吃东西就不用再用牙根来磨东西了,我又可以大口地吃东西了。"

看着又蹦又跳像个孩子似的阿牛,紫霞笑着说道:"阿牛啊,姐给你的这把梳子可不是普通的梳子,你可要好好地用它啊。"

阿牛使劲地点了几下头,说道:"是,紫霞姐,我以后一定好好地保管它,再也不胡乱地扔了,可我只是一个凡人,根本就不会法术,又怎么会用它呢?"

紫霞长叹一声,说道:"阿牛,要姐说,你还是太善良了,眼里只有别人没有自己,如果你不给法藏吃下那颗万年无花果,而是自己吃下去,现在的你已经是一个有仙体的人了。"

阿牛听紫霞这么说,叹了口气,说道:"姐,其实我也想吃那颗万年无花果,可是你没听人说吗,救人一命胜造七级浮屠,在法藏大哥生命垂危之际,我真的是别无选择啊。"

紫霞点了点头,说道:"没关系,阿牛,他吃了你的万年无花果,你也可以问他要东西啊,比如他守护的那颗圣水珠,也可以帮你开启法体的。"

阿牛摇了摇头,说道:"紫霞姐,法藏大哥在天魔的威胁下,就是丢了性命,也没有交出圣水珠来,我更不能拿走他心爱的东西了。姐,弟弟也知道你是为了我好,可是弟弟真的不能为了自己,而去伤害我敬爱的法藏大哥啊。"

紫霞笑了笑,说道:"弟弟,你能这么说,说明姐姐没有帮错人,好,姐这就帮你看看法藏身在何处。"

说完,紫霞就赶紧拿起梳子,在空中来回地挥舞着,梳子梳过的地方,出现了一幕幕卷帘洞内发生的事情。阿牛被这神奇的一幕给惊呆了,他张大嘴巴,聚精会神地看着,突然,空中的画面出现了"镇元大仙"来到卷帘洞里情形,又接着出现了天魔将法藏与自己打伤,并带走法藏的画面……

看到这里,紫霞一下子便收起了神梳,卷帘洞里又恢复了原样。阿牛着急地说道:"紫霞姐,就是那个老头把我的牙弄没的,也是他把我给打伤的,我想起来了,姐,你快给我报仇吧,我也要打得那个老头儿满地找牙。"

听阿牛这么说,紫霞扑哧一声笑了,笑过后说道:"阿牛,我全明白了,你肯定先跟那个老头说过要打得他满地找牙吧？"

阿牛忙点点头，说道："是啊，紫霞姐，你是怎么知道的？"

紫霞说道："阿牛啊，幸亏你是一个凡人，他不屑于跟你动手，就略施小法惩罚你一下，要是说这话的是一位神仙，早被他给打死了。"

阿牛有些不相信地说道："他真有这么厉害吗？我看他长得个儿也不高啊。"

紫霞说道："阿牛，你不知道，他是天魔，是三界内最厉害的魔王，法力跟玉皇大帝差不多，你说能不厉害吗？"

阿牛这才恍然大悟道："紫霞姐，我一直认为法藏大哥是为了保护我，是为了不让我出手，才把老头儿说得那么厉害，原来这个老头儿真的这么厉害啊！"

紫霞长叹一声，说道："那是当然了，我们现在看到的江河湖海，就是他当年盗走圣水珠，致使天河倒灌造成的，这才有了后来的女娲补天和大禹治水。在他被封印的这些年里，三界还算和平，如今他解除了封印，三界恐怕又要多事了。"

阿牛忙问道："紫霞姐，那他把法藏大哥弄到哪里去了？你快去救救他吧。"

紫霞摇了摇头，茫然地说道："阿牛啊，不是姐不想帮你的法藏大哥，可天魔实在是太厉害了，姐这点法力，哪里是他的对手啊？"

阿牛听紫霞这么说，有些泄气地说道："那我们可怎么办啊？"

紫霞说道："阿牛，你不要着急，办法总会有的，你让姐想一想啊。"

正在紫霞在默默思索的时候，阿牛就看到卷帘洞外的空中一道璀璨的金光闪过，一位仙人出现在了卷帘洞外的上空。紫霞仙子赶紧拉着阿牛跑出洞外，紫霞不见来人则罢，一见到他心中自然是大喜，赶紧拉着阿牛，对着空中的仙人躬身施礼道："赤脚大仙，你一向可好啊？小仙和弟弟阿牛给大仙施礼了。"

空中的赤脚大仙一捋长髯，呵呵笑道："仙子，我受玉皇大帝委派，前来查看圣水珠，并要带着圣水珠返回天庭。"

紫霞忙道："大仙，我来到卷帘洞，一直没有看到圣水珠啊。我刚才用宝梳查了一下，看到法藏吞了圣水珠，已经被化作镇元大仙的天魔给带走了，至于去了哪里，我就不好说了，还请大仙指教。"

赤脚大仙按下云头，来到紫霞的身边说道："仙子，玉帝的旨意我已经传达到了，你说的指教我实在做不到啊，那可是天魔，是跟玉皇大帝平级的

第七章
生死两茫茫

大天尊，我也惹不起啊。"

阿牛着急地说道："求大仙施法，救回我大哥吧。"

赤脚大仙看到阿牛，两眼放光，上前摸了摸阿牛的头。阿牛看到赤脚大仙来摸自己的头，赶紧闪躲。一旁的紫霞笑着说道："赤脚大仙，你摸阿牛的头干啥啊？怎么，想收我的弟弟做徒弟？"

赤脚大仙呵呵笑道："正是，我看你的义弟相貌奇特，确实是一块修仙的好料子啊，所以我摸摸他的头，看看我们两人是否有师徒缘。"

紫霞笑道："赤脚大仙，那你摸出来了吗？你跟阿牛是否有缘啊？"

赤脚大仙拍掌笑道："有缘，当然有缘了，而且缘分还不浅哪，你的这个义弟啊，做我的徒弟那是做定了。"

阿牛一听，把头摇得跟拨浪鼓似的，说道："我才不愿意做你的徒弟修仙哪，我还要娶媳妇哪。"

赤脚大仙哈哈一笑，说道："你尘缘未了，本仙是绝对不会阻止你娶媳妇的，况且这个娶媳妇和收徒弟是两回事嘛。"

紫霞听赤脚大仙这么说，赶紧一脸认真地对阿牛说道："阿牛，赤脚大仙可是天上最有名的神仙，也是玉皇大帝座下的红人，你要是跟了他，以后肯定会大有出息，你还不快磕头拜师。"

虽说紫霞姐吩咐了，可阿牛还是不肯拜师，他看着赤脚大仙说道："我不是不肯拜您为师，而是现在没有心情，您要是能帮我救回我的大哥法藏来，我就拜您为师。"

听阿牛这么说，赤脚大仙眉头一皱，说道："阿牛，不是本仙不想救啊，而是本仙根本就打不过天魔。不但我打不过，就是我和你姐联手，恐怕也打不过这个三界最厉害的天魔，贸然出手，反而会坏事啊。"

阿牛有些失望地叹口气，说道："您是天上那么大的大仙，都对救我大哥无能为力，我一个凡人又能有什么好办法呢？"

看到阿牛有些垂头丧气，紫霞笑着说道："阿牛，你千万别泄气，只要有一丝希望，我们就不能轻言放弃，你得振作起来，好好想想救你大哥的办法啊。"

赤脚大仙点头道："仙子说得是啊，阿牛，尽管本仙法力有限，不能帮你救出你大哥来，但是我告诉你，如果你不修仙，你就肯定救不出你大哥来。我最后问你一遍，你拜不拜我为师？"

阿牛想了一下，又看到紫霞一个劲地冲自己使眼色，转念一想，如果不拜师学艺，确实如赤脚大仙所说，那就永远也救不回大哥来，倒不如先拜师，学一些仙法，说不定在关键时刻还能有用。想到这里，阿牛便双膝跪倒在地上，向着赤脚大仙磕头道："师父在上，请受徒儿阿牛三拜。"

说着话，阿牛跪在地上恭恭敬敬地给赤脚大仙磕了三个响头。赤脚大仙也不客气，就受了阿牛的三拜，然后，上前双手扶起阿牛，说道："阿牛啊，你现在就是我的徒弟了，为师很高兴地告诉你，你颇有仙缘，以后可要多加努力啊。"

阿牛点头道："是，师父，我一定跟着您老人家好好地学习仙法。"

紫霞也说道："弟弟啊，恭喜你拜赤脚大仙为师，这样姐也就放心了。赤脚大仙，你可要好好地教我弟弟阿牛啊。"

赤脚大仙一拍胸脯，说道："仙子放心，本大仙定然把毕生所学毫无保留地全部教给阿牛。本大仙不会的，也会想办法去找来，让阿牛学习。我相信假以时日，他会比本仙更加优秀啊。"

阿牛听到赤脚大仙这么说，就说："师父，您就放心吧，我会努力跟着您学习仙法的。"

赤脚大仙闻听，说道："阿牛，你先待在下界，等我回天宫向玉皇大帝禀报完圣水珠再次遗失的事，就下界来寻你，教你仙法。"

说完，赤脚大仙又扭头对紫霞说道："仙子，本仙公务在身，就先回天宫了，咱们就此别过。"

看着赤脚大仙要走，紫霞忙问道："大仙，你看该怎么解救法藏呢？"

赤脚大仙长髯一捋，说道："紫霞啊，你难道不知解铃还须系铃人这句话吗？这个镇元大仙可是地仙之祖，我们怕天魔，他可不怕，既然天魔变成了他的样子，你也可以去找真的镇元大仙来帮你啊。"

紫霞一想，说道："对啊，还是大仙说得对，我这就去寻找镇元大仙。"

赤脚大仙点了点头，又从袖子里掏出一把宝扇交给阿牛，说道："阿牛贤徒，这把宝扇上有修仙的秘法，你可按照上面的秘法修仙。若遇极难之事，你就掏出这把宝扇扇三下，大叫三声本仙的名字，本仙就会下界前来助你。"

阿牛抬头望去，只见那上面有一位栩栩如生的绿衣仙女，不敢再看，赶紧双手接过宝扇，再次跪倒在地上，说道："多谢恩师送宝。"

赤脚大仙忙一挥手，说道："阿牛，紫霞，咱们这就别过，本仙这就返

第七章
生死两茫茫

回天宫向玉皇大帝交旨。"

说完，赤脚大仙便化作一道金光，向着天上飞去。看着赤脚大仙离去，紫霞赶紧拉起阿牛，说道："阿牛，你拜了赤脚大仙为师，姐姐也就没什么放心不下了，你先进卷帘洞去，姐姐这就要到五庄观去请镇元大仙。切记，姐姐回来前，你可千万别到处乱跑，知道吗？"

阿牛点了点头，说道："姐姐，你就放心吧，弟弟哪里也不去，就在洞里等你回来。"

听阿牛这么说，紫霞也就没再说什么，化作一道金光，向着五庄观镇元大仙的道场飞去……

此时，被天魔带到天魔洞里的法藏，早已经被五花大绑起来。天魔走到法藏的面前，缓缓地说道："法藏，本尊一直很敬重佛门，你既是燃灯古佛的弟子，本身也是一位很有修为的和尚，本尊真的不想为难你。听我一句劝，只要你吐出圣水珠，本尊马上就放你走。"

法藏闻听，高诵一声佛号说道："阿弥陀佛，天魔，除了燃灯古佛以外，我是不会将圣水珠交给任何人的。"

天魔点了点头说道："好，既然你说得这么坚决，那我问你一句，你难道不怕本天尊用魔水炼你吗？"

法藏坚定地说道："圣水珠在我的腹中，我的身体又受到燃灯佛的加持，尽管你法力高深，但是我相信，圣水珠无论如何，你也是拿不走的。"

天魔笑道："你还挺自信，我早就跟你说过了，区区一个燃灯佛还是压不住本尊的。今天，我就让你尝尝魔水炉的厉害。来人哪，将法藏给我扔到魔水炉中。"

随着天魔的一声令下，两个新投奔来的小妖冲上前去，不由分说地架起法藏，一下子就将他扔到了魔水炉里……

法藏知道魔水炉的厉害，但他已经坚定了内心，自然不会惧怕。法藏刚被扔进魔水炉，就感到一股寒流沁入肌肤，这股寒流阴森森的，透过肌肤直入骨髓，似乱蚁噬心，又似一把把小刀在割着他的肌肤。法藏咬着牙忍受钻心的痛苦，在心里一个劲地念着佛号。可是，那股寒流实在是太厉害了，法藏刚坚持了一会儿，就感到那股寒气直透肺腑，法藏咬紧牙关，强忍着这彻骨钻心的疼痛。

此时，天魔已经迈步站到了魔水炉前，对着炉里的法藏，高声喊道："法藏，我还没有催动魔水炉，你就感受到这里的厉害了吧？听我的，你还是吐出圣水珠来吧，虽说我的黑熊急需你体内的万年无花果，但只要你吐出圣水珠来，你吞掉万年无花果的事，我可以既往不咎。"

法藏尽管已经被寒流冻得直打哆嗦，体内也疼痛难忍，可他依然咬紧牙关说道："你休想。"

天魔哈哈大笑着，说道："今天就让你看看是我休想，还是你的骨头硬。"

说完，天魔用手指着魔水炉，口中念念有词，只见天魔手指之处飞出一道道乌蒙蒙的黑气，向着魔水炉飞去，那些黑气化作万千的飞针，对着法藏便扎了过去。法藏紧咬牙关，任凭那寒冷的飞针在自己的身体里飞来飞去。那飞针又不停地在法藏的身体里游走，疼得法藏哇哇怪叫，直感到身体似乎已经不属于自己了。

法藏逐渐失去了意识，为了使圣水珠不离开身体，法藏用极强的毅力抵抗着那乱针扎心的疼痛。他不停地念着佛号，一声声"阿弥陀佛"不停地从魔水炉里传出来。

此时，炉外的天魔又说话了："法藏，怎么样，魔水炉里的感觉不舒服吧？只要你现在吐出圣水珠，我还可以饶你一命，不然，等我炼出圣水珠来，你想活也已经是不可能的了。"

法藏已经被冻得蜷缩成一团，乱针扎心又使他百般痛苦，但他还是咬着牙，坚强地说道："你休想。"

这"你休想"三个字刚说出来，只见炉内的黑水慢慢地翻腾起来，很快便将法藏的整个身子浸透，只剩下头还在魔水之上。

就在法藏快要不行的时候，天魔又开口了："法藏，我的魔水炉只用了不到一成的功力，你就受不了了，我看你还是尽早吐出来吧。你放心，本尊是不会跟你一般见识的，我说到做到，只要你吐出圣水珠，我就饶你一命。"

法藏的回答依然如是。炉内实在是太寒冷了，法藏腰部以下被黑水浸泡过的地方，已经慢慢地起了一层层的黑雾，随着那黑雾的升腾，法藏体内的万年无花果化成的舍利缓缓飞出身体，他的意识开始变得模糊了！

天魔哈哈大笑道："法藏，你吃下的万年无花果化成的舍利已经被我炼出来了，我看你还是将圣水珠吐出来吧，免得受更多的苦，白白搭上自己的性命。"

法藏的意识越来越模糊，开始胡言乱语起来："我，我是取经人……西

第七章
生死两茫茫

天取经，众仙渡劫……杀……天魔怕取经人……"

法藏的胡言乱语引起了天魔的注意，天魔一张嘴，将里面的黑气吸进了口中，那魔水炉内的黑水也被天魔给抽得干干净净。天魔打开魔水炉，一伸手取出了那颗鲜红的舍利，用手一指法藏说道："法藏，什么取经？什么天魔怕取经人，你快告诉我……"

法藏依旧在胡言乱语，天魔一见，微微一笑，一伸手取出一朵紫金莲，口里念念有词道："法藏法藏，你有何想？如有何想，对我讲讲！"

蜷缩成一团的法藏不停地打着冷战，他的意识早已模糊不清，现在是别人问什么，他就说什么，只听他哆嗦着说道："燃灯师祖告诉我……仙人历劫，众仙佛相商，需要我去西天取经，取经……经可以杀掉天魔，但，但不能让天魔成为取经人，否……否则，天魔取来经，会……会一统三界，但是，但是……"

天魔听法藏这么说，有些着急地问道："但是，但是什么？"

魔水炉实在是太厉害了，法藏模糊的意识刚说到"但是"，魂魄已经飞离了魔水炉，飞出了天魔洞，向着地府直飞而去。

法藏的灵魂在地府的上空飞舞着，恰巧碰到黑白无常正在抓捕游魂野鬼，黑无常往阴暗暗的天空一看，看到法藏在上面飞着，忙对白无常说道："白兄，你看，那不是前些日子大闹地府的法藏吗？他怎么又来闯地府了？"

白无常道："黑兄，别管他，赶紧将他勾来，别让他像上次那样逃了。"

听白无常这么说，黑无常忙祭出了勾魂索，向着空中的法藏抛了过去。因为刚刚在魔水炉里受到了伤害，法藏的意识还处于模糊当中，正在不知何所依之际，哪里还有反抗的能力，一下子就被黑无常的勾魂索给勾中……

黑无常勾到法藏，用力往下一拉，将法藏给拉了下来，黑无常哈哈大笑道："白兄，我们成功了，现在啊，阎君恨死这个法藏了，你说我们立了这个功，阎君会赏我们什么呢？"

白无常笑道："黑兄，你就别想升官的事了，我们已经是地府的神君了，还能升到哪里去？当阎君吗？不可能的，还是多向阎君要几个赏钱，这才是正事。"

说着话，白无常拿起哭丧棒，照着法藏就是一棒子，嘴里说道："让你跑，让你跑，看我怎么收拾你。"

这一下反而将法藏给彻底地打醒了，法藏一下子睁开了眼睛，看到黑白无常站到自己的身前，怒道："你们两个家伙，怎么又来勾我，不怕我打你们吗？"

黑无常将手里的勾魂索往前一带，带了法藏一个趔趄，黑无常说道："怕，我当然怕了，有本事你打我啊，你打我啊！你现在已经是我的阶下之囚，我看你还怎么打我？"

法藏尽管被锁着，但他马上明白出了什么事。他想自己肯定是被魔水炉给炼化了，想到这里，不甘心就这么死去的法藏豪气顿生，他一把揪住缠着自己的勾魂索，一下子就反缠到了黑无常的脖子上。这一下可把黑无常给吓了一跳，他忙用力挣脱，可是勾魂索却纹丝不动。白无常一看，"哎哟妈呀，这个法藏可实在是太厉害了，不好惹啊，黑无常已经被他反缠了，我根本不是他的对手，要是我跟他动手，说不定也会被缠上"，想到这里，白无常迈开双脚，没了命地往前跑，耳边就听到黑无常的声音不停地传来："白兄，你真不仗义，你别跑，别跑，快来救我啊……"

白无常才不管那么些，他一边跑，一边说道："黑兄，你等着，我这就到地府搬救兵救你去。"

白无常不说这句话还好，这句话一出口，法藏马上明白过来，这要是真让他到地府搬来救兵，自己可就难对付了。想到这里，法藏一把夺过黑无常手里的哭丧棒，一下子冲着白无常就扔了出去，这一下扔得既准又狠，直接将白无常给砸倒在地上……

法藏用勾魂索牵着黑无常，直奔白无常而去。白无常还要继续往前跑，被捡起哭丧棒的法藏又是一棒子给打倒在地上。法藏高声叫道："我看你往哪里跑，再跑你还得挨揍。"

这一下还真把白无常给镇住了，白无常老实地站在原地，一动也不动，就等着法藏赶上前来拿他。法藏不客气地一只手牵着黑无常，一只手将白无常给抓住，然后用勾魂索将两个人给锁到了一起。黑白无常两个鬼差被锁着，口里接连向法藏喊饶命。

法藏没理他们，低头寻思：我已经被天魔的魔水炉给炼化了，既然来到了地府，就不能白来，我下地狱不要紧，正好借这个工夫，将敖丙给搭救出来，不能让他在十八层地狱里受苦。想到这里，法藏厉声说道："黑白无常，我问你们，你们是要死呢，还是要活？"

黑白无常几乎异口同声地说道："当然是要死了。"

第七章
生死两茫茫

法藏一听,问道:"为什么想死?"

白无常道:"哎哟,我的法藏爷爷啊,你可曾听哪个鬼说过他要活啊?人怕死鬼怕生,这是三界内都知道的事啊。"

法藏一听,说道:"那既然你们想死,就要带我去十八层地狱救我的敖丙兄弟,不然,我就打得你们魂飞魄散。"

黑无常道:"法藏爷爷,只要你别打我们,叫我们做什么都行啊。"

法藏说:"好,我不打你们,你们头前带路!"

此时的黑白无常早已经没有了地府神君的神气,力不如人万事休,为了不挨打,二人极不情愿地带着法藏,向着十八层地狱走去。

第八章
兄弟情深重

　　卷帘洞内，阿牛正在静等着紫霞去请镇元大仙回来。

　　他坐在石桌前，从怀里掏出了赤脚大仙刚送给自己的扇子，一边玩着宝扇，一边想法藏现在去了哪里。想到法藏为了完成师命，用生命守护圣水珠的坚定信仰，再想到连续遭遇的困难，阿牛流下了眼泪，口里不停地说道："大哥啊，你可真是一个苦命的僧人啊。"

　　阿牛的泪水滴到了赤脚大仙送给他的宝扇上，滴滴答答流个不停，他哪里知道，这把宝扇三界通灵，只要手拿宝扇的主人的眼泪滴到上面，它便会激发出神奇的功能。

　　阿牛只顾着哭，泪水氤氲。一片雾气升腾过后，只见一位美丽的绿衣仙女从扇子里飞了出来，站到了阿牛的身前。阿牛一看身边多了个人，吓了一跳，一下子从石桌上站起来，大声问道："你是谁？"

　　这位美丽非凡的绿衣仙女说道："我是扇仙啊。"

　　阿牛惊讶地问道："你就做你的扇仙，你来找我做什么啊？"

　　绿衣仙女婀娜一笑，指着阿牛手里的宝扇说道："阿牛，我就是你拿着的这把宝扇啊，你拿着它，眼泪滴到了上面，就把我叫出来了。说吧，阿牛，你让我给你做什么事？我一定能办到。"

　　阿牛有些不相信地说："你就吹牛吧，你一个区区的扇子仙有什么本事？天魔已经把我大哥法藏抓走了，连赤脚大仙都没有办法，你能办得到？"

　　绿衣仙女笑道："他们办不到，不一定我办不到啊。说吧，主人，你打算让我给你做什么事？"

第八章
兄弟情深重

阿牛看着绿衣仙女,觉得她不像是在说笑,便张嘴说道:"你要是真能办得到,就带我去找我大哥法藏吧。"

绿衣仙女说道:"这个容易,但是我每次被你的眼泪请出来,只能帮你做一件事情,我只答应带你去找你大哥,可没答应把他救出来啊。"

阿牛听绿衣仙女这么说,没好气地说道:"好吧,那你就带我去找我大哥吧,救人的事不用你管。"

绿衣仙女口里称一句是,拉起阿牛便往外走。阿牛被她这么一拉,身子便飞了起来,忍不住往下一看,竟然看到了自己,吓得他"哎哟"一声,问道:"这是怎么回事?下面怎么还有一个我?"

绿衣仙女笑道:"主人不必多想,你身体那么重,我可拉不动,我拉着的是你的魂魄,你现在已经灵魂出窍了。"

阿牛被绿衣仙女拉着,很快便飞离了卷帘洞。从来没有飞过的阿牛,只觉得耳边生风,吓得不停地怪叫。这时,只听绿衣仙女说道:"阿牛,我的主人,你不要害怕,你现在只是魂魄在飞,即使我不拉着你,你掉下去也没事的。"

阿牛慌忙地说道:"你可千万别放手啊,即使我不会摔着,心里也害怕啊,哎,我说,你这是要带我去哪里啊?"

绿衣仙女笑道:"带你去十八层地狱啊。"

阿牛忙说道:"不,不,我才不下地狱呢,还十八层地狱,你到底是帮我还是害我啊?"

绿衣仙女说道:"你不是让我带你去找你的大哥法藏吗?他现在就在十八层地狱啊,他的真身在天魔洞,我才不敢去,所以,只好带你下地狱了。"

阿牛听绿衣仙女这么说,就说道:"也罢,虽说我害怕去地狱,可是既然大哥到了十八层地狱,那小弟也只好舍命相陪了。"

绿衣仙女拉着阿牛往前飞,只一会儿的工夫,就飞到了地府的上空,只见地府上面乌云密布,到处阴森森的。阿牛往下看了看,向着绿衣仙女问道:"绿衣人,这是哪里?怎么阴森森的啊?"

绿衣仙女道:"主人,这里便是地府上空了,我们这就要下降了,你做好准备,一会儿到了十八层地狱,我就走了,你可要好自为之啊。"

阿牛忙道:"绿衣人,你好人做到底,送佛送到西,既然已经来了,就把我大哥也一起带走吧,我一个人真的很害怕啊。"

绿衣仙女小嘴一噘，说道："主人，我跟你说了，我每一次被你的眼泪请出来，只能帮你办一件事，否则，我就再也回不到扇子里了，而且即使我想帮你也帮不了，我真的是无能为力啊。"

随着身体不断下降，阿牛不停地叫道："冷、冷、冷，这里实在是太冷了，绿衣人，你能把衣服给我穿吗？冻死我了。"

绿衣仙女笑道："阿牛，这可不行，我要是把我的衣服给你穿，那我就没衣服穿了，再说了，我的衣服你也穿不了啊，一穿到你的身上，这衣服就化了。"

绿衣仙女牵着阿牛，向着地府的十八层地狱快速地下降。阿牛看到眼前的每一层地狱都是阴森恐怖，里面的鬼魂更是被打得惨不忍睹。

此时，法藏也被黑白无常带到了关押三太子的监舍前，隔着地狱的铁门，法藏看到两个鬼卒正拿着皮鞭在抽打敖丙，每抽打一下，敖丙都发出撕心裂肺的叫喊声。法藏看罢，双手合十地说道："阿弥陀佛，黑白无常，你们赶紧让鬼卒放下皮鞭，不准他们再打我的兄弟敖丙。"

黑无常赶紧冲着铁门里的鬼卒大声喊道："快住手，不准打了，不准再打了，快打开铁门让我们进去。"

两位鬼卒忙回头一看，是黑白无常发话了，那自然不敢再打了，就将皮鞭往手里一收。两位鬼卒看到黑白无常被锁着，后面还站着一位高大的和尚，顿时感觉不对劲，交换了一下眼神，随即便拿出钥匙打开了铁门。

三太子被锁在铁柱子上，被打得血肉模糊，他慢慢地抬起头，看到法藏，就像看到了救命的稻草一样，高声喊道："法藏大哥，我已经受不了了，你快些救我啊！"

法藏道："敖丙，你不要害怕，我这就来救你了。"

说完，法藏用手拉了拉勾魂索，拿起哭丧棒敲了一下黑无常，厉声说道："快让你的手下放人！"

黑无常无奈，只好说道："来啊，快把三太子给放下来。"

刚才还飞扬跋扈地抽打敖丙的两个鬼卒，赶紧将绑着敖丙的铁索给解下来，搀扶着敖丙坐到了前面的凳子上。法藏不顾一切地冲上前，一把抱起敖丙说道："好兄弟，让你受苦了，你放心，我这就带你离开。"

说完，法藏不再管被锁着的黑白无常，抱起敖丙，便推开十八层地狱的牢门，向着外面跑了出去。看到法藏冲出了牢门，黑白无常如释重负，立即

第八章
兄弟情深重

高声叫道:"有人劫狱了,快拦住他们,别让他们跑了啊!"

黑白无常的高声呼喊,惊动了十八层地狱里其他牢舍里的鬼卒,鬼卒们忽地一下冲了出来,将法藏给围了个水泄不通。黑白两位无常在鬼卒的帮助下,也解开了勾魂索,拿起手中的武器便冲了出去。

刚才还低声下气的黑白无常,此时在众鬼卒的拥簇下,又恢复了以往的神气。黑无常大手一挥,高声地叫道:"给我上,千万不能让法藏和敖丙给跑了!"

黑无常一声令下,众鬼卒立即动了起来。可是,因为上次法藏闹地府时,很多的鬼卒都吃过他的亏,所以,大家尽管脚步动,却是不敢冲上前去。看到众鬼卒原地不动,白无常气得是哇哇大叫,拿起哭丧棒一棒子,就将一位后面的鬼卒打倒,然后大声说道:"谁不冲就是这个下场!"

众鬼卒看到黑白无常真的动怒了,只好冲上前去。法藏一只手抱着敖丙,一只手向着一位冲上来的鬼卒打了过去,只一下就夺过了那鬼卒手里的刀,左冲右突。虽说法藏异常英勇,可是面对人数众多的鬼卒,一时也冲不出去。正在这个时候,只听到一声锣响,牛头马面带着一队鬼卒增援而来。黑白无常看到牛头马面,眼里放起了光,可算是遇到亲人了,这一下,就算法藏是大罗金仙,也休想逃出这里三层外三层的十八层地狱。

法藏看到地府的鬼卒越聚越多,不敢有丝毫的分心,手里拿着一把沾满了鬼血的刀,左冲右突,可是他砍的鬼卒越多,冲上来的鬼卒也就越多。这时,不忍法藏受伤的敖丙高声说道:"大哥还是不要管我了,你带着我是冲不出去的,还是独自逃命去吧。"

法藏也大声说道:"兄弟,你不要说话,以免分我的心神,我已经够忙了。"

就在法藏答话的工夫,一位鬼卒的鬼头刀砍了过来,法藏一个闪身躲过,可还是迟了一些,鬼头刀的刀锋正好砍到了法藏的后背上,疼得法藏"哎哟"一声,抱着的敖丙也掉到了地上。众鬼卒一看,马上将刀往敖丙的脖子上一架,敖丙被地府的鬼卒重新五花大绑起来。

法藏看到敖丙又被绑走了,气得哇哇怪叫,可却毫无办法。他又夺过了一把鬼卒的刀,双手持刀左冲右突,只听得耳畔鬼叫声不断。此时的法藏已经砍红了眼,可是他刚刚被魔水炉炼过,用虚弱的魂魄与众鬼卒打斗,本来就不明智,又因为敖丙被抓走,严重分了心,正在他着急之时,身上又挨了两刀，一下子被砍倒在地。黑白无常两位鬼使一看机会来了，立即抛出了勾魂索，照着法藏的脖子就挥了过去。眼看着勾魂索即将套住法藏，绿衣仙子带着阿牛来到了打斗现场。

阿牛一看勾魂索向着大哥的脖子挥来，一纵身就跳了过去，嘴里大喊一声："不要伤我大哥，我来也！"

大嗓门的阿牛这一喊，可把黑白无常与牛头马面给吓得不轻，黑白无常的勾魂索也是一偏。借着这个工夫，法藏又重新站了起来，看到阿牛出现在自己的身边，大喜，忙对飞过来的阿牛说道："兄弟，你怎么来地府了？莫非你已经……？"

阿牛说道："大哥，我没有死，今天情况紧急，咱们先冲出去再说吧。"

法藏一挥手中的刀，说道："好兄弟，我们就不多说了，就像当初斗黑熊一样，用视死如归的那股子劲，来斗一斗这地府的鬼卒。"

说罢，法藏便将一把刀往阿牛手里一递，兄弟两人大叫着，就与众鬼卒打斗在一处。

就在法藏与阿牛并肩战斗的时候，紫霞已经飞到了五庄观，见到了镇元大仙。镇元大仙闻听紫霞说到天魔重新出世，并且变成他的模样将法藏给抓走，早已经气急，他一拍桌子说道："好个天魔，真是岂有此理，竟然敢变成我的样子。你放心，紫霞仙子，我是不会饶了他的。"

紫霞说道："大仙，那我们赶快去救人吧。"

镇元大仙点了点头，伸出手来掐指一算，便对紫霞说道："仙子，这笔账我迟早会跟天魔算的，但是现在，你的那位阿牛弟弟恐怕是出事了，咱们先去救他吧。"

紫霞听镇元大仙说阿牛出事了，惊问道："大仙，我弟弟阿牛正在卷帘洞里，怎么会出事呢？再说，卷帘洞可是有燃灯古佛的佛光护佑的。"

镇元大仙微微一笑，说道："仙子，无须多说，我这就跟你走一趟吧。"

说完，镇元大仙与紫霞两个仙人便飞向空中，只一刹那的工夫，就飞到了卷帘洞的上空。心里牵挂着阿牛安危的紫霞一按落云头，便迫不及待地冲到了卷帘洞里一看，阿牛正手拿着赤脚大仙的宝扇，一动也不动地呆立在那里，张着嘴似是要说什么，就如同雕像一般。紫霞冲上前去，用力地拍了拍阿牛，大声地叫道："阿牛，阿牛，你这是怎么了？你快快醒来啊！"

紫霞哪里知道，阿牛此时正魂游地府，与法藏并肩战斗哪。看到怎么也

第八章
兄弟情深重

喊不醒泥胎般的阿牛，紫霞急得直跺脚，这才想起镇元大仙还在洞外，便赶紧赶紧跑出了洞外，双手对镇元大仙作揖道："大仙，是小女因为太牵挂阿牛的安危了，所以才忘记将您带入卷帘洞了，怠慢之处，还望大仙见谅。"

镇元大仙哈哈大笑道："仙子不必介意，昔年我曾经受教于燃灯古佛，所以，尽管我能够破了护洞的金光进洞，但是为了表示我对燃灯古佛的敬意，才甘愿守在洞外，与你无关啊。"

紫霞听镇元大仙这么说，心想，镇元大仙是地仙之祖，他说自己能够不受燃灯古佛护洞佛光的影响，自由出入洞府，此话应该不虚，再想到他作为三界之内有名的大仙人，依然对燃灯古佛礼敬有加，越发觉得这位镇元大仙实在是值得众仙学习，内心也就更加敬重镇元大仙了。

想到这里，紫霞便说道："大仙想进洞，自然是轻而易举之事，那么现在就请大仙跟我念动口诀吧，我想这样也不算是对燃灯佛祖不敬了吧。"

镇元大仙笑道："那是自然，我想正在闭关的燃灯佛祖，知道我的这片苦心，也应该会很欣慰吧。"

说完，镇元大仙便在紫霞的带领下，跟着紫霞念动进洞的口诀，走进了这人间胜地卷帘洞。镇元大仙手捋着长须，缓缓念道："卷帘人何在？梦里又梦外，一纸通古今，尔来是仙脉。这处卷帘洞真是一处神仙洞府啊，尤其是这石桌石椅，更是寄托了洞主人的一片相思之情。"

紫霞听镇元大仙这么说，忙问道："大仙，这处洞府现在的主人是法藏，他可是燃灯古佛亲传的弟子，他一个和尚，还能有什么相思之情呢？"

镇元大仙手指着如泥塑般的阿牛，笑道："此话我就不解释了，日后你便知晓了，今日我们是为他而来，还是先解决他的问题吧。"

听镇元大仙这么说，紫霞忙道："是，大仙说得是，您看我这个兄弟，现在如同泥胎一般一动也不动，这可怎么办？"

镇元大仙缓缓地走到阿牛的身前，围着阿牛转了一圈，指着阿牛手里的宝扇说道："仙子，问题就出在这把宝扇身上。"

紫霞忙说道："大仙，不瞒您说，我与阿牛弟弟分别时，赤脚大仙刚带着玉皇大帝的旨意来过，收了我弟弟为徒的同时，将这把宝扇相送。赤脚大仙乃是天上有名的仙人，他送给我弟弟的宝扇，怎么会出问题呢？"

镇元大仙道："仙子多想了，我说的不是赤脚大仙，而是这把宝扇。"

说完，镇元大仙便拿过了宝扇，说道："出来吧。"

镇元大仙说完，宝扇却是一点反应也没有。紫霞笑道："大仙，这不过就是一把扇子，您叫它又有何用呢？"

镇元大仙没有回紫霞的话，只听他继续说道："宝扇啊宝扇，你快出来，跟仙子说个明白吧。"

如此说了三遍，这把宝扇依然是没有反应。镇元大仙用手指着宝扇，怒道："好你个扇子仙，真是敬酒不吃吃罚酒，若你再不出来，可就别怪本仙不客气了。"

那把宝扇还是没有动静，镇元大仙怒道："扇子仙，你再不出来，我可要用三昧真火来烧你了。"

说完，镇元大仙便口里念念有词，正准备施法之际，就看到扇子发出一阵绿光，紫霞看到那绿莹莹的光辉闪现处，绿衣仙女从扇子里飘了出来，跪倒在地上向镇元大仙施礼道："镇元大仙，小女这厢有礼了。"

镇元大仙依然怒道："你且莫行礼，本仙问你，刚才叫你，你为什么不出来？是没有听到吗？"

绿衣仙女道："大仙息怒，自从上古时期，冥河老祖将我造出来至今，我便被封印在扇子里，我本来就是另一个三界的人，若想出来，是有很多规矩的，我若是强行出来，也是要付出代价的，还请大仙谅解啊。"

镇元大仙的语气这才缓和下来，说道："扇子仙免礼，关于你的一切，本仙自然是了然于心，你为了我出来，已经是破了例了，甚好甚好，你这就将阿牛去了哪里告诉仙子吧。"

听镇元大仙这么说，扇子仙忙来到紫霞身前，躬身施礼道："仙子，小女这厢有礼了。"

紫霞将手一摆，说道："扇子仙免礼，你快告诉我吧，我都快急坏了。"

扇子仙说道："仙子，在您与阿牛分开后，阿牛按照您的吩咐，确实没有到处乱走，可是他却是个有情有义的人，身在卷帘洞，心却牵挂着法藏的安危。他的泪水将我的魔咒解开，我就从另一个三界出来了，看到他哭得伤心，心有不忍的我，只好带他去十八层地狱，找他的好大哥法藏了。"

镇元大仙怒道："你真是好大胆，你把一个活人的魂魄带进地府，他还能活着回来吗？"

扇子仙一听，又赶紧跪倒在镇元大仙的面前说道："大仙饶命啊，我真的是想帮阿牛完成心愿，才带他去地府的。"

第八章
兄弟情深重

镇元大仙仍然面带愠色地说道:"那我来问你,既然你想帮阿牛完成心愿,为什么不带他去法藏真身所在的地方呢?"

扇子仙忙道:"大仙错怪我了,如果法藏魂魄没有出窍,我肯定会带阿牛到天魔洞外,可是您也知道,凭我的法力是进不了天魔洞的,而恰巧法藏魂游地府,我就只好带阿牛去地府了。"

紫霞看到扇子仙的脸吓得煞白,忙对镇元大仙说道:"大仙,我觉得这个事情真的不怪扇子仙,她也是没有办法才这么做的。"

镇元大仙听紫霞在替扇子仙求情,也就顺手卖给紫霞一个人情,说道:"既然如此,那你就回去吧,本仙不怪你了。"

听到镇元大仙说让自己回去,扇子仙长长地舒了一口气,对着镇元大仙和紫霞深施一礼后,便化作一道绿莹莹的光,飞进了扇子里。

紫霞看着扇子仙归位了,马上对镇元大仙说道:"大仙,阿牛已经魂游地府了,您看该怎么办?"

镇元大仙道:"紫霞,你试试用仙法将阿牛的魂魄唤回来。"

紫霞按照镇元大仙所说,走到阿牛面前,用足了法力,对着阿牛不停地喊道:"阿牛醒来,阿牛醒来……"

连续试了好几次,阿牛的身体依然纹丝不动,紫霞这才回过头来,对着镇元大仙说道:"大仙,不行啊,小仙法力微弱,实在是唤不回阿牛的魂魄啊。"

镇元大仙微微点了点头,说道:"这不是你唤不回他的魂魄,而是他的魂魄已经被地府控制起来,我也得遵守地府的规矩,不能乱了阴阳啊。我看这样吧,仙子,你在这里守着他的身体,我亲自到地府去一趟,将他的魂魄取来助他还阳。"

紫霞对着镇元大仙深施一礼,说道:"如此,便有劳大仙了。"

镇元大仙哈哈一笑,张开了双臂,只见电光一闪,瞬间消失在卷帘洞中。看着镇元大仙身形如疾风,紫霞心想,这位大仙可是三界内数一数二的神仙,有他出马,阿牛肯定能够平安回来,可是被天魔抓走的法藏,也能够平安回来吗?

这个法藏看起来是个很执着的人物,而僧人们大都不执着,万事都讲究随缘,缘分到了,一切都好,缘分不到,一切皆了。如今看来,有了天魔的介入,圣水珠与法藏的缘分也该结束了,这样也好,说不定通过自己的努力,机缘巧合之下,阿牛也会与圣水珠结缘的,只要阿牛有了圣水珠,开启

-95-

了法体，她这个做姐姐的也算是仁至义尽了。

想到这里，紫霞调皮地打了一下阿牛的头，笑道："阿牛啊阿牛，希望你的善良与仁义，能够让你有机会成为一名天庭的仙人。到时，我会在天上与你会合，帮助你救出你的爹娘。"

此时阿牛的魂魄早已经被地府的鬼卒们给抓了起来，与他同时被抓的还有两次闹地府的法藏，当然，被法藏差点营救走的敖丙，也一同被押到了阎罗大殿之上。

阎君高高坐在上面，看着被众鬼卒带到殿前的三个魂魄，哈哈地大笑起来，一边笑一边说道："天地万物，皆分阴阳，法藏啊法藏，你竟敢两次大闹地府，今日，本王若不将你打入十八层地狱，永世不得超生，本王宁可将这个王字倒过来写。"

法藏站在阎罗殿上，被五花大绑，但是他的嘴可没闲着，他哈哈大笑道："阎王，我都来过两次了，根本就不怕你，你这个王字倒过来写，还是一个王字，但是对我兄弟三人便不同了，如若你放我们还阳，我们三人一定会感念你的恩情的。"

阎君怒道："笑话，放你们还阳？真是痴心妄想，我就是放谁还阳，也不会放你们这等无法无天的恶鬼的。再说，我若是放你们还阳，便是有违了天道。"

法藏道："阿弥陀佛，自古至今，就在你这座阎罗殿上，有多少的冤魂含恨而终啊，他们含着恨意你不管，却统统将他们打入地狱，你说你的所作所为，是不是也有违天道？"

阎君一拍桌子，怒道："大胆，本王的话便是天道，尔等无视地府王法，屡次来到地府搅闹，本王岂能对此事善罢甘休？来人啊，将他们三人全部打入十八层地狱，永世不得超生。"

阿牛闻听，看到大哥法藏满不在乎，便豪气顿生，也大声嚷道："阎君，我兄弟三人早已义结金兰，百年以后，人间会传颂我们的美名，而你却会因为错将我们打入十八层地狱而落下一世的恶名。你可想好了，别到时求着我们还阳，我们不还阳，可别说我们不给你面子啊。"

阎君听阿牛说话满不在乎，顿时被气乐了，他哈哈一阵大笑过后，说道："本王不用你们给我这个面子，你们就到十八层地狱里好好享受享受吧。"

敖丙一听，也道："阎君，我死得那么冤，你不敢去招惹哪吒，却要把

第八章
兄弟情深重

我们打入地狱,看来你也是欺软怕硬的主啊。"

阎君气得胡子都歪了,他大叫道:"谁说本王欺软怕硬了?我早就跟你说过,生死簿上早就记着你会被三坛海会大神哪吒给打死,鬼魂的事归我管,可是神仙的事,那不是地府该管的。你要是觉得冤枉,就到天上去告哪吒,其他的与我无关。"

敖丙道:"那你就放我出去,我一定要到天上去告御状,我不甘心哪。"

阎君道:"你不甘心又如何?如果你们兄弟三人不来地府搅闹,本王还可代你们向玉皇大帝禀报此事,如今你们闹了地府,就老老实实地在地府里待着吧。"

阎君的话刚说完,一个鬼卒就急匆匆地跑进大殿里来,高声地叫道:"报阎君,那哪吒被四海龙王所逼,已经割肉还母剔骨还父,一丝魂魄正在游荡。他法力高深,我们去不去勾他的魂,还请阎君定夺。"

阎君听鬼卒报完,对着法藏三人说道:"法藏、敖丙、阿牛,你们听到了没有,杀人偿命,这就是天道,即使他哪吒是天神,那也毫不例外。来人哪,速速将哪吒的魂魄给我勾来。"

阎君的话刚说完,又一个鬼卒冲了进来,跪地向阎君禀报道:"报阎君,那哪吒的魂魄被他的师父太乙真人给收走了。"

阎君一拍桌子说道:"岂有此理,我这就上天庭去告他太乙真人扰乱阴阳。来人啊,先将法藏他们三个给我押进十八层地狱,狠狠地打。"

敖丙听闻,向阎君求道:"阎君,我在婚礼当天被哪吒打死,心内含着冤屈,还有未了的心愿,如今你将我打入十八层地狱,我无话可说,就请你允许我回龙宫一趟,好让我给霓裳和父王托个梦啊。"

阎君哈哈大笑道:"你休想,法藏与阿牛来地府搅闹皆是因为你,来人啊,快将他押下去,本王再也不想见他。"

敖丙还要再说,法藏却对敖丙说道:"敖丙,我们不要求他了,他就是一个无情无义的家伙,根本就不值得我们去求。"

阎君因为法藏两次搅闹地府,最反感的便是此人了,他一拍桌子怒道:"法藏啊法藏,本来你修佛法,又是燃灯古佛的弟子,已经跳出三界,不在本王的掌控之中,生死簿上已没有你的名字了,可是天上有路你不走,地狱无门你自来投。所以本王将你的名字重新写到了生死簿上,判官,你且将生死簿念给他听,让他心服口服。"

听到阎君叫自己，判官赶紧走了出来，手里拿着一本生死簿，高声地念道："法藏，本名逸仙，先骄奢淫逸，本欲打入无间地狱，但因其后来受其妻素女之死影响，发具十戒大愿，拜燃灯古佛为师，故此在生死簿上除名，圆寂后当往佛国净土，今因其受俗世影响，兄弟私情甚重，强替龙宫三太子出头，两次搅闹地府，致使地府大乱，扰乱阴阳，故此，续写生死簿，改写为被天魔魔水炉炼身而死，死后魂魄永堕十八层地狱，永世不得超生……"

听判官把罪名念完，阎君高声地说道："法藏啊法藏，逸仙啊逸仙，你可服气啊？"

法藏听到地府将自己一生之事都总结得明明白白，已经释然，觉得其实在十八层地狱受不得超生之苦，本身也是一种永恒，随即说道："服与不服皆在于心，阿弥陀佛，永堕十八层地狱，永世不得超生，弟子也要聆听佛法秉持修行。燃灯佛祖，弟子即使身堕十八层地狱，也会受具足十戒，不会给您丢脸的。"

阎君道："法藏啊法藏，你也别说得好听，你堕入地狱，已经给燃灯古佛丢脸了。来人哪，将他们押下去，本王再也不想见到他们。"

此时的法藏得知了这个最坏的结果，反而完全放松了下来，他一边被鬼卒们押着往下走，一边豪气冲天地对敖丙和阿牛说道："两位兄弟，我们到十八层地狱里还要做最好的兄弟。"

阿牛与敖丙也附和道："对，大哥，不管在哪里，我们永远都是最好的兄弟。"

说罢，三个人竟然一起唱着歌，慢慢地走出了阎罗殿，可把阎君给气得够呛，可是这三个人都是敢来搅闹之人，阎君也确实拿他们没有更好的办法，不过，想到以后永远也见不到他们，他们将永远待在十八层地狱受苦，阎君对于他们今日的放肆，也就选择了容忍。

就在法藏兄弟三人即将离开阎罗殿之际，一道金光闪过，镇元大仙出现在了阎罗殿里。看到镇元大仙亲临，阎君赶紧起身，来到殿前躬身施礼道："镇元大仙在上，不知大仙驾临，小王迎接来迟，还望大仙恕罪。"

镇元大仙将手一摆，说道："阎君，你是地府之主，咱们不用多礼。"

阎君问道："大仙今日光临地府，不知有何见教啊？"

镇元大仙道："今日本仙前来，是想助一个人还阳的。"

阎君听镇元大仙这么说，有点不太高兴，心说，地府里的鬼卒想还阳的

第八章
兄弟情深重

多了,难道是个仙人过来,就都给面子让他们还阳?若是如此的话,那我管理的鬼卒岂不是越来越少?想到这几十亿年来,各个大仙打招呼放走的鬼卒着实不在少数,阎君就觉得自己这个王当得实在是太憋屈了,可是镇元大仙,他又得罪不起。此大仙可是三界之内响当当的人物,他想让谁活就让谁活,谁让他有人参果树呢。今天,他不用人参果,就凭着一张嘴来地府提人,想必这个人肯定也不简单。不答应吧,怕镇元大仙大发神威;要答应吧,又确实是心有不甘。

正当阎君面露难色之际,镇元大仙呵呵一笑道:"怎么,本仙前来助一个人还阳,难道你不允许吗?"

经镇元大仙这么一问,阎君这才从沉思中缓过神来,说道:"可以,当然可以了,大仙在我这里可是有面子的,但小王不知大仙是想要谁还阳呢?"

镇元大仙手捋着胡须,看了一眼阎君,笑道:"其实也不是一位,算是两位吧,一个是燃灯古佛的徒弟法藏大师,还有一位就是他的兄弟阿牛。"

听到镇元大仙这么一说,阎君惊问道:"怎么是他们?"

怎么是他们?镇元大仙说的偏偏是他们,阎君再不想放人,也是没有办法的事,只得吩咐鬼卒们,赶紧将法藏、阿牛及敖丙的鬼魂给重新押回来。此时,阎君心里已经想好了,镇元大仙的面子必须给,可他这个地府之王所受的委屈也一定要说出来,请这位镇元大仙来判定谁是谁非。

第九章
镇元战天魔

　　镇元大仙来到地府，跟阎君说要带走法藏与阿牛的魂魄，阎君的心里是真不想给啊，因为他已经当着地府众鬼卒的面，将法藏、阿牛及敖丙打入了十八层地狱，而且是永世不得超生，如果镇元大仙随口一说他就放人，那么他这个地府之主的威严也就荡然无存了。虽说地府并不归镇元大仙所管，可是镇元大仙是三界有名的大仙，法力无边神通广大，不是他这个地府小王轻易就敢得罪的。

　　可是，镇元大仙一开口，他就放人，阎君心里又实在是不甘，于是，他就想将事情讲出来，让镇元大仙给评评理。想到这里，阎君就对镇元大仙说道："大仙，您说让谁还阳，小王自然是要照办。可是，这个法藏为了救敖丙，两次强闯我地府，打死打伤我众多鬼卒，若人人都像法藏这般强闯地府，我地府岂有安宁之日？再说，就他随意地闹上地府，这也破坏了阴阳的平衡啊，在此，小王恳请大仙给评评理，还我们地府一个公道吧。"

　　镇元大仙听阎君这么说，知道阎君不想放人，心里就有些不太高兴，心说在这三界之内，我说出的话，还有几个不给我面子的？再说放走一两个人还阳，这在地府也是有先例的，你如此说分明是不给我面子。镇元大仙有心发怒，但是看到阎君身边站着的黑白无常等众鬼卒，心里又想，若是今日直接让阎君下不来台，以后他在这些下属面前也不太好做，想到这里，镇元大仙就笑道："阎君，法藏乃是燃灯古佛的亲传弟子，可以说是佛门的人，根本不归你们管，你若是强行将他打入十八层地狱，恐怕燃灯古佛那里，你也交代不过去吧？"

第九章
镇元战天魔

听镇元大仙这么说，阎君就想，镇元大仙这是在拿燃灯古佛来压我啊，正好，我不敢顶撞你，就随便恶心他几句，削削你的面子，反正燃灯古佛也不在这里。想到这里，阎君就说道："大仙，您有所不知，虽说佛门中人是跳出三界不在五行中，而且法藏还是燃灯古佛的亲传弟子，可是即使他法藏的师父是天王老子，就他打伤我鬼卒的事情，也得给我们地府一个说法，这件事不能就这么算了，就算告到玉皇大帝那里，本王也要将他打入十八层地狱。"

阎君这一通指桑骂槐义正词严，可把镇元大仙给彻底惹怒了，镇元大仙最敬重的人便是燃灯古佛，听阎君这么说，便袍袖一挥，一指阎君问道："阎君，你少跟我婆婆妈妈指桑骂槐，我就问你，法藏与阿牛你到底放还是不放？"

没等阎君说话，看到顶头上司受辱的牛头马面有些忍不住了，牛头将手一指镇元大仙，怒喝道："你大胆，放人不放人这是我们地府的事，岂容你一个外人来说三道四？"

"四"字还没有说出口，镇元大仙便猛一挥手，只见牛头砰的一声重重地倒在了地上。镇元大仙怒道："三界之内，还没有人敢跟我这么说话，阎君，这就是你教出的下属吗？"

阎君一看镇元大仙真的火了，心说牛头啊牛头啊，你这不是让我难堪吗？这真要是惹怒了镇元大仙，那地府可就麻烦了。想到这里，阎君赶紧躬身施礼道："大仙息怒，大仙息怒啊，牛头他不懂规矩，真是罪有应得，您放心，本王一定重重地办他，给大仙出这口气。"

看到阎君的态度还算恭顺，镇元大仙也就没再追究牛头顶撞之事，只是继续问道："阎君，你放心，我是不会跟他一般见识的，我就问你一句话，法藏与阿牛，你放还是不放？"

阎君叹了口气，只好无奈地说道："大仙，您有所不知啊，阿牛可以放回去，可法藏怕是回不去了吧。"

听阎君这么一说，镇元大仙强压住怒火，问道："阎君，莫非你这个小小的地府小王，也不给本仙面子吗？"

阎君赶紧说道："大仙啊，不是我不放人，而是您有所不知啊，现在的法藏正在天魔的魔水炉里，他的肉体恐怕已经被炼化了啊，我就是想送他还阳，他也回不去了啊。"

-101-

听阎君这么一说，镇元大仙想想也有道理，就说道："阎君，能不能还阳这是他的造化，可是放不放人却是你的事情。这样吧，你就把他的魂魄交给本仙吧，本仙来助他还阳，如何？"

阎君听镇元大仙话已经说到这份上了，心说这个讨厌的和尚法藏，怎么会运气这么好呢？眼看着就要被打入十八层地狱了，三界里最有名的镇元大仙竟然亲自来地府救他，天魔与镇元大仙自己都惹不起，阎君就想由他们去吧，别因为一个面子的事，惹得自己挨镇元大仙的打，那可真是得不偿失了。阎君就说道："如此甚好，大仙，法藏与阿牛的魂魄，小王就交与你处理吧。"

镇元大仙点了点头，说道："好，阎君，算你识相，我便在这里等着，你赶紧让人带他们出来吧。"

阎君这才向着黑白无常说道："赶紧去将法藏、阿牛的魂魄带来大殿，交由镇元大仙处理。"

阎君这一声吩咐，黑白无常便小跑着下了大殿。趁此工夫，鬼卒们给镇元大仙上了茶，镇元大仙便坐在大殿上，等待着鬼卒们去提人。

不一会儿，鬼卒们便将法藏与阿牛的魂魄给提了过来。阎君向着法藏说道："法藏，你两次前来搅闹地府，打死打伤我地府鬼卒数人，本王原想重办于你和阿牛，如今，镇元大仙为了你亲来地府。镇元大仙是本王最敬重的大仙，他来要人，本王自是无有不从，本王这便将你交与镇元大仙，还望你好自为之，不要再来我地府搅闹了，去吧。"

法藏听阎君这么说，便朝上看了一眼镇元大仙，只见镇元大仙正冲自己点头。他心想镇元大仙可是三界有名的大仙，自己救不出敖丙来，说不定倚仗着镇元大仙，阎君能给他一个面子，于是法藏便扯开嗓子，冲着阎君喊道："要还阳，你也得先让东海龙宫三太子敖丙还阳，不然，我是绝对不会还阳的。"

听法藏这么说，阿牛也跟着嚷嚷道："对，敖丙不还阳，我阿牛也愿意永远在地府里待着。"

阎君看了一眼镇元大仙，说道："大仙，不是我不放敖丙，而是敖丙已经被哪吒抽取了龙筋啊，就算我放他，他也还不了阳啊。"

镇元大仙点了点头，说道："阎君，你去将敖丙也提来，本王也想见见他。"

第九章
镇元战天魔

阎君又命人将敖丙给提到了大殿。敖丙得知法藏与阿牛为了自己，竟然不肯还阳，非常感动，他走进大殿后，便向着法藏磕头道："法藏大哥，谢谢你来地府救我，请大哥不要管我，还是早些还阳吧。"

戴着镣铐的法藏赶紧搀扶起敖丙，说道："敖丙，我们兄弟情深，你就不要再说了，要还阳就得我们兄弟三人一起，大哥绝不能让你在地府里受苦。"

阿牛也走上前说道："是啊，敖丙，要还阳我们兄弟三人便一起还阳，不然，大哥与我是不会走的。"

镇元大仙看到兄弟三人这么重情重义，也打心眼里佩服他们，就起身走到法藏的面前，说道："法藏，阿牛，敖丙，你们三人情深义重，这个本仙自然是知道的，你们先不要再说了，本仙自有计较。"

法藏听镇元大仙这么说，赶紧说道："大仙啊，三太子敖丙死得冤枉啊，他先被哪吒打死，然后又被抽了龙筋，他不还阳没有天理啊。"

阎君闻听，马上说道："大仙，生死簿上早就写明，那龙宫三太子敖丙该由三坛海会大神哪吒打死，这个事情怪不得地府啊。如今，他的龙身已经被抽了筋，就算本王放他，他也根本还不了阳，这个事情您也是知道的啊。"

镇元大仙点了点头，说道："阎君，龙三太子被打死之事，三界皆知，这个事情确实不怪地府，但是他本身死得极其冤枉，你却要把他打入十八层地狱，永世不得超生，想来，你的做法也确实有些过分了。"

阎君赶紧说道："大仙，您可得为地府做主啊，我其实也是挺同情他的，可是这个敖丙被打死以后，黑白无常前去抓捕，他拒绝不说，还引来法藏与阿牛两人先后搅闹地府，这已经是坏了地府的规矩，破坏了阴阳两界的秩序啊，您说这样的人不该被打入十八层地狱吗？"

听阎君这么说，镇元大仙也觉得在理，如果任由鬼魂拒捕，那这三界还不乱了套，人间还不得鬼魅丛生？想到这里，镇元大仙就说道："阎君，你说的也有道理，我看这样吧，你就把阿牛与法藏的魂魄交给我。至于敖丙，因为他已经被抽了龙筋，确实无法还阳，可是，若是强行将他打入十八层地狱，也确实是难以服众，你就先将他好生安置在地府，日后等本仙想好了主意，再助他重生吧。"

镇元大仙的话刚说完，阎君就说道："大仙，您的盼咐有理，本王一定照办。现在，地府尚缺一名生死簿的看管人，我看就先让敖丙看管生死簿吧，等到日后有了重生的机会，我再安排，大仙，您看如何？"

镇元大仙听阎君这么说，就说道："那就按你说的办吧。敖丙，你还不赶紧谢恩。"

敖丙听阎君不但免了他十八层地狱之苦，还要让自己看管生死簿，确实是法外开恩了，想到这里，就走上前，双膝跪倒在阎君面前，说道："谢阎君栽培，小龙一定认真履职，不负您和镇元大仙所望。"

法藏与阿牛看到敖丙已经在地府受了职，心里的气也就平了。法藏心想虽然没有救出敖丙，但能在地府任个一官半职，不用受苦，确实比把他救出来做孤魂野鬼强。于是法藏也赶紧向阎君施礼道："谢阎君法外开恩。"

镇元大仙看到阎君的安排让法藏兄弟三人都很满意，就向阎君拱了拱手说道："阎君，事已至此，还望你多多照顾敖丙，本仙这就送法藏与阿牛的魂魄还阳，咱们就此别过吧。"

刚说完，镇元大仙便"哎呀"一声大叫："不好！"

这一声惊叫，可把阎君及众鬼卒给吓了一跳，阎君忙问道："大仙，到底出什么事情了？"

镇元大仙道："阎君，劳烦你派黑白无常送阿牛去还阳吧，本仙这就赶往天魔洞会一会这个三界的至邪天魔，再迟一些，恐怕法藏的真身便坏掉了。"

阎君赶紧说道："大仙放心，本王这就照办，天魔法力广大，大仙此去天魔洞，定要多加小心啊。"

镇元大仙点了点头，说道："这个无妨，阎君不必牵挂，咱们就此别过了，后会有期。"

说完，镇元大仙用手一指，将法藏的魂魄收入乾坤袖里，化作一道金光离开了地府。

看着镇元大仙离去的身影，阎君心说这个惹不起的可算是走了，你走了就好，我既然无法阻止你带走法藏的鬼魂，又没法不送阿牛还阳，可是这个敖丙不是还在我手里吗，你等着，敖丙，看我怎么收拾你，我会让你比在十八层地狱还难受。想到这里，阎君恶狠狠地瞪了一眼敖丙，敖丙的目光刚好与阎君的凶光交汇，只这一对眼，可把个敖丙给吓坏了，心说，这下坏了，阎君惹不起镇元大仙，肯定会将所有的气都撒到我身上，这可怎么办呢？

第九章
镇元战天魔

此时的花果山卷帘洞，霓裳与紫霞两个女人正吵成一团。

原来，镇元大仙走后，霓裳就来找法藏了，因为之前来偷圣水珠，与法藏的一番争斗不但没有使霓裳讨厌法藏，反而产生了浓厚的兴趣，尤其是她脖子上的七星痣见到法藏后竟然会发光，让她神迷意乱。她感觉这个和尚好像与自己早就认识，既然师父不肯解开这个谜团，那她就自己来解，或许法藏这个有慧根的大和尚，能帮自己解开心中的疑惑吧。

进到卷帘洞以后，霓裳没有看到法藏，只看到如泥塑一般一动也不动的阿牛，身旁还站着一个非常漂亮的女人。霓裳的心里一惊，这个女人比自己还要美上三分，她是法藏的女人还是阿牛的女人？阿牛曾经跟自己说过他还是孤身一人，那这个女人可能就是来寻法藏的了。想到这儿，霓裳的心里就老大不高兴，进了洞以后，也没有跟那个女人打招呼，在洞里到处乱走起来。

看到霓裳到处乱走，紫霞的气就不打一处来，心说，这个女人是谁啊？她怎么能进入有燃灯古佛护洞佛光保护的卷帘洞？而且一点礼貌也没有，连个招呼也不打。于是，紫霞就冲着霓裳喊道："咳，你是干啥的呀？"

霓裳本来就对紫霞出现在洞中有意见，听紫霞这么一问，没好气地回道："你管我是干啥的呢！"

紫霞有些恼怒地说道："你是谁家的姑娘，怎么一点教养也没有啊？"

霓裳一听紫霞这么说，马上回嘴道："你说谁没教养啊？我看没教养的是你。一个女人家，平白无故地来找一个和尚，我看你这是非奸即盗。"

霓裳的这句话，可把紫霞给惹急了，从她出生至成仙以来，还从来没有人这么跟她说话呢，紫霞怒道："你说谁非奸即盗啊？"

霓裳挑衅地回道："就说你了，咋了？"

两人你来我往吵作一团，很快便动起手来。正在这时，黑白无常两个鬼使押着阿牛的魂魄来到了卷帘洞外，看到两个女人争斗在一起，阿牛高喊道："别打了，你们别打了，我回来了。"

紫霞一看到黑白无常将阿牛送了回来，赶紧将红丝带一停，冲着霓裳喊道："住手，别再打了。"

霓裳尽管得了天魔的仙法，可毕竟还是肉眼凡胎，根本就看不见阿牛，听紫霞这么说，还以为紫霞怕了她，紫霞越是喊停，霓裳攻得越紧，把个紫霞给气得够呛，可却又毫无办法，只得一边挥舞着红丝带迎击，一边往后退去。

紫霞对着洞外的黑白无常，说道："你们快将他的魂魄送进身体。"

霓裳一听，呵呵地笑道："打不过我，就胡说八道，真是可笑啊可笑。"

说完，霓裳加快了攻势。紫霞因为牵挂着阿牛，只得不停地往后退，转眼之间，就退到了阿牛的身旁。

黑白无常两位鬼使押着阿牛的魂魄，刚要进洞，便被卷帘洞的护洞佛光所阻，重重地摔了出去。阿牛一看，一手拉着一个无常，念动咒语，三人一同进了卷帘洞里。

眼看着黑白无常即将把阿牛的魂魄送进身体，霓裳一剑就向着紫霞挥了过来，这一下正砍到即将合体的阿牛魂魄上，疼得阿牛哇哇大叫，嘴里喊道："你怎么连我都伤啊？"

可是霓裳根本听不到阿牛说话。紫霞一看，将红丝带一挥，大声地喊道："你这个疯丫头，你再不住手，阿牛的魂魄就回不了体了。"

霓裳哈哈一笑道："你少跟我假情假意，阿牛肯定是被你施了定身法，才变得如泥塑一般，你赶紧给他解开，不然，我跟你没完。"

说完，霓裳又挥舞着长剑向紫霞砍来，紫霞又气又怒，可是两个人的法力是半斤八两，紫霞也对霓裳毫无办法，眼看着黑白无常几次送阿牛的魂魄合体，都被霓裳的剑气所破坏，紫霞也是急得直跺脚，只得集中精力与霓裳对打，手中的红丝带也是越舞越快，而霓裳对于紫霞的进攻满不在乎，两个女人在洞里你来我往地打斗着。

打着打着，霓裳便卖了一个破绽，紫霞一红丝带挥来，霓裳便猛地一剑刺了过去，紫霞赶紧招架，可是晚了。霓裳这一剑，恰好误刺进阿牛的左臂，阿牛的身体一下子倒了下去，身上的宝扇也掉到了一边，慌得紫霞赶紧冲上前去，死死地护住了阿牛的肉身。

阿牛一看自己的左臂被刺伤，还在流着血，就站在远处放声大哭起来："哎哟，这可怎么办？你们看我的胳膊流血了。"

黑白无常一看，踢了阿牛一脚道："阿牛，大老爷们的，你哭个什么劲啊，快跟着我们进入你的身体吧。"

可是阿牛还是不停地哀号："哎哟我的妈呀，可真是疼死我了，你这姑娘，亏我对你那么好，你还拿剑来刺我，真是气死我了啊。"

正在阿牛哭着的时候，只见那把掉在地上的宝扇，突然之间氤氲一片，扇子仙又从扇子里钻了出来，对着阿牛的魂魄躬身施礼道："主人，你可回

第九章
镇元战天魔

来了,你这次把我哭出来,可是有什么要我帮你的?"

阿牛的魂魄继续哭道:"绿衣仙女,你快帮我还阳吧。"

绿衣仙女道:"主人,你别哭了,我这就助你还阳。"

说着话,绿衣仙女扶起阿牛的魂魄,向着阿牛的身体走来。看到又一个绿衣仙女出来了,霓裳的气就又上来了,她冲着紫霞喊道:"哟嗬,打不过我就请帮手,你以为本姑娘会怕你?"

说着话,霓裳拿起宝剑,向着绿衣仙女就砍了过来。扇子仙早就注意到了霓裳的攻势,回手就将手中的宝剑向着霓裳扔去。霓裳刚要拿剑来挡,绿衣仙女的另一剑便刺了过来,这一剑正中霓裳的左臂,手中的七星宝剑也掉在了地上。紫霞见状,趁机将红丝带往前一送,红丝带围着霓裳不停地舞动,将霓裳给捆了个结结实实。

扇子仙将阿牛的魂魄扶稳,口中念念有词,只见阿牛的魂魄化作了一缕青烟,从头部飞进了阿牛的身体,伴随着阿牛的元神归位,那位扇子仙也飞进了宝扇当中。恢复正常的阿牛一下子就站了起来,用手捂住受伤的臂膀,冲着霓裳高叫道:"你虽然是个偷宝贼,可我对你不错,你怎么对我也下手啊?"

被捆得结结实实的霓裳,看着阿牛恢复了正常,高兴地叫道:"阿牛,你刚才是怎么了?可真是吓死我了,你快告诉我,这个女人对你怎么了?假如她对你不好,我一定饶不了她。"

紫霞看了一眼被绑着的霓裳,没好气地说道:"你现在已经被我绑住了,还有什么办法?都使出来吧,本姑娘倒想瞧瞧,你还能有什么手段!"

说着话,紫霞用手一指,只见那红丝带的一头伸向了洞顶,系在了洞顶的岩石上,霓裳竟然被倒吊了起来。霓裳不停地挣扎,那根红丝带却非常结实,来回地摇摆,看起来像个摆钟似的。

阿牛看到霓裳被倒吊在洞中不停地挣扎,赶紧冲上前试图解救霓裳,可却被紫霞给拦住,阿牛着急地说道:"紫霞姐,你可千万不要伤害她啊。"

紫霞看了一眼霓裳,向阿牛说道:"阿牛,姐是不会伤害任何人的,你尽可以放心,这个女人跟天魔有关系,如果你想救你大哥,倒是可以好好地利用一下她。"

霓裳听紫霞这么说,挣扎着说道:"我师父可是三界的大天尊,你们要是敢动我一根汗毛,小心我师父收拾你们。"

紫霞用脚踹了一下霓裳，霓裳又猛地摇摆起来，紫霞哈哈大笑道："你师父不是三界的大天尊，他是魔鬼，是三界内最大的魔鬼，所以才有你这个不成器的徒弟。快说，你来卷帘洞干什么来了？"

紫霞这么一问，阿牛的心里也在琢磨，是啊，上一次就是霓裳来偷的圣水珠，这一次来是要干什么呢？阿牛向被吊着的霓裳说道："姑娘，你放心，我们是不会伤害你的，你快告诉我姐，你到洞里干什么来了。"

霓裳叫道："干什么来了？来找法藏啊！阿牛，我想就是这个女人把你大哥法藏给藏起来了，我这才跟她动起了手。"

霓裳这么一说，可把紫霞给气乐了，紫霞没好气地说："法藏不是被你师父关起来了吗？你来找法藏做什么？"

霓裳一听，马上摇头道："不可能，我师父关起法藏来干什么？我看是你们把法藏给弄没有了，反而诬陷我师父。"

阿牛冲到霓裳的面前说道："姑娘，真的是你师父把法藏给抓走了。你上次没有偷到圣水珠，后来你师父就变成镇元大仙的模样，骗我大哥拿出了圣水珠。我大哥为了使圣水珠免入你师父之手，就将其吞入腹中，所以，你师父将我大哥带进了魔水炉，致使我大哥魂游地府。现在，镇元大仙已经去天魔洞救我大哥了。"

霓裳根本就不信，冲着阿牛说道："你撒谎，我师父才不是那样的人哪。"

紫霞没好气地说道："阿牛，你跟她啰唆什么，她是天魔的徒弟，我们正好可以利用一下，走，我们这就带上她去天魔洞，用她换回你大哥法藏。"

阿牛有些不太情愿，但是急于救出法藏的他也没有别的办法，只好对吊在空中的霓裳说道："姑娘，你可别怪我们啊，其实我也不愿意拿你去换我大哥，可是你师父实在太厉害了，我们也没有办法。"

霓裳把眼一瞪，冲着阿牛说道："我都落在你们手里了，还能怎么着，就怕你们不敢拿着我去换。你们要是敢去天魔洞，小心我师父打得你们满地找牙。"

紫霞说道："是啊，你师父是厉害，可是现在有镇元大仙来帮我们，我们根本就不怕你师父。阿牛，你在这儿守着，我这便带上她去天魔洞。"

说罢，紫霞用手一指，只见那根红丝带飘落到了地面，霓裳重重地摔在地上。阿牛赶紧冲上前去，扶起被绑着的霓裳，关心地问道："摔疼了吧？"

霓裳白了一眼阿牛道："我还是那句话，人都落你们手里了，想怎么摆

第九章
镇元战天魔

布由你们，本姑娘绝不皱一下眉头。"

阿牛赶紧说道："姑娘，你可别怪我姐啊，她人其实挺好的，你先忍忍，我这就让我姐给你解开绳子。"

听阿牛这么说，紫霞忙说道："阿牛，你疯了，她可是天魔的徒弟啊，这要是解开她，她化阵风马上就逃走了。"

阿牛说道："姐，你就将她放了吧，我了解她，她人不坏，她还给我和法藏大哥做过饭呢，等以后她还要做饭给你吃呢，对不对啊？"

霓裳一听，没好气地说道："做饭给她吃，下辈子吧，我宁愿一辈子被她这么绑着，也不愿意跟她服软。等一会儿到了天魔洞，看我师父怎么收拾你们。"

紫霞不再理霓裳，而是对阿牛说道："阿牛，你在洞里守着，我这便带上她，去助镇元大仙救你大哥。"

说完，紫霞就用手一指，将绑着霓裳的红丝带拽在手中，化作一阵清风，向着卷帘洞外飞去。

天魔洞里，法藏已经被魔水炉里的魔水折腾得不像样了，要不是因为他体内有圣水珠护体，以及天魔想听到取经的秘密而没有使出全力，现在的法藏，早就化成一摊脓血了。

天魔手里拿着万年无花果化成的舍利，对着魔水炉说道："法藏，我知道你体内有圣水珠护体，我想炼化你要费很多的周折，可是，如果你不说出取经的秘密，不给我吐出圣水珠，那我便让你生不如死。"

法藏早已经意识模糊，魂归地府，哪里还能答天魔的话？天魔等了半天，见里面没反应，便向着身后一挥手，喊道："黑熊，你过来。"

天魔刚说完，黑熊便跑了过来，双膝跪倒在地上，问道："大天尊，您有什么吩咐？"

天魔将手里的舍利往黑熊面前一递，笑道："黑熊，虽说你没有吃到万年无花果，可是这颗由万年无花果化成的舍利，已经被我从法藏体内取了出来，你赶紧吃了它，以后，你不但再也不会有性命之忧，而且会百毒不侵。"

黑熊赶紧双手从天魔的手里接过舍利，一口吞了下去，向天魔拜道："感谢大天尊救命之恩，小熊一定誓死效忠大天尊。"

天魔哈哈大笑道："好，只要你踏实地跟着本尊，本尊一定不会亏待了你。"

黑熊说道："谢大天尊，小熊一定不负天尊的教导。"

黑熊的话刚说完，只见天魔洞的大殿之上一道金光闪过，把黑熊吓了一跳。天魔看了看，认出来者正是镇元大仙，刚要说话，就看到镇元大仙向他施礼道："大天尊，多不见，你一向可好啊？"

天魔赶紧还礼，笑道："我以为谁来了呢，原来是镇元大仙哪，承蒙关切，本尊终于活过来了。镇元大仙，你来天魔洞找我何事啊？"

镇元大仙道："大天尊，这法藏乃是燃灯古佛的弟子，我来就是要带回法藏的本身，还请大天尊给我一个薄面啊。"

天魔道："镇元大仙，你不是不知道，进了天魔洞，是仙也没命。法藏屡次欺我，确实是罪有应得，所以，就请大仙理解本尊，这个面子本尊不能给你，而且此事与你无关，还请大仙不要插手。"

镇元大仙道："大天尊，你的事情我本不该过问，可是，你为什么要变成我的样子，去骗法藏开启圣水珠法力？说起来，还是你把本仙给强行拉进来的。"

天魔闻听，心里一惊，知道自己变成镇元大仙的事被他知晓了，便皮笑肉不笑地说道："镇元大仙，照你这么说，你这个地仙之祖，是要强行与本尊过不去了吗？"

镇元大仙哈哈大笑道："不敢，不敢啊。"

天魔缓缓地说道："镇元大仙，别看你是地仙之祖，却未必是本尊的对手。这样吧，今日你若是赢得了本尊，那法藏随你带去；若是你赢不了本尊，怕是你也要试试这魔水炉的魔水了。"

镇元大仙道："天尊的魔水炉威震三界，就是大罗金仙恐怕在你的魔水炉里也待不过一天，这个本仙还是听说过的。"

天魔道："你知道魔水炉的厉害便好，镇元大仙，我劝你还是返回五庄观，以免伤了咱俩和气。"

镇元大仙道："大天尊，虽说你神通广大，但今天我为了救法藏，也只能与大天尊切磋一二啊。"

天魔知道镇元大仙的厉害，本不想与他动手，便说道："镇元大仙，你不是不知，当初若不是玉帝暗施诡计，今日的玉皇大帝那就是本尊。当初你不插手仙魔大战，本尊倒是很领你的情啊，难道今日，你是要站在玉帝一边吗？"

镇元大仙道："大天尊，不是我向着天庭，而是你不应该变成我的模样

第九章
镇元战天魔

骗法藏。天尊，还请你给我一个薄面，让我带走法藏的真身，不然，咱们还是少啰唆，赶紧手下见真章吧，因为法藏的时间已经不多了。"

说罢，镇元大仙亮了一个架势，就准备动手了。话已经说到了这个份上，天魔知道，与镇元大仙动手已经不可避免。正要动手之时，就看到黑熊精冲到镇元大仙面前叫嚣道："你是哪里来的泼魔，竟敢对大天尊无礼？想跟大天尊动手，先得过了我这一关。"

镇元大仙怒道："你这个披毛戴角的畜生，哪里有你说话的份。"

黑熊精不再答话，强行护主的他"嗷嗷"地叫着，挥舞着两个熊掌，就向着镇元大仙扑了过去。镇元大仙看到黑熊扑过来，既不躲也不闪，就笑着立在原地等着熊掌拍他。

黑熊本以为，不管是谁，只要让他拍上一下，那定然是脑浆迸裂，可是，他低估了镇元大仙的实力。两个熊掌刚挨上镇元大仙的身体，就好像拍到了坚石上，被震得顿时失去了知觉。

天魔本欲出手阻止，可是黑熊拍得也太快了，看到黑熊疼得嗷嗷直叫，天魔长叹一声，对着黑熊说道："黑熊，我与镇元大仙是多年的故交，此事与你无关，你快些退下吧。"

看着黑熊被两名小妖给拉出大殿，镇元大仙笑道："大天尊，还请你给我一个薄面，让我带走法藏吧。"

天魔怒道："镇元大仙，要想带走法藏也不难，你就亮出你的本事来让我瞧瞧吧。"

天魔与镇元大仙都是法力无边的仙人，他们之间的过手，定然是惊天动地的一战。此时，天魔洞里的气氛异常紧张，空气仿佛凝固住了一般，压得人喘不过气来。天魔洞里的众妖怪更是瞪大了眼睛，一眨不眨地看着这场旷古绝今的仙魔大战！

第十章
镇元救法藏

　　天魔洞里的气氛紧张到了极点，镇元大仙与天魔一动也不动地站立着。
　　就在一场仙魔大战即将展开的时候，镇元大仙乾坤袖里的法藏魂魄飘了出来。本来他可以躲在里面，不参与这场仙魔大战，可是人家镇元大仙毕竟是为了自己还阳而来，想到天魔可是三界内极为恐怖的妖邪，害怕镇元大仙吃亏的法藏，只好从乾坤袖里飘了出来，想制止这场旷古绝今的仙魔大战。
　　法藏飘到镇元大仙与天魔的中间，将身形站定，向着镇元大仙和天魔双手合十道："阿弥陀佛，大天尊，这是在你的天魔洞，你手下的人那么多，这么多人打镇元大仙一个，也太不仗义了吧？"
　　这可是天魔解除封印以后的第一战，只能赢不能输，所以，尽管天魔站立不动，可内心早就盘算好了，只要一动手，便立即使出绝招，杀杀镇元大仙的威风，可偏偏半路上杀出一个程咬金来。
　　看到法藏从镇元大仙的袖子中飘出，还质问自己这么多人欺负镇元大仙一个，天魔就觉得好笑，因为像他们这种天尊级的高手对决，人再多也不管用，法藏这么说明显是胡搅蛮缠。所以，法藏话音刚落，天魔就用手一指法藏，厉声喝道："法藏，你这个小鬼，我跟镇元大仙切磋，哪里轮得到你说话。你赶紧把圣水珠给我吐出来，不然，我顷刻之间让你灰飞烟灭。"
　　镇元大仙知道，在这种大战一触即发的时刻，很多人想躲都来不及，而法藏却为了自己的安危，毫不畏惧天魔，直指他们以多欺少，实在是太仗义了，不愧是燃灯古佛的亲传弟子。想到这里，镇元大仙便对着法藏说道："法藏，这是我与大天尊之间的事情，与你无关，你暂且退下，一会儿，大天尊

第十章
镇元救法藏

还要亲自送你还阳哪。"

镇元大仙故意将自己要助法藏还阳。说成是天魔要助他还阳，给足了天魔面子，一会儿不管自己是否能赢，先把这句话撂在这里，也好让天魔不至于伤了法藏。

天魔知道镇元大仙是在抬举自己，便点了点头，说道："法藏，你这个人挺仗义，其实本尊也挺喜欢你的，当着镇元大仙的面，我也明人不做暗事，只要你吐出圣水珠，不但我跟镇元大仙这场大战可以避免，而且我向你保证，马上助你还阳。"

法藏白了天魔一眼，说道："天魔，我告诉你，看护圣水珠乃是师祖燃灯古佛的吩咐，我也跟你说过，你想要圣水珠，可以去找我的师祖，只要我师祖燃灯古佛点头，我马上将圣水珠给你，否则，你就是杀了我，也休想得到圣水珠。"

听法藏这么一说，天魔没好气地说道："既然你不识抬举，那就等着受死吧。"

说完，天魔便不再说话，只见他用手一指，一股烈焰就喷射而出，向着法藏直冲而来。眼看着这股烈焰即将烧到法藏魂魄，镇元大仙拂尘一挥，一阵激流冲着烈焰扑来，将烈焰挡在了法藏的魂魄之外。镇元大仙边举着拂尘，边对法藏说："法藏，你别管我，快些进入你的身体，我马上就带你走。"

天魔一听，哈哈大笑道："进了天魔洞，金仙也没命。镇元大仙，你既然强闯我的洞府，那就别想出去了，今天，我就要将你打入幽冥地府。"

镇元大仙怒哼一声道："就怕你没这个本事。"

天魔一边催动着火焰，一边说道："三界之内，唯我独尊，镇元大仙，你怕是要晚节不保了。"

说完，天魔一挥手，变成了无数个小妖，手里拿着刀枪剑戟，向着镇元大仙砍来。镇元大仙也毫不示弱，大手一挥，五百道童出现在他的身后，道童们个个挥舞着拂尘，迎上了手持着刀剑的小妖们，小妖与道童呐喊着混战到了一处。

这边，天魔与镇元大仙也收起了烈焰与清泉，当面厮杀起来。

法藏刚要向魔水炉靠近，一道幽蓝的亮光将他给撞倒在地。法藏从地上爬起来，拿起禅杖，便向着天魔打来。别看天魔正在与镇元大仙过招，可是眼睛却没闲着，看到法藏的禅杖挥来，天魔用手一指，法藏手里的禅杖便被震飞了，法藏也被重重地击倒在地上。

看到法藏被天魔打倒在地，镇元大仙的心里有些着急，他忙一弯腰，想要搀扶起法藏的魂魄，可是就在他弯腰的工夫，天魔一个掌心雷便向着镇元大仙打来。镇元大仙没有防备，只听得"咔嚓"一声，那道雷打到了镇元大仙的头上，将镇元大仙的发髻打乱。天魔高叫一声："镇元大仙，拿命来吧！"

说完，天魔高高举起诛神刀，对着镇元大仙便是一刀。镇元大仙被打得头晕眼花，想想自己几亿年的修行，练就了一身纵横三界的本事，如今看来，却还不是天魔的对手，顿时感到很失落。想到自己可能就要栽在复活的天魔手里，镇元大仙心有不甘，看到天魔的刀对着自己砍来，镇元大仙向着天魔就是一乾坤袖，袖子如闪电，将天魔罩在了里面。

镇元大仙心内稍安，远远望去，自己的五百道童大部分都被小妖们给打倒在地，镇元大仙大手一挥，将自己变化而来的五百道童收进了法身，然后，一个拂尘将天魔洞里的小妖们给打倒在地。

镇元大仙不敢停留，掀开魔水炉，一把就将法藏蜷缩着的真身给提了出来，又用手一指，将倒在地上的法藏魂魄聚起，用法力将魂魄注入法藏的真身里。法藏蜷缩的真身有了反应，慢慢地睁开眼睛，有气无力地对镇元大仙说："大仙，谢谢您来救我。"

镇元大仙忙道："贤侄，你先莫说话，这里不便久留，贫道这就带你离开天魔洞。"

法藏虚弱地说一声："镇元大仙，谢……"

法藏的"谢"字还没有说完，便头一歪晕了过去。镇元大仙不敢耽搁，抱起法藏便向着天魔洞洞口飞去。

刚飞到洞口，镇元大仙就看到袖子越变越大，忙用手指着乾坤袖，口里念念有词，尽全力定住逐渐变大的乾坤袖的天魔头顶着乾坤袖的一角，不停地向上长着，突然狂叫一声"破"，只听得"砰"的一声，镇元大仙的乾坤袖被撑得粉碎，天魔一下子飞了出去，堵住洞口对镇元大仙大声喊道："镇元大仙，你的乾坤袖已经被我撞破了，你还有什么本事，尽管使出来吧。"

镇元大仙重重地倒在地上，怀里的法藏也脱手而出。天魔一把抢过法藏，一个纵身便跳到魔水炉旁。就在天魔打开炉盖，即将把法藏再次扔进去时，镇元大仙用法力聚起一道强光，将法藏给死死地拽住，怒喊道："好你

第十章
镇元救法藏

个天魔，竟敢毁掉我的乾坤袖，看我怎么收拾你！"

说完，镇元大仙便举起拂尘向着天魔打去。天魔将手中的法藏扔到了魔水炉旁，不敢再分心，挥动起诛神刀，与镇元大仙你来我往地又战在一处，不停地变换着身形。就在此时，紫霞押着霓裳飞到了天魔洞，紫霞将一把匕首抵住霓裳的脖子，冲着天魔怒喝一声："天魔，赶紧住手，不然我要了你徒弟的命。"

霓裳把脖子往回一缩，冲着天魔叫道："师父，他们欺负我，你快来救我啊！"

天魔正在集中全力对付镇元大仙，突然听到紫霞的叫喊以及霓裳的求救声，立即从打斗中抽身，冲着紫霞喊道："你是何人？如果不想死，就放了我徒弟！"

紫霞娇声喝道："我是何人不重要，重要的是，你赶紧放了法藏。"

天魔怒道："放了他？笑话，他拿走了我的圣水珠，我当然不能便宜了他。"

紫霞听天魔硬说圣水珠是他的，怒道："天魔，你凭什么说圣水珠是你的？"

天魔怒道："圣水珠本来就是我的，不但圣水珠是我的，就连玉皇大帝的宝座那也是我的。镇元大仙，你说我说得对吗？"

镇元大仙厉声说道："你只说对了一半，这些都是前尘往事了，你还揪住不放做什么？你重生着实不易，听本仙一句劝，如果不想被重新封印，你就放了法藏。"

天魔一听，狂笑道："镇元大仙，三界之内唯我独尊，区区一个法藏就妄想阻挡我拿回本属于自己的圣水珠，他就只有死路一条。"

说完，天魔变换身形，向着法藏扑来。镇元大仙见大事不好，将手里的拂尘一举，化作千万条拂尘向天魔袭去。成千上万条拂尘围住了天魔，天魔左冲右突。就在这一紧急时刻，镇元大仙冲着紫霞急喊道："仙子，我拖住天魔，你快带法藏离开天魔洞。"

紫霞闻听大仙这么说，不敢怠慢，赶紧放下霓裳，冲到了法藏的跟前，扶起法藏刚要往前走，就看到一双大手猛地向她抓来。紫霞忙奔跑着躲避，可是却已经迟了，她被天魔的大手抓翻在地，法藏也"砰"的一声倒在地上。镇元大仙见事不好，忙举拂尘向着大手挥去，却已经晚了，天魔已经将蜷缩在地的法藏抓在手中，面目狰狞地瞪着法藏，大喊道："快给我吐出圣水珠，不然，我让你马上去死！"

法藏被天魔抓得喘不过气来，但他依然咬着牙不屈地说道："你就是打死我，我也不会将圣水珠给你。"

天魔紧紧地抓住法藏说道："你不给我吐出圣水珠，我便掐死你。"

说完，天魔又用上了力。眼看着法藏即将没命，霓裳一下子冲到天魔的面前，高声地叫道："师父，不要啊，法藏是个好和尚，您老人家就饶了他吧。"

天魔将头转向霓裳，说道："霓裳，怎么，连你也要跟为师作对吗？"

霓裳摇头道："师父，我不敢跟您作对，但法藏他是好人，求您饶了他吧。"

天魔抓住法藏脖子的手依然没有放松，他咬牙切齿地看着法藏，问道："霓裳，为什么，你为什么要向着他？"

镇元大仙缓缓走上前说道："天尊，连令徒都有如此觉悟，你就放了法藏吧。"

霓裳哀求道："是啊，师父，法藏是个好和尚，舍身也要完成燃灯古佛的师命。他能做到，我也能做到。师父，假如您让我办任何事，我也会像法藏一样去为您办的。"

天魔突然哈哈地狂笑起来，笑过以后，冲着法藏说道："法藏，你何德何能，连我的徒弟都向着你？好啊，他们都向着你，我就偏不能饶了你，你去死吧。"

说着话，天魔便用力掐住了法藏的脖子。法藏口吐白沫，眼白也翻出来了，眼看着就要不行了，霓裳突然冲了过来，冲着天魔的手臂就张嘴咬来，天魔没防备，疼得一下子松开了手。法藏重重地跌倒在地上，霓裳猛地扑倒在法藏的身上，哭喊道："法藏，你醒醒，你快醒醒啊。"

天魔已经愤怒到了极点，他大叫着"滚开"，用手一提霓裳，便将霓裳给扔了出去。天魔不管霓裳，而是猛地抓住法藏的衣衫，大声地吼叫道："圣水珠，快还我的圣水珠！"

法藏有气无力地说道："我不会给你的。"

天魔恶狠狠地说道："你不要以为你不吐出圣水珠，我就拿你没有办法，我今天就活吞了你，圣水珠照样是我的。"

霓裳被天魔扔出去好远，重重地跌倒在地上，一口鲜血吐了出来。镇元大仙一下子飞到了霓裳身前，蹲下身来扶起霓裳道："霓裳，你没事吧？"

霓裳缓缓地睁开眼来，看着镇元大仙，断断续续地说道："大仙，你快

第十章
镇元救法藏

去踢倒魔水炉，那是我师父的元神所化，只有你踢倒魔水炉，大家才能脱身，否则谁也逃不出天魔洞。"

说完，霓裳便头一歪晕了过去。镇元大仙连叫两声"霓裳"，可霓裳却没有反应。镇元大仙回头一看，只见天魔又将法藏给举了起来，张开血盆大口就要活吞法藏。镇元大仙不敢怠慢，飞起身来一脚便将魔水炉给踢倒在地，魔水一下子便流了出来。

只见张着血盆大口的天魔，突然像被闪电击中一样，身形不停地颤抖着，样子极其痛苦，手中的法藏也掉在了地上。镇元大仙一看，赶紧一手拉起法藏，一手拉起霓裳，冲着紫霞说道："紫霞，我们快走。"

紫霞不敢迟疑，跟着镇元大仙就走。就在镇元大仙等众人即将离开天魔洞的时候，还在痛苦中的天魔一下子伸出魔手，将霓裳从镇元大仙的手中给抓了回去。

镇元大仙还要回去救霓裳，却为时已晚。紫霞高叫道："大仙，我们快跑，魔水炉被踢倒只能拖延住天魔一会儿，再不走就来不及了。"

镇元大仙听闻，只好大声地说道："好，我们走。"

说完，镇元大仙拉起紫霞，化作一道金光飞离了天魔洞。天魔洞里的天魔将霓裳狠狠地一摔，慢慢地逼近霓裳，面露凶光地问道："你为什么要背叛我？"

霓裳的眼里充满了恐惧，她怯怯地说道："您不能伤害法藏，他是一个好人。"

天魔怒道："好人顶个屁用，想当年，我也是一个好人，可是就在我即将成为三界之主的时候，我的大哥却暗施诡计，不但夺走了我心爱的女人，还将我的真身和元神分别封印在天魔洞和灯芯里，而他却成了玉帝，你告诉我，做好人有什么用，有什么用？"

说完，早已经怒极的天魔，手拿着诛神刀一步步地逼近倒在地上的霓裳。霓裳蜷缩成一团，惊恐地看着天魔。

天魔将刀往霓裳的身上一指，质问道："你是为师最亲近的人，为什么要背叛为师？这到底是为什么？"

霓裳缓缓地睁开眼来，虚弱地说道："师父，您……别……生气，法藏，他……是个好人。"

说完，霓裳便头一歪晕了过去，她的嘴角还在流着血。天魔看到霓裳晕了过去,"啊"地大叫一声,俯身抱起了霓裳,将她放到一块平整的地面上,双手不断地给霓裳倾注内力,嘴里大喊着:"霓裳,你要挺住,你不会有事的,不会有事的……"

霓裳的头上冒着热气,这是天魔倾注内力的结果,可她的身子依然软软的,没有一丝生机。天魔猛地抱住霓裳站起了身,对着霓裳急喊道:"霓裳,你不会有事的,你不会有事的,为师这就取紫金莲来为你续命……"

天魔的眼里含着泪,将头倚在霓裳的身上,哽咽着说道:"霓裳,你等着,咱们这就去找紫金莲。"

镇元大仙背起法藏,带着紫霞,匆忙逃离了天魔洞。云端上的镇元大仙想,这个天魔可着实厉害啊,自已经历无数劫难修行,贵为地仙之祖,尚且不是他的对手,看来这次解除封印的天魔,不但恢复了以往的法力,而且比以前更厉害了,如果让他得到了圣水珠,那么天上的玉皇大帝可能就真要挪挪位置了,到时三界生灵涂炭,又是一场空前的浩劫,这可怎么办?

看着镇元大仙正在发愣,紫霞一边飞着一边向镇元大仙问道:"大仙,天魔这么厉害,我们是不是应该赶紧向玉皇大帝禀报啊?"

镇元大仙回过头来,向着紫霞说道:"仙子,天魔复活,我想天庭想必早已经知道了,玉帝肯定已经做好了准备。当务之急还是要先救活法藏,他没了万年无花果化成的舍利,体内又有他无法消化的圣水珠,他苏醒过来后,极有可能会疯掉,你要好好守护他,我这就回五庄观取人参果来救他。"

紫霞说道:"大仙,在您离开的这段时间,如果天魔找来,我该怎么办?毕竟他已经知道了进入卷帘洞的口诀。"

镇元大仙想了一下,说道:"仙子,他用元神化成的魔水炉已经被我踢倒,想必现在正在调养元神,一时半会儿还不会出天魔洞,你先在洞里跟阿牛守护好法藏,等我回来后再做打算。"

说完,镇元大仙便将法藏交给紫霞,化作一道金光而去。紫霞背着法藏,将云头按落在水帘洞的洞外,深一脚浅一脚地进了卷帘洞。看到紫霞背着法藏进到了洞里,阿牛忙跑着迎了上去,大声问道:"紫霞姐,这到底是怎么了?"

阿牛搀扶着紫霞走到石床前,紫霞将法藏放到石床上,长出一口气说道:"阿牛,我们总算是把法藏给救回来了,刚才在天魔洞里,可真是九死一生哪。"

第十章
镇元救法藏

阿牛问道:"紫霞姐,你快给我说说,到底出了什么事?法藏大哥究竟怎么了?"

紫霞这才将去天魔洞救回法藏的事情对阿牛一五一十地说了一遍,阿牛听完,有些替霓裳担心,就问道:"紫霞姐,她帮了咱们,她的师父不会为难她吧?"

紫霞说道:"我想应该不会吧,她毕竟是天魔的徒弟。阿牛,在镇元大仙回来前,你快到山上去给法藏采些草药来。"

阿牛把手往胸脯上一拍,说道:"紫霞姐,你就放心吧,你在这里守着,我这就到山上采草药去。"

说完,阿牛便站起身,没命似的跑出了卷帘洞。

紫霞看着法藏,缓缓地说道:"法藏啊法藏,我本来不想掺和你们佛界和魔界的事情,可是为了救你,我还是掺和了,差点没了命。你可不能有事啊,你要是真如镇元大仙所说,醒过来就是个疯子,到时我一定打得你满地找牙。"

紫霞正自言自语着,突然听到"哎哟"一声,只见法藏一下子直挺挺地站了起来。紫霞高兴地迎了上去,激动地说道:"法藏,你醒了?"

法藏的眼神直愣愣的,没有说话,紫霞感觉法藏有些不对劲,便说道:"法藏,你到底怎么了?"

法藏没说话,猛地向前冲着紫霞就咬了一口,然后指着紫霞笑道:"呵呵,你是小白兔……"

紫霞被咬得生疼,一下子跳起老高,待落地后,对着法藏喊道:"法藏,你怎么变成了这个样子?你不会真的疯了吧?"

法藏哈哈地怪笑着,笑过以后,又道:"我是玉皇大帝,快给我拿好吃的好喝的来,不然,我打你的屁股。"

说完,法藏便站起身,又冲着紫霞扑了过来,紫霞一边跑一边说道:"法藏,你别乱来啊?你要是敢乱来,看我不打你。"

法藏一边说着疯言疯语,一边追着紫霞。紫霞被追得实在无处可去,只好转过身来,冲着法藏大喊一声:"法藏,你给我冷静一些,不然,我可对你不客气了!"

法藏又蹦又跳地说道:"三界之内唯我独尊,你要是再不给我拿好吃的来,我就咬你。"

紫霞一跺脚，用手指着法藏说道："好，要咬人是吗？咬人我可是行家，你看着，我这就来咬你。"

　　说完，紫霞将身子一转，变成了一头黄毛巨犬，向着法藏就扑了过去。法藏一看，撒开双腿就跑，边跑边喊："谁家的狗没拴住啊，快来人啊，快来人救驾啊！"

　　正说到这里，只见阿牛端着饭菜冲了过来，看到一只大黄狗在追法藏，二话没说，抄起一根木棍冲着大黄狗就是一棍子，将它打倒在地。阿牛抄起棍子还要打，只见那大黄狗摇身一变，变回紫霞的模样，冲着阿牛说道："阿牛，别打了，是我。"

　　阿牛惊道："紫霞姐，这只大黄狗怎么是你变的？"

　　紫霞点了点头说道："是啊，阿牛，法藏已经疯了，他要咬我，我不服气就变成大黄狗去咬他了，谁知你这一棍子把我给打回了原形。"

　　紫霞的话还没有说完，只见那法藏重新扑了上来，嘴里喊道："美人，快陪朕回宫吧。"

　　紫霞一边跑，一边跟阿牛说："阿牛，你快跑，他被天魔的魔水炉炼过，现在已经疯了，真的会咬人。"

　　阿牛刚要跑，可是却还是迟了，法藏冲上前去，一下子就抱住了阿牛，吭哧就是一口，咬得阿牛哇哇怪叫，正欲往前跑，却被法藏给死死地抱住。法藏哈哈大笑道："美人，你跑不了吧？快随朕回宫休息吧。"

　　紫霞一看，实在是忍不住了，心想，我们大家为了救你，费尽了九牛二虎之力，还差点死在天魔洞里，现在可倒好，人倒是救出来了，却救出一个咬人的疯子来。紫霞怒目圆睁地冲着法藏喊道："法藏，你快放开阿牛，不然，我将你变成石头。"

　　法藏哈哈怪笑道："美人，你也别跑了，今晚，我要来一个左拥右抱。"

　　紫霞不再说话，口里念念有词，冲着法藏一指，只见灵光一闪，法藏就变成了一块石头。紫霞还没解气，一屁股坐到了法藏变成的石头上，一边用手拍打着石头，一边说道："我让你不老实，让你不老实。"

　　变成石头的法藏尽管不能动，可是嘴还是不老实，不停地哇哇怪叫着，大喊道："我是玉皇大帝，谁敢对朕无礼，我就让天兵天将打他的屁股……"

　　阿牛看着变成石头的法藏，说道："大哥，你就先委屈一下吧，紫霞姐把你变成石头，那也是没有办法的事啊，总不能让你胡乱地咬人吧。'

第十章
镇元救法藏

法藏还是一个劲地怪叫:"快给朕送好吃的来,朕饿了,再不送好吃的来,朕就咬你的屁股了。"

这一句话可把正坐在石头上的紫霞给吓了一跳,腾地一下子跳了起来,嘴里喊道:"你还是别叫了吧。"紫霞用手一指,将石头法藏给封了喉,洞里立刻安静下来。

紫霞坐在石头上,吃起了阿牛做的饭菜,忽然,卷帘洞里白光一闪,天魔便出现在洞中,直吓得紫霞手中的碗掉在了地上,一下子跳了起来。

在天魔洞里见识过天魔威力的紫霞,此刻被吓得魂飞魄散,可是初生牛犊不怕虎的阿牛却不害怕天魔,他用手一指天魔,怒喊道:"天魔,你来做什么?"

天魔笑道:"我来找法藏啊,他拿了我的圣水珠,我是一定不会放过他的,我说,你这个凡人,有什么胆量敢跟本天尊嚷嚷?难道不怕我再让你没了牙齿?"

紫霞赶紧向着天魔说道:"天魔,你好歹也曾经是玉皇大帝的候选人,跟一个凡人计较什么?他什么也不懂,你有本事就去找玉帝,我们又没惹你。"

天魔狂笑道:"玉帝我是要找的,但不是现在。现在我要找的是法藏,他吞下了我的圣水珠,告诉我,法藏去了哪里?"

紫霞看了一眼法藏变成的石头,说道:"法藏已经被镇元大仙带走了,你有种就去找镇元大仙。"

天魔道:"一个小小的镇元大仙,本尊还不放在眼里,你不要以为把法藏藏了起来,本尊就找不到他。"

说完,天魔用手聚起一道强光,冲着石头一指,嘴里说道:"法藏,你还不现身。"天魔的话刚说完,只见灵光闪处,石头又变回了法藏。天魔一晃身形,一下子冲到了法藏的面前,说道:"法藏,快吐出圣水珠,不然,今天就是你的死期。"

谁知,已经疯掉的法藏根本就不怕天魔,一阵怪笑后,冲着天魔就咬了一口。天魔没想到法藏竟然会咬人,被咬得龇牙咧嘴,一把抓起法藏,将他狠狠地扔到了地上。

阿牛见状,大喊一声:"不要伤我大哥!"说完,就冲上前想要抓住天魔。天魔头也没回,一扬手聚起一道光,将阿牛给打了出去。阿牛重重地摔了出去,即将倒地的时候,紫霞冲上前去,伸手抱住了阿牛。

天魔不再理阿牛与紫霞，伸出魔爪，一下子将法藏提了起来，化作一道白光，飞出了卷帘洞。

天魔刚刚飞上云空，一道强光便向着他袭来，天魔忙低头闪开，再一看，镇元大仙就站到了眼前。

一看到镇元大仙，天魔的气便不打一处来，他冲着镇元大仙怒吼道："手下败将，你不要命了吗？"

镇元大仙哈哈一笑，将手中的天地宝鉴一举，对着天魔说道："天魔，之前我不小心让你打破了我的乾坤袖，今天，我便让你尝尝天地宝鉴的厉害。"

说完，镇元大仙向着天魔扔来天地宝鉴，只见天地宝鉴透着凌厉的光向着天魔袭去，天魔慌忙招架躲过了天地宝鉴，可是抓着的法藏却脱手了。镇元大仙袍袖一挥，将法藏给收到了乾坤袖里，挥舞着拂尘向着天魔就扑了过去，天魔也变出诛神刀，又与镇元大仙打斗在一处。

云端之上，镇元大仙与天魔的这一场打斗，直打得天摇地动，两个人你来我往，斗得难解难分。眼看着不能取胜，镇元大仙袍袖一挥，又将乾坤袖向着天魔挥去，由于袍袖挥舞得太急，袖中的人参果一下子掉了出来，天魔闪过乾坤袖，探出手来便抓住人参果。镇元大仙一看，赶紧冲上前想要捡起人参果，可却已经迟了，镇元大仙大叫道："天魔，不许你拿我的人参果！"

拿到人参果的天魔心里美成了一朵花，他哈哈大笑道："镇元大仙，你踢倒魔水炉，伤了我的元神，我也拿你的人参果，咱们互不相欠，再见了……"

镇元大仙摇了摇头，长叹一声，无奈地将云头按落在卷帘洞外，缓缓地走进了卷帘洞中。

看到镇元大仙进了洞，紫霞赶紧迎上前道："大仙，您可回来了，就在刚才，天魔已经将法藏给抓走了。"

镇元大仙点了点头，说道："仙子不必着急，我已经将法藏给救回来了。"

说完，镇元大仙便将袍袖一挥，法藏便从乾坤袖里跌了出来，镇元大仙对紫霞说道："仙子，刚才我急于救法藏，在与天魔争斗之时，人参果被天魔给拿走了，这可如何是好啊？"

紫霞叹惜道："大仙，您的人参果是三界至宝，被天魔拿走，看来又要助长他的魔力，我们更难对付他了。"

镇元大仙叹口气说道："这都是劫数，本仙也无能为力啊，只是这法藏

第十章
镇元救法藏

吃不到人参果,还是要继续疯下去啊。"

紫霞刚要答话,猛地看到法藏缓缓地从地上站起了身,冲着镇元大仙就扑了过去。镇元大仙没有防备,被法藏抱了个结结实实。法藏疯言疯语地道:"快给朕找些好吃的来,朕要吃好吃的……"

紫霞指着法藏对镇元大仙说道:"大仙,这可怎么办?"

被法藏抱住的镇元大仙哈哈大笑道:"无妨,无妨。"

只见金光一闪,镇元大仙竟然变成了一棵大树,镇元大仙的法体站到法藏身旁,用手一拍正抱着树的法藏,说道:"法藏啊,咱能不能正常点啊?"

法藏猛地回头,看到镇元大仙站在树的一旁,便放开大树,向着镇元大仙扑了过去。镇元大仙拿出天地宝鉴,冲着法藏就照了过去,嘴里说道:"法藏醒来,法藏醒来。"

只见宝鉴内射出一道金光,直冲着法藏射去,法藏的身体像被闪电击过一样,一阵颤抖之后,便恢复了正常,双膝跪倒在地,向着镇元大仙磕头道:"阿弥陀佛,法藏谢镇元大仙救命之恩。"

镇元大仙笑呵呵地说:"法藏啊,你能够为了救敖丙不顾个人的安危,两次勇闯地府,又为了我的安全,敢当面指责天魔以多欺少,本仙对你可是十分欣赏啊。"

法藏道:"惭愧啊,大仙,小僧法力微弱,不能助大仙一臂之力,反而经常给您添乱,还请大仙不要怪小僧啊。"

镇元大仙点了点头,继续说道:"法藏,你体内万年无花果化成的舍利已经被天魔拿走了,你受了魔水炉毒水的侵害,着了魔道。本仙虽用天地宝鉴暂时镇住了你的魔性,可是没想到毒水这么厉害,我的人参果恐怕也驱除不了你的魔性啊。"

紫霞听镇元大仙这么说,着急地问道:"大仙,这可如何是好啊?"

镇元大仙叹道:"仙子,你不必着急,本仙这就回五庄观召集众仙,向他们咨询医治法藏的办法,你们就先在卷帘洞守护圣水珠吧。"

法藏低头便拜道:"镇元大仙救命之恩小僧没齿难忘,恭祝镇元大仙仙寿无疆。"

镇元大仙笑呵呵地摆了摆手,伸出手来将天地宝鉴托出,冲着阿牛与紫霞说道:"仙子,阿牛,你们皆是重情重义之人,本仙就将法藏托付给你们了。在本仙离开的这段日子里,你们可将我的天地宝鉴放在卷帘洞里,天魔必不敢来。这天地宝鉴与本仙心灵相通,他一来,本仙便会知之,到时本仙定来助你们一臂之力。"

紫霞赶紧走上前,双手接过天地宝鉴,躬身施礼道:"谢大仙施以援手,请大仙放心,小仙一定竭尽全力,护得法藏周全。"

镇元大仙道:"事不宜迟,本仙马上去寻找医治法藏的良方,咱们就此别过吧。"

说到这里,只见镇元大仙一晃身形,化作一道金光,飞出了卷帘洞。

第十一章
宝鉴降天魔

拿着人参果的天魔心内狂喜，一眨眼的工夫就飞回天魔洞里。这人参果是地仙之祖镇元大仙的至宝，由天地灵根孕育而成，有了它不但可以增强功力，还可以长生不老。天魔本想自己吃掉这枚人参果，可是想到霓裳刚刚被自己打伤，虽说已经用紫金莲续了命，可是要想使她长生不老，这人参果正好派上用场。当天魔拿着人参果，喜滋滋地来到霓裳床前时，霓裳还在昏迷当中。

霓裳被天魔摔得实在是太厉害了，要不是天魔给她用紫金莲续命，恐怕此时早已经一命呜呼。

天魔就是想破脑袋也不会想到，自己的爱徒霓裳竟然会向着外人，所以，在当时那种情况下，他的内心愤怒到了极点。可他将霓裳打晕以后，心里却又非常后悔，这毕竟是自己的徒弟，是自己解除封印以后遇到的第一个人，也是她帮助自己解除了封印，让自己的魂魄与真身合体。此时，对于霓裳，天魔的心里是很矛盾的。

天魔慢慢地坐到了霓裳的床前，用手摸了一下霓裳的头，摇了摇头，又长叹一声说道："霓裳啊霓裳，你为什么要背叛为师呢？"

霓裳被天魔这一摸，慢慢地醒了过来，看到师父坐到自己床前，她挣扎着想坐起来，却被天魔给按住了。天魔看着霓裳，慈祥地问道："还疼吗？"

霓裳摇了摇头，天魔微笑着看着霓裳道："霓裳，你可不要怪为师啊。"

霓裳看着天魔，说道："师父，都是霓裳不好，惹您老人家生气了，法藏是一个好人，我不想您伤害他，就像我不希望任何人伤害您一样。"

天魔笑了笑，将手往前一伸，只见金光一闪，一枚人参果伸到了霓裳的面前，天魔笑道："徒儿，咱们不说这些了，你看为师给你带什么来了？"

霓裳看了一眼人参果，有些不解地问道："师父，这不是一个小孩吗？您带一个孩子来给我做什么？"

天魔指着人参果说道："霓裳啊，这叫人参果，是三界内最有名的宝贝。想当初，为师还在天上的时候，镇元大仙曾经给天宫进献过人参果，我正是因为吃了它，才增强了很多的法力。来吧，你快吃吧。"

霓裳接过天魔手里的人参果，放在手里端详半天，向天魔说道："师父，您何必骗我哪？我知道您是为了我的伤，才去抢了别人的孩子，可是，谁家的孩子不都是父母的心头肉，您让我怎么吃得下啊。"

天魔笑了笑，看着霓裳，认真地说道："霓裳啊，你真是一个善良的好孩子，你仔细看看，这真不是谁家的孩子，它叫人参果，是可以让人长生不老的宝贝，你快吃下它吧。"

霓裳又看了看人参果，疑惑地问道："师父，这真的不是小孩子？"

天魔笑道："当然不是了，你吃下它，不但可以长生不老，还可以增加法力，等到为师倒反天宫以后，你就可以永远地当这三界的公主了。"

霓裳小嘴一噘，说道："我才不要当什么三界的公主呢，我啊要当就当您的徒弟，永远地守在您的身边，跟着您学习法力，等我学好了，看我不把法藏给打得满地找牙，让他再欺负我。"

天魔用手拍了拍霓裳的肩膀，说道："好，霓裳，有志气，快吃下它吧，吃下它，你就拥有了神奇的力量，到时，别说一个法藏，就是一个神仙，也未必是你的对手。"

霓裳拿起人参果，往床头一放，说道："师父，您不用看着我吃它，这么好的东西，我要把它留下来，一个人慢慢地品尝。"

天魔听霓裳这么说，缓缓地说道："霓裳啊，我被封印了这么多年，苏醒过来以后，有许多的事情需要处理，希望你尽快学好为师的法力，为师对你可是万分期许啊。"

听天魔这么说，霓裳有些感动，她伸出手来握住天魔的手，说道："师父，您就不要怪我了，以后，我一切都听您的，您说让我怎么做我就怎么做，再也不惹您生气了。"

天魔哈哈一笑，说道："霓裳，你知道当下什么东西对为师最重要吗？"

第十一章
宝鉴降天魔

霓裳摇了摇头，说道："师父，您是三界的至尊，您快告诉我，是什么东西，我这就去帮您拿来。"

天魔在屋里缓缓地踱着步，说道："木盏针珠石，三界无人敌，五宝合一体，逆天不足奇。这是三界的传闻，为师本来以为我的法力可以纵横三界，可是一个小小的镇元大仙就对为师造成了这么大的阻碍，所以，要想倒反天宫夺回我的玉帝宝座，就只有先拿到这五件宝贝。"

霓裳听天魔这么说，也从床上坐了起来，走到天魔的跟前，说道："师父，我听不明白。"

天魔回过身来，看着霓裳说道："木是王母娘娘的梭罗木，盏是燃灯古佛的琉璃盏，针就是东海的定海神针。"

天魔刚说到定海神针，霓裳就高兴地跳了起来，说道："定海神针我知道，我还经常跟它玩耍呢，师父，您是要定海神针吗？这个我可以帮您，只是它实在是太重了，我搬不动。"

天魔笑了笑说道："定海神针是三界至宝，你当然搬不动，别说你搬不动，就是为师也搬不动，所以，要想搬动定海神针，只有先拿到圣水珠。只有开启了圣水珠的力量，才可以搬动定海神针。"

霓裳有些愧疚地说道："师父，对不起，我没能帮您拿到圣水珠，其实，我是很想帮您拿回来的。"

天魔摆了摆手，说道："霓裳，有你这句话就够了。圣水珠是三界至宝，现在已经被法藏吞下，恐怕更难拿到了，为师要先好好谋划一番。好了，师父还有很多事情要处理，过几天再来看你，你先吃掉人参果，好好养伤吧。"

说完，天魔便化作一道白光，离开了霓裳的房间。霓裳冲着天魔的背影大声喊道："师父，您放心，我是不会让您失望的。"

霓裳冲着师父离去的身影望了一会儿，从床头拿起了人参果，在手里看了半天，自语道："这个小孩，真的可以让人长生不老吗？那个法藏受了伤，现在怎么样了？可能他比我更需要这枚人参果吧。法藏啊法藏，你这个臭和尚，也不知道哪辈子欠了你的，为什么让我如此牵肠挂肚？"

想到这里，霓裳便将手里的人参果往空中一抛，然后又快速地接住，笑道："法藏，你等着，我这就去找你。"

说完，霓裳便化作一阵清风，向着卷帘洞飞去。

等到霓裳赶到卷帘洞，看到法藏正在念经打坐。霓裳调皮地拿过一根草,悄悄地走到了法藏的身后,用手中的草划了一划法藏的脖子,可是法藏却已经入定,像泥胎一样,根本没有任何反应。

霓裳又用草划了几下,眼看着法藏没有任何反应,将手里的草往地下一扔,大声喊道:"法藏,你还活着不?活着的话就说人话,死了的话你就说鬼话。"

法藏双眼依旧紧闭,嘴上说道:"女施主,你来卷帘洞,有何见教啊?"

霓裳气得跺着脚,说道:"喂,你这个臭和尚,我来能有什么见教啊?你快给我起来,跟我说会儿话,我闷得慌。"

法藏这才睁开了眼,说道:"女施主,你不会是又惦记着我的圣水珠吧?"

霓裳着急地喊道:"圣水珠、圣水珠,你以为我还是贼啊,实话告诉你,我是想帮着师父拿回圣水珠,可是今天,我来是给你送礼物来的。"

法藏站起身来,冲着霓裳双手合十道:"阿弥陀佛,女施主,你不来偷圣水珠,我就要多喊几声阿弥陀佛了,真的不敢收你的礼物。"

霓裳指着法藏,生气地说道:"你、你真是个呆和尚,我来不只是为了偷圣水珠。你看你刚刚受了伤,我这里正好有一枚人参,送过来给你疗伤。"

说着话,霓裳将手里的人参果往法藏面前一递,说道:"这个人参果给你,你受了伤,快吃了它吧,吃了它你就可以长生不老了。"

就在霓裳将人参果递到法藏面前时,突然,石壁上的天地宝鉴发出了一道金光,冲着霓裳就射了过来。眼看霓裳就要被这道金光击中,说时迟那时快,法藏一下子挡到了霓裳的面前,自己却被这道金光击中,一大口鲜血吐了出来。霓裳一看,赶紧抱起法藏一下子冲到了一张石桌的后面。天地宝鉴连续发出的金光却将石桌也给击得粉碎,霓裳抱着法藏不停地奔躲着。

躺在霓裳怀里的法藏缓缓地睁开了双眼,向着霓裳说道:"快,快跟我进密室。"

霓裳边跑边问法藏:"密室在哪里啊?"

法藏赶紧说道:"你往卷帘洞右边走,走到石壁前,大叫三声'南无燃灯古佛',密室的门就打开了。"

霓裳不敢怠慢,赶紧依法藏的说法,跑到了前面的石壁前,大叫了三声"南无燃灯古佛",只见一道佛光闪出,石壁的门打开了。霓裳赶紧抱着法藏进到了密室里,就看到圣水珠在卷帘洞的密室里闪着熠熠的光彩。

霓裳刚才抱着法藏逃命,实在太累了,刚走进密室,就一屁股瘫软在地

第十一章
宝鉴降天魔

上说道:"我的妈呀,法藏,你那是什么宝贝啊?怎么那么厉害啊?"

法藏将嘴角的血擦了一下,说道:"那是镇元大仙怕你的师父来偷圣水珠,设下的天地宝鉴,只要有妖魔鬼怪逼近,天地宝鉴就会发出金光。我说你到底是什么妖怪啊?"

霓裳向着地上吐了几口,说道:"呸、呸、呸!你才是妖呢,我告诉你,我是龙女。"

法藏又问道:"你是龙女,怎么又跟天魔勾结到一起了?"

霓裳用手一指法藏说道:"还不是因为你。"

法藏惊讶地瞪大了眼睛,问道:"怎么会因为我呢?我与你本来素不相识,你可不能冤枉了好人。"

霓裳小嘴一噘,冲着法藏喊道:"怪你,都怪你,要不是因为你欺负我,我才不会成为天魔的徒弟呢,现在可倒好,我不但成了天魔的徒弟,还被你当成贼来防着。"

法藏说道:"我怎么害得你成了天魔的徒弟了?再说,你也承认想拿到我的圣水珠,你不是贼还能是什么?"

霓裳白了法藏一眼,看了一眼石壁上的圣水珠,说道:"我是想来偷圣水珠,可是这次来,确实是想给你送人参果的,我知道你受了伤,如果有了这枚人参果,我想你能好得快一些。好了,你快吃下这枚人参果吧。"

说完,霓裳将人参果往法藏面前一递。法藏看着这枚像是小孩子的果子,摇了摇头说道:"女施主,小僧谢谢你,可是小僧宁死也不会吃它的,你还是拿回去吧。"

霓裳将人参果往兜里一揣,说道:"你不吃,正好省下,那本姑娘可要拿走圣水珠了。"

此时的法藏已经极为虚弱,但他还是努力地站了起来,说道:"你送人参果是好意,但你要是想拿圣水珠,那是万万不可以的,小僧即使是死,也要用生命来守护圣水珠。"

霓裳看着法藏,气就不打一处来,说道:"法藏,你知不知道是谁让我来偷圣水珠的?"

法藏说道:"当然是你的师父天魔。"

霓裳呵呵笑道:"法藏啊,实话告诉你吧,我师父是想要圣水珠,可是这次却是你的好兄弟阿牛让我来拿的。"

法藏叹了口气，说道："你怎么可以胡乱地栽赃阿牛？阿牛可是我的好兄弟，定然是你受了天魔的指使，来离间我们兄弟两个的。"

霓裳笑道："当然不是了，实话告诉你吧，就是你的好兄弟阿牛，是他让我来偷圣水珠的，还说得到圣水珠，可以拥有一身的法力。你想想我一个姑娘家，要圣水珠干什么？"

法藏闻听，大怒道："你给我住口，阿牛可是义结金兰的兄弟，你不许污蔑我的好兄弟。"

霓裳指着墙壁上的圣水珠，笑道："圣水珠就在这里，本姑娘想拿便拿，你现在受了伤，也阻止不了本姑娘。可是不管你信不信，就是阿牛让我来偷的，不信，你也可找到他当面来问。"

法藏听霓裳说得这么肯定，也有些不解了。确实，圣水珠是三界的至宝，想得到它的人实在是太多了。自从霓裳来盗宝，天魔用魔水炉炼宝，法藏已经开始怀疑任何一个人，可是对于阿牛，他还是愿意选择相信，相信这个兄弟对自己的情义。

看着法藏正在愣神，霓裳一下子飞到了石壁前，一把就将圣水珠拿到了手里，嘴里喊道："法藏，圣水珠我拿走了，谢谢你的圣水珠。"

说完，霓裳就向着密室外飞去，急得法藏团团转。眼看着霓裳就要飞出密室，法藏灵机一动，大喊一声："你把人参果留下，谁说我不吃了。"

霓裳听法藏这么说，这才飞回到法藏的身边，将人参果往法藏面前一放，笑道："你这榆木疙瘩的脑袋，终于开窍了，来吧，快吃了它吧。"

法藏一看霓裳手里的人参果和圣水珠，一把就抢过圣水珠，一下子又吞进了自己的肚子里，人参果也掉在了地上。眼看着法藏重新拿到了圣水珠，霓裳一挥拳就打了过来，谁想法藏却根本不躲也不闪，霓裳的拳就重重地打在了法藏的身上，将法藏打倒在地。

霓裳一个上步赶上前，大声地喊道："法藏，你快把圣水珠给我，这颗圣水珠对我真的很重要。"

法藏默念一声佛号，说道："姑娘要杀便杀，小僧是不会给你圣水珠的。"

霓裳用手指着法藏，气得说不出话来，半天才说道："法藏，你要是再不给我，我可就对你不客气了。"

法藏坚定地回答道："小僧先前差点身陷天魔洞，承姑娘的帮助，才得

第十一章
宝鉴降天魔

以逃离，小僧真的非常感激你。今天，小僧又落到了姑娘手里，姑娘何必客气，要打便打要杀便杀，但是你想要拿到圣水珠，那是万万不能的。"

霓裳已经气急，唰的一下抽出了七星宝剑，一下子抵到了法藏的脖子上，说道："法藏，你再不给我圣水珠，我这就要你的命。"

法藏不再说话，嘴里不停地念着："阿弥陀佛，阿弥陀佛……"

霓裳的手颤抖着，她实在不想对法藏下手，可是如果不杀了法藏，就取不出圣水珠来。就在宝剑颤抖的工夫，突然，一道金光向着七星宝剑袭来，只见镇元大仙出现到了洞中，大喊一声："妖孽不得无礼。"

金光将霓裳手里的七星宝剑击落在地，接着，镇元大仙祭出了捆仙绳，一下子将霓裳捆了个结结实实。看到镇元大仙突然出现在密室中，将霓裳给制服，法藏大喊一声："大仙，千万不可伤害她！"

镇元大仙弯下腰捡起了人参果，缓缓地对法藏说道："哎哟，我的人参果啊，你可算是又回来了。法藏，你就不要管本仙如何处理这妖女了，快吃掉这枚人参果吧，否则你还会疯掉的。"

法藏说道："大仙，你千万不要伤害她，小僧求您了，再说，她真不是来偷圣水珠的，她是来给我送人参果的。"

霓裳听法藏在为她开脱，倔强地说道："给你送人参果，你想得美，我就是来偷圣水珠的。"

镇元大仙怒喝一声："妖女，之前你曾经救过我们，本仙还挺感激你的，却没有想到今天你又要来偷圣水珠，真是魔性难改啊。本仙这就为三界除害，省得你为害人间。"

听镇元大仙这么说，法藏的手无力地举起来，向着镇元大仙哀求道："大仙，不要啊。"

霓裳尽管被绑着，却是满不在乎地说道："你以为本姑娘怕啊，告诉你，你今天要是不杀了我，本姑娘就捣毁你的五庄观，推倒你的人参果树，让你永生永世都不得安生。"

镇元大仙哈哈大笑，笑过后用手指着霓裳一字一句地说道："你好大的口气，实话告诉你，三界之内，无人能撼动本大仙的五庄观，更没有人敢推倒我的人参果树，就算是你的师父天魔，他也没有这个本事。"

霓裳小嘴一撇，娇嗔地喝道："镇元大仙，我也告诉你，本姑娘早晚要推倒你的人参果树，不信咱们就走着瞧。"

这一句话可真把镇元大仙给惹毛了，拂尘一扬，说道："你不说推倒我的人参果树，我还想对你宽大处理，今日，我便将你下油锅。"

说完，镇元大仙不顾法藏的哀求，押着霓裳就出了密室。镇元大仙果真是一位说到做到的大仙，此时的卷帘洞外，锅里的油早已经被柴火给烧得滚烫，镇元大仙将霓裳推出卷帘洞外，大喊一声："你就下油锅受死吧！"

说完，镇元大仙用手一指，只见霓裳整个人就被绑到了油锅上的横木上，镇元大仙喊道："你死到临头，还不赶紧跟本大仙求饶？"

谁想，霓裳看着底下冒着热气正在翻滚的油花，却展现出了女侠的本色，她哈哈一阵大笑，说道："镇元大仙，你今日让本姑娘下油锅，本姑娘二十年后又是一位女侠，到时，我定要打上五庄观，推倒你的人参果树，搅得你的五庄观不得安宁。"

镇元大仙哈哈大笑道："你好大的口气。"

话刚说到这里，就看到法藏一瘸一拐地走出了卷帘洞，大声地喊道："大仙，你切莫如此，听小僧一句话，就饶了这位姑娘吧。"

霓裳看着法藏，笑道："法藏，你是个好和尚，本姑娘没看错你，你不用管我，我就是变成鬼，也要推倒他的人参果树。"

镇元大仙听霓裳如此说，缓缓地说道："那咱们就走着瞧。"

说着话，镇元大仙不顾法藏的拼死阻拦，用手一指，被绑在横木上的霓裳一下子就掉了下去。霓裳"啊"的一声，以为这次是死到临头了，可是，她的身体却飘离了油锅，只见一道白光闪出，天魔出现在了卷帘洞外，霓裳的身子稳稳地飘落到天魔身后。霓裳看到天魔来了，心内大喜，高声地叫道："师父，您来得正好，这个老道可不是东西了，要将我下油锅哪。"

天魔哈哈地狂笑道："镇元大仙，有句话叫不看僧面看佛面，霓裳是我的徒弟，何况她还曾经在天魔洞里救过你，你就真的忍心将她下油锅？"

镇元大仙也笑道："天魔，我当然不会将这妖女下油锅，可是不如此，怎么能牵出你这个老魔头来？实话告诉你，在天魔洞里，我确实不是你的对手，可是你离了天魔洞，我就要将你重新封印，还三界一个朗朗乾坤。"

天魔用手一指，怒哼道："就凭你也配说这句话？告诉你，我今天也是做足了准备，定要与你分个高低上下。"

镇元大仙哈哈大笑道："本仙承认，只凭我，确实不是你的对手，可今日我带来了天地宝鉴等好几样法宝，你就纳命来吧。"

第十一章
宝鉴降天魔

说完,镇元大仙不再啰唆,一个拂尘向着天魔打去。天魔一挥衣袖将拂尘给化去,身形一转飘到了镇元大仙的身边,举起掌心雷,冲着镇元大仙就是一拍,镇元大仙被打了一个趔趄,倒在了地上。天魔冲上前去,刚要再施掌心雷,倒在地上的镇元大仙一扬衣袖,祭出了乾坤袖,将天魔给收到了袖中。天魔在乾坤袖里,冲着镇元大仙喊道:"镇元大仙,你的乾坤袖又要被我顶破了。"

说完,乾坤袖里的天魔叫声"长",依然如上次一样,身子不停地长大。眼看着又要挨到衣袖顶部的时候,衣袖里飘进了天地宝鉴,天地宝鉴一边飞一边发射出千万道金箭,向着天魔射去。天魔正在疯长的身体突然被金箭给射了个万箭穿身,天魔狂叫着,身子不断地变小,接着,天地宝鉴闪出了一道金光,将天魔给收了进去。

卷帘洞外,镇元大仙缓缓地从衣袖里掏出天地宝鉴,哈哈大笑着说道:"天魔,你就老实地在天地宝鉴里待着吧,本仙这就将你押上天庭,听候玉帝的发落。"

只听得天地宝鉴里天魔的声音传来:"好你个镇元大仙,原先你在我眼里根本不入流,谁想现在的你竟然也成了气候,还敢跟我作对。你给我等着,早晚有一天,我要打得你永世不得超生。"

镇元大仙哈哈一笑,对着天地宝鉴说道:"天魔,恐怕你永远都不会有这样的机会了。"

看到师父被收进了天地宝鉴,霓裳一下子冲到镇元大仙面前,将手中的七星宝剑一举,怒喝道:"镇元大仙,快放开我师父,不然我跟你没完。"

镇元大仙哈哈大笑道:"妖女,你师父尚且不是我的对手,你既然想跟你的师父做伴,那本大仙就成全你,妖女,你受死吧。"

说完,镇元大仙拂尘一举,就向霓裳袭去,可是举起拂尘的手还没落下,一旁的法藏就冲上前,死死地抓住了镇元大仙的手说道:"大仙,你的人参果我还给你,求你放过她吧。"

看到法藏抓住镇元大仙的手,霓裳一剑向着镇元大仙刺去,突然,只见镇元大仙身上放出万道金光,一下子就将霓裳打倒在地上。这时,就听到天地宝鉴里天魔的声音传来:"霓裳,不要管为师,你快走。"

紧抓住镇元大仙拂尘的法藏也冲着霓裳喊道:"你快走,你要是不走,小僧这就咬舌自尽。"

看着法藏说得如此坚决，再听到师父在天地宝鉴里痛苦的挣扎声，霓裳一指镇元大说道："镇元大仙，我早晚捣毁你的五庄观，你给我等着。"

说完，霓裳一把抢过法藏手里的人参果，化作一道清风，向着空中飞去。看到霓裳飞离了卷帘洞，法藏一下子瘫软在地。镇元大仙来不及追赶霓裳，赶紧弯下腰，大声地喊道："贤侄，贤侄，你快醒醒啊。"

这时，远处传来一阵急促的脚步声，只见阿牛提着一盒饭菜跑了过来，看到法藏瘫软在地上，阿牛疯了一样地跑到法藏的面前，大叫道："大哥，你怎么了？大哥，你快醒醒啊……"

镇元大仙用手拍了拍阿牛的肩膀，说道："阿牛，你不必担心，他只是受伤太重，休息几天应该就没事了，可恨那妖女偷走我的人参果，白白地便宜了她。"

阿牛问道："大仙，那个妖女走了，肯定要找她的师父来报仇，到时我们可怎么办？"

镇元大仙将天地宝鉴一举说道："阿牛，不妨事，天魔已经被我封印在天地宝鉴里，你就放心吧，我这就上天庭向玉帝禀报，你就留下来守护法藏吧。"

阿牛点了点头说："大仙，您就放心地上天庭吧，大哥有我守着。"

说完，阿牛便搀扶起法藏，缓缓地向着卷帘洞内走去。看着阿牛与法藏进了卷帘洞，镇元大仙举着天地宝鉴，缓缓地说道："天魔，为了三界的安宁，本仙不得不替天行道。你野心太大，妄想倒反天宫，现在的你啊，少不了又要永世不得超生了。"

只听得天地宝鉴里的天魔说道："镇元大仙，你这个无耻小人，小心我捣毁你的五庄观，摧毁你所有的人参果树，断了你的灵根，让你永世不得超生。"

镇元大仙哈哈一笑，说道："天魔，你永远都没有机会了，我这就带你上天，交由玉皇大帝处理。"

说完，镇元大仙手里托举着天地宝鉴，身形一晃向着天宫飞去。

镇元大仙的飞行速度那是三界知名，只用了一刹那的工夫，他已经到了灵霄宝殿外。

此时，玉皇大帝正在紫薇宫的寝室里，为天魔之事忧心忡忡。天魔复活让天庭众仙人心惶惶。玉帝本欲派出天兵天将下界捉拿天魔，可是又没有足

第十一章
宝鉴降天魔

够的能力击败天魔；如果不派兵，玉皇大帝又实在是寝食难安，连吃了十几个蟠桃也无济于事。尽管召开丹元大会为时尚早，但玉皇大帝却已经迫不及待地传旨，让太上老君进献金丹了。

在天魔苏醒过来以前，玉皇大帝是不怕的，三界之内唯他独尊。可当天魔真正苏醒过来找他复仇时，他的心里真的有些害怕。遥想当初，兄弟两人的感情是何等亲密，年少的时光，他也曾经护着自己的弟弟不受野兽的伤害。可是等到兄弟两人都长大以后，看到弟弟处处比自己强，他的心里就不舒服，眼看着弟弟即将从父亲天帝的手里接过玉皇大帝宝座，成为三界之主，作为哥哥的他心里实在不甘，这才费了不少的周折，从弟弟的手里把皇位给抢了过来，弟弟的心里自然是不服，直接发动了仙魔大战。玉皇大帝名正言顺地带着三界众仙，将不甘心失败的弟弟给打败，并将他的灵魂与身体分别封印。想到弟弟这几十亿年吃的苦，玉皇大帝的心里也有些不忍，可是，玉皇大帝的宝座只能一个人坐，为了保住这三界独尊的玉皇大帝之位，他再心疼弟弟，也只有横下一条心来，再次率领着众仙与成为天魔的弟弟大战一场了。

就在玉皇大帝为天魔复活忧心忡忡的时候，有金甲神前来紫薇宫大殿禀报，说镇元大仙已经捉住了天魔，正在灵霄宝殿外候旨。玉皇大帝大喜，本来以为这场仙魔大战会胜负难料旷日持久，可是没过几天，这天魔便被镇元大仙给捉住了，这个好消息让玉皇大帝特别激动，赶紧传旨召集众仙，马上在灵霄宝殿里升殿。

闻听天魔被抓住，三界众仙无不振奋，仙容严整地站立在了宝殿之上。玉皇大帝轻迈仙步，缓缓地走上了大殿的最高处。待到玉皇大帝稳坐在龙椅上，三界众仙一齐跪倒，高声喊道："玉皇大帝万岁万岁万万岁！"

玉皇大帝微微点头，对着阶下众仙说道："众仙免礼平身。"

众仙一齐高呼："谢万岁！"

直到众仙起身站回原位，向玉皇大帝施完了君臣大礼，镇元大仙这才走到大殿中央，躬身施礼道："启奏玉帝，前日天魔重生，扰得三界不得安生，想来实在是可恨。今日，小仙托玉帝及众仙的福，已经将天魔给擒来，封印到了天地宝鉴里，请玉皇大帝发落。"

玉皇大帝哈哈大笑道："镇元大仙，你降魔有功，朕一定要重重地赏你，你想要什么，尽管向朕开口，朕无有不允。"

镇元大仙道:"启奏陛下,为您分忧本是小仙的职责,不敢有任何要求,还请玉帝降旨,赶紧将天魔封印,免得他再逃走吧。"

这时,只听得天地宝鉴里,天魔的声音传了出来:"镇元大仙,我一不小心被你抓住,可是今日我倒要看看,你们谁能把我怎么样,哈哈哈哈……"

随着天魔的一阵狂笑,整个灵霄宝殿里刮来一阵阴风,吓得玉皇大帝慌忙说道:"天魔,你不要得意,既然到了天宫,你就别想再出去了。"

天魔的声音继续从天地宝鉴里传来:"好啊,那你们就想想办法吧,我告诉你们,如果不把我关好,等到我再次出来时,定要打得你们灰飞烟灭。"

玉皇大帝闻听,一拍龙椅,怒道:"众位爱卿,快,想想办法,赶紧将他给重新封印了吧。"

这时,只见太上老君走了出来,对玉皇大帝施礼道:"启奏玉帝,依老臣之见,如果还像上次一样将他封印,难免还会让他重生,不如,就将天魔放入我的八卦炉中,将他炼化了吧。"

玉皇大帝大手一挥道:"好,天魔,你听着,当初我不想炼化你,顾及我们的兄弟之情,这才将你封印,谁知你却不知悔改。今日,我就将你放入八卦炉中炼化,让你永世不得超生。"

天魔的声音继续传来:"好啊,我倒要看看,一个小小的八卦炉能奈我何,你们最好别让我出来,只要我一出来,不但要夺了你的玉帝宝座,还要打得你们魂飞魄散,你们都给我等着!"

天魔话音刚落,只见一阵阵的阴风袭来,将玉皇大帝的衣服吹动,众仙也是大惊失色。玉皇大帝一下子站了起来,对太上老君说道:"太上老君,速速将天魔押走,朕再也不想听到他疯言疯语了。"

太上老君听玉皇大帝已经发下话来,赶紧从镇元大仙的手里接过天地宝鉴,与玉皇大帝匆匆作别,便化作一道金光向兜率宫飞去。

到了兜率宫,太上老君拿出一道押帖往天地宝鉴里的天魔头上一贴,吩咐道童将炉盖掀开,然后,将天地宝鉴往里一抖,哈哈大笑道:"天魔啊天魔,本道就让你尝尝我三昧真火的厉害。"

第十二章
法藏救天魔

　　眼看着师父天魔被抓走，霓裳的心里很不是滋味，想去救师父，可她根本不是镇元大仙的对手。只是霓裳又实在不愿意师父再次被封印，师父对自己的宠爱历历在目，哪怕自己曾经背叛过他，他仍然选择了原谅，拿到人参果也是先想着自己。想到这儿，霓裳暗下决心，哪怕自己堕入十八层地狱永世不得超生，也要救出师父。

　　霓裳赶往东海龙宫，向老龙王说明了前因后果，请求老龙王派兵和自己一同上天庭营救师父。哪知龙王不仅不愿出头，还拉住霓裳，生怕她闯出祸事连累整个龙族。见老龙王害怕成这样，霓裳叹了一口气，说道："好了，父王，您赶紧去降雨吧，救我师父的事情，我自己想办法吧。"

　　老龙王看到霓裳执意要救天魔，就拉住霓裳，苦苦地哀求，可是却改变不了霓裳的心。如果不听老龙王的话，他肯定不会放自己走。思来想去，霓裳实在没有办法，只好不耐烦地说道："好了，父王，我不管还不行吗？"

　　老龙王这才松了一口气，说道："那你就老实地在龙宫里待着，等到为父降雨回来，就为你摆宴席，你可千万别再掺和大天尊的事了，这可不是我们能管得了的。"

　　霓裳有些不在意地说道："好了，我知道了，父王，您快去降雨吧。"

　　看着老龙王带着虾兵蟹将飞离了龙宫，霓裳心想，师父对自己实在太好了，自己不能见死不救，否则也太没人情味了。可是老龙王说得也对，天庭的事情，岂容她这个黄毛丫头来管？可是看着师父受罪，她又心有不甘。想来想去，霓裳觉得，都是那颗圣水珠惹的祸，如果自己将圣水珠偷来，献给玉帝，说不定玉帝就能赦免了师父的大罪。

想到这里，霓裳决定再去找法藏偷圣水珠，片刻犹豫之后，便化作一阵清风，向着花果山卷帘洞飞去。还没进入卷帘洞，就听到里面的阿牛与法藏吵翻了天。霓裳站到洞外，就听到法藏高声喊道："我拿你当兄弟，可你却是为了偷圣水珠而来，你说，你还有人情吗？"

阿牛的声音也传了出来："大哥，你真的误解我了，我怎么会干那种事呢？"

霓裳这才想到，之前骗法藏说是阿牛指使自己前来偷圣水珠的，没想到法藏竟然信以为真，这才使他们兄弟反目成仇。听到两人越吵越厉害，霓裳笑了笑，念动进洞的口诀，走进了卷帘洞。

看到霓裳进来，阿牛立即冲着霓裳跑过来，大声地说道："你来得正好，你赶紧告诉我大哥，是不是我指使你偷的圣水珠？"

法藏也问道："到底是不是阿牛指使你偷的圣水珠，当着阿牛的面，咱们当面锣对面鼓的，把事情给说明白了。"

霓裳呵呵一笑，看到阿牛与法藏同时看着自己，就信口雌黄地说道："法藏，我告诉你，就是阿牛指使我偷的圣水珠。"

法藏听霓裳说完，用手一指阿牛，大声说道："阿牛啊阿牛，幸亏我还拿你当兄弟，没想到你接近我就是为了圣水珠，看我怎么收拾你。"

说着话，法藏挥拳就向阿牛打去。受了不白之冤的阿牛不愿意跟法藏动手，一下子躲过法藏挥来的拳头，说道："大哥，你且慢动手，我这就问问这个妖女，为什么要栽赃陷害我。"

说完，阿牛怒气冲天地冲到霓裳面前，大声喊道："妖女，你凭什么说是我指使你来偷的圣水珠？"

霓裳看着阿牛已经气急，就笑呵呵地说道："是你说的，就是你说的啊，如果不是你，我怎么能进到洞里呢？这个洞可是有佛光保护的。"

阿牛用手指着霓裳，气得半天说不出话来，他挥起拳头，一拳便向着霓裳打去。霓裳冲着法藏喊道："法藏，你看我说的是真的吧，阿牛这是要杀人灭口啊。"

法藏再也不能容忍阿牛的虚伪了，他冲到霓裳的面前，挡住了阿牛打过来的一拳，高声喊道："阿牛，从此以后，我们不再是兄弟！"

阿牛已经气急，听到法藏说出如此绝情的话来，也回道："不是兄弟就

第十二章
法藏救天魔

不是兄弟，今天，你不要拦着我，看我怎么收拾这个妖女。"

法藏叫道："你想收拾她，杀人灭口，就先过了我这一关再说。"

说完，法藏便拿出禅杖，向着阿牛就是一禅杖。阿牛也不再客气，抄起一根木棍就与法藏斗在一处。看着阿牛与法藏两个兄弟斗在一处，霓裳的心里可得意了，心想这回偷圣水珠可容易多了，于是不再迟疑，向着密室的石壁走去。走到石壁前，霓裳学着法藏带她进密室时的样子，连叫了三声"南无燃灯古佛"。

霓裳将古佛圣号念完后密室的门打开了，霓裳快速地走进密室，伸手便将那颗闪着熠熠光彩的圣水珠拿在手中，然后蹦蹦跳跳地走出密室。刚走到密室的门口，突然，一根红丝带向着霓裳飘来，霓裳一晃身形闪过，可是，那根红丝带竟然出的是虚招，方向一转就将圣水珠给卷了过去。

霓裳可是全指望着偷出这颗圣水珠，献给天庭解救师父，她看到即将到手的圣水珠就这样被红丝带卷走，便着急地追了过去。

挥出红丝带将圣水珠卷走的正是紫霞，只见紫霞根本不理追来的霓裳，转身飞到阿牛身旁，一挥红丝带便向着法藏打去。眼看着就要打中法藏了，霓裳手持七星宝剑赶到，护住了法藏。紫霞一边挥舞着红丝带攻击法藏与霓裳，一边冲着阿牛喊道："阿牛，快拿出你的纤云飞星梳来。"

阿牛一见紫霞同时对付法藏与霓裳，就以为拿出梳子来可以帮助紫霞打败他们，于是，伸手便从怀里掏出了纤云飞星神梳。

看到阿牛拿出梳子，紫霞一挥手便将圣水珠扔给了阿牛，阿牛忙用手去接圣水珠，眼看就要接住，那把纤云飞星神梳竟然将圣水珠给吸了过去。此时，神奇的一幕出现了，只见梳子上的圣水珠放出了万道光芒，将整个卷帘洞照得如同白昼一般。

那圣水珠闪烁着熠熠光彩，照得法藏与霓裳睁不开眼睛，而阿牛则被圣水珠照成了一个透明的人，渐渐地消失在那圣水珠的光彩里，时空仿佛都静止了。进入圣水珠的阿牛，身体不停地旋转着，圣水珠的能量在阿牛的身上起了作用，阿牛就感觉自己进入到一个奇妙的世界，有一个女神正手里拿着梳子，将三十六种变化的神通以及修炼的法门，全部都教给了自己……

圣水珠里的女神教完阿牛三十六种变化及修炼的法门后，圣水珠的光彩也渐渐弱了下来，等到阿牛接受完圣水珠的能量后，圣水珠便彻底地暗淡下来，"啪"的一声滚落到了地上。

-139-

阿牛也在光芒中慢慢落地，闭上眼睛，修行起圣水珠的法术来。

看着阿牛坐地修行，法藏这才醒悟过来，他大喊一声："阿牛，你现在还敢狡辩吗？你接近我，就是为了圣水珠。你纳命来吧。"

说完，法藏挥舞着禅杖，再一次向着阿牛冲了过去，可是人还没有冲到阿牛的面前，就被紫霞的红丝带给缠住，法藏不得不回过头去，先与紫霞对打在一处。法藏哪里是紫霞的对手，不到两个回合，已经露出败象。眼看着法藏即将落败，霓裳挥舞着七星宝剑冲了过去，三个人又缠斗在一处。阿牛慢慢地睁开了眼睛，一道电光便射了出来。阿牛对着众人大喊道："大哥，紫霞，你们别打了。"

这是阿牛修炼完圣水珠三十六种神通后说出来的第一句话，声音如同惊雷一般，震得法藏等人的耳朵生疼。紫霞看着阿牛，眼里含着泪，大声地说道："阿牛，恭喜你开启了圣水珠的法力，我也对得起姐姐对我的交代了。"

阿牛一下子站起了身，问道："紫霞姐，什么姐姐对你的交代？"

紫霞一晃身形跳出三人打斗的圈，伸手捡起圣水珠，对阿牛说道："阿牛，这个事以后再说，我们走。"

说完，紫霞便拉起阿牛，化作一道清风飞离了卷帘洞。法藏一屁股坐到地上，双目含着泪，对霓裳说道："真是知人知面不知心哪，我跟阿牛这么好，谁知道他才是真正的偷珠贼。"

霓裳赶紧蹲下来，给法藏递过一块手帕，说道："好了，法藏，你别哭了，快擦擦眼泪吧。"

法藏说道："刚才真是谢谢你，要不是你，我肯定会被他们打伤，之前你帮我逃离天魔洞，还送人参果给我吃，而我却经常误解你，实在是不该啊。"

法藏说完，便抬手抽起了自己的嘴巴。霓裳一下子抓住了法藏的手腕，说道："法藏，现在一切都不重要了，重要的是，我们得抢回圣水珠。"

法藏摇了摇头，说道："圣水珠已经被抢走，要想抢回来，谈何容易啊？燃灯师祖，对不起，我让您失望了。"

霓裳有些伤感地说道："法藏，我本来应该帮你拿回圣水珠，可是，我得去救我的师父，此番去天宫凶多吉少，我的父王又不帮我，如果我回不来，你一定要好好地活着。"

法藏听霓裳说得这么伤感，伸出手拉住霓裳说："好了，你别哭了，你多次帮我，我也应该帮你一回了，这次上天宫救你师父，算我一个。"

第十二章
法藏救天魔

霓裳摇了摇头说道:"不,法藏,你是佛界的人,我不能让你去救我师父。再说,去天庭救我师父很危险的,你不怕吗?"

法藏听霓裳这么说,反而激起了万丈豪情,他一下子站起了身,说道:"你去救你师父,如果被天上的神仙们抓住,就要灰飞烟灭,你一个弱女子尚且不怕,我怕什么?"

霓裳听法藏这么说,有些感动,伸手从怀里掏出人参果来说道:"法藏,这颗人参果本来也是你的,你还是吃下它吧,吃了它就可以长生不老了。"

法藏摇了摇头说道:"不,还是你吃吧,或许你更需要它。"

霓裳看到法藏坚决推辞,便骗法藏道:"法藏,你吃下的万年无花果已经化成舍利,被我师父拿来让我吃了,我现在已经长生不老了,你快吃下人参果吧,这样,咱们去天宫救我师父,就没有后顾之忧了。"

听霓裳这么说,法藏这才伸手接过了人参果,坐在霓裳的身旁,慢慢地吃下了这三界的至宝。霓裳看着法藏吃下,这才问道:"法藏,你怎么这么年轻就出家了?有什么事让你想不开吗?"

法藏有些伤感地道:"陈年往事,还是不提了吧。我已经吃下了这人参果,咱们这就动身去天宫吧。"

霓裳点了点头说道:"好,法藏,等我们从天宫回来,如果还没死,你就将你的陈年往事跟我说说好吗?"

法藏使劲地点了点头,说:"好的,如果我们能平安地从天宫救回你师父,我一定跟你讲讲我出家前的那些陈年往事。"

霓裳伸手出来,与法藏的手紧紧地握到一起,两个人几乎同时说道:"一言为定。"

说完,霓裳就拉起法藏,一晃身形便飞出了卷帘洞,向着九天之上的南天门飞去。刚到南天门外,老远地就看到四大天王如铁塔一般守立在门口,别说是往里进了,就是瞅着他们四大神将都害怕。

法藏与霓裳远远地躲在一根石柱后面,听到广目天王说道:"各位仁兄,你们说这天魔被送到老君炉里,能被炼化吗?"

一旁的持国天王手持玉琵琶,哈哈一笑道:"兄弟们,这天魔虽说是厉害,可是太上老君那可更厉害,他那八卦炉就没有炼不化的东西,所以我说,天魔这次可是真悬了。"

增长天王说道:"我觉得够呛,这个天魔可是法力广大,当初差点就当上玉帝，现在他解除了封印活了过来，就这么被太上老君炼化了，那可太没意思了。"

多闻天王一听，赶紧捂住增长天王的嘴说："你就不能小点声？我们这刚刚从下界上天庭任职，你这句话如果让玉皇大帝听到，我们兄弟都得跟着倒霉。"

广目天王一笑，说道："不就是说句话嘛，没啥大不了，我原以为天魔重新出世，三界必将大乱，仙与魔肯定要经过一场大战，现在看来，还是镇元大仙厉害啊，一个天地宝鉴就将天魔给收了来，这下玉皇大帝可以睡个安稳觉了。"

听广目天王说到镇元大仙，霓裳灵机一动，悄声跟法藏说道："一会儿你变成镇元大仙的模样，我变成小道童，跟在你后面，咱们就能混进去了。"

法藏看了看霓裳，说道："可是我不会变哪。"

霓裳笑道："你真笨，没事，这个我来教你，你按照我说的来做。我跟你说，这变化容易，可是一会儿你一定要摆出镇元大仙的气派来，别让这四大天王给吓住了。"

法藏说道："你就放心吧，镇元大仙我熟，我变成他的样子，如果你事先不知道，保准就连你也认不出来。"

霓裳说道："等过了南天门，我们就直奔兜率宫，打开太上老君的炉子，救下我师父，然后咱们就快跑。"

法藏说道："好，你快教我怎么变吧。"

霓裳点了点头，轻轻地念动咒语，用手指着法藏叫声"变"，只见一个活脱脱的镇元大仙就出现在眼前。霓裳看了看，自己也摇身一变，变成道童的模样，手里拿着一枚人参，对着法藏变的镇元大仙做了一个"请"的手势，笑着说道："师父，咱们这就走吧。"

已经变成镇元大仙的法藏，摸摸胡子，笑呵呵地说："好徒儿，你看我还像吧？"

霓裳笑道："像啊，不只是像，你就是真的镇元大仙，大仙啊，师父啊，咱们这就请吧。"

说完，"镇元大仙"就依霓裳所言，不紧不慢地走到了南天门。四位天王一看，刚刚捉住天魔的大功臣镇元大仙来了，不敢怠慢，马上施礼道："镇元大仙，您刚刚离开天庭，怎么又返回来了？"

第十二章
法藏救天魔

"镇元大仙"手捋着胡须，咳嗽一声，对着身后的"道童"一指，说道："四位天王，太上老君正在炼魔，辛苦得很，本仙就回了趟五庄观，准备向太上老君进献一枚人参果，好助他早日炼化天魔。"

广目天王道："大仙客气了，想必老君吃了您的人参果，一定会早日将天魔炼化的。"

"镇元大仙"道："哎哟，四位天王，今日本仙来得匆忙，忘记给四位也准备人参果了，改日，还请到观上一聚，本仙也要请四位天王品尝一番。"

这人参果可是三界众仙人人都想吃的美味。今日，听镇元大仙说也要请他们哥儿四个吃，可把四大天王给高兴坏了，随即客气道："哎哟，大仙您实在是太客气了，想我四位何德何能有劳大仙请我们吃人参果哪，再者，我们四位公务在身，难得有空去您的观上探望啊。"

"镇元大仙"一听，赶紧冲着身后的"道童"说道："徒儿，你且记下，等我们从兜率宫回来，你立即摘下四枚人参果给四位天王送来。四位天王守护南天门，那可真是劳苦功高，你可别忘了。"

霓裳何等聪明啊，赶紧说道："是，小徒记下了，明日回到观上，就马上摘果子，给四位天王送来。"

听到"镇元大仙"说是让道童送人参果来，四大天王那可真是喜上眉梢，心里比吃了蜂蜜还甜，赶紧躬身施礼道："如此，那就先谢过大仙了。大仙，您里面请吧。"

霓裳与法藏两人笑呵呵地和四大天王还了礼，迈着四方步就进了南天门。

南天门内云雾缭绕，放眼望去，到处是金碧辉煌的宫殿。天庭无比巍峨壮美，可是法藏与霓裳的心里都犯了愁。因为天宫这般大，他们又没有来过，可怎么找兜率宫啊。

正在两人为找兜率宫发愁，想要找个人问问的时候，就看到一位仙人脚踩着祥云飞了过来。霓裳定睛一看，正是赤脚大仙。原来，赤脚大仙云游四海的时候，曾经到东海龙宫做客，霓裳自然认识。

霓裳赶紧对法藏说道："法藏，那位脚踩祥云的就是赤脚大仙，你赶紧叫住他，问一问兜率宫怎么走。"

法藏听霓裳这么说，赶紧冲着赤脚大仙作个揖，喊道："赤脚大仙，暂且留步，本仙这厢有礼了。"

赤脚大仙一看是"镇元大仙"，不敢怠慢，赶紧飞到"镇元大仙"面前，还礼道："镇元大仙，之前听闻你擒魔成功，真是大长我天庭的威风，天庭众仙更是人人称赞啊。听说您不要玉帝的封赏，这种风度更是前无古人后无来者啊。"

"镇元大仙"听赤脚大仙夸自己，赶紧谦虚地说道："哪里哪里，大仙过誉了。"

赤脚大仙摇着蒲扇，问道："大仙，您这是要到哪里去啊？"

"镇元大仙"道："大仙，太上老君正在炼魔，本仙特为老君准备了一枚人参果，想要送给太上老君品尝，以助他早日炼魔成功。"

赤脚大仙闻听，哈哈大笑道："巧了，真是巧了，镇元大仙，玉帝令我传旨，找太上老君相商炼魔之事，如此，我们就同往兜率宫吧。"

法藏一听，真是喜出望外，正愁着该怎么编个谎话从赤脚大仙口里套出兜率宫怎么走呢，却不想这赤脚大仙也要前往兜率宫，于是就赶紧说道："如此甚好，大仙，我们这就一同前往吧。"

说着话，法藏与霓裳就跟着赤脚大仙向着兜率宫飞去。飞了不长的时间，三人就到了兜率宫前，按落云头，让守门童子前去禀报。工夫不多会儿，只见太上老君从兜率宫里走了出来。不待"镇元大仙"说话，赤脚大仙赶紧走上前，对太上老君说道："老仙君，玉帝有旨，让你速速前往灵霄宝殿，商议炼魔降妖之事。"

太上老君赶紧躬身施礼道："老臣接旨。"

说完，太上老君就走到"镇元大仙"的面前，说道："大仙，多亏您用天地宝鉴拿住天魔，本道正在炼魔，您此次造访我的兜率宫，有何见教啊？"

"镇元大仙"从"道童"的手里拿过人参果，双手往前一递，说道："老仙君，本仙这次前来，是知你炼魔降妖劳苦功高，特地从观里摘来一枚人参果，请你品尝。"

太上老君赶紧接过人参果，转身递给身边的童子，说道："哎哟，大仙实在是客气了，您先到里面喝杯香茗，等老道我跟玉帝议完事，就回来相陪，到时还有仙丹奉送。"

"镇元大仙"哈哈一笑，说道："如此甚好，本仙也正好有几件要事，要跟你相商，等你从灵霄宝殿回来，咱们再聊吧。"

赤脚大仙也对着"镇元大仙"说道："镇元大仙，您来天宫，本仙本应请您到敝处赴宴，只是今日玉帝有旨，让我先与太上老君一同前去相商炼魔

第十二章
法藏救天魔

之事，您就先在兜率宫等候，等我忙完事，再来请您吧。"

说完，赤脚大仙就与太上老君一起驾着祥云，向着灵霄宝殿飞去，道童则赶紧将"镇元大仙"与其"弟子"请进了兜率宫。

法藏与霓裳还是头一次到兜率宫，一看这里面的布置，那可真是祥云阵阵、仙气升腾，宫阙玉宇重重仙韵，壮观辉煌气派十足，想来灵霄宝殿也就是这个样子了。走到殿中，只见大殿的正中央，一座八卦炉立在那里正在炼魔，透着霞光阵阵，闪着璀璨光彩。

看着兜率宫这般气派，法藏心想：这兜率宫的风景可真是仙境一绝啊。

带路童子将"镇元大仙"让到座椅上，躬身施礼道："大仙，请稍坐，小童这就去给您沏茶。"

说完，童子便迈开大步向外走去。看到童子已经走远，霓裳迫不及待地说道："法藏，我们这就动手。"

法藏点了点头，知道此时正是动手的好时机，若是太上老君回来，恐怕就再难救人了。尽管他的心里也很着急，可是依然装作漫不经心地起身，踱着四方步来到了八卦炉前，对着守炉的童子说道："道童，天魔炼得怎么样了？"

道童答道："回大仙问，现在已经用三昧真火炼了四十八天了，明天就是开炉的时候了，请大仙在宫中稍待一日，明日炼魔完毕，家师还有仙丹回赠。"

法藏冲着霓裳使了个眼色，又装作漫不经心地说道："这回礼就免了，本仙是来看老君炼魔的，说实话，这天魔的本事着实不小啊，本仙如果不是借助天地宝鉴，也不是他的对手啊。"

霓裳趁着法藏与道童说话的机会，装作参观八卦炉的样子，嘴里一边说着"这八卦炉实在是太漂亮了"等恭维话，一边慢慢地来到了道童的后面，仔细观察了一下，看到四周无人，她便"腾"地一下子飞到了炉顶，用手揭开炉顶的符咒，将八卦炉的炉盖给打了开来。接着，霓裳向着里面大声地喊道："师父，你快些出来吧！"

被符咒锁住的天魔已经被三昧真火炼了四十八天，在这四十八天里，天魔用极强的法力抵抗着。可是这三昧真火实在是太厉害了，依他的法力只能坚持四十八天，再多一天，他可就要被炼化得魂飞魄散了。想到自己当年纵横三界，虽说最后难逃被封印的命运，可毕竟还是身心俱在，尚有卷土重来的一天，而今日在八卦炉中已经炼了四十八天，天魔感到力不从心，想到自己倒反天宫的计划，想到玉皇大帝的宝座，天魔既觉得不甘心，又觉得眼前一切幻想终是虚妄。正在暗自神伤之际，突然就看到炉盖打开，一张可爱又可亲的熟悉的脸出现在眼前，天魔大喜，此时不出八卦炉更待何时，便猛地从三昧真火中跃了起来，一下子飞出了八卦炉。

霓裳的这一声叫喊也惊醒了道童，道童大喊一声："你做什么？"

道童的话还没有说完，只见一道白光就出现在眼前，接着便什么也不知道了。那道白光将道童打倒，看到"镇元大仙"站在眼前，天魔狂笑道："镇元大仙，你趁我不备，用天地宝鉴将我拿住，如今我经八卦炉三昧真火四十八天的煅化，已经达成了纯阴纯阳的境界，三界之内自此无人可敌，镇元大仙，你的天地宝鉴，恐怕在我面前也不起作用了吧。"

法藏忙道："大天尊，我不是镇元大仙，我是来救你的法藏。"

天魔哈哈大笑道："镇元大仙，你是害怕了吧，今日，你怕也得接招，不怕也得接招，你受死吧。"

说完，天魔就要动手，霓裳赶紧挡到天魔面前，笑道："师父，他真的不是镇元大仙，他是跟我一起来救你的法藏。"

说完，霓裳便用手一指法藏，就将"镇元大仙"变回了法藏的样子。天魔一看是法藏，脸上有些不悦地道："怎么是你？"

霓裳这才将事情的来龙去脉跟天魔说了一遍，天魔狂笑道："好个法藏，你是佛门弟子，竟然助我渡劫，好，甚好，你很对我的脾气，你放心，本尊不会亏了你的。"

法藏正要答话，就看到兜率宫里灯火通明，一声"天魔，哪里走"响过，接着，就看到无数个道童闯了进来。天魔哈哈大笑道："一群乌合之众，也敢在本尊面前班门弄斧？看我法宝。"

说着话，只见一道白光闪过，化作万千的流星，那流星化作千万条银蛇，向着无数道童飞去。趁着道童们与空中的银蛇缠斗的时候，天魔对霓裳和法藏说道："你们两个既然来到这太上老君的仙府，也算是有很大的福气，本尊这就带你们感受一下这兜率宫的气派。"

法藏知道不能在兜率宫耽搁太久，就说道："大天尊，我们还是赶紧走吧，要是待得久了，怕是要生变啊。"

天魔没理法藏，伸手向前一指，一道强光便将丹房的门给打开，法藏无

第十二章
法藏救天魔

奈，只得跟着天魔走进丹房。

刚走进丹房，就看到那成排的架子上放着一排排的葫芦。天魔打开一个葫芦，对着霓裳与法藏说道："这是太上老君的仙丹，你们赶紧吃一些。"

法藏闻听，双手合十道："阿弥陀佛，大天尊，我来救你，岂是为了做贼的，我就是死也不愿意偷老君的仙丹。"

天魔听法藏这么说，生气地说："你既然救了我，那就算入了我的门，本尊很喜欢你，你赶紧吃下这仙丹吧，以后好好地跟着本尊，你放心，本尊是绝不会亏待你的。"

霓裳听天魔这么说，赶紧冲着法藏使眼色，意思是说你快答应啊。可是，法藏却继续双手合十道："阿弥陀佛，大天尊，出家人不动不属于自己的东西，恕小僧不能从命，我这就告退，大天尊好自为之吧。"

说完，法藏便要退出丹房，刚转过身来，就看到丹房的门"咣当"一声关上了，外面传来一个洪亮的声音："天魔，你这个偷丹的贼，来了我这里，就休想逃出去。"

接着，无数支利箭从四面八方向着丹房内飞来。天魔一见哈哈大笑道："雕虫小技。"

说完，天魔一挥手，在四周布了一片银光，顿时，三人都被罩在了银光里，那些从四面八方飞来的神箭根本射不到他们。此时，门又一下子打开了，只见太上老君带着道童冲了进来，大喊道："天魔，今天我便让你命丧兜率宫。"

天魔看到太上老君来了，走上前躬身施礼道："太上老君，你无情我却不能无义，想这几十亿年不见，你一向可好啊？"

太上老君怒哼一声，说道："我当然很好了，倒是你被封印了这么多年，志向可是一直未改啊。"

天魔哈哈大笑道："改？我凭什么改？是玉皇大帝暗施阴谋诡计，夺走了我的皇位，你们成了仙，我反而成了魔，真是可笑啊可笑。"

太上老君怒道："三界秩序已定，岂容你胡说八道，天魔，受死吧。"

说完，太上老君用手一指，只见无数条金龙向着天魔飞来。天魔也不客气，也用手一指，银光闪现处，无数条银蛇向着金龙冲过去。就在金龙与银蛇缠斗之际，天魔一手拉起霓裳，一手拉起法藏，向着兜率宫外飞去。看着天魔逃走，太上老君大叫："天魔，你哪里跑？"

天魔的声音从兜率宫外传来:"太上老君,今日本尊还有要事,等到我再来天宫,就是你向我俯首称臣之时。"

太上老君忙跟着飞了出去,可是茫茫的天际,到处都是祥云朵朵,早已经没了天魔的身影。太上老君站在云头之上,叹一口气,长叹道:"天魔经我八卦炉一炼,法力更加强大,看来三界真的要有劫难了……"

第十三章
阿牛上天庭

太上老君化作一道金光，匆忙向着灵霄宝殿的方向飞去。当太上老君来到玉帝寝宫外的时候，正碰到赤脚大仙从里面出来。赤脚大仙看到太上老君，忙深施一礼，哈哈大笑道："老仙君，我就说没事吧？您还没见到玉帝，半道就返回兜率宫，这也太小心了。"

太上老君一拍大腿，说道："赤脚大仙啊，果不出我所料，那个镇元大仙是假的，竟然打开炉盖，将天魔从八卦炉里救走了。"

赤脚大仙一听，大叫一声"坏了"，接着说道："玉皇大帝刚才还跟我说起等炼魔成功以后，要提前召开丹元大会呢。这，这可如何是好啊？"

太上老君也摇摇头，叹口气说道："还丹元大会呢，我这连日来炼就的仙丹，也被天魔给吃了，如今可好，他经我的八卦炉这么一炼，又吃了仙丹，法力更是增长不少，恐怕三界之内再难有敌手了。"

赤脚大仙叹口气，说道："麻烦了啊，老仙君，天魔逃下界去，这场浩劫怕是再难避免了啊。"

就在太上老君与赤脚大仙两人为了天魔逃走之事不知如何是好之际，就看到玉帝缓缓走出了紫薇宫大门。太上老君忙上前施礼道："玉帝万岁，老臣这厢有礼了。"

玉皇大帝面带微笑，上前搀扶起太上老君道："老仙君，免礼免礼，连日炼魔，劳苦功高啊。朕今日宣你前来，是想问问炼魔之事到底如何了。"

听玉皇大帝这么一问，太上老君忙将天魔逃走以及仙丹全部被天魔偷走等事，一五一十地跟玉皇大帝说了一遍。玉皇大帝不听则罢，一听便怒气冲天,他大声喊道:"天魔啊天魔,你可真是胆大包天,连太上老君的仙丹你都敢偷,分明是不把朕放在眼里,朕定与你誓不两立!"

太上老君看到玉皇大帝震怒,忙说道:"玉帝,您不必动怒,仙丹我会尽快再给您炼好,保证耽误不了丹元大会。"

赤脚大仙也劝慰道:"玉帝,依小臣之见,还是先召开蟠桃会,等蟠桃会过了以后,再召开丹元大会也不迟啊。"

玉帝怒道:"赤脚大仙,这根本不是开什么会的问题,而是天魔出世,三界即将历劫。太上老君,你速去传旨,命四大天王统帅十万天兵下界擒魔。"

赤脚大仙一听玉帝要兵发天魔洞,忙道:"玉帝息怒,依小臣看来,当下还不是跟天魔开战的时候,天魔逃出八卦炉之事早晚传开,到时定会惹得三界人心惶惶,不如及早召开蟠桃大会,以安众仙之心,这样才能集天庭众仙之力,跟天魔开战。"

玉皇大帝一听,鼻子差点没气歪了,心想,你们这帮仙人,平时养尊处优,现在听说要开战了,还不忘了吃。他随即冲着赤脚大仙白了一眼,说道:"赤脚大仙,你不是不知道,如果任由天魔胡闹,迟早有一天,他会打上朕的灵霄宝殿来,怎么,到时你要跟着天魔造反吗?"

赤脚大仙赶紧双膝跪倒在地上,说道:"玉帝息怒,小臣不敢,小臣的意思是要想打天魔,天界就不能人心惶惶,必须凝聚天庭众仙的心力,否则,出师不利可就麻烦了。您也不是不知道,天魔经过八卦炉这么一炼,法力更是高深,早已经是三界无敌,我们不一定有必胜的把握啊。"

玉皇大帝一听,再仔细一想,赤脚大仙说的也不无道理。确实,被八卦炉炼过又吃了仙丹的天魔,法力有了很大的提升,可是如果不派兵征剿,那么天界的尊严又何在呢?

正在玉帝寻思降魔之法的时候,太上老君说道:"启禀玉帝,赤脚大仙说的有道理,依老臣之见,这事还是别声张,先差人宣镇元大仙再次下界降妖,天上召开蟠桃大会,以安三界众仙之心,到时,即使镇元大仙不能降妖,天庭也能集结更多的力量与天魔一战。"

玉皇大帝想了想,就传旨道:"赤脚大仙,你速去五庄观宣镇元大仙下界降妖。太上老君,你也别闲着,速回兜率宫为朕炼制仙丹,咱们君臣同心,一定要灭了天魔的嚣张气焰。"

赤脚大仙看到玉帝紧握着拳头,也跟着挥起拳头表忠心道:"玉皇大帝

第十三章
阿牛上天庭

算无遗策,战无不胜,镇元大仙一定能够马到功成,一举降妖。"

太上老君看到赤脚大仙在拍玉帝的马屁,心里有些厌恶,可是又不能明说,也就借着炼丹之事,早早地辞别了玉帝,回去收拾被天魔折腾得一片狼藉的兜率宫。

此时的天魔,早已经带着霓裳与法藏飞回了天魔洞,黑熊精马上跑过来跪地迎接,嘴上说道:"大天尊,您可回来了,这些日子找不到您,可把我给急坏了,有些妖精还嚷着要分家哪,把我可给愁坏了。现在您回来了,我实在是太高兴了,我们这些人也就有主心骨了。"

天魔看了看黑熊精,点了点头,从怀里掏出一枚仙丹,对着黑熊精说道:"黑熊精,本尊无事,念你对我特别忠心,本尊不会亏了你,这里有一枚仙丹,你赶紧吃下去吧,吃了它你就可以长生不老了。"

黑熊精赶紧起身,来到天魔面前,双手接过仙丹问道:"大天尊,这莫非是太上老君的仙丹吗?"

天魔笑道:"自然是太上老君专门为玉皇大帝炼制的仙丹,寻常仙人根本无福吃到,你吃了这枚仙丹,不但可以长生不老,还可以增长法力。这次我从兜率宫拿回来的不少,只要你们跟着我,我是不会亏待你们的。"

听天魔这么说,黑熊精及众小妖忙跪地磕头,众口一词喊道:"大天尊威武,大天尊雄壮,大天尊威震三界,一定能够早日打败天神,当上三界至尊玉皇大帝!"

看到面前跪着这么多表忠心的小妖,再看着左右侍立的霓裳与法藏,天魔哈哈大笑,向着霓裳说道:"霓裳,这次你救为师有功,为师非常感动啊。自明日起,为师就将冷月冰心剑的最后几招传授给你,这套剑法你融会贯通后,虽不敢说可以纵横三界,但一般的神仙也不是你的对手了。"

听天魔说要将冷月冰心剑全部传给自己,霓裳赶紧跑到天魔面前,给了天魔一个大大的拥抱,说道:"谢谢师父,我就知道师父对我最好了。"

天魔笑了笑,轻轻地推开了霓裳,走到法藏的面前,说道:"法藏,你本是佛门弟子,却为了我而闯上天宫,勇气可嘉,本尊可是非常感谢你啊。在兜率宫时,我让你吃仙丹,你不吃,我想可能是你有顾虑吧,现在,我们回了天魔洞,本尊这就赏你十粒金丹,以示嘉奖。"

法藏听天魔如此一说,赶紧躬身施礼道:"阿弥陀佛,大天尊,我救你只为帮助霓裳救她的师父,我也并不是因为形势危急才不吃仙丹的,不经过老君允许，那就是偷。今日您赏我这仙丹也是偷来的，请大天尊赐予别人吧，我是无论如何也不肯吃的。"

霓裳一听，知道师父脾气不好，赶紧冲着法藏使个眼色，可是法藏却毫不在意。天魔看了一眼法藏，点了点头道："燃灯古佛，你真是收了一个好徒弟啊，好，既然如此，那本尊就收回仙丹，你救本尊有功，本尊特升任你为我的大护法。"

天魔的话刚说完，只见黑熊精等众小妖异口同声地说道："恭喜大天尊新收护法，大天尊广纳人才，一统三界，威震天宫！"

天魔哈哈大笑，霓裳也赶紧向法藏贺喜道："法藏，恭喜你成为大天尊的护法。"

法藏没有回答霓裳，而是再次向天魔躬身施礼道："阿弥陀佛，大天尊，我是佛门弟子，真的不能做您的护法，还请您收回成命吧。"

天魔本来志得意满地等待着法藏谢恩，谁知却等来法藏的拒绝，当时脸上就有些挂不住了，有心想发怒，可法藏毕竟救过自己的命；如果不发作，当着这么多下属的面，自己的颜面何在？想到这里，天魔脸色铁青地说道："法藏，成为我的护法，可是有大大的好处，你可要想好了。"

法藏点了点头，说道："大天尊，我知道跟着您会有享不尽的荣华富贵，可我是个僧人，我意已决，还请大天尊收回成命吧。"

天魔正待发怒，霓裳见事不好，赶紧向天魔说道："师父，法藏不识好歹，您就不用理他了，还请师父将赏给他的仙丹一并赏给我吧，我可愿意吃仙丹了，比我在龙宫里吃的糖豆还好吃。"

天魔用手摸了摸霓裳的头，说道："好，既然法藏不吃，那本尊就将赏给法藏的十粒仙丹赏给你。"

法藏看到霓裳直冲他挤眼，赶紧说道："大天尊，小僧这就告退了，祝大天尊寿与天齐。"

法藏转过身，迈开步子向着天魔洞外走去，刚走到洞口，就听到天魔说道："法藏，你可知这里是什么地方，岂容你想来就来想走就走？"

法藏转过身来，问道："大天尊，您还有何事吩咐？"

天魔哈哈一阵狂笑，狂笑过后说道："法藏，你要想走也容易，交出圣水珠来，我就放你走。"

法藏说道："大天尊，圣水珠乃是三界至宝，本不是你的东西，所以，

第十三章
阿牛上天庭

请恕小僧绝难从命,何况现在圣水珠已经被阿牛等人盗走,我正准备去找回圣水珠哪。"

霓裳看到天魔快要动怒了,赶紧说道:"师父,圣水珠确实已经被阿牛偷走了,这个我是知道的,当时我正准备偷来圣水珠到天庭去换您,可没想到却被阿牛捷足先登。我想,法藏如果找回圣水珠来,一定会送给师父的,您就放他离开天魔洞吧。"

天魔这才忍住了怒火,冲着法藏说道:"法藏,这圣水珠本来就是我的东西,几十亿年前就是我的了,你找回来献给我则罢了,如若不然,我不但要倒反天宫,还要将你们佛界扰得不得安宁。"

说完,天魔就是一阵狂笑,震得法藏的耳朵生疼,法藏赶紧用手捂住耳朵,可那瘆人的笑声却仍然不停地传来。霓裳一看,赶紧冲着法藏说道:"法藏,大天尊已经放你走了,还不快滚。"

法藏一听,赶紧迈开脚步一阵猛跑,逃离了天魔洞。

卷帘洞里,紫霞陪着阿牛缓缓地走了进来。阿牛刚进洞,就高声叫道:"大哥,大哥,你在洞里吗?我来给你送圣水珠了。"

阿牛接连喊了好几遍,可是洞里却空无一人,阿牛回过头来,对着紫霞说道:"紫霞姐,你说法藏大哥会原谅我吗?他不会恨我吧?"

紫霞笑了笑,说道:"哎哟,我的傻弟弟啊,你只是用圣水珠学了点东西,又不是真的要偷圣水珠,你大哥高兴还来不及呢,怎么会恨你呢?"

阿牛说道:"话虽如此,可是我接受了圣水珠的法力,又学会了三十六般变化,虽说我不是有意的,可是大哥也会误解我跟他好就是为了得到圣水珠。"

紫霞道:"阿牛,你就别多想了,你记着,你跟圣水珠有缘,你接受它的能量,拥有了法力和变化之术,这是你的造化,是天意,只要你以后多做好事,你大哥肯定会理解你的。"

正在两人说话之时,法藏从洞外走了进来,一看正在洞中的阿牛与紫霞,就将手中的禅杖一举,大声喊道:"大胆的偷珠贼,我正准备去找你们的晦气呢,没想到你们竟敢送上门来,看杖!"

说完,法藏冲着阿牛就是一禅杖。阿牛赶紧躲开,说道:"大哥,你错怪我了,我真的不想偷你的圣水珠。"

法藏又是一禅杖,大声喊道:"你不是为了圣水珠,那你接近我干什么?

你不是为了圣水珠，为什么圣水珠会传给你法力和法术？少废话，今日不是你打死我，就是我拿回圣水珠。"

法藏嘴上说着，手上也没停，左一禅杖右一禅杖地挥杖便打。眼见阿牛不还手，一旁的紫霞将红丝带一挥，缠住了法藏的禅杖，说道："法藏，你住手，我们来就是要还你的圣水珠的。"

法藏哈哈大笑："谁信哪，我看你们是黄鼠狼给鸡拜年，根本没安好心，你们两个一起来吧，我不怕你们。"

紫霞着急地喊道："法藏，你也别不识抬举，实话告诉你，阿牛现在已经开启了仙体，现在别说是一个你，就是三个你，也不一定是他的对手。"

法藏笑道："那你们还啰唆什么？咱们拳脚上见真章。"

阿牛着急地喊道："大哥，你要打就打吧，不管你信不信，我就是来送圣水珠的，请大哥原谅我吧。"

说完，阿牛一张口吐出了圣水珠，双手捧着珠子递到法藏的面前，说道："大哥，你真的错怪我了，我真的不知道咋回事，就接受了圣水珠的能量。"

法藏双手一较劲，挡开缠在禅杖上的红丝带，说道："你会有那么好心？只怕这是假的吧？你们少啰唆，就直说来找我做什么。"

说着话，法藏冲着阿牛又是一禅杖。阿牛忙用纤云飞星神梳一挡，架住了禅杖说道："这怎么会是假的呢？这确实是货真价实的圣水珠。大哥，你看，这圣水珠放出的光彩，跟以前可是一模一样啊。"

法藏停下了禅杖，看着空中的圣水珠放着熠熠的光彩，嘴里喊道："你开启了圣水珠的能量，这颗圣水珠对于你也就无用了，谁知道你来送圣水珠安的是什么心，看打吧你就。"

法藏一心认定阿牛是偷宝贼，便不再跟阿牛说话，只是挥舞着禅杖，向着阿牛打去。阿牛忙用神梳挡住。兄弟两人就在卷帘洞里你来我往地斗在了一处，急得紫霞直喊住手，可是已经打红了眼的法藏却根本不听紫霞的劝。

就在阿牛与法藏争斗的时候，一道白光闪过，天魔出现在了洞里，上前就去抢空中的圣水珠。紫霞一见，忙化作一道红光，将天魔伸出的手挡开，忙回头对法藏说道："法藏，你快拿回圣水珠。"

天魔一挥手，将紫霞给打倒在地上。法藏一看，忙不顾一切地冲上前去，将圣水珠抢到手里，然后一张嘴又将圣水珠给吞下了肚。

天魔看着法藏将圣水珠吞下，两眼瞪着法藏说道："法藏，你亲赴兜率

第十三章
阿牛上天庭

宫救本尊,本尊本不想伤你,以免伤了我们之间的和气,可是,你屡次坏我好事,我也再难容你,我数三个数,如果你不吐出圣水珠,可别怪我对你不客气了。"

法藏看着天魔,双手合十道:"阿弥陀佛,大天尊,我们又见面了。小僧说过,去兜率宫救你,对于僧人来说就是救人,与其他无关,但是你想抢圣水珠,那是绝无可能,小僧大不了就是一个死,也要挺身护珠。"

阿牛将神梳往胸前一举,大声喊道:"天魔,你有种冲我来,别冲着我大哥来。"

天魔看了看阿牛,怒道:"你这个凡人,屡次坏我的好事,今日我也如你所愿,送你与法藏一同归西。"

紫霞着急地喊道:"大天尊,您也是三界的至尊,跟两个凡人过不去,有失您的身份吧。"

天魔反问道:"他们敢挡本天尊的道,还守凡人的本分吗?今日,本天尊便要大开杀戒,不得到圣水珠,誓不罢休。"

天魔刚要动手,只见空中一道金光闪过,镇元大仙出现在了卷帘洞里,向着天魔哈哈大笑道:"天魔,你好大的口气,本仙奉玉帝旨意,前来拿你。"

天魔用手一指镇元大仙道:"镇元大仙,你也好大的口气,上次本尊一时不慎,着了你的道,今日,我便让你见识一下我的威力,也让你尝尝被抓的滋味。"

镇元大仙怒哼一声,说道:"那你就动手吧,我倒要看看,到底是你天魔厉害,还是我的天地宝鉴技高一筹。"

说完,镇元大仙便不再说话,冲着天魔就祭起了天地宝鉴,只见天地宝鉴金光一闪,飞出了一道摄人心魂的金光。那天魔也不客气,大手一挥就将这道金光挡开。天魔狂笑道:"镇元大仙,我还得谢谢你呢,你抓我进八卦炉里,使我的功力大进,我又吃了仙丹,你的天地宝鉴对我已经不起作用了。"

眼看着天地宝鉴对天魔已经失去了作用,镇元大仙也非常着急,忙又祭出乾坤袖,冲着天魔就是一挥。天魔看到飞来的乾坤袖,哈哈大笑道:"镇元大仙,你的袖子又该破了。"

上次交手,镇元大仙还能用乾坤袖罩住天魔,可是这一次,乾坤袖还没挨着天魔的边,就见天魔将手中的宝剑一挥,将飞来的乾坤袖给斩成两截,乾坤袖失去力道掉在了地上，疼得镇元大仙哇哇直叫。

天魔不容镇元大仙喘口气，冲着镇元大仙就是一剑。眼看镇元大仙就要被刺到，紫霞伸手就是一红丝带，天魔躲也不躲，怒喝一声，紫霞的红丝带便断为数截。法藏一看天魔如此厉害，忙挥舞着禅杖冲上前去，也被天魔打倒在地。天魔手中诛神刀一指法藏，喝道："法藏，念你曾经救过我，我是真心不想伤害你，你就听我一句，快些把圣水珠给我吧。"

法藏说了一声"不给"，然后，便慢慢地闭上了眼睛，等待着天魔刺进喉咙的那一刀。

天魔看着闭眼等死的法藏，说道："既然我好心难劝你这该死的鬼，法藏，那你就受死吧。"

说完，天魔冲着法藏就是一刀，就在那长刀即将刺入喉咙的一刻，阿牛手持神梳飞了过来，一梳子挡开了天魔的刀。天魔被神梳给挡得倒退几步，愣了一下说道："哈哈，好啊，阿牛，没想到几天不见，你竟然开启了仙体。"

阿牛横梳直立，冲着天魔大喝道："开不开仙体，我也不怕你！"

天魔怒道："那咱们就试试吧，等你见了阎王，如果不想归阎王管，可以跟着本尊来混。"

说完，天魔不再说话，就与阿牛打斗到一处。阿牛拿到圣水珠以后，在紫霞的指导下，不但开启了仙体，而且拥有了三十六般变化，一般的仙人已经不是阿牛的对手了。与天魔这一战，是阿牛开启仙体后的第一战，所以，阿牛丝毫不敢怠慢，冲着天魔不停地挥舞纤云飞星神梳。

天魔看着那纤云飞星神梳，感觉有些面熟，一边挥舞着长刀，一边向阿牛问道："你这梳子是谁给你的？"

阿牛道："你管是谁给我的，你就等着挨打吧。"

天魔边打边说："这绝不是你这凡人的东西，快说，这是谁给你的？"

阿牛边挥舞神梳，边说："你管是谁给我的，看打吧你就。"

这句话惹怒了天魔，他不再客气，唰唰唰连砍三刀，阿牛接连三个格挡。虽说阿牛开启了仙体，却依然不是天魔的对手，要不是天魔对这个梳子的主人有些顾忌，早已经将阿牛打倒在地。此时，见阿牛不说出梳子的主人，天魔已经不再客气，又是一刀劈来，阿牛忙躲闪，可是却已经迟了，这一刀正好砍到了阿牛大腿，疼得阿牛哇哇大叫。

眼看阿牛架不住天魔的攻击，就要没命，紫霞、镇元大仙与法藏，也纷

第十三章
阿牛上天庭

纷挥舞着手中的武器，冲着天魔不停地打去。可是，被八卦炉炼过的天魔实在是太厉害了，一刀就向着镇元大仙劈来，镇元大仙躲避不及，眼看就要被砍中，法藏一下子挡在了镇元大仙的身前，正好被天魔的诛神刀砍中。法藏一口鲜血吐了出来，伴随着鲜血吐出来的，还有那颗圣水珠。

天魔一看圣水珠已经出了法藏的身体，面露喜色，刚要弯腰去捡，就听到一个慈祥妇人的声音传来："大天尊，好久不见，你出来一见，我有话要对你说。"

天魔忙回过头，就在他一愣神的工夫，阿牛弯下腰，将圣水珠抢到了手里，然后，扶起奄奄一息的法藏，大叫道："大哥，大哥，你快醒醒！"

可是，此时的法藏已经进入昏迷状态，听不到阿牛的呼喊。

那个妇人的声音又传过来："大天尊，这么多年没见，你难道不想见见我吗？"

天魔听到这个声音，有些激动，他喃喃地说道："是你吗，真的是你吗？你肯见我了，你终于肯见我了？"

看着天魔如同发了癔症一样地喃喃自语，镇元大仙也走到了阿牛的身旁。同时，天魔化作一道白光飞出了洞外。

天魔一晃身形飞到了云端，放眼望去，只见西方霞光阵阵、紫气腾腾，一朵祥云之上，一位头戴凤冠身穿红衣的仙妇高坐云端。天魔一见，激动地说道："王母娘娘，你果真肯再见我了，这么多年没见，你好吗？"

云端之上的王母娘娘叹了一口气，说道："天尊，我很好，你好吗？"

天魔有些委屈，哽咽着说道："王母，你说我被封印了这么多年，我能好吗？当初，我本以为，玉帝之位就是我的，你也是……"

王母赶紧打断天魔的话，说道："天尊，都是陈年旧事了，你还提它做什么？"

天魔有些着急地说道："可是，可是我不甘心哪。"

王母微微地摇了摇头，说道："不甘心又如何？凡事自有定数，凡人难逃定数，你我虽是仙人，难道就能逃出这定数吗？我劝你，还是早些回天魔洞吧，以免三界降魔，你也难逃再次被封印的结果。"

天魔一听，气愤地说道："不，我偏不，我被封印了这么多年，就等着倒反天宫的那一天。试问瑞三界之内的神仙诸佛，还有谁是我的对手？你等着，我很快就能成功，我一定要亲手夺回属于我的一切。"

王母又摇了摇头，说道："天尊，你又错了，难道你被封印了这么多年还没看明白吗？你看当初的刑天法力无边，多么不可一世，可是终究也难逃被封印的结果。你不如刑天，如果执意妄为，恐怕终究会有灰飞烟灭的那一天。"

天魔道："是，以前的我是不如刑天，可是现在呢？现在的我可是魔界的至尊，我不能听你的，我一定要夺回本属于我的一切。"

王母又道："天尊，听本宫一席话，回去吧，回去好好修行，才能得到自己想要的东西。"

天魔激动地说道："不，我就不！王母，我问你，你为什么要将我送给你的东西给一个凡人？那可是我当初从三十三重天外特意弄来送给你的，你知道吗？"

王母缓缓地说道："天尊，你难道还看不明白吗？你送我的东西，即使再贵重，经历了这么多年，沧海变桑田，早已经物是人非，还说什么你的我的呢？"

天魔冲动地说道："不，那是我送给你的，我不允许任何人拿我送给你的东西。"

王母笑了笑，说道："天尊，既如此，那我就收回这把纤云飞星神梳吧。你也退一步，暂且回天魔洞去，我们都好好地想想未来，然后再作计较吧。"

说完，王母便用手向下一指，只见那把纤云飞星梳缓缓地飞上了天。王母娘娘手拿着神梳，说道："天尊，我收回了你送给我的东西，是不是要我把它还给你呀？"

天魔摇着头说道："不，这是我送给你的，我是永远都不会收回的。"

王母笑道："既如此，那你就先回天魔洞吧。如果你不回天魔洞，我这就将这把神梳还给你。"

天魔的眼里流下了泪水，哽咽着说道："好，你为了一个凡人，竟然要把梳子还给我，你难道忘了，我曾用它给你梳过头吗？"

王母叹了口气，说道："天尊，都已经过去这么多年了，你还提它做什么？"

天魔有些动情，激动地说："好吧，王母，今日就看在你的面子上，我暂且回洞，但是你记住，早晚有一天，我要夺回属于我的一切，你就在天上迎接我坐上玉帝的宝座吧。"

第十三章
阿牛上天庭

王母娘娘听天魔这么说，飘下了云端，站到天魔的面前，两眼含情脉脉地看着天魔，说道："天尊，这么多年没见，你苍老了很多，听我的话，回去吧，回去好好修行，咱们还会有再见面的一天。"

天魔一激动，握住了王母娘娘的手，说道："王母，我们……"

王母娘娘一下子挣开了天魔的手，将梳子递到天魔的面前，说道："回去吧，天尊，你如果不回去，我这就将梳子还给你。"

听王母娘娘将话说得这么决绝，天魔倒退着一步步地飘下了云端，嘴里喊道："王母，你在天上等着我，我不会让你失望的。"

王母娘娘劝退天魔后，镇元大仙飞到了空中，看到王母娘娘独自坐在云端之上，赶紧躬身施礼道："王母在上，请受小仙一拜。刚才看到天魔出来，我赶紧追来，怎么，天魔没有为难你吧？"

王母娘娘不回镇元大仙的问话，只是缓缓说道："大仙，今日之事已毕，我们都各自回去吧。"

镇元大仙道："可是法藏受了重伤，如果不及时医治，真的会有生命危险。"

王母娘娘叹了口气，说道："大仙，人间红尘诸多事，一曲长歌赋离合。这人间的事，就由人间去解决吧，我们这些仙人还是不要多管了。"

镇元大仙赶紧说道："王母娘娘说得是，我这就回五庄观。您也早些回宫休息吧，王母娘娘，小仙告退。"

说完，镇元大仙便化作一道金光飞了出去。看着镇元大仙飞走，王母娘娘也化作一道金光，飞上了九重宫阙。

此时，卷帘洞里的法藏依然口吐鲜血不止。紫霞用手一点法藏的穴道，对着阿牛说道："阿牛，法藏看来已经不行了，我们该给他准备后事了。"

阿牛大喊一声："不，就算是上天入地，我也要救下我的好大哥法藏，他说得对，是我对不起他，是我盗走了圣水珠啊。"

紫霞叹了口气，说道："阿牛，这个事不能怪你，你跟圣水珠有缘，也只有你才能开启圣水珠，怎么会是你的错呢？"

阿牛痛心地说道："紫霞姐，你告诉我，该怎么救我的大哥？"

紫霞想了一想，说道："阿牛，镇元大仙的人参果，只能让活人长生不老，被天魔打伤的法藏即将圆寂，要想让他起死回生，在这三界之内，只有太上老君的仙丹，还有王母娘娘的蟠桃，可是这两样东西都是极难寻找的啊。"

阿牛发了狂似的说道:"我不管,我不管,就算是上天入地,我也要求来这两样宝物,给我的大哥续命。"

紫霞又长叹一声,说道:"既如此,阿牛,你跟我上天吧。"

阿牛看着紫霞,有些狐疑地问道:"跟你上天?"

紫霞说道:"是啊,跟我上天,上了天,你就能得到这两件宝物救你大哥了。"

说完,只见红光一闪,一身紫衣的紫霞摇身一变,现出了嫦娥仙子的真身。阿牛问道:"紫霞姐,你到底是谁?"

嫦娥笑道:"阿牛,我的好弟弟,我瞒了你这么久,只是为了引导你用圣水珠开启仙体,如今你仙体已开,我也不用再瞒你了。我本是月宫的嫦娥仙子,受人之托前来照顾你,我这就带你上天,去救你的大哥。"

阿牛一看紫霞姐竟然是嫦娥仙子,一时愣在了那里。看着嫦娥一直在冲着自己笑,阿牛双膝跪倒说道:"嫦娥仙子在上,请受阿牛三拜。"

嫦娥仙子微笑着看着阿牛,说道:"好了,我的好弟弟,不管我是紫霞还是嫦娥,我都是你最亲近的人,你这就跟我上天,向玉帝求取蟠桃和仙丹去救你的大哥吧。"

阿牛说道:"紫霞姐,不,嫦娥姐,我听说蟠桃和仙丹极为珍贵,玉皇大帝是不会轻易给我的,这可怎么办啊?"

嫦娥仙子说道:"阿牛,这两样东西确实是极为珍贵,可是如果你带着圣水珠上天,将它进献给玉帝,玉帝一定会看在你献宝有功的分上,将蟠桃或仙丹赏给你的。"

阿牛听嫦娥这么说,赶紧掏出圣水珠,对着法藏的身体说道:"大哥,请你在卷帘洞里等我,我这就上天求来蟠桃或仙丹来救你,你可一定要挺住啊。"

法藏已经进入昏迷状态,根本无法回阿牛的话。阿牛一见,一纵身跃上空中,站到嫦娥身边,说道:"嫦娥姐,你赶紧带路,咱们这就赶去天宫吧。"

嫦娥笑道:"好兄弟,你站好了,姐这就带你奔赴天宫。"

说完,嫦娥就拉起阿牛,化作一道金光,向着天上的九重宫阙快速地飞去。

第十四章
七窍玲珑心

嫦娥带着阿牛飞上天宫,却被四大天王拦在了门外,说什么都不肯放阿牛进南天门。两人正在着急之时,突然就看到赤脚大仙在南天门里往外看。阿牛看到赤脚大仙,可算是见到亲人了,扯开嗓子就喊开了:"师父,师父,我是阿牛,您快带我进去啊。"

赤脚大仙朝南天门外一看,正是自己的徒弟阿牛,赶紧走出来,向阿牛问道:"阿牛,出了什么事,你怎么上天了?"

阿牛这才说道:"师父啊,我大哥法藏被天魔给打成重伤,眼看就不行了,我带着圣水珠来面见玉帝,就是想换一枚仙丹或是蟠桃来救我的大哥啊,可是这四个看门的就是不让我进。师父,您快带我进去吧,晚了,我大哥就要没命了啊。"

赤脚大仙看了看四大天王,就瞧见四个人的脸色那是说不出的难看。也是,阿牛一个凡人,还把人家叫成看门的,人家更不会让你进去了。赤脚大仙眼珠一转,计上心来。他没有回阿牛的话,而是冲着嫦娥仙子挤了挤眼,施礼说道:"嫦娥仙子,别来无恙啊。"

嫦娥仙子赶紧还礼道:"大仙,我挺好的,您一向可好?"

赤脚大仙哈哈一笑说道:"仙子啊,我也挺好,就是最近挺忙的,我正准备去月宫找你呢,玉帝传旨让你马上去灵霄宝殿见驾。"

嫦娥仙子一听,马上明白过来赤脚大仙这么说的意思了,便说道:"是啊,我也想去见玉帝,可是四大天王不让我带我弟弟进去啊。"

赤脚大仙这才走到四大天王面前,呵呵笑道:"四位天王,你们看玉帝宣嫦娥见驾，可是她又非要带上她的弟弟，这个事吧，还望四位天王通融一下啊。"

四位天王面面相觑，也知道嫦娥是玉帝面前的红人，他们哥儿四个根本惹不起，如今她想带个凡人进去，如果真的不给她面子，到时，她在玉帝面前说几句坏话，那可真是吃不了兜着走。可是如果私放凡人进入天庭，也确实是重罪一桩，这可怎么办呢？

正在四位天王寻思之际，只听得嫦娥说道："大仙，请您回禀玉帝，就说我得先送我弟弟返回人间，这进天宫面圣之事，还是等我回来再说吧。"

赤脚大仙听嫦娥这么说，赶紧向着四位天王说道："哥儿四个，这嫦娥可是玉帝面前的红人，玉帝急着要见她，你们就通融一下吧。我这小徒本是一个凡人，有我保着，他肯定不会惹出什么乱子的。"

话已经说到这份上，四大天王也就不再说什么了，往门两旁一闪，给阿牛等人让开了一条道，三个人这才快速地通过了南天门。到了天庭里头，阿牛再次双膝跪地，重新给赤脚大仙磕头道："师父，徒弟想您了，给您老人家磕头了。"

赤脚大仙也不客气，受了阿牛的三拜，这才搀扶起阿牛来，说道："贤徒不必多礼，快快起身。"

嫦娥说道："大仙，如今法藏身负重伤，我准备带阿牛面圣，用圣水珠换一枚仙丹或是蟠桃，原本想着这事难度很大，如今有您的帮忙，那可真是太好了。"

赤脚大仙听嫦娥这么说，将胸脯一拍说道："嫦娥仙子，不必客气，有我在你就放心吧，你也不必去面圣了，就由我带着阿牛去见玉帝吧。"

嫦娥听赤脚大仙这么说，有些不好意思地说道："阿牛由我带到天庭，却要劳烦大仙带他去见驾，这不好吧？"

赤脚大仙哈哈一笑说道："仙子，不必客气，你照顾我徒弟，我感谢你还来不及呢，你就听本仙的，先回月宫吧，阿牛的事就由我代劳了。"

嫦娥听罢，赶紧笑盈盈地说道："那就谢谢大仙了。"

赤脚大仙道："仙子，你不必客气，返回月宫休息吧，本仙这就带阿牛去灵霄宝殿面圣。"

嫦娥也没再说什么，向着赤脚大仙深施一礼，化作一道红光，向着月宫的方向飞去。

第十四章
七窍玲珑心

看到嫦娥仙子已经飞远，赤脚大仙这才将阿牛带到一处僻静的地方，对着阿牛说道："阿牛，你的圣水珠呢？"

阿牛说道："在我的肚子里。"

赤脚大仙赶紧说道："快将你的圣水珠给我，我好带你去面见玉皇大帝。"

阿牛叹口气说道："师父，嫦娥姐姐嘱咐我了，说是只有见到玉皇大帝，才能拿出圣水珠来，不然，我是不能拿出圣水珠的。"

赤脚大仙将脸一沉，说道："难道你连为师也信不过吗？"

阿牛这才说道："师父，我怎么会信不过您？不是我不给您，是嫦娥姐姐将圣水珠藏在我身上了，我也取不出来啊，她说见了玉皇大帝，他自然会有取出之法，我也是毫无办法啊。"

赤脚大仙的脸这才舒展开来，说道："阿牛，我且问你，人活在世上，最大的恩情是什么？"

阿牛说道："回师父，这人世之间最大的恩情，当然是父母养育之恩了。"

赤脚大仙又问道："阿牛，如果你父母现在有难，你的大哥法藏现在也有难，他们都需要你去解救，这两者之间，你会作何选择？"

阿牛抬起头，有些疑惑地说道："当然是先救我的父母了，可是打我记事起，我就是一个无父无母的孤儿，怎么会有父母呢？"

赤脚大仙说道："阿牛啊，这人人皆有父母，你怎么会没有父母呢？我来告诉你，你本是玉皇大帝的外孙，你的父母是牛郎和织女，如今他们还在受罪呢，你作为牛郎与织女的儿子，还有闲心去管法藏的事吗？再说他是被天魔打伤，就是蟠桃或仙丹，也不一定能救活他啊。"

赤脚大仙的话如同晴天霹雳一般，牛郎织女的故事他可是自小便听说过，却从来没有想过他们会是自己的父母。听说牛郎织女不顾玉皇大帝的命令私自婚配，遭到了天庭的惩罚，而自己竟然是他们的孩子。第一次知道了自己身世的阿牛，想到父母亲正在受罪，眼泪不自觉地就流了下来，突然，他擦了一把眼泪，猛地将头一抬，语气坚定地说道："师父，求您告诉我，我的父母被关押在什么地方，即使是上刀山下火海滚油锅，我也要救出他们，不然，我绝不会独活于人间。"

听阿牛这么说，赤脚大仙这才点了点头，问道："法藏你不救了？"

阿牛一字一句地说道："法藏大哥我当然要救，但是在救我大哥之前，我一定要先救出我的父母，不然，我愧为人子啊。"

赤脚大仙说道:"阿牛啊,为师给你出一个主意,这圣水珠乃是三界至宝,你献给玉皇大帝以后,他如果问你有什么要求,你就告诉他,请他赦免你的父母,如果他答应,岂不省了你的很多周折。"

阿牛闻听,说道:"师父,徒弟全都听您的,您快带我去灵霄宝殿面圣吧。"

赤脚大仙点了点头,也没再说话,拉起阿牛的手,化作一道金光,向着灵霄宝殿飞去。此时,玉帝刚刚退朝。于是,赤脚大仙又带着阿牛,赶到了玉皇大帝的紫薇宫。

玉皇大帝散了朝,本来想吃几个蟠桃解解乏,然后好好地休息一下,听闻赤脚大仙带着一个凡人求见,本不想见。可是当通报的仙娥说,那位凡人带来了圣水珠,玉皇大帝自然是格外高兴,这可是圣水珠啊,想当年仙魔大战时,被天魔从天河盗走,从此以后,他就再也没有见到过圣水珠。如今听闻那个凡人带来了圣水珠,玉皇大帝真是喜出望外,有了这圣水珠,那么天庭众仙之心也就更加安稳了。想到这里,玉皇大帝光着脚就跑出了寝宫,见了赤脚大仙的面,也不管那些礼节了,张嘴便问:"圣水珠在哪里?"

赤脚大仙一看玉皇大帝还光着脚,赶紧说道:"玉帝,您还光着脚哪。"

玉皇大帝哈哈大笑着说道:"无妨无妨,朕日思夜想的圣水珠回来了,自然顾不了那些规矩了,是这个凡人送来的吗?"

阿牛赶紧跪倒在地上,向着玉皇大帝磕头道:"玉皇大帝在上,请受小民阿牛三拜,小民阿牛祝玉皇大帝万寿无疆。"

玉皇大帝将手一摆,哈哈大笑道:"阿牛啊,免礼平身,你进献圣水珠有功,以后这些俗礼就免了,你快将圣水珠拿来,给朕看看。"

阿牛被赤脚大仙搀扶起来,走到玉帝的面前,说道:"回玉帝,嫦娥仙子将圣水珠藏到了我的身上,她说见到您后,您自然有办法取出来,我也不知道圣水珠在我身体的什么地方。"

玉皇大帝闻听,呵呵一笑说道:"噢,原来如此,那你就跟朕进宫来吧。"

说着话,阿牛就跟着玉皇大帝与赤脚大仙走进了玉帝的紫薇宫。玉帝今天的心情特别激动,还吩咐仙娥们给赤脚大仙和阿牛两人看座。待到三人落座,玉皇大帝就睁开法眼,盯住阿牛看了一看,只见祥光氤氲之中,那枚圣水珠正在阿牛的脑袋里散发祥光。玉皇大帝用手朝着阿牛的头上一指,那枚圣水珠就缓缓地飞出了阿牛的头。玉皇大帝伸出手,一下子便将圣水珠托在手心,哈哈大笑道:"圣水珠,几十亿年了,你可回到朕的身边来了。"

第十四章
七窍玲珑心

看到玉皇大帝拿到了圣水珠,赤脚大仙赶紧拉起阿牛,跪地磕头道:"恭喜玉皇大帝重得这三界至宝圣水珠,祝玉皇大帝仙福永享万寿无疆……"

玉皇大帝注视着圣水珠,头也不抬地说道:"免礼免礼,阿牛啊,你献宝有功,朕今天特别高兴,三界之内就需要你这样的人,既然你上了天庭,也就别再返回人间了,说吧,你想当什么官?朕今日高兴,一律照准。"

阿牛跪在地上,想了想说:"玉帝,小民有一事,还望玉帝恩准哪,不过,请您先赦免小民无罪,小民才敢说。"

玉皇大帝哈哈大笑,看了看阿牛,和蔼地说道:"阿牛,你有什么事尽管说来,朕今天可是万事皆准啊。"

阿牛看着玉皇大帝,心里有些激动,他可是自己的亲外公啊,打自己记事起便是一个无父无母的孤儿,受尽了同龄孩子的欺负,如今可算是见到亲人了。想到这里,他已经不再管什么君臣之礼了,便扑通一声跪倒在地上,向着玉皇大帝大声地叫道:"外公,外孙再给您磕头了。"

阿牛的这一声称呼,可把玉皇大帝给叫蒙了,他愣在那里,疑惑地问道:"外公,你叫谁外公?谁是你的外公?"

赤脚大仙这才说道:"启禀玉帝,他是牛郎与织女之子,自然是您的亲外孙啊,他叫您外公也是没错的啊。"

玉皇大帝"啊"的一声,脸色一下子就沉了下来,半天没有说话,只听得跪在地上的阿牛又说道:"外公,求您赦免了我的父母,让我们一家早日团圆吧。"

玉皇大帝心想,自己是三界的至尊,拥有无上的权力与法力,可是,织女私自下凡与凡人婚配,犯了天规,这可不是说赦免便能赦免的,尽管心里也有些疼女儿,可依然要按照天条来办事。今天看到自己的外孙,玉帝的心里便犯起了嘀咕:不认吧,人家毕竟是自己的外孙,有血缘关系不说,还献来了圣水珠这个三界至宝;认他吧,织女又正在遭受天条的惩罚,这可怎么办呢?

正在玉帝犯嘀咕之际,赤脚大仙赶紧奏道:"恭喜玉皇大帝一家团圆,臣恭祝玉皇大帝仙福永享寿与天齐。"

玉皇大帝看看赤脚大仙,再看看阿牛,心想好你个赤脚大仙,这不是逼着我认亲吗,这件事是想认便能认的吗?想到这里,玉皇大帝便缓缓地说道:"阿牛,你抬起头来,让朕好好看看你。"

阿牛抬起头来，玉帝大帝仔细一看，这阿牛长的还真有三分织女的样子，再看看阿牛那强健的体魄，心里就有些高兴，再想到天魔复活，三界也正需要人手，就说道："阿牛啊，不是朕不顾亲情，实在是你父母牛郎织女犯了天条，朕也是无可奈何啊。这样吧，这天庭上的官职你随便选，只要你不提赦免牛郎织女之事，朕全部答应。"

阿牛一听，大声地说道："玉帝外公啊，为人子知父母有难，岂有不救之理，就请您赦免了我的父母吧，我宁肯什么都不要，只要一家早日团圆啊。"

赤脚大仙也赶紧向玉帝禀报道："玉帝，这阿牛是至孝之人，想天庭治理三界，也是要以忠义孝悌为根本，就请您看在阿牛一片至孝的分上，赦免了牛郎织女的罪责吧。"

玉皇大帝手里不停地揉搓着圣水珠，心里则不停地琢磨着该怎么处理这个找上门的外孙。正在他犯愁之际，赤脚大仙又说道："玉帝，想当年三圣母下界之事，也是犯了天条，后来二郎神劈山救母，一时在三界传为佳话，这牛郎织女之事，我看还是……"

赤脚大仙说到这里，抬头看了一眼玉皇大帝，看到玉皇大帝没有发怒的意思，这才接着说道："我看还是由阿牛去救他的父母，天庭不要干涉，救出救不出全凭他的本事，如此，也成全了阿牛的一片至孝之心。"

玉皇大帝这才点头说道："好，就依赤脚大仙所说。阿牛啊，你救父母之事，朕绝不加干涉，如若你救不出来，可就别怪朕这个外公不念亲情啦。"

阿牛赶紧磕头道："谢外公，外孙一定不负您的厚爱，一定会救出我的父母，让咱们一家早日团圆。"

赤脚大仙一听，也是哈哈大笑，觉得阿牛这句话说得太漂亮了，明明是他救自己的父母，反而说是要让玉帝一家团圆。想到这里，他也赶紧向玉帝拍马屁道："祝福玉帝一家早日团圆，我就在这里祝福阿牛旗开得胜，马到成功。"

玉皇大帝听赤脚大仙这么说，心说还不是你这个赤脚大仙给我出的难题，来而不往非礼也，我也给你出个难题。玉帝把脸一沉，说道："阿牛救父母是他的私事，你赤脚大仙不得参与，否则，朕绝不轻饶。"

听玉帝这么说，赤脚大仙赶紧跪地磕头，说道："是，小仙不敢参与，小仙不敢参与。"

赤脚大仙边向玉帝磕头，边向身边的阿牛使眼色，阿牛赶紧说道："外

第十四章
七窍玲珑心

公,既然如此,外孙这就去救父母了,您老人家多保重身体,等我救回父母,再回来看您和外婆。"

玉皇大帝没再说话,赤脚大仙赶紧拉上阿牛走出了玉帝的紫薇宫。刚走到宫门口,阿牛有些不高兴地说道:"师父,您急着拉我出来做什么?我还没有向外公说我大哥法藏的事呢。"

赤脚大仙打了一下阿牛的头,说道:"阿牛,你不要命了,就你父母那点事,就已经够劳玉帝的神了,你再提出法藏被天魔打伤的事,你不怕惹得玉帝龙颜大怒吗?"

阿牛有些委屈地说道:"可是,我还没有问我父母关在哪里,我要到哪里去救他们呢。"

赤脚大仙叹了一口气,看了看阿牛说道:"阿牛啊,你的母亲织女被关在阿修罗界,这是三界皆知的事情。"

阿牛叹了口气说道:"师父,您不是不知道,我一个凡人,就算是得了仙体,也只是刚入门,我上天还需要紫霞姐姐带路,噢,也就是嫦娥姐姐,这阿修罗界该怎么走,我是更不知道了。"

赤脚大仙说道:"玉帝不允许我插手这件事,我也不敢管你救母之事。这样吧,我送你去阿修罗界,但是阿修罗界好进不好出,里面是重重陷阱、处处机关,到处都是刀山火海,你怕是不怕?"

阿牛听赤脚大仙这么说,想都没想就说道:"我这身体都是父母所赐,如果救不出父母来,或者死在阿修罗界,就算是我把这身体还给父母了,没什么好怕的。"

赤脚大仙微微地点了点头,说道:"好孩子,你等着,为师这就送你去阿修罗界,至于能不能成功救母,那就要看你的造化了。"

说完,赤脚大仙便暗暗念动咒语,只见一阵清风吹过,将阿牛吹上了天空。阿牛在那阵清风的带动之下,向着阿修罗界飞去。

嫦娥仙子辞别了赤脚大仙与阿牛,有心想回一趟月宫,但又想到花果山卷帘洞里的法藏无人看管,就化作一道红光,向着卷帘洞飞去。刚走到洞口,就听到里面大喊大叫,嫦娥心里一惊,赶紧跑进洞中,就看到法藏在追一个面目清秀的和尚,边追边喊:"你给我站住,不许你跑,我是玉皇大帝,我要吃了你……"

那和尚边跑边说:"法藏,你怎么变成这样了?上次在燃灯师祖的元觉洞见你时,你不还挺好的吗?你不认识我了吗?我是金蝉子啊。"

法藏依然追着金蝉子,边追边喊道:"金蝉子,我要吃了你,我要吃了你啊。"

嫦娥一看此景,连忙用手聚起一道红光向着法藏挥去,那道红光击中法藏,法藏瘫软在地上。嫦娥赶紧向金蝉子施礼道:"原来是如来佛祖的二弟子金蝉子到了,小仙这厢有礼了。"

金蝉子赶紧双手合十,还礼道:"阿弥陀佛,嫦娥仙子,小僧有礼了,我这法藏师哥,怎么成了这个样子呢?"

嫦娥赶紧说道:"金蝉子,法藏先是被天魔的魔水炉毒水所伤,后来又被天魔打成重伤,精神出了问题,如果不及时医治,恐怕会有生命危险。"

金蝉子叹口气,说道:"仙子,这可如何是好哪?我们不能看他这样不管啊。"

嫦娥又道:"金蝉子,你不必惊慌,我弟弟阿牛已经上天去求取仙丹和蟠桃了,都去了很久了,我想应该快回来了吧。我说,你怎么来卷帘洞了?"

金蝉子道:"法藏受燃灯师祖之命看护圣水珠,如今天魔复活,师祖燃灯古佛正在闭关修炼,我师父如来佛祖放心不下,让我来与法藏一起看护圣水珠,谁知,我来以后,却看到法藏已经疯了。"

嫦娥点了点头说道:"圣僧,你不必着急,我想我弟弟阿牛应该快要回来了,咱们就在这里静等他的好消息吧。"

金蝉子点了点头,刚要说话,就看到嫦娥瞪大了眼睛看着他,金蝉子问道:"仙子,你看着我做什么?"

嫦娥"啊"的一声大叫道:"金蝉子,小心!"

金蝉子忙一回头,只见法藏怒目圆睁,样子极为恐怖地向他扑来。金蝉子忙向前跑去,可是刚跑没几步,就被法藏给死死地抱在了怀里。法藏哈哈大笑道:"我听说你的七窍玲珑心味道不错,快拿出来,给朕尝尝。"

说完,法藏张开大嘴,冲着金蝉子便咬了过来。嫦娥赶紧说道:"圣僧快跑,别被他咬到,被他咬到,你也就疯了,也会走火入魔的。"

眼看着法藏的大嘴即将咬到金蝉子,嫦娥一伸红丝带,便向着法藏打去,将法藏给打了一个趔趄。趁着这个工夫,金蝉子赶紧逃开,谁想这一下反而更激发了法藏的魔性,他张牙舞爪地冲着嫦娥扑去,嫦娥躲避不及,被法藏给按倒在地上。法藏大声地喊道:"美人,快掏出你的心来,朕不吃你

第十四章
七窍玲珑心

的肉，只吃你的心。"

看着法藏将嫦娥按倒，张开大口便咬，金蝉子疯了一样地扑上前去，一把推开了法藏，法藏被推倒在地，嫦娥趁机站起身来，一甩手将红丝带抛了出去，抛得又急又稳，把法藏给捆了个结结实实。

法藏使劲地挣扎着，可是却怎么也挣脱不开。法藏张开嘴，大声地叫道："快拿你的心来，快拿你的心来，朕要吃了你的心。"

说完，只见法藏的头顶升起了一道黑烟，黑烟弥漫着渐渐地化成了另一个法藏的形状。金蝉子忙道："仙子，大事不好，这道烟如果成形，那么这个世上也就再无法藏，取而代之的将会是一个纵横三界的可怕的大魔头。"

嫦娥惊恐地问道："圣僧，我们该怎么办啊？你快想些主意吧。"

金蝉子忙道："仙子，我们各施法力，一定不能让这道黑气变成人形，这道黑气正在孕育，现在是它最虚弱的时候。假如让黑气成形，法藏也便死了，由它化成的这个妖魔很厉害，只会吃人，只怕我们两个都会被他吃掉。"

嫦娥听罢，赶紧使出红丝带，不停地击打着那道黑气。金蝉子也忙祭出佛光，不停地击打黑气。那道黑气时而聚成法藏的模样，时而又散开成黑烟，在痛苦地挣扎着！

嫦娥与金蝉子使出了平生的力气，不停地击打着那道黑气。趁他们击打的工夫，法藏的身体也快要挣脱开红丝带的束缚，嫦娥似乎听到了红丝带断裂的声音。

突然，那道黑气化成一道黑色的亮光，一下子冲着金蝉子与嫦娥射去，将两人给打倒在地，而那道黑气渐渐地化成了面目狰狞的法藏。金蝉子重重地倒在地上，口吐鲜血，对着嫦娥说道："法藏的心魔就要成形了，嫦娥，我的心是七窍玲珑心，具有净化心灵的作用，你快掏出我的心来，给法藏吃下去，否则，我们两个谁都活不了。"

嫦娥惊恐地回道："不，我不能让他吃了你的心，那样你会没命的。"

金蝉子忙递给嫦娥一把匕首，着急地喊道："如果让法藏的心魔出世，法藏会死不说，我们两个谁也活不了。你快掏出我的心让法藏吃下，这样他的心魔才不会出来。"

嫦娥看着金蝉子递过来的匕首，使劲地摇着头，她的眼里含着泪，大声地喊道："我即使让法藏吃了我，也不会让他吃了你的心。"

金蝉子看到嫦娥执意不肯，只能用手指着法藏头顶的心魔，向着嫦娥着急地喊道:"你看到没有,再有片刻的工夫,法藏的心魔便出世了,到时,三界之内恐怕又会是生灵涂炭。既然你不取我的心,那我就自己来取吧。"

说完,金蝉子便将胸前的衣服扯开,拿起匕首便对着自己的前胸扎去。眼看着匕首即将刺入皮肤,嫦娥伸手抓住了金蝉子的手,大声地说道:"圣僧,不可这样,你没了心会死的。"

正在嫦娥死死地抓住金蝉子手的时候,法藏头顶心魔化成的黑气越变越大,都快要触碰到嫦娥与金蝉子了。听到那法藏模样的黑气不断地发出狰狞的狂笑,金蝉子一把推开了嫦娥仙子,大叫一声,就将匕首刺入了自己的前胸,然后,金蝉子咬着牙,迎着那道黑气,向着法藏的身体走去……

鲜血沾满了金蝉子的僧衣,顺着他的身体流到了脚上,每往前一步,就有一串血印印在地上,渐渐地,金蝉子走过的路上升腾起金色的佛光,将法藏心魔幻化而成的黑气逼退,佛光渐渐地越来越大,黑气渐渐地越来越小。金蝉子忍着疼痛靠近了法藏,那道黑气也钻入了法藏的身体里……

被红丝带捆得结结实实的法藏还在苦苦地挣扎着,金蝉子大喊一声,用最后一点力气,一伸手掏出自己的心,放到了正在张牙舞爪的法藏口中,然后,重重地跌倒在地上,血流不止……

嫦娥被眼前的一幕吓到了,她既为金蝉子的舍生取义而感动,又为金蝉子的死亡而痛惜,她不顾一切地冲进了佛光里,疯了一样地扑倒在地上,死死地抱住金蝉子放声大哭起来。

随着佛光渐渐退去,法藏终于恢复了正常,他看着倒在地上的金蝉子,大声地喊道:"师弟,师弟你这是怎么了?"

无人回答,只有嫦娥的哭泣声响彻在卷帘洞里。法藏突然"啊"的一声,将红丝带给挣断,扑到金蝉子的身上放声大哭起来……

就在嫦娥与法藏放声大哭的时候,黑白无常两个鬼使赶到了卷帘洞外。他们知道卷帘洞有护洞的佛光,不敢贸然进洞,就站在洞外使出勾魂索抛进了洞中,将金蝉子的魂魄勾出了身体。眼看着金蝉子的魂魄离了体,嫦娥与法藏赶紧停止了哭声,纵身飞到了洞外。因为法藏吃下了金蝉子的七窍玲珑心,所以也开了法眼,任何妖魔鬼怪,他都能看得见,包括那些附体的真灵,也逃不出他的法眼。

此时,法藏一下子拦住了黑白无常,大喊道:"黑白无常,不许你们带走我的师弟金蝉子。"

第十四章
七窍玲珑心

　　黑白无常赶紧笑道："法藏，你受了重伤，现在刚刚恢复，恐怕不是我们俩的对手吧？"

　　嫦娥将红丝带往手中一扯，喊道："法藏是刚受了重伤，不是你们的对手，可如果再加上我呢？"

　　黑无常也不甘示弱，将手中的勾魂索往前一举，大声地喊道："仙子，你是三界的仙人，我等自然是不敢得罪，可是你阻挡我们抓鬼魂，这可就是你的不对了，你知道吗，你这是扰乱阴阳……"

　　白无常赶紧打断黑无常的话，说道："黑兄，你少跟他们啰唆，手底下见真章吧。"

　　说完，白无常便祭起勾魂索，与法藏和嫦娥斗在了一处。一旁的金蝉子灵体大声地喊道："法藏，仙子，你们切莫与两位地府神君动手，我要魂魄禅定了，他们抓不到我的……"

　　法藏听到金蝉子的话，再一回头，只见金蝉子的灵体渐渐地消失了。黑白无常看着即将消失的金蝉子，忙跳出圈外，冲到金蝉子的灵体前伸手便抓，可是却抓了一个空……

　　黑白无常恼羞成怒，指着法藏与嫦娥说道："你们屡次干扰我兄弟二人办案，你们等着吧，我们这便到阎君那里去告你们，就是告到玉帝那里，地府也绝对不会放过你们的。"

　　嫦娥将红丝带往手中一扬，说道："你少拿大话来吓唬我们，告诉你，本仙子不怕你们，随时在这里恭候。"

　　说完，嫦娥一举红丝带还要再打，却被法藏一把拉住，说道："仙子，咱们快些进洞去护住我师弟的真身吧。"

　　嫦娥仙子点了点头，便不再理会黑白两位无常，跟着法藏进了卷帘洞……

第十五章
金蝉游地府

　　阿牛被赤脚大仙的一阵清风送到了阿修罗界。那阵清风可着实厉害，尽管阿牛已经开启了法体，却依然招架不住。待到清风过后，阿牛连着打了半个时辰的转才停下来，转得是晕头转向，一下子倒在了地上。等到从地上爬起来时，阿牛发现自己已经来到了阿修罗界。

　　阿牛定睛一看，只见身旁立着一块碑石，上面书写着四个大字"阿修罗界"，旁边还有一行小字："天地人神鬼，到此止步！"阿牛再往远方瞧去，只见前方是阴风阵阵煞气冲天，阴云密布，到处透着阴森恐怖，看得他汗毛直立。要说阿牛也曾经魂游过地府，可是这里的阴森恐怖，远超过地府十倍。

　　阿牛心想，玉皇大帝可是自己的亲外公，虽说自己的母亲确实因私配凡人犯了天条，可是，他无论如何也不能接受玉帝将他母亲织女关到这里。想到这儿，阿牛就有些恨玉皇大帝，觉得自己的这个外公实在是太无情了。再看着眼前这恐怖阴森的阿修罗界，阿牛有心退回去，又怕遭到师父和玉皇大帝的耻笑，再想到二郎神曾经劈山救母，觉得别人能办到的，自己也能办到。阿牛长叹一声，想到正在阿修罗界受苦的母亲织女，心一横、牙一咬，迈开大步就闯进了三界众仙佛都为之恐惧的阿修罗界。

　　刚踏入阿修罗界，阿牛就感到自己的双脚一软，宛如踩到棉花上，接着，身体就不停地往下坠。阿牛赶紧念动咒语，想用飞行之术来摆脱下坠的那股力量。可是，那股力量实在是太强大了，他的法术竟然失灵，阿牛不停地往下坠去，一边坠一边往下瞧，只见下面到处都是刀山，那一把把刀锋透

第十五章
金蝉游地府

着凌厉的寒光!

阿牛心想这下算是彻底玩完了,还没有见过父母,就要命丧刀山。他心里实在不甘啊,可不甘又有何法?既然已经选择了到阿修罗界救母,那就只有坚持到底,纵使刀锋穿身,死在这刀山之上,自己的灵魂也要一直往前走,不救出母亲,决不罢休。

刚想到这里,阿牛的身体便跌到了一把刀锋上,那直立的刀锋透着凛冽的寒光,直直地刺入了阿牛的身体,疼得阿牛哇哇大叫,鲜血也流了一地。阿牛顾不上疼痛,一咬牙一较劲便站了起来,拔出了插在身上的刀锋,鲜血沾满了他的双手。阿牛的身体开始不听自己使唤,急得他放声大哭,泪水混着血水流到了地上,阿牛又重重地倒在了刀锋之上。正在阿牛的意识开始模糊之际,一道绿光闪过,绿衣仙子出现在了阿牛面前。阿牛顿时喜出望外。

绿衣仙子向着阿牛深施一礼道:"主人,你怎么又哭了?"

阿牛看到绿衣仙子来到,仿佛抓到了最后的一根救命稻草,他急声地喊道:"仙子,你快救我出去,我快不行了。"

绿衣仙子呵呵笑道:"好啊,主人,你让我救你出去,我就救你出去,可是,你总得给我一个理由啊。"

阿牛着急地喊道:"仙子,都什么时候了,你还在笑。我让你救我,并不是我怕死,而是我不能死在这里,我还要救我的母亲。"

绿衣仙子道:"好吧,主人,既然来到了这阿修罗界,那就由我带你闯一闯刀山阵吧。"

说完,绿衣仙子用手一指,鲜血不见了,阿牛身边那些直插在地上的刀也不见了。绿衣仙子伸手拉住阿牛,带着他就向上飞去。阿牛对于刚才可怕的一幕记忆犹新,他使劲地抱住绿衣仙女,大声地叫道:"仙子,刚才可真是吓死我了。"

绿衣仙女边往上飞,边笑道:"阿牛,我的主人,你别害怕,其实这一切都是幻觉,不信,你再掉下去看看。"

阿牛大喊一声:"不要啊。"

阿牛的话还没有说完,只见绿衣仙女已经松开了手,阿牛的身体再一次往下坠去,吓得阿牛闭上了眼睛,他觉得如果再掉进那刀山之上,肯定会没命的。可是,当阿牛的双脚终于踏上地面时,却什么感觉也没有,更别说什么刀山了。

绿衣仙女冲阿牛笑了笑，说道："阿牛，你不要怕，刚才的刀山只是一种幻觉，在阿修罗界，一切都是幻觉，只要你有勇气闯过去，就没什么大不了的。在阿修罗界，只有一种东西是最可怕的。"

阿牛急忙催问道："是什么东西？"

绿衣仙女说道："阿修罗界里的厉鬼。这厉鬼吃了你，你异常痛苦却死不了，被这些厉鬼咬下的肉，还会再生出来，然后，他们再接着吃你，无限循环。那可真是阴森可怕啊，我也是近他们不得，不敢走进那恶鬼阵啊。"

阿牛看着绿衣仙女，长叹一声说道："顾不上那么多了，即使被恶鬼吞食，我也要救出我的母亲。"

绿衣仙女说道："主人，你已经过了刀山，前面就是火海，如果你能过了火海，再往前走，可就是最危险的恶鬼阵了，你不怕吗？"

想到母亲正在阿修罗界受苦，受着比厉鬼噬心更可怕的苦楚，一股豪气便涌上心头，阿牛坚定地说道："仙子，恶鬼如果吃不了我，我就吃掉那些食人的恶鬼，因为我怕也没有用，只是仙子，还求你告诉我，我母亲到底被关在什么地方。"

绿衣仙女道："你的母亲被关在极阴山上的极阴洞里，过了恶鬼阵，便是极阴山了。好了，阿牛，我的主人，我每次出来只能帮你一个忙，现在我已经带你出了刀山阵，我不能在你面前待太久，咱们这就别过吧。你记着，只要你不害怕，就没有什么可以伤害到你，这个世界唯一让人恐惧的，就是恐惧本身。"

说完，绿衣仙女便嗖地一下飞进了宝扇里。阿牛用手摸着宝扇，冲着宝扇大声地说道："仙子，你放心，我是不会让你失望的。"

阿牛抬头向前看了看，只见前面的天空红彤彤的，像是火烧云一般。阿牛为了尽快救出母亲，放开双脚向前就是一阵猛跑，跑了大约有一炷香的工夫，突然，不知从哪里来的大火，将阿牛罩在了里面。阿牛被烧得生疼，他不顾自己的肌肤被火烧得焦黑，咬紧牙关向前奔跑。渐渐地，衣服被火烧化，可是，阿牛一心救母，对于眼前的危险处境浑然未觉。

尽管阿牛的身体正经历着火劫，可他的信念却很坚定。阿牛咬着牙拼尽全身的力气，不顾一切向前跑去，就在他的意识开始模糊时，突然，九条火龙向着他飞来，张开血盆大口咬向他。阿牛赶紧一振精神，一把抓住一条火龙，那手立即被火龙烧伤，冒出了一阵阵青烟。

第十五章
金蝉游地府

阿牛顾不上疼痛，两手一较劲，便将火龙撕成两半，刚撕了这条火龙，又一条火龙向他袭来，阿牛又是一把将火龙撕为两段。可是，他没有防备的脚底却出了问题。正在他用双手恶斗火龙的时候，地面一下子裂开，猛地又钻出了一条火龙，将阿牛给缠了个结结实实。那条火龙越缠越紧，阿牛都已经闻到自己的皮肉被烧焦的味道了。阿牛的心里有些绝望，他慢慢地闭上了双眼，死神也在一步步地向他靠近……

正在此时，一个曼妙的女人声音从远方传来："阿牛，阿牛，你不能死啊。"

这个声音好像是霓裳，阿牛一下子睁开了眼睛，他大叫道："霓裳，是你吗？你在哪里？"

可是四周除了熊熊的火焰，什么都没有。阿牛突然大喝一声，将那条缠在他身上的火龙给震断，然后迈开双脚，拼命向前跑着，整个人也成了火人。不知在火中跑了多久，他一个趔趄重重地跌倒在地上，然后，眼前一花便昏了过去。

阿牛再次醒来的时候，发现自己已经逃离了烈火阵……

阿牛回过头，冲着后面红彤彤的烈火阵一指，哈哈大笑道："再大的火，也阻挡不住我救母亲的脚步。"

阿牛的这句话刚说完，突然，就感到一阵阵的阴风吹来，直吹得阿牛汗毛直立。再向前看，只见那阴风之中，有无数青面獠牙的厉鬼，正张牙舞爪地向他扑来。阿牛正准备往后逃跑，可转念一想，如果不闯过这恶鬼阵，根本到不了极阴山，那样岂不是白来阿修罗了。

阿牛将心一横，向着那无数的厉鬼冲了过去。那些厉鬼一见阿牛冲了上来，张嘴便来撕咬。阿牛的胳膊大腿纷纷被咬中，疼得他"啊啊"大叫……

不过此时的阿牛已经顾不上那么多了，他心坚志定，不管付出什么代价，也要救出自己的母亲。他不停地挥舞着双臂，回击着不断冲上来的层层恶鬼。渐渐地，阿牛体力不支了，又累又饿的他，手臂挥动的速度也慢了下来。

阿牛知道，不管自己再怎么体力不支，也要闯过这恶鬼阵。他强打起精神，伸手便抓过一个恶鬼来，张开大嘴就把那个恶鬼给活吞了下去。

活吞了这只恶鬼的阿牛，完全爆发出了自己的力量，他忍着被恶鬼撕咬的疼痛，也学着恶鬼的样子，张开大嘴就吞恶鬼，一只恶鬼两只恶鬼……阿牛不停地吞食着恶鬼，他的身体也在慢慢地变大。看着阿牛的身体在不停地变大，那些恶鬼却没有害怕的样子，依然是不停地扑上来。阿牛不再含糊，抬起自己的双脚就向着恶鬼踩去，边踩恶鬼边往前走，很快，他就闯出了恶鬼阵，可是刚闯出恶鬼阵，他的身体"嗖"地一下就变回了原样，只见前面一个巨鬼冲着他张开了血盆大口……

有了刚才的经验，阿牛也向着巨鬼亮出了自己的血盆大口，冲上前就撕咬巨鬼的双脚。可是，这只巨鬼却比刚才那些恶鬼厉害，阿牛的牙刚咬上去，就像咬到了石头一样，只听到"嘎嘣"一声，他的两颗门牙就掉到了地上，疼得阿牛哇哇直叫。那只巨鬼抬起脚来，冲着阿牛就是一脚，将阿牛重新踢回到了恶鬼阵里。阿牛一看，不敢再去撕咬那只身体硕大的巨鬼，只得拼了命地往前跑。被巨鬼追到一处悬崖的时候，他突然看到悬崖壁上的石洞内坐着一位在禅定中的和尚，于是阿牛大喊一声："法师，快快救我。"

这位身披袈裟的和尚，正是躲避黑白无常抓捕，禅定到阿修罗界的金蝉子。听到阿牛的呼喊，金蝉子缓缓地睁开了眼睛，看到眼前一只巨鬼带领着无数只厉鬼在追阿牛，他纵身飞到了阿牛的身旁，对着众鬼大喊一声："孽障，不得无礼！"

可是，那些恶鬼却根本不听金蝉子的，转眼之间，它们就将金蝉子与阿牛给围了个水泄不通。那只巨鬼也赶到了两人的面前，拍着手狂笑道："阿修罗界有来无回，恭喜你们，就要成为我的腹中之物了。"

说完，那只巨鬼便抬起脚，向着阿牛与金蝉子踩来。金蝉子一见，赶紧念动咒语，将自己的身躯变得与巨鬼一样大。变大的金蝉子，挥拳就向巨鬼打去。巨鬼一见，忙挥手格挡。金蝉子也不含糊，一边与巨鬼打着，一边用脚踩着扑向阿牛的那些恶鬼，只听得那些小鬼被踩得"啊啊"大叫，无数个恶鬼被急于救人的金蝉子给踩死在地上。可是，阿修罗界的恶鬼实在是太多了，这累生累世的冤魂，地狱根本就装不下，只得囚禁到阿修罗界。尽管金蝉子踩死了无数恶鬼，可是，又有无穷的恶鬼扑了上来。阿牛一见，有了金蝉子与自己做伴，豪气顿生，弯下腰来，抄起地上的一根木棍，就向着冲过来的恶鬼打了过去……

此时，地府的阎罗殿上，听闻黑白无常禀报金蝉子拒绝抓捕，已经进入禅定状态，可把个阎君给气得九窍生烟。自从敖丙被哪吒打死，黑白无常抓捕鬼魂时就经常遇到鬼魂拒捕的情况，这完全破坏了阴阳两界的秩序，简直是不把地府当一回事，如果再不严肃处理以儆效尤，那么，地府的威严何

第十五章
金蝉游地府

在？想到这里，阎君一拍桌子，怒喊道："真是气死我了，难道任由他们这么胡闹，我堂堂地府竟然毫无办法吗？"

站在殿前的判官想了想，赶紧上前禀报道："回阎君，咱们地府对付凡人那是绰绰有余，可这些都是修行之人，恐怕我们地府的鬼仙也是拿他们没办法啊。依我之见，不如请个人来帮忙，问问怎么回事，说不定，就能找到金蝉子的魂魄所在。"

阎君说道："判官，你且说来听听，到底该去找谁来问一问？"

判官这才说道："阎君，一般来说，魂魄一离开身体，土地公最能知道他们去了哪里。有些孤魂野鬼就是得到了土地公的暗中帮忙，才能逃脱我地府的追捕。我想，既然土地公能帮孤魂野鬼，就能帮助我们地府的神君办案。只要逢年过节时，我们给土地公稍微意思一下，我想土地公肯定会乐于帮忙的。"

阎君想了一想，长叹一声，说道："堂堂地府，竟然要去求小小的土地公，真是可笑啊可笑。"

判官说道："阎君，此一时彼一时啊。其实，您想一下，如果能得到土地公的帮助，以后，哪个孤魂野鬼还敢拒捕呢？"

阎君这才缓缓地说道："黑白无常，你们两个赶紧去找花果山土地公，向他打听一下金蝉子的魂魄在哪。只要他答应帮助我们，逢年过节的例钱，我们地府出了。"

黑白无常听闻，赶紧向阎王躬身施礼，领命出了阎罗大殿，直向花果山飞去。

谁知，阎君与判官的这一番谈话，却被天魔给偷听到了。天魔吩咐小妖道："你们快去将霓裳给我找来。"不一会儿，就见霓裳笑着跑了进来，走到天魔的面前，笑盈盈地喊道："老头儿，您叫我？"

天魔道："霓裳啊，金蝉子拒绝地府的抓捕，已经进入禅定状态，现在地府正在找土地公帮忙，想找出金蝉子入定的魂魄来。你赶紧变作土地公的模样，帮助黑白无常抓捕金蝉子。"

霓裳笑道："师父，这地府与我们魔界向来是井水不犯河水，你怎么突然想到要帮助地府了？"

天魔哈哈大笑道："霓裳啊，地府的阎君是不入流的小仙，天上的神仙才懒得管他们的闲事哪，所以，地府经常受到各路神仙的欺负。天上的神仙欺负他们,我偏要帮助地府,让地府的人知道,我才是真正愿意帮助他们的神仙,等到我们倒反天宫的时候,也可以让地府助我们一臂之力。"

霓裳道:"可是,您让我变作土地公的模样,地府也不会知道是您帮了他们啊。"

天魔笑道:"霓裳,我帮助地府只是其一,更重要的是法藏是佛界的人,现在,圣水珠已经被阿牛送到了玉帝那里,我就是要趁机让金蝉子魂归地府,警告一下西天的那些佛菩萨,让他们不得插手我与玉帝之间的事。"

霓裳一听圣水珠到了天上,就问道:"师父,您怎么知道圣水珠已经被阿牛送到了天上?"

天魔说道:"仙中有魔,魔中也有仙,这件事,我以后再告诉你,你先去办事吧。"

霓裳又问道:"师父,您不是不知道,黑白无常都办不到的事,我又有什么办法能抓来金蝉子的魂魄呢?"

天魔听霓裳这么一问,便附在霓裳的耳朵旁,将一条计策说了出来,然后笑着说道:"霓裳,你赶快去吧,事成之后,为师亲自为你举办庆功宴。"

霓裳听天魔这么说,也就没再说什么,化作一阵清风,向着花果山土地庙飞去,还没等赶到土地庙,就看到黑白无常飘了过来,霓裳赶紧摇身一变,变成拿着拐棍的土地公,冲着黑白无常说道:"黑白无常,你们这是去哪里啊?前方就是寒舍,请到舍下一坐吧。"

黑白无常一看是土地公,心里大喜,赶紧迎上前来,躬身施礼道:"土地公,我们正准备去找您老人家呢。"

土地公问道:"敢问两位神君,你们找我何事啊?"

黑无常这才说道:"咳,您是不知道啊,金蝉子将自己的七窍玲珑心给了法藏那个臭和尚,自己已然气绝身死,我们想抓他进地府,可是他们佛界的人会那个什么禅定之法,最终还是让金蝉子的魂魄给跑了。这次来找您老人家,就是想问问您,用什么方法才可以找到金蝉子的魂魄。"

霓裳变成的土地公用手捋着胡须,慢腾腾地说道:"这个嘛……"

白无常以为土地公是要例钱,便说道:"土地公,我们这次可是奉了阎君的旨意,前来向您求助的。来的时候,我们阎君也说了,只要您肯帮忙,逢年过节时少不了孝敬您。您也知道我们地府非常富有,只要您肯施以援手,阎君保准亏不了您。"

第十五章
金蝉游地府

霓裳笑道:"这个,啊,那多不好意思啊。"

黑无常也笑道:"土地公,没啥不好意思的,我们抓捕鬼魂的时候,只要有了孝敬,有时也会网开一面的。在此,还请土地公帮忙啊。"

霓裳这才缓缓地说道:"我听说金蝉子修为甚高,是如来佛祖的二弟子,只要他进入禅定,没有谁可以找到他。"

白无常一听,有些失望地问道:"土地公,难道真的找不到他了吗?"

霓裳又道:"我不是这个意思,我是说他虽是佛门弟子,但也是凡人,是人嘛总会有个牵挂,我听说金蝉子平生最爱一个玉钵,这是如来佛祖送给他的,每次进入禅定之前,他都会将玉钵给藏好。我想只要你们找到玉钵,不停地敲击,就一定可以将禅定的金蝉子魂魄给找到。"

黑无常听土地公这么一说,又皱眉道:"可是,我们该到哪里去找他的那个玉钵呢?"

霓裳哈哈一笑说道:"这个嘛,这个……"

白无常一看土地公又"这个那个"了,以为他又想要好处了,赶紧说道:"什么这个那个的,我们阎君都说了,少不了您的好处,您还怕什么呢?老人家,您就快告诉我们吧。"

霓裳这才说道:"天底下的事情,我们办不到的,说不定有些小动物可以办得到,比如老鼠,它数目众多,哪里都去得。"

黑无常急道:"可是,我又不认识什么老鼠,这可怎么办?"

霓裳说道:"这个无妨,我家里倒是养了几只老鼠,我让它们去找更多的老鼠,然后一起去找那只玉钵,你们就在这里等着,它们很快就能找到玉钵的。"

白无常道:"这得需要多少时间?我们还要到处去勾魂,哪能在这里等太长时间?"

霓裳笑道:"这样吧,你们也不用等了,我这就让老鼠们去寻找,等找到以后,我亲自将玉钵送过去,如何?"

黑白无常这才眉开眼笑地说道:"如此甚好,那土地公,一切就拜托您了,您放心,逢年过节时的例钱,我们地府一定少不了您的。"

霓裳化作的土地公忙摆手,装作大公无私地道:"这个无妨,这个无妨,两位神君请回吧,找到后我就将玉钵给你们地府送去。"

黑白无常听霓裳这么说,赶紧施礼道谢,然后,化作一阵风离开了。

看着黑白无常离开，霓裳赶紧摇身一变，变回了自己的模样，然后单手指天口念法诀。很快，一只老鼠出现在了霓裳的面前，老鼠摇身一变，变成了一个身着黄衣的漂亮女孩，跑上前就拉住霓裳的手，说道："霓裳姐，好久不见，你可真是想死我了。"

霓裳笑道："是啊，黄风，我也想你，你一向可好啊？"

黄风笑盈盈地说道："好，我这里一切都好，一听到你念口诀传我，我马上就飞过来了。你快告诉我，有什么事需要我帮忙？"

霓裳笑道："是这样，金蝉子有个玉钵，我让你马上发动你手下的老鼠们集体出动，就是翻遍三山五岳，也要将他的玉钵给我找出来。"

黄风一听，呵呵笑着说道："我以为什么难事哪，不就是找个玉钵嘛，这个事太容易了，你放心，用不了多长时间我就能找到。"说完，化作一阵清风飞去。

黄风离开霓裳，立即念动咒语，招来了三山五岳的老鼠头。天下的老鼠本来就数目众多，很快便行动起来，到处跑着寻找金蝉子的玉钵，由于老鼠们的集体出动，世人大惊失色，还以为马上要地震了哪，于是，很多人便离开了屋子，躲到了大街上，可是，他们哪里知道，这都是寻找金蝉子的玉钵而引起的老鼠出洞。

霓裳在焦急地等待着老鼠精黄风的回话，黄风也不负所托，仅一炷香的工夫，就手拿着一个玉钵，笑盈盈地跑到了霓裳的面前，气喘吁吁地说道："霓裳姐，找到了，找到了，这就是金蝉子的玉钵了。"

霓裳双手接过玉钵，一看那玉钵质地晶莹，闪着清亮的光彩，确实是人间难得的上品，便笑道："黄风啊，真是辛苦你了，这么快就找来了玉钵，等到大事办完，我就把这只玉钵送给你。"

黄风一听霓裳要把玉钵送给她，可高兴坏了，连忙道谢："真是太谢谢霓裳姐了，你对我实在是太好了。"

霓裳手拿着玉钵，轻轻地放到了自己的怀里，说道："黄风，这件事你办得非常漂亮，你先回去，等我办完这件事立即去找你，到时，咱们姐妹再好好地聚一下。"

黄风说道："霓裳姐，你每次都说好好地聚一下，结果每次都让我等好长时间，这次你可不能再失约了。"

霓裳笑了笑，用手拍着黄风的肩膀，说道："黄风，我的小妹妹，你就

第十五章
金蝉游地府

放心吧，你这次帮了我这么大的忙，我是不会爽约的。"

黄风笑道："霓裳姐，你要是再爽约，我可真的不高兴了。"

霓裳握了握黄风的手，说："好了，姐不会让你不高兴的，咱们就此别过，我回头就去看你。"

说完，霓裳便化作一道清风，向着阴曹地府飞去。自从修习了冷月冰心剑法以后，霓裳就感到自己的法力在不断地提升，尤其是吃了太上老君的仙丹之后，法力的提升速度更为迅猛，以前飞往地府需要一天的时间，而现在竟然只需要半炷香的时间就到了。

此时，阎君正在为抓捕金蝉子的事情而忙碌着，看到霓裳变成的土地公走了进来，忙起身迎接道："土地公，您难得有空来地府，今日我就为你摆上一桌，咱们可说好，您可不能走了啊。"

土地公说道："多谢阎君美意，有劳了，您让我办的事情有眉目了。"

听闻此言，阎君自然是喜出望外，上前拉起土地公的手，问道："土地公啊，您快说说，有什么眉目了？"

土地公从怀里掏出玉钵，说道："您瞧瞧这个。"

阎王一看，有些失望地说道："不就是一个玉钵嘛，这跟抓金蝉子的魂魄有什么关系？"

土地公哈哈大笑道："阎君，当然有关系了，我告诉您，这只玉钵就是金蝉子最喜欢的东西，每次入定前，他都会特意将它藏好。您只要将这只玉钵敲出声响，金蝉子的魂魄便再难安宁。"

阎王一听，赶紧双手接过玉钵，仔细地看了看，问道："真有这么神奇？"

土地公用手指着玉钵，说道："您且敲来试试。"

阎王从桌上拿起一个镇纸，使劲地敲起了玉钵，将玉钵敲得当当直响，边敲边说道："金蝉子，我看你现在往哪里跑！"

此时的金蝉子，正带着阿牛与一群恶鬼大战，金蝉子刚用广大法力将那只巨鬼打趴下，转身拉起阿牛就往前跑，跑着跑着，眼看着已经摆脱了后面追来的恶鬼，金蝉子与阿牛便一屁股坐到了地上。

阿牛稍微喘了一口气，一个翻身，双膝跪倒在地，向着金蝉子磕头道："法师在上，阿牛感谢您的救命之恩，请受阿牛一拜。"

金蝉子赶紧搀扶起阿牛来，说道："阿牛啊，你不用客气，只是我感到奇怪,这阿修罗界三界众仙佛都是避之唯恐不及,你怎么跑到这里来了?"

阿牛这才将整件事情的来龙去脉如此这般地跟金蝉子说了一遍,金蝉子听完,点点头说道:"天条虽说是仙人的法度,可是平心而论,也确实是太不近人情了。你放心,我金蝉子即使得罪玉皇大帝,也要帮助你救出你的母亲织女来。"

金蝉子的一席话将阿牛给感动得热泪盈眶,又要倒头相拜,却被金蝉子用手给搀扶住,说道:"阿牛,我们既然在这里相逢,就是缘分,你就不要再拜了,我们抓紧时间,这就去极阴洞救出你的母亲吧。"

阿牛闻听赶紧起身,与金蝉子一起,迈开大步便向前跑去,跑着跑着,金蝉子就有些跑不动了,他转过头来对着阿牛说道:"阿牛,有人动我的玉钵,吵得我心神不宁。"

阿牛忙问道:"师父,那可怎么办?"

金蝉子说道:"这个无妨,我们先不要说话,过一会儿我就好了,没事,一个小小的玉钵,还是奈何不了我的。"

说完,金蝉子便不再说话,拉起阿牛的手,便向前跑去……

此时的阎君,正在阎罗大殿里拼命地敲击着玉钵,可是敲了半天也没见到金蝉子的魂魄出现,就有些失望地看着土地公道:"土地公,我都敲了半天了,也不见金蝉子的魂魄到来,你说,这个玉钵真的管用吗?"

土地公也有些疑惑地说道:"不可能啊,据我所知,玉钵应该是管用的,你把玉钵给我,我来敲敲试试。"

说话间,土地公就从阎君的手里将玉钵与镇纸接了过来,然后晃动双臂,使劲地敲击起来,并用秘咒向天魔禀报。天魔在收到霓裳传来的信息后,哈哈一笑,身在天魔洞里的他,一伸手便拿出了断魂香,冲着阿修罗界的方向,念起了咒语……

金蝉子正拉着阿牛的手拼命地向前跑着,阴风阵阵,愁云密布,冷冷飕飕,黑云滚滚,在这样恶劣的环境中,金蝉子与阿牛两个信念坚定的人,咬紧牙关往前冲。阿牛一边跑着,一边抬头望去,只见一座高耸入云的山峰屹立在前方,阿牛停下脚步,指着那座高山问道:"师父,前面那座山,应该就是极阴山了吧?"

金蝉子一听,点了点头说道:"不错,这就是阿修罗界最凶险的极阴山了,走,阿牛,我这就陪你闯一闯。"

第十五章
金蝉游地府

阿牛也点了点头，说道："如此，便有劳师父了。"

金蝉子用手一指极阴山，豪气纵横地说道："织女，我带着你儿子来救你了，你很快便可脱离苦海了……"

话还没有说完，金蝉子便感到头晕目眩，用手捂着头，对阿牛说道："阿牛，我好像不行了，对不起，我不能陪你了，你赶紧去救你的母亲吧……"

阿牛着急地拉住金蝉子的手，问道："师父，你到底怎么了？"

金蝉子还没有回答，阿牛就看到金蝉子慢慢地消失在眼前。阿牛大叫着冲上前，想要抱住即将消失的金蝉子，可是，来回挥动的手却什么也没抓住，就这样，金蝉子消失了……

阎罗殿内，霓裳变成的土地公正不停地敲击着玉钵，只听到半空中一声巨响，一道灵光闪过，金蝉子的魂魄跌落到大殿之上。两个鬼卒立即冲上前去，把刀架在了金蝉子的脖子上。

阎君一看金蝉子的魂魄被玉钵敲了出来，脸上露出了狂喜之色，他一转身走到椅子上坐定，将惊堂木一拍，怒喊一声："金蝉子，我看你现在还能逃到哪里去！"

金蝉子一看自己已经置身在阎罗殿内，再看着大殿之上扬扬得意的阎君和众鬼卒，心说这下坏了，这次我可在劫难逃了！

第十六章
勇闯极阴洞

被鬼卒们用刀架住脖子的金蝉子站立在阎罗大殿之上,昂然不跪,眉宇之间透着一股豪气。

阎君看到金蝉子不向自己跪拜,十分生气,用手向他一指,大声喊道:"金蝉子,你如今落到我的手上,为何不跪?难道你想让我把你打入十八层地狱,永世不得超生?"

金蝉子听阎君这么说,赶紧双手合十道:"阿弥陀佛,阎君,我并非不跪拜于你,而是你用阴谋诡计将我抓来,算不得英雄好汉。再说我平生不做恶事,你若是将我打入十八层地狱,有违天道啊。"

霓裳变成的土地公一听,也调皮地抓过桌案上的惊堂木,学着阎君的样子,大声喊道:"金蝉子,你若不跪,小心我将你打入十八层地狱,永世不得超生!"

金蝉子微微一笑,说道:"阿弥陀佛,出家人四大皆空,什么十八层地狱,全是虚妄,地狱是空,一切皆是空,你就是将我打入十八层地狱,也难改我拜佛修行之心。"

阎君怒道:"好你个金蝉子,本王念你一心向善,本不忍重责于你,谁知你不但抗拒地府鬼差的追捕,还藐视地府,真是岂有此理。今日,本王就将你打入十八层地狱,让你也尝尝地府的厉害。来人啊,赶紧将他押走。"

金蝉子道:"阎君,且慢,你是地府的神君,若让我跪拜于你,却也容易,你只需答应我一件事,待我办完了却心愿之后,马上就回来领罪。"

阎君哈哈大笑道:"金蝉子,你当我是三岁的小孩吗?岂能轻易地相信

第十六章
勇闯极阴洞

你？再说，你当我这里是什么地方，岂容你想来便来想走便走？莫说是你，你随便问问哪个鬼魂没有一个或数个未了的心愿？难道都让他们去完成了心愿再来我这里吗？真是笑话。"

霓裳也跟着阎君，高声地叫道："是啊，金蝉子，真是笑话。"

金蝉子道："阎君，此时的阿牛，为了救母亲织女，正在阿修罗界受苦，请你准我一天时间，待我去帮他救出母亲之后，一定前来地府，到时无论你是把我打入无间地狱也好，还是打入十八层地狱也好，我都欣然领命，绝无怨言。"

听到金蝉子说到阿牛正在阿修罗界救母，被绑在大殿一旁的敖丙高声问道："金蝉子，我阿牛兄弟怎么样了？"

金蝉子循着声音一看，只见阎罗大殿的左侧立柱上正绑着一条小龙，浑身被打得血肉模糊。看着这条小龙，金蝉子忙问道："你是谁？"

敖丙说道："我是东海龙宫三太子敖丙。早先，阿牛与法藏两位兄弟曾经来这里救过我。本来，镇元大仙向阎君求情，阎君也答应让我看管生死簿，可是谁知道，镇元大仙走后，阎君却再次食言，将我绑起来毒打，求圣僧救我一救啊。"

敖丙的话刚说完，就看到一个鬼卒拿着一个大板，冲着敖丙的嘴就是一板子，直打得敖丙晕死过去，再难说出一句话来。

金蝉子缓缓向前走了两步，对着阎君说道："阎君，人生于世，本应信守承诺，你既然答应了镇元大仙让敖丙看护生死簿，就该履行诺言，怎么还在大仙走后，打击报复于他？"

阎君哈哈大笑道："金蝉子，你既然来到地府，就到十八层地狱里去享福吧，我这里的事还轮不到你来管。"

金蝉子也哈哈大笑，笑过以后，说道："阎君，如果我非管不可哪？"

阎君一拍惊堂木，高声叫道："你大胆，地府之事岂容你这个外人来管？来人哪，快将他给我打入十八层地狱，让他永世不得超生。"

阎君的话刚说完，金蝉子身后的两个鬼卒便举起水火棍，向着金蝉子打去，叫着："你就到十八层地狱享福去吧。"

金蝉子已经是忍无可忍，只见他身上一较劲，两个鬼卒打来的水火棍便断成两截。金蝉子指着阎君，高声喊道："阎君，你既然如此无情，也就不要怪小僧不客气了。"

阎君一听，大怒道："你还能有什么不客气的，来人哪，快快将这个拒捕的鬼魂给我拿住。"

阎君吩咐，众鬼卒自是不敢怠慢，便在牛头马面的带领下一拥而上，手里举着刀枪剑戟冲了上来。金蝉子也毫不示弱，挥动着僧袍，与众鬼卒打斗在了一处。

金蝉子本是如来佛祖的二弟子，他的原身只是一只蝉，只因如来当初在菩提树下参禅悟道，恰巧，蒲团底下的金蝉便偷听了如来讲法，自此，便与如来结下了无边的善缘，这才得道修成人体，成了如来佛祖的二弟子。自从跟着如来佛祖修行以来，金蝉子早晚用功，修习了广大的法力，他一动怒，地府的这些鬼卒可就遭殃了。只见慈悲的金蝉子，既不动刀也不动枪，靠着两件僧袍，就将地府的众鬼卒给打倒在地上，直吓得阎君躲到了桌子底下。金蝉子微微一笑，冲着阎君说道："阎君，你现在还要将我打入十八层地狱吗？"

阎君吓得面如土色，颤巍巍地说道："圣僧留情，小王不敢，小王不敢哪。"

金蝉子也不去为难阎君，只是双手合十，向着阎君说道："阎君，小僧说过的话从不反悔，我这就去救下敖丙的魂魄，然后去帮助阿牛救母，了却心愿以后，就回来听凭你的发落。"

说完话，金蝉子便迈开大步，走到敖丙面前，就要解开绳索。金蝉子的手刚碰到绳索，就听到一个声音传来："金蝉子，这里是地府，虽然地府的神君奈何你不得，可是你也太大胆了吧？你就不怕救出魂魄扰乱阴阳两界吗？"

金蝉子回过头，就看到"土地公"站在面前，忙说道："救人一命胜造七级浮屠，我佛慈悲，今日我便要救下敖丙，还望土地公莫插手此事。"

霓裳变成的土地公将手中的七星宝剑一举，对着金蝉子怒喝道："如果我非要替阎君出头呢？"

金蝉子忙着解绳子，头也不回地说道："那小僧也只好得罪了。"

金蝉子的话刚说完，就听到敖丙大喊一声："圣僧小心！"

金蝉子忙一回头，只见"土地公"手里的宝剑带着寒光就刺来，金蝉子忙一闪身躲过，回过身来，就在阎罗大殿之上，与霓裳变成的土地公动起手来。本来，金蝉子以为凭着自己的修为，地府的这些神君是奈何不了自己

第十六章
勇闯极阴洞

的，可是谁想半路上杀出一个程咬金来。土地公的出现让问题变得棘手了，因为金蝉子发现这个土地公的功夫与法力均不弱于自己。

霓裳变成的土地公左一剑右一剑，直刺得金蝉子胆战心惊，他不敢怠慢，也一伸手变出了自己的禅杖，与霓裳战到一处。你一个挥剑直刺，我一个舞杖横挡；你一个刺心而来，我一个砸胸而去。这一场争斗真是惊心动魄，直看得地府的众神君瞠目结舌。

正在两人打斗的时候，阎君从桌子底下钻了出来，看到霓裳变成的土地公竟然这么厉害，一人便挡住了金蝉子，便冲着黑白无常使了个眼色，黑白无常猛地掏出勾魂索，冲着金蝉子袭去。金蝉子本来正在全力应付这个难缠的"土地公"，后面的勾魂索却悄然抛了过来，听到风声的他，忙一低头，刚刚躲过了黑白无常的勾魂索，"土地公"又是一剑刺来，慌得金蝉子忙又蹲起身，来了一个鹞子翻身，凌空躲过了七星宝剑的寒锋。

霓裳自从吃了太上老君的仙丹以后功力大增，本来，一个霓裳就够金蝉子喝一壶的，现在又有了地府黑白无常的助阵，直累得金蝉子大汗淋漓。渐渐地，他挥动禅杖的速度越来越慢。霓裳看到金蝉子有些招架不住，忙变换身形使出了一个"醉里观花"。金蝉子感到自己好像喝醉了酒一般，头重脚轻，也不知怎的，突然，就听到霓裳变成的土地公大叫一声"刺"，一把带着寒光的宝剑直挺挺地刺入了金蝉子的胸前，金蝉子应声而倒……

霓裳做了一个收势，立在了阎罗殿前。阎君一看大喜，赶紧走到桌案前，向着霓裳深施一礼，说道："土地公啊，今日我地府有恶僧闹事，真亏了你出手相助，本王不胜感激啊。来人啊，赶紧将金蝉子拖了下去，打入十八层地狱。本王这就与土地公把酒相庆。"

金蝉子的魂魄倒在地上，痛苦地呻吟着，魂魄内渐渐地分出了三魂七魄，这三魂七魄立在元神周围，看起来即将雾化而去。看着金蝉子的三魂七魄渐渐地分离出来，阎君怒喝道："对抗地府，死有余辜，看来不用将你打入十八层地狱，你就要灰飞烟灭了，哈哈哈哈。"

眼看着金蝉子的三魂七魄即将灰飞烟灭，一声"阿弥陀佛"的佛号声从地府的深处传了出来。一道佛光闪过，地藏王菩萨骑着谛听，出现在阎罗大殿。

阎君一看是地藏王菩萨来了，赶紧跪倒在地上，高声地说道："地藏王菩萨光临，小王不胜荣幸，菩萨在上，请受小王一拜。"

地藏王菩萨点点头，缓缓地说道："阎君，你一向忙于公务，辛苦了，本座今日前来，就是为了我这师弟，还请您看在我的薄面上，放他还阳去吧。"

阎君听地藏王菩萨这么说，早已经吓得面如土色，忙跪地磕头道："地藏王菩萨吩咐，小王自然是无有不遵，可是，他的元神已经被打出了三魂七魄，这三魂七魄也即将灰飞烟灭，恐怕已经还不了阳了。"

地藏王菩萨说道："你说的也是，时间已经很急了，阎君，你速让黑白无常带着金蝉子的一魂一魄，送往其真身附体，我这就收了他其余的两魂六魄去找镇元大仙求助，或许还有的一救。"

阎君再拜道："地藏王菩萨，您的命令我这就照办。黑白无常，你们赶紧将金蝉子的一魂一魄送往其真身，切莫有误。"

黑白无常领命而去，地藏王菩萨又道："阎君，这东海龙王的三太子之事，今日也一并做个了结吧。"

阎君听地藏王菩萨这么说，误以为自己打击报复敖丙之事，菩萨要一并清算，忙喊冤道："地藏王菩萨在上，请您听我说，小王真是冤枉啊，这个三太子不服地府的管教，多次拒捕，还冲撞本王，更是引来了法藏与阿牛大闹地府，本王这才没有按镇元大仙的旨意办事，还请菩萨看在我还算勤奋的分上，饶过我这一回吧。"

地藏王菩萨笑了笑说道："冤冤相报何时了啊？阎君，你之前本就不该答应镇元大仙让三太子敖丙看管生死簿，可你既然答应了，又不去做，这确实是你的不该啊。今日，这个三太子敖丙，也让本座一并带走吧。"

阎君磕头如捣蒜地说道："菩萨吩咐，小王自然是无有不从啊，不是我不让菩萨您带走他，只是这三太子敖丙已经被哪吒打死许久，还被哪吒给抽了龙筋，菩萨即使带走，也救不活他啊。"

菩萨哈哈大笑道："阎君，你那只是表象之说，你可曾听闻，哪吒被东海龙王给逼死之后，其师父太乙真人为其莲花塑身之事？"

阎君跪在地上，点头说道："是，小王曾经听黑白无常说起过此事，也为他师父的广大法力赞叹不已啊，莫非菩萨是想为三太子莲花塑身吗？"

地藏王菩萨笑了笑，说道："这个敖丙被哪吒打死，虽说是前世已经注定，可是，因其身死而怨恨极大，如按你所说，将其打入十八层地狱永世不得超生，又确实于情于理都不公。本座早就算定，西海龙宫三太子敖玉将不

第十六章
勇闯极阴洞

久于人世,就让东海龙宫三太子敖丙附其真身吧,这样也可了了这桩公案。"

阎君一拍脑袋,向着空中的地藏王菩萨伸出大拇指,说道:"妙啊,西海三太子对东海三太子,一定能平了敖丙心中的那股怨气。"

地藏王菩萨点了点头,用手聚起一道佛光,向着金蝉子一指,将正在慢慢虚化的金蝉子的两魂六魄收入袖中,又对着敖丙缓缓地说道:"敖丙,你可愿意跟随本座前去再生?"

被绑在柱子上的敖丙大声地喊道:"菩萨在上,多谢菩萨的搭救之恩,小龙愿意,小龙愿意啊。"

地藏王菩萨缓缓地点了点头,向着阎君说道:"既如此,阎君,那敖丙的魂魄,本座便带走了。你且牢记,办事需要一心为公,切不可再胡乱发号施令,致使那身死的冤魂心中再增添无数的冤屈。"

阎君赶紧向着地藏王磕头道:"地狱不空,誓不成佛,小王一定牢记菩萨的教诲,秉公办事,绝不敢再犯任何错误了。"

看到阎君吓得面如土色,一旁的霓裳早就按捺不住了。地藏王菩萨看了一眼霓裳,也不去拆穿她的身份,就向着霓裳笑道:"霓裳本来天上有,地狱何曾见祥光?你与我佛有莫大的缘分,还望你诸恶莫作诸善奉行啊。"

霓裳听到地藏王菩萨这么说,知道菩萨已经看出了她的本来面目,也就冲地藏王菩萨躬身施了一礼,笑呵呵地说道:"菩萨,我才不要出家哪,我还没嫁人哪。"

"土地公"说出嫁人的话来,可把个阎君给弄蒙了,霓裳也不解释,趁地藏王菩萨与阎君对话之际,身形一晃,化作一道清风飞离了洞府。

地藏王菩萨对阎君说道:"阎君,我说的话你记住了,做到了更好。我这就去盂兰盆会上找镇元大仙帮忙,让他助金蝉子还阳,咱们就此别过吧。"

说完,地藏王菩萨用手一指,将三太子的魂魄收入了袖中,然后,他用手拍了拍谛听的头,只见谛听的脚下涌起一片祥云,托举着地藏王菩萨,化作一道金光飞离了地府。

盂兰盆会上,到处洋溢着节日的气氛,河面上漂浮着河灯,河岸的青草地上,镇元大仙正与元始天尊饮酒对歌,好不快活。二人频频举杯之际,就看到空中闪过一道佛光,地藏王菩萨骑着谛听,来到了两位大仙的面前。

地藏王菩萨下了谛听,双手合十向着两位大仙施礼道:"元始天尊、镇元大仙,本座这厢有礼了,祝两位大仙仙福永享寿与天齐。"

元始天尊哈哈大笑道："地藏王菩萨，今日盂兰盆会，您来此地有何贵干？既然来了，就别走了，快下来与我等共度佳节吧。"

镇元大仙也站起身来，向地藏王菩萨还礼道："菩萨，您来此找我等，是为何事啊？"

地藏王菩萨这才将金蝉子施舍七窍玲珑心给法藏，以及金蝉子魂游地府等事，跟两位大仙说了一遍。待到地藏王菩萨把话说完，元始天尊便闭上眼睛掐指一算，双目睁开，大叫一声："不好！"

这一声"不好"可把地藏王菩萨给吓了一跳，镇元大仙忙问怎么回事，元始天尊便缓缓地说道："金蝉子即将灰飞烟灭，我们必须马上行动，再晚就来不及了。"

地藏王菩萨闻听，忙将金蝉子的两魂六魄放了出来，只见那即将雾化的两魂六魄飘飘荡荡无处可依，直冲着元始天尊和镇元大仙求助："请两位大仙救我，请菩萨救我啊。"

元始天尊这才展开双手，用一道金光将金蝉子的两魂六魄强行聚到一起，说道："金蝉子，你与法藏和敖丙皆是三界新秩序的守护人，如今，我暂且用法力将你的两魂六魄聚到一起，但我的法力只能保你一日之内元神不散，若一日之内你不能还阳，终将会灰飞烟灭啊……"

说到这里，元始天尊回过头来，看了看地藏王菩萨和镇元大仙，说道："事不宜迟，地藏王菩萨，你速速赶往花果山卷帘洞，将金蝉子的两魂六魄送往其真身，与已经附体的一魂一魄会合。镇元大仙，就有劳你回五庄观取来人参果，救他一救吧。"

镇元大仙一听，不敢耽搁，匆匆与元始天尊和地藏王菩萨告别。地藏王菩萨看到镇元大仙已经飞远，也向元始天尊躬身说道："天尊，如此，我就按您吩咐，前往卷帘洞了。"

元始天尊笑了笑，冲着金蝉子的元神说道："金蝉子，你是三界新秩序的守护人，我等自当助你还阳，还望你还阳以后，好好修行，切莫辜负了本尊对你的期望啊。"

金蝉子赶紧跪倒在地，向着元始天尊磕头道："谢天尊教诲，小僧一定谨记，绝不辜负天尊的厚望。"

地藏王菩萨点了点头，用手一指，再次将金蝉子收入袖中，匆忙向元始天尊作别，然后，骑上谛听便向着花果山卷帘洞飞去。

第十六章
勇闯极阴洞

身陷阿修罗界的阿牛正焦急地等待金蝉子的再次出现,可是,他站在原地等了半天也不见金蝉子回来,便向着金蝉子消失的方向,恭敬地磕了三个头,高声说道:"师父,我也不知您去了哪里,我这就要去救我的母亲,您放心,只要我不死,您的大恩大德,我就是当牛做马也要报答。"

说完,阿牛便站起身,迈开双脚,向着极阴山的方向跑去。阴沉沉的天空下空无一人,只有阿牛的身影在这亿年孤寂的极阴山下奔跑着。就在阿牛奔跑的时候,一声声清脆悦耳的歌声从远处传来……

阿牛听着这悦耳的歌声,不由得停住脚,抬头望去,只见山脚下有一条弯弯的河流,河流的旁边有两间茅草屋,在屋前的草地上,一位紫衣美女正在唱着深情的歌,旋律悠扬好不美妙。

阿牛远远地看着这位美女,感觉有些面熟,便迈开双脚跑去,待到近了,才发现这位紫衣美女竟然是他日思夜想的霓裳。阿牛真是喜出望外,他没有想到在阿修罗界会遇到霓裳。他赶紧走到霓裳面前,见霓裳正冲着自己笑,便高兴地问道:"霓裳姑娘,你怎么会在这里?"

霓裳笑盈盈地说道:"这就是我的家啊,阿牛,你怎么会到我家里来?"

阿牛看了看这两间茅草屋,问道:"这里是你的家?不对啊,你的家不是在东海龙宫吗?怎么会是这里?"

霓裳牵着阿牛的手,深情地笑道:"阿牛啊,这里是我小时候的家啊,我从小无父无母,就在这里长大,后来,遇到了东海龙王敖广,便跟着他去了龙宫。今天,我在老家见到了哥哥你,心里实在是太高兴了,你就不要走了,留下来陪我,好不好啊?"

阿牛听霓裳这么说,有些激动,忙不迭地说道:"好,以后啊,我就留下来陪着你,再也不离开你了。"

霓裳又问道:"阿牛,你可愿意做我的相公?"

阿牛一听,真是乐开了花,使劲地点了点头,说道:"我愿意,我要用一生一世来照顾你,让你过上好日子。"

霓裳笑盈盈地握住阿牛的手,说道:"相公,既如此,你就赶紧随我进屋吧。"

阿牛有些受宠若惊,感觉一切都是那么不可思议,原先认为很遥远的事情,没想到竟然在这里成了现实。

霓裳牵着阿牛的手走进了屋里,招呼阿牛坐下,又给他倒了一杯茶,随后竟坐到了阿牛怀里,轻举玉手端起茶杯,递到阿牛的嘴边,妩媚地说道:"相公,请喝茶吧。"

阿牛早已按捺不住了,他一把推开茶杯,使劲地抱住了霓裳,嘴上说道:"我不是在做梦吧?"

茶水洒了一地,可是,两个人却紧紧地拥抱着。霓裳将阿牛的手放到自己的脸上,笑着说道:"阿牛哥,你当然不是在做梦了,你摸摸我的脸,这一切都是真的。"

阿牛慢慢地闭上眼睛,给了霓裳一个深情的吻。霓裳轻轻地说道:"相公,你留下来陪我,不要再走了,好吗?"

阿牛喃喃地说道:"好,我就留下来陪你,永远都不走了。"

霓裳推了阿牛一把,轻轻地说道:"不,阿牛,你是在骗我,你还要救你的母亲哪,你是不会留下来的。"

霓裳的这一句"你还要救你的母亲哪"一下子惊醒了阿牛。阿牛心想不好,这是在阿修罗界,这一切都是幻觉,想到这里,阿牛立马睁开了眼睛,突然看到自己拥抱着的竟然是一条巨蟒。那条大蟒蛇的血盆大口正对着自己的头,吐着一条鲜红的信子。阿牛"啊"的一声,用力将巨蟒的头给推开,可是自己的身体却早已经被巨蟒给缠住。阿牛大喝一声,背起大蟒蛇就冲出了茅草屋,出来后,才发现那个茅草屋竟然是一个巨大的石洞。

大蟒蛇用力地缠住阿牛,头使劲地转向阿牛,就等着阿牛筋疲力尽的时候,便张嘴吞下他。阿牛也知道此时容不得半点怠慢,就使出了浑身解数,用力推着大蟒蛇的头。渐渐地,阿牛的力气越来越弱,眼看着大蟒蛇的血盆大口即将碰到自己的头,他突然流下了两行热泪,高声哭喊道:"娘啊,我怕是救不出您来了。"

突然,一道绿光闪过,绿衣仙女手举宝剑,又出现在阿牛的面前。阿牛一看绿衣仙女现身,高喊道:"仙子,你快些救我啊,我快不行了。"

绿衣仙女举起宝剑,大喝一声:"孽畜,拿命来!"

这一剑刺来的时候,就看到那条巨蟒一下子松开了阿牛,化作了霓裳的模样,冲着绿衣仙女高声喊道:"你也不是人,我的事不用你来管。"

绿衣仙女道:"你吃我的主人,就是我的事,我当然要管了。"

巨蟒哈哈大笑道:"我来问你,他要是不贪恋我的美色,我又怎么会缠上他呢?是他动了凡心,我才有机会近他的身,所以,他已经成了我的口中

第十六章
勇闯极阴洞

之物，你如果胆敢管我的闲事，小心我也一口吞了你。"

绿衣仙女冷笑一声，说道："如果你不变成霓裳的模样，他能贪恋你的美色吗？依我看，这根本不是他贪恋你的美色，而是你勾引他。"

巨蟒笑道："如此说来，你是不识抬举了，那好，就让我把你结果在这阿修罗界吧。"

绿衣仙女怒道："恐怕你还没那个本事。"

说完，绿衣仙女便举起了手中的宝剑，向着巨蟒就刺了过去。巨蟒扭头躲过。阿牛一见，忙冲了上来。绿衣仙女见此，忙将手中的宝剑往阿牛面前一抛说道："阿牛，接剑。"

阿牛接起宝剑，冲着霓裳模样的巨蟒就刺了过去，巨蟒"霓裳"手持七星宝剑，与阿牛和绿衣仙女斗到了一起。阿牛与绿衣仙女两个人一左一右地夹攻，很快就将霓裳模样的巨蟒给打败，巨蟒被打出了原形。就在阿牛一剑要刺向巨蟒的时候，巨蟒一下子又变回了霓裳的模样，嘴里喊道："相公，你下得了手吗？"

阿牛举剑的手颤抖着，此时，他听到绿衣仙女着急地喊道："阿牛，我不是真实的人，我杀不了她的，你快杀了她，她不是霓裳，她是巨蟒。"

阿牛再一看，"霓裳"可怜兮兮地望着他，眼里含着泪，突然将剑一抛，大声喊道："你为什么要变成她的样子？"

就在阿牛扔剑的片刻，"霓裳"又一下子扑了上来，抱住阿牛说道："阿牛，你快抱紧我。"

绿衣仙女着急地大喊道："阿牛，她是阿修罗界的食人蟒蛇，你快杀了她。"

阿牛睁开眼睛，看着笑盈盈的"霓裳"，任由"霓裳"抱着，可是在绿衣仙女的眼里，阿牛却被一条蟒蛇缠着，而且越缠越紧……

绿衣仙女着急地喊道："阿牛，你不救你那苦命的母亲织女了吗？你甘心死在这里吗？"

阿牛听到绿衣仙女这么说，内心做着激烈的斗争。是啊，他也知道，眼前的这一切都是幻象，可是却任由巨蟒"霓裳"给抱着。

就在巨蟒的大口离阿牛越来越近的时候，阿牛的脑海里出现了母亲的身影，他一个激灵醒了过来：是啊，母亲还在受苦，我不能命丧在此……

想到这里，只听得阿牛大喝一声，捡起地上的宝剑，一剑插到了"霓裳"的身体里。"霓裳"口吐鲜血，嘴里喊道："相公，你好狠的心啊。"

说完，巨蟒"霓裳"便倒在了地上，阿牛的剑也掉到了地上，阿牛对着"霓裳"接连大喊三声："你不是霓裳，你不是霓裳，你不是霓裳！"

阿牛再一看，地上的那条巨蟒已经一动也不动了，他转过身，向着绿衣仙女深施一礼，说道："仙子，谢谢你又救了我。"

绿衣仙女笑道："阿牛，恭喜你来到了极魔洞，你就要见到你的母亲织女了。"

阿牛忙问道："仙子，极魔洞在哪里？我怎么不知道？"

绿衣仙女道："阿牛，刚才那个化作霓裳模样的巨蟒，就是看守极魔洞的蟒蛇，她可以变成你想念的任何人，进入人的心里，所以，你思念霓裳，她便化作霓裳的模样来诱惑你，而这间茅草屋，就是极魔洞的入口。好了，我只能送到你这里了，咱们又该说再见了。"

阿牛赶紧一把拉住绿衣仙女，说道："仙子，你屡次救我逃出生天，我该怎么报答你？"

绿衣仙女笑道："阿牛，我根本就不是你们这个世界的人，你不用谢我的。你要是真的想谢我，就拿好手中的扇子，扇子就是我，我就是扇子。"

阿牛摇头道："不，仙子你说错了，如果没有你，我肯定闯不过刀山，更不可能找到极阴洞，或许早已经成了巨蟒的口中之物，你对我的大恩大德，阿牛无以为报，不如这样，我们两个人就结拜为姐弟吧。"

绿衣仙女瞪大了眼睛，说道："阿牛，你没有搞错吧，我根本就不是你们这个世界的人，而且我不能支配我自己，我只受控于拿着扇子的人。"

阿牛笑笑说道："我不管你是不是人，也不管你受控于谁，反正你救了我，我就要报答你，不管你认不认我，我早就已经将你当成我的姐姐了。姐姐，我们两人结拜吧。"

绿衣仙女哈哈大笑道："好一个阿牛，真是重情重义啊，好，今天我就破一回例，与你结拜吧。"

说完，绿衣仙女就与阿牛跪倒在极阴洞的洞口，对着乌蒙蒙的天空，许下了结拜的誓言："今日我二人，愿结为异姓姐弟，不求同年同月同日生，但求同年同月同日死……"

念完誓词，阿牛又对着绿衣仙女拜了三拜，嘴上喊道："姐姐在上，请受小弟三拜。"

第十六章
勇闯极阴洞

绿衣仙女笑盈盈地扶起阿牛，说道："阿牛，我不能陪你了，我又要回到扇子里了。我的好弟弟，你要好好保重，再见了。"

说完，绿衣仙女便化作一道清风，飞进了阿牛身上的扇子里。阿牛拿起扇子，说道："姐姐，你也保重，想我了你就出来看看我。"

阿牛说完，赶紧将扇子放进了衣衫里，然后，迈开大步，向着极阴洞走去。阿牛刚走进去，突然看到洞内起了光亮，接着一颗明晃晃的夜明珠升起来，照亮了整个极阴洞。阿牛定睛一看，这处极阴洞竟然是一座大殿，大殿后头的石壁上，还有一条深邃的小道……

正在阿牛困惑之际，一位美丽的女人笑盈盈地看着他，女人的眼神慈祥而和蔼。阿牛看着她，正不知道怎么称呼时，她说话了："阿牛，我的儿，你可来了，快到娘这里来，让娘好好看看你。"

阿牛听罢，只感到一股暖流涌上心头。从小到大无父无母的他，突然见到了自己的亲娘，心里无比激动，泪水夺眶而出。他不顾一切地冲了过去，使劲抱住了自己的娘亲，说道："娘，我的娘，孩儿想您想得好苦啊，我终于见到您了。"

织女用手抚摸着阿牛，缓缓地说道："孩子，娘也想你啊，娘被困在这极阴洞里，就盼着你能来救娘啊，娘终于等到这一天了。"

阿牛激动着，一种从来没有过的幸福感充斥全身。他跪倒在地上，任由娘亲抚摸着自己的脸。阿牛流着泪对母亲织女说道："娘，我这就带您离开这阿修罗界，以后，儿子上山打猎砍柴来养活您。"

织女笑道："我的儿懂事啊，娘不愿意离开这里，你留在这里陪着娘，好不好？"

阿牛突然感到很奇怪，织女被囚禁在极阴洞，如今见到自己了，怎么会不想离开这里？

阿牛再抬头一看，只见织女瞬间化作了一只老虎，正用爪子抓着他的头，那血盆大口张开着，正欲吞下阿牛。阿牛怒目圆睁，心想又是一场幻觉，眼看着那头巨虎就要撕咬下来的时候，阿牛一拳打了过去，可是却打了一个空，那头巨虎竟然是空的。他打不着老虎，可是老虎的血盆大口却真实地咬中了阿牛，疼得阿牛"啊啊"大叫。阿牛一个转身，甩开了那头巨虎幻影的追击，他不停地跑着，突然看到一颗夜明珠在闪着光亮。看到这颗夜明珠，阿牛心里就是一愣，一边跑一边想，这头老虎是虚化的，而只有夜明珠才能照出它的模样,如果我把夜明珠给摘下来,说不定就是制服这头虽然虚化却能伤人的老虎的罩门。

　　想到这里,阿牛奋不顾身地冲了上去。就在他的双手即将够到夜明珠的时候,那头虚化的老虎咬住了阿牛的双腿,鲜血直流,可是他再也顾不上疼痛,咬紧牙关,带着那头虚幻的老虎,一瘸一拐地站了起来,然后,一伸手便将夜明珠给摘了下来……

　　就在摘下夜明珠的那一刻,那头虚幻的老虎化为无形。阿牛长长地吁出一口气,心说,刚才真是好险啊,幸亏没有猜错,这夜明珠果真是那个虚幻老虎的罩门。

　　阿牛手拿着夜明珠,看着大殿后头那黑幽幽的洞口,心里更是坚定了不救出母亲誓不罢休的决心。他走到洞口,一迈步便走进了洞内……

第十七章
借尸还龙魂

　　黑白无常押着金蝉子的一魂一魄前往花果山卷帘洞。其实，黑白无常不愿意来这里，不只是因为他们多次在这里吃过亏，更因为法藏曾经两次大闹地府，真是如凶神恶煞一般。他们两个都是小小的地府神君，能有多大的法力来惹这样法力高深之人？可是，他们却又不能违阎君的旨意，远远地飘到了卷帘洞后，黑白无常便不敢再往前走了。

　　黑无常远远地站在卷帘洞外，就看到卷帘洞外已经架起了木柴。金蝉子的尸体躺在木柴上，法藏手里则拿着一个火把，向着金蝉子的遗体作最后的告别："阿弥陀佛，圣僧，您的大恩大德，我一定铭记于心，今后，我定用您的七窍玲珑心去早证菩提，人生在世，不过是一副臭皮囊，望你早登极乐，往生西方净土……"

　　说完，只见法藏就将火把抛到了木柴之上。一旁的嫦娥仙子也双手合十，跟法藏一起告别。

　　黑白无常看到火把已经燃上了木柴，赶紧大声地喊道："法藏，速速熄灭火把，我这就带金蝉子还阳。"

　　说着话，黑白无常就飘到火把前，将燃着的木柴往外踢。法藏一看到他们两个，气就不打一处来，用手一指黑白无常，高声地喊道："你们两个都是抓鬼的鬼使，还敢在我的面前说送金蝉子还阳，看我不打扁了你们。"

　　黑白无常刚要说话，法藏已经举起了禅杖打了过来。黑无常赶紧用勾魂索架住法藏的禅杖，白无常趁机将金蝉子的一魂一魄给放了出来，指着金蝉子的魂魄说道："法藏，你先别动手，你看，我们都把金蝉子的魂魄给带来了，我们是真的要助金蝉子还阳，不信你问他。"

法藏这才停下手中的禅杖，对着金蝉子的魂魄说道："圣僧，他们是送你还阳来的吗？"

本来，魂魄离体是可以与开了法眼的人说话的，可是这个金蝉子只是一魂一魄所化，根本不能回答法藏的问话。法藏连问了三声，金蝉子的魂魄依然是不言不语，只是用可怜兮兮的眼神看着法藏。法藏见金蝉子魂魄不语，就向着黑白无常怒喝道："你们竟然敢来戏耍我，看禅杖吧。"

法藏禅杖一挥，又向着黑白无常打去。趁着黑无常挡住法藏的工夫，白无常大声地说道："法藏，这是地藏王菩萨的旨意，要我们带金蝉子的一魂一魄与尸身合体。地藏王菩萨已经带着金蝉子的两魂六魄去找镇元大仙助金蝉子还阳了，还请你放下禅杖吧。"

法藏根本不相信地府两位鬼差的话。就在法藏又举起禅杖之时，嫦娥仙子却觉得黑白无常所言非虚，便一抛红丝带，缠住法藏的禅杖，说道："法藏，既然这是地藏王菩萨的旨意，那你就稍等一会儿吧，说不定他们说的是真的。"

黑无常听嫦娥这么说，也赶紧说道："是啊，法藏，如果金蝉子的尸体真的被烧了，就是地藏王菩萨来了，也无计可施啊！你就听我们的，再等一下吧。"

嫦娥将红丝带一收，对法藏说道："法藏，我知道你不信任地府的人，可是，我觉得他们这次确实是来救人的。"

法藏这才将禅杖一收，冲着黑白无常喊道："好吧，我就暂且听嫦娥仙子的，饶了你们，若这不是地藏王菩萨的旨意，你们就等着挨打吧。"

法藏刚说到这里，只听黑白无常"哎呀"一声大叫道："坏了，你们看火已经烧到了金蝉子的僧衣了，我们快些救火吧。"

嫦娥一看，可不是嘛，捡来的木柴燃得极快，很快就将金蝉子的僧衣给烧着了。再不救火，金蝉子就真的要烧化了。

于是，法藏、嫦娥与黑白无常赶紧冲到木柴旁，奋力地将着火的木柴向外踢去。火借风势烧得很旺，根本就熄灭不了，将法藏的僧衣也给燃了起来。

嫦娥仙子一看这么救火也不是办法，想来也只好用法术了，便在心里默默地念动咒语，用手一指。只见木柴的上空一阵瓢泼大雨，瞬间就将大火给浇灭了……

第十七章
借尸还龙魂

看到木柴已经被嫦娥仙子的法雨给浇灭,法藏赶紧冲到木柴前,将金蝉子的尸体抱进了卷帘洞内。黑白无常也想跟着进入,可是却被燃灯佛的护洞金光所阻挡。为了让黑白无常尽快将金蝉子的一魂一魄送入本身,法藏无奈,只得拉起黑白无常的手,将两人带进了卷帘洞里。

黑白无常带着金蝉子的一魂一魄飘进洞里,站到了金蝉子的本体旁。然后,黑白无常念动咒语。只见那金蝉子的一魂一魄化作一缕青烟,向着金蝉子的头顶飞去。可是,那一魂一魄到了金蝉子的头顶,却立即弥漫开来,根本不能与金蝉子的本身合体。

见此情景,可把黑白无常急坏了。完不成阎君的旨意无大碍,这要是办不成地藏王菩萨交代的事,恐怕他们地府勾魂使的乌纱帽也就保不住了。想到这里,两个人点头示意了一下,然后,两个人的手拉到一起,合力聚起一道黑光,想强行将散开的金蝉子魂魄逼入身体。只见金蝉子的一魂一魄慢慢地靠近头顶,可却怎么也不往真身里钻,又忽地一下,直冲着上方飘去……

黑白无常急得哇哇大叫。法藏一看,冲着两位地府的鬼使喊道:"既然你们是来助金蝉子还阳的,那我就在这里等着,如果你们不能将金蝉子的一魂一魄送进体内,我今天就打得你们满地找牙。"

黑白无常急辩道:"法藏,我们也想尽快将一魂一魄送入体内,可是我们的法力微弱,根本做不到啊。"

嫦娥仙子一听,就对法藏说道:"法藏,不如我们助黑白无常一臂之力吧。"

金蝉子施舍出自己的七窍玲珑心给法藏,让法藏重生,这种莫大的恩德,法藏早已经铭记于心,别说是用法力助金蝉子还阳,就是要他用这条命来换金蝉子重生,他也不会皱一下眉头。

此时,听嫦娥仙子说要集四人的力量,助金蝉子的一魂一魄入体,法藏不敢怠慢,赶紧站到了金蝉子的本体前,做好了施法的准备。

可别说,法藏、嫦娥与黑白无常四个人的法力,还真将那弥漫开来的一魂一魄渐渐地聚拢,送进了金蝉子的真身里。看到这一魂一魄终于入体,法藏长长地舒了一口气,他坐到金蝉子身前,拉起金蝉子的手说道:"圣僧,你放心,即使有一丝的机会,我也一定要让你还阳,就是拿我的命来换你还阳,我也是心甘情愿。"

尽管一魂一魄已经入体,可是金蝉子却依然没有任何苏醒的迹象。看着金蝉子一动也不动，嫦娥仙子非常着急，忙问黑白无常道："黑白无常，金蝉子的一魂一魄已经入体，怎么还没有醒来的迹象？"

黑白无常看了看法藏，也着急地说道："我们也不知道啊，你们再等一下，我想，镇元大仙和地藏王菩萨很快就会来了。"

法藏站起身来，用手指着黑白无常道："黑白无常，若是我的师弟不能还阳，我还要打上地府，打得你满地找牙。"

正在四人着急的时候，只看到卷帘洞内金光一闪，骑着谛听的地藏王菩萨与镇元大仙来到了卷帘洞。法藏赶紧双膝跪倒在地上，向上参拜道："地藏王菩萨、镇元大仙在上，请受小僧法藏一拜。"

地藏王菩萨笑了笑，说道："法藏，你且退到一旁，待我与镇元大仙助金蝉子还阳。"

说完，只见地藏王菩萨来到金蝉子的身前站定，将金蝉子的两魂六魄往真身内一放，又转身向着镇元大仙说道："大仙，我已经将他的魂魄送入法体，就请你助他还阳吧。"

镇元大仙哈哈一笑，来到法藏的身边，将一枚人参果递到法藏的手中，说道："法藏，你速将这枚人参果放进金蝉子的胸前。"

法藏赶紧接过人参果，对镇元大仙说道："大仙，小僧因凡心未泯，曾经入了魔道，还曾变作你的模样救下天魔，想来真是不该啊！我本来想要亲赴您的五庄观向您请罪，却不想在卷帘洞见到了大仙您，就请大仙责罚小僧吧。"

镇元大仙哈哈大笑道："法藏，你本是燃灯古佛亲传弟子，更应知道'一心即是魔，一心即是佛'的道理。你不但与我佛有缘，与魔亦是有缘。念你只是为了报霓裳之恩，所以你变作本大仙模样之事，我不再追究，但以后的路怎么走，还望你好自为之啊。"

地藏王菩萨也说道："法藏，你救出天魔，致使三界即将经历一场前所未有的浩劫，想来真是不该啊。所以，你要切记镇元大仙所说，这也是我的嘱咐。"

法藏赶紧说道："是，菩萨，大仙，你们的教诲我已经记下了，我这就将人参果放进金蝉子的胸口。"

说完，法藏便走到石床前，掀开金蝉子的僧袍，将人参果放进金蝉子空空的胸中。人参果刚放进去，只见那道伤口快速地愈合，接着，就听到金蝉

第十七章
借尸还龙魂

　　子的肚子里咕咕直响。法藏再看看金蝉子紧闭的双眼，向着镇元大仙问道："大仙，他怎么还不醒来？"

　　镇元大仙哈哈一笑，用手一指金蝉子，只见一道金光飞进了他的身体中，镇元大仙高叫一声："金蝉子，还不醒来，更待何时？"

　　金蝉子好像听到了镇元大仙的呼唤一般，他的身子虽不动，却缓缓地睁开了眼睛。法藏高兴地拉起金蝉子手，大声地叫道："金蝉子，你终于醒了。"

　　金蝉子缓缓地站起身来，双膝跪倒在地上，向着镇元大仙与地藏王菩萨磕头道："镇元大仙，地藏王菩萨，小僧感谢两位的再生之恩。"

　　地藏王菩萨走上前，说道："金蝉子，你已经重生，真是可喜可贺啊。望你继续虔心修行，早证菩提。"

　　金蝉子双手合十，说道："镇元大仙，地藏王菩萨，你们的再生之恩，小僧无以为报，弟子已经许下宏大誓愿，决定步行到西天拜佛取经，再到东土弘扬佛法普度众生。"

　　法藏听闻，心中疑惑，心说这取经之事，乃是师祖燃灯古佛钦点于自己，怎么金蝉子又要往西天取经？法藏刚要说出心中的疑惑，就听到地藏王菩萨袖子里的敖丙灵魂，高声地说道："地藏王菩萨在上，弟子重生以后，也愿意跟着圣僧前往西天求取真经。"

　　法藏循声望去，只见敖丙的魂魄已经飘出了地藏王菩萨的袖子，出现在卷帘洞里。兄弟相见，自然是格外高兴，法藏使劲地抱住敖丙说道："敖丙，你终于逃离地府了，为兄可是高兴得很哪。"

　　地藏王菩萨看着法藏，说道："法藏，敖丙不是逃离地府的，是我将他带到这里来的。现在西海龙宫三太子敖玉已经病重，西海龙王敖闰正在张榜，寻四海名医为儿治病。你速去揭了西海龙宫的榜文，让敖丙借敖玉的身体还阳吧。"

　　法藏赶紧双手合十道："阿弥陀佛，小僧领菩萨旨，这就带敖丙去还阳。只是圣水珠已经被阿牛偷走，弟子没有完成燃灯师祖的旨意，师祖曾经说过要让小僧前往西天取经，如今金蝉子也说要前往西天取经，还望菩萨指示，我现在该怎么办啊。"

　　地藏王菩萨点了点头，说道："法藏，万事皆缘。你奉燃灯师祖之命看护圣土珠，在本座看来，已经告一段落了。敖丙还阳之事耽误不得，你先去送敖丙去西海，之后，再向燃灯师祖禀报吧。"

镇元大仙看到金蝉子已经还阳，敖丙也即将借尸还魂，忙对着地藏王菩萨说道："菩萨，金蝉子已经重生，我的任务也算完成了，本仙还有事，这就告辞了。"

听镇元大仙这么说，嫦娥仙子也赶紧说道："菩萨，大仙，我原本不放心法藏，这才来到卷帘洞，现在，法藏与金蝉子都已经圆满，小仙也要返回月宫了。"

看到镇元大仙与嫦娥仙子要走，地藏王菩萨点了点头，目送着两位仙人化作清风，飞离卷帘洞。

地藏王菩萨送走了两位仙人，又对敖丙说道："敖丙，世上难得是重生，你先前被哪吒打死，如今借敖玉的身体还阳，想来也该平了你心生的怨气了。你重生以后，一定要多做善事，切不可乱造杀业，到时恶报临头，可就后悔莫及了。"

敖丙赶紧跪地磕头道："菩萨救命之恩，小龙无以为报，请菩萨相信，您的教诲，我定当谨记。"

地藏王菩萨又说道："法藏，你这就带上敖丙的魂魄前往西海吧。"

法藏与敖丙听地藏王菩萨这么说，赶紧与金蝉子告别。法藏将敖丙的灵魂放进衣袖便出了卷帘洞，向着西海龙宫飞去。

金蝉子重新向地藏王菩萨施礼道："地藏王菩萨，小僧身历此劫之后，已经发下宏大誓愿，不用任何法力，就用自己的双脚走完这漫长的西天之路，用这一腔的虔诚向我佛如来求取真经，用这一双脚来秉行菩萨您的善念。"

地藏王菩萨点头称许道："圣僧，你是如来佛祖的二弟子，本可不必如此辛苦，然则你已经许下了宏大誓愿，本座也是深受感动，特将我的锦襕袈裟与九环锡杖赐予你，助你西天取经吧。"

说完，只见金蝉子原来被烧得满是窟窿的僧衣，突然变成了金光闪闪的锦襕袈裟。地藏王菩萨又将手中的九环锡杖往前一递，交给了金蝉子。

看着焕然一新的金蝉子，地藏王菩萨说道："圣僧，西天取经可是九死一生，本座在此祝你禅心坚定，早日成功。"

金蝉子双膝跪地，双手合十道："谢地藏王菩萨，小僧定当谨记教诲。"

说完，只见地藏王菩萨骑上谛听，化作一道金光离去。身披锦襕袈裟、手持九环锡杖的金蝉子，对空一拜，便迈开大步，向着卷帘洞外坚定地

第十七章
借尸还龙魂

走去。

此时，一心救母的阿牛正凭着一腔赤诚的孝心，不顾自身安危向着洞穴的深处走去。

阿牛走过那条深邃的洞中小径，抬头望去，只见前面石壁上有一个石门。阿牛刚走到石门前站定，一股子寒气立即扑面而来，冷得他接连打了好几个喷嚏。那股寒气冰冷无比，沁入阿牛的肌肤，直透他的五脏六腑。阿牛一个劲地打着哆嗦，被冻在了原地，竟然连脚也迈不动了，只有大脑在飞速地运转着。

阿牛心想，自己千万不能被冻住，纵然是死也要往前迈开脚步。可那寒气却越来越厉害，他浑身上下都结满了冰，远远看去，像是一个晶莹的冰人，只有那双眨着的眼睛证明他还活着。

被一层冰包裹着的阿牛，渐渐地陷入昏迷状态。就在阿牛的眼睛刚刚闭上之时，只见灵光一闪，他的元神"嗖"地一下飞出了那层厚厚的冰。元神对着冻成一坨的阿牛说道："阿牛，你已经被冻住了，哪里也动不了，你还想救母亲织女吗？"

阿牛也用意识跟元神说道："救，纵然是死，我也要救我的母亲。"

元神又道："你哪里也动不了，只有你的舌头能动，要破这阿修罗界的魔冰，只有你咬断舌头，用鲜血融化魔冰，可是咬断舌头，你也就死了，你害怕吗？"

阿牛的意识坚定地答道："不就是个死吗？有啥可怕的。"

说完，只见阿牛大叫一声，用尽浑身的力气，一下子咬断了自己的舌头，一口鲜血猛地喷了出来，染红了魔冰，将魔冰彻底融化。阿牛忍着疼痛，双脚踩着被自己鲜血染红的冰水，坚定地向前走去。眼看着双手即将够到石门了，失血过多的阿牛，却一下子跌倒在了石门前。

阿牛在心里不断地想着："我不能倒下，我没有依靠，我只有靠自己的力量来救我的母亲，她老人家已经受了很多的苦，我每在这里停一秒，她就要多受一秒的罪。"想到这里，阿牛好像凭空增添了不少的力气，一下子站了起来，猛地一下便推开了那道石门……

石门打开了，阿牛看到母亲织女如雕塑般立在原地。终于见到母亲织女了，阿牛疯了一样地扑上前去，使劲地抱住织女，大声喊道："娘，我的亲娘，我终于见到你了。"

可是织女却一动也不动,阿牛歇斯底里地大喊着:"娘,您快醒醒,快醒醒啊,我是阿牛,我是你的儿子阿牛啊……"

织女依然无言。阿牛的眼泪流了下来,他抱着织女的手垂了下来,身子一软便跪倒在织女前,阿牛哭喊着:"娘,这到底是为什么啊?你怎么一动也不动啊?我对你说的话,你听到了吗?"

阿牛哪里知道,眼前的织女只是一个空壳,她根本听不到阿牛讲的任何话。阿牛无奈,用力地擦了一把眼泪,对着织女的身体说道:"娘,我这就带您走,我要找我的师父赤脚大仙来救您,走,我们回家。"

说完,阿牛一下子便将织女放到了自己的背上,背着织女大踏步地离开了极魔洞……

等到阿牛背着织女的身体飞到天宫赤脚大仙的住处时,赤脚大仙也是惊叹不已。他没有想到阿牛这么快就将织女给救了出来,更没有想到阿牛的毅力会这么坚强,能够闯出阿修罗界,因为这阿修罗界实在是太恐怖了,哪怕是法力高深的大罗金仙也不敢轻易走进,而阿牛不但从阿修罗界走了一个来回,还将母亲织女给救了出来。

赤脚大仙赶紧将阿牛迎进屋里。阿牛将织女的身体往座位上一放,一下子跪倒在地,向着赤脚大仙磕头道:"师父,我母亲已经被我给救出来了,可是,您看看她这个样子,根本如同雕塑一般,求师父快快想想办法,救救我的母亲吧。"

赤脚大仙赶紧搀扶起阿牛来,说道:"好徒儿,你快起来吧,为师这就施法救你的母亲。"

说完,赤脚大仙便围着织女转了三转,然后,暗用神力掐指一算,说道:"阿牛啊,你救出来的只是你母亲的身体,她的灵魂与身体被分别关押,你只救你出你母亲的身体还不行,还得救出她的元神来啊。"

阿牛叹了口气说道:"师父,这可怎么办哪?我哪里知道我母亲织女的元神被锁在哪里呢?"

赤脚大仙说道:"徒儿,三界众仙都知道织女被囚在阿修罗界,可是却没有想到,阿修罗界只是关着你母亲的身体,至于你母亲的灵魂被关在哪里,在这个世上,只有玉帝和拥有七窍玲珑心的人知道。可是你外公玉帝也说过,不会参与这件事,所以,你只能去找拥有七窍玲珑心的人打听。"

阿牛忙问道:"师父,您快告诉我,普天之下,谁拥有七窍玲珑心啊?"

第十七章
借尸还龙魂

赤脚大仙说道:"徒儿,你不要着急,我曾经听说,金蝉子拥有七窍玲珑心,可是,为了救法藏,他把自己的七窍玲珑心给了法藏,也就是说,要想知道你母亲的灵魂被锁在哪里,只有去找法藏。"

阿牛一听,叹口气说道:"师父,法藏是我的大哥,我这就去找他问一问,只是他好像对我有些误解,他能告诉我吗?"

赤脚大仙说道:"徒儿,你切记,精诚所至金石为开,去吧。"

阿牛听赤脚大仙这么说,点了点头。急于救出母亲的他,匆匆拜别了师父赤脚大仙,向着法藏所在的卷帘洞飞去。可是,当他赶到卷帘洞时,却发现卷帘洞里什么也没有,法藏也不知去了何处。他哪里知道,法藏已经带着敖丙的魂魄前往西海了。

法藏带着敖丙的魂魄离了卷帘洞,只用半天的工夫,就来到了西海岸边。望着那大海之上的滚滚波涛,从来没有下过水的法藏感到十分头疼,因为他不会水。幸亏有敖丙教他念避水诀,法藏这才硬着头皮下了西海,并在敖丙的引领下,来到了西海水晶宫外。老远,法藏就看到很多的水族站在水晶宫外的墙下在看一张"寻医告示"的榜文。榜文下,两名蟹将正在守着。法藏看着那榜文,便迈步走上前,一把揭下了那张"寻医告示",施展了借尸还魂之法,敖玉的魂魄则随着观音菩萨前往普陀洛伽山修行,这一段公案总算是了了。

给敖玉看完病,法藏辞别了西海龙王敖闰,准备回灵鹫山元觉洞向燃灯古佛请罪。法藏念着避水诀,很快便回到了大海岸边。此时,看着这波涛滚滚的西海,望着天上的云展云舒,迎着那吹来的徐徐海风,法藏一时性起,就站在大海岸边,拿出禅杖挥舞起来。

正在法藏挥舞的起劲的时候,就听到一个熟悉的声音传来:"大哥,是你吗?"

法藏循声望去,只见阿牛从远处向着他跑来。看到阿牛来找自己,法藏的气便不打一处来,心说,要不是你,圣水珠怎么会丢了?尽管两个人已经结拜成兄弟,可现在法藏却觉得那样可笑。因为在他心里,阿牛与嫦娥接近他,就是为了得到三界至宝圣水珠。这样的兄弟还是什么兄弟?不认也罢。

看着阿牛冲着自己跑来,法藏也不答话,冲上前去就是一禅杖,嘴里大声地喊道:"阿牛,你还我的圣水珠来!"

阿牛忙用手中的宝剑架住禅杖,说道:"大哥,你错怪小弟了,小弟带圣水珠上天，是为了救你啊。"

法藏挥舞着禅杖，怒道："一派胡言，你以为我是三岁的小孩子吗？"

阿牛说道："大哥，不管你信不信，小弟确实没有偷圣水珠的意思，如果你执意认为是我偷走了你的圣水珠，那就打死我吧，但在你打死我之前，求你先答应我一件事。"

法藏哈哈大笑道："少拿废话来搪塞我，我再也不会相信你了，咱们的兄弟情也一笔勾销！来来来，咱们今天就大战三百回合，不是你打死我，便是我打死你。"

阿牛一肚子委屈，说道："大哥，我早就跟你说过了，我接近你真的不是为了圣水珠。我也不知道怎么回事就开启了圣水珠的能量，学会了圣水珠里的功夫。"

法藏怒道："不管怎么说，你都把我的圣水珠给弄丢了，你还我的圣水珠来，不然我就与你誓不两立。"

说着话，两个人就你来我往地斗到一处。自从阿牛开启了圣水珠以后，功力大涨，尤其是他经过了阿修罗界的磨炼以后，法力早就超过了法藏，要不是他还把法藏认作自己的大哥，只几个回合就能把法藏打倒。可是他知道，自己不能那样做，因为他还念着结拜之情，更因为只有法藏知道他母亲织女的灵魂被关押在什么地方。

所以，这一架阿牛打得很累，重不得轻不得。重了怕打伤大哥，轻了又怕挨了禅杖丢了性命。正在两人你来我往不停缠斗的时候，突然就看到法藏头一歪倒在了地上，吓得阿牛大惊失色。

第十八章
月宫梭罗木

阿牛蹲下身来，赶紧地用手摸了摸法藏的鼻子，只有一丝微弱的呼吸，惊得阿牛使劲地呼喊起法藏来……

正在阿牛不停地呼喊法藏之时，就看到大海之上波光涌起，升起数丈高的海浪。阿牛定睛一看，是西海三太子敖玉，他带着寻海的夜叉冲了过来。敖玉本是敖丙附体，当时为了救他还阳，法藏曾经带着阿牛闯过地府，所以，敖丙是认得阿牛的。看到阿牛正在拼命地呼喊着法藏，敖玉忙上了岸，向着阿牛深施一礼道："阿牛二哥，你怎么到西海来了？"

阿牛看着敖玉就是一惊，问道："你是何人？怎么叫我二哥？我不认得你。"

听到阿牛一连三问，敖玉这才笑道："怪不得二哥不认得我，我本是东海龙宫三太子，蒙地藏王菩萨搭救，如今已经附体在西海三太子敖玉的身上，所以，我现在既是敖丙也是敖玉。"

阿牛看着重生的敖丙，真是喜出望外，说道："贤弟，上次我跟大哥去地府，没有救出你来，我还想着再闯地府去救你，如今看到你重生，真是可喜可贺啊。"

敖玉看到阿牛跟法藏大战，疑惑地问道："阿牛二哥，你怎么跟法藏大哥打起来了？"

阿牛长叹一声，这才将自己为救母亲来寻法藏，以及法藏误解自己等事情，原原本本地跟敖玉说了一遍。敖玉听罢，低头沉思了一会儿，说道："阿牛二哥，你曾经去地府救过我，我也应当帮助你救母亲。可是，法藏大哥对你的误解极深，他如果不和你说你母亲在哪里，你也确实没有办法，我倒是有一个主意，或许能让大哥开口。"

阿牛听敖丙说有主意，激动地握住敖玉的手，说道："贤弟，你快告诉我，到底怎么样才能让大哥开口？"

敖丙摇了摇头，又说道："其实，我的主意也挺难的。"

阿牛闻听，着急地问道："哎呀，我的弟弟，你就快说吧，不管多难，为了救我的母亲，我也得去试上一试啊。"

敖丙这才缓缓地说道："我过去在东海龙宫之时，曾听一位仙人说过，天魔有一种断魂香，对人的诱惑极大，倘若对人用上断魂香，就可以问出这人知道的所有秘密来。可这断魂香在天魔的手里，恐怕不是那么容易得到的。"

阿牛听敖丙这么一说，低头沉默不语，突然，他一拍大腿说道："有了。"

敖玉赶紧问道："二哥，你有什么主意了，快说来给我听听。"

阿牛高兴地说道："天魔的断魂香，我们确实很难拿到，但不代表别人拿不到，你的妹妹是天魔的徒弟，我们找她出马就一定可以拿到断魂香，只是她跟我有些误解，肯定不会帮我的。"

敖玉一拍胸脯，说道："阿牛二哥，就照你说的办。原来，我也曾经受过你来地府相救之恩，小弟也不是无情之人，你暂且带法藏大哥回水晶宫等我，我这就去找霓裳求取断魂香，好救回你的母亲织女，让你们母子早日团圆。"

阿牛激动地握住敖玉的双手，说道："如此，我就先谢谢兄弟了，等我救出母亲来，一定要好好地报答你。"

敖玉说道："二哥，你不必客气，我们都是最好的兄弟，你就先跟随夜叉回龙宫吧，我很快就能回来的。"

说完，敖玉一转身形，就向着茫茫的东海飞去。他一边在空中飞一边想，自从在婚礼上被哪吒打死以来，自己日思夜想的就是能再回到东海龙宫，再看一眼父王与霓裳。可是一入地府身不由己，纵使不甘心却又能如何呢？好在天无绝人之路，在地藏王菩萨的帮助下，如今借助西海龙王三太子敖玉的这个躯壳，自己终于实现了重生的梦想。想到即将见到父王与妻子霓裳，敖丙的心里非常激动。

霓裳被龙宫收养后，就被父王指予自己为妻。可是，说句心里话，他并

第十八章
月宫梭罗木

不喜欢霓裳,所以曾多次反对这桩婚事,可都拗不过父王。在婚礼当天,当他听说夜叉被打死后,他本不必亲自出马,可他就是要借着这个机会,发泄一下心中的不满,便亲自出马去斗哪吒。谁承想,这一去竟再没回来,他竟然被一个小屁孩给打死了。在地府的这些日子,受尽了无穷折磨的敖丙觉得自己其实挺对不起霓裳的。他想着如果能重生,即使不爱她,也要与她开始一段新的生活,好好地对待她。也是在地府的这一段痛苦的遭遇,使他明白了,所有出现在生命里的人,都要善待,因为生命不会再来一次。

所以,重生以后的敖丙最想见到的人就是霓裳。他想跟霓裳说一声对不起。可是,自己已经变了容貌,这件事情除了与对自己有恩的阿牛说过以外,知道的人是越少越好,更不能对霓裳直言了。

敖丙一边想着事情一边飞,转眼之间便来到了东海。站在空中看那波涛滚滚的东海,敖丙流下了泪水,这是自己的家啊,可是再回到家里,却没人认识自己了,他只能以客人的身份走进这个熟悉的地方。

想到这儿,敖丙忙擦了一把眼泪,让虾兵蟹将向东海龙王通禀。东海龙王听说西海的侄儿来了,忙列队将"敖玉"给迎了进去。看到父王的头上又多了几根白发,敖丙的心里就不是个滋味,他真想叫一声父王,可是话到嘴边却又咽下,因为他不能叫,那种感觉可真是痛苦万分。

敖丙强忍下泪水,胡乱地编了个寻找霓裳的理由。老龙王听后便马上命人带着他前去寻找霓裳。其实,不用龙族宫女的带领,敖丙也知道该怎么走,这里毕竟是他的家啊。可是,已经借尸还魂的他,却只能任由宫女带领着,前往霓裳的住处。

此时,霓裳刚刚从天魔洞回来。听说西海三太子敖玉找她,心里不禁犯起了嘀咕。她虽说在几年前见过敖玉,可两人并不熟悉,他来找自己又有什么事呢?想到这里,她忙梳妆打扮一番,匆匆地来到了会客厅。霓裳一见敖玉,便深施一礼,说道:"敖玉三哥,您来找我有什么事吗?"

"敖玉"赶紧还礼道:"嫂嫂,听说你做了大天尊的徒弟,真是可喜可贺啊。"

"敖玉"的话一出口,霓裳便不高兴了,天魔虽说是法力无边,可是知道他收了自己为徒的人,毕竟还是少数,尤其是天魔终将要倒反天宫,还是知道的人越少越好。想到这里,霓裳便把脸一沉,说道:"三哥,这个话可不能胡说,我哪里是什么大天尊的徒弟了?"

"敖玉"笑了笑，说道："霓裳嫂嫂，大天尊法力无边，你能跟着他学法，这是天大的好事啊，怎么能说我胡说？"

听"敖玉"这么说，霓裳感觉他说话的语气很是熟悉，言谈举止中似乎有敖丙的影子。可是敖玉就站在自己的眼前，怎么会是敖丙？想到这里，霓裳便不想跟"敖玉"多说，直接问道："敖玉三哥，你来找我有什么事吗？"

敖丙撒谎道："霓裳嫂嫂，我近来在修行一种大法，可是却难以修成。听说大天尊有一种断魂香，可以帮我练成这门法术，而我是接近不了大天尊的，想来你是他的徒弟，所以特来请你帮我取来这断魂香，助我修成大法，好捍卫我们四海龙宫啊。"

霓裳一听"敖玉"让她去偷天魔的断魂香，便不高兴地说道："敖玉，你不是不知道，我师父的断魂香是三界至宝，我一个女儿家又怎么能够接触得到呢？何况修行法术靠的是自身，依靠外力修成的法术终究不是长久之计。"

敖丙点了点头，故作悲痛地说道："霓裳嫂嫂，你也不是不知道，我们龙宫屡屡受那些神仙欺负，天上的神仙们动不动就吃龙肝，这是为什么呢？就是因为我们的法力低微，他们才这么欺负我们。若是嫂嫂您能帮我取来断魂香，像敖丙三哥被哪吒打死之事，我保证再也不会发生。"

霓裳听"敖玉"说起敖丙，眼里含着泪说道："三哥，人的命天注定，想我夫君被哪吒打死，应该也是前世注定的事情。我父王已经逼得哪吒自尽而亡，这都是很久以前的事情了，不提也罢。至于你让我去盗取师父断魂香之事，这是万万不可能的。你若没有别的事，还是速速离去吧。"

说完，霓裳便起身要走。看到霓裳快要走出客厅了，敖丙急得团团乱转，心想若是这霓裳不肯帮忙，那阿牛便永远也不知道织女的灵魂锁在何处。再想到阿牛也曾经为了自己闯地府，被打入十八层地狱也不皱一下眉头，敖丙便再也顾不得那么多了，自己重生的事情也该跟霓裳直说了。

想到这里，敖丙三步并两步地追上前，一把拉住霓裳的胳膊，大声地说道："霓裳，你必须帮我拿到断魂香！"

霓裳一下子挣开了"敖玉"的手，感觉他的动作很是奇怪，男女授受不亲，怎么能随便拉她的手？再听到他说话的语气很像是敖丙，霓裳就没好气地说道："敖玉，请你放尊重些，这可是在东海龙宫。再说，我凭什么非要帮你去盗取我师父的断魂香？"

"敖玉"叹了一口气，流着泪说道："霓裳啊，实不相瞒，我不是敖玉，

第十八章
月宫梭罗木

我是你的相公敖丙啊。"

"敖玉"的话刚说完，霓裳大吃一惊，她上下打量着"敖玉"，笑了笑说道："你想让我去盗取断魂香，我可以理解，可是你也不能骗我啊，你哪里是敖丙？你若是再敢胡说八道，我这就让虾兵蟹将将你打出去。"

敖丙看到霓裳真的是怒了，赶紧说道："霓裳，我真的是敖丙，早先我被哪吒打死，因拒捕受尽了无穷的苦楚啊，后来，还是地藏王菩萨出面，才使我借西海龙宫三太子敖玉贤弟的真身还阳，我现在是敖玉的身子，可是我真的是敖丙哪。"

敖丙的一席话，真把霓裳给惊得不轻，不过仍然不相信他说的话，便用手一指"敖玉"，哈哈大笑道："敖玉，你不要用骗小孩子的把戏来骗我，你以为我会信吗？像这种逆天改命的事，岂能如同儿戏？敖玉，看在我们同是龙族的分上，我不便对你动手，若你再敢胡言乱语，小心我的七星宝剑。"

敖丙急得直跺脚，一下子从怀里掏出一块玉佩来，说道："霓裳，这块玉佩是我们的定情之物，你还记得吗？假如我不是敖丙，我怎么会有咱们俩的定情之物？"

霓裳看到这块玉佩，这才相信眼前的敖玉就是重生的敖丙。她转过身来，重新回到了客厅，对着"敖玉"说道："敖丙，即使你借敖玉的身体重生，我们也再无可能了，而且你也不是不知道，我嫁给你是迫于无奈，我根本就不爱你，我知道，你也不爱我，那你还来找我做什么？"

敖丙叹了口气，一下子抓住了霓裳的手，说道："霓裳，以前我对你不好，等到我到了阴曹地府时，我才知道你是那么好。我发誓，以后我一定会好好地对你，不让你受一点委屈。"

霓裳再一次挣脱开敖丙的手，说道："敖丙，你想得太多了。我还是那句话，不管你是敖玉也罢，敖丙也罢，我都不会再爱你，何况你现在的样子，让我和父王怎么接受你？"

敖丙想了想说道："霓裳，你等着，我这就让西海龙王敖闰向父王提亲，我还要迎娶你，咱们开始一段新的生活。"

霓裳哈哈大笑，笑过以后说道："敖丙啊敖丙，亏你还是再生之人，怎么这么不明事理哪？我再跟你说一遍，我根本就不爱你，你如果真想让我去为你盗取断魂香，你就指天发誓，咱们断了这夫妻之情，从此，你走你的阳关道，我过我的独木桥。"

听到霓裳把话说得这么绝,敖丙也是无可奈何。他眼里含着热泪,不甘心地问道:"霓裳,我们之间真的再无可能了吗?"

霓裳沉着脸说道:"念你是敖丙转世,我就帮你一把,但是你若想让我帮你,必须指天发誓,永远不要再打我的主意。"

敖丙闻听,用手指着天,苦笑道:"想我敖丙也是一个顶天立地的英雄,却没有想到如今会落到被女人奚落的份上。好,今天我敖丙便指天为誓,与霓裳的夫妻情分从此断绝,此生再无瓜葛。"

霓裳听到敖丙指天发誓斩断夫妻情,冷着脸说道:"好,既然你已经指天发誓,那我也履行约定,替你去盗取我师父的断魂香。"

说完,霓裳便不再理敖丙,化作一道清风向着天魔洞飞去。霓裳一边飞一边想,师父可是三界的至尊,想要拿他的东西,那是非常困难的事情,不如找老鼠精黄风来帮忙,或许能容易一些。

想到这里,霓裳便念动咒语将老鼠精黄风给叫了过来。不一会儿,黄风便出现在了霓裳的面前。看到霓裳,黄风高兴地拉住霓裳的手,说道:"霓裳姐,你果真是一个说话算数的人,这么快就来找我了。"

霓裳也笑道:"黄风妹妹,我来找你可不是为了玩,是有事想请你帮忙。"

黄风小嘴一翘,说道:"我还以为你是特意找我来玩呢,原来又是有事找我。好,霓裳姐,你说吧,你的事就是我的事,你让我做什么都行。"

霓裳用手划了一下黄风的鼻子,说道:"我就知道我这个妹妹对我最好了。是这样,我想拿师父的断魂香,可是你也知道想拿我师父的东西,没有那么容易。这样,一会儿我去找我师父,等我跟师父聊天的时候,你就通过地道前往他的卧室,将断魂香偷出来,好不好?"

黄风一拍胸脯,笑道:"没问题,霓裳姐,你就看我的吧,我很快就能将断魂香给你拿出来。"

说着话,霓裳便与黄风化作一阵清风,携手向天魔洞飞去。快到洞口时,霓裳在云头上站定,对黄风说道:"好了,黄风妹妹,我这就去找我师父,咱们分头行动吧。"

黄风调皮地笑了笑,按落云头,一下子变回原形,钻到了地里。霓裳看着黄风钻地而去,这才快步走到洞口。守洞的小妖一看霓裳回来了,赶紧向霓裳施礼。霓裳摆了摆手,一蹦一跳地进了天魔洞。

霓裳走到天魔的面前,摸了摸天魔的胡须,调皮地问道:"师父,您有

第十八章
月宫梭罗木

没有想我啊?"

天魔将霓裳拉到身边,说道:"我的乖徒儿,你可是为师的开心果啊,怎么样,龙王对你还好吧?他要是对你不好,你告诉为师,为师叫人去打他。"

霓裳小拳一挥,笑呵呵地说道:"有师父您老人家罩着,他对我当然好了。现在啊,不但父王对我好,龙宫里所有的人都对我礼敬有加,这可不只因为您是我师父啊,更因为我现在的法力通天,谁不听我的话,我就打他。"

天魔也笑着说道:"那你的法力是谁教你的呢?"

霓裳将大拇指一伸,说道:"当然是您这个纵横三界无敌手的老妖怪天魔师父教我的啊。"

天魔一拍肚子,哈哈大笑道:"本尊纵横三界,无人能敌,也就是你这个黄毛小丫头敢对我这么说话。好,很好,霓裳啊,为师问你,你这次回来,要给为师做什么好吃的呢?你看,为师的肚子可是有些饿了啊。"

霓裳小脸一沉,装作不高兴地说道:"您看看,刚夸您是纵横三界无敌手的老魔头,转眼就变成吃货了。您又不是不知道,我从小在龙宫长大,哪里会做菜哪,也就是这几天,我才有工夫学起做菜来。"

天魔笑了笑说道:"霓裳啊,你是一个女儿家,不爱红装厨艺,只爱舞刀弄枪,这可不好,将来可是要嫁不出去的啊。"

霓裳一下子站了起来,说道:"嫁不出去便嫁不出去,自从新婚之夜敖丙被打死,我就再也不想嫁人了。哎,打死也好,反正我也不喜欢他,只是觉得一个活生生的人就这么没了,心里还是很不舒服。"

霓裳的话刚说到这里,就看到黄风出现在了天魔洞外,冲着霓裳使了一个眼色。霓裳知道黄风已经得手了,马上跟师父说道:"师父,我不跟您多说了,我还有事,改天再回来看您啊。"

说完,霓裳便向前走去。刚走了没几步,天魔的声音就从身后传来:"霓裳,你这不回来便不回来,怎么一回来便嚷着要走?下次什么时候回来?"

霓裳回过头笑了笑,冲着天魔一努嘴说道:"看情况吧,想您了我就回来。"

看着霓裳一蹦一跳地出了天魔洞,跟黄风拉着手走了出去。天魔的脸一下子严肃起来,向着走进来的黑熊精问道:"你看到黄风拿走断魂香了?"

黑熊精躬身施礼道:"是,大天尊,我用隐身之法藏在屋里,看到黄风拿走了断魂香，这才回来跟您禀报。大天尊，像这种背叛您的事情，您为什么不让我阻止她？"

天魔哈哈大笑道："木盏针珠石，三界无人敌，五宝合一体，逆天不足奇。你等着吧，阿牛即将去盗取梭罗木，圣水珠既然已经落入玉帝之手，那这剩下的四件宝贝我必须拿到，只有这样，我才可以倒反天宫，而黄风拿到断魂香，只是这个计划的第一步。"

黑熊精忙伸出大拇指，说道："大天尊算无遗策，战无不胜，属下祝大天尊早日倒反天宫，成为三界之主。"

天魔笑道："这三界之内，除了极品的太乙金仙之外，任何事情都逃不出我的法眼。你等着吧，我要用这断魂香，引出这纵横三界的四件宝贝来，到时，即使玉帝拥有圣水珠，他也不能战胜我……"

说完，天魔就发出了震耳欲聋的狂笑声，震得黑熊精与众妖精们捂住了耳朵。

霓裳拿着黄风盗来的断魂香，急匆匆地回到了东海龙宫。此时，敖丙正在焦急地等待着，看到霓裳回来了，赶紧迎上前，问道："霓裳，断魂香你拿到了吗？"

霓裳点了点头，将断魂香往敖丙面前一递，说道："敖丙，你记着自己说过的话，自此以后，你我就一刀两断再无瓜葛。"

敖丙伸手接过断魂香，说道："霓裳，谢谢你，即使我们再无可能，我也对我以前对你的态度表示歉意，认真地跟你说一句对不起。这样吧，以后不管什么事情，只要你找到我，不管我是敖丙还是敖玉，都会尽力替你办到。"

霓裳听敖丙这么说，脸上没有一丝表情，冷冷地说了三个字："不需要。"

敖丙看到霓裳这么绝情，知道再说任何话都是枉然，就向霓裳匆匆道别，转过身去，化作一阵风离开东海龙宫。

敖丙回到西海龙宫之时，就听到屋里传来打斗之声。他不明白发生了什么事，就看到西海龙王敖闰迎上前来，说道："我儿，你去了这么久，可算是回来了。法藏师父被我们西海的灵芝草治好以后，竟然与你的朋友阿牛打了起来，你快进去看看吧。"

"敖玉"一听阿牛与法藏又打了起来，便着急地说道："父王，你不要着急，我自有办法制止这场争斗。"

第十八章
月宫梭罗木

说完，敖玉就站在屋外，也不去管正在屋里打斗的法藏与阿牛，点燃断魂香。西海龙王忙问道："我儿，你点燃一根香做什么？难道这一根香，就能制止你那正在打斗的两位朋友？"

"敖玉"笑道："父王，这是天魔的断魂香，只需点燃，他们两个的争斗也就该停止了。父王，你且闪到一旁，这断魂香很厉害，可千万别让它伤着你。"

西海龙王听"敖玉"说这是天魔的断魂香，直吓得魂不附体，冲着他说道："我儿，那天魔可不是好惹的，你怎敢去偷他的东西，难道不怕惹祸上身吗？"

"敖玉"说道："父王不必担心，这不是我偷的，是我的一位朋友送给我的。"

听"敖玉"这么说，西海龙王这才长长地舒了一口气。看着"敖玉"，西海龙王就觉得这个孩子好像和从前有些不同，可是却也看不出具体哪里不同，想想可能是孩子大了，都有些叛逆吧。想到这里，西海龙王便不再去管他，独自迈步离去。

那缕断魂香袅袅地飘进了房里，法藏一闻断魂香的奇香，一下子就晕倒在地上，而阿牛却一点事情也没有。

待到断魂香散尽，"敖玉"才推开门走进房间，看到阿牛一点事情也没有，惊讶地问道："二哥，怎么这断魂香对你无用？"

阿牛笑着掏出赤脚大仙送给自己的宝扇，说道："敖丙啊，这把宝扇是我师父赤脚大仙送给我的，带在身上百毒不侵，所以，我当然没事了。"

"敖玉"点了点头说道："如此甚好，二哥，你快问大哥，你母亲织女的灵魂被锁在什么地方。"

阿牛一拍脑袋说道："是啊，这事得抓紧，等到这断魂香的药性散去，再想从大哥的嘴里问出来，可就难上加难了。"

说着话，阿牛与敖丙便合力将法藏扶到了床上。阿牛在床沿坐下，握着法藏的手，问道："大哥，我母亲织女的灵魂被锁到了什么地方？请你告诉我吧。"

阿牛的话刚问完，就看到法藏的肚子里闪起了明晃晃的光，一个声音从法藏的肚子里传来："你母亲织女的灵魂，被玉帝锁到了月宫五百丈高的桂花花蕊里。"

敖丙一听，赶紧插嘴问道："那怎么才能将她的灵魂给救出来呢？"

那个声音叹了一口气，说道："桂花树有月宫守护神吴刚看守，想要放出织女的灵魂，难哪，难哪！"

阿牛一下子站起来，大声地说道："不管有多难，我都要救出我母亲来。"

阿牛的话刚说完，又听到那个声音说："要想救出织女魂，坚定赤诚孝子心。"

阿牛又问道："大哥，你快告诉我，怎么才能进入桂花的花蕊里呢？"

阿牛的话刚说出口，只见法藏一下子睁开了眼睛，一拳便向着阿牛的头上打去，将阿牛脸打出了血。阿牛一抹鼻子，大喊道："大哥，你怎么好坏不分哪，我都说了，我没有做对不起你的事，你为什么不信？"

法藏一骨碌从床上爬了起来，大喊道："阿牛，你这个混蛋，你啥也别说，要想让我原谅你，你就还我圣水珠来。"

敖丙一看，赶紧冲上前，一把抱住了法藏，说道："大哥，你且息怒，消消气，别上火，有什么事咱们慢慢说。"

法藏根本不听劝，依然冲着阿牛大喊道："我跟他没什么好说的，不还我的圣水珠，这个事就没有个完。"

阿牛叹了口气，说道："大哥，小弟还有重要的事要办，就不奉陪了，你先在这里好好养伤，等我办完事再来跟你解释吧。"

说完，阿牛便摇身化作一道清风，离开了西海水晶宫。法藏还要再追，却被"敖玉"给死死地拉住了，他说道："大哥，你跟二哥之间肯定有误会。你前些日子因为救我受了不少的伤，我想你暂且在龙宫调养，我还有事，等我办完了事，再来陪大哥，好吗？"

法藏叹了口气，说道："敖丙，我不能在龙宫里久待，圣水珠已经被我丢了，我这就回灵鹫山元觉洞，向燃灯师祖请罪。"

敖丙听法藏这么说，松开了抱着法藏的手，说道："既如此，那大哥就先回元觉洞，等我办完了事，就去元觉洞看你。"

兄弟两人匆匆作别，法藏前往西天向燃灯古佛请罪，而敖丙则飞向月宫，去帮助阿牛救母。

敖丙身形一晃就飞上了云端，向着月宫飞去。此时，阿牛已经飞到月宫。嫦娥仙子看到阿牛，赶紧将他迎了进来，说道："阿牛弟弟，你可算来月宫看我了，姐姐可真是想你啊。"

阿牛拉住嫦娥的手，说道："嫦娥姐，我有一个问题要问你，姐姐化身

第十八章
月宫梭罗木

紫霞前来助我，是受了谁的嘱托？"

嫦娥听阿牛如此一问，先是一愣，转而笑着对阿牛说道："阿牛啊，姐帮你，是因为我们二人有缘，这个事你就不要再问了。"

阿牛抬起头看着嫦娥，激动地说道："不，嫦娥姐，你肯定是在骗我，我问你，我的母亲织女，她被锁在哪里？"

阿牛直接说出了母亲织女的名字，嫦娥就不吱声了。其实，她下界守护阿牛，就是受了织女的委托。织女的灵魂被锁在桂花的花蕊里，日夜思念着一对儿女，便托前来探望的嫦娥下界寻找。结果，嫦娥只找到了阿牛。于是，她便带阿牛接近圣水珠，想开启他的仙体，这样日后便可以效仿二郎神救母。可这些话她不能明说，因为锁住织女毕竟是玉皇大帝的旨意，她一个小小的月宫之主是不敢随便违拗玉帝旨意的。

看到嫦娥沉默不语，阿牛流着泪说道："嫦娥姐，你快告诉我，我说的对不对啊？是不是我母亲织女委托你来照顾我的？"

嫦娥微微地点了点头，说道："阿牛，你不要激动，很多的事情，其实我也是没有办法，还请你多理解吧。"

阿牛突然一下子跪倒在地上，向着嫦娥磕头道："嫦娥姐，小弟我求你，放了我的母亲织女吧。"

嫦娥一见阿牛给自己跪下，赶紧搀扶起阿牛来，说道："阿牛，囚禁你母亲灵魂的不是我，是你的外公玉皇大帝，我一个月宫之主，怎么能做得了玉皇大帝的主哪？不是我不放，是我不敢啊。"

阿牛不肯起来，说道："嫦娥姐，那你告诉我该怎么救我的母亲，不然，我是不会起来的。"

嫦娥叹了口气，说道："阿牛，你救你的母亲，信念极其坚定，这我是知道的。可是，你知道吗，月宫的桂花树由吴刚看守着，他法力极其高深，你恐怕是斗不过他的。听姐一句劝，你还是返回人间去，等练好了法术，再来救你的母亲织女吧。"

阿牛大喊道："不，我不能再让母亲受苦了，我这就要救出母亲来，不管是谁挡着我的救母之路，我都会跟他拼命。"

嫦娥微微点了点头，说道："阿牛，我的好弟弟，你现在理解姐姐为什么让你开启圣水珠的法力了吧？姐也是为了你好，假如你没有法力，连我这月宫都来不了。好弟弟，你既然决定救你的母亲，就快些起来吧，只跪着是没用的。"

　　的心里确实有苦衷，这才站起身来说道："嫦娥姐，我知道我母亲织女的灵魂被锁在了桂花的花蕊里，你快带我到桂花树下，我实在是等不及了，这就要救我的母亲出来。"

　　嫦娥从一旁捡起捣药杵，递给阿牛说道："阿牛，桂花树就在我这广寒宫的后头，我不能带你过去，你拿着这把捣药杵，或许吴刚看到它会对你手下留情。你切记，有危险了你就快些退回来，千万别逞能啊。"

　　阿牛接过捣药杵，向嫦娥坚定地说道："嫦娥姐，这次我不救出母亲，是不会回来的。"说完，便提着捣药杵，向着广寒宫后面走去。

　　阿牛与月宫看守吴刚战作一团，屡占下风。正在惆怅之际，从西海赶来的敖丙以及阿牛身上的扇子仙也加入了战团，三人合力，终于打败了吴刚。就在敖丙化成的小白龙驮着阿牛飞向桂花树顶端之时，吴刚拿起巨斧向着小白龙扔了出去。小白龙忙躲避开袭来的巨斧，快速地向着树顶飞去。那柄巨斧被吴刚施了法，竟然不掉落，也跟着小白龙不停地向上飞着……

　　终于到了这五百丈高的桂花树树顶了，小白龙将身子往桂花树冠上一盘，阿牛便站到了桂花树冠的树枝上。看着那么多的桂花，阿牛不知道哪一朵锁着自己母亲的灵魂。正在着急之时，树下的嫦娥对着阿牛大声喊道："阿牛，你母亲织女的灵魂就锁在最顶上的那朵桂花花蕊里，你快将那朵桂花摘下来，救出你母亲吧。"

　　嫦娥的话刚说完，只见吴刚的巨斧向着阿牛伸向桂花的手砍去。阿牛忙一缩手，躲过了砍过来的巨斧。那把巨斧没砍着阿牛，却一下子砍到了树冠上。只听到一声巨响，一条闪着光芒的梭罗木被砍了下来。阿牛一见，伸手将这条明晃晃的梭罗木抓在手里，向着巨斧砸去。梭罗木是三界至宝，虽说吴刚的劈山斧也是宝贝，可是毕竟架不住梭罗木这一砸，只一下，便将那柄巨斧给打了下去。这把巨斧与吴刚心灵相通，梭罗木打掉巨斧，又将月宫地面的吴刚给打倒。吴刚"哇"的一声，喷出了一大口鲜血。嫦娥见吴刚受了重伤，赶紧上前扶起他，问道："吴刚，你没事吧。"

　　吴刚被打得不轻，有气无力地说道："后生可畏，后生可畏啊，这梭罗木已经被我的巨斧给砍了下来，眼看阿牛即将救母成功，我可怎么跟玉皇大帝交代啊？"

　　嫦娥忙从怀里拿出一瓶仙药，递给吴刚说道："吴刚，这是咱们月宫玉

第十八章
月宫梭罗木

兔捣的仙药,你快吃了吧!要我说,你也不必担心,阿牛毕竟是玉皇大帝的亲外孙,他怎么处置阿牛,就不用你这个外人操心了。"

吴刚接过嫦娥递过来的仙药,说道:"现在看来也只能如此了。哎,可惜了我这几十亿年的修为,想不到,竟然打不过一个凡人,丢人哪,真是丢人哪。"

嫦娥说道:"吴刚,你也没什么丢人的,依我说你不是败给了阿牛,而是败给了圣水珠与梭罗木。你想,圣水珠与梭罗木合体,谁又能是对手?"

吴刚打开那瓶仙药倒进嘴里,想了一会儿,又问道:"仙子,梭罗木我知道。就在阿牛的手里,可是他一个凡人,哪里来的圣水珠?"

嫦娥笑道:"他就是通过圣水珠开启的仙体,现在的阿牛可不是一个凡人,你也别感到丢人了,你就记着,你输给的不是一个凡人,你输给的是玉皇大帝的亲外孙,败在他手里,你应该感到骄傲才是。"

听嫦娥这么说,吴刚就不再说话,将两腿盘起打起坐来。

此时,阿牛一手拿着梭罗木,一手伸到树顶那朵桂花前,流着眼泪说道:"娘,我来救您了。"

说着话,阿牛伸手将桂花摘到了手里,流着泪喊道:"娘,我是您的儿子阿牛,我来救您了,您听到我说话了吗?"

阿牛的话音刚落,就听到桂花里一个声音传了出来:"你真的是我的孩子吗?"

阿牛流着泪大声地喊道:"娘,是我,我是您的儿子阿牛,我来救您了,从此以后,我不会再让任何人欺负您,我要用我的一生来保护您。娘,您快出来,跟我回家吧。"

阿牛走到盘在桂花树的小白龙身上,双手捧着那朵桂花放声痛哭。阿牛的眼泪滴到了桂花的花蕊里,只见花瓣一下子就绽放开来,一身白衣的织女挥舞着衣袖飘出了花瓣。织女的元神越变越大,最终站到了阿牛的身前,说道:"你是我的儿子吗?"

阿牛的眼里含着泪,将手中的神梳一举,说道:"娘,我是您的儿子阿牛,您看,这就是您的神梳啊。"

织女看着那把纤云飞星神梳,哽咽着说道:"神梳!没错了,你就是我的儿子,儿啊,为娘可是想死你了。"

说完,织女便伸出手来,与阿牛的手牵到了一起。母子两人越走越近,在小白龙的龙身上，抱在一起放声痛哭……

敖丙看着阿牛与织女的元神在流泪，忙对着两人说道："织女姑姑，阿牛二哥，你们站稳了，我要下去了。"

说完，只见小白龙飞离了桂花树冠，向着月宫地面飞去。阿牛的元神紧紧地抱着母亲织女的元神，在吴刚与嫦娥的注视下，慢慢地飞下了五百丈高的桂花树。

小白龙飞到月宫地面，阿牛与织女便跳下了龙身。小白龙一晃身形，变成了敖玉的模样，跪在地上向着织女磕头道："织女姑姑在上，受小龙敖玉一拜。"

织女赶紧搀扶起小白龙来，说道："敖玉贤侄，你辛苦了，谢谢你跟阿牛一起来救我。"

嫦娥也一下子冲上前去，牵起织女的手说道："织女，你可出来了，你委托我的事情，我已经办到了，可是我没有找到你的女儿，对不起啊。"

织女的元神叹口气，说道："茫茫人海，仙人两隔，能找到阿牛，已经是很辛苦你了。这么多年来，谢谢你替我照顾阿牛，就请仙子受我一拜。"

说完，织女就向着嫦娥深深地拜了下去，慌得嫦娥赶紧弯下腰来，与织女对拜。趁着织女与嫦娥说话的工夫，阿牛的元神向着真身飞去。等到元神归位，阿牛一骨碌爬了起来，向着母亲织女跪地磕头道："娘，孩儿阿牛给您老人家磕头了。"

织女擦了一把眼泪，赶紧弯下腰去扶起阿牛说道："阿牛，你的舌头怎么了？"

阿牛擦了一把嘴上的血，瓮声瓮气地说道："没事，娘，为了不被冻住，我自己咬断了舌头，不碍事的，娘，我死不了。"

织女眼里含着热泪，一把抱住阿牛说道："孩子，可真是苦了你了。"

说完，织女念动咒语，挥手向着阿牛的嘴上抹了一下，说道："阿牛，我的好孩子，娘这就还你一个吃遍天下美食的好舌头。"

只见织女挥过手后，阿牛的嘴上闪起了璀璨的星光，只一会儿，阿牛就捂着自己的嘴，高兴地叫道："娘，我有舌头了，我又有舌头了……"

织女看到阿牛高兴得像个孩子，也抱起了阿牛，用手摸着阿牛的头，叹了口气说道："阿牛，娘谢谢你来救我，可你虽然救出了我，但你的父亲牛郎却还在受苦，我们什么时候才能一家团圆啊？"

阿牛听到母亲织女在唉声叹气，一下子站了起来，坚定地说道："三界之

第十八章
月宫梭罗木

内,没有人能够阻止我救父亲。娘,您快告诉我,我父亲被关在什么地方。"

织女说道:"你父亲牛郎被关在东海龙宫的大海牢里,与三界内七十二洞的妖王关在一起,不但如此,那座大海牢还被三界至宝定海神针给镇着。你救我尚且如此费周折,要救出你的父亲,那更是难上加难啊。"

阿牛一听,咬着牙说道:"娘,您放心,不管付出什么代价,我都要救出父亲来,让我们一家早日团圆。"

听阿牛说得这么坚定,嫦娥仙子赶紧说道:"织女,你的身体已经被阿牛从阿修罗界救了出来,你快元神归位吧,这样才能与阿牛一起救姐夫啊。"

织女微微地点了点头,向小白龙说道:"敖玉,你是西海三太子,这救你二哥阿牛父亲的事情,还得你多多地出力啊。"

"敖玉"闻听,将胸脯一拍说道:"织女姑姑,您就放心吧,二哥对我不薄,救牛郎姑父的事,我是义不容辞。"

听"敖玉"这么说,织女笑了笑,拿过掉在地上的梭罗木,往吴刚面前一递说道:"吴刚大仙,小儿为了救我,真的是得罪了,我这就离开月宫,大恩大德,容我们母子日后相报吧。这三界至宝梭罗木,如今也解除了封印,我这就双手奉还。"

吴刚被梭罗木给打得不轻,听织女说得这么客气,就微微笑了笑说:"织女,你走吧,我拦不住你,也愿意接受你父亲玉皇大帝的惩罚。梭罗木是王母娘娘的宝物,我不敢拿,你就交给嫦娥仙子保管吧。"

听吴刚这么说,织女就向着吴刚深施一礼,又将梭罗木递给嫦娥,说道:"嫦娥仙子,谢谢你,梭罗木你就带给我的母亲吧。我还要去东海救夫,咱们这就别过。"

嫦娥仙子接过梭罗木来,与织女挥手作别。只见织女等三人身形一晃,就飞离了月宫,向着九天之上的赤脚大仙府飞去,在赤脚大仙的帮助下元神归位。

织女慢慢地睁开了眼睛,看着眼前的赤脚大仙、阿牛与"敖玉",叹了一口气,缓缓地说道:"真是恍如隔世啊。"

说完,织女便站起身来,再次向赤脚大仙行礼道:"多谢大仙助我元神归位。"

赤脚大仙忙还礼道:"公主不必客气,我还要感谢您当年的赠扇之恩哪!要不是您的那把神扇,说不定我早就在下界降妖时被妖怪给吃了。"

阿牛听赤脚大仙这么说，赶紧从怀里掏出那把宝扇，向赤脚大仙问道："师父，原来这把宝扇是我母亲送给您的啊？"

赤脚大仙回过头来，向着阿牛微笑道："是啊，阿牛，所以，尽管我不能救你的母亲，但是在得知你就是织女的儿子后，我收了你为徒，并送你宝扇传你法力啊。"

"敖玉"一听，说道："原来如此啊，这一切都是织女姑姑的善缘所致！阿牛二哥，你真是好幸福啊。"

织女听"敖玉"这么说，就笑道："敖玉，你不必伤感，凡事自有天意，万事切莫强求，你也自然有你的福报。"

赤脚大仙拍手赞道："公主殿下说得是啊！敖玉，你也定会有你的福报的。"

阿牛一心牵挂着父亲牛郎，便向赤脚大仙问道："师父，我母亲已经被我救出来了，可是我的父亲却还在东海受苦，您老人家快想些主意，救救我父亲牛郎吧。"

织女也道："是啊，大仙，这救阿牛父亲的事情，还得大仙出手相助啊。"

赤脚大仙听织女这么说，就叹了一口气说道："公主殿下，囚禁你和你夫君的，是你的父亲玉皇大帝。我不是不想救你夫君，而是你父亲玉帝已经明令我不得出手相助，还请公主谅解哪。"

织女点了点头说道："你是我父亲的臣子，不方便出面我能理解，我只想问问大仙，要救出我夫牛郎，到底还有哪些难处？"

赤脚大仙刚要说话，就听到小白龙说道："织女姑姑，东海我非常熟悉，要救牛郎姑父，最难的是要移动那重达一万多斤的定海神针。我幼年曾经听父王说起过，这定海神针又叫如意金箍棒，是三界至宝，三界之内无人能拿得动啊，这才是最困难的事情。"

阿牛一听，叹口气说道："这可怎么办？"

赤脚大仙微微一笑说道："敖玉，你这说得恐怕言过其实吧。据我所知，要想移动这定海神针，虽说困难，却也不是全无办法。"

织女听赤脚大仙这么说，眼前一亮，赶紧问道："大仙，你就别卖关子了，快告诉我们，该怎么样才能移动这定海神针？"

赤脚大仙说道："要想移动这定海神针，必须用圣水珠。可是圣水珠已经被阿牛献给了玉帝，你们拿不到了。除了圣水珠以外，还有一件法宝可以

第十八章
月宫梭罗木

移动定海神针,那就是哪吒三太子的乾坤圈。"

一听赤脚大仙这么说,小白龙发出"啊"的一声惊叫。他实在是太怕那个乾坤圈了,因为他就是被它给打死的。听赤脚大仙说到乾坤圈,他吓得是魂不附体。

赤脚大仙看着一脸惊恐之色的小白龙,说道:"贤侄,你不必害怕,我这就让阿牛去请哪吒。你既然害怕他,就不必出面了。"

阿牛也拍了拍小白龙的肩膀,说道:"是啊,贤弟,你就别出面了,就由我去求哪吒三太子帮忙吧。"

小白龙点了点头,说道:"既如此,那我就在暗处帮助你。东海龙宫我熟,等你们需要我时,我自然会出来助你一臂之力的。"

阿牛听小白龙这么说,非常感动,他紧紧地握住小白龙的手,说道:"谢谢你,我的好兄弟。"

织女也对赤脚大仙说道:"大仙,既然如此,我们就不打扰了。我们这就去找哪吒帮忙,救我的相公去了。"

赤脚大仙点了点头,便不再挽留三人。织女与赤脚大仙匆匆拜别,带上阿牛与小白龙,飞离了赤脚大仙府,踏上了救夫之路……

第十九章
哪吒斗霓裳

小白龙一直将织女与阿牛送到花果山下的茅草屋，才依依不舍地告别。

敖丙确实是怕了哪吒。按说结下了这等生死之仇，他说什么也要找哪吒报仇。可是经历了借尸还魂以后，他想着人的命都是老天注定，当初与哪吒打起来，皆是因为互相不服气，这才惹下了杀身之祸。如今自己借敖玉的龙身重生，哪吒也被父王逼得自尽。虽说哪吒又被太乙真人莲花塑身，但想来都是再世为人，这仇恨也就随风散去吧。尽管敖丙已经不想报仇了，但是这并不代表他已经原谅了哪吒。他不想见哪吒，倒不全是因为害怕，更因为他从心底里讨厌哪吒的狂妄。

哪吒打死东海三太子敖丙之事，自然是三界皆知，阿牛也不强人所难，匆匆与敖丙作别。敖丙说道："织女姑姑，阿牛二哥，我不见哪吒，并不代表我不出手助你们，东海龙宫我最熟悉了，若你们有危险，我就会现身相救。"

织女一听，笑道："谢谢贤侄，你就先回海里去吧，这次去月宫帮助阿牛救我，你已经出力了，先好好休息休息吧。"

阿牛也说道："是啊，贤弟，我去东海救父之事，如果你不方便出面，还是别来了，就在家里好好地歇息吧。等我救出了父亲，再去西海看你。"

敖丙说道："阿牛哥，你放心，虽说我是海里的人，可是，我们兄弟情深，等到你需要之时，我自然会出来助你一臂之力……"

阿牛紧握住敖丙的手说道："好兄弟，有你这句话就够了，你赶快回西海吧，免得让你父王担心。"

第十九章
哪吒斗霓裳

听阿牛这么说，敖丙才一转身向着茫茫大海飞去。看着"敖玉"已经飞远，刚刚被解救出来的织女便向着阿牛问道："阿牛，我看敖玉这个人也是一个重情重义的汉子，怎么他不想见哪吒？"

阿牛这才想到，织女一直被关着，根本不知道三界里发生的事情，便说道："娘，您是不知道，这个小白龙敖玉的前身就是被哪吒打死并抽取了龙筋的东海龙宫三太子敖丙啊！他本来已经身死，可是命不该绝，一股怨气惊动了地藏王菩萨，菩萨发善心，让他借西海龙宫三太子敖玉的真身还魂，而真的敖玉已经被观音菩萨超度到南海了。"

织女听阿牛说出这么离奇的故事，点了点头，说道："阿牛啊，你的这位敖丙兄弟真不错，以后你们可要亲多近哪。"

阿牛笑道："娘，您就放心吧，我跟敖丙错不了。"

说着话，阿牛便一把推开了柴门，将织女领进了院里。织女看着阿牛住得这么简陋，问道："阿牛，这就是你的栖身之所？"

阿牛点了点头，说道："是啊，娘，先委屈您老人家住在这里，等我们救回父亲以后，我再找几个好的砖瓦工来，盖上几间大瓦房，让您和父亲在这里享福。"

织女流下了热泪，她握着阿牛的手说道："阿牛，这么多年，娘和爹爹不在你的身边，真是让你受苦了啊。"

看着母亲落泪，阿牛也紧握住母亲的手，说道："娘，其实我觉得住在什么样的地方不重要，重要的是我们一家能够快快乐乐地在一起。"

听阿牛这么说，织女忙擦了一把眼泪，说道："孩子，自打你出生以来，你还没有尝过娘为你做的饭菜。今天，娘就给你做一道拿手菜，让你好好地吃上一顿饱饭。"

阿牛摇了摇头，说道："娘，您老歇着，就让我给您做一顿饭吧。您不知道，原来法藏大哥在卷帘洞里修行的时候，我天天给他做饭，他还夸我做的饭好吃哪。"

看着阿牛这么懂事，织女一把抱住阿牛，说道："阿牛，我的孩子，这么多年真是苦了你了，这是娘出来以后，咱们的第一顿饭，不能吃得太简单了，就让娘给你包饺子吧。"

阿牛高兴地说道："娘，这实在是太好了。您不知道，我可爱吃饺子了，我也好长时间没有回家了，这就向邻居们借点白菜和白面过来，今天，我们娘俩一起包饺子吃。"

说完,阿牛便迈开大步出了屋……

看着阿牛高兴地离开了家门,织女就拿起了屋里的扫帚,将屋里每一个角落都认真地清扫了一遍,然后一声"变",让那两间茅草屋变成了四间宽敞明亮的大瓦房。织女又叫一声"变",屋里的锅碗瓢盆与家具床铺都一应俱全地变出来。看着这么漂亮的大瓦房,织女拍了拍手,笑道:"这才是我儿子阿牛应该住的地方。"

正在此时,阿牛挎着一个菜篮子,开心地回到了家。刚打开院门,阿牛便愣在了那里。看到织女站在房门前冲着自己笑,阿牛问道:"娘,这是我们的家吗?"

织女笑着说道:"当然,这就是我们的家,是我给你变出来的。怎么样,阿牛,你喜欢吗?你要是不喜欢,娘再给你变,直到你满意为止。"

阿牛点了点头说道:"娘,我们这个家实在是太漂亮了,比镇上那个张财主的家还要漂亮啊。"

织女笑了笑说道:"阿牛,我的儿,你记着,你是三界之主玉皇大帝的外孙,尽管我们做事不能太张扬,可是也不能让别人看不起,你就得住得像样些,记下了吗?"

阿牛使劲地点了点头,说道:"娘,我记下了,您看这是我向邻居大娘借的白面和白菜,咱们娘俩快动手包饺子吧。"

织女伸手接过阿牛手里的篮子,向里看了一眼,问道:"阿牛啊,你平时就吃这些东西吗?"

阿牛点了点头说道:"娘,我平时也就是胡乱吃些东西,这就是您老人家回家来了,这才跟邻居大娘借来了白菜白面,平时我是舍不得吃的。"

织女叹了口气,有些伤感地说道:"阿牛,我的儿子,娘不在你的身边,真的是让你受苦了,娘这就变些好东西给你吃,好不好啊?"

阿牛摇了摇头说道:"娘,我不要你变什么山珍海味给我吃,我就要娘跟我一起包饺子,我喜欢这种团圆的味道。"

织女笑了笑说道:"好孩子,娘今天就把这么多年对你的亏欠,都包在饺子里,让你尝尝团圆和幸福的味道。"

说着话,织女便提着篮子走进了厨房,拿过菜刀在面板上切菜,吩咐阿牛道:"阿牛啊,你也别闲着,快帮娘和面吧。"

第十九章
哪吒斗霓裳

阿牛笑着说道："娘啊，我平时吃面食少，不会和面啊。"

织女忙将菜刀往阿牛手里一递，说道："那你来剁馅，娘来给你和面。"

说着话，织女拿起一个盆，舀了一瓢水放在锅旁，慢慢地说道："阿牛啊，这和面可是一个功夫活儿，既不能多加水，也不能多加面，你要有耐心，慢慢地将水和面糅合到一起去，就像娘这样，你看到了吗？"

阿牛笑了笑说道："娘，我看到了。"

织女又说道："当年啊，我还在天宫里面织布，我织的布那都是用我的爱心与耐心织成的，所以啊，铺到天上成为白云就特别漂亮。"

阿牛一边剁着馅，一边问道："娘啊，难道这天上的白云都是你织出来的吗？"

织女说道："是啊，天上的神仙可喜欢踩着我织的云在天上飞，后来，我跟姐妹们下界洗澡，结果就认识了你爹爹，天上再没有人能织出这么好看的云来，所以，你外公玉皇大帝才这么生气，将我和你爹爹都关了起来。一晃啊，都这么多年过去了，你看，现在的你都长这么大了。"

说着说着，织女的眼里就流下了两行热泪。阿牛看到母亲在流泪，就说道："娘，您也别太伤感了，现在我已经将您救出来了，等咱们吃过饺子，我就去找哪吒帮忙，再救出我爹爹来，咱们一家也就团圆了。"

织女用袖子擦了一把眼泪，对着阿牛说道："阿牛啊，你不知道，你其实还有一个妹妹，我当时曾托嫦娥下界寻找你们，结果她只找到了你，却没有找到你的妹妹，所以，以后我们还要去找回你的妹妹来，这样，咱们一家就真的团圆了。"

听织女这么说，阿牛将菜板剁得直响，说道："都怪玉皇大帝，就是他害得我们一家不能团圆。"

织女叹了一口气，说道："阿牛，你也别怪玉皇大帝，他可是你的外公啊。其实现在想想，我确实是惹你外公生气了，当年的我如果不这么任性，也就不会有这么多的事情发生了。"

阿牛一听，说道："娘，您要是不惹我外公生气，就没有我跟妹妹哪。"

织女听阿牛这么一说，破涕为笑地说道："你这个调皮的傻孩子，真是油嘴滑舌。"

阿牛与织女母子两人，一边包着饺子，一边话着家常。从来没得到过父母之爱的阿牛，第一次感受到了温暖的母爱，内心充满了幸福。

当那一盘盘热气腾腾的饺子端上餐桌时，阿牛的眼里流下了幸福的泪水。看着阿牛流泪，织女将一个饺子夹进阿牛的嘴里，说道："好了，阿牛，我们母子现在终于团圆了，你就别伤感了，快尝尝，娘包的饺子到底好不好吃？"

阿牛大口地咀嚼着说道："好吃，娘，您老人家包的饺子实在是太好吃了，这是真正的人间美味。"

织女看着阿牛吃饺子，一边笑，眼里还含着泪花，哽咽着说道："阿牛啊，我的孩子，以后，娘要多包饺子给你吃。"

阿牛点了点头，擦一把眼泪，便不再说话，将那一盘饺子吃了个干干净净，对织女说道："娘，我吃饱了，我这就去天上找哪吒，请他帮忙移动定海神针，将父亲救出来。"

织女说道："阿牛啊，不急，你再吃些饺子再出发也不迟啊。"

听母亲织女这么说，阿牛忙一擦嘴，说道："娘，您就不用管我了，爹爹多在东海待一会儿，就会多受一些苦，我这个当儿子的哪里能忍受得了。您放心，我这就去找哪吒帮忙救爹爹。"

说完，阿牛便一晃身形，飞离了自己的家，向着天宫之上的托塔天王府飞去。阿牛是被圣水珠开启的仙体，经过了阿修罗界的重重磨难，又经过与月宫守护神吴刚的大战，他的法力早已经有了质的飞跃，所以，他的飞行速度也极快。很快，他便来到了托塔天王府，待看门的将士进门禀报后，只见哪吒背着乾坤圈，披着混天绫，拿着火尖枪，蹦蹦跳跳地跑了出来，一看阿牛，便问道："你是何人？前来托塔天王府找我，到底有什么事？"

阿牛赶紧将来找哪吒的缘由一五一十地说了一遍，哪吒听完，拍着手哈哈大笑道："好玩好玩，我可喜欢闹龙宫了，你知道吗，我还打死过东海龙宫三太子哪，可恨那东海老龙王，当着我父王的面逼着我自尽，幸亏我师父法力广大，我才莲花塑身获得重生。我正准备去寻东海龙王的晦气哪，你就来找我了，你放心，这个忙我帮定了。"

听哪吒这么一说，阿牛真的是喜出望外，忙对着哪吒说道："既如此，那我阿牛就先谢谢你了。你放心，等到事成之后，我一定送一份重重的厚礼给你。"

哪吒一听，笑呵呵地问道："你准备送给我什么礼物？"

阿牛笑道："哪吒三太子，你想要什么礼物？"

第十九章
哪吒斗霓裳

哪吒笑道："阿牛啊，我还没有成亲，不如你就送我一个媳妇吧。"

阿牛摸了摸哪吒的头，哈哈大笑道："你这个牙都没长齐的小屁孩，还想着要媳妇？实话告诉你，我也想送你，可是我也是个光棍，咱俩一样。"

哪吒笑道："我是跟你开玩笑。"

阿牛也笑道："你可吓我一跳，要是你真跟我要媳妇，我还真没有。"

哪吒将小嘴一嘟，说道："阿牛，闹龙宫可是我最喜欢做的事了，正好借着你这个事，出一出我被逼死的这口恶气，咱们这就走吧。"

阿牛点了点头，说道："哪吒，你不跟你父王说一声吗？"

哪吒将手一摆，说道："不用不用，我做事情从来不跟他说的，省得他管我。你不知道，当年我重生以后，与我父王断绝了父子关系，还跟我父王大战了一场。父王打不过我，燃灯古佛就送给了他一座玲珑宝塔，那可着实厉害。自从我父王有了这座宝塔，现在的我再也不敢不听他的了。所以不用禀报我父王，省得他不同意。咱们这就去东海闹个天翻地覆。"

哪吒刚说完话，就听到门里头一个声音传来："你这又是要去哪里惹祸啊？"

阿牛循着声音向里看去，只见一个人托着一座玲珑宝塔，威风凛凛地走了出来。阿牛看到那座宝塔，就想这位托着塔的可能就是托塔天王李靖了吧，不敢怠慢，赶紧跪倒在地，向着托塔天王李靖说道："伯父在上，请受小侄阿牛一拜。"

托塔天王赶紧搀扶起阿牛来，问道："你是哪位？咱们初次见面，不用行此大礼。"

阿牛说道："伯父，我是玉皇大帝的外孙，牛郎织女之子阿牛，特来找哪吒帮我办点小事。"

托塔天王一听阿牛是玉皇大帝的外孙，不敢怠慢，赶紧还礼道："原来是阿牛贤侄到了，就别在门外站着了，快到屋里喝杯茶吧。"

阿牛看了看哪吒，说道："不了，伯父，我今天来找哪吒，是想请他帮个忙，还请您恩准。"

托塔天王知道牛郎织女被分别囚禁，也听说过阿牛勇闯阿修罗界大闹月宫之事，对这个玉帝的外孙自然十分佩服。可是佩服归佩服，他现在刚刚助周伐纣功成，肉身成圣来到天宫，被封为托塔李天王，要说他对阿牛特别亲近，那也绝无可能。尽管阿牛自称玉皇大帝的外孙，可是玉帝认不认这个外孙还不一定。如果他救牛郎织女惹恼了玉帝，那可不是小事。所以，托塔天王李靖对阿牛那是即佩服又客气,但绝不亲近。

听到阿牛说要找哪吒帮忙,托塔天王不是不知道自己的这个三儿子哪吒也是个惹祸精,他不惹出点事来,绝不会舒服,如果让他跟着阿牛去东海,恐怕又是一场大祸,届时自然会累及他这个做父亲的。

想到这里,托塔天王就说道:"阿牛啊,你来找哪吒帮忙,自是因为瞧得起他,可是哪吒这几天得了病,不能去帮你了,是不是啊,哪吒?"

托塔天王故意瞅向哪吒,自从他拥有了玲珑宝塔以后,哪吒再也不是他的对手,所以,现在可怕他了。听到父亲这么说,哪吒赶紧配合着咳嗽两声说道:"是啊,阿牛,你看我这几天不幸染上了风寒,恐怕不能与你同行啊。"

神仙竟然能得风寒?这简直是笑掉大牙的笑话,阿牛心说你不帮忙便不帮忙吧,装什么病嘛。刚要说话,就看到哪吒一边咳嗽着,一边冲着他使眼色。阿牛心里一乐,心想,这是哪吒在骗自己的父王哪,好吧,我先跟托塔天王告辞,过后再当面请哪吒来助我。

想到这里,阿牛便双手作揖,对托塔天王施礼道:"伯父,既然哪吒不幸染上了风寒,那就算了,我再到别处求人帮我吧。"

托塔天王假装客气地说道:"阿牛啊,既然来到了府上,说什么也要吃一顿饭喝一杯水酒再走啊。来来来,快随伯父进屋里去,伯父这就为你置办酒席。"

阿牛赶紧说道:"不了,伯父,我家里还有点事,这就告辞。哪吒,我走了。"

阿牛故意将"走了"两个字的音加重,意思是咱们该走了。哪吒绝顶聪明,也不跟阿牛客气,就咳嗽着说道:"走了,走了,你先走吧。"

看着阿牛离开了托塔天王府,消失在天宫,托塔天王将脸一沉,将塔一举,说道:"哪吒,我还不知道你吗?天生一个惹祸精,我前脚一走,你后脚就能给我惹出点事来,所以,你别想出这天王府一步。"

听到父王这么说,哪吒有些不高兴地答道:"是,父王。"

看着父亲托塔天王背着手慢慢地向着府里走去,哪吒便装作漫不经心的样子,慢慢地跟在后面。

待到父亲已经走远,哪吒一跺脚就向着阿牛飞走的方向追去,约莫着一炷香的时间,这才追上了阿牛。哪吒远远地看着阿牛驾云的背影,扯着嗓子大声地喊道:"阿牛哥哥,你慢些走,我来也!"

第十九章
哪吒斗霓裳

阿牛回过头一看，云层之中飞过来一位小仙人，定睛一看，正是自己前去寻找的哪吒。他立马转过身来，飞到哪吒的面前，笑着说道："哈哈，哪吒，我就知道你是一个信守承诺的人，答应了我的事，就一定会来帮我的。"

哪吒哈哈大笑道："哎哟，我的阿牛哥哥啊，你可不知道，我在家里可真是烦死了，我父王又管我管得紧，不让我随便出门，所以啊，刚才不得不对你撒了个谎。哎，我说，我对你挤眼你看到了吗？"

阿牛呵呵笑着说道："看到了，当然看到了，所以，我才慢慢地走着，其实我这是在等你啊，不然，早就飞回家了。"

哪吒一听，觉得阿牛好像是在吹牛，就说道："你吹牛吧？你慢慢地等着我，我追你还用了一炷香的时间，你会飞得这么快？"

阿牛说道："我没有吹牛啊，我就是在等着你啊。"

哪吒有些不服气地说道："阿牛哥哥，不如这样吧，咱们就从这里飞，目标就是东海岸边花果山，看看谁先到达花果山好不好？"

阿牛一拍大腿说道："好主意，哪吒，这样咱们就能快些到达东海了。"

说完这句话，只见阿牛一晃身形，念动咒语就向着茫茫的东海飞去。哪吒在后面踩上了风火轮，大叫道："我先让你跑一会儿，待会儿我就让你见识一下风火轮的速度。"

说完，哪吒便暗暗地念动咒语，催动风火轮，也向着茫茫东海快速地飞去……

哪吒与阿牛你追我赶地向前飞着。飞着飞着，哪吒就觉出来了，这个阿牛可真不是吹牛，他的飞行速度尽管不如自己，却也差了没多少。两个人撒欢似的飞，眨眼之间便到了东海岸边的花果山。

别看阿牛飞得快，可是人家哪吒更快，两个人的速度虽说相差不多，却是后飞的哪吒双脚先落地。哪吒将风火轮一收，掐着腰冲着追上来的阿牛，一伸大拇指说道："阿牛哥啊，你没有吹牛，你确实是挺快的，咱俩差不多，但是我还是比你快那么一点点。"

阿牛也哈哈大笑道："哪吒兄弟，你就别夸我了，还是你比我快啊。"

哪吒笑着问道："阿牛哥哥，你是从哪里学的这飞行之术啊？"

阿牛说道："我是跟着圣水珠学的法术，哪吒，我的师父是赤脚大仙。"

哪吒笑道："原来是赤脚大仙哪，怪不得你这么厉害，我只见过你的飞行速度，还没见你功夫如何，只听得别人说你闯了三界仙佛都恐惧的阿修罗界，又闹了月宫，不如咱们哥俩就在这里比试比试，看看谁的功夫更高，你看如何？"

阿牛一听，心想这个哪吒尽管法力高深，可是终究是个好胜的孩子，如果还没去救父亲，先跟哪吒大打一场，肯定会先输了力气，所以，这场比试根本就不能进行。想到这里，阿牛就有意地夸奖哪吒："我哪比得过你，哪吒，一会儿我们到了龙宫，还会有一场恶战，我答应你，等到我救出父亲以后，我一定找你切磋一下武功。"

哪吒听阿牛言之在理，便笑道："阿牛哥哥说得是，事不宜迟，我们这就下海去吧。"

说着话，就看到阿牛与哪吒身形一晃，一个猛子就扎到了东海的茫茫碧波之中。兄弟两人念着避水咒，向着东海水晶宫里奔去。哪吒边踩着水边对阿牛说道："阿牛哥哥，你以前去过东海吗？"

阿牛摇了摇头，说道："我一个凡人，哪里来过东海，而且见了水就害怕，要不是为了救我的父亲，我才不会下到海里来哪。"

哪吒点了点头，说道："我也从来没有下过海，以前跟三太子打架，也是在岸上，在岸上他打不过我，在水里，我就不一定是他的对手了，说不定下到海里，被打死的就是我了。"

阿牛听哪吒这么说，就说道："兄弟，既然我们水里的功夫都不行，不如我们变成水族的模样，先混进龙宫打听一下这大海牢在什么地方，你看好不好？"

哪吒拍着手说道："好主意。"

说完，哪吒便摇身一变，变成了一只螃蟹，说道："阿牛哥哥，你看我变得像吗？"

哪吒的话刚问完，再一看已经没有了阿牛，只听到一只乌龟在旁边说道："像，太像了，你看我这只乌龟变得像吗？"

哪吒哈哈大笑，揶揄阿牛道："不像乌龟，倒像个大王八。"

阿牛知道哪吒爱开玩笑，就说道："哪吒，我们别开玩笑了，这就往前走吧。"

哪吒与阿牛正说着话，就听到耳边一个女人的声音传来："你们是哪个水里的怪物，竟然敢来我东海，速速报上名来，不然惹恼了本姑娘，看我不

第十九章
哪吒斗霓裳

把你们煮了下酒。"

阿牛抬头一看，只见霓裳手持着七星宝剑，带着一群巾帼水族，拦住了阿牛与哪吒的去路。阿牛有心上前相认，可是自己这个模样，哪能跟霓裳相认。阿牛想到前些日子去了趟西海龙宫，便撒谎道："启禀龙女，我是西海龙宫里的水族，外出游玩不想走错了路，还望龙女您高抬贵手，放我们走吧。"

霓裳一听是迷了路的西海水族，想来四海本是一家，经常有迷了路的水族，也没什么大不了。于是，霓裳便将手中的七星宝剑入鞘，对着阿牛说道："既然你迷了路，本姑娘也不为难你们，你们这就逃生去吧。"

阿牛刚要说句谢谢之类的话，就听到哪吒变成的螃蟹说道："你这话我就不爱听了，这四海也不是你家的，还好意思说让我们逃生。"

哪吒这句话刚说出口，阿牛心想坏了，这个霓裳是出了名的调皮，而这哪吒又是出了名的捣蛋，这调皮与捣蛋两个惹祸精遇到一起，那是非打起来不可啊。阿牛刚要说话，就听到霓裳开口了："这东海就是我父王的，你们迷了路进了我们的地盘，我如果不让你去逃生，那你们两个就一定是本姑娘的口中之物。"

哪吒哈哈大笑道："好你个小姑娘，竟敢口出狂言，本太子才不害怕哪，有本事你就动动手试试，本太子立即让你香消玉殒。"

哪吒的这句话说出来，阿牛心想这可坏了，两人这是要打起来啊，如果他们两个打起来，我是一定要帮着哪吒的，毕竟人家哪吒是自己请来的。平心而论，阿牛是真的不愿意跟霓裳动手，因为他一直暗恋的姑娘就是霓裳。长这么大以来，头一个跟他一起吃饭的姑娘是霓裳，头一次到他那两间破茅草屋的姑娘也是霓裳，让他牵肠挂肚茶饭不思的还是这个霓裳。可是，自己要救父亲，就必须来东海龙宫，来到龙宫就必须与这个自己喜欢的女人动手，他心里真是有些不忍。想到这里，他赶紧说道："这位龙女且息怒，我兄弟刚刚喝醉了酒，您千万别怪他，他正耍酒疯哪，您看我也喝醉了酒，我也耍酒疯哪。"

说完，阿牛就装作醉醺醺的样子，东倒西歪起来。这一下可把霓裳给逗乐了，霓裳笑着说道："好吧，看在你的面子上，我不为难他，你们快走吧。"

哪吒听霓裳这么说，有些不服气地说道："本太子不用你为难，这大路朝天各走一边，这东海又不是你们家的，管得着吗？"

刚才哪吒那句"本太子",已经让霓裳起了疑心,只是阿牛说他在耍酒疯,才去消了疑惑,现在这只螃蟹又说出"本太子"来,霓裳就觉得它不简单,想到那个讨厌的敖丙已经成了西海的人,现在又听到两个人说来自西海,而且那只螃蟹对自己更是出言不逊,霓裳心里的气便不打一处来,她"唰"地一下又抽出了腰中宝剑,娇喝道:"好,既然你说我管不到你,那我今天就偏要管你,看剑。"

说完,霓裳便一剑冲着哪吒变的大螃蟹砍去。哪吒忙掏出火尖枪来抵住宝剑,两个人就你来我往地斗在一处。哪吒法力高深不假,可是,变化成螃蟹的模样跟霓裳打实在是太吃亏了,所以不得不变回本来的模样,手举着火尖枪向霓裳打去。

霓裳正与螃蟹斗着,猛地看到螃蟹变成了一个小男孩,心里就是一惊。霓裳从来没有见过哪吒,但却深深地记住了哪吒这两个字。为了打败哪吒,她跟着天魔苦修法力。后来,等到她认为自己的法力差不多了时,却听人说哪吒已经上了天,成了天庭的三坛海会大神。想上天寻仇吧,又怕那些神仙一起来对付自己,不去吧,又实在是心有不甘,所以,这口恶气一直忍到了现在。

现在,看到眼前的这个身披混天绫、脚踩风火轮、背着乾坤圈、拿着火尖枪的人,尽管她从来没有见过,可是这个形象早已经传遍三界,这就是她的仇人哪吒。想到这里,霓裳哈哈大笑道:"哪吒,你知道我是谁吗?"

哪吒将脸一沉,将火尖枪往前一递说道:"我管你是谁。"

霓裳用宝剑架住哪吒的火尖枪,相互较劲的时候,霓裳咬着牙一字一句地说道:"告诉你,听好了,我就是被你打死的东海龙宫三太子的妻子霓裳,我们一家被你害得好惨,往日你欺我龙宫无人,今日,我就要让你尝尝我的厉害。"

说完,霓裳往后一撤身,接着,猛地向前一冲,向着哪吒连刺了好几剑。这几剑的力道实在是太猛了,如果是在岸上或者天上,霓裳不是哪吒的对手,这波涛滚滚的东海可是她的地盘,霓裳又熟识水性,就与哪吒斗了个平手。

看着两人斗在一处,阿牛左也不是右也不是。他有心帮哪吒,可是又怕伤了自己喜欢的霓裳,想帮霓裳吧,哪吒又是来帮他救父的。阿牛正在进退维谷之际,就听到哪吒大喊一声:"阿牛,你快来帮我啊,我水里的功夫

第十九章
哪吒斗霓裳

不行。"

阿牛应了一声，霓裳听到这只大乌龟说话了，大笑道："我告诉你，我最喜欢吃乌龟肉了，既然你们来惹本姑娘，那么，我定要拿你们下锅煮了下酒吃。"

说完，霓裳一个箭步冲上前，一剑就刺向了阿牛变成的乌龟。阿牛正在念着避水咒，霓裳这一剑刺来，直吓得阿牛呛了一口海水，变身法再也不管用了，阿牛一下子由乌龟变回了原来模样。霓裳一看，把剑向阿牛的脖子上一指，惊问道："阿牛，怎么是你？"

阿牛忙向着霓裳施礼道："霓裳姑娘，我来东海就是找你的。"

霓裳将剑锋往前一伸，差点碰到阿牛的脖子，把阿牛吓出了一身的冷汗，霓裳持剑问道："你是来找打的吧？"

哪吒一听，大喊一声："阿牛，你少跟她废话，赶紧打她啊！"

说完，哪吒便不等阿牛回话，拿起火尖枪又刺向了霓裳，两个人又斗在了一处。阿牛一看没有办法，只得挥舞着纤云飞星神梳在中间劝架。可是，霓裳与哪吒两人都杀红了眼，火尖枪与七星宝剑直冲着阿牛招呼，把阿牛急得是团团乱转。

本来，霓裳还不想伤害阿牛，可是现在的她大叫道："看我将你跟他一起打！"

说着话，霓裳就挥舞起宝剑，又向着阿牛刺去。阿牛忙用神梳招架住宝剑，帮着哪吒与霓裳斗在了一处……

三个人这一番你来我往，可把东海龙宫给搅得天翻地覆，水晶宫里的老龙王敖广忙差巡海夜差前来打探。工夫不多会儿，巡海夜叉便来禀报说，是打死三太子敖丙的哪吒又来东海闹事了。敖广不听哪吒则罢，一听"哪吒"两个字，那可真是怒从心头起，震怒的他一拍桌案，点齐虾兵蟹将，前去找这个三坛海会大神哪吒报仇雪恨！

第二十章
法藏助东海

当东海龙王从巡海夜叉那里得知哪吒又来大闹龙宫时，他的气就不打一处来。哪吒仗着在天庭有人，打死了他的三太子敖丙，从此，他便与哪吒结下了无解的仇恨。他先是将此事告到了玉皇大帝那里，谁想这哪吒竟然敢在南天门外戏弄于他，天上的众仙也根本不管他龙族的死活。好在，在天魔的帮助下，老龙王敖广才带着四海龙王杀到了钱塘关，逼着哪吒自尽，出了心中的这口恶气。可是，后来他又听说，哪吒命不该绝，竟然又被其师父太乙真人莲花塑身活了过来。哪吒复活的消息一出，他本想重新去找哪吒寻仇，可是又听说哪吒上天做了三坛海会大神，背后又有玉皇大帝及太乙真人等一帮神仙撑腰，料想他这区区的东海龙王也不是哪吒的对手，不得不强咽下这口恶气可心里却在赌咒着哪吒。

此时，当他听到哪吒又打上了东海龙宫，昔日的仇恨再一次被激发。敖广心想，你哪吒在天上是位列仙班的神仙，我不敢去找你寻仇，可是你打上龙宫来，那可就别怪我不客气了。今日，我定要新仇旧恨一起算，不杀了你这个罪魁祸首，难解我的心头之恨。想到这里，老龙王敖广便穿戴好披挂，点齐虾兵蟹将，急匆匆地出了水晶宫。

霓裳正在与阿牛和哪吒大战，尽管哪吒法力无边，可这毕竟是在大海里，不习惯海里作战的他，怎么会是霓裳这位龙女的对手。打着打着，哪吒就有些招架不住了，好在有阿牛帮着他，才不至于落败。可是哪吒也知道，照这样打下去，早晚会败在霓裳的手中。

看着越战越勇的霓裳，哪吒的心里十分不是滋味，自己是天上的三坛海

第二十章
法藏助东海

会大神，在这三界之内也是有名号的人物，怎么到了海里，连一个龙宫女将都打不过？哪吒转念又想，与其这样与霓裳缠斗下去落败，不如使些法宝，或许可以打败霓裳。

想到这里，哪吒就从肩上取下了乾坤圈，刚要向着霓裳祭出，就猛地听到远处传来一声怒喝："大胆哪吒，又来我东海龙宫闹事，今日我不将你碎尸万段，难消我的心头之恨！"

阿牛回头一看，正是龙王敖广带着虾兵蟹将赶来驰援霓裳。阿牛一想这下可坏了，在人家的地盘上，他和哪吒又不熟悉水性，只一个霓裳就够他俩忙活的了，现在老龙王敖广又带着一帮子的虾兵蟹前来援助霓裳，如果再斗下去，真的会被生擒，到时还怎么救父亲？想到这里，阿牛就冲着哪吒大喊一声："哪吒，我们撤！"

哪吒也知道这个时候若再与霓裳争斗下去，搞不好就要丢了性命，就点了点头，刚想要逃离东海龙宫，就听到东海龙王敖广怒道："好你个哪吒，闹了我的龙宫还想跑，我告诉你，你跑不了了，你今天就给我儿敖丙偿命吧。"

说着话，老龙王对着夜叉一指说道："巡海夜叉，你去将哪吒和那个人给我捉来，我给你记大功一件。"

巡海夜叉知道哪吒法力无边，本是不敢去招惹的。可是今天有霓裳助阵，又有老龙王敖广在后面压阵，这里又是在东海，他也就顾不上那么多了，提起手中的长刀，踩着水花对哪吒打去。一个霓裳就够哪吒忙活的了，看到又来了一个夜叉，哪吒不能不使用法宝了。想到这里，哪吒祭起乾坤圈，向着巡海夜叉就打了过去。巡海夜叉刚要拿刀来砍乾坤圈，就看到老龙王敖广用手一指，将手中的镇天锤抛了出去，直直地将乾坤圈给打落在地。霓裳一看，哈哈大笑，用手一指哪吒说道："哪吒，你用法宝算什么本事，不如你就听本姑娘一言，赶紧束手就擒吧。我可以禀告父王，饶你一命。"

哪吒瞪着霓裳，怒道："你休想，在水里我承认赢不了你，可是你要想打败我，也是难上加难。我来问你，你敢跟我到岸上打吗？"

霓裳哈哈大笑道："哪吒，别人怕你，我可不怕，在水里你打不过我，在岸上你也不一定是我的对手。"

说着话，霓裳冲着哪吒又连刺了三剑。阿牛一看这阵势，心想今天可是跑不了了。听到哪吒要将霓裳与龙王引上岸来，他也冲着霓裳喊道："霓裳姑娘，在水里难以施展我们的身手，咱们就到岸上再来比试，你看如何？"

听到要到岸上去打，老龙王心说不好，这个哪吒可是三界出了名的战将，在水里他确实不是龙宫水族的对手，若是让他上了岸，自己这水里的兵将。可就不是他的对手了。想到这里，老龙王赶紧说道："哪吒，今天可是你来我的龙宫闹事，不是我到岸上去寻你的仇。今日，我也不管公平不公平了，一定要将你碎尸万段，给我的龙儿敖丙报仇雪恨。"

老龙王把话说完，猛地一下冲上前，举起那硕大的镇天锤，向着哪吒就打了过去。哪吒一看老龙王敖广这个架势，心说今天可真是坏了，刚想将霓裳激出东海，跟他们到岸上打去，可是这老奸巨猾的龙王偏偏不上当。哪吒没有办法，又不能说自己在水里打不过人家，只得硬着头皮举起火尖枪，与老龙王敖广打了起来。

霓裳一看父王跟哪吒打起来了，也就不再去想与哪吒到岸上争斗了。她忙举起手中的七星宝剑，向着阿牛就砍了过去。阿牛一看霓裳冲着自己砍来了，忙举起神梳架住七星宝剑，说道："霓裳，你看咱们又没有仇，打的哪门子架哪？"

霓裳怒道："阿牛，你闯我的龙宫，怎么能说与我没仇哪？少废话，接招吧。"

说完，霓裳便挥剑向阿牛再次砍去。老龙王已经跟哪吒动上手了，他手底下的那帮虾兵蟹将也纷纷拿起手中的兵器，向着哪吒就冲了过去。这一通乱打，直把哪吒给累得气喘吁吁。哪吒暗叫不好，一个霓裳已经够他受的了，现在有了龙宫众水族的助阵，自己更不是人家的对手了。想到这里，哪吒忙跳出战圈，拉起阿牛的手，向着海面奔去。

看到哪吒与阿牛想跑，老龙王当然不能同意。他知道一旦让他们上了岸，自己这些水族哪里会是这个三坛海会大神的对手？何况他的身边还有一个法力高强的阿牛。想到这里，老龙王便冲着霓裳大喊道："霓裳，快追，千万别让他们跑出东海！"

霓裳一听，也知道父王所说有理，就与龙王一起带着虾兵蟹将追了上去。哪吒与阿牛一看老龙王穷追不舍，更是没命地跑，只片刻的工夫，便飞到了海岸之上。

哪吒的双脚一踏上海岸，威风就又回来了。他不再害怕追上来的虾兵蟹将，回过头来，用手一指东海老龙王敖广，说道："敖广，今日我也要抽了

第二十章
法藏助东海

你的龙筋，给我的兄弟阿牛当腰带使。"

老龙王听哪吒这么说，气得直打哆嗦。自己的三太子就是被哪吒打死抽了龙筋，如今他还要抽取自己的龙筋，这还了得！老龙王刚要向岸上冲，就听到霓裳说道："父王息怒，待小女上前为您报仇。"

说完，不待老龙王敖广回话，霓裳便举起七星宝剑飞上了岸，用手一指哪吒，说道："哪吒，别人怕你我可不怕，自从你打死我夫君以后，我可是没闲着，天天跟着师父练功夫，我之所以这么努力，就是为了找你报仇雪恨，拿命来吧。"

哪吒一听霓裳这么说，也就不再客气，挥舞着火尖枪就与霓裳斗在一处。老龙王一看霓裳抵住了哪吒，自己也不能闲着，就挥舞着镇天锤，向着阿牛打去。阿牛本不想对霓裳动手，所以，刚才尽管是在帮哪吒，可是手底下却对霓裳留着情面。现在看到老龙王冲自己来了，阿牛心说这回机会来了，正好跟龙王试试身手，看看自己的法力究竟练到什么程度了。

想到这里，阿牛便高高举起纤云飞星神梳，向着老龙王挥了过来。这纤云飞星神梳本是天宫王母娘娘的梳子，那也是三界数得上的宝贝，阿牛如今的法力早已经不是一般的天仙能够抵挡得了的，所以，他的神梳一挥出来，尽管还没有碰上老龙王挥来的镇天锤，老龙王只凭那风声，就知道自己遇到对手了。

这把镇天锤是早年他跟着天魔四处征战的时候天魔给他的宝贝。也是靠着这把镇天锤，早年仙魔大战的时候，老龙王敖广用它诛杀了不少天上的神仙，那可真是大逞神威。自从天魔被众仙联手封印，自己投降玉帝被封为东海龙王以后，他就很少使这把镇天锤了。今日重新拿出来，本想用到哪吒身上，却不想碰上了阿牛的纤云飞星神梳。神梳对神锤，刚好打了个棋逢对手。

其实，正打成一团的阿牛与敖广哪里知道，这神梳与神锤，当年都是天魔的宝贝。想当年，天魔与玉帝兄弟俩为了皇帝的宝座展开了竞争。同样，对于还未出嫁的王母娘娘，兄弟两人都是情有独钟。于是，为了得到王母娘娘的芳心，天魔就将自己最喜欢的纤云飞星神梳送给了王母娘娘。时光斗转沧海桑田，转眼之间几十亿年过去了，当初天魔的这两件宝贝现在竟分别到了阿牛与老龙王敖广的手中。

这一边敖广战阿牛，那一边霓裳对哪吒。霓裳在海里能够稳胜哪吒，可是在岸上，她就不是哪吒的对手了。这一通争斗，直累得霓裳腰酸背疼气喘吁吁。正在跟阿牛对战的老龙王一看霓裳斗不过哪吒，正琢磨着怎么去帮助霓裳，就看到阿牛手中的纤云飞星神梳是越舞越快。就在老龙王敖广心慌的时候，那把神梳猛地撞到了镇天锤上。老龙王只感到虎口一麻，接着手中的镇天锤便飞了出去。阿牛一个箭步冲上前去，就要用纤云飞星神梳打出老龙王的原形来。看着阿牛高高举起的神梳，老龙王敖广心想："这下可算是真的玩完了。"

老龙王敖广闭上眼睛的那一刻，就听到一声"阿弥陀佛"的佛音传来。接着，阿牛挥下的神梳，便被一把飞来的禅杖给猛地打向一边。阿牛心里一惊，定睛一看，来的不是别人，正是大哥法藏……

自从兄弟两人发生误会以来，阿牛多次向大哥解释自己绝无觊觎圣水珠之意，可是法藏却不再相信他，兄弟两人的误会也越来越深。此时，看到法藏来到了东海岸边，阿牛大叫一声："法藏大哥，怎么是你？"

老龙王敖广一看，大叫一声："圣僧救我！"

法藏飞身挡在了老龙王敖广前，用手一指阿牛，怒道："阿牛，你这个盗宝贼，前者你偷了我的圣水珠，今日又来这东海龙宫搅闹，我今天便要除魔卫道，不将你降服，我誓不罢休。"

霓裳一看是法藏来了，心里特别激动。她很喜欢法藏，可他却偏偏是一个和尚。想到两个人自打认识以来所发生的这许多事情，霓裳其实早已经芳心暗许。如果当初敖丙不被哪吒打死，那么霓裳早已成为太子妃，或许也就不会发生法藏的这些事情了，难道这一切都是天意？看到法藏即将对龙宫施以援手，正在与哪吒打斗的霓裳就冲着法藏大声喊道："法藏大哥，你快来帮帮我吧，这个哪吒可是太厉害了。"

法藏说道："霓裳姑娘，不必惊慌，小僧这就跟你们一起，惩治这两个无法无天的恶人。"

哪吒一听，用手指着法藏哈哈大笑道："你这个臭和尚，有什么手段敢来掺和我们的事？看乾坤圈。"

说完，哪吒冲着法藏就是一乾坤圈。法藏忙挥动禅杖向着乾坤圈打去，一杖将乾坤圈打开，指着哪吒怒喊道："你这个顽童，前日你打死三太子敖丙，还抽取了他的龙筋，着实可恨，害得霓裳误解是我打死了敖丙。今日，我便不再与你客气，定要打到你跪地求饶。"

哪吒一看法藏，笑道："噢，原来我打死敖丙时，在一旁瞎唠叨的那个

第二十章
法藏助东海

臭和尚就是你啊，好，这可真是冤家路窄啊，啥也别说了，看枪吧。"

说完，哪吒便抛下霓裳，举起火尖枪向着法藏刺了过来。哪吒刚举起火尖枪，就听到阿牛说道："哪吒，手下留情啊，万不可伤了我大哥。"

哪吒举起火尖枪的手停住，疑惑地看着阿牛问道："阿牛，这是怎么搞的？他可是铁了心要帮助东海龙宫，何况他对你并无善意，你为什么还要认他当大哥？"

阿牛叹道："哪吒，这个以后我再跟你解释，都是一场误会，你只需对我大哥手下留情就行了。"

法藏闻听，用手一指阿牛说道："阿牛，你不必假装好人，我也不用你来充这个好人，你们两人，今天一个也跑不了，看杖吧。"

说着话，法藏便举起禅杖向着阿牛打去。哪吒一看法藏举起了禅杖，就挥动起乾坤圈向着法藏打去。两个人你来我往，就在这东海岸边的沙滩上大战起来。老龙王敖广与霓裳一看法藏与哪吒打起来了，也不能闲着。老龙王一弯腰捡起掉在地上的镇天锤，对着阿牛便打了过来，两个人再次战到了一处。

不想与阿牛对打的霓裳看到法藏正挥动着禅杖与哪吒对打，早已经对法藏芳心暗许的她，便举起手中的七星宝剑，向着哪吒砍去。哪吒的法力纵横三界，他打法藏自然是不在话下，直把法藏给累得够呛。可是，霓裳这一掺和，哪吒可就有些慌乱了，忙打起十二分的精神，与霓裳和法藏周旋着。

哪吒一看这样打下去，自己迟早会败在二人的手里。想到这儿，哪吒灵机一动，叫一声"变"，变出了三头六臂，与法藏和霓裳再次打了起来。哪吒的三头六臂可真是把霓裳与法藏给惊着了。两人不敢怠慢，只得打起精神。三个人你来我往地战成一团，把龙宫众兵将给看得眼花缭乱。

眼看着法藏与霓裳联手战平了三头六臂的哪吒，老龙王敖广便不再分心。这一通好杀，直打得是天昏地暗，再加上龙宫众水族不停地为老龙王、霓裳和法藏摇旗呐喊，那可真是惊天动地。整个大地也跟着震动起来，惊动了正在花果山下茅草屋里，等待阿牛归来的织女。

不知道发生了什么事情的织女，忙驾起祥云飞向了不远处的大海边，老远便看到龙宫众水族正在老龙王敖广的带领下，与自己的儿子阿牛和哪吒大战。织女忙脚踩着祥云，飞到了空中向下喊道："快快住手！"

老龙王曾经在蟠桃会上见过织女，所以他是认得的，忙跳出与阿牛的战圈，向空中拜道："公主殿下千岁，小龙这厢有礼了。"

阿牛一看母亲织女来了，也向着空中拜道："娘，您老人家就在空中看着，不要插手，您放心，我这就打得老龙王满地找牙。"

织女道："阿牛，不可胡言乱语，这是东海的老龙王敖广，你快去上前参拜。"

阿牛一听织女盼咐，脑子里面乱成了一团。刚才还跟东海老龙王打得是你死我活，转眼就要对他参拜，阿牛心里有些转不过弯来，可是又不能违了母亲的盼咐，就收到神梳，硬着头皮走上前，向着老龙王敖广深施一礼道："龙王在上，小侄给您行礼了。"

老龙王敖广一看织女来了，不能不给人家面子，这天上玉皇大帝的闺女，谁敢惹啊？虽说因为她与牛郎私配终身，惹得玉帝大怒将其囚禁，可人家毕竟是父女情深，自己这个下界的小龙哪里敢惹。想到这里，老龙王敖广假装热情地笑道："贤侄，都是一场误会，都是一场误会啊，你快快起来，千万不要客气。"

哪吒与法藏也被搞糊涂了，就因为织女的到来，这一场争斗已经没有了打下去的意义。当所有人都停下手的时候，早就恨死了哪吒的霓裳却根本不管织女的到来，举着七星宝剑还要与哪吒打，老龙王敖广发话道："霓裳，不可无礼，快向公主殿下施礼。"

霓裳心里不高兴，可是父王的面子终究还是要给的，她只能跪倒在地上，向着空中的织女磕头道："公主在上，小女给您行礼了。"

织女微微地点了点头，说道："侄女，你快起来吧，都是误会，大家都不要放在心上。"

霓裳这才站起身来，走到了老龙王敖广的身旁站定。织女说道："老龙王，我听说我夫君牛郎被关押在你的龙宫大海牢里，不知能不能给我一个薄面，将他放出来啊。"

老龙王一听，这才知道阿牛来龙宫，原来是为了救他父亲牛郎，可是放不放牛郎，又岂是他一个小小的龙王能够做得了主的。就算是自己能够做得了主放出这牛郎来，可是那里面不仅仅有牛郎，还有被定海神针压住的七十二洞妖王。如果放出了妖王，整个三界都将大乱，人间更是会有一场浩劫。到时，他这个龙王少不了要在那天上的剐龙台上挨一刀。老龙王敖广也知道，天魔重新出世以后，确实很想放出这七十二洞妖王，好为他倒反天宫

第二十章
法藏助东海

出力。可是，就算玉皇大帝不追究这个事情，七十二洞的妖王提前出世，也将彻底打乱天魔倒反天宫的计划，到时，天魔也会找他算账。他这个龙王夹在这玉帝和天魔中间，可真的是难受至极。

想到这里，老龙王敖广就向着空中的织女说道："公主在上，请恕小龙有罪，这驸马牛郎被关押在大海牢里，不是我一个小龙能说了算的。假若公主想救牛郎，还请向玉帝请旨，只要有玉帝的旨意，我一定将牛郎亲自放出来，让你们一家早日团圆。"

织女早就想到会是这个结果，她也知道敖广没有放人的权力，她之所以那么说，就是为了给阿牛再闯龙宫作一个铺垫。想到这里，织女就叹一口气，说道："老龙王，既然如此，那你也就别怪我们母子闹你的东海了。"

老龙王敖广心说织女这句话说出口，其实已经是撕破脸皮了，也就不再客气，说道："公主，还请您理解小龙，小龙真的是不敢放出令夫牛郎啊。您若是闹上东海，那小龙再不济，也要想尽办法守护住我这东海龙宫。我这可不是只为了自己，也是为了维护您父皇玉皇大帝的尊严与权威哪。"

哪吒一听老龙王这么说，向着织女看了一眼，说道："织女姑姑，您就不要与他客气了，他们龙宫的人都是不识抬举的货色。今天，我就帮着阿牛大闹龙宫，好救出牛郎姑父来，让你们一家早日团圆。"

织女向着哪吒笑了笑，说道："多谢哪吒帮助牛郎，你很重情义，我很喜欢你哪。"

霓裳抬头看了看织女，高声地说道："他重什么情义啊，他就是一个惹祸精。之前打死了我的丈夫，如果连他都重情义了，那这个世界上就没有坏人了。公主，我就不明白了，当天上的神仙有标准吗？为什么像这么可恶的杀人犯，还能当上三坛海会大神？像这么随便出手便杀人，又怎么能给人间作出表率？"

霓裳的这话一出口，可是把织女给问住了。确实，哪吒前来东海闹事，打死人家龙子敖丙不说，还抽了人家的龙筋，任谁也咽不下这口恶气。老龙王敖广没让哪吒一家偿命，已经算是很讲情面了。像这么可恶的人，确实不应该成为天上神仙。可是，这三界之内的事情，偏偏又说不清道不明。就像敖丙命丧哪吒之手，这本是他们前生的恶缘，一还一报也说不明白。而哪吒这一世就是天上派到地上的杀星，他就是要通过杀伐才当上这助周伐纣的先锋官。

想到这里，织女的心里也有些矛盾，就对霓裳说道："霓裳，这人间的很多事本来就是上天注定的，一还一报的事情我也说不好，但我只知道，你只需好好行善，便自会有大的福报。"

听到织女这么一说，法藏赶紧双手合十，向空中拜道："阿弥陀佛，公主殿下，您说的话好有佛理，弟子受教了。"

织女点了点头，向着老龙王敖广说道："老龙王，妻子盼着丈夫回家，儿子盼着父子团圆，您难道非要做这阻拦别人家团圆的恶人吗？"

老龙王听织女这么一说，心里一软。自从三儿敖丙被打死以后，他日思夜盼着儿子能够回家团圆，可是，儿子却再也回不来了，这一家人不能团圆的苦楚他是知道的，并不好受。有心放了牛郎吧，这确实不是他能说了算的，他只是受玉皇大帝之命，前来看守这东海大海牢。就算不顾玉皇大帝之命，还有天魔在那里挡着，他一个小小的东海龙王，哪里敢私放牛郎？

想到这里，老龙王敖广就当空一拜说道："公主殿下，并不是小龙要挡着你一家团圆，而是我有难言的苦衷啊。不如这样，今日，我们先各自退去，等到来日，你带着令郎阿牛打上龙宫，我们兵对兵将对将地好好打一场，你救了令夫我无话可说，倘若救不出来，你也就不要再怪我无情了。"

织女点了点头，向老龙王敖广说道："老龙王，既然如此，那今天便各自回府，改日，我们定当再到东海龙宫拜访。"

话已经说到这份上，也就没有继续纠缠的必要了，老龙王再向织女行了礼，便带着霓裳与众水族回了龙宫。此时，一心要帮助龙宫的法藏，也跟着老龙王去了东海龙宫。

看到老龙王敖广带着人返回龙宫，织女也带上阿牛与哪吒返回了家中。

哪吒很调皮，一进到阿牛的家里，便跟阿牛玩了起来。织女很重情义，看到哪吒来帮助自己，便做出了拿手的好菜招待哪吒，感谢哪吒对阿牛施以援手。

酒席宴上，哪吒说道："织女姑姑，这龙宫众水族倒没有什么可怕的，最可怕的是我与阿牛的水性都不好，到了水里恐怕不是他们的对手啊。"

织女笑道："哪吒，你不必担心，当年我在天上就是做织锦的。今日，我便重操旧业，为你和阿牛各做一套织锦的水衣来，你们穿上也就不怕他们了。"

阿牛听母亲这么说，就好奇地问道："娘，您做的织锦水衣有什么奇妙

第二十章
法藏助东海

之处啊？"

织女说道："阿牛啊，娘做的这套织锦水衣，可入水不化遇火不熔，乃是三界的至宝啊。你看那地藏王菩萨穿的锦襕袈裟，那就是为娘的手艺啊。"

哪吒高兴地拍着手，说道："织女姑姑，原来如此啊，您快给我和阿牛每人做一套水衣来吧，也好助我们早日救出牛郎姑父来。"

织女笑了笑说道："这个不急，哪吒，不管做什么事情，都先吃饱了再说啊。"

说着话，织女又给哪吒夹了一筷子菜，说道："哪吒，你正是长身体的时候，快多吃些东西吧。"

阿牛一看织女对哪吒这么说，就对哪吒说道："哪吒，我们兄弟二人志同道合，不如今天就当着母亲的面结为异姓兄弟，如何？"

哪吒一听大喜道："好哥哥，就这么定了！我那两个哥哥啊，一个在佛祖的身边，一个在菩萨的身边，也没有人来陪我玩，以后有你这个哥哥陪我，我也就不再寂寞了。"

织女听到阿牛想跟哪吒结拜，也是高兴得不得了，就在屋里给兄弟两人设了桌案，供上茶水，点上香，让哪吒与阿牛在桌案前拜为异姓兄弟。哪吒与阿牛这才重新入席，商议如何入东海解救牛郎之事……

话说法藏跟着老龙王敖广与霓裳回到了东海，敖广的心里很感激法藏，热情好客的他忙命人端上各种山珍来招待法藏。法藏看着这满桌子的山珍，只是吃了几样素食。老龙王见此，笑着道："师父，这可都是四海闻名的山珍，请谅解，我们是水族，不能用海味来招待您，难道这些饭菜不可口吗？"

法藏摇了摇头说道："老龙王，小僧早已经发下了受具十戒之大愿，只吃素不食荤，还望龙王谅解哪。"

霓裳笑道："法藏，你还是多吃些吧，等到那织女带着阿牛与哪吒来救牛郎的时候，少不了一场恶仗啊，您这不吃怎么行啊？"

法藏说道："霓裳姑娘，我也知道会是一场恶仗，可是，我是不能吃这些荤食的，如果吃了这些荤食，少不了要堕入阿鼻地狱的。"

老龙王问道："师父不吃荤腥，原来是怕堕入阿鼻地狱啊？"

法藏摇了摇头说道："非也非也。老龙王，先前我前去地府解救令郎，已经被阎君打入了十八层地狱，后来，还是在镇元大仙的帮助下，我才逃离地府，所以，我并不是怕，而是心怀着敬畏之心。岂知这荤腥之食，乃是我们累世父母兄弟的血肉啊。"

老龙王点了点头说道："师父修行颇为高深，小龙受教了。您刚才说到去地府解救我儿之事，还望您告诉小龙，我那受苦的龙儿到底怎么样了？"

法藏听老龙王问起被打死的三太子敖丙，本想告诉老龙王敖丙已经借尸还魂成功之事。可是，如果说出敖丙已经成为敖玉，又怕引起这东海与西海的两海之争。想想这幽冥之事本就不便向外界透露，法藏为自己说漏了嘴感到后悔。法藏有心搪塞过去，又觉得对不起这老龙王的拳拳爱子之心，正在想着怎么回话的时候，就听到老龙王说道："师父，您若是能救得我儿敖丙逃出生天，小龙愿将这东海的半壁河山倾情相付。"

法藏闻听老龙王这么说，赶紧起身离开座位，恭敬地对着老龙王施礼道："阿弥陀佛，老龙王言重了，想我一个小小的和尚，哪里有么大的法力，能够救敖丙逃出生天？不过老龙王大可放心，敖丙善缘未了，已经得了地藏王菩萨的超度，并且到了一个非常好的地方，日后，他也会以一个全新的身份前来见你，你们尽管形式上已经不再是父子，但是这份父子之情，还是能够延续的。"

霓裳听法藏这么说，就想起敖丙前来求他借断魂香之事。但是法藏既然不说，霓裳也不便说出口来，就对着老龙王劝慰道："父王，您就不必担心了，我也知道敖丙三哥已经逃离地府重生了。"

老龙王听霓裳这么说，忙追问道："霓裳，你是怎么知道的？"

是啊，我是怎么知道的？霓裳不能将敖丙前来借断魂香时跟她说的话告诉老龙王，就撒谎道："父王，是敖丙托梦告诉我的。"

老龙王放下端起的酒杯，说道："我儿先被哪吒打死，又被哪吒抽了龙筋，我是好不伤心哪！你说我这龙儿，我是日思夜想于他，他怎么连个梦也不托给我啊？"

看着老龙王暗自垂泪，法藏劝慰道："老龙王，不必担心，你一定要相信吉人自有天相，当下最要紧的，是我们得想个办法，防止那阿牛与哪吒再来龙宫闹事。"

老龙王道："法藏师父，依你看来，他们前来解救牛郎，我们该如何阻止？"

法藏道："兵来将挡，水来土掩。小僧觉得，当下应当让虾兵蟹将们团团守住东海大海牢，只要他们敢来我们东海，有这么多的虾兵蟹将，还怕他

第二十章
法藏助东海

们能得逞不成?"

老龙王说道:"师父,别看这个哪吒个儿小,法力可着实是厉害啊,那阿牛又闯了阿修罗界与月宫,实力更是不敢小觑,我们可怎么办?"

看到老龙王为了守卫东海海牢愁眉不展,霓裳笑道:"父王,您可真是聪明一世糊涂一时啊,我们四海本是一家,你上次不就是集合了四海龙王,才逼得哪吒自尽吗?现在咱们东海有难,为什么不求助于其他三海?"

老龙王敖广一拍大腿,说道:"好主意,我这就差人去请他们派兵前来助阵,想来集我这四海之力,定可护得我东海周全。"

说完,老龙王就在酒席宴上传令下去,命人火速赶往其他三海,前去求助。想到即将到来的守护海牢大战,老龙王自然是豪气纵横,他感觉自己这条老龙,也重新焕发出当年的万丈豪情。

第二十一章
阿牛闹东海

阿牛即将前来东海救父，可把老龙王敖广给急得够呛，幸亏有法藏帮着出主意，敖广心内才稍安。法藏正与敖广、霓裳研究对策的时候，就看到祥云阵阵瑞气腾腾，西海、北海与南海三海的龙王也带着虾兵蟹将，来到了东海水晶宫。

东海龙王敖广赶紧起身迎接，将三海龙王迎进了水晶宫里，将哪吒又来搅闹东海，以及阿牛救父即将劫牢等事情，跟三海龙王说了一遍。三海龙王听敖广把话说完，个个怒气冲天。

只听得北海龙王敖顺握着拳头，说道："大哥不必惊慌，想那哪吒在天上，我们不敢去招惹他，可是他来闹东海，可就别怪我们不客气了。你放心，这一次我一定要捉住哪吒，将他碎尸万段，为我的贤侄敖丙报仇雪恨。"

南海龙王敖钦也咬着牙说道："大哥，这个哪吒着实是可恶至极，打死我的贤侄不说，还给抽取了龙筋，实在是罪大恶极啊！这次我们一定不能轻饶了他，定将他剥皮抽筋，如此，方消我心头之恨。"

听北海与南海龙王这么说，西海龙王敖闰点了点头，说道："大哥，机不可失啊，哪吒帮助阿牛救父，正是我们报仇雪恨的好机会，切不可白白地放过哪吒这个凶神。"

说完，敖闰又向着法藏施礼道："原来师父也在这里。甚好甚好，小龙感谢您治好小儿敖玉的不治之症，今日您又来帮助我东海，大恩不言谢，您的恩情，我敖闰永远铭记于心。"

法藏也忙还礼道："龙王不必谢我，这一切皆是我们的善缘所至，料想

第二十一章
阿牛闹东海

集你们四海之力，一个小小的哪吒，自然是不在话下。"

东海老龙王敖广说道："师父的话言之有理，一个哪吒自然是不在话下，只要他敢来，定要让他们有来无回。"

霓裳看着几位叔叔纷纷说要给敖丙报仇，就说道："三位叔叔，法藏大哥，哪吒确实可恨，这次不将他碎尸万段，我也是誓不罢休。"

敖闰点了点头，拉住法藏的手，对着三位龙王说道："这位法藏师父先救下了我儿敖玉，现在又来助我龙宫，可真是对我们四海龙宫有大恩哪。"

东海龙王敖广说道："是啊，贤弟，你是不知这位师父还曾到地府去救小儿敖丙，虽说最终没有成功，但是这份恩情，我们东海永远都还不完啊。"

法藏笑了笑，说道："四位龙王，你们就别感谢我了，这一切都是我们的缘分。我想，当务之急，还是先商量一下如何守护东海海牢吧。"

听法藏这么说，东海龙王敖广说道："师父，您法力高深，又是燃灯古佛的亲传弟子，这守护东海海牢之事，我们哥四个全听你的。"

法藏说道："老龙王，你抬举我了，我何德何能敢调遣四位龙王？"

霓裳笑道："法藏大哥，你就不用客气了，再说现在也不是客气的时候，早点商量出个办法来，也好早日捉住哪吒，为我们的龙宫出气啊。"

西海龙王敖闰也说道："是啊，师父，您就不用客气了。您放心，您说的话，我们哥四个全都听，你就赶紧给我们出个主意吧。"

法藏还想要推托，可是北海龙王与南海龙王也赞同让法藏统领大家守护东海海牢。见大家执意如此，法藏双手合十道："阿弥陀佛，既然如此，小僧就欣然领命了。我觉得，水晶宫后面的大海牢地域广大，中间一根定海神针屹立中央，不如这样，你们四个龙王，分别到东西南北四方各自镇守，我与霓裳姑娘在海牢上方，阿牛与哪吒不管攻击哪一个方向，另外三方都要前去施以援手，这样，我们的海牢定可固若金汤。"

法藏的话刚说完，四海龙王忙拍手称妙。北海龙王敖顺向着法藏伸了伸大拇指，说道："师父，您的计策甚妙啊，海牢四周由我们四位龙王统领，中间再增派虾兵蟹将，将东海海牢团团围住，定可守得住这大海牢，捉住哪吒。"

东海龙王敖广点了点头，说道："敖顺贤弟，你言之有理，只是这个哪吒法力通天，我也曾与他交过手，自知不是他的对手。可是我想，我们哥四个一起上，一定能够拿住这个凶神哪吒。"

南海龙王敖钦说道："大哥，你不必怕他，来时我也与北海的敖顺说了，敖丙贤侄被抽取龙筋，那玉皇大帝竟然不管，分明是不把我们这些归顺的降将放在眼里。现在天魔已经重生，我们又重新有了主心骨，要是他还敢帮着哪吒，大不了我们哥四个重新投靠天魔，像当年一样，跟着天魔与天神大战一场，谁胜谁败也未可知。"

西海龙王敖闰说道："三弟，你切莫冲动，我们早已经归顺天庭，如果不及早站队，到时天魔造反不成，我们反而会被天庭千刀万剐了。"

东海龙王敖广沉思了一下，说道："二弟，你言之有理。三弟，要我说，你还是太冲动了。"

这时，就听到北海龙王敖顺说道："大哥，我觉得三哥说的更合我意。你想那天上的神仙，开个宴会就要食龙肝凤髓，吃了我们不少的龙族。他们这么做，分明是因为当年我们跟着天魔与天神大战。虽说我们已经投降，可玉皇大帝依然在防着我们。现在的玉帝，恐怕吃了我们哥四个的心都有啊。要我说，还是跟着老主人天魔好，至少他不会吃我们的肝。"

听敖顺这么说，东海龙王微微地摇了摇头，说道："四弟，你虽言之有理，可是要我说你还是太冲动了。现在天魔刚刚重生，你就要重新跟着他，如若他再战败，你恐怕这龙王都做不成了。要我说，还是少安毋躁，我们也可以静观其变，在乱中取利，这才是上策。"

霓裳听父王敖广这么说，就说道："父王，我觉得二叔与四叔说的有道理。我师父神通广大法力无边，又有很多妖魔鬼怪相助，要是真跟天庭打起来，我觉得至少有六成的胜算。"

法藏一听，大叫一声："阿弥陀佛，四位龙王、霓裳，那天魔毕竟是魔，那玉皇大帝再怎么着，也是三界之主，你们这些话说出来，就已经入了魔道了。"

霓裳哈哈一笑道："法藏大哥，你也别净说好听的，我师父天魔纵然是魔，可你不是也亲自上天，变作镇元大仙的模样去救过他吗？要我说，你也已经入了魔道了。"

法藏赶紧双手合十，说道："霓裳姑娘，你说的也有道理。我看丢了圣水珠，又亲自从兜率宫救下了天魔，这一切都是我的罪过。所以，我才回花果山卷帘洞收拾东西，这就要往西天去向燃灯师祖请罪，却没想到，又参与到了你们四海与哪吒之争。我本不想管，可是偏偏引起这件事的就是偷走圣水珠的阿牛，现在看来，为了拿回圣水珠，我是不管也不行了。想来，这都

第二十一章
阿牛闹东海

是我的孽障未消啊，罪过罪过。"

西海老龙王敖闰说道："师父，您也不必自责了，凡事自有定数，相信燃灯师祖是不会怪罪于您的。"

东海龙王敖广听敖闰这么说，也宽慰法藏道："是啊，法藏师父，您来助我东海龙宫，想来这是天意，也是我们的缘分。如果燃灯师祖怪罪于您，我们哥四个一定亲上西天元觉洞，为您开脱。"

法藏赶紧施礼道："谢四海龙王对我的深情厚谊，我这是第一次来东海龙宫，对这里的情况还不熟悉，还望您派人带我先熟悉一下地形，也好为活捉哪吒与阿牛做准备。"

敖广一听，觉得法藏说的在理，就转头对着霓裳说道："霓裳，你也别闲着了，这就带着法藏师父去大海藏里转一圈，让他熟悉一下咱们这东海的地形。"

霓裳本来就喜欢法藏，听敖广这么说，笑道："是，小女领命。法藏大哥，想来你也酒足饭饱了，这就跟我去水晶宫后的大海藏里，看一看咱们这海牢的地形吧。"

法藏听闻，赶紧向四海龙王拜别，跟着霓裳就出了水晶宫，向着后面的大海藏里走去。刚出了东海水晶宫，法藏远远地就看到一根巨大的铁柱，在海里闪着熠熠的光彩，惊奇地问霓裳："霓裳姑娘，这是什么宝贝啊？"

霓裳笑了笑，用手一指，说道："法藏大哥，这是定海神针，相传是当年大禹治水时测量江河深浅用的，是太上老君亲手打造的，它在东海的大海藏里，镇压着三界之内七十二洞的妖王，反正，挺厉害的。"

法藏点了点头，又问道："这根定海神针可真是漂亮，它每天都发出这么漂亮的光彩吗？"

霓裳摇了摇头说道："不是的，听东海龙宫的人说，只有我来到海藏，它才发出熠熠的光彩，我也不知道为什么。"

法藏说道："噢，原来如此，看来姑娘跟这根定海神针的缘分不浅。"

霓裳道："我这个人比较调皮，不管是什么东西，我都觉得它有灵性。所以啊，从我记事以来，只要我到海藏里玩，就会跟它说话。有时，我甚至能感觉到，它好像能听懂我说话似的！可它却是一根铁棍，要是它是一个人就好了，我们一定会成为好朋友的。"

法藏双手合十说道："阿弥陀佛，霓裳姑娘，你颇具佛性，这万物有灵之理，你竟然能说得如此自然，小僧受教了。"

霓裳一听，哈哈笑道："哎哟，我说法藏大哥，你就别整天受教受教的了。这别人每说一句话，你都要说受教，岂不是累死。照我说啊，还是别有那么多的规矩，想怎么着便怎么着才好，你说对吧？"

法藏点头道："或许姑娘说的在理吧。"

霓裳又带着法藏往前走，就看到避水金睛兽从远处跑了过来。霓裳大声地叫道："老朋友，你可来了，我就等你了！"

避水金睛兽跑到霓裳的面前趴了下来，摇着头说道："霓裳，我可是好久没有见到你了，真是想死我了，这位是谁啊？我怎么从来没有见过？"

霓裳笑道："他啊，叫法藏，是燃灯古佛的亲传弟子，既是我的大哥哥，也是我的好朋友。"

避水金睛兽看了一眼法藏说道："原来是大师到了，霓裳，你快上我背上来吧，今天除了去大海牢，你想去哪里，我都带着你。"

法藏看到这避水金睛兽竟然能口吐人言，就笑道："避水金睛兽，你好，我是法藏，你是霓裳的朋友，自然也是我的朋友，等我们打败了哪吒与阿牛，我会常来看你的。"

避水金睛兽摇着头说道："法藏师父，我在东海，欢迎你常来找我，你不知道，我在东海也闷得慌，就只有霓裳一位朋友。"

霓裳摸了摸避水金睛兽的头，笑道："好了，避水金睛兽，今日你就辛苦一趟，驮着我俩去看看大海牢吧。"

避水金睛兽将头摇得跟拨浪鼓似的，说道："霓裳，我不是刚说过了嘛，除了大海牢，哪里我都可以带你去。但是你要知道，我不能带你去大海牢，这是龙王爷的命令，我可不敢违背。再说，上次你去海牢里，发生了那么惊险的事情，差点连命都丢了，你难道忘了？"

霓裳又拍了拍避水金睛兽的脑袋，说道："我就知道你对我最好了，你放心，这次可不是我自作主张去大海牢，而是领了父王的命令，带着法藏大哥来看地形的。"

避水金睛兽摇了摇头说道："既然如此，霓裳，你就拿龙王的命令出来，不然，我可不敢带你去，那里太危险了。"

霓裳笑了笑，说道："好了，我的老朋友，我知道你也是为了我好，你就带着我和法藏四处看看就好。"

第二十一章
阿牛闹东海

法藏对避水金睛兽说道:"是啊,你不知道,哪吒即将来搅闹东海,要打开这大海牢救出阿牛之父牛郎,可是他救牛郎也就等于放出了七十二洞的妖王,我是来东海助阵的,你快带我们去看地形吧。"

避水金睛兽这才说道:"那你们就上来吧,我可说好了,咱们只能远远地看着,不能进到海牢里面。"

霓裳说道:"好了,我知道了。"

说着话,霓裳便拉起法藏的手,骑上了避水金睛兽。

霓裳坐在避水金睛兽的背上,像个孩子似的乐开了花。自从她与法藏认识以来,两个人之间发生了很多事情,可以说是不打不相识。虽说自己最初是到卷帘洞里盗宝的贼,可是法藏这个和尚却给她留下了极其深刻的印象。她觉得两个人好像以前就认识似的,见到他就会很开心。霓裳心想,如果他不是一个和尚,那么在敖丙已经身死的情况下,自己嫁给他也是一个很好的选择。现在,两个人第一次同骑在老朋友避水金睛兽的背上,霓裳的心里既激动又有些羞涩。

法藏的心里其实也很高兴,他很喜欢龙女霓裳。霓裳虽然是天魔的徒弟,调皮任性,可她心地善良。法藏也觉得好像以前就认识霓裳,感觉这个霓裳尽管脾气性格上与素女不同,可却与素女一样,都能牵起他的情愫来,在他心如止水的禅心里,投下一阵阵的波澜旖旎。想到这儿,法藏忍不住摇了摇头,自己是个佛子,怎么能有如此重的凡心?于是赶紧念阿弥陀佛,希望用这阵阵的佛音,打住胡思乱想的念头。

两个人都在各自想着心事,一时气氛有些尴尬。霓裳看到前面就是大海牢了,就下了避水金睛兽,指着前面那黑幽幽的洞口,说道:"法藏师父,你看,前面就是大海牢了。"

法藏抬头一看,没有看到大海牢,却看到了霓裳脖子上的七星痣,就好奇地问道:"霓裳姑娘,你这脖子上的七星痣是天生的吗?"

霓裳点了点头说道:"是啊,我自打出娘胎起,便有了这七星痣。上次我去你那里偷宝贝,要不是这七星痣让我心慌意乱,说不定我一剑便能将你刺伤。"

法藏有些感慨地说道:"霓裳,你知道吗,我的妻子素女的脖子上,也有七星痣,但你却不是她。"

霓裳听法藏这么说,惊问道:"法藏,你一个和尚,怎么会有妻子?"

法藏叹了口气说道:"霓裳,你知道我为什么要出家吗?"

霓裳摇了摇头说道:"我哪里会知道,我想你是不是赌钱赌输了,把家产全都抵债了,没处可去了,才去寺庙混饭吃的?"

法藏笑了笑,说道:"你怎么会有这样的念头?出家人四大皆空,别说是赌钱了,就是嘴里说出一个'赌'字,那都是罪过啊。"

霓裳也笑了一下说道:"那你告诉我,你这么英俊威武,有那么多的女孩子喜欢你,为什么要出家?"

法藏看着前方,有些伤感地说道:"我对不起她,我对不起她啊!我为了追到她,曾经痛改前非。可是当她嫁给我的时候,我却不知道珍惜,再次放荡起来,以至于惹得她伤心投井自尽。她走以后,我才发下受具足戒的宏誓大愿,期待着将来修成佛,可以再次见到她,超度她的亡魂。"

霓裳看着法藏,牵起法藏的手来,说道:"对不起,法藏大哥,我让你想起伤心的往事了。"

法藏摇了摇头说道:"没事,这都是很久以前的事了。这么多年过去,她肯定已经往生过很多次了,想见到她又谈何容易啊!人啊,都是拥有的时候不去珍惜,等到失去了才追悔莫及。人是这样,佛难道不是这样吗?佛所说的四大皆空,其实哪里空了,都是情到深处的自我慰藉罢了。"

霓裳眼里含着深情,说道:"法藏大哥,不如,你就将我当作素女好了,其实,我也是蛮可爱的。"

法藏摇了摇头,向前走了两步,说道:"你不是她,你真的不是她。如果再让我见到她,我甘愿被打入十八层地狱,纵使永世不得超生,也要牵起她的手再也不分离。"

霓裳紧走两步,走到了法藏的面前,说道:"法藏,可是她已经不在了,你再也见不到她了,不是吗?"

法藏这才说道:"曾经沧海难为水,除却巫山不是云。就像这周天之物,乃至这大海牢里的妖魔鬼怪,哪一个不曾有过情动深处的感动?也是因为这情到深处的感动,所以,有的人成了佛,有的人则成了魔。"

霓裳发出了一声叹息,向着法藏问道:"法藏大哥,你受具足戒,那你觉得,你这种苦行僧式的修行,是佛还是魔?"

法藏说道:"是佛是魔我也不知道,我只知道我是燃灯古佛的弟子,可是我却救了天魔。所以,我才要去西天灵鹫山元觉洞向我的师祖请罪。等到

第二十一章
阿牛闹东海

请罪之事结束，我还要继续持戒，用更好的修行来弥补自己的过失。因为，只有那样，我才有机会度化我最爱的素女。"

霓裳听法藏句句不离素女，便有些伤感地说道："素女，素女，你的眼里只有素女，难道你的心里再也放不下别人了吗？"

法藏点了点头说道："是的，再也放不下了，我的心里只有素女。尽管她已经离开我这么多年，可是我能感到她的双眼始终在看着我。我也是为了她而坚定信念，用毕生去持戒的。"

听法藏将话说得这么决绝，霓裳也不好再说什么了，就指着大海牢，说道："法藏大哥，你看前面就是大海牢了，等到哪吒前来救人的时候，我们该在哪里阻止啊？"

法藏边与霓裳往前走着，边说道："这定海神针的四周，分别由你的父王和三位叔叔镇守，料想哪吒与阿牛是不可能攻进这海牢的。而这根定海神针就在大海藏的中央，到时，我们俩就骑着避水金睛兽站在定海神针的上头，这样不管哪吒与阿牛在哪里，我们都会居高临下，看个清清楚楚，也好居中调度四位龙王带兵阻止。"

霓裳拍着手笑道："好主意，好主意啊！法藏，我觉得凭着你的才智，将来可以到天庭去当一个将军，要是天庭有了你，什么天魔地魔，都不足惧。噢，也不对，我师父就是天魔，你肯定不是他的对手。这样吧，等到我师父跟玉帝大战结束以后，你再到天上当将军吧。要是玉帝赢了，你就给玉帝当将军，这要是我师父赢了哪，有我帮你说好话，你就不只是将军了，就封你做个元帅吧。"

法藏听霓裳这么说，哈哈大笑道："你这个鬼丫头，谢谢你的好意，不过啊，我是佛门弟子，想当将军，那也是不可能的了。"

霓裳道："怎么不可能？你看看天庭那些天兵天将，有几个真正有本事的？他们中的很多人都在混王母的蟠桃和太上老君的仙丹。在我的眼里，你比他们可强了不是一点半点。"

听霓裳这么说，法藏笑道："好了，霓裳，我不想当什么将军，更不想当什么元帅，真要当将军，那也是以后的事情，我现在要做的就是先当好你们东海的虾兵蟹将，捉住哪吒与阿牛，好拿回我的圣水珠，这样，我才有脸面向师祖请罪啊。"

两个人边说着话，边往前走，就听到一直跟在后面的避水金睛兽说话了:"你们不能再往前走了,再往前走会很危险的。"

霓裳回过头来,看了避水金睛兽一眼,说道:"好了,老朋友,我知道了,我们不往前走了,你快驮着我们回去吧。"

说完,霓裳就拉法藏,重新骑上了避水金睛兽,往水晶宫走去。

待法藏与霓裳回到水晶宫,法藏就结合着去大海藏察看地形后的想法,向四海龙王做了禀报。四海龙王不敢怠慢,马上按照法藏的部署,各自带着虾兵蟹将,前往大海牢的四周守卫去了。

织女忙了一夜,终于将两套织锦水衣给做好,等到天一亮,就让哪吒与阿牛分别穿上,说道:"你们穿上我这织锦的水衣,到了海里不但不需要念什么避水诀,而且还会比在陆地上还行动自如,到时与龙宫里的水族动起手来,也就方便多了。"

哪吒穿上织女做的织锦水衣,高兴坏了,连声地赞叹道:"织女姑姑,漂亮,实在是太漂亮了,自打我出生以来,还没有穿过这么漂亮的衣服哪。"

阿牛也说道:"娘,这是我第一次穿您做的衣服,以后等我们救出父亲找到妹妹,一家团圆之后,您还要多做几套衣服给我穿。"

织女呵呵笑着说道:"好孩子,只要你喜欢,你想穿什么样的衣服,娘都会做给你做的。"

哪吒也赶紧说道:"我也要,我也要,织女姑姑,您也要给我做。"

织女笑着说道:"好,你是阿牛的兄弟,我当然也要给你做了。其实啊,在姑姑的心里,你也是我的孩子啊。"

阿牛整理了一下衣角,说道:"娘,时候不早了,我与哪吒这就动身前去东海,救出我的父亲牛郎来,您就在家里等着我们的好消息吧。"

织女看了看哪吒与阿牛,说道:"阿牛,哪吒,东海龙王恐怕已经布下了重兵,你们可要多加小心哪。"

哪吒将手中的火尖枪一举,说道:"织女姑姑,您就放心吧,连天魔我都不怕,区区东海的那些虾兵蟹将,我根本就不放在眼里,您就在家里等我们的好消息吧。"

说完,哪吒便与阿牛在织女的注视下,迈步走出了屋,然后,化作金光,向着东海龙宫飞去。有了织女做的织锦水衣,两个人进水时也没有念避水诀,却依然行动自如,终于打消了哪吒心中的顾虑。

哪吒与阿牛刚进到海里,就碰到了巡海夜叉。哪吒也不答话,上前就与

第二十一章
阿牛闹东海

　　巡海夜叉动起了手。巡海夜叉哪里是哪吒与阿牛的对手，只一个回合，夜叉及其那些虾兵蟹将，便被哪吒打得落花流水。要不是哪吒已经成为天上的神仙，不想再造杀孽，此时的夜叉，恐怕早就没有命了。

　　夜叉看到自己不是哪吒及阿牛的对手，撒开腿便没命地跑。他气喘吁吁地跑到老龙王敖广的面前，顾不上喘口气，便将哪吒与阿牛已经赶到东海并正往这边追来的消息跟老龙王敖广做了禀报。敖广一听是哪吒与阿牛来了，忙命人敲起了战鼓。镇守在大海牢三面的三个龙王，听到战鼓"咚咚"地响了起来，忙带领着虾兵蟹将们前来驰援东海龙王。

　　有了前番的那场大战，此时已经不需要再说什么话了。哪吒与阿牛直接冲上来，与带着重兵的四海龙王大战到一起。

　　东海龙王拿起镇天锤，西海龙王举起降魔棍，南海龙王挥舞着斩神斧，北海龙王手持诛仙剑，向着哪吒不断地招呼。本来东海龙王以为在岸上他不是哪吒的对手，到了海里，只凭他一个人就能将哪吒给打败。可让他没有想到的是，今天的哪吒在海里也如此威猛，直杀得他是筋麻手软，好在有其他三位龙王助阵，才不至于落败。四位龙王哪里知道，这都是织锦水衣的功劳。

　　阿牛看到哪吒大发神威，也祭起了纤云飞星神梳，将那把神梳舞得密不通风，与哪吒一起，和四位龙王打斗在一处。

　　居中镇守的霓裳与法藏，看到哪吒与阿牛已经和龙王们打起来了，便骑上避水金睛兽前来驰援。四位龙王一看霓裳与法藏到了，心中大喜，有了援手的他们，更是与虾兵蟹将一起，将哪吒与阿牛围了个密不透风。

　　法藏本来跟阿牛是兄弟，可却因为阿牛开启了圣水珠的能量并将圣水珠交到天庭，而误解阿牛是偷宝贼。尽管阿牛一个劲地解释将圣水珠交给天庭是为了救他，可是看到阿牛拥有了一身法力，法藏哪里肯相信！法藏手拿着禅杖，不停地向阿牛打去，兄弟两人一时间斗了个难解难分。

　　霓裳和四海龙王都恨透了哪吒，恨不能吞其肉饮其血，于是，五人一同恶斗哪吒，双方打得不可开交。哪吒尽管勇猛，可是毕竟双拳难敌十手，眼看着这么斗下去，迟早会落败，于是摇身一变，变成了三头六臂。

　　霓裳看着哪吒变成了三头六臂，一时技痒，学着哪吒的样子也变成了三头六臂。看到自己的女儿在天魔的调教下，也有了神通，东海龙王敖广的心里别提多高兴了，心想不只是你哪吒会这三头六臂，我们龙宫也有人会。你先前逞威风打死我的儿子敖丙,今天我也要捉住你,将你下油锅,活取你的心肝下酒!哪吒是莲花化身,敖广就想这莲花心下酒应该是一桩美事,到时,他定要邀来天上跟他不错的那些神仙,举办盛大的"定海宴"。

哪吒一看霓裳也会三头六臂,心里就有些着急。他哪里知道,这霓裳的三头六臂与他的三头六臂,尽管在形式上相同,实则有着很大的不同。哪吒技高一筹,而且有混天绫、火尖枪与风火轮等宝贝供六臂使用。而霓裳尽管也能使三头六臂,可是毕竟只有一把七星宝剑,为了使别的手臂不至于空着,就随手从虾兵蟹将手里拿来了长刀与长枪,与哪吒对打。这些兵器本身就不如哪吒的,所以,打着打着,霓裳的长刀就被哪吒的乾坤圈给打落在地。

东海龙王看到霓裳的长刀落地,便猛地举起镇天锤,朝着乾坤圈砸去。只听到"咔"的一声,镇天锤与乾坤圈碰在一处,真是火星迸溅。东海老龙王感觉到虎口发麻,可是在这生死的关头,也顾不了那么多了。他强忍着疼痛,赶紧打起十二分的精神与哪吒对打。霓裳一看,哪吒确实英勇无比,赶紧将纤手一挥,后面的虾兵蟹将便冲过来围住了哪吒。

阿牛的法力早已经在法藏之上,只几个回合,便将法藏逼退。虽然他能逼退法藏,可是,想打倒法藏也并非易事。此外,南海与北海龙王的轮番进攻也让他有些吃不消。

哪吒与阿牛被龙宫众水卒轮番攻击着。尽管他们法力高深,可是龙宫人手众多,在四海四大龙王的率领下,这些龙宫的虾兵蟹将更是视死如归,一批批地冲了上来。这一通好杀,直杀得龙宫天翻地覆人仰马翻。哪吒与阿牛一看这么斗下去也不是办法,哪吒忙祭起了乾坤圈,叫声"变",只见那乾坤圈化成了千千万万个圈子,向着这密不透风的龙族众水卒打了过去,而他自己则拿起火尖枪,继续与霓裳和敖广对打。

小哪吒逞威风,直把个龙宫给闹得天昏地暗。四海龙王一看,恨得牙根直痒。东海龙王一边跟哪吒打着,一边向着身后一挥,只见水卒们祭出了捆仙网冲着哪吒就抛了过去。哪吒正与霓裳打着,看到霓裳突然后退,心知不好,还不知怎么回事呢,一张大网就从头顶罩了下来。哪吒被大网罩住,使不动三头六臂神通,现出了真身。而此时的阿牛也被大网给罩了个结结实实,被龙宫水族的人用刀剑架住了脖子。

霓裳一看大喜,忙催动七星宝剑,向着哪吒再次刺去。被网子捆住的哪

第二十一章
阿牛闹东海

哪吒自然不甘被捉。他打死了人家的儿子,又来闹了东海龙宫,如果被捉,那就只有丢掉性命。哪吒猛地往前一冲,披着网子就跑,霓裳则穷追不舍。正在哪吒着急的时候,就听到一个声音从远处传来:"哪吒,阿牛,你们不要着急,我来救你们来了。"

众龙王及法藏定睛一看,只见一员神将手拿着三尖两刃刀冲了出来。哪吒一看,来人正是灌江口二郎显圣真君杨戬。哪吒心中大喜,大叫道:"杨戬舅舅,速来救我……"

第二十二章
牛郎出海牢

　　灌江口二郎显圣真君杨戬，是三界数一数二的战神，此次来到东海，是受了织女表妹之托，前来搭救阿牛。

　　织女知道，哪吒尽管厉害，可人家四海龙王也不是吃素的。哪吒打死了东海龙王敖广的儿子敖丙，四海龙王早就对他恨之入骨，只是碍于他天上神仙的身份，才不敢上天庭找他报仇。这次，哪吒为了帮助阿牛救父，再次大闹东海，这么好的机会，四海龙王绝对不会错过，东海龙王肯定会集合四海之力，一起来对付哪吒，不与哪吒算清那笔旧账，绝无可能善罢甘休。如果不是因为乾坤圈可以挪动这定海神针，织女是绝对不会让阿牛去请哪吒的。如果不请哪吒，四海龙王即使因为职责所在不放牛郎，多少也会给织女一些面子，不至于伤了阿牛。可是哪吒这一掺和，东海龙王敖广那是绝对不会放过阿牛的。

　　织女也知道这次儿子去东海救父凶多吉少，而自己尽管织锦功夫冠绝三界，可是法力并不高强。如果自己去东海帮助儿子与哪吒，恐心有余而力不足。想到这儿，心疼儿子的织女便很着急。想这三界之内，不管是谁都不敢得罪自己的父亲玉皇大帝，牛郎又被父亲囚禁在大海牢里，该去求谁帮助阿牛呢？想来想去，织女就想到了表哥二郎显圣真君杨戬。想当年，二郎神的母亲也是因为思凡下界，与凡人私配婚姻，生下了杨戬兄妹，后来，二郎神劈山救母，这才有了宝莲灯等一系列的故事。想到阿牛为了救自己，也是费尽了九牛二虎之力，现在为了救父亲，又要到东海闯那龙潭虎穴。这天上的神仙是肯定指望不上的，而天魔尽管不怕玉皇大帝，但是在这仙魔即将大战

第二十二章
牛郎出海牢

的关键时刻,她这个玉帝之女,说什么也不能求助天魔。思来想去,能够帮助阿牛东海救父的,也只有杨戬了。

所以,阿牛与哪吒赶赴东海以后,织女便飞向了灌江口二郎显圣真君庙求见。二郎神重情重义,听说要他帮助阿牛东海救父,二话没说,拿起三尖两刃刀,便直往东海飞去。到了东海,正看到哪吒与阿牛被捆仙网罩住。二郎神心里的气就不打一处来,想到助周伐纣之时,他曾经与哪吒并肩作战,一股兄弟情立即充斥全身。他高叫一声便冲上前,站到了哪吒的身旁。

二郎神杨戬的大名,谁不知道啊,他的出现,可是把四海龙王给吓得不轻。可是,这哪吒是龙族的死敌,不借这个机会将他碎尸万段,等他回到天宫,再想寻仇也没有机会了。再想到看护大海牢乃是他们龙族的重要任务,东海龙王敖广也就顾不上对二郎神的惧怕了,他对着二郎神拱手施礼,说道:"二郎显圣真君在上,小龙有礼了。"

二郎神也将三尖两刃刀一举,说道:"龙王,甲胄在身,不便行礼,还望龙王海涵。"

敖广赶紧说道:"无妨无妨,真君,哪吒与阿牛要来打开大海牢,放出七十二洞妖王,我等龙族正在合力守护大海牢,还请真君帮助我等龙族,一起将前来闹事的哪吒与阿牛捉住才是啊。"

二郎神只是听织女说阿牛救父,一时冲动才答应帮助阿牛。可是,今日东海龙王却说要守护大海牢。这大海牢可是三界闻名,押着七十二洞的妖王,这个二郎神也是听说过的。这样想来,东海龙王也不全是师出无名啊。

看到二郎神正在犹豫,阿牛哈哈大笑道:"敖广,你别混淆视听,我来东海龙宫,并不是为了救那七十二洞妖王,我是来救我父亲的。"

西海龙王怒道:"你父亲牛郎与七十二洞妖王关在一起,如果让你救出你父亲,也就放出了七十二洞妖王。我想问问你,这跟你亲自去救那七十二洞的妖王,有什么区别?"

二郎神沉吟一会儿,说道:"四位龙王,不如给我一个薄面,打开海牢,只将阿牛的父亲牛郎放出来,如何?"

北海龙王敖顺说道:"真君,若是真这么简单,那我们说什么也得成全阿牛的救父之举。可是这大海牢一打开,七十二洞的妖王也就一起出来了,到时,三界众生又要遭受劫难了。"

哪吒趁着二郎神与龙王对话的工夫,将披在身上的捆仙网给取了下来。

再听到龙王们口口声声地将阿牛救父说成是阿牛救七十二洞的妖王,就怒喝道:"住嘴,难道真依你们所言,不让阿牛救父了吗?"

南海龙王说道:"并非不让阿牛救父,而是据小龙所知,这个阿牛先是闯了阿修罗界与月宫,救出了他的母亲织女,现在又要来东海救他的父亲。他救父救母实是孝顺,小龙也对他刮目相看,很是佩服。可是,我等龙族有看守大海牢之职责,若是他真想救父,不如就先向他外公玉皇大帝禀报。若是玉帝同意,到时交给我们圣水珠挪动定海神针。这样,我们才可以放出阿牛的父亲牛郎啊。"

四海龙王也是怕杨戬的法力,故意将职责说得比天还大,就是不提与哪吒有私仇之事,却也说出了几分道理。

阿牛听到四个龙王与杨戬的对话,用手一指敖广,说道:"你们四个老泥鳅,别把跟哪吒有仇,还有阻挡我救父亲,说得那么好听,我也不愿意听。我就告诉你们,今天不管是谁,都挡不住我救出父亲的决心。"

听阿牛说得这么肯定,杨戬也对阿牛心生佩服,便将手中的三尖两刃刀一横,赞道:"阿牛贤侄,你说得好,如果我的父亲被囚在这里,我也要打上龙宫去解救的。"

四海龙王听到杨戬这么说,直惊得面面相觑。敖广赶紧说道:"二郎真君,难道你真的要放出这七十二洞的妖王,让这三界涂炭生灵吗?"

二郎神杨戬早已经被阿牛的救父之语所感动,便点了点头,说道:"不错,就算是放出这七十二洞的妖王,大不了日后我再举刀降妖。但是今日我贤侄阿牛救父,我是一定要帮忙的。"

四海龙王正在苦思对策的时候,霓裳就不高兴了,心说你是谁啊,就敢前来龙宫闹事。想到这里,霓裳将手中的七星宝剑一举,说道:"杨戬,别人怕你,我可不怕你,来吧,咱们俩大战三百回合。"

二郎神杨戬哈哈大笑道:"我不与女人动手,你且退下,让我会一会四海龙王的法力。"

霓裳听二郎神这么说,非常生气,也不再说话,举起七星宝剑上前便刺,嘴里大喊道:"你敢瞧不起我,今天,就让你知道知道姑奶奶的厉害。"

四海龙王正要阻拦,可是已经来不及了。霓裳姑娘也是性烈如火,她冲上前,对着杨戬就是一通乱砍。只见那杨戬不慌不忙,挥舞着三尖两刃刀,没几下便将霓裳的攻势打散。若不是二郎神不想对女人下狠手,恐怕现在的

第二十二章
牛郎出海牢

霓裳已经成了刀下之鬼。

法藏一看二郎神跟霓裳动起手来了，二话不说，抄起禅杖就上前给霓裳助阵。法藏这一冲上来，二郎神可就不客气了，挥舞着三尖两刃刀就迎上了禅杖，与法藏对打起来。

阿牛此时也已经挣脱捆仙网，重新捡起兵器，与哪吒一起，向着密不透风的龙宫水族就打了过去。双方重新陷入了胶着状态。

四海龙王一看杨戬果然厉害。杨戬独斗霓裳与法藏，不但不落下风，反而感觉他好像并未使全力，有点戏耍法藏与霓裳一般。打着打着，就听到霓裳"哎哟"一声，她的胳膊已经被二郎神的刀给砍中，流出了鲜血。

事已至此，四海龙王已经顾不上对二郎神的惧怕了，一挥手让众多的龙宫水族围住阿牛与哪吒，拿起手中的武器便冲了上来。法藏、霓裳与四海龙王六人来战杨戬，杨戬可就不敢大意了，他使尽全力地挥舞起来……

这一场打斗，直把个龙宫给打得天翻地覆，整个水晶宫也跟着地动山摇。这也惊动了正在天魔洞里修炼的天魔。天魔不允许别人欺负自己的徒弟霓裳。可是，有了上次与王母娘娘的直接碰面，他也收敛了很多。尽管已经过去了这么多年，可是他的心里还爱着王母娘娘。别人的话他可以不听，王母娘娘的话，他还是有所顾忌的。当然，话又说回来，情固然重要，但这并不是他不出手的最主要原因。他正在酝酿着一个重大计划，极需要调养生息养足真元。他想这个计划如果成功实施，那么，玉帝的宝座也该到手了。

身在天魔洞里的天魔心里牵挂着自己的爱徒霓裳。他也知道二郎神是出了名的战神，但是想来应该还不是自己的对手。他现在已经横下一条心来，说什么也要阻止阿牛救父。因为一旦阿牛救父成功，就会放出七十二洞妖王，这帮妖王都是极难驯服的角色，自己不一定能镇得住他们。虽然自己的确需要七十二洞妖王帮助他倒反天宫，但在没有想好怎么统领他们的情况下，是绝不可能轻易将他们放出去的。何况将来有一天自己成为玉帝，即使出于维护三界秩序的考量，他也必须将他们重新抓进大海牢里。

想到这儿，不方便出手的天魔点燃了断魂香。这一缕断魂香袅袅地冲着二郎神杨戬、哪吒与阿牛飘了过去……

此时的二郎神杨戬已经带领着阿牛与哪吒，打到了大海牢下。杨戬尽管战力非凡，可是他的意志根本不能抵挡天魔的断魂香。正与龙族的人打着，杨戬感觉头有些晕，很快便迷迷糊糊起来。

四海龙王本来还惧怕二郎神的战力，但是，当他们看到二郎神挥舞的三尖两刃刀一刀慢似一刀，好像丢了魂似的，心里大喜。法藏也趁着二郎神迷糊的时候，一禅杖就将二郎神的三尖两刃刀给打飞。霓裳一见，举剑便向着二郎神砍去……

就在二郎神、哪吒与阿牛三人中了断魂香，即将不敌之际，从远处冲过来一员小将，冲着三人大喊道："阿牛二哥，不必惊慌，我来也！"

来者正是西海龙王三太子"敖玉"。西海龙王一看敖玉来了，大叫道："畜生，你怎么胳膊肘往外拐，帮助这帮恶人打我们龙族的人哪？"

"敖玉"大喊道："父王，阿牛救父乃是孝举啊，您怎么能忍心看着他们一家三口生离死别？"

"敖玉"说着话就冲上前，挡开了霓裳挥向二郎神的一剑。法藏一看大叫道："敖玉，你怎么能帮助他们？他们这是在闹龙宫，要是让玉皇大帝知道，恐怕也不会饶了你的罪过。"

"敖玉"看了看法藏，说道："大哥，你好糊涂啊，这阿牛救父本是义举，就算他放出了七十二洞的妖王，惹来玉帝的责罚，我也愿意助他们一臂之力，到时，我会亲上天宫，向玉皇大帝请罪。"

法藏大叫道："敖玉兄弟，这阿牛救父不假，小僧也很佩服他，可是，他偷走了我的圣水珠，不拿下他，我有何面目到西天灵鹫山向燃灯师祖请罪？我说，兄弟你就别拦着了，以免伤了父子之情，也伤了我们兄弟的义气啊。"

东海龙王赶紧喊道："敖玉侄儿，我们都是至亲的龙族，你怎么能向着外人？何况法藏师父对你还有救命之恩。"

敖玉一听，大叫道："父王……"这一句父王刚说出口，就知道自己说漏了嘴，忙将脸冲向西海龙王敖闰道："父王、伯父、两位叔叔，阿牛救父确实是孝义之举啊。那玉皇大帝以犯天条为名，处罚牛郎织女，确实是不义。我们虽是龙族，但也不能做那阻止别人一家团圆之事。"

北海龙王一听，叹口气说道："敖玉侄儿，你别再说了，再说下去，少不了要在那剐龙台上挨上一刀了。"

南海龙王走上前，用手一拉敖玉，说道："敖玉，你就听我们的劝，快些离开吧。哪吒与我们有血仇，你不是不知道。于公于私，我们都不能让他们打开大海牢。你快些退下，以免犯下这逆天的重罪。"

第二十二章
牛郎出海牢

"敖玉"一下子挣脱开南海龙王的手，说道："叔叔，今日还请您别怪侄儿，侄儿为了这份兄弟情，说什么也要帮他们一把的。"

西海龙王听到敖玉这么说，就觉得奇怪。以前的敖玉性格温顺，可是自从被法藏救活以来，性格却坚定如铁，认准了的事情，那是绝不回头。看到他这么固执，他这个当父亲的，气便不打一处来。他冲上前去，对"敖玉"就是一个大耳光，怒喝道："你这个吃里爬外的小畜生，今日，我就教训教训你，让你知道知道什么是天高地厚。"

阿牛听到"敖玉"这么说，也是激动万分。他边跟龙王打着，边向着"敖玉"说道："敖玉贤弟，四海龙王都是你的至亲，你就不要插手我的事了，以免伤了你们龙族的亲情，快些退下吧。"

站在两位父王与两位叔叔面前的"敖玉"，哈哈大笑道："什么天规，什么玉帝，都比不上一家的团圆。今天，我就是不要亲情，也要帮助我二哥救父亲。"

"敖玉"的话，把个西海龙王敖闰给气得一佛出世二佛升天，他大叫着："你这个畜生，来来来，你有种就冲着我来，今天你不打死我，我就要打死你这个吃里爬外的小畜生。"

说完，敖闰便举起手中的斩神斧，向着他就劈了过去。"敖玉"忙躲开父王劈来的斧头，急叫道："父王，儿子哪里是您的对手啊。我帮助阿牛，也是为了全他的一片孝心，请父王理解。"

敖闰又照着"敖玉"劈了过去，敖玉不敢还手转身便跑。敖闰被气得够呛，一斧子就向着"敖玉"扔去。这一下正打在处在迷糊状态的二郎神头上。二郎神一下子被打清醒了，张开三只眼的神光往外一瞪，接着挥舞起三尖两刃刀，便向着霓裳冲去。二郎神被彻底激怒了，他想这是谁给自己下的绊，怎么说自己也是三界之内有名的战神，竟然让别人给迷糊住。

二郎神这一张开三只眼，就看到了四海龙王的真身与虾兵蟹将的真身。只见是四条龙带着虾子蟹子，正在与阿牛和哪吒缠斗。他再运用神光看了一眼霓裳，却看不出霓裳的原形来。这时，霓裳的七星宝剑再次挥来，二郎神用刀架住宝剑，问道："你不是龙族的人，又是一个女人，我不跟你打。"

霓裳没好气地说道："我怎么不是龙族的人？我还是东海龙王的龙女哪。"

二郎神哈哈大笑道："既然是龙女，却没有龙的样子，分明是个人，我不与你打，你给我让开。"

-265-

霓裳不让，唰唰唰又连刺几下。这一下，可把二郎神给惹恼了。他的三尖两刃刀也使上了劲，一下子就将霓裳的七星宝剑给震飞。二郎神正要举刀再砍，法藏手拿着禅杖便迎了上来。法藏是和尚，尽管不能娶霓裳，可这并不妨碍他喜欢霓裳。他一见霓裳的七星宝剑被磕飞，挥起禅杖便向着二郎神打去。二郎神也不再客气，一挥三尖两刃刀，将法藏手里的禅杖再次给打飞。四个龙王一见霓裳与法藏落败，忙招呼着虾兵蟹将冲上前，一起来缠斗二郎神。

　　虽说龙族人手众多，但已经打出了血性的二郎神却根本不怕这些水族。法藏也知道这个二郎神是纵横三界的战神，没有哪位神仙能不靠法宝打得过他。正在着急的时候，就看到哪吒与阿牛清醒了过来。在二郎神的带领下，哪吒重新使出了三头六臂，阿牛也祭出了纤云飞星神梳，真是势不可当。正在胶着的时候，就看到江河湖井等陆上的龙王，也带着各自的虾兵蟹将冲了过来。这东海龙王今天可是拼了命，不但请来了四海龙王助阵，更是请来了江龙王、河龙王、湖龙王与井龙王，一起前来捉拿哪吒，可以说是集齐了天下所有水族的力量了。

　　眼看着虾兵蟹将越聚越多，尽管二郎神神威无比，阿牛与哪吒威力无穷，可这么打下去，接近大海牢不知道要费多少工夫。想到这，二郎神将手中的三尖两刃刀抛向空中，叫一声"变"。随着这声"变"字出口，只见梅山兄弟带着一千二百草头神，冲了出来加入了战团，这一下战况更加激烈了。二郎神三两下冲到阿牛身边，说道："阿牛贤侄，你不必去理会他们缠斗，赶紧去打开大海牢，救出你的父亲吧。"

　　法藏正与梅山兄弟打着，眼看二郎神来到了阿牛的身边，就知道他们要去劫牢救牛郎。法藏忙挡开梅山兄弟打来的兵器，飞到阿牛的跟前，大声地喊道："阿牛，你之前偷了我的圣水珠，今日又要劫海牢，我念你曾经做过我的兄弟，就奉劝你一句，若是这海牢打开放出七十二洞的妖王，你可就犯了天条，到时，你也少不了被封印。"

　　二郎神用三尖两刃刀一指法藏，说道："好你个疯癫的和尚，你岂不知，天条也是玉帝定的吗？他一个人定的，自然有许多不合理之处，今日我们为救牛郎，这天条犯上一犯又如何？那玉帝是我舅舅，他能奈我何？"

　　阿牛说道："大哥，我救父亲是出于无奈，还请大哥不要再误解小弟了，改日，我再向你解释那圣水珠之事吧。"

第二十二章
牛郎出海牢

说完，阿牛便不再理法藏，跟着二郎神就向前飞去。法藏紧跟在后面，大喊道："二郎神，你们打开海牢，七十二洞妖王出世涂炭生灵怎么办？"

二郎神回过头来，冲着法藏大喊道："这个不用你管，我先救出牛郎，大不了我带着我的梅山兄弟下界降妖。"

哪吒一看二郎神与阿牛向大海牢飞去，正要跳出战圈，就看到"敖玉"站在一旁，向他喊道："哪吒，你快跟着我走，用你的乾坤圈挪动定海神针吧。"

哪吒点了点头说道："好，敖玉，我跟杨戬、阿牛他们说一声，这就随你去挪动定海神针。"

说完，哪吒便飞到了二郎神与阿牛身边，大喊一声："真君，我这就用乾坤圈移动定海神针，你赶紧带着阿牛去打开海牢。"

二郎神点了点头，拉着阿牛的手向着大海牢里飞去。法藏忙追着二郎神向着大海牢飞去。四海龙王暗叫不好，便让江河湖井的龙王，带着各自的水族抵住梅山众兄弟，也随着法藏向着大海牢飞去。

四海龙王、霓裳与法藏紧追着二郎神与阿牛，几个人又缠斗到了一起，打着打着，就接近了大海牢的入口。阿牛一看这黑黝黝的洞口，洞口之上写着"东海海牢"几个字，心里大喜，大叫一声："父亲，我来救您了！"

说完，趁着二郎神挡住四海龙王之际，阿牛便举起纤云飞星神梳，向着洞内飞去。

法藏一看阿牛冲到了大海牢里，忙举起手中的禅杖追了上去。兄弟两人不再说话，在大海牢的洞里对战。尽管法藏知道自己已经不是阿牛的对手，可既坚定了降魔卫道信念，他绝不退却。在接连挨了几梳子后，法藏早已经血肉模糊，可他仍坚决挡在阿牛面前，不让阿牛接近大海牢一步。

霓裳看到法藏的坚决，也深受感动。她不停地挥舞着七星宝剑，护住自己心爱的人。霓裳与法藏双战阿牛，这可把救父心切的阿牛给惹急了，眼前的两个人，都是从小没有父母之爱的阿牛最在乎的人，可是今日，救父心切的他早已经横下了一条心，那就是佛挡杀佛魔挡杀魔，不论是谁挡在他面前，他都不会手下留情。

想到这里，阿牛挥舞着纤云飞星神梳挡开七星宝剑，向已经血肉模糊的法藏喊道："大哥，你和霓裳若再不让开，可就别怪我不客气了！"

法藏将禅杖一横，高声喊道："要想打开海牢，你就从我的尸体上迈过去吧！"

　　说完，法藏便又挥舞起禅杖，向着阿牛打去。阿牛已经被惹急，用上十分的力气，只一下就将禅杖给磕飞，接着一梳子便将法藏给打倒在地。阿牛趁机上前举起神梳就要再打，霓裳一挥七星宝剑将神梳给挡开。阿牛不再顾及其他，使尽全力地对着霓裳便打，边打边往前冲。霓裳自然也是不敢懈怠，使出浑身解数阻拦阿牛。阿牛也不再客气，全力照着霓裳打去，将霓裳手里的七星宝剑给磕飞。霓裳重重地倒在了法藏的身旁。看着自己喜欢的人倒下，阿牛流下了眼泪，哭喊道："霓裳，我求你，不要挡着我，我会杀了你的。"

　　霓裳看着阿牛，不屈地说道："你就是杀了我，我也绝不允许你打开海牢。"

　　阿牛把牙一咬眼一闭，举起梳子便向着霓裳打下。眼看着霓裳即将被阿牛打伤，法藏猛地跃起，用自己的身体挡住了神梳。法藏被重重地打倒在地，一口鲜血吐了出来……

　　阿牛刚要往前冲，就被霓裳死死地抱住了腿。此时的阿牛已经杀红了眼，举起神梳向着霓裳就要再打。霓裳闭上了眼睛，眼看着那把神梳就要落下，突然，从海牢里伸出了一只手，一下子就将阿牛手里的神梳给抢了过去，嘴里喊道："好宝贝啊，好宝贝，感谢你送我这么漂亮的礼物，不如你好人做到底，让我吃了你吧，我可是饿了好多年了。"

　　说完，那只大手一下子将阿牛给攥在了手心，抓到了铁栅栏前。他要咬下，牛郎一下子冲上前来，用手死死抵住了水猿大圣的巨口。可是，这个水猿大圣实在是太厉害了，眼看着牛郎即将抵挡不住，阿牛忙掏出宝扇，撑到了水猿大圣的口中。水猿大圣手里抓着阿牛，头顶着牛郎伸过来的手，口里咬着那把宝扇，三方陷入了胶着。正在三个人较劲的时候，法藏冲上前来，死死地揪打着水猿大圣握住阿牛的手臂，边打边对阿牛说："阿牛，你看到没有，海牢里的一个妖怪就这么厉害，你还要救你的父亲牛郎吗？"

　　听到法藏说出这句话，正在拼死抵住水猿大圣的牛郎立即明白了水猿大圣手中的阿牛正是自己的孩子。牛郎的眼泪哗地流了下来。他一边使劲顶住水猿大圣的头，一边看着被水猿大圣抓在手里的阿牛，哽咽着喊道："阿牛，我的儿，是你吗？"

　　阿牛也已经是泪眼横飞，大叫道："爹，我是阿牛，我来救您了！"

　　法藏大喊道："阿牛，你不要命了，这都是些纵横三界的妖王，你放出他

第二十二章
牛郎出海牢

们来,他们不但要吃了你,你还会触犯天条,到时肯定会被玉帝处死的。"

阿牛流着泪喊道:"爹,您放心,就算是让我下十八层地狱永世不得超生,我也要救出您来。"

水猿大圣攥住阿牛的手一缩,一拳就将法藏给打飞了。霓裳一看不好,飞身过去接住了法藏。看着陷入昏迷的法藏,霓裳大声呼喊着:"法藏,法藏,你快醒醒啊。"

阿牛被水猿大圣攥得生疼,可不肯就范的他依然在拼尽全力挣扎着。这时,结拜的那位绿衣仙女从宝扇里飘了出来。阿牛一看大喜,大叫道:"绿衣姐姐,你快来打开天牢,救出我的父亲。"

绿衣仙女也不说话,拿着宝剑向着大海牢的神锁砍去,这一剑下去,直砍得火星迸溅,可是,那把神锁却怎么也劈不开。这时,就听到牛郎喊道:"绿衣仙女,这是太上老君打造的困妖神锁,要想打开它,只有王母娘娘的纤云飞星神梳。"

阿牛一听大叫道:"绿衣姐姐,你快从这个妖怪手里将我的神梳拿回来,这正是王母娘娘的神梳。"

水猿大圣用头抵住牛郎,一手攥住阿牛,一手拿着神梳。眼看着绿衣仙女即将冲上去,霓裳扑了过去,一把抱住了绿衣仙女,高叫道:"你不能打开这神锁,否则三界将生灵涂炭,到时,你就犯了三界的天条,要被打入十八层地狱的。"

绿衣仙女尽管被抱住,却满不在乎地笑道:"我根本就不是你们三界的人,也没有下地狱这一说,更不可能永世不得超生了。"

说完,被霓裳抱住的绿衣仙女便化作一缕青烟,飘进了牢里,向着水猿大圣举剑便刺。水猿大圣正在全力对付牛郎父子,根本没有防备绿衣仙女,被一剑刺得哇哇大叫,两只手也松开了。阿牛一下子掉在了地上,那把纤云飞星神梳也掉到了地上。绿衣仙女一弯腰,便把神梳拿在了手里。

绿衣仙女飘出了海牢,霓裳又冲上来,挥舞着七星宝剑,与绿衣仙女对打起来。绿衣仙女只一剑便将霓裳刺退,正要举起神梳砸神锁之时,刚刚醒过来的法藏挥舞着禅杖冲向了绿衣仙女。绿衣仙女忙挥动手中长剑,敌住了霓裳与法藏,把手一扬,将纤云飞星神梳往阿牛手里一递,说道:"阿牛,接梳。"

阿牛一个纵身飞向空中,接住了这把神梳,大喊一声:"爹爹,我来救您了!"

说着话,阿牛便使尽全身的力气,猛地砸了下去,将那把困妖神锁给砸了个稀巴烂。阿牛刚要往前走,只见那道铁栅栏门突然化成了一道红色光幕,挡住了去路。阿牛与牛郎近在咫尺,却不能进去,急得他大喊道:"爹爹,我该怎么做才能救您出去啊?"

身在那道红色光幕里的牛郎大喊道:"阿牛,不要管我,天庭在这里设了双重机关,困妖神锁只是一道,那立在海藏中央的定海神针,才是最大的机关啊!可是,要想挪动定海神针,只有圣水珠与乾坤圈,否则,这道红色光门是打不开的……"

正在阿牛着急的时候,二郎神与四海龙王也打到了洞里。看着阿牛进不去牢里,东海龙王哈哈大笑道:"阿牛,这下你该死心了吧,你闹我龙宫就是死罪,你的外公玉皇大帝也不会饶了你,你快束手就擒吧。"

阿牛急得哇哇大叫,挥动着纤云飞星神梳就冲了上来,与二郎神、绿衣仙女一起,再一次与法藏、霓裳和四海龙王斗在一处。九个人正在缠斗之时,只感觉天摇地动,远处海牢中央那根定海神针也晃动了起来。只见那道光幕开始慢慢地碎裂,二郎神冲着四海龙王等人,大笑道:"龙王,你们中计了,哪吒已经移动了定海神针,你们再也不能阻挡阿牛救父了。"

北海龙王大惊失色,用手指着杨戬说道:"二郎神,定海神针移动,这七十二洞妖王即将出世,三界之内定是一场浩劫,你,你犯下滔天重罪了。"

地动山摇之际,洞顶的石头纷纷落下,那道光幕渐渐地消失于无形。里面的水猿大圣第一个冲了出来,狂笑道:"出来了,我终于出来了,好多年没吃东西了,今天,我就拿你们来填饱我的肚子。"

说完,水猿大圣一把就抓住东海龙王敖广,抬手就往口里填。东海龙王敖广大叫一声:"我命休矣!"

说时迟那时快,正当水猿大圣就要咬下之时,二郎神杨戬目运神光,一道神光就向着水猿大圣射去。水猿大圣被神光击中,疼得一下子蹦了起来,放开了东海龙王敖广。二郎神将三尖两刃刀一举,说道:"有我等天庭战神在此,岂能容你等妖魔猖獗。"

水猿大圣没想到二郎神这么厉害,张牙舞爪地向着二郎神扑了过去。二郎神也不答话,挥动三尖两刃刀便迎了上去。

此时,大海牢里的七十二洞妖王,一看巨大的铁栅栏门被打开,定海神

第二十二章
牛郎出海牢

针已经被移动,疯了一样地向外面冲去。阿牛眼里含着热泪,冲进大海牢里,抱住父亲牛郎,哽咽着说道:"爹爹,让您受苦了。"

牛郎含着眼泪,说道:"孩子,这里不是说话的地方,我们快走。"

四海龙王见大海牢已经被打开,整个大海牢的海洞即将塌陷,忙高叫一声:"大海牢即将坍塌,我们快跑!"

接着,法藏、霓裳、四海龙王、杨戬等人,便跟着众妖王一起逃出了大海牢的海洞……

只见那七十二洞的妖王一出大海洞,便化作一道道黑烟,向着海平面飞去。二郎神追着水猿大圣,迎面正碰上哪吒。哪吒高叫道:"杨戬舅舅,这七十二洞妖王跑出来了,我们该怎么办?"

二郎神哈哈一笑,说道:"哪吒,我们可是天庭数一数二的战神,有我们在,岂容这帮妖魔作祟。"

接着,二郎神猛地将手中的三尖两刃刀高高举起,向着梅山六兄弟及一千二百名草头神朗声说道:"兄弟们,阿牛救父成功,东海之事已了,你们这就随我降妖去吧……"

说完,二郎神便带着哪吒、梅山众兄弟,与一千二百草头神,化作金光,追着七十二洞妖王化成的黑烟,向着海平面飞去。

第二十三章
相会是七夕

眼看着二郎显圣真君带着众仙追妖而去，四海龙王是垂头丧气，眼睁睁地看着大海牢轰然倒塌，那根定海神针也往下掉了半截。

东海龙王敖广一下子瘫软在地，放声大哭道："完了，一切都完了，这次玉帝肯定不会轻饶我的……"

其他三位龙王看到大哥敖广吓得瘫软在地，纷纷上前相劝，可东海龙王敖广就是不肯起来，只是在地上号啕大哭。也是，他在东海的任务就是要看住这关押着七十二洞妖王的大海牢，但他却没有尽到职责，致使七十二洞妖王逃出海牢危害人间，日后少不了要在剐龙台上挨上一刀了。

看着三位龙王拉不起东海龙王敖广，法藏赶紧走上前去，双手合十，向着东海老龙王敖广说道："阿弥陀佛，龙王爷，您不必担忧，您已经尽力了，况且那二郎神与哪吒都是三界闻名的战将，到时，如果玉皇大帝降下罪来，我一定上天庭为您做证，是他们放走的妖魔，与您无关。"

西海龙王敖闰也说道："是啊，大哥，那玉帝是二郎神的舅舅，也是阿牛的亲外公，我觉得，这要是深究起来，还是玉帝的家事，怎么会怪到你的头上呢？"

东海龙王哭着说道："定海神针是三界至宝，曾经有谣传说定海神针动，妖魔鬼怪出。虽说阿牛救父那是玉帝的家事，可这也是危害三界的大事啊。那玉皇大帝到时定会将所有的责任都推到我的身上，又怎么会饶了我？"

霓裳跑过来，伸出手拉老龙王敖广，边拉边说道："父王，这根本就不怪您，要是玉皇大帝真的怪罪于您，那我一定打上天庭，找玉皇大帝理论去。"

第二十三章
相会是七夕

　　霓裳的这句话刚说出口，西海龙王就是一声长叹，说道："你这个傻孩子，可不许再胡言乱语了，这要是让玉皇大帝知道，你可就麻烦了。"

　　北海龙王说道："二哥，我觉得霓裳说的有道理。之前哪吒打死了我的贤侄，那玉皇大帝管都不管。今天哪吒又闹了我们的东海，致使海牢坍塌妖魔出世。说起来，这都是玉帝的纵容之过。如果他真要是怪罪大哥，我们就投靠天魔，跟着天魔一起反上天宫。"

　　南海龙王说道："是啊，二哥，人善被人欺，龙善被仙食。我再也不愿意看到我的龙子龙孙被那些披着人皮的天神宰杀了！不如就听四弟的，跟着霓裳的师父天魔反上天宫，让这不讲理的玉帝也尝尝被人背叛的滋味。"

　　听到南海与北海龙王说要造反，瘫软在地上的东海老龙王敖广一擦眼泪，说道："够了，你们知道你们这是在说什么吗？你们这是大逆不道啊！我告诉你们，别看哪吒与二郎神闹事，他玉皇大帝不管，可是，我敢说，只要我们敢造反，他肯定会派出天兵天将杀上龙宫，将我兄弟四人捉到天上去做菜。"

　　法藏听敖广这么说，点了点头，说道："老龙王，还是您言之有理哪。小僧认为，兵来将挡水来土掩，您也不必害怕，我就是豁出一条命去，也要到玉皇大帝那里求情，誓死护得你们四海龙王之周全，您就放心吧。"

　　说着话，法藏就向敖广伸出了手。敖广听法藏说话这么有底气，也就没有再固执，被法藏拉了起来。站起来的敖广向着法藏深施一礼，说道："多谢师父开导，虽说你想护得我等的周全，可是你毕竟是一个人微言轻的僧人，那玉皇大帝又怎么会听你的？"

　　法藏点了点头，说道："老龙王，您别多想了，我虽是一个没有什么分量的和尚，可是我的师祖是燃灯古佛。只要我找来师祖，相信玉皇大帝是一定会给他老人家一个面子的。"

　　听法藏提起他的师父燃灯古佛，北海龙王点头道："法藏师父所言在理哪。想这三界之内，或许我打不过很多人，但是我谁也不服，就服燃灯古佛。想当年的仙魔大战，燃灯古佛站在谁这一边，谁就能当上玉帝。天魔与玉帝分别向燃灯古佛许下厚报，让其出山相助，可是燃灯古佛却不为利益所动，实在是让人佩服啊。"

　　法藏听北海龙王说敬佩师祖燃灯古佛，赶紧双手合十道："阿弥陀佛，多谢龙王夸奖我佛门，小僧也是非常感动啊。"

-273-

西海龙王道："法藏师父，敖闰说的也是实在话，您就不要过谦了。想来，我那叛逆的儿子敖玉帮助恶贼，定也少不了被玉帝责罚。到时，还望师父能够替小儿开脱啊。他虽然不孝，可是我始终不忍他上剐龙台啊。"

法藏点了点头，说道："龙王，您也不要着急了，敖玉贤弟也只是一时糊涂。事情已经发生了，你们就不要再为了他而担心了。小僧相信，这吉人自有天相，敖玉贤弟一定会没事的。"

霓裳有些害羞地向着法藏说道："法藏大哥，你难得来一趟东海，发生了这么多的事情，我的心里也很乱，你能不能在东海住些日子，好好地陪陪我啊。"

法藏摇了摇头，说道："多谢霓裳姑娘邀请。我本想前往西天灵鹫山我师祖燃灯古佛处请罪，无奈这个阿牛无法无天，先是盗走了我的圣水珠，如今又劫了东海海牢，放出七十二洞的妖魔。我决定先拿下这个恶贼，再去向师祖请罪，霓裳姑娘，失陪了。"

说完，法藏又向四海龙王说道："四位龙王，咱们就此别过，后会有期！"

法藏匆匆与四海龙王作别，迈开大步，向着水晶宫外走去。刚走没几步，就听到霓裳在身后喊道："喂，你这个疯和尚，你根本就打不过那个阿牛，拿什么跟他斗啊？还是我跟着你一起去，也好给你做个帮手。"

霓裳的话一出口，东海老龙王敖广便说道："是啊，师父，龙宫多亏了您的帮忙。尽管最终还是让恶徒得逞了，可是，您现在去找他寻仇，定不是他的对手。我们四海龙王现在还要守在龙宫，等玉皇大帝降罪，不如，就让小女霓裳陪着您，也好助您一臂之力啊。"

法藏听敖广这么说，便点了点头说道："龙王，您言之有理。可是，霓裳如果跟着我，我怕阿牛会伤到她。我看，霓裳还是不要去了吧。"

霓裳听法藏这么说，气得直跺脚，她生气地说道："你这个疯和尚，真是狗咬吕洞宾，不识好人心。算了，我才不稀罕跟着你哪。"

法藏这才松了一口气。其实他也知道自己不是阿牛的对手，如果有了法力高强的霓裳帮忙，一定可以敌住阿牛。可是，他又怕霓裳跟着，因为他每次见到霓裳都会禅心大乱，心里紧张得很，这才说不想让霓裳跟着。

想到这儿，法藏赶紧跟老龙王与霓裳挥手作别。法藏高举禅杖，一纵身形便向着海平面游去……

此时，阿牛与牛郎牵着手飞到了花果山的上空。刚到花果山的上空，父

第二十三章
相会是七夕

子俩就看到一队天兵天将,押着织女向着空中飞去。阿牛一看真是急了,这刚刚救出自己的父母双亲,一家人还没有吃上一顿团圆饭,哪能让天兵天将再把母亲织女给抓走哪。于是阿牛就撒开紧握住父亲牛郎的手,说道:"爹爹,您等着,我这就去救娘。"

牛郎看到织女被带走,心里也是着急。他一举从龙宫水族手里抢过的长刀,说道:"阿牛,你不必害怕。今日,为父便与你一起会会这天兵天将。"

说着话,阿牛便高举起了纤云飞星神梳,牛郎也手挥着那柄长刀。俩人向着那队天兵天将发了疯似的追去。

织女老远便看到了牛郎与阿牛。她想挣开天兵天将的手,却是万万不能,只得冲着牛郎与阿牛大声地哭喊道:"夫君、阿牛,你们不必管我,千万别来救我。我父皇已经在天上设下了埋伏,你们切不可中计。"

牛郎手拿着大刀,高声地叫道:"我不管,今天谁也别想再拆开我们夫妻。谁要是阻挡我们一家团圆,哪怕他是玉皇大帝,我也要与他誓不两立。"

阿牛一听也是豪气冲天,向着母亲织女喊道:"娘,您就放心吧,我不会再让您受一丁点的委屈,儿子这就来救您。"

阿牛与牛郎一边说着话,一边使劲地催动着脚下的祥云,向着天上的天兵天将追去。阿牛老远冲着那队天兵高喊道:"你们给我站住!玉皇大帝说过不管我救父母之事的,为什么又让你们抓走我娘?"

领头的正是托塔天王的手下大将巨灵神。只见巨灵神将手中的震天锤一举,高声喊道:"阿牛,你们打开天牢放出七十二洞妖王,造成三界浩劫,难道不是死罪吗?"

阿牛大喊道:"你给我停住,我要跟你大战三百回合。"

巨灵神哈哈大笑道:"我没那个工夫,等到了天上,你就跟你的外公玉皇大帝打吧,这不关我的事,我只是负责抓人。"

说完,巨灵神就冲着那队神兵喊道:"这阿牛闯过阿修罗界,又将月宫守护神吴刚给打成重伤,我们不是他的对手,快些跑,到了天庭我们便安全了。"

在巨灵神的催促下,那队神兵押着织女便没命地向前跑去。只用片刻的时间,他们就来到了南天门外。此时,天上的神仙也正聚集在灵霄宝殿内。因为定海神针被哪吒的乾坤圈移动,七十二洞妖王被放出,玉帝震怒,忙调动托塔天王出山带领着十万天兵天将下界降妖。玉帝听金甲神奏报说,是二郎神与哪吒帮助阿牛打开了东海大海牢,更是气得鼻子都歪了。想下旨严惩吧，眼下天庭正需要二郎神跟哪吒降妖；不惩办吧，又实在是没了玉皇大帝的尊严。追根溯源，这一切都是自己的女儿织女惹出来的祸事。于是玉帝便传旨派巨灵神带着一队天兵，将织女给捉上天来，以堵众仙悠悠之口。

灵霄宝殿内，玉皇大帝与王母娘娘高坐在龙椅上。大殿的两边，依品级站满了三界的文臣武将。虽说神仙众多，可大殿之上却是鸦雀无声，大家都静静地等待着托塔天王降妖的战报……

这时，千里眼与顺风耳走进了大殿，往殿前一跪，向玉皇大帝禀报道："启禀玉帝，那巨灵神已经押着织女到了南天门外。"

玉皇大帝点头道："好，赶紧将织女给我押往天牢，严加看管，千万不能让她再跑了。"

千里眼与顺风耳又报："再报玉帝，那牛郎与阿牛在后面穷追不舍，直嚷着要打上灵霄宝殿，找您老人家算账哪。"

玉皇大帝一听，气得连话都说不出来了。说实话，他最恨的就是牛郎，要不是他勾引自己的女儿织女，也不会惹得织女犯天条，更不会有现在七十二洞妖王出世之浩劫。对织女与阿牛，他还顾及那么一点亲情，不愿意让他们受太多的罪。可是这个女婿牛郎与他非亲非故，他当然不会客气。想到这里，玉皇大帝大声喊道："来人哪，速速将这个对朕出言不逊的牛郎就地正法，将他的灵魂贬入十八层地狱，永世不得超生。"

底下的金甲仙奉旨刚要出殿，就听到一旁的王母娘娘说道："且慢，玉皇大帝，你不必生气，这牛郎本是一个凡人，他不配惹你生气。"

王母娘娘的话音刚落，就听到千里眼高声奏道："启奏玉帝，那牛郎与阿牛父子，眼看着就要追上织女了。"

玉皇大帝怒道："来人，速去将牛郎就地正法。"

王母娘娘赶紧再劝道："玉帝，你何必跟他们一般见识哪。"

玉皇大帝怒道："难道就任由他们目无天条目无朕吗？这要是传出去，岂不是让人笑掉大牙？"

王母娘娘这才从头上掏出金簪子，往玉帝面前一伸，说道："玉帝，就让我这金簪子，在南天门外划出一道沟来，引天河之水将他们分开吧。"

玉皇大帝点了点头，说道："王母，如此甚好，就依你所说，用天河之水将他们分开吧。"

王母娘娘刚要赶往南天门外划出天河，就听到那顺风耳又报："启禀玉

第二十三章
相会是七夕

帝，阿牛与牛郎的后面追来了一个和尚，嚷着要找阿牛寻仇。"

玉皇大帝这才面露喜色地说道："很好，很好，你再去查探，如若这个和尚能够拿下牛郎父子，朕一定重重地赏他。"

王母娘娘道："玉帝，不如就让本宫用千里传言之法告诉那和尚，让他拿着本宫的簪子，在南天门外划出这道沟引来天河之水吧。"

玉皇大帝道："就依王母你所言，你快把簪子给那个和尚吧。"

王母娘娘点了点头，将金簪子往空中一抛，只见那根金簪子便向着灵霄宝殿外飞去……

此时，法藏已经赶上了牛郎与阿牛。法藏也不说话，挥动起禅杖向着阿牛便打了过去。阿牛眼看着就要追上巨灵神救回母亲织女了，看到大哥法藏挥动禅杖打来，救母心切的阿牛也就不再客气。他挥动起纤云飞星神梳迎住了法藏，只用了没几个回合，便将法藏打倒在地。牛郎一看，也举刀向着倒在地上的法藏砍去。眼看着那把刀即将砍到法藏，不放心法藏的霓裳追了上来。霓裳猛地一剑挡开了砍向法藏的刀，法藏趁机赶紧站了起来，重新捡起禅杖，与霓裳一起，和牛郎、阿牛在南天门外打了起来。

法藏不敌之际，只见那空中飞来了一把金簪子。法藏刚拿起金簪子，只听得一个女人的声音从簪子里传来："和尚，你拿着它便会拥有无穷神力。这簪子可大可小随你的意。你一会儿打败他们父子，在南天门外划上一道沟，引来天河之水阻挡住他们。到时，天庭自会重重地谢你。"

法藏听到金簪子在说话，大惊失色地问道："是谁在说话？是谁在说话？"

只听那簪子说道："本宫乃王母娘娘，曾去花果山卷帘洞救过你的命，赶紧试试这金簪子的威力吧。"

阿牛一看法藏正拿着金簪子发愣，举起纤云飞星神梳便向法藏打去。法藏一看，猛地将金簪子变大，挥动着金簪子就迎上了神梳。这神簪与神梳一碰，阿牛的手臂可就受不了了，想这法藏何时拥有的这般神力。再举起神梳向法藏打去，却被法藏一簪子给打倒在地。法藏高声叫道："你这个偷珠贼也有今天，赶紧还我的圣水珠来。"

阿牛倒在地上，高声说道："大哥，那圣水珠真不是我偷的，我是为了救你，才将它献给玉皇大帝的。"

法藏手持着金簪子说道："一派胡言，你既然不觊觎我的圣水珠，为什么会拥有一身无穷的法力？"

说着话，法藏便不再跟阿牛解释，挥动着簪子向阿牛刺去。正在危急时刻，牛郎挥刀砍来，挡住了金簪子。法藏大怒，只一个回合便将牛郎给打退。正在法藏又举起金簪子，向着阿牛刺去的时候，只见宝扇里的绿衣仙女飘了出来，举起手中的宝剑便向着法藏袭来。绿衣仙女抵挡住法藏，对着阿牛与牛郎说道："你们快去救织女，不然到了南天门内就再无救人的机会了。"

阿牛赶紧爬起来，与父亲牛郎一起向着南天门外追去。法藏正与绿衣仙女争斗着，就听到金簪子又说话了："法藏，你不必与她恋战，赶紧去引来天河之水，速去速去。"

霓裳一看绿衣仙女挡住了法藏，挺起七星宝剑便向着绿衣仙女挥去。法藏趁机向前追去。眼看着牛郎即将冲破天兵天将的阻拦，就要拉到织女的手时，在后面穷追不舍的法藏，猛地一下子向前扔出了金簪子。那金簪在南天门外划出了一条沟，只见那天河之水便夹着澎湃无比的气势奔涌而来，波涛滚滚，巨浪滔天。牛郎与织女也被隔在了天河的两岸……

绿衣仙女一看牛郎与织女即将牵上的手被天河之水给隔开了，便将身形化成了千万只喜鹊，飞向了这巨浪滔天的银河上空。看着那成千上万只喜鹊化成的鹊桥，霓裳被这神奇的一幕惊呆了，她站到了法藏的身边，说道："法藏大哥，好感人哪，我在想，虽说阿牛闹了龙宫，放跑了七十二洞妖王，可是，我们拼命地阻拦牛郎与织女相会，到底是对还是不对呢？"

法藏赶紧双手合十，说道："阿弥陀佛，我不管他们是对还是不对，我只知道他们放出了七十二洞的妖王，造成了三界的浩劫，就是不对。"

说罢，法藏便又要上前去追赶阿牛，却被霓裳一下子拉住，说道："法藏大哥，佛是慈悲的，不是拆散人家的。你就听我的，千万不可入了魔道啊。"

法藏双手合十道："霓裳，难道你要帮助阿牛他们不成？"

霓裳摇摇头，说道："法藏，我不是要帮他们。你要是捉他们，我一定来帮你，但也请你一定要等到他们鹊桥相会过后再抓，好不好啊？就算我求你了。"

法藏高声诵着佛号道："阿弥陀佛，善哉善哉。霓裳姑娘，看在那牛郎与织女一片情深的分上，小僧就暂且罢手吧。"

此时，那绿衣仙女化成的千万只喜鹊铺成了一条鹊桥。可是她的法力不够，眼看着那条鹊桥还差一段即将铺好，可是绿衣仙女却再也变不出一只喜

第二十三章
相会是七夕

鹊来了。看着桥上的牛郎与织女因为那段没铺好的鹊桥牵不起手,霓裳就冲着法藏大喊道:"法藏大哥,我们快变成喜鹊,给牛郎跟织女铺路吧。"

法藏的眼前忽然就现出了爱妻素女的身影,他的眼里含着热泪,双手合十道:"阿弥陀佛,霓裳,今日的鹊桥相会,也使我想到了曾经的至爱素女。好,今日小僧就与你一起变成喜鹊,成就他们这鹊桥相会吧。"

法藏与霓裳两人牵着手,变成了一对喜鹊,飞向了银河的上空……

此时的牛郎织女站在桥的两端,眼看着手就要牵上,可是中间的鹊桥还悬空着一块,两个人就在这还没有铺好的鹊桥之上互相倾诉着相思之苦。正在此时,霓裳与法藏变成的喜鹊飞到了那鹊桥之上,铺成了一条完整的鹊桥,牛郎与织女的手终于拉到了一起。一对有情人紧紧地拥抱在一起,互相倾诉着这多年生离死别的相思之苦。

玉皇大帝本有心惩罚,却碍于王母娘娘和众仙家的求情,又考虑到如今天魔出世,天庭又需要人手,于是封牛郎为牛郎星君,封织女为织女星君。阿牛则被封为掌管天河的天蓬元帅,奉旨看管三界至宝圣水珠,掌管天河十万水军。而那把受赠于王母娘娘的纤云飞星神梳也被太上老君打造成了称手的兵器。

四大天王陪着新上任的天蓬元帅,来到了南天门外。阿牛激动地跑到了鹊桥之上,一家人就在这南天门外的鹊桥之上,紧紧地拥抱在了一起……

第二十四章
天魔气玉帝

看到阿牛一家三口携手慢慢地走下了鹊桥,在四大天王的欢迎下,走进了南天门后,绿衣仙女化作一阵清风,飞进了阿牛怀里的宝扇之中。而法藏与霓裳也变回了本来的样子,站到了南天门外的天河岸边。

看着阿牛一家走进了南天门,法藏就知道,要想再找阿牛索要圣水珠已经是万万不能了。因为自己曾经的兄弟,现在已经成了威震三界的天蓬元帅。可是他自己,不但没有完成燃灯古佛交代的守护圣水珠的任务,更没有帮助东海龙王完成守护大海牢的职责。想到这里,法藏就对着霓裳苦笑道:"霓裳啊,你看真是恶人得好报,好人不长寿哪。阿牛先是偷了我的圣水珠,后来又打开大海牢放出七十二洞妖王。没想到,玉皇大帝竟然没有责怪于他,还封他当了天蓬元帅,真是可笑啊可笑。"

霓裳笑道:"法藏大哥,怎么,你生气了?"

法藏双手合十道:"阿弥陀佛,出家人四大皆空,哪里还有什么气生。我只是为没有完成燃灯祖师看护圣水珠的吩咐而自责罢了。"

霓裳安慰道:"好了,法藏大哥,你就别生气了,人家阿牛可是玉皇大帝的亲外孙,你是谁的外孙啊?你如果也是玉皇大帝的外孙,这天蓬元帅的位置肯定就是你的。"

法藏说道:"霓裳,或许你说得对吧。我已丢了圣水珠,自然是罪孽深重。我也不回花果山卷帘洞收拾东西了,咱们这就别过,我要马上赶去西天灵鹫山向我的祖师燃灯古佛请罪。"

霓裳赶紧阻拦道:"别啊,法藏师父,我求你了,你帮了龙宫那么大的

第二十四章
天魔气玉帝

忙，还是快跟我回龙宫吧，我父王还要感谢你哪。"

法藏摇了摇头说道："霓裳，我帮助龙王守海牢失败了，真的没脸去东海啊。何况，我去意已决，我们就此别过吧。等到我领了师祖的惩罚，咱们自然还会有相见的一天的。"

霓裳见法藏执意要走，急得是直跺脚。可法藏去意已决，匆匆与霓裳拜别后，身形一晃就踏上了一朵祥云，向着西天灵鹫山元觉洞飞去了。

转眼之间，法藏便飞到了西天元觉洞。守门的师弟看到法藏回来了，不敢怠慢，赶紧到洞里去向燃灯古佛禀报。此时，燃灯古佛刚刚闭关修炼结束。法藏是燃灯古佛最喜欢的弟子，他回来了，燃灯古佛自然格外高兴，马上命人将法藏传进洞中。

法藏跟着看门的师弟走进洞中，一见到燃灯古佛，便匆匆往前赶了两步，往地上一跪，高声喊道："燃灯古佛在上，小徒法藏给您老人家磕头了，小徒祝师祖寿与天齐。"

已经好久没见到自己的徒儿了，燃灯古佛自然心中欢喜。他特地下了莲花宝座，慢慢走到法藏身边，将法藏搀扶起来，说道："法藏，我的好徒儿，你辛苦了！"

法藏赶紧双手合十道："燃灯师祖，弟子实在是没有脸见您，就请您责罚我吧！"

燃灯古佛听法藏这么说，笑着问道："法藏，你奉我之命到花果山卷帘洞看护圣水珠，为师褒扬你还来不及，为什么还要责罚于你？"

法藏扑通一声，又跪倒在燃灯古佛的身前，说道："请师祖容弟子回禀，弟子将圣水珠给看丢了，被阿牛那个偷珠贼献给了玉帝。"

燃灯古佛看着面带愧疚之色的法藏，微微笑道："法藏啊，你不必在意。万事皆缘，其实为师让你看护圣水珠，就是为了等真正的有缘人到来啊。"

法藏说道："师父，可我毕竟没有等到那个有缘人啊，这才被阿牛捡了便宜，这是弟子的失职啊，就请祖师责罚我吧。"

燃灯古佛转身坐到了莲花座上，对着法藏说道："法藏，记得我让你下山之时，曾经告诉过你，让你等候有缘人。其实你想过没有，阿牛既然能够开启圣水珠的神通，那他就是圣水珠的有缘人。而圣水珠本来就是玉皇大帝的，只是丢失了这么久，借由阿牛之手送还玉帝而已。而且阿牛将圣水珠献给玉帝，其实说来还是为了救你，这一切皆是你善缘所至。所以，法藏你不

-281-

必自责，为师吩咐你的使命，你已经完成了，而且完成得很好，快起来吧。"

听燃灯古佛这么说，法藏依然不起来，口中说道："燃灯师祖，不只如此，徒儿还曾经帮助霓裳救过他的师父天魔。这天魔可是要倒反天宫的，徒儿已经知错了，请师祖责罚吧。"

燃灯古佛点了点头，道："法藏啊，你怎么还不明白，不管他是玉皇大帝也好，天魔也好，你都是出于一片佛家的慈悲之心救人，你有大慈悲心，为师很高兴，又怎么会怪你呢？"

法藏又向燃灯古佛拜道："可这天魔是要倒反天宫的，他终究会为害三界。"

燃灯古佛笑道："法藏啊，出家人四大皆空，你有善心救人即是度化于人，至于他是修桥补路还是杀人放火，这就不是你这个救人的能说了算的了。好徒儿，你就别多想了，快起来吧。"

法藏听燃灯古佛一点怪罪自己的意思都没有，这才缓缓起身，站到了燃灯古佛的莲花座前。燃灯古佛看了看法藏，用手一指，凭空取出一个金光闪闪的琉璃盏，递给法藏道："法藏，定海神针被移动，致使地动山摇，三界内的妖魔鬼怪也纷纷出世。很多仙人出现了天人五衰的迹象，此乃劫数，就连玉皇大帝也难逃此劫。你速去将此盏送予玉皇大帝。料想这圣水珠与琉璃盏同时在玉帝手中，定可保得玉帝周全，也可使天界众仙渡过此劫。"

法藏伸出双手，从师祖燃灯古佛手中接过琉璃盏，说道："师祖，弟子领命。"

法藏看了看手中的琉璃盏，只见那琉璃盏金灿灿地散发着柔和的光彩，玲珑剔透，霞光阵阵，确实是一个好宝贝，不由得赞叹道："师祖，这琉璃盏可真是漂亮，不愧是我们佛家的第一法宝啊。"

燃灯古佛哈哈一笑，说道："法藏，你只知它是我们佛家的第一法宝，可知它的来历？"

法藏摇了摇头说道："师祖，弟子不知，愿闻师祖教诲。"

燃灯古佛这才缓缓地说道："法藏，琉璃盏乃是过去无量劫中诞生的一个三界至宝，因与佛有缘，成为我佛家的第一法宝。在上古洪荒之时，天魔和玉帝为争帝位开战，天魔不敌，盗走天河圣水珠，致使天河水倒灌为害人间。我知这圣水珠也是三界至宝，欲破圣水珠，需用琉璃盏。我不想明着卷入仙魔争斗，可又不忍看到三界生灵涂炭，于是，就变成一位散仙的模样，

第二十四章
天魔气玉帝

祭起琉璃盏截杀天魔，用广大法力将天魔封印。而天魔在与我斗法之时，手中的圣水珠遗失在下界。天魔虽被封印，可水患却为害人间。为此，佛家用琉璃盏慈悲救世，女娲炼石补天堵住天洞，大禹用定海神针治水，王母用梭罗木救治人间。三界诸神佛共同出力，才使三界安定。后来，便有了'木盏针珠石，三界无人敌，五宝合一体，逆天不足奇'的传闻。现在，天魔出世觊觎其他四宝，如果让他得手，整个三界将面临一场浩劫。所以，这维护三界稳定的琉璃盏，也该出山降魔卫道了……"

听燃灯古佛将琉璃盏的来历说完，法藏说道："师祖，弟子愿意再出山，用佛法度化人间，以弥补造成的罪责。"

燃灯古佛点了点头，说道："法藏，你看护圣水珠有功，本应让你休息几天再出山，可是在这三界即将历劫的关键时刻，为师还是要辛苦你一趟，你不会对为师有怨言吧？"

法藏赶紧说道："阿弥陀佛，燃灯师祖，您是弟子的圣师，您就是让弟子上刀山下火海滚油锅，弟子也不会皱一下眉头，何况是让弟子去降魔卫道守护三界哪！这可是一件功德无量的事情。"

燃灯古佛点了点头，说道："好，法藏，你能如此说，证明为师没有看错你，你确实是一块修佛的好料子，这次看护圣水珠，你几次经历死劫，为师今日让你去天庭助阵，恐怕你要经历的磨难会更多，甚至会难逃一死，你不害怕吗？"

法藏看着燃灯古佛，坚定地说道："弟子志心朝礼，纵然身死又有何妨？一副臭皮囊而已，大不了来世我再来您老人家座前服侍。"

燃灯古佛听法藏这么说，也是非常感动，缓缓说道："法藏，今日为师就传你法力，也让你在极难之时，可以保护自身的周全。"

法藏赶紧双膝跪倒在地，说道："弟子诚心受教。"

说完，燃灯古佛便将一套"纵横佛仙术"传给了法藏。法藏聪明非凡，很快便学会了燃灯师祖教给他的仙术。看到法藏已经对这套仙术融会贯通，燃灯古佛笑道："好了，法藏，你已经学会了我教的仙法，事不宜迟，你速速带上琉璃盏，送往天庭去吧。"

法藏赶紧双手合十道："弟子领命，祝师祖寿与天齐。"

说完，法藏便转身离开了灵鹫山元觉洞，催动师祖燃灯古佛传授的仙法，一纵身便向着天庭飞去。

法藏十分感激燃灯师祖传给他这套无上的仙术，心想有了这套仙术，这三界之内他也就不再怕谁了，到时弘扬起佛法来，也就更加得心应手了。

想到这里，法藏一时兴起，一个纵身便驾起祥云，飞到了花果山卷帘洞的上空。他将云头落在洞外，缓缓步入洞中，看着洞内的石壁上已经结满了厚厚的蛛网，再来到石桌石椅前，又看到那石桌石椅满是灰尘。法藏叹了口气，轻挥着衣袖，将尘土擦干净，然后坐在了石凳之上，想起了往事……

想着想着，法藏的脑海便浮现出霓裳的身影。他想如果自己不是一个和尚，一定会跟霓裳在一起的，因为霓裳的容貌太像素女了。尽管她们两个的脾气是那样不同，但同样心地善良，同样乐于助人。他甚至想，如果霓裳不是天魔的徒弟就好了，到时，他可以将霓裳推荐给自己的师祖燃灯古佛，相信有了燃灯古佛的教诲，霓裳姑娘一定会修成一个好菩萨的。可是因为跟了天魔，霓裳身上也有了一些魔性，这是很多仙家所不能容忍的。虽说佛家能够度化霓裳，可霓裳愿意受教吗？或许，在将来的某一天，天魔带着霓裳跟天庭开战，而自己为了维护三界的秩序，在与天魔大战之时，肯定会与霓裳相逢，到时，自己对霓裳这个"小魔头"是否能够下得了手呢？法藏不敢继续想下去，以往的很多事情他说不明白，以后的很多事情，他更是难以说明白。思来想去，法藏还是决定不再胡思乱想，只一心一意修行。

确实，人间的很多事法藏想不明白，可东海龙王敖广却想明白了。随着大海藏里的海牢轰然倒塌，七十二洞妖王逃出生天，摆在敖广面前的只有一条路，那就是上天庭去向玉皇大帝请罪。他知道，自己这一去可是九死一生，搞不好就要被玉皇大帝押上剐龙台。想到这里，东海老龙王老泪纵横。他依依不舍地与三海龙王握着手，做着最后的告别，还在水晶宫众水族蒙眬的泪眼里，哽咽着将东海龙宫的大事交代给了龙太子。然后，他让龙太子将自己的双手捆绑住，就要上灵霄宝殿去向玉皇大帝请罪。

老龙王敖广正在与龙母告别，忽然，一道白光闪过，把龙宫的众水族给吓了一跳。东海龙王敖广定睛一看，正是多日不见的天魔，慌得敖广及三海龙王赶紧跪倒在地上。这是天魔解除封印以来，第一次见到这西海、南海及北海三海龙王，他可是这四海龙王的故主啊！

看到故主天魔来了，众龙王也是格外激动。上次就是在天魔的暗中帮助下，才逼死了哪吒。尽管天魔当时没现身，但四海龙王都念着旧主的好。此次，天魔来到东海，北海与南海龙王最是激动了。北海龙王敖顺更是激动得

第二十四章
天魔气玉帝

流下了热泪，扑通一声跪倒在地上，对着天魔便哭喊道："大天尊，几十亿年不见您了，小龙我可是真想您啊，您一向可好？"

天魔见敖顺如此动情，也是万分感动，和蔼地搀扶起敖顺，说道："敖顺，多年不见，本尊可是想你想得紧哪，本想一解除封印就去北海看你，可是因为事务繁多，这才耽搁下来，没想到今日在东海相见，嗯，不错，我能感受得到你对我还是那么忠心。"

南海龙王敖钦也冲上前，跪在地上，激动地说道："大天尊，您可想死小龙了。您不知道啊，那帮天神开个会，就要吃我们龙族，恨得我牙根直痒，您可要给我们报仇雪恨啊。"

天魔点了点头，说道："敖钦，你说的我都知道了。你也不错，一直没有忘记我，我也很欣赏你，你放心，那帮天神一定会恶有恶报的，到时，我也要将他们抓来，为你等报仇雪恨。"

说完，天魔转过头，用手一指东海龙王敖广，怒道："敖广，你知罪吗？"

被绑缚住的敖广赶紧跪地磕头道："小龙知罪了，恳求大天尊饶过我吧。"

天魔缓缓地说道："你知什么罪？说来我听听。"

敖广磕头如捣蒜，说道："启禀大天尊，我不该跟着玉皇大帝混吃等死。可是，大天尊，这由不得我啊。您被封印了，我们四个小龙可是无处可去啊。如果我们不跟着玉皇大帝，只能被他给吃掉，还请大天尊理解小龙的苦衷啊。大天尊，不如您这就带我们杀上天宫，给我们那些被杀的龙子龙孙报仇雪恨吧。"

天魔点了点头，说道："你说的也在理，本尊其实并不怪你投靠玉皇大帝，换作是我，在没有靠山的情况下，也会投靠他的。本尊不能饶恕你的是，你没有守护住东海大海牢，放跑了对我极其重要的七十二洞妖王。"

敖广原以为天魔怪他投靠了玉皇大帝，听天魔这么说，才知道是因为东海大海牢的事。虽说这也是大罪，可是也怪不得他没有尽力。敖广悬着的心，终于放了下来，向天魔求饶道："大天尊，可恨那哪吒与二郎神欺我东海无人，帮着阿牛救父，放跑了七十二洞的妖王。还请大天尊出手，为我等小龙报仇啊。"

天魔说道："哪吒与二郎神，他俩的法力不低，也是天庭赫赫有名的战将，尽管尚不是本尊的对手，可是如果能收为我用，那岂不是好上加好。只是他俩都跟那些妖王很相似，是不好降服的主哪。"

西海龙王一听天魔不再说大哥罪过之事，便向天魔说道："大天尊，您也看到了，我贤侄敖丙被哪吒那个恶贼打死，玉皇大帝根本就不管，还是大天尊您出手帮我们，才逼得哪吒自尽。求大天尊这就带我们上天，跟玉皇大帝重新开战，我相信，等您当上玉皇大帝之后，这三界会更加兴旺发达。"

天魔听西海龙王敖闰这么一通忽悠，心里着实高兴，就说道："你们放心，本尊很快就要跟玉皇大帝算一算这几十亿年来的账。我问你们，等到本尊与玉帝开战之时，你们谁愿意跟着我去啊？"

天魔如此一问，谁敢不服从。于是，四海龙王都争抢着表忠心，都说要跟着天魔上天庭。尽管他们表现得很积极，可是他们心里，却是谁也不想去天庭跟玉帝开战。因为这一去，极有可能永远都回不来了。

看着四位龙王争先恐后地要跟着自己去天庭，天魔很高兴，不管这四个龙王心里是怎么想的，只要他们表面上臣服于自己就行。想到这里，天魔就用手对着敖广一指，说道："敖广，你就陪着本尊上天庭吧。"

敖广心里一惊，因为他知道，天魔不好惹，玉皇大帝更不好惹，可是天魔点了自己，又不能不去，只得硬着头皮装作特别激动的样子，说道："谢大天尊垂爱，让我跟着您去天庭，属下就是死，也要护得您老人家周全。"

听敖广这么说，天魔摆了摆手说道："不用你去拼命，你也不用绑缚双手，咱们是干啥？咱们这是去见三界之主玉皇大帝哪。你穿得好看一些，再陪着我去。告诉你，我并非让你跟着我去打架，快去换件衣服来，别让天庭的那帮神仙瞧不起我们。"

天魔的这一席话，可是把四海龙王还有龙宫水族给说蒙了。敖广还要再问，但是又怕天魔责怪自己多嘴。于是，辞别了天魔向着后宫走去。不一会儿，老龙王敖广便衣明甲亮地走了出来。看着焕然一新的敖广，天魔点了点头，赞道："嗯，不错，敖广啊，这样看起来才威武霸气，好，你这就跟着我去天庭吧。"

听到天魔吩咐，老龙王敖广这才重新与三海龙王及水族众人告别，跟着天魔驾起祥云，向着九天之上的灵霄宝殿飞去。在天魔的带领下，两人很快便飞到了南天门外。敖广按定了云头，向着身边的天魔躬身问道："大天尊，难道我们就这样进去吗？您看这四大天王正在看着南天门，恐怕不会让您进去吧？"

天魔哈哈大笑道："当然，敖广啊，你说得对，所以，我要借你的身体

第二十四章
天魔气玉帝

用一下,你不会介意吧?"

老龙王敖广这才明白天魔的意图,原来他是想附在自己的身体里,去见那灵霄宝殿里的玉皇大帝。敖广知道,被附身的感觉极其难受,但又不敢违逆天魔的旨意,只得低头说道:"大天尊,小龙一切都听您老人家的吩咐。"

天魔哈哈笑着,化作一阵风,钻进了老龙王敖广的体内。老龙王敖广这才重新驾起祥云,过了四大天王守卫的南天门,直奔灵霄宝殿而去……

天魔通过老龙王的眼睛,看着这熟悉的一切。天庭曾经是他儿时生活过的地方,一切都没有变,还是老样子,可是已经没有了父王慈祥的笑容和母后和蔼的声音。尽管凤阁龙楼今犹在,却物是人非啊!想到这里,天魔这个纵横三界的老魔头,望着那重重的凤阁龙楼,竟然流下了动情的眼泪。

在仙娥们的带领下,东海龙王敖广走进了灵霄宝殿。老远地看到高高坐在龙椅上的玉皇大帝,老龙王双膝跪倒在殿前,向着玉皇大帝磕头道:"玉皇大帝在上,请受小龙三拜,祝玉皇大帝万岁万岁万万岁!"

玉皇大帝一看是东海龙王敖广来了,气就不打一处来,心想你们四个龙王是干什么吃的,竟然让阿牛、哪吒与二郎神打开了东海大海牢,放跑了七十二洞妖王。想到这里,玉皇大帝将脸一沉,一拍龙椅扶手,冲着敖广怒喊道:"敖广,你这条恶龙,你可知罪?"

敖广听到玉帝已经动怒,磕头如捣蒜,说道:"小龙知罪,小龙知罪啊。"

玉皇大帝怒道:"你奉命看守东海大海牢,职责重大,竟然视同儿戏,允许哪吒等人放跑七十二洞妖王,这都是你的过错。来人哪,速速将这条恶龙给我押上剐龙台,朕今日就要拿他的龙肝下酒。"

玉皇大帝的话一出口,老龙王瘫倒在地,浑身颤抖着。那些冲上来的金甲神刚要靠近老龙王,只见他身子一震,猛地站了起来,指着玉皇大帝骂道:"好你个昏君,不问青红皂白,就将所有罪责都推到了我的身上,我还说这是你的罪责呢。"

玉皇大帝一听,心里一愣。他本来以为老龙王敖广肯定会跪地求饶,众仙人们再上前求情,然后他再天威浩荡地从轻发落,以宽四海之心,毕竟这件事确实不是他四海龙王能够抵挡得了的,可是令他没想到的是,这个敖广竟然敢对他破口大骂,看来他还真想上剐龙台啊!敖广的这一席话,灵霄宝殿里所有的仙人可都是听得真真切切,谁也没想到他竟然敢骂玉帝。整座大殿之上鸦雀无声,连上来捉拿的两名金甲神也愣在了原地。

其实，以老龙王敖广的性子，就是借他十个胆，他也不敢辱骂玉帝。说出这句话的正是附身于敖广、想倒反天宫的天魔。

就在玉帝与众仙愣住的时候，被天魔附体的敖广又用手指着高高在上的玉皇大帝继续骂道："你妹妹思凡下界，生出个二郎神，是他打开的大海牢。你女儿织女思凡下界，生出个逆种阿牛，是他来救父搅闹东海。也是你的这两个亲人，打开了我的大海牢。你不去抓他们，反而怪罪起我来了，我是那么好怪罪的吗？你大胆、你狂妄、你无礼，是你家教不严，才致使这七十二洞妖王被放出来，你说这是不是你的错误？你私定天条，不让仙人自由婚配，而你自己却今天勾搭这个明天勾搭那个，你说，你还有点三界之主的样子吗？照我说，你就应该拔剑自刎在这宝殿之上，好让众仙再选个好点的玉皇大帝，来做这三界之主，你说是也不是？"

大殿之上鸦雀无声，所有的仙人都知道，这几句话一出口，这个龙王的命怕是保不住了。尽管大家也知道龙王所说的都是事实，可玉皇大帝的威严是不能被触碰的……

高高在上的玉皇大帝，此时已经被敖广气得说不出话来了，他指着敖广的手不停地颤抖着，嘴唇哆嗦着说道："你……你……你……"

敖广往前走了两步，指着玉皇大帝继续说道："你什么啊？你是想听我的话，拔剑自刎向众仙谢罪吗？噢，对了，我想起来了，你怕人造反刺杀你，所以，大殿之上的众仙都没有刀剑。没事，你要是想自杀，缺刀的话，我可以借给你啊。"

玉皇大帝也是被敖广给气晕了头，直到现在才说出一句完整的话来，只见他用颤抖的手指着敖广，厉声喝道："快来人哪，将他拖出去，立即给我碎尸万段！"

敖广哈哈大笑。天魔之所以要激怒玉皇大帝，就是因为玉皇大帝法力高深，要想附体在玉皇大帝身上，只能在他特别高兴或者特别生气的时候。眼下七十二洞妖王已经出逃，自己也已解除封印，仙人经历劫难，确实没什么值得高兴的事。因此，与其逗他高兴，倒不如激怒他，趁其震怒之时，点燃断魂香扰乱他的意识，如此定能成功附体。

想到这里，天魔趁着金甲神冲上前的工夫，一下子点燃了断魂香。那缕断魂香袅袅地飘到了玉皇大帝的跟前，玉皇大帝一闻到断魂香，便知道自己的死敌天魔来了，刚要打起精神，全力抵挡断魂香的诱惑，却是来不及了，

第二十四章
天魔气玉帝

眼睛慢慢地模糊，胡言乱语起来："爱卿，言之有理，速速平身，到后宫领赏去吧……"

刚冲上来的金甲神，听到玉皇大帝这么说，也是纳了闷了，可是，玉帝的话又不能不听，于是，赶紧放开了敖广。他们以为是自己听错了，可再看看那殿上众仙，大家都是面面相觑，因为谁也不知道这三界之主玉皇大帝，怎么就突然开始说起胡话来了。老龙王敖广大骂他，他不但不恼不怒，反而让敖广到后宫领赏。也不对啊，后宫都是玉皇大帝的家眷，是天庭所有仙人的禁地，怎么能到后宫去领赏？这时，每个人都以为自己听错了，当然，还有另外一种可能，就是玉皇大帝是至圣至明的明君，就喜欢这忠言逆耳的调调……

准备冲上来捉拿敖广的金甲神，赶紧由怒目圆睁转为笑脸相迎，对着敖广说道："老龙王，您说得太棒了，恭喜您很对玉帝的脾气，这就到后宫找王母娘娘领赏去吧。"

就在玉皇大帝意识模糊的时候，天魔趁着众仙注意力都在敖广身上，"嗖"地一下钻出了老龙王的龙体，向着玉皇大帝逼去。天魔化成的那缕青烟，从玉皇大帝的百会穴飞进了他的意识当中。

玉皇大帝正感觉头疼眼花，突然见一道白光闪过，天魔狂笑着站到了自己的跟前，厉声说道："大哥，咱们兄弟又见面了，你可好啊？弟弟我来看你来了。"

玉皇大帝一惊，忙叫道："来人啊，来人哪，快来救驾。"

天魔哈哈地大笑着说道："哎呀，我的大哥，你怎么糊涂了，你看看这是哪里，我这是在你的意识里，这是你的元神在说话，你就是喊破了喉咙，也没人听得见。"

玉皇大帝怒道："你这个目无法纪的狂徒，竟然敢到朕的意识当中，不怕朕挥剑斩了你吗？"

天魔哈哈大笑道："大哥，你就醒醒吧，咱们俩都是半斤八两，谁也伤不了谁。可是，你别忘了，我可是被太上老君的八卦炉炼过的，而你没有。我为了夺回属于我的玉皇大帝之位，卧薪尝胆天天修炼。而你，你是天天养尊处优，你的身子骨恐怕也不行了吧？所以啊，你赶紧让位于我，也让我当几天玉皇大帝过过瘾，你看怎么样啊？"

玉皇大帝将手中的宝剑一横，怒道："你休想！"

天魔也一举手中的诛神刀，说道："我不是休想，也不是妄想，我是既敢想又敢干。这不，我都来了，你怎么还不走，难道非得让我亲自动手吗？"

玉皇大帝将剑一横，怒道："好，既然你非要夺取朕的天下，那就动手吧。"

天魔龇牙咧嘴地笑着，用手摸了摸宝刀的刀刃说道："不急，咱们好些年没见了，我还想说几句话气气你。你放心，你的这些臣子哪，我会好好对他们，将他们都打入十八层地狱享福。你后宫的那些女人，我会好好地爱她们，让她们享福。你呢，我也会好好地爱你，让你在你设下的天牢里过着生不如死的日子，你说好不好啊？"

玉皇大帝早已经怒到了极点，他大吼一声，举着宝剑便刺了过来。天魔再一次退了回去，然后停在那里，说道："大哥，你急啥啊？咱们老哥俩这么多年没见，你不想跟我多聊会儿吗？"

玉皇大帝怒道："不需要！"

天魔又狰狞地笑了一下，咳嗽了一声，说道："大哥啊，我喜欢王母娘娘，你不是不知道，我们两个可是私定过终身的。可是你，在知道我喜欢她以后，二话没说，就向父王请旨，让父王将西王母指婚给了你，你可真是自私啊，怎么样？你们俩过得好吗？有没有吵过架？我可听说，你还喜欢嫦娥，因为这事，你跟王母娘娘老闹意见。"

玉皇大帝不容天魔再说，大叫道："够了，够了，朕再也不想见到你，你给朕滚，朕……"

天魔又笑了笑，说道："别急，别急，大哥，一会儿我们俩再好好地打。现在，我们再聊会儿。你看我们这么多年没见了，是不是应该多聊一会儿？我们可是兄弟啊，我们俩是亲人哪。"

玉皇大帝早已经气得浑身发抖。他举起手中的宝剑，向着天魔便刺了过去。天魔还是接着退，嘴里继续说道："哎呀，大哥啊，我在下界可是见过那个嫦娥啊，漂亮，非常漂亮，真不愧是这三界第一美人。你放心，我只要当了玉皇大帝，就把她调进我的后宫，让她给我做妃子。你不敢做的事，我可敢做。怎么样啊，还是我比你有气魄吧？"

玉皇大帝一时急火攻心，被天魔气得"哇"地一下吐出了一大口鲜血来。天魔继续说道："哎哟，大哥，你怎么吐血了？这可不好，你这个人哪，就是不能生气，怎么一生点气就吐血？这人没有多少血，更何况我们这些羽化成仙的仙人，就更没有多少血了。我说大哥，你得改改这个毛病啊。不

第二十四章
天魔气玉帝

行，你改不了生气的坏毛病，依我说啊，你得多练，你得让我多气气你，你血吐多了，自然也就习惯了……"

玉皇大帝又是一口血吐了出来，用手拄着宝剑，哆嗦着说道："够了，你给朕滚，朕再也不想见到你了。"

天魔还是继续气玉皇大帝道："大哥，我刚才不是说了，你得多生生气，这气生得多了也就不气了。所以啊，你不能让我滚，我滚了谁来气你啊？你说是不是啊？我想在这三界之内，敢气你的，也就只有我了吧？"

玉皇大帝突然站了起来，他怒目圆睁，冲着天魔喊道："你说够了没有？说够了没有？如果说够了，就跟我动手！"

天魔笑了笑说道："你别着急，大哥，你这着急与生气的毛病啊，跟凡人一样，真是一点也没有玉帝的样子。我说，既然你不配做玉帝，那就让给我吧，什么？你不让？不让好啊，那就吃我一刀吧。"

说着话，天魔便举起了手中的诛神刀，向着早已经被气得发抖的玉皇大帝砍了过去……

第二十五章
众仙斗天魔

　　眼看着天魔已经进入自己的意识，玉皇大帝是又急又气。可是，着急与生气根本解决不了问题。此时的玉帝是既喊不出话来，也没有人可以帮他。他只能通过自己的力量，来跟天魔一较高下。

　　可是，这几十亿年来都过着养尊处优的仙人生活，他已经不再是天魔的对手，何况是在被天魔气极的情况下？玉皇大帝是经过无量劫的修持才最终成为三界之主的，平时内心也是清灵空明，可是，因为天魔出世，正在经历着天人五衰。如果不是王母娘娘的蟠桃天天养着他，估计现在的他头发都要掉光了。本来，他还想用太上老君的仙丹，帮助自己度过这一段困难时期，可是，仙丹却被天魔给偷了个精光。也是这个天魔出世，自己才整日忧心忡忡。虽然整天跟众仙商量降魔之策，可是这些降魔之策还没来得及实施，天魔就找上门来了。不但找上门，还来附他这个三界最大天尊的身体。如果真的让天魔得逞，那这三界可就要经历一场大大的浩劫了。

　　想到这里，玉皇大帝不敢怠慢，强打起精神来，挥动着手中的宝剑，接连对天魔猛攻。两个人的法力可以说是不相上下。但是急火攻心的玉帝哪里是被八卦炉炼过又吞食了那么多仙丹的天魔的对手。所以，玉皇大帝是越来越力不从心。他刚躲过天魔挥来的一刀，却没防备天魔踢过来的一脚。玉皇大帝被踹飞了出去，重重地跌倒在地，手中的宝剑也脱手而飞……

　　天魔一看玉皇大帝倒地，就不容他再站起来，拿着诛神刀一下子架上了玉皇大帝的脖子，狂笑道："玉皇大帝，你也有今天？"

　　躺在地上的玉皇大帝，慢慢地闭上了眼睛，等待着天魔即将落下的那一

第二十五章
众仙斗天魔

刀。可是,天魔却哈哈大笑道:"想死,没那么容易,我要把这么多年来受的苦,也让你尝一尝。我要让你生不如死,哈哈哈哈……"

玉皇大帝叹了口气,说道:"二弟,大哥确实是对不起你,你怎么处置我,我都毫无怨言。可是看在我们曾经是兄弟的分上,就请你放过我的那些臣子吧。"

天魔听到玉皇大帝叫自己二弟,咬着牙说道:"大哥啊大哥,这么多年了,你终于肯叫我二弟了,这可真是不容易啊。"

玉皇大帝道:"二弟,不管你心里再怎么恨我,我们毕竟是兄弟。大哥承认是当年是我做得不对,就请你看在父王的分上,饶恕了我的臣子。所有的过错,朕愿意一己承担。"

天魔一边用刀架住玉皇大帝的脖子,一边指着他,说道:"大哥,你承担得起吗?我的青春已经不在,我喜欢的女人已经成了你的女人,我这么多年所受的无极之苦,你说,我该用什么样的方法来折磨你?"

玉皇大帝看着天魔,讨好地说道:"二弟,朕是真的知道错了,也愿意补偿你。真的,朕真的很怀念小时候,拉着你的手,一起到山上看日出日落,那时的日子才叫快乐啊。"

天魔突然发狂地喊道:"够了,够了,当年天帝父王临终的时候,将帝位传给了你,并对你说,让你好好照顾我,可是你哪?你却把我的身体封印在天魔洞,把我的灵魂封印在宝莲灯里,让我受这三界的无涯极苦,这就是你好好照顾我吗?"

玉皇大帝也大喊一声,说道:"你住嘴!当年要不是你对王母动粗,要不是你带着那些妖魔鬼怪打上天庭,我能不顾亲情封印你吗?"

兄弟两人再次争吵起来,天魔狂笑道:"好,都是我的错好不好?就算都是我的错,今天你也落到了我的手里,我这就让你尝一尝被封印的滋味,让你生不如死、痛不欲生,哈哈哈哈……"

狂笑过后,天魔不再与玉皇大帝说话,用手聚起一道白光,就将玉皇大帝罩了起来。渐渐地,被那道白光环绕的玉皇大帝便消失在天魔的眼前。天魔哈哈大笑道:"我把你封印在内心的黑暗囚牢当中,让你永世不得超生,哈哈哈哈……"

此时,大殿之上的群臣都看着如雕塑般坐在那里的玉皇大帝,只见他手指着龙王,却是半天不说话。太上老君走到殿前,高声启奏道:"启禀玉帝,托塔天王与二郎神哪吒正在降妖，您能赦免东海龙王敖广的不敬之罪，实在是至圣至明，此乃三界之福啊，老臣祝玉皇大帝仙福永享万寿无疆。"

听太上老君这么说，大殿之上的众仙也附和着跪了一地。东海龙王敖广恢复了意识，此时的他站在大殿之上，跟着跪了下来。尽管他也不知道自己刚才说了什么，可是看着玉皇大帝坐在龙椅上发愣，眼睛正一动不动地看着自己，手指自己似乎要说话，心里就开始犯嘀咕。

此情此景让老龙王敖广的心里感到害怕，想了半天，也没有想明白刚才大殿之上发生了什么事情。想到天魔已经出了自己的身体，也不知道哪里去了，心中更是紧张得要命。

灵霄宝殿内的众仙都在琢磨玉皇大帝为什么这么不寻常，纷纷盯着一动也不动的玉皇大帝。此时玉皇大帝的手动了一下，先是狂笑了几声，接着缓缓说道："东海龙王敖广何在？"

东海龙王敖广赶紧上前磕头道："小龙在，请玉皇大帝吩咐。"

玉皇大帝看了看敖广说道："敖广，朕念你上天庭请罪有功，特封你为天蓬大元帅，掌管天河十万水军。你速回下界传旨其他三海龙王上天庭，朕也要重重地封赏。"

敖广一听玉皇大帝这么说，真是喜出望外，心想，来的时候还战战兢兢如履薄冰，现在不但没事了，还成为新的天蓬大元帅，可真是令人激动。

太上老君一听就感觉不对劲，玉帝刚刚册封了阿牛为天蓬元帅，怎么敖广又成了天蓬元帅？想到这里，太上老君赶紧上前参拜道："启奏玉帝，前日，您刚刚册封了牛郎之子阿牛为天蓬元帅，怎么才几天的工夫，又将东海龙王敖广封为天蓬元帅？老臣望玉帝收回成命，对敖广封任其他的官职吧。"

玉皇大帝一听，一拍龙椅怒喊道："太上老君，你别给脸不要脸，想我掌管三界，想封谁便封谁。那阿牛本是下界的一个凡人，他有何德何能担任天蓬元帅？敖广，你别听这个老头儿胡说八道，听我的，快去宣其他三海龙王到天上来，我要封他们的官，让他们高兴。"

玉皇大帝的这一席话一出口，众仙就更感觉不对劲了，抬头看看玉帝，没错啊，可怎么这玉皇大帝说话的口气都不对了？还一口一个"我的"乱说，玉帝可是一向自称朕的。

尽管众仙心里都在犯嘀咕，可玉皇大帝这位三界至尊说的话，谁也不敢

第二十五章
众仙斗天魔

拂逆。所以，众仙面面相觑，整座大殿之上再次鸦雀无声起来。

敖广欣喜若狂，匆匆告别了玉帝，便下界去向其他三海龙王宣旨去了……

看着敖广下殿而去，天魔扮的玉皇大帝又看了看殿上面面相觑的群仙，这才意识到自己现在已经是玉皇大帝了，就咳嗽一声，对太上老君说道："太上老君，辛苦你了，你所言极是。但是此时七十二洞妖王出世，天庭正需要人手，所以才封敖广为天蓬元帅。至于那阿牛，本是朕的外孙，朕尽管举贤不避亲，但是想到阿牛还年轻，就让他先把这个位置让出来。传旨让他搬离天蓬元帅府下界历练，等到他有功之时，朕再另行封赏吧。"

太上老君听玉皇大帝这么说，觉得确也在理，就说道："玉帝秉公无私，实乃三界之福，真是可喜可贺啊。"

玉皇大帝看了看群仙，说道："众位仙卿，今日时辰也不早了，这就退朝吧。"

说完，玉皇大帝便在众仙的山呼万岁声中离开了灵霄宝殿，向着自己的寝宫紫薇宫走去。刚走到紫薇宫，玉皇大帝便看到王母娘娘迎了出来。见到王母娘娘，玉皇大帝可真是乐开了花，上前就来了一个拥抱。王母娘娘怪不好意思，说道："玉帝，咱们这都老夫老妻了，让别人看见，成何体统啊？"

玉皇大帝这才放开王母娘娘，牵起王母娘娘的手说道："王母啊，你知道吗？这叫老来俏，亲亲热热可不只是年轻人的专属啊。"

王母娘娘听玉皇大帝这么说，心里也是乐开了花，心想这都多少年了，他们之间的夫妻感情早就淡了，有的只是亲情。现在看到玉皇大帝这么宠自己，王母心里十分高兴，就趁着玉皇大帝那股高兴劲，说道："玉帝，我听人说，您把咱外孙阿牛的天蓬元帅之职给撤了？"

玉皇大帝一听，先是一愣，然后一摆手说道："七十二洞妖王逃离大海牢，眼下咱们天庭正需要人手。我想这个时候，还是将这些官职封给那些有用的人，好帮助咱们天庭下界降妖。"

王母娘娘有些不高兴地说道："玉帝，您可是三界之主，是三界最大的天尊，尽管您的想法很好，可是毕竟有出尔反尔之嫌吧？您可是金口玉言哪，说出来的话，岂能朝令夕改？"

玉皇大帝说道："王母所言有理，这件事容朕再想想吧。王母你看，朕今天上朝有些累了，你快拿几个蟠桃来让我尝尝，朕可是好多年没有吃过你的蟠桃了。"

王母娘娘一听就是一愣，感觉今天的玉皇大帝怎么这么不对劲，就暗使法眼向着玉皇大帝看去，只见法眼中的玉皇大帝还是玉皇大帝。王母娘娘这才说道："是，本宫这就去给您准备蟠桃。"

说完，王母娘娘一挥手，只见仙娥们端着两盘大蟠桃，放到了寝宫的桌案上。王母娘娘拿起一个最大的仙桃，递给玉皇大帝，笑道："玉帝，您请吃桃吧。"

玉皇大帝笑着拿过蟠桃便吃，嘴里直喊着好吃。他一口气将那两盘蟠桃吃了个干干净净。吃完之后，玉皇大帝一抹嘴，喊道："好吃啊，实在是太好吃了，王母，你速去传旨，让七仙女再给我摘两盘桃子过来，我还没吃够呢。"

王母娘娘尽管用法眼没有看出玉皇大帝的问题，可是听到玉皇大帝有时自称朕有时自称我，又像是从来没有吃过蟠桃一样，还一口气吃了那么多，就知道这个玉皇大帝有问题了。可是，在确定问题出在哪里之前，她也不能冒犯玉帝，于是借着传旨之机，说道："玉帝，本宫这就去传旨，让七仙女再给您摘几盘蟠桃过来。"

玉皇大帝哈哈一笑道："王母，你看，这传旨的事，就让下人们去办吧。来，你快陪朕安歇了吧。"

说完，玉皇大帝便过来拉王母娘娘的手。此时，王母娘娘已经确认这个玉皇大帝有问题，于是便挣脱玉皇大帝的手，笑着说道："玉帝，您不知道，那蟠桃有好有坏。我知道有几枚仙桃能够让仙人永远不再有五衰，我是想借着这个机会给您摘来，让您永远都摆脱掉这仙人五衰的困扰啊。"

玉皇大帝一听，哈哈大笑道："还是王母娘娘心疼我啊。好，你速去摘桃，朕就在这里等着你。"

王母娘娘这才长长地舒了一口气，轻迈着玉步走出了紫薇宫。王母娘娘一离开紫薇宫，便赶紧驾起祥云，向着太上老君的兜率宫飞去，只用了片刻，便来到兜率宫。太上老君听道童奏报，说是王母娘娘驾到，赶紧起身，带领着宫里的道童来到兜率宫外迎接。

太上老君是三界德高望重的大天尊，也是三界里最有名望的仙人。所以，王母娘娘也不跟太上老君客气，进到宫里，便将自己的疑惑向太上老君说了出来。太上老君想到玉皇大帝在上朝时的种种不正常，也感觉玉皇大帝有问题，就对王母娘娘说道："王母，依你看来，这玉皇大帝的问题到底出

第二十五章
众仙斗天魔

在哪里呢？"

王母娘娘说道："老君，本宫也不知道，只是觉得玉帝好像是脑袋出了问题。我知道，他最近出现了很明显的天人五衰的迹象，这精神不正常，是不是也是衰变的一个迹象啊？"

太上老君点了点头，说道："既如此，王母，咱们得先稳住他，切不可让他胡乱地发号施令否则会造成三界大乱。"

王母娘娘说道："可是，他是玉皇大帝，是这三界之主，他就算是发错了号施错了令，谁又能阻止他？"

太上老君说道："王母，您请放心，别人不敢阻止，我敢啊，我想，就让我来阻止他吧。明天上朝的时候，只要我感觉他发出的号令不对，我也不与他碰顶，就与他胡搅蛮缠，不让他的政令顺利下达也就是了。"

王母娘娘笑道："还是老仙君有主意哪，如果玉帝发怒怪罪于您，我也一定站出来，替您打圆场。老君，您说这件事，我们还要再找其他几位重臣商量吗？"

太上老君说道："王母，玉帝精神不正常之事切不可再与其他仙人说起。现在，东海大海牢放出了七十二洞的妖王，天魔也已经出世，正在筹划着倒反天宫。玉帝精神失常一事，知道的人是越少越好啊。"

王母娘娘点了点头，说道："还是老仙君考虑周全，看来我也得学着你的样子，与他胡搅蛮缠，不然，岂不乱了这天宫的法度。"

太上老君捋了捋胡须，说道："王母，一味地胡搅蛮缠终归不是长久之计，待本仙明日上朝之时，借机试探一下，想来也可以窥探一二。"

王母娘娘道；"老仙君所言甚是，既如此，那本宫就先回宫了，老仙君保重。"

说完，王母娘娘就匆匆地与太上老君话别，驾起祥云回到了玉帝的寝宫。王母娘娘刚回到宫里，就看到玉皇大帝一手抱着一个仙娥，正在调笑。看到王母娘娘回到寝宫，这才松开两位仙娥，向着王母娘娘问道："王母，仙桃你摘来了吗？"

王母娘娘假装没看见，走上前说道："玉帝，我刚才亲自去了蟠桃园看了看，那树上的仙桃还有几日方可成熟，您再耐心地等一下，等那蟠桃成熟以后，我再摘给您吃，您看可好？"

玉皇大帝闻听，大喜道："好，好，王母啊，我刚才让人去叫阿牛了。

朕今天撤了他的职，怕他想不开。一会儿等他来了，你可要帮着我多宽慰他几句啊。"

王母娘娘听玉皇大帝这么说，心里更是确定玉皇大帝精神失常了。想这玉皇大帝乃是三界之内最大的大天尊，他传下来的旨意，还用跟别人解释吗？

想到这里，王母娘娘就信口胡说道："这个是自然，想那阿牛肯定能想得开。他一个下界的凡人，虽说是我们的外孙，可我想他也不愿意当官。现在听说你撤了他的职，他一定高兴得很，说不定正在喝酒庆祝呢。"

玉皇大帝笑道："酒是好东西啊。你没听人说嘛，酒是粮食精，越喝越年轻，酒是粮食做，不喝是罪过。一会儿，等阿牛来了，咱们一起跟阿牛喝一杯。"

这句话更是没谱了，玉皇大帝岂是能随便就与人喝酒的？想到这里，王母娘娘笑道："玉帝，您有点正形好不好，哪能随便地与别人喝酒哪，您可是三界最大的天尊玉皇大帝啊。"

玉皇大帝这才咳嗽一声，一本正经地说道："是，朕知道自己是玉帝，我这不是想宽慰宽慰阿牛嘛，他可是咱们的亲外孙哪。"

王母娘娘正与玉帝周旋着，就听到外面脚步声传来，一位美丽的仙娥领着阿牛走了进来。阿牛走到玉皇大帝与王母娘娘的跟前，双膝跪倒在地，向着玉帝与王母磕头道："玉帝王母在上，请受外孙阿牛三拜。"

玉皇大帝一伸手，笑着说道："阿牛免礼平身，咱们是一家人，不必客气。"

阿牛这才站起身来，从怀里掏出圣水珠，双手递到玉皇大帝面前，说道："玉皇大帝外公，这是圣水珠，我按您老人家的盼咐，给您带来了。"

玉皇大帝伸手接过圣水珠来，哈哈大笑道："好，很好，阿牛啊，现在七十二洞妖王出世，天魔又想着倒反天宫，这圣水珠搁在你那里不保险，还是搁在我这里吧。现在，你的天蓬元帅之职已经由东海龙王敖广接管，你就到东海去当龙王爷吧。噢，对了，到了龙宫，别忘了想想办法，把定海神针给我送到天上来。"

阿牛闻听，赶紧跪地磕头说道："外孙接旨。"

阿牛刚要往外走，就听到王母娘娘说道："玉帝，这委任官员之事，一般都是您在灵霄宝殿对着众仙宣布啊，这在紫薇宫寝宫就委任阿牛为东海之主，有些不合理吧。再说这定海神针是东海的镇物，您拿走了，这是要天地震动啊。"

第二十五章
众仙斗天魔

玉皇大帝笑道："王母不必担心，现在天魔出世，七十二洞妖王为害人间，正是非常之时，朕也只有行那非常之事了。"

说完，玉皇大帝就把玩起圣水珠来，边把玩边呵呵笑道："木盏针珠石，三界无人敌，五宝合一体，逆天不足奇。好个圣水珠，真是三界至宝啊。等我再把琉璃盏、梭罗木、女娲石都弄来，我看这三界谁敢不听我的……"

王母娘娘听玉帝这么说，眉头一皱，说道："玉帝，现在也没人敢不听您的啊。您也不是不知道，为了防止有人倒反天宫，这五个宝贝被分别安放。您弄到一起来，若是有人将它们一起偷走，到时可就麻烦了。"

玉皇大帝笑着说道："朕是三界的大天尊，谁敢来偷？"

王母说道："玉帝，那您将它们聚到一起来，这不是多此一举吗？"

玉皇大帝说道："王母，你速去传旨嫦娥，让她把梭罗木给朕拿来。这琉璃盏在燃灯古佛那里，就让太白金星去传旨，让燃灯古佛将琉璃盏送来。然后，就差女娲石了，王母，你看该派谁去寻找女娲石？"

王母说道："既然玉帝已经拿定主意要让五宝上天庭，不如，就让本宫派人去帮您寻找吧。"

玉皇大帝点了点头，说道："如此，那就有劳王母了。"

王母娘娘说道："这是本宫应该做的。玉帝，我就先下界去寻找女娲石了，您也别累着，早些休息吧。"

玉皇大帝还要挽留，王母娘娘却化作一道祥光，飞出了玉帝的紫薇宫，一侧身便向着瑶池飞去……

云端上的王母深信眼前的玉帝已经精神失常，她只是想找个借口离开寝宫，并不是真的去帮玉帝找寻女娲石。想到即将下界出任东海龙王的阿牛，王母娘娘一转念，便纵身化作一道金光追上了阿牛，让他不必到东海就任，一切等到明天灵霄宝殿上朝会结束之后再说……

次日，玉皇大帝刚一上朝，就听到太上老君出班奏道："启禀玉皇大帝，燃灯古佛派弟子法藏前来进献琉璃盏。"

玉皇大帝一听，大喜道："宣，快宣，朕昨日刚刚想派人去西天向燃灯古佛讨要琉璃盏，他可乖巧，马上就送来了，这可真是天大的好事啊。"

说着话，只见金甲神将法藏带到了大殿之上，法藏手拿着琉璃盏，双膝跪倒在地上，说道："玉皇大帝在上，小僧法藏接师祖燃灯古佛法旨，特来向玉皇大帝呈送琉璃盏，请玉皇大帝收下。"

说完，法藏便将琉璃盏交给金甲神。金甲神赶紧迈步走上前，将琉璃盏交给玉皇大帝。玉皇大帝手拿着琉璃盏，笑道："好，法藏啊，你奉师命前来献宝，朕特别高兴。你武功高强，又是燃灯古佛的亲传弟子，今日又献宝有功，就不必回西天受苦了，就在我这灵霄宝殿做个将军吧。"

法藏听玉皇大帝要封自己的官，心想自己是个和尚，当什么官啊，就赶紧说道："谢玉皇大帝隆恩，小僧本是跳出三界外不在五行中的和尚，又有何德何能，出任这天庭的要职？就请玉皇大帝收回成命吧。"

玉皇大帝一听，脸上就有些挂不住，心说这三界之内，谁不是盼着我封他的官哪，可是你这个和尚怎么就想不开？想到这里，玉帝就有些不悦地说道："难道我这天宫的官职，配不上你法藏吗？"

法藏道："启奏玉皇大帝，不是这样的，是我的修行还浅，根本做不了天庭的将军啊。还请玉皇大帝收回成命，就让他人来做天庭的将军吧。"

太上老君闻听玉皇大帝要封法藏的官，也是赶紧上前奏道："启奏玉帝，日前，镇元大仙送来了一幅古画，那画可是真漂亮啊。您也曾经说过要封镇元大仙的官，不如就将封给法藏的官职封给镇元大仙吧。不知玉帝意下如何？"

太上老君知道此时的玉皇大帝精神已经失常，所以，玉皇大帝有没有说过封镇元大仙的官已经不重要了。他就是要胡搅蛮缠，以免玉皇大帝胡乱发号施令。灵霄宝殿上的众仙听到太上老君这么说，也觉得奇怪，这进献古画之事倒是有，可是玉帝没说要封镇元大仙官职哪。再说，这镇元大仙已经是地仙之祖，其地位与法力均不在玉皇大帝之下，要封他的官，还能封什么？岂能比玉皇大帝还大？

听太上老君这么一说，天魔变成的玉皇大帝也不知道自己有没有说过封镇元大仙官职之事，就笑着问道："老仙君，依你看来，该封镇元大仙什么官哪？"

太上老君笑道："这个事还是得您做主哪，您想封他什么官，就封他什么官，这是您的权力，本仙可不敢随便胡说。"

太白金星听到太上老君这么说，就拿大眼珠子瞅着太上老君。太上老君一个劲地向太白金星使眼色，太白金星也是个极聪明之人，于是赶紧上前奏道："启禀玉帝，前者，那水猿大圣与二郎神打了个不分胜负，不如就给他封个官职，招降了这水猿大圣如何？"

第二十五章
众仙斗天魔

法藏一听这么多人想要封官，长长地舒了一口气，心说也就轮不到自己了，正好可以静下心来做和尚，随即上前奏道："玉帝，这封官之事还是算了。虽说我不愿意当官，可是，我也想对玉帝表个态度，日后不管您找我何事，只要您差遣，小僧一定努力去做好。"

玉皇大帝一听，哈哈大笑道："如此甚好，太上老君，太白金星，你们看看人家，真的是高僧大德啊，有修为有境界。好，很好，朕很欣慰，太白金星，你也别再提招安水猿大圣的事了。我想，那水猿大圣尽管法力高强，可他是三界出了名的妖魔，朕是不会轻饶他的。众位爱卿，你们快想一下，看看该如何降服这水猿大圣啊。"

这时，就听到太上老君说道："启禀玉帝，这法藏法力高强，不如就让他下界帮助二郎显圣真君杨戬降妖吧。等法藏有了战功，再封他的官职也不迟啊。"

玉皇大帝大喜，这才说道："好，甚好，法藏听旨，就由你下界帮助二郎真君与哪吒降妖去吧。"

法藏双手合十道："小僧领命！"

玉皇大帝看了看太白金星又道："太白金星，你速去传月老，让他上天上来，朕要让他给朕选几个妃子。偌大的天庭，没有几个漂亮女人撑门面，实在是不成体统啊。"

太白金星听玉皇大帝这么说，当时就是一愣。这三界正在历劫，玉皇大帝却要选妃，这实在是不妥当。太白金星刚要向前进谏，就听到玉皇大帝又说道："在选出正式的仙妃之前，先让嫦娥进宫伴驾。太白金星，你速去月宫传旨，先让嫦娥上紫薇宫来陪朕。"

太白金星一听，赶紧上前进谏道："玉帝，此时，七十二洞妖王出世，天魔即将倒反天宫，您怎么能行此荒唐之举？还请玉帝收回成命吧。"

玉皇大帝哈哈大笑道："太白金星，想那七十二洞妖王还有天魔都是不足畏惧的货色，朕也没有荒废政事，朕富有四海，也就是让嫦娥伴驾，再选几个妃子嘛，没什么大不了的，你速去传旨吧。"

太上老君一听，当时就不干了，就赶紧上前奏道："玉帝，这太白金星所言甚是有理，还请玉帝收回成命吧。"

听到太上老君与太白金星进谏，众仙也是众口一词，纷纷劝谏玉帝收回成命。玉皇大帝大怒，一拍龙椅说道："来人哪，将太上老君与太白金仙给

-301-

我押出去，朕再也不想见到他们两个臭老头儿了。"

法藏闻听，赶紧向前奏道："启禀玉帝，两位老仙君所言甚是，就请玉帝收回成命吧。等三界降妖事毕，再来与众仙商议选妃之事也不迟。"

玉皇大帝指着法藏说道："胡说！朕乃是三界之主，岂容你这个臭和尚在这里疯言疯语。来人哪，给我掌嘴。"

法藏也觉得这个玉皇大帝不正常，待到两个金甲神抡起巴掌向自己打来的时候，法藏赶紧躲到一旁，运用起七窍玲珑心的神光向上看去。只见那坐在龙椅上的，哪里是什么玉皇大帝，分明是天魔。法藏心直口快，用手一指，怒道："天魔啊天魔，想不到你敢行此大逆不道之事，竟敢附体在玉皇大帝的身上，今天，小僧定要与你过不去，哪怕是死在你的手里，也绝不会屈服于你。"

法藏的话刚一说出口，灵霄宝殿上的众仙就炸开了锅。难道法藏所言是真的？太上老君已经被两位金甲神给拖住，此时，听到法藏这么说，也是猛地一下子挣脱开金甲神，向着法藏高声说道："法藏师父，请你说明白些，我们也都是怀疑玉帝精神失常，却不知道到底出了什么事啊。"

天魔惊恐万分，他没有想到，在天庭众仙都看不出自己真身的情况下，这个小小的和尚法藏竟然会有如此神通。此时，天魔已经震怒，绝对不能容忍法藏再继续胡说下去，就用手指着法藏大喊道："什么天魔？来人哪，快将这个疯和尚给我打入天牢。"

金甲神正欲上前动手，就听到一个声音传来："都给我住手！"

法藏忙回过头一看，正是王母娘娘来了，玉皇大帝高叫道："王母，你可来了，这个疯和尚疯言疯语，真是气死朕了，朕正准备将他打死，埋到你的蟠桃园里当肥料。"

王母娘娘走到大殿之上，看了看玉皇大帝，轻声问道："二弟，是你来了吗？"

玉皇大帝当时就是一惊，心想，难道王母娘娘也看出自己的破绽了吗？就说道："王母，怎么连你也开始不相信朕了？朕是玉皇大帝，不是我们那早已经过世的二弟啊。"

王母没有理玉帝，而是对着法藏说道："法藏，你怎么知道他是天魔的？你不必害怕，有本宫给你做主，有什么话，速速与本宫和众仙讲来。"

法藏双手合十，向王母行礼道："阿弥陀佛，王母娘娘及众位仙长在上，

第二十五章
众仙斗天魔

小僧是拥有七窍玲珑心的人,刚才听到玉帝所言,我的心里就开始怀疑。于是,我就用七窍玲珑心向上看去,就看到天魔坐在这灵霄宝殿之上。"

太上老君听法藏这么说,用手一指玉皇大帝,厉声说道:"天魔,你听到没有,他是拥有七窍玲珑心的人,怎么能看错?本尊劝你,还是快快束手就擒吧,以免我们大家一起动手,让你难堪。"

天魔一下子从龙椅上站起,对着灵霄宝殿里的众仙哈哈大笑道:"太上老君,你说的不错,我就是天魔,不过,你们现在能奈我何?我虽是天魔,可这身体却是玉皇大帝的,你们敢动手吗?不怕伤了玉皇大帝的真身吗?"

王母一听,赶紧说道:"二弟,我知道你心里一直恨你大哥抢了你的玉帝宝座。可是,这都是很久以前的事了。求你不要伤害你大哥,咱们有事慢慢商量。"

天魔哈哈大笑着,说道:"王母,还有什么可以商量的?他做下了错事,现在正在接受惩罚,我可是高兴得很呐。"

太上老君闻听,大怒道:"天魔,你不要得意,看老夫怎么收拾你。"

天魔狂笑道:"太上老君,你恐怕还不是本尊的对手吧。再说,我现在是玉皇大帝,你敢对我动手就是造反。"

太上老君说道:"造反又如何,即使我不是你的对手,也不能容忍你占了玉帝的仙体。天魔,你就纳命来吧。"

说完,太上老君便一纵身形,冲到了龙椅前,举起拂尘便向天魔打去。天魔忙躲过拂尘,拿起诛神刀与太上老君斗在一处。天魔边打边说:"太上老君,你要是打着了我,可就伤了玉帝的身体,这么大的罪过,你担当得起吗?"

太上老君恼羞成怒地说道:"那也不能容许你这个天魔倒反天宫。"

话虽这么说,可是太上老君也不得不有所顾虑。此时的玉皇大帝已经被天魔附体,若是伤了玉皇大帝的真身,那就糟了。可是,绝对不能容许天魔强占玉帝仙体的他,又不得不动手。天魔本身的法力极高,可以说是纵横三界无敌手,如果真打,太上老君都不一定是天魔的对手,何况还在意着玉皇大帝的身体!

眼看着太上老君就要吃亏,王母娘娘及天庭众仙都急得够呛。正在此时,只见法藏一挥手中的金簪子,对着王母说道:"王母,待我上前助老仙君一臂之力。"

王母娘娘点了点头,说道:"法藏,你万事小心,二弟法力很高,小心他伤了你。"

　　法藏急于救玉皇大帝，哪里还顾得了自身的安危，手拿着金簪子便冲上前去，与太上老君合力斗天魔。法藏自从学了师父的仙法后，法力自然精进不少，已经达到了略逊于天尊的级别。可是，他也得留着小心。天魔说得对，这是玉皇大帝的真身，谁也不敢真打。更何况天魔的法力极高，不是他法藏能够比的。

　　虽说法藏与太上老君两人对天魔手下留着情，天魔却不管不顾地直打，可真是把太上老君与法藏给忙得够呛。眼看着二人招架不住，众仙也一齐上前，将天魔给围困在大殿的中央。天魔一看这哪里能行，被这么多仙人围着乱打，一时还可以，时间久了肯定会落败。想到这儿，天魔一下子祭起了阿牛献来的圣水珠。只见圣水珠猛地发出七彩神光，将所有仙人都罩到了里面，天魔哈哈大笑道："这下，我看你们能奈我何。"

　　正当法藏与众仙人在圣水珠的七彩神光里着急的时候，就听到一声雄浑的佛音从大殿的外面传来："阿弥陀佛，天魔休得猖狂，看本座前来收拾你。"

　　法藏与众仙人抬头一看，顿觉精神一振，心想他来了，天魔很快就要被赶出玉皇大帝的仙体了……

第二十六章
西天取经人

正当天魔祭出圣水珠，将众仙与法藏给困在灵霄宝殿之时，就看到大殿之上一道佛光闪过，一位西天的大天尊现身到了灵霄宝殿里。法藏与众仙一看，心中大喜。法藏更是感觉有了主心骨，只要他来了，天魔很快便要退出玉皇大帝的仙体了。

这来人是谁？正是西天灵鹫山元觉洞的燃灯佛祖。

法藏看到师祖来了，一边挥动着金簪子挡着圣水珠的神光，一边向着燃灯古佛喊道："燃灯师祖，您老人家快来救我们，被天魔附体的玉皇大帝真是太厉害了，我们都挡不住他的圣水珠神光啊。"

燃灯古佛坐在莲花台上，停在灵霄宝殿的空中，高颂着佛号说道："阿弥陀佛，天尊，你就看在老僧的薄面上，暂且住手吧。"

天魔看到燃灯古佛来了，忙收起手中的圣水珠神光，向着燃灯古佛双手合十道："燃灯古佛在上，本尊有礼了。"

圣水珠的金光一收，天庭众仙这才稍稍喘了一口气。本来，天魔的法力就纵横三界，现在一祭出圣水珠来，还有谁会是他的对手？大家都站在原地，静静地聆听着燃灯古佛与天魔的对话。

燃灯古佛看到天魔给自己施礼，便笑着点了点头，说道："天尊，这几十亿年没见你了，你仍然对老僧礼敬有加，老僧感谢了。"

天魔哈哈笑道："燃灯师祖不必客气，你是超脱世外的高人，我当然要对你礼敬有加了。"

燃灯古佛双手合十道："阿弥陀佛，大天尊，既然你如此瞧得起老僧，那老僧就说一句话，不如就看在老僧的薄面上，请你离开玉皇大帝的法体，不知你意下如何啊？"

天魔笑道："燃灯师祖，你言之差矣。你又不是不知，这玉皇大帝之位原本就应该由我来做，可是他却使用阴谋诡计篡夺了我的宝座。今日我附体于他的身上，也是暂且代他接管三界，修正他实施的恶政，还望老师祖体谅本尊啊。"

燃灯古佛道："天尊，你大哥玉皇大帝，也是苦历过一千七百五十劫的大能。你虽修持的岁月不比他少，但是这人各有命。请听老僧一言，你还是下界去吧，切莫等到老僧出手，到时你后悔莫及。"

听燃灯古佛这么一说，天魔有些不悦地说道："燃灯师祖，我念你让法藏前来进献琉璃盏有功，对你可是礼敬有加。我当玉皇大帝，自然不会怠慢了佛门，你又何必为玉皇大帝强出头呢？"

法藏用手一指天魔，说道："天魔，这魔就是魔，岂能容你在这里胡说八道？"

天魔哈哈大笑道："法藏啊法藏，我本念你曾经来兜率宫救过我，心中感激。我当了玉皇大帝，头一件事便是想封你为我的第一护法，传给你纵横三界的法力。可你却执迷不悟，口口声声叫我天魔，这天魔也是你叫的吗？今日，你若再口出狂言，就别怪本尊不念你的救命之恩了。"

说着话，天魔就用手一指，只见一道白光向着法藏射去。法藏忙挥动金簪子抵挡。眼看着那道白光就要射到法藏身上，一阵佛光向着白光袭来。佛光碰白光，直激得火星四射，晃得天庭众仙睁不开眼来。

等到这两道强光消失，天魔冲着燃灯古佛，冷冷地说道："燃灯，你既然替玉皇大帝强出头，那我问你，这圣水珠与琉璃盏都在我的手中，你又有何法力能够将我逼出这玉皇大帝的法体？"

燃灯古佛哈哈大笑道："天尊，一念成佛一念亦可成魔，老僧我是好说歹说，你就是不听，既然如此，那可就别怪老僧对你不客气了。"

天魔对燃灯古佛狂笑道："哈哈哈哈，燃灯，这三界之内，恐怕还没有人是我的对手吧？"

太上老君听天魔笑得如此狂妄，怒道："天魔，你如此猖狂，竟敢不听燃灯古佛的劝诫，我看，你是少不了魂飞魄散的了。"

天魔怒道："太上老君，当年就是你挑拨我们兄弟反目，今日，我也要

第二十六章
西天取经人

打得你满地找牙,跟你算一算这笔旧账。"

说完,天魔便冲上前,挥动起诛神刀,上来便砍太上老君。太上老君忙挥动拂尘躲过,接着往后一撤身,一下子就从袖中掏出金刚琢,向着天魔打去。天魔暗叫一声不好,忙一个跟头翻了出去,接着,一扬手向着太上老君扔出了圣水珠。太上老君刚想躲闪,可却已经躲避不及,被这圣水珠给打倒在地……

法藏一看,忙举起金簪子冲上前来,护住了太上老君。天魔一纵身形便冲上前,就要打法藏。法藏看到天魔冲了过来,赶紧挥舞着金簪子,与舞动着诛神刀的天魔战在一处。两个人你来我往,斗了几十回合,法藏便被天魔一刀砍倒在地上。天魔刚要挥刀再砍,就看到燃灯古佛冲上前来,一掌向着天魔袭去。燃灯这一挥掌救下法藏,便与天魔斗在了一处。天魔知道燃灯古佛的法力高深,不敢分神,催动起手中的诛神刀,照着燃灯横劈而去。燃灯古佛也不示弱,打起十二分精神,就与天魔周旋在一处。

看到燃灯古佛都与天魔动手了,天庭众仙也不再客气,冲上前抢起各自的宝贝,照着天魔就招呼起来。

虽说燃灯古佛带领着众仙将天魔围困在中央,可大家也都有所顾忌,不敢将那杀招使出来。他们能做到的,只能是困住天魔,毕竟谁也不敢伤了玉皇大帝的法身。

天魔虽然法力通天,可是燃灯古佛、太上老君以及太白金星,也都是级别与法力都不输于他的神佛,天魔想要拿下他们其中的任何一个人,都是难上加难,何况是他们联手?想到这里,天魔不敢恋战,又重新祭起圣水珠,向着众仙打去。众仙又像刚才一样,被那圣水珠的神光给困住了,无力逃脱。

只有燃灯古佛与太上老君两位大天尊,冲出了圣水珠布的神光阵。站在神光阵外的太上老君对燃灯古佛说道:"燃灯古佛,您看这天魔手持着圣水珠,真个厉害,该如何才能将他赶出玉皇大帝的仙身?"

燃灯古佛道:"老仙君,不必着急,且看我的法宝。"

天魔站在金光阵外,听到燃灯古佛说要用法宝,便哈哈大笑,指着燃灯古佛说道:"燃灯,你已经将琉璃盏给了我,还有何法宝?"

说着话,天魔便一扬手,将琉璃盏给祭了出去。只见琉璃盏猛地发出了神光,在空中旋转着,向燃灯古佛打了过来。谁知那琉璃盏被扔出去后,却没有飞向燃灯古佛,而是直直地掉在了灵霄宝殿的大殿之上。燃灯古佛哈哈大笑道:"天尊,你中计了,我让法藏送给你的那个琉璃盏是假的,隔了几十亿年了,今天,我就让你再尝尝佛门至宝琉璃盏的厉害。"

燃灯古佛说到这儿,一伸手从怀里掏出真的琉璃盏,暗暗念动咒语,便将琉璃盏向着天魔打来。天魔一看,那琉璃盏着实是厉害,带着数道佛光向着天魔袭去。天魔大叫一声不好,猛地向琉璃盏扔出了圣水珠。只见琉璃盏与圣水珠在空中不停地翻滚着,天魔与燃灯都暗自使上无边的法力催动,两件宝贝交战所发出的阵阵金光更是惊天动地……

虽说圣水珠是三界的至宝,可琉璃盏更是宝贝中的宝贝,是其他四件至宝的克星。除非其他四宝聚到一起,否则,任何宝贝也别想克制琉璃盏的佛光,只一颗圣水珠根本不是琉璃盏的对手。再加上使用琉璃盏的是燃灯古佛,更是法力不弱于天魔。所以,在空中翻滚的琉璃盏与圣水珠,在斗了大约一炷香的工夫后便分出高低来了。只见那圣水珠所发出的光芒,渐渐地弱了下来,而琉璃盏的佛光却是越来越强。此时,就听到燃灯古佛大叫一声"收",便将那圣水珠与琉璃盏,全收到了自己的手中。

燃灯古佛微微笑道:"天尊,你输了。"

天魔哈哈大笑道:"燃灯,我没有输,输的是你们,我现在可是在玉皇大帝的身体里,你们谁也动不了我,你们要是谁敢对本尊不敬,就是对玉皇大帝不敬。"

众仙听天魔这么说,也是毫无办法。天魔说得对,他现在就是玉皇大帝,谁人敢对他真打真杀?想到这里,大家都不知道该怎么办了。

王母叹口气,冲着天魔说道:"二弟,你就看在我的薄面上,离开你大哥的身体吧。本宫向你保证,肯定会让玉帝传旨,再也不找你们魔界的麻烦。"

天魔笑道:"王母,感谢你一直对我礼敬有加。我曾经发过誓言,只要是你所说的,我都会想方设法办到。但是今日之事,我确实是很难答应你。我岂能不知,我那大哥目空一切,他根本不会听你的。何况,这仙魔本来就难以相容。这件事,你还是别管了吧。"

燃灯古佛冲着天魔说道:"天尊,你们本是一家人,你既然不听老僧的,那就听王母一句劝,就此罢手吧。老僧当着天庭众仙的面向你保证,只要你离开玉帝的金体,没有人会再去征剿你的魔界。"

天魔笑道:"燃灯,这回可是你错了,我不需要你保证不征剿我的魔界,

第二十六章
西天取经人

现在的我就想当玉皇大帝。我被你们这些人封印了这么多年，重新活过来的我，是一定要夺回本属于自己的玉帝宝座的。"

燃灯古佛尽管已经被天魔激怒，但是仍然从容地说道："天尊，你真的不肯给老僧一个薄面吗？"

天魔狂笑道："你算老几？我这天庭之事，还轮不到你这个佛门的外人来管。"

燃灯也不再客气，说道："天尊，这个事我管定了。你既然不听我良言相劝，那便接我一琉璃盏吧。"

说着话，燃灯古佛向着天魔扔出了琉璃盏。只见琉璃盏散发着佛光，将天魔给罩在了佛光里。天魔是纵横三界的天尊，自然也是法力无边，忙念动咒语发出护体的金光。尽管琉璃盏的佛光罩住了天魔，可是一时也难以将天魔拿下。

太上老君看到天魔在琉璃盏的佛光里仍然是从容不迫，有些着急地对燃灯古佛说道："燃灯古佛，他现在的法力比当初仙魔大战之时又高了数倍。他要是死活都不肯离开玉帝的身体，我们也没有办法，这可如何是好啊？"

燃灯古佛说道："阿弥陀佛，正如你所说，他的法力比当初更是精进了不少。他进入了玉皇大帝的法体，我们也是没有办法。当下之计，唯有找到一个能进入玉皇大帝身体的人，将天魔给逼出来，才是上策啊。否则难免会伤到玉皇大帝的法体啊。"

太上老君叹道："玉皇大帝是三界的至尊，只有与他系出同源的人，才能进入他的仙体。现在，我们又不知道天魔将玉皇大帝的元神给囚在了哪里。就算是有人能进入玉皇大帝的身体，可是，又有谁能将法力无边的天魔给逼出来？"

燃灯古佛叹口气说道："是啊，我们只能借助琉璃盏的神力困住天魔。可要想将他逼出玉皇大帝的法身，却是难上加难啊。就算是我等进入玉皇大帝的真身，恐怕也不是这天魔的对手。毕竟像琉璃盏这样的宝贝，是不能进入玉帝真身的。"

这时，就听到王母娘娘走到燃灯古佛的莲花座前说道："燃灯佛祖，太上仙君，你们不必着急，当下就有一个人可以担当此重任。"

太上老君看着王母娘娘，问道："王母娘娘，你且说来，在这灵霄宝殿之上，又有何人可以担当此重任？"

-309-

王母娘娘向着燃灯古佛深施一礼说道："燃灯师祖，我熟悉玉帝与天魔的弱点。只有拥有七窍玲珑心的人，才能进入玉皇大帝的仙体。而您的高徒法藏就拥有七窍玲珑心。"

燃灯古佛摇头道："王母娘娘所言极是。其实我也想到了这一点。可是，小徒法力低微，根本不是天魔的对手啊。"

王母娘娘道："这个无妨，只要他拿着宝莲灯，便可以将天魔给逼出玉皇大帝的身体。"

太上老君道："王母，燃灯古佛所言在理，即使法藏能够拿着宝莲灯进入玉皇大帝的身体，可是他哪里是天魔的对手。更何况，他还不知道玉皇大帝的元神被天魔囚在哪里啊。"

王母娘娘笑道："老仙君，您不必着急，我相信法藏师父一定可以将天魔逼出玉皇大帝的真身，救出玉皇大帝来的。"

燃灯古佛微微地点了点头，说道："目前看来，也只有试上一试了。法藏贤徒，你速速上前。"

法藏听到燃灯古佛叫自己，赶紧来到燃灯古佛的圣座之下，跪地磕头道："燃灯师祖，弟子在此。"

燃灯古佛道："法藏，天魔附身玉帝，三界遭此磨难之际，只有你可以进入玉皇大帝的法身，将天魔逼出。不过，此行可是九死一生，搞不好就会被天魔给打得魂飞魄散，你可愿意去吗？"

法藏抬起头，看了看燃灯古佛、太上老君与王母娘娘，坚定地说道："燃灯师祖，为拯救玉皇大帝圣驾，弟子纵是身死，也不会皱一下眉头的。"

燃灯古佛双手合十道："阿弥陀佛，法藏，你心坚志定，为师我深感欣慰啊。好，既如此，为师便将法力传给你，你立即拿着宝莲灯进入玉帝的仙体，降魔护驾去吧。"

法藏跪地再拜道："弟子领燃灯师祖法旨。"

王母娘娘听法藏说得如此坚定，点了点头赞叹道："法藏，本宫也被你视死如归的精神感动了。若是你救驾成功，本宫定在这九天之上为你盖一座寺庙，做你的道场。"

法藏赶紧双手合十道："娘娘错爱小僧了。小僧立志修习佛法，还请王母在小僧救驾回来后，让小僧到下界去弘扬佛法普度众生吧。"

太上老君闻听，说道："好，法藏贤侄，那天魔法力无边，你可要多加

第二十六章
西天取经人

小心啊。"

法藏点了点头,就听到王母娘娘对着身边的仙娥说道:"速去传旨三圣母,让她立即带着宝莲灯前来灵霄宝殿。"

听王母娘娘吩咐,仙娥们不敢怠慢,赶紧向三圣母传旨去了……

灵霄宝殿内,众仙拿着各自的法器,围住了被琉璃盏佛光罩定了的天魔。燃灯古佛趁着仙娥前去向三圣母传旨之际,在大殿之上将自己的法力传给了法藏,并嘱咐道:"贤徒,我这法力只够你用一炷香的时间,若是一炷香的时间过后,你还不能将天魔给逼出玉皇大帝的仙体,便极有可能被天魔打得魂飞魄散,你可千万大意不得啊。"

太上老君看到燃灯古佛已经将法力传给了法藏,立即一挥手,拿出一套护体金光神衣,交给法藏说道:"法藏贤侄,这是本座的护体金光神衣,你穿上它,应该能保你此去无虞。最不济,那天魔也伤不了你,你就放心地去吧。"

法藏双手接过神衣,正叩首拜谢太上老君之时,只见那三圣母手持宝莲灯走进了灵霄宝殿。三圣母是玉皇大帝与天魔的外甥女,闻听天魔二舅复活,她的心里是既高兴又害怕。高兴的是又可以见到二舅了,害怕的是这二舅可是要跟玉皇大帝争帝位的,这两方打起来,她真的是不知道该去帮谁。可是,闻听二舅附身在了大舅的身上,这个事她不能再袖手旁观了。如果让二舅夺了大舅的身体,那么三界将会面临一场浩劫。她不想看到骨肉相残,更不想看到这三界的浩劫。所以,听到仙娥传王母娘娘的旨意,她便立即拿着宝莲灯来到了灵霄宝殿。

看到三圣母拿来了宝莲灯,法藏不再迟疑,双手接过宝莲灯。燃灯古佛念动咒语,只见法藏化作一道金光,飘进了玉皇大帝的仙体内。

法藏手拿着宝莲灯,慢慢地在玉皇大帝的意识里走着。突然,前面出现了一条河,这条河很像他结识燃灯古佛时古定州大地的那条大沙河。河面波涛滚滚,一名女子崴了脚,求法藏将她背过河。法藏依然没有犹豫,背着女子就向河中央走去。只是与当初背女子过河不同,那条河越走越深。河水就要没到法藏的脖子时,只见巨浪翻滚,一条巨龙猛地蹿了出来,将法藏一下子就给咬到了空中。法藏大惊,再一回头,看到背后背着的哪里是什么年轻的女子,分明是一只青面獠牙的厉鬼,正张开大嘴向着法藏咬来。法藏忙掏出手中的金簪子,一簪子就向厉鬼刺了过去。厉鬼一下子离开法藏的身体。法藏将金簪子变成武器，又冲着巨龙刺去。得了燃灯古佛法力的法藏法力无边，这一下正刺中巨龙的爪子。巨龙松开了法藏。法藏在空中挥舞着金簪子，与巨龙和青面獠牙的厉鬼争斗在一处。那巨龙口里猛地喷出了熊熊烈火，法藏忙闪身躲过烈火，对着巨龙猛地抛出金簪子，一下就将巨龙给刺落到河里，激起了一阵通天的水柱。那青面獠牙的厉鬼见状，猛地向法藏扑了过去。法藏转身形，再次将金簪子拿在手中，凌空飞舞，向着厉鬼便刺了过来。金簪子横穿过厉鬼的身体，厉鬼疼得哇哇直叫，顿时灰飞烟灭……

法藏的双脚刚踩到地面，就看到天魔出现在眼前，他哈哈大笑道："法藏，你好大的本事，竟然能走进玉皇大帝的仙体里来寻我。"

法藏道："大天尊，您听小僧一言，速速离开玉皇大帝的仙体，不然，小僧可要对您不敬了。"

天魔依然狂笑着说道："就连你的师祖燃灯古佛都敬我三分，更何况你这个凡僧。我看是天庭没人了，竟然派你来救玉皇大帝，你是不是活够了！"

法藏道："天尊，今日我不救出玉皇大帝来势不罢休，我只有一炷香的时间，您不必多说，快出手吧。"

说完，法藏便不再说话，举起手中的金簪子便向天魔刺去。天魔哈哈大笑道："好你个法藏，连本天尊送给王母娘娘的金簪子都给了你，你可真是好福气啊。如此，我便更不能饶你了，你就接招吧。"

天魔挥动着诛神刀迎着法藏的金簪子便打了过来。战了也就是十几个回合，天魔便一刀将法藏的金簪给砍落在地，接着又一刀向着法藏拦腰砍去。法藏尽管有太上老君的仙衣护体，没有被诛神刀砍伤，可是却被重重地砍倒在地上。天魔用刀一指地上的法藏，厉声说道："法藏，你曾经救过我，我念及此情，饶你一命，我与玉帝的纷争，你还是不要管了，以免白白送了性命。"

法藏昂首不屈地说道："天尊，我都说过了，今日不救出玉皇大帝来，我是绝不会离开这里的，你就是将我打得灰飞烟灭，我也绝不会后退半步。"

天魔怒道："那你就受死吧。"

说完，天魔便举起诛神刀，向着法藏劈了过去。法藏忙一个翻身爬了起来，捡起掉在地上的金簪子，向着天魔再次刺去。再一次战到一处，法藏可是不敢怠慢，将师祖燃灯古佛输送给自己的法力全部使了出来。只见法藏的身形是越舞越快，一簪子便将天魔给刺倒在地。天魔忙一个翻身站了起来，说道："没想到啊，燃灯古佛竟然把法力传给了你。好是好，不过，这一炷

第二十六章
西天取经人

香的时间一过,你便没有他的法力了。到时,你依然不是我的对手。"

天魔不断地与法藏缠斗着。渐渐地,法藏的力道越来越弱,燃灯师祖传给他的法力就要用完了。正在浑身疲软之际,法藏一个不小心,就被天魔一刀砍中,一口鲜血吐了出来……

天魔正要用刀再砍法藏,说时迟,那时快,一把飞来的神剑猛地挡开了神刀。来救法藏的,正是玉皇大帝的元神。原来,就是这一口鲜血,将玉皇大帝被封印的元神给激活了,挣脱开身上的绑缚,这才向着正在打斗的天魔与法藏径直飞了过来,救下了眼看就要被天魔斩杀的法藏。

天魔看着玉帝,笑道:"大哥,可真难为你了,竟然能挣脱开我在你的意识里设的囚牢,真是了不起啊。"

玉帝大帝也是哈哈大笑道:"二弟,我是一时不小心,才着了你的道。今日咱们二人重新打过,看看谁更厉害。"

天魔将神刀一举,说道:"好,今日我便与你战个你死我活。不过,我可要提前提醒你,我是被八卦炉炼过的,而你没有。我这么多年一直在修炼,你也没有,所以,你输定了。"

这时,只听到地上的法藏说道:"如果加上我呢?我想输的一定是你。"

天魔怒哼道:"手下败将,还敢口出狂言,你纳命来吧。"

说完,天魔便不再说话,举刀迎向了玉帝的神剑。法藏也捡起金簪子,再次向着天魔刺去。此时的法藏,已经完全没有了燃灯师祖的法力,被天魔横剑一挡,又被打倒在地上,那盏宝莲灯也一下子掉在了地上。正在与天魔打斗的玉皇大帝一看大喜,忙一个弯腰便捡起了宝莲灯,跳到一旁口中念念有词。只见那宝莲灯的一根灯芯点燃了,四周便燃起了熊熊的烈火,将沙河岸边的那些树也给点燃了……

天魔看着这熊熊的烈火,哇哇地大叫道:"你为了逼我出来,竟然在自己的意识里点燃宝莲灯,你不想活了吗?你这样会灰飞烟灭的。"

玉皇大帝哈哈大笑道:"即使是灰飞烟灭,也比被你占了我的身体强。二弟,你还不离开我的仙体?!不然,咱们二人便在我的身体里同归于尽……"

天魔被烧得哇哇大叫。法藏被这熊熊的烈火焚身,也觉得自己今天可能就要在玉帝的身体里圆寂了,于是便强忍着大火炙身的剧痛,一声声念动着佛号。玉皇大帝手持宝莲灯,也在忍受着烈火焚身的苦痛……

正在三人被烈火焚身之际,就听到天魔大喊一声:"玉皇大帝,咱们来日方长，我还要带着我的神兵神将打上界。你给我等着！"

说完，天魔便化作一道白光飞去。法藏已经被烈火焚烧得昏死了过去……

法藏再次醒来的时候，已经躺在了灵霄宝殿的大殿上。燃灯古佛就站在他的身边。法藏刚要向燃灯古佛行礼，就听到坐在龙椅上的玉皇大帝高声说道："众位爱卿，法藏不顾自己的安危，九死一生救朕于危难之际，朕是深受感动啊。今日，朕便封法藏为卷帘大将军，可以自由进出朕的灵霄宝殿和紫薇宫，见朕可以不行这三跪九叩之礼！"

众仙忙跪地磕头道："玉帝圣明，恭贺燃灯古佛亲传弟子法藏，荣升为天庭的卷帘大将……"

法藏一下子站起了身，向着玉皇大帝说道："启奏玉帝，想小僧乃是一个修行的和尚，怎么能做这天庭大将之职？还请您收回成命吧。"

不待玉皇大帝说话，燃灯古佛就笑着对法藏说道："好徒儿，你不顾生命之危，救玉皇大帝于危难之际，封你为卷帘大将军也是情理之中的事。你就听为师的话，不要再推辞了。"

法藏还要推辞，就听玉皇大帝又说道："法藏，你奉燃灯古佛之命，将琉璃盏进献于朕。若是你不当这天庭的卷帘大将军，这三界至宝琉璃盏，朕又该让何人来看守？你快领旨谢恩吧。"

王母娘娘也轻轻地走到法藏的身边，说道："是啊，法藏，玉皇大帝与燃灯古佛说的在理。若是你不奉旨，岂不是辜负了玉皇大帝的一片好心？"

王母又道："你进入玉皇大帝身体救他，可谓九死一生。本宫也绝不食言，这就在天宫为你盖一座寺庙，赐一俗名为卷帘大将府，让你在天宫继续修行。"

太上老君笑道："贤侄，天宫之上可是从来没有建过寺庙，这是玉皇大帝与王母娘娘极大的恩宠啊，你还不快赶紧领旨谢恩。"

燃灯古佛、太上老君与王母娘娘这一通说，法藏不能再不识好歹了，只得跪地向玉皇大帝磕头道："法藏领旨，谢玉皇大帝厚爱，法藏一定不负圣恩，祝玉皇大帝与王母娘娘仙福永享寿与天齐。"

玉皇大帝哈哈大笑道："朕被天魔附体，幸有众仙一起出力，助卷帘大将救出朕来，朕深为感动啊。殿前众仙，朕来日也定当再加褒赏，绝不食言。众位仙卿，今日之事已毕，太上老君、燃灯古佛及法藏大将军留下，其余众仙臣就先散朝回府去吧。"

第二十六章
西天取经人

玉皇大帝的话一说完,众仙便一齐山呼万岁,轻迈仙步,退出了灵霄宝殿……

等到众仙臣退出了灵霄宝殿,玉皇大帝看了看太上老君与王母娘娘,缓缓地道:"太上仙君,王母娘娘,朕这次历劫,幸得西天燃灯佛祖相助,朕心里真是非常感激啊。咱们这就去朕的紫薇宫赴宴吧。"

燃灯古佛笑道:"老僧岂敢有劳玉帝。今日炼魔降魔已毕,玉帝王母保重,老僧这就回元觉洞府去了。"

看到燃灯古佛执意要告辞,王母娘娘赶紧说道:"燃灯古佛,您不可离去啊。本宫已经按玉帝的旨意,约来了上古大神女娲娘娘,还有西天如来佛祖、南海观世音菩萨,宴会之上,大家还要向佛老您讨教这稳定三界的良策哪。"

燃灯古佛听王母娘娘这么说,这才双手合十,向玉皇大帝与王母娘娘说道:"既如此,老僧便恭敬不如从命了。"

说罢,燃灯古佛便带上法藏,随着玉皇大帝、王母娘娘与太上老君三人,一起向着紫薇宫飞去。

紫薇宫虽说不如灵霄宝殿巍峨气派,却奢华典雅、富丽堂皇,面积刚好适合召开这种小型集会。等到玉皇大帝带着燃灯古佛师徒、王母娘娘及太上老君来到紫薇宫内时,女娲娘娘、如来佛祖与观世音菩萨赶紧起身迎接。他们都是三界内的大天尊,听到玉帝相召,瞬间便飞到了这天上的紫薇宫,在那里喝着仙茗,专等玉皇大帝散朝……

等众天尊在法座上坐好,玉皇大帝端起香茗喝了一口,将茶杯放下说道:"众位天尊,前日,朕因下界七十二洞妖王出世,忧心不已,恰又身经仙人五衰之劫难,这才让天魔钻了空子,附体在朕的身上。幸得燃灯古佛及众仙佛,尤其是法藏相救,方能逃出生天。今日相约,是想与众天尊一起商议一下这炼魔降妖之事。"

燃灯古佛听玉皇大帝这么说,便说道:"玉皇大帝,您不必客气,想这炼魔降妖本是三界仙佛共同的职责,且玉皇大帝已经派了二郎神、哪吒与托塔天王下界降妖,自然可以将七十二洞妖王捉回天牢伏法。而天魔欲倒反天宫,只需王母娘娘看好琉璃盏,东海龙王看好定海针,女娲娘娘看好女娲石,玉帝您自己看好琉璃盏与圣水珠即可。料那天魔虽然觊觎圣位,但天命终归于玉帝,玉帝就不要担心了。"

女娲娘娘面有忧虑地说道:"玉帝,本尊的女娲石在上古时的仙魔大战中，丢下了界。这几十亿年来，本尊也没有找回。若是被天魔提前找到，这可如何是好啊？"

王母娘娘道："女娲娘娘不必担心，料想那天魔即使得到女娲石，也定不是其他四宝的对手，何况燃灯古佛已经向天庭献来了五宝之首琉璃盏，那天魔更是不敢轻举妄动了。"

观音菩萨起身向着众位天尊行礼道："阿弥陀佛，众天尊在上，本座有一建议不知当讲否？"

玉皇大帝抬起手，对着观音菩萨笑道："观世音菩萨，这里都是天界的大天尊，有何话请速速讲来，无妨无妨。"

观音菩萨道："前者本座听闻，阿牛闯月宫救母，吴刚用巨斧劈出了封印在桂花树里的梭罗木。今日，法藏救玉皇大帝有功，被封卷帘大将军，正无称手的兵器，不如将梭罗木交由鲁班打造成兵器，就交由卷帘大将法藏作武器，炼魔降妖去吧。"

如来佛祖笑道："菩萨所言，甚善甚善。想那法藏卷帘大将军也是至情至性之仙人，又是我燃灯师祖的弟子，由他手持三界至宝梭罗木守护天庭，实是众仙佛之福啊。"

玉皇大帝对着王母娘娘说道："王母，速去向嫦娥传旨，让她将梭罗木交由鲁班打造兵器，送予新上任的卷帘大将军法藏吧。"

王母娘娘点头道："本宫领圣旨。法藏，你还不赶紧磕头谢恩。"

这在座的都是三界之内天尊级的大人物，寻常仙人就只有法藏一人参会，所以，听到玉皇大帝等天尊说是要将梭罗木赏给他，法藏更是受宠若惊，赶紧跪地向着众天尊磕头道："谢玉皇大帝及众位天尊的错爱，小僧一定不负众望，手持梭罗木下界炼魔降妖。"

燃灯古佛笑道："法藏，你如今已经是天庭的卷帘大将军，以后负责守护玉皇大帝与王母娘娘圣驾，切不可自称小僧了。切记，不管你是什么身份，只要心中有佛，处处都可证菩提啊。"

法藏赶紧磕头道："谢燃灯师祖教诲，弟子谨记。"

太上老君哈哈大笑道："众位天尊，将梭罗木交给法藏，本座也是特别高兴，这就为梭罗木取一名字，唤作'降妖宝杖'，不知众天尊意下如何？"

众天尊纷纷拍手称赞。此时，只见如来佛祖起身，向燃灯古佛施礼道："燃灯师祖，弟子有一言想进献玉帝，不知可否？"

第二十六章
西天取经人

燃灯古佛哈哈笑道："如来佛祖，不必拘礼，您才是这众佛之首啊，就连为师都要听您的，您这就向玉皇大帝进言吧。"

玉皇大帝也道："如来佛祖，你是西天大天尊，有何话当着众天尊之面慢慢讲来，朕愿洗耳恭听。"

如来佛祖这才双手合十道："众位天尊，一念可成佛一念亦可成魔。这上古时期的仙魔大战，还有此次天魔的倒反天宫，皆因众仙佛凡心未泯所致。想我释家大教，正在编著大乘佛经三部，可以度化世人教化众生。等到日后大功告成，需选一人经历九九八十一难，到我西天求取真经，方可建立起这三界之新秩序。如此，岂不比炼魔降妖空造杀孽好上百倍？"

众天尊闻听如来之言，纷纷拍手称赞，玉皇大帝问道："这经书何日可著书功成？朕这就命人去求取真经，以度化这三界众生。"

燃灯古佛哈哈大笑道："玉皇大帝，此事不必着急，当务之急，还是要看好五件法宝，切不可让天魔实施那倒反天宫的计划。"

如来佛祖叹道："是啊，玉帝，这真经取来确实可以度化众生，建立起仙魔和谐的三界秩序。可是如若让天魔知道，化成取经人前来取经，我们众天尊也是看不出来的。到时如若这天魔取来真经，也会三界大乱啊。"

见如来佛祖叹气，玉皇大帝着急地问道："佛祖，这，这可如何是好啊？"

王母娘娘道："玉皇大帝，一切皆是善缘所至，我相信天魔是不会得逞的。今日，我便再来个提议，我想等到著经完成，就让法藏前往西天拜取真经吧。"

燃灯古佛笑道："如此甚好，想来我这徒儿与天魔颇有缘分，先是救了天魔然后又救了玉帝。老僧心想，不管是善缘也好，恶缘也罢，由法藏日后求取真经，自然可以不负玉皇大帝及众位天尊所托。他又心志坚定，定能担当得起取经重任。"

众天尊闻听，纷纷点头称是，随即决定暂时看管好五件法宝，等著经功成，再行那西天取经重建三界秩序之盛事，这正是："西天诸佛著真经，欲传东土度众生，仙魔本来是一体，三界涅槃水火风。"

第二十七章
月宫失玉兔

正在众天尊在紫薇宫内商议西天取经炼魔降妖之时，天魔早已经化作一道白光，逃回了天魔洞……

站在天魔洞里的天魔震怒不已。他没想到自己苦心设计好的逆天计划眼看着就要成功了，却被燃灯古佛与法藏给破坏了。自己好不容易附体在玉皇大帝的身上，如果能以玉帝的名义让众仙献来梭罗木等五宝，那么，即使被众仙识破自己是天魔，也无计可施了。可是，这么巧妙的计划，偏偏被这个救过自己的法藏给破坏了。而法藏所拥有的这颗七窍玲珑心，也是他无形之中促成的，真的是成也法藏败也法藏啊。想到这里，天魔确实是不甘心。

天魔不愿意接受失败的事实，便令小妖端来了菜肴与酒，就在天魔洞的大殿之上独自饮起酒来。就在天魔喝着酒生着闷气的时候，霓裳蹑手蹑脚地走到天魔的身后，一下子便蒙住了他的眼睛，呵呵笑道："你猜猜我是谁？"

天魔早就知道是霓裳到了，他拿下霓裳的手说道："当然是我的乖徒儿来了。"

霓裳这才站到了天魔的旁边，弯下腰夹了一筷子菜放在嘴里，笑呵呵地说道："师父，您老人家可回来了，我都来找过您好几趟了。"

天魔看到霓裳，眉头舒展开来。霓裳是他的开心果，也只有见到霓裳，他的心情才能好一些。霓裳虽是他的徒儿，他却如对待女儿一般对她疼爱有加。天魔越看霓裳越觉得喜欢，如果自己当上了玉皇大帝，一定要封霓裳为三界最大的公主，让霓裳开心高兴。想到这里，天魔笑道："霓裳啊，我的乖徒儿，为师有好消息要告诉你。"

第二十七章
月宫失玉兔

霓裳笑着说道："师父，您有什么好消息一会儿再说吧。我这几天可是好消息不断，您要不要听啊？"

天魔听霓裳说有好消息，便用手捋着胡须，笑着说道："你快说来听听，有什么好消息啊？"

霓裳喝了一口酒，说道："师父啊，您不知道，我原来还为父王上天请罪担着心，没想到我父王回来后，不但没事，反而被玉皇大帝册封为掌管天河十万水军的天蓬元帅了。"

天魔知道这是自己信口胡封造成的结果，就笑了笑说道："这个不是什么好消息，为师告诉你，你父王当不成天蓬元帅。"

霓裳小嘴一嘟说道："为什么啊？这可是玉皇大帝封的，玉皇大帝金口玉言，怎么，他还能出尔反尔啊？"

天魔缓缓地说道："霓裳啊，你不知道，因为那是附体在玉皇大帝身上的我封你父王为天蓬元帅。你父王与你三个叔叔原先就是我的属下，我附体在玉帝身上，肯定要封他们的官，好让他们为我办事。谁知，后来又被那个臭和尚法藏将我赶出了玉皇大帝的身体。想来，真是可恨啊。"

霓裳这些日子也在牵挂着法藏，听师父说到法藏的消息，追问道："师父，那个法藏怎么样了？您快告诉我嘛。"

天魔道："这个法藏，着实厉害。以前，他曾经与你一起到太上老君的兜率宫救了我，我还很感谢他。没想到这次，他竟然在燃灯佛祖、太上老君等仙佛的帮助下，手拿着宝莲灯进入了玉皇大帝的身体，将我给赶了出来。我是既敬他又恨他啊。"

霓裳笑道："师父，既然如此，不如想个办法，把他弄进我们的天魔洞，让他给您当护法吧。"

天魔哈哈大笑着，拍了一下霓裳的脑袋说道："霓裳啊，你可真是聪明，怎么我想什么，你全都知道？我告诉你，为师不是不想，而是他不肯啊。我原本就想收他为徒，传给他一身纵横三界的本事，当我这魔界的第一护法。可他是谁啊，他是燃灯古佛的弟子，怎么会背叛燃灯古佛，给我当护法？"

霓裳使劲地摇着天魔的胳膊，撒娇着说道："师父，您就想想办法嘛。您可是三界的大天尊，既然都能附体在玉皇大帝的身上，想让法藏这个臭和尚给您办事，还不是容易得很？"

天魔听霓裳这么一说，就动起了心思。霓裳肯定是喜欢上法藏那个臭和尚了。而今，自己附体玉帝倒反天宫的计划失败，只有尽快拿到五件至宝，才能够重新实施这倒反天宫的计划。可是，圣水珠与琉璃盏已经到了玉皇大帝的手里。玉皇大帝法力高深，并不在自己之下，想要去他那里偷也不是那么容易的。定海神针虽说在东海，拿过来比较容易，可是那么大的定海神针，没有圣水珠是拿不动的。只有月宫的梭罗木偷起来比较方便。但自己目前被玉皇大帝伤得不轻，正需要静心调养恢复元气。月宫女仙较多，只有派霓裳去偷才是上策。霓裳为了法藏，不惜将魔水炉的秘密告诉别人，可见已经对法藏用情颇深。如此一来，不如就骗骗霓裳，让她为了法藏去月宫偷梭罗木。说不定这个调皮的顽徒，还真能偷出来。

看到师父端着酒杯，两眼发愣，霓裳笑着说道："师父，您老人家是纵横三界的大天尊，就想些办法让法藏来给您当护法吧，这样，我就能天天见到他了。"

听到霓裳在催促自己，回过神来的天魔便呵呵笑道："霓裳啊，你也知道，法藏是燃灯古佛的弟子，信念特别坚定，要想让他来天魔洞效力，可真是难上加难啊，不过，假如……"

天魔的话还没说完，霓裳便赶紧问道："不过假如什么啊？师父，您就别卖关子了，快说吧，哎哟，可真是急死我了。"

天魔还是没有说，他喝了一口酒，说道："想让法藏来咱们天魔洞效力也不是完全办不到，除非，除非……"

霓裳见师父再次欲言又止，便着急地问道："除非什么啊？师父，您就快告诉我吧，就别让徒儿着急了。"

天魔缓缓地站了起来，说道："霓裳啊，除非为师拿着月宫的梭罗木与宝莲灯施法，就可以让法藏改变初衷，为我们效力。"

霓裳也站起身来，走到天魔的跟前，说道："原来是这样啊，那师父您赶紧去拿梭罗木与宝莲灯啊，我可是希望法藏能早点来咱们魔界。要知道，他可是救过您的命啊。到时您再传他些法力，封他为第一护法，他就可以为您办事了。"

天魔点了点头，说道："霓裳啊，咱们一件一件地说。梭罗木在月宫之中，这月宫里全是女仙，又有护月的神光罩着，为师刚刚受了伤，我去着实不便啊。假如你能到月宫，替为师将梭罗木拿出来，那么，事情就成功了一大半。"

第二十七章
月宫失玉兔

霓裳一拍胸脯说道:"师父,您放心吧,既然月宫里多是女仙,就由我去替您拿梭罗木吧。我曾经见过月宫的嫦娥,她人虽然长得漂亮,可是法力一般,我觉得她不一定是我的对手。"

天魔哈哈笑道:"徒儿啊,你不知道,月宫有护月神光罩着,对我们魔界的人杀伤力很大,那梭罗木又是三界至宝,肯定被看管得很严。不如这样,为师用断魂香将那玉兔给摄来,等到嫦娥来找玉兔时,你就帮她。这样,嫦娥定会非常感谢你,你趁机跟着嫦娥进入月宫,一定可以将那三界至宝梭罗木给拿到手。"

霓裳伸出大拇指,赞道:"还是师父聪明啊,想出这么妙的计策来。我想那梭罗木早晚会是师父的宝贝。师父啊,您就快施法摄来玉兔吧,我都等不及了。"

天魔哈哈大笑着,从怀里掏出断魂香来,用手一指将其点燃。只见那断魂香的烟袅袅飘离了天魔洞,快速地向着月宫飘去……

天魔的口中念念有词,口里大喊一声"来",一只活蹦乱跳的小兔子出现在了天魔洞中。霓裳一看,赶紧上前抱起小白兔,说道:"师父,你看这只小白兔好可爱啊,我都不想将它送回月宫里了。"

天魔呵呵笑着说道:"既然你喜欢这只小白兔,在将它送还月宫之前,就由你来照顾吧。"

霓裳抱着小白兔亲了亲,说道:"谢谢师父,您放心,我一定会将这只玉兔给养得白白胖胖的。"

天魔笑道:"霓裳,你一定要记着,这只玉兔不能被你带出天魔洞,否则为师的计策可就不灵了。到时拿不到梭罗木,请不到你的法藏哥哥来,你可别怪我啊。"

霓裳小嘴一噘说道:"知道了,师父。"

天魔将手一摆,说道:"霓裳啊,为师经过与玉皇大帝这一战,可是被宝莲灯伤得不轻。你速速退下吧,为师这就要闭关修炼,希望能够早日恢复元气。"

霓裳听天魔这么说,赶紧抱起小白兔,一蹦一跳地走开了。

看到霓裳出了天魔洞,天魔一拳打在桌上,将桌上的盘碗也给震了起来。天魔大喊道:"玉皇大帝,你给我等着,我一定要打上天宫,夺了你的玉皇大帝宝座,将你也封印在暗无天日的地方,以解我心头之恨!"

-321-

月宫丢了玉兔，可把嫦娥仙子给急坏了。嫦娥命人在月宫四处寻找，却怎么也找不到。现在天魔出世，七十二洞的妖王为祸人间，若是玉兔被这些妖魔鬼怪给捉到，那不是蒸了便是煮了吃掉，下场肯定极为悲惨。想到玉兔的悲惨命运，嫦娥仙子便掉下了眼泪……

嫦娥一边垂泪一边想，当务之急，还是要尽快找到玉兔，可是，自己身在月宫，新领了王母娘娘仔细看护梭罗木的重任，不能像以前一样随便离开，要想尽早找回玉兔，只有请王母娘娘帮忙。想到这里，嫦娥便点燃一根清香，向王母娘娘千里传信……

王母娘娘闻听信香来报说是玉兔丢失，心里也非常着急。王母娘娘知道，在这妖魔横行人间的特殊时刻，必须尽快找到玉兔。可是该派谁去寻找玉兔？想来想去，王母娘娘便想到了法藏。法藏即将成为梭罗木的新主人，他帮助月宫嫦娥做些事情也是应该的。想到这里，王母娘娘便命人传新上任的卷帘大将军法藏速来瑶池……

法藏跟着传旨的仙娥，很快便来到了瑶池。法藏刚走进瑶池，就看到王母娘娘正在侍弄蟠桃，赶紧小跑着走上前，跪地磕头道："王母娘娘在上，小将法藏给您磕头了，祝王母娘娘寿与天齐。"

王母娘娘停住了手，看了看法藏，说道："卷帘大将军，你不必客气。玉帝不是说过了嘛，你见本宫与玉帝，不必行此大礼，快起来吧。"

法藏这才站起身来，走到王母娘娘的面前说道："王母娘娘，您有何差遣，但请吩咐吧。"

王母娘娘道："卷帘大将军，今日嫦娥用信香奏报于我，说是月宫丢失了玉兔。我想在这七十二洞妖王横行人间，天魔即将倒反天宫之时，玉兔丢失绝非好事。你赶紧赶去月宫找嫦娥，一来去拿梭罗木交给鲁班，给你打造降妖利器。再者就是趁鲁班打造兵器之时，替嫦娥仙子找回这玉兔吧。"

法藏点了点头，说道："是，小将遵命，王母娘娘，您如果没有别的事，那本将就领王母之命，前往月宫了。"

王母点了点头，说道："当此三界即将历劫之时，卷帘大将军，你要切记，万事一定要小心啊。"

法藏赶紧躬身，向王母娘娘施礼道："是，法藏谨记王母嘱托。"

说完，便一晃身形，向着月宫的方向飞去。

刚飞到月宫上空，法藏就看到广寒宫的仙阶之上，嫦娥仙子正在翩翩起

第二十七章
月宫失玉兔

舞。桌案之前坐着一个人，正在聚精会神地看嫦娥跳舞。法藏一看到那个人，气便不打一处来，忙掏出王母送与自己的金簪子，变成武器大小，挥动着金簪子就向着那个人打去。

那个人是谁啊？正是法藏昔日的好兄弟阿牛。

阿牛此时正志得意满地看着嫦娥跳舞。现在的他，可不再是那个凡人了。他可是天宫的天蓬大元帅，掌管天河十万水军，并奉密旨看护圣水珠。虽说因为天魔捣乱，贬他到东海龙宫当龙王。可是，天魔的命令他还没有来得及奉行，便被宣了回来。玉皇大帝的册封不变，他还是天蓬元帅。

阿牛心里这个美啊，想自己本是一个凡人，可转眼之间，就成了掌握天庭实权的天蓬元帅。虽说玉皇大帝不待见父亲牛郎，可对自己真是照顾有加……当上天蓬元帅的阿牛，觉得自己有这么大的福气，全是嫦娥一力促成。正是她帮助自己用圣水珠开启了仙体。虽说嫦娥是天上的神仙，不能帮助自己救父母，可是她却在暗处帮了不少忙。现在，自己终于当上了天庭的天蓬大元帅，怎么着也得到月宫去感谢一下嫦娥姐姐。

所以，在被金甲神宣回天宫以后，天蓬元帅阿牛做的第一件事，便是拿着由纤云飞星神梳打造成的上宝沁金耙飞去月宫。月宫之路阿牛可是熟悉得很，上次来闯月宫，由于救母心切，没有跟嫦娥仙子好好地聊聊，这一次再拜访月宫，一定要好好地感谢一下嫦娥姐姐。

嫦娥仙子正在为玉兔丢失的事发愁，听到弟弟阿牛来访，心里可是高兴坏了。这个阿牛如今当了天蓬元帅，新官上任就来拜访自己，足见他是一个重情重义之人。想到这里，嫦娥仙子赶紧带领着月宫众仙，将阿牛请进广寒宫内。

阿牛已经成了天蓬元帅，再像以前那么随便可就不行了。嫦娥仙子为阿牛安排了歌舞。和着月宫霓裳羽衣舞的旋律，嫦娥轻展衣袖，在月宫亲自为阿牛跳起舞来。

此时，阿牛看着嫦娥姐姐将霓裳羽衣舞跳得曼妙多姿，可把他给看傻了。阿牛看得如痴如醉，冷不丁就感到头顶传来一阵风。阿牛暗叫一声不好，忙一个弯腰便翻滚出去。等到阿牛重新站定，看到桌案被打翻了，仙果仙茶洒了一地。而那打翻桌案之人，正是自己的结义大哥法藏。

阿牛还没有说话，那月宫的吴刚一举神斧怒喝道："什么人，竟敢私闯月宫，看斧！"

说着话，吴刚便举起神斧向着法藏砍去。吴刚是月宫的守护神，而阿牛又是新上任的天蓬元帅。天蓬元帅造访月宫，那是月宫的大事，岂能容法藏在月宫行刺。想到这里，吴刚便举起神斧，向着法藏胡乱地砍去。法藏也不客气，举起手中的金簪子架住吴刚。两个人便在广寒宫内动起了手。

阿牛一看，这是自己的大哥啊。虽说前一阵子，因为急于救父而与法藏多次动手，可那毕竟是一时之急，他是真的不想伤害法藏。想到这里，还念着昔日结拜之情的阿牛赶紧大喊一声："吴刚，这是我大哥法藏，你赶快住手！"

听阿牛这么一说，吴刚这才停住了手中的神斧，闪到一旁，向着法藏喊道："你这个贼人，这是新上任的天蓬元帅，岂能容你胡乱行凶？我劝你还是罢手吧，否则，可别怪我的神斧对你不客气。"

法藏不去理会吴刚，又挥舞起手中的金簪子，向着阿牛再次刺去，嘴里大喊道："想不到啊，你还当上这天上的元帅了。我告诉你，我不管你当什么官，你就是当上玉皇大帝，在我的眼里永远是个偷珠贼，你就吃我一簪子吧。"

阿牛赶紧掏出九齿钉耙架住金簪，解释道："大哥，你怎么还怪我？我不是都跟你说了吗，我真的没有偷你的圣水珠。"

法藏尽管也听燃灯师祖说过阿牛与圣水珠有缘，可是心怀执念的他还是觉得阿牛骗了自己。在法藏的心里，阿牛永远都是一个偷珠贼。所以，看到阿牛人模狗样地坐在广寒宫里，法藏的气便不打一处来，他冲着阿牛大喊道："一派胡言，你没有偷圣水珠，那圣水珠怎么上的天？你什么也别说了，接簪子吧。"

说完，法藏就冲上前去舞动金簪子，便与阿牛斗在一处。

嫦娥仙子一看，赶紧一挥红丝带缠住了九齿钉耙与金簪子，说道："法藏师父，你真的误解阿牛了。阿牛是圣水珠的有缘人，他开启圣水珠这是天经地义的事情。而他带圣水珠上天庭，并不是想求什么官职，而是为了救你才将圣水珠献给玉皇大帝的。"

法藏听嫦娥仙子这么说，更是气不打一处来，大声地吼道："我都被天魔伤成那样了，生命危在旦夕，他怎么拿了圣水珠一去不回？若不是金蝉子用七窍玲珑心度化于我，我早已经灰飞烟灭了。好在天不绝我，我不但没有灰飞烟灭，还拥有了这广大的法力。虽说前些日子，我没能阻挡你打开海牢

第二十七章
月宫失玉兔

救出七十二洞妖王,可是今日,我却要为这三界除妖,除了你这个忘恩负义的偷宝贼。"

说着话,法藏便又举起了金簪子,向着阿牛打去。阿牛急喊道:"大哥,你错怪我了。我打开大海牢就是为了救父,可不是为了救那七十二洞的妖王啊!"

法藏挥动着金簪子便是一阵乱刺,边刺边道:"你不想救七十二洞妖王,七十二洞妖王也是因你而出世。可笑的是,玉皇大帝不但不怪你放出妖王为害人间,反而将你封为天蓬元帅。虽说玉皇大帝是你外公,向着你无可厚非,可是我却不能容你,你就接招吧。"

法藏又是一簪子向着阿牛刺去。阿牛一看怎么也解释不通,也只得强打起精神来,又与法藏打在一处。法藏新修了燃灯古佛的仙术,又经历了与天魔的大战,法力自然是精进了不少。阿牛虽说也是功力见长,但早已不是法藏的对手了。这一通打,可是把阿牛给累得够呛。又斗了十几个回合,眼看着阿牛要败,吴刚便一挥手中的神斧,向着法藏劈去。法藏一人力战阿牛与吴刚,竟然毫不落下风。

眼看着法藏与阿牛和吴刚战到一处,可把嫦娥仙子给急坏了。再一看法藏手里的金簪子,就觉得眼熟,这不是王母娘娘的金簪子吗?怎么落到了法藏的手里?想到这里,嫦娥又一挥红丝带,冲上前大声地喊道:"法藏,你手中的金簪子是谁的?"

法藏一边与阿牛和吴刚打着,一边说道:"这是王母娘娘赏给我的。"

法藏的这句话刚说出口,就想到王母娘娘交代给自己的事情,便猛地一纵身跳出战团,向着嫦娥仙子说道:"嫦娥仙子,我都被阿牛这个偷宝贼给气糊涂了,差点把正事给忘了。王母娘娘令我来传她的懿旨,帮你寻找玉兔。"

阿牛听说玉兔丢了,也是一愣,随即向嫦娥问道:"嫦娥姐姐,我怎么没听你说玉兔丢了?你快给我们说说怎么丢的,我们好帮你去寻找玉兔啊。"

嫦娥叹口气,说道:"前天,我还抱着玉兔到桂花树下玩,等到第二天我再起来的时候,这玉兔便不见了。现在三界之内妖魔横行,要是玉兔落在妖魔的手里,岂不是白白地丢了性命?"

说着话,嫦娥便掉下了眼泪来。看到嫦娥落泪,阿牛赶紧上前拉着嫦娥的衣袖说道:"嫦娥姐姐,你不必着急,我这就去为你寻找玉兔,一定能帮姐姐将玉兔找回来的。"

法藏也道:"是啊,嫦娥仙子,你就不要着急了。王母娘娘让我来月宫,就是为了替你找回玉兔的。"

嫦娥擦了一把眼泪,向着法藏与阿牛说道:"现在天下并不太平,七十二洞妖王正在为害人间,虽说天庭已经派出二郎神、哪吒及托塔天王,带领着天兵天将到处捉妖,可是,我这玉兔如果被妖魔捉了,恐怕也是凶多吉少啊。你们两人不管谁下界去,遇到妖魔也是一样,我都不放心。不如这样,法藏师父和阿牛弟弟同去寻找玉兔,这样,我便能放心了。"

法藏不想跟阿牛一起去寻找玉兔,便冲着阿牛怒哼一声道:"嫦娥仙子,我这就去帮你寻找玉兔,但我就是命丧妖魔之手,也不愿意与偷宝贼同行。"

阿牛长叹一声,说道:"哎哟,我的大哥啊,你怎么不相信我?得了,我也懒得再理你。你不让我陪你,我便不陪你。我自己下界,也能帮嫦娥姐姐找回玉兔来。"

吴刚也说道:"你们两个就不要争执了。当务之急,还是要先找回玉兔来。我还要守护月宫,不能陪同你们下界找玉兔。两位可要多加小心呐。"

法藏这才将王母娘娘的懿旨掏出来,对嫦娥说道:"嫦娥仙子,我来还有一事,王母让我向你传懿旨,将梭罗木交由鲁班,为我打造兵器。"

嫦娥赶紧双手接过懿旨,定睛看了一看,慌张地向着法藏躬身施礼道:"原来法藏师父已经成为天庭的卷帘大将军了。本仙子不知,刚才怠慢了,还望大将军恕罪。"

嫦娥的话一出口,就把吴刚给吓得够呛。他没有想到法藏会当上卷帘大将军。阿牛与法藏,一个是天上银河的天蓬大元帅,一个是灵霄宝殿里的卷帘大将军,他哪个都惹不起。想到刚才自己还向着他挥斧,如果卷帘大将军向玉皇大帝告上一状,那自己可真是吃不了兜着走啊。于是,被惊出一身冷汗的吴刚赶紧双膝跪倒在地,向着法藏拜道:"卷帘大将军在上,小神有眼无珠,还请您饶恕小神的冒犯之罪,小神这就给您磕头了。"

法藏看到吴刚给自己磕头,本来就不怎么重视官职的他,赶紧双手扶起吴刚来,说道:"大仙,你何必客气?我又不是那么计较的人。快些起来吧,我们这可算是不打不相识。"

看到吴刚被法藏搀扶起来,嫦娥说道:"大将军,请放心,我这就让吴刚拿着梭罗木交给天宫的鲁班,让他为您打造兵器。这寻找玉兔之事,还望大将军多多地费心。"

第二十七章
月宫失玉兔

法藏点了点头，说道："嫦娥仙子，你不必担心，我一定能帮你找回玉兔。本将军这就告辞，替你找玉兔去了。"

法藏刚要飞离月宫，就听到阿牛在后面大喊道："大哥，由我陪着你，可保你平安啊。"

法藏冷哼一声，说道："我不需要。"说完，化作一道金光飞离了月宫……

看着法藏飞离月宫而去，阿牛的心里十分不是滋味。这可是自己结拜过的大哥啊。想当初那么情义深厚，转眼间被视若仇敌。虽说他当初接近圣水珠并不是为了偷宝，拿圣水珠上天的初衷也是为了救法藏大哥，可说来说去，自己最终并没有去救他，他也确实差点命丧九泉。而正是因为自己的出现，这圣水珠才离开了卷帘洞，成为玉帝的法宝。想来，也不能全怪法藏不能原谅自己。

看着阿牛在发愣，嫦娥也知道他在想与法藏之事，便笑道："阿牛，你的所作所为，三界之内人人皆知。卷帘大将军虽然误解了你，可是姐姐却知道，你所做的一切皆是善心与孝心所致，将来定会有与大将军重归于好的那一天。"

吴刚也说道："是啊，大元帅，大将军也是一个固执的人，恐怕下界以后会遭到妖魔的毒手。我肩负守护月宫的职责，不能下界帮他。所以，大将军找寻玉兔之事，还需要你不计前嫌多多地帮助于他啊。"

阿牛点了点头，说道："大仙，你就放心吧，我怎么会对大哥耿耿于怀？我这就下界寻他。"

说完，阿牛便匆匆地与嫦娥和吴刚作别，驾起祥云，向着法藏飞走的方向追去……

法藏传完王母娘娘的懿旨，就在寻思三界这么大，该到哪里去找寻玉兔？不如回西天灵鹫山元觉洞，让燃灯师祖给自己指一条明路，也好尽快帮助嫦娥找回玉兔。想到这里，法藏便一晃身形，向着西天元觉洞的方向飞去。

自从学了燃灯师祖的仙术，法藏的飞行速度也比以前快了许多。只一炷香的时间，他便飞到了西天灵鹫山元觉洞的上空。法藏按落云头，跟着守门的师弟走进了元觉洞。

法藏老远就看见燃灯古佛高坐莲台之上，赶紧迈步上前，双膝跪倒在地，向着燃灯古佛参拜道："弟子法藏叩见师祖，祝师祖寿与天齐。"

燃灯古佛一见法藏，心里自然是高兴得很，那身后的佛光更是格外璀璨。燃灯古佛问道："法藏，你不在天庭好好地当你的卷帘大将军，怎么又回到洞中见为师来了？"

跪在地上的法藏，这才将寻找玉兔之事向燃灯古佛禀报了一遍。燃灯古佛听罢，点了点头说道："法藏，你不必着急，待为师使用法眼，替你看上一看。"

说完，燃灯古佛便张开法眼，看到霓裳正在天魔洞里抱着玉兔，开心地喂玉兔青草吃。看到这里，燃灯古佛便对法藏说道："法藏，玉兔本是月宫之物，恐怕这玉兔的丢失，与你也有莫大的关系吧。"

法藏听师祖这么一说，大惊失色地问道："师祖，还请您老人家对弟子明示，月宫丢玉兔，怎么能跟我有关系？我又没有偷玉兔。"

燃灯古佛缓缓地说道："法藏，此乃天机，也是你的劫数。为师告诉你，那玉兔在天魔洞中。但为师劝你还是别去寻找玉兔，以免惹来杀身之祸啊。"

法藏听到师祖说玉兔在天魔洞，心里就是一惊。他前些日子将天魔赶出了玉皇大帝的法体，只怕天魔正恨着自己。虽说自己以前也曾经救过天魔，可并不足以抵消天魔对自己的恨意。现在，天魔偷了月宫的玉兔，自己前去寻找，确实如燃灯师祖所说，真是凶多吉少。想到这里，法藏便向着燃灯师祖磕头道："燃灯师祖，让我寻找月宫玉兔，乃是王母娘娘的旨意，弟子纵然身死在天魔洞，也绝不会皱一下眉头。师祖，您就不要劝我了，还请您教我，该怎样才可以救出玉兔呢？"

燃灯师祖叹了一口气，缓缓地说出了四句偈语："凶多吉少又如何？禅心自然可渡劫，若是凡心惹情动，天地情网织烟萝……"

听燃灯师祖说出四句偈语，法藏摸了摸头说道："燃灯师祖，弟子不明白啊，还望师祖详细说给弟子听吧。"

燃灯古佛说道："法藏，为师说过此乃天机，也是你的劫数。你既然执意要去，这就去寻找玉兔吧。切记，不管是善缘还是恶缘，一切都是你修行路上必须承受的苦难啊，去吧。"

听燃灯师祖这么一说，法藏便不再追问，匆匆向燃灯师祖拜别后，化作一道金光，向着天魔洞的方向飞去。

法藏曾经几次差点命丧于天魔之手，去天魔洞的路他早就已经熟悉了。可是，这一去可不是走亲访友，而是到天魔眼皮底下偷东西。不仔细地想一

第二十七章
月宫失玉兔

下怎么去，不但找不回玉兔，说不定还会先丢了性命。

法藏一边往前走着，一边想该怎么到洞里去找回玉兔，不知不觉飞到了天魔洞的上空。法藏不敢轻易前往，将云头按落到一块山石上，站在山石上想对策……

突然听到"嗷"的一声，接着，一只黑熊张牙舞爪地向他扑来，正是当初差点吃了法藏与阿牛，被嫦娥仙子打伤的那只黑熊。仇人见面分外眼红，黑熊恨不得生吞了法藏。

法藏猛地躲过熊爪，就听到黑熊大喊道："你这个疯和尚，今天，我就要吃了你报仇雪恨！"

说完，黑熊又张牙舞爪地向着法藏扑去。

法藏毕竟是修习了燃灯古佛仙法的人，又有太上老君的神衣护体，自然不怕这只黑熊。法藏一挥手变出了金簪子，向着黑熊打去。黑熊也是修炼了天魔的无上仙术，法力并不弱。于是，他俩就在天魔洞的山顶你来我往地斗在了一处……

法藏终究是技高一筹，使用高深法力将黑熊给打倒在地。不甘心失败的黑熊，又一下子从地上跃起，向着法藏冲了过去……

此时，天魔洞里的天魔睁开法眼，看到法藏正在怒斗黑熊。此时的天魔刚刚经历与玉帝的大战，被宝莲灯伤得不轻，正需要调养生息，不愿意出手捉拿法藏，便掏出断魂香点燃。那股香在天魔的催动下，向着天魔洞外的山顶上飘去……

法藏正与黑熊打着，就闻到空中一阵奇香扑鼻，接着就头晕目眩。法藏暗叫一声不好，就看到无数只黑熊向着自己扑来。躲避不及之时，黑熊张开血盆大口向法藏咬了下来，法藏两眼一闭，在心中大叫一声："我命休矣！"

第二十八章
历险天魔洞

法藏正与黑熊精搏斗，突然就感到头晕目眩，看到无数只黑熊精向着他扑了过来。法藏心知不好，心想今天定然是难逃熊口了……

黑熊抡起熊掌，向法藏拍下之时，猛地看到一把九齿钉耙向着他砸了过来。这一把子带着风声，凌厉地挥了下来，慌得黑熊赶紧一低头，便跳到了三丈开外。

黑熊站定身形，忙定睛一看，正是那次与法藏一起，差点打死自己的那个猎户。黑熊心想，这正是天上有路你不走，地狱无门你自来投。黑熊哈哈大笑道："你们两个来得好，今天我就活吞了你俩，以报我被你们打伤之仇。"

说着话，黑熊便运起天魔传给他的魔力，向着阿牛猛扑了过去。阿牛不敢怠慢，挥动起九齿钉耙照着黑熊便打。黑熊一看，这两个人的法力确实精进不少。如果不是天魔点燃断魂香，只一个法藏就够黑熊忙活的了。而今这个猎户又来助阵，更是让他难以得手。

黑熊精着急了，眼看着赤手空拳难敌阿牛，便冷不丁地掏出了黑缨枪，对着阿牛就是一阵乱刺。黑熊精自吃了由万年无花果在法藏体内化成的舍利后，功夫自然增进不少。更重要的是，他与霓裳一样，同样是天魔复活以后的护法，也是天魔最倚仗的人。天魔很欣赏他的忠诚，所以，便传给了他很多无上的妙法，更是将魔界宝贝黑缨枪送予他当作兵器。

黑熊的黑缨枪，那枪头乱点，化作了一道道摄人心魂的寒光，吓得阿牛胆战心惊。阿牛也没有想到黑熊会这么厉害，竟然能够架得住由太上老君亲

第二十八章
历险天魔洞

　　手打造的上宝沁金耙。正在阿牛心慌之际，法藏从晕迷当中苏醒了过来。一看阿牛因为替自己解围正忙得焦头烂额，法藏不敢怠慢，忙捡起掉在地上的金簪子，变成九尺左右的兵器，向着黑熊精便冲了过去。

　　法藏与阿牛两人合战黑熊精，这一下，黑熊精可就真有点招架不住了。正在这个时候，那断魂香的香气又从空中传了过来。法藏知道天魔断魂香的厉害，暗叫一声不好，便拉起阿牛化作一道金光，飞离了天魔山。两个人气喘吁吁地一通乱飞，飞了好半天才将云头落定。

　　阿牛站在云端之上，向着法藏说道："大哥，你拉我干什么？你没看见我正准备拿着耙子打那个黑熊的头吗？大哥，不是我跟你吹，我这耙子可是太上老君亲自打造的，原先是王母娘娘的纤云飞星神梳，那宝贝可厉害了，只要打到黑熊的头，一定能给他戳九个大窟窿。"

　　法藏叹口气，说道："阿牛，你刚才没闻到一股奇特的味道吗？"

　　阿牛摇摇头说道："没有啊，大哥，我鼻子不好使，但这味道跟我们和黑熊精打架有什么关系？"

　　法藏说道："阿牛啊，你是不知道啊，这是天魔的断魂香，我也是从燃灯师祖那里知道的。中了断魂香的人，不管是仙还是人，意志就会迷失，任由别人摆布，所以，我才拉着你快跑。要是让这断魂香给迷住，今天，我们俩都会成为这黑熊的口中之食。"

　　阿牛这才恍然大悟道："原来如此啊，断魂香真是好厉害。大哥，兄弟多谢你救我脱离熊口。"

　　法藏说道："阿牛贤弟，其实，要说起感谢，我还得感谢你刚才救我。我已经中了天魔的断魂香，要不是你及时出现，恐怕我早就被黑熊给吃了。"

　　阿牛笑道："大哥啊，咱们兄弟俩就不要见外了。只要你不怪我将圣水珠给偷走，我就阿弥陀佛了。"

　　法藏看到阿牛说起圣水珠之事，心里还是感觉不舒服。虽然燃灯师祖说过阿牛是圣水珠的有缘人，由阿牛带着圣水珠上天献给玉皇大帝也是天意，可是，三界至宝圣水珠从法藏的手里脱离佛门，他又怎么能不记恨自己这位兄弟？何况也是因为阿牛救父，才放出了七十二洞的妖王，以至于人间生灵涂炭。但是阿牛又亲来天魔洞救自己，可见阿牛一直将这份兄弟情记在心上。虽说自己多次出言不逊，乃至对他动手，可是阿牛依然敬他一声大哥。

　　想到这里，法藏便说道："阿牛啊阿牛，我虽然已经不再记恨于你，可是你毕竟放出了七十二洞的妖王，直接造成了人间的浩劫啊。"

阿牛说道："法藏大哥，我知道这一切皆是我救父所致。可是大哥，你得理解我啊，如果你知道自己的父亲被关着，你能不去救吗？或者，你的素女被关在大海牢里，你能不去救吗？"

阿牛这一问，可把法藏给问住了。是啊，父母已经过世很多年了，就连素女也已经离开自己很多年了。如果自己现在知道他们在何处，就算是上刀山下油锅，他也一定要把他们给救出来。这也是他修佛的最终目的。他期待着自己能够成佛，然后将在地府与人间往生多次的父母与素女，都给度化到佛界。这才是他心中最大的追求啊。

想到这里，法藏就长叹了一口气，拉起阿牛的手，说道："好了，阿牛贤弟，大哥已经不怪你了，你放出了七十二洞妖王，其实就跟我这个做大哥的放出七十二洞的妖王没什么区别。今天，我们兄弟就重归于好，一起到人间去斩妖除魔吧。"

阿牛听大哥这么说，心里高兴坏了。自从大哥神志失常以来，他们之间就发生了太多的误会，他在心里早就盼着与大哥握手言和的那一刻。想到这里，阿牛高兴地说道："好，想我兄弟二人现在一个是天蓬大元帅，一个是卷帘大将军，如今我们都是天庭的战将，于公于私，我们都有责任与义务斩妖除魔。"

看到阿牛豪气纵横，法藏也有些激动。他也大声地向着那远处的云展云舒高声喊道："不荡平这为祸人间的七十二洞妖王，我法藏誓不为人！"

阿牛将敖丙的龙筋送给法藏，两人互相诉说着兄弟情谊，良久，才想起去天魔洞救玉兔之事。

阿牛道："大哥，你说天魔洞乃是天魔的老巢，肯定戒备森严，我们怎么才能进到天魔洞里救出玉兔？"

法藏想了想，说道："阿牛啊，我曾经听人说过，魔与仙佛不同，每当正午之时便是他们睡意正浓的时刻。我们可以趁着正午时分，到天魔洞里去救出玉兔，你看可好啊？"

阿牛点头道："好的，大哥，就照你说的办。"

法藏看着阿牛，叹口气说道："阿牛，这次去天魔洞，可是凶多吉少啊。"

阿牛笑道："大哥，你不要担心，想我阿牛也是一条响当当的汉子，为了大哥，我就是死也心甘情愿。何况这一趟去天魔洞，有大哥陪着，我想这

第二十八章
历险天魔洞

成功的概率肯定会大增的。"

法藏有些激动,将手放在阿牛的肩膀上,说道:"谢谢你,兄弟。你放心,这次我们同去天魔洞,当哥哥的一定会护你周全的。"

兄弟两人约好暂且休息一天,次日中午,便去天魔洞救玉兔。兄弟二人来到附近的一座镇子上,找到一处客栈住下。晚间,在客栈要了两个素菜,兄弟二人津津有味地吃了起来。

法藏尽管当了天宫的卷帘大将,可是依然秉持着受十戒的大愿,不饮酒的他便与阿牛喝起茶来。这一晚上,兄弟俩聊了很多往事,也一起畅谈了对未来的想法,转眼之间,便到了子时。由于次日还要行动,所以两人不敢再聊下去,赶紧卧床休息。

两人正准备就寝,就听到外面阴风阵阵。法藏猛地从床上坐起来,大叫一声不好,忙叫起阿牛。阿牛被叫醒来后一抹眼睛,问道:"大哥,出了什么事?我睡得正香,你叫起我来做什么?"

法藏说道:"阿牛,你小点声,我听到外面这风有些不正常,怕是有妖魔前来吃人,我们得赶紧行动,保护这一镇之人。"

阿牛点了点头,从床上爬起来穿好衣服,将手中的上宝沁金耙一晃,说道:"大哥,我们兄弟这就去降魔救人。"

两人悄悄溜出了房间,一个纵身便蹿到了房顶上,仔细地观察着客栈大院,猛地听到客栈二楼的一个房间内传来了惊叫声。法藏与阿牛循着惊叫声飞了过去,用手蘸着唾液点开封窗纸,就看到一只青面獠牙的厉鬼正要吃人。房间里是一家三口,一男一女还带着一个孩子。那只厉鬼一伸手夺过那个小男孩,小男孩哇哇地哭叫不止。正当厉鬼张开血盆大口,就要吞咬小男孩时,男子猛地跪倒在厉鬼面前,磕着头说道:"求你不要吃了我的孩子,你吃我,放我的孩子一条生路吧。"

那只厉鬼哈哈狞笑着,拍着肚子说道:"我最喜欢吃小孩了,不过,你也别急,一会儿,你还有你的妻子,我都会吃掉,让你们一家在我的肚子里团圆。"

说完,那只厉鬼便张开血盆大口,向着已经吓晕过去的小孩咬了过去。眼看着厉鬼的尖牙就要碰到小孩的脖颈,法藏猛地一下子推开了门,喝道:"大胆厉鬼,竟然敢到人间吃人,今天本将军便要降了你这个食人的恶鬼,让你永世不得超生!"

说着话，法藏便向着厉鬼的头猛地刺了一金簪。厉鬼正要吃人，突然看到后面出现了两个人，哈哈怪笑道："小镇附近很多村子的人，都被别的妖魔给吃掉了，想不到啊，你们竟然还活着。好，今天我便先吃了你们，再来吃这一家三口。"

　　阿牛大叫一声："三界之内，岂能容尔等厉鬼行凶，你就受死吧！"

　　说着话，阿牛也一挺上宝沁金耙，向着那厉鬼打去。法藏与阿牛都已经成为天庭的战神，拥有无边的法力，区区一个厉鬼怎么是他们俩的对手。很快，法藏的金簪子便刺中了厉鬼，疼得厉鬼哇哇大叫。阿牛一看那厉鬼还不死，就举起上宝沁金耙，向着厉鬼的头就是一耙。厉鬼脑浆迸裂，顷刻之间便灰飞烟灭了。

　　这是法藏与阿牛兄弟俩重归于好以来的首次联合作战，首战成功降伏厉鬼自然是非常高兴。法藏迈步走上前，搀扶起早已吓得没了人形的夫妻，说道："厉鬼已经被我们降服，你们没事了，快快休息去吧，我们这就走，不打扰你们了。"

　　法藏的话刚说完，就看到那个男子扑通一声跪倒在地，说道："两位神仙，求你们救救我们一家吧。"

　　阿牛看了看这个男子，有些疑惑地问道："我们刚才不是救了你们一家吗？你怎么还说救命？"

　　那位男子说道："两位神仙，你们是不知道啊，我是从百里外的家里逃出来的啊。我们一个村的人都被妖怪给吃了，幸亏那天我们在地窖里囤菜过冬，这才躲过了这场灾难啊。我们不敢住在村子里，就逃了出来，一路之上，见到很多的妖怪横行。要是离开了你们，我们少不了还得被妖怪给吃掉。求你们就好人做到底，将我们送到一个安全的地方吧。"

　　法藏听完也知道这人所说皆是事实，这一切都是阿牛救父放出七十二洞妖王造成的劫难，就对阿牛说道："阿牛，你看到了吧，就你一意救父，这才造成了人间的浩劫啊。"

　　那夫妻俩听法藏这么说，惊恐地看着阿牛，并不停地磕头说道："原来这一切都是你造成的啊，求你不要吃了我们，求你们放了我们一家吧。我们一家一定给你塑金身，天天给你上香磕头。"

　　阿牛赶紧走上前，搀扶起那对夫妻来，说道："你们不要害怕，我怎么会吃了你们，我又不是妖怪。实话告诉你，我是天庭的天蓬大元帅，这是我

第二十八章
历险天魔洞

大哥法藏,是天庭的卷帘大将军。我们下界来,就是为了除魔降妖的。"

那女人听阿牛这么说,说道:"两位神仙,求你们将我们送到一处安全的地方吧,我们要是留在人间,等到你们走后,恐怕很快就会被妖魔给吃掉了。"

法藏点了点头,说道:"既如此,那我们便带你们逃离这个地方。"

说完,法藏又回过头来,对着阿牛问道:"阿牛,你说把他们送到哪里去好呢?他们说得对,不能再留在这里了。"

阿牛想了一下,说道:"大哥,此处距离你的花果山卷帘洞很近,不如就将他们送到你的卷帘洞里。那卷帘洞有燃灯古佛的护洞佛光加持,我想一定能够保得他们平安无事的。"

法藏一伸大拇指,对着阿牛赞道:"好主意啊,好主意,事不宜迟,我们明早便将他们送往卷帘洞。"

法藏转过头来,又对着那一家人说道:"我们这就带你们离开这里。你们安全了,可是这一镇之人,在我们除魔降妖成功之前,恐怕也要有危险,这可怎么办?"

阿牛说道:"大哥,你那卷帘洞确实不小,我想不如让这一镇之人都住到你的卷帘洞里去,你看怎么样啊?"

法藏点了点头,对着那一家人说道:"今晚我们住在这里,可保这一镇之人无忧。你们赶紧去通知镇上的人,让他们互相转告,愿意离开家躲避妖怪的,明日清晨到客栈的院里集合,我们带着你们去一个安全的地方,保证不会再有妖怪来吃你们。"

那男人与女人听法藏这么说,忙跪地磕头道:"谢两位神仙救命之恩,我们这就去告诉镇上的百姓,让他们明早到院里来集合。"

说完,那男人便一手抱起孩子,带上妻子,推开房门便向外走去。看着他们离开,法藏叹道:"阿牛啊,你看到没有,你只顾一心救父,可还是太莽撞了,造成了这人间的劫难啊。"

阿牛长叹一声,说道:"大哥,我已经知错了,从此以后,我一定洗心革面,多听你的教诲,多学习佛法,再也不做这莽撞之事了。"

法藏点了点头,说道:"阿牛啊,看来我们明日去天魔洞救玉兔的计划,又要推迟进行了。"

阿牛道:"没事,大哥,早一天晚一天找到玉兔没有关系,我们先救人要紧啊。"

当夜无话。

次日清晨天还没亮，还在睡梦中的法藏就听到外面传来了熙熙攘攘的声音。法藏忙穿好衣服走出房门，就看到客栈的大院子里站满了人。法藏知道他们都是要跟着自己离开家乡，到外面躲避妖怪的乡亲。

看到大家因为害怕妖魔，执意要离开家园，法藏便挥了挥手，高声地说道："大家都站好，闭上眼睛，我这就作法助你们离开。"

说完，法藏便与阿牛一起暗暗念动咒语。只见每个人的脚底都生出一朵祥云，托举着这一镇之人，向着花果山卷帘洞飞去。等到了花果山，法藏便撤了这仙法。这一镇之人一看来到了一处山清水秀之处，自然格外高兴。法藏与阿牛两人带头走进了卷帘洞中。

在卷帘洞住了这么久，法藏早已将这里当成了自己的家，再次来到卷帘洞，心里自然格外欢喜。

法藏兴冲冲走进洞中。刚进去，就看到一个熟悉的身影，可把法藏和阿牛给高兴坏了。那个熟悉的身影不是别人，正是多次救过他的霓裳。

看到法藏与阿牛回到了卷帘洞，霓裳也是格外惊喜，她对法藏日思夜想，可听父王敖广说，法藏已经成了天上的卷帘大将军，再难下到凡间了。霓裳心里不高兴，想法藏的时候，便来到卷帘洞中待一会儿。可是每次来见到的都是空空的山洞，早已不见了法藏大哥的身影。

这一天，霓裳在天魔洞喂完玉兔，便驾起祥云来到卷帘洞，刚在石桌上坐下，就听到外面人声鼎沸。霓裳才不去管，此时的她，心里正在思念法藏，任何的外物都不能引起她的兴致来。她想尽快进入月宫盗来梭罗木，然后再偷来宝莲灯。只有这样，师父才好作法改变法藏的想法。只有这样，法藏才能成为天魔的护法，她才能够天天见到法藏。否则，这仙与魔对立得这么厉害，恐怕两人是再难相见了。就算相见，说不定也是在仙魔大战之时，自己到时与法藏对打，肯定不忍心伤了他。可是他呢？说不定早就瞧不上她这个小妖魔了，定会一剑将自己砍了，然后，用自己的人头，去向天上的玉皇大帝邀功。

想到这里，霓裳暗自垂泪。突然听到有人进洞的声音，刚一抬头，就看到法藏跟阿牛带着很多人走了进来。霓裳见到日思夜想的法藏，一下子站了起来，疯跑着扑到法藏的怀里，放声大哭起来。

第二十八章
历险天魔洞

法藏没有想到霓裳会在洞里，看到霓裳扑在自己的怀里哭成了一个泪人，就拍了拍霓裳的肩膀，说道："好了，霓裳，别哭了，快跟本将军说说，你哭得这么厉害，到底是谁欺负你了？是你的父王还是你的师父啊？"

霓裳没有回答法藏，只顾着掉眼泪。法藏又说道："霓裳啊，别哭了，你看看，我现在当了天庭的卷帘大将军，这谁要是欺负你啊，你就跟我说，我一定要好好地揍他，让他们知道，欺负我妹妹霓裳可不是闹着玩的。"

听法藏叫自己妹妹，霓裳扑哧一声笑了出来，说道："谁也没有欺负我，人家就是想你了。"

霓裳的话一出口，旁边的阿牛可就伤心了。眼前的这个女人，正是自己日思夜想之人，自己为了她可以说是茶饭不思。可是她见了面连理都不理，直接扑进自己大哥的怀里哭，还说出了想念大哥这些话，真的是很让人伤心。想到这里，阿牛的眼睛有些湿润……

法藏一看，便推开霓裳，对着阿牛说道："我说，你们俩到底是怎么了，一见面就哭，就我不流泪，难道你们是说我这个人无情无义吗？"

阿牛本想对霓裳倾诉一番相思之苦，可是，当着大哥的面，他又不好意思表白，便一抹眼泪，撒谎说道："大哥，不是你无情无义，而是霓裳姑娘说的这些话实在是太感人了，我止不住地流泪。"

霓裳这才对阿牛说道："阿牛，你前番闹了我龙宫，父王正在恼你。听说你做了天庭的天蓬大元帅，怎么样，在天上当天蓬元帅好玩吗？哪天你也带我到天上，去你的天蓬元帅府看看吧。"

阿牛听霓裳说要到自己的府上去玩，真是高兴坏了，忙转忧为喜地说道："霓裳姑娘，你想去我的元帅府，我是随时欢迎，别说去玩，你就是住在里面也没有什么问题。到时啊，我一定让侍卫们天天请你吃好吃的，将你养成一个胖胖的大姑娘。"

霓裳小嘴一噘，没好气地说道："天天吃好吃的可以，可是养那么胖就没有必要了，省得嫁不出去。"

听霓裳这么一说，已经猜出阿牛心思的法藏，便哈哈大笑道："嫁不出去更好，让阿牛贤弟养着你。"

阿牛听大哥这么说，真的是喜出望外，将胸脯一拍，说道："我现在可是天蓬元帅了，养一个霓裳不在话下。霓裳啊，没事，我愿意养着你。"

霓裳一听，脸红着说道："我才不让你养。"

说完这句话，霓裳又对着法藏问道："法藏大哥，你带着这么多的人，来卷帘洞做什么？"

法藏这才将前来天魔洞找玉兔，碰到妖怪行凶，为了救人将他们带到这里等事情，一五一十地跟霓裳说了一遍……

听法藏说来人间是为月宫寻找玉兔，霓裳心里大喜。师父用断魂香将这玉兔摄来，为的就是让自己混进月宫，好拿来梭罗木，改变法藏的意志。可是，让她没想到的是，天庭派出前来找寻玉兔之人，竟然就是法藏与阿牛。霓裳也知道，法藏身在曹营心在汉，不能说出强留下他当天魔护法的事。要想留住法藏，只有配合着师父将这一场好戏演完，拿到梭罗木与宝莲灯。

想到这里，霓裳对着法藏与阿牛说道："哎呀，我还以为什么事哪，原来是来找玉兔啊，这事包在我的身上。"

法藏也知道霓裳跟天魔是师徒关系，就说道："霓裳，天魔可是你师父，你真的愿意为了我们，跟你的师父翻脸吗？"

霓裳笑道："没事啊，不就是一只兔子嘛，又不是什么大事，就是丢了，师父也不会责怪我的，你就放心好了，我这就带你们去天魔洞找玉兔。"

阿牛摇摇头，说道："不行不行，霓裳姑娘，天魔可是你的师父，我可不愿意你为了我们，伤了你跟师父的和气。我看不如这样，你给我们出个主意，看看怎么样才能进入天魔洞，你就不要直接出面了。"

霓裳点了点头，说道："阿牛，你说的也有道理，让我想想啊。"

法藏看着霓裳，觉得如果让霓裳来帮助他俩救出玉兔，定能减少麻烦，就说道："好，霓裳姑娘，你不要着急，慢慢想就好。"

霓裳想了想，突然一拍脑袋，说道："我师父是三界的至尊，要说他也没有什么特别的喜好，不过，他每天早晨都要到密室当中闭关修炼，你们可以在早晨的时候，变成小妖的样子混进洞中，偷出玉兔来。"

法藏点了点头，说道："霓裳姑娘，如此甚好，我就多谢姑娘了。"

霓裳大大咧咧地将手一挥，傻笑着说道："没事啊，我们三个是好朋友嘛。"

商量完进天魔洞救玉兔的事宜，法藏、阿牛这才与霓裳安顿起众人来。洞里的锅碗瓢盆、石桌石椅石床都是法藏亲手打磨的，现在派上了用场。霓裳更是从东海借来了柴米油盐，让他们在洞中安心度日。

次日清晨，法藏与阿牛便早早地起了床，依照霓裳的吩咐，变成了两个

第二十八章
历险天魔洞

小妖的模样,飞到了天魔洞中……

法藏刚进天魔洞,一眼就看到了正在吃草的玉兔,心中大喜,心想霓裳姑娘实在是太好了,正是有了她的帮助,自己才这么轻易地进入洞中,等到救出玉兔,定要好好地感谢一番。

想到这里,法藏不敢在天魔洞里停留,跑上前就要去抱玉兔。谁知,他的手刚伸向玉兔,就猛地看到白光一闪,天魔出现在眼前,对着法藏与阿牛狂笑道:"法藏,阿牛,真巧啊,我们又见面了。"

法藏用手一指天魔,说道:"天魔,你好大的胆子,连月宫的玉兔你也敢偷?"

天魔哈哈大笑道:"法藏啊法藏,以前你见了我,还尊称我一声天尊,现在怎么一口一个天魔地乱叫啊?我告诉你,法藏,连玉皇大帝我都敢附体,一个小小的月宫玉兔,我又有什么不敢拿的!"

听天魔这么说,阿牛将手中的上宝沁金耙一横,怒喊道:"天魔,你速速将玉兔给我大哥,不然,我定要打得你满地找牙。"

天魔依旧狂笑道:"阿牛,我知你为救父母,闯过阿修罗界与月宫,更闹过东海,可是那些在我的眼里根本算不了什么。就算你现在是天蓬元帅,你的那点微末的法力,也没被本尊放在眼里。今日听你口出狂言,真是可笑啊可笑,你先别着急,我一会儿就送你见阎君。"

法藏听闻,也将手中的金簪子掏出来,当胸一横,向着天魔喊道:"天魔,今天不是你死便是我亡,你就受死吧。"

说完,法藏便举起金簪子向着天魔刺去。阿牛一看也赶紧高举着上宝沁金耙向着天魔打去。天魔看到兄弟两人冲了过来,狂笑一声,顿时化于无形。只见法藏的金簪与阿牛的耙子撞到了一起,直撞得火星四射。天魔不慌不忙地现身到法藏与阿牛的身后,用手轻轻一指,一道白光便向着法藏与阿牛飞去。阿牛与法藏赶紧闪过,回过身来冲着天魔又打。

天魔也知道这两位乃天庭新封的战将,虽说法力比不上自己,可是早就不是当初的凡僧与凡人了,更需要仔细地应对。想到这里,天魔便一下子从空中抓来了诛神刀,挥动着大刀向着阿牛与法藏砍去。天魔实在是太厉害了,虽说上次他被手持宝莲灯的玉皇大帝伤得不轻,可是只几日的工夫,便一切恢复如常了。这一番争斗没用几个回合,天魔便将阿牛与法藏给打倒在地上。天魔用刀一指法藏,说道:"法藏,我念你曾经救过我的分上,今日就最后再跟你说一次，只要你跟着我，做我魔界的大护法，我不但饶了你，还要传你高深的法力，让你成为这纵横三界的神仙，你可愿意？"

法藏冲着天魔喊道："呸，你休想。"

阿牛也道："天魔，你就死了这条心吧，我天蓬大元帅跟卷帘大将军，是不会屈服于你的。"

天魔被法藏与阿牛给彻底激怒，大喊道："既然如此，那就别怪我不客气了。我今天便将你俩放进我的魔水炉里，用我的魔水送你们见阎君。"

说完，天魔便吹了一口仙气，将魔水炉的炉盖打开，然后，他左右手分别提起法藏与阿牛，向着魔水炉里扔去……

第二十九章
霓裳舞月宫

眼看着阿牛与法藏即将被天魔扔进魔水炉,一道倩影从洞外飞进了天魔洞,一下子便从魔水炉的炉口,将法藏与阿牛两人给撞飞……

天魔定睛一看,来的正是霓裳。天魔一脸不悦地说道:"霓裳啊霓裳,你是我的徒弟,怎么能向着外人,行这吃里爬外之事?"

霓裳往地上一跪,说道:"师父,阿牛与法藏是徒儿的好朋友,请您念在法藏曾经去天庭救过您的分上,就饶了他吧。"

天魔道:"胡说八道,霓裳,他们可是来偷玉兔的。你也不是不知道,为了得到这只玉兔,为师可是费了不少的周折。你说,他们来偷我的玉兔,我怎么能饶了他们?霓裳啊,此事你不必再管,若是你再管此事,为师定将你与他俩一起扔进魔水炉!"

法藏看到霓裳来救自己,格外激动,倒在地上,冲着霓裳大声喊道:"霓裳,你不必管我,以免伤了你和你师父的和气啊。"

阿牛看到霓裳这么重情重义,为了他们俩,甚至不惜顶撞师父,也大声地说道:"是啊,霓裳,你不必管此事,你能来救我们,我阿牛已经很感动了,你就听我一句劝,赶快走吧。"

天魔听阿牛这么说,就拍手笑道:"好感人哪,阿牛,你再说,接着说,今天我就让你说个痛快。等你说完了,我再将你的长舌揪下来当下酒菜。"

说完,天魔便向着阿牛走了过来。霓裳一下子抱住师父,冲着法藏与阿牛大声地喊道:"阿牛,法藏,我拦住师父,你们快走,不要管我。"

天魔看到霓裳来拦自己,非常震怒。他一使劲便将霓裳给推了出去。法藏一看不好，赶紧冲上前伸出手接住霓裳。可是，天魔的力量实在是太大了，两个人都重重地倒在地上。天魔看着他们，说道："今天，你们俩一个也跑不了，我非要用魔水炉将你们的元神炼成内丹，好助我提升法力，你们可是天上的战将，这内丹的味道一定差不了。"

霓裳倒在地上，向着天魔大声地喊道："师父，不要啊，法藏与阿牛都是我的好朋友，求您放他们走吧。"

天魔呵呵笑着，走到了阿牛与法藏的面前，狞笑道："霓裳啊，我已经跟你说了，他们是天上的神仙，吃了他们的内丹，味道一定很好。为师很疼你，你放心，到时我会赏给你一粒的。吃了它，你也会成为战神。"

霓裳哭喊着不要，可是天魔哪里肯听霓裳的。天魔向着法藏与阿牛逼去，法藏与阿牛忙捡起武器，再一次与天魔对战。只用了不到十个回合，天魔便将阿牛与法藏打倒在地，又伸手提起他俩，向着魔水炉中走去。霓裳一看，赶紧上前拼死拉住天魔。天魔抬脚一踢，就将霓裳给踢倒在地，大声地喊道："逆徒，这里没你的事，等我将他俩炼成内丹，再来收拾你。"

霓裳看到法藏与阿牛即将被扔入魔水炉，真个是哭成了一个泪人。天魔不再理霓裳，提起阿牛与法藏便向着魔水炉里扔去。扔下去的时候，阿牛的那把宝扇也掉进了魔水炉中，瞬间化为乌有。就在阿牛与法藏即将挨着炉中魔水的时候，一只手从魔水下面伸了出来，将他们两人稳稳地接住，然后猛地一用力，便将二人扔出了魔水炉……

阿牛猛地睁开眼睛，便看到了自己结义的姐姐绿衣仙子，真是喜出望外。他向着绿衣仙女大声地叫道："姐姐，你可来了，这天魔好生厉害，我不是他的对手啊。"

绿衣仙女冲着阿牛一笑，说道："阿牛，你快跟法藏大哥带上霓裳姑娘走，这里有我应付着。"

天魔一看绿衣仙女，便用手一指她，说道："你非人非神非仙非鬼非魔，又不是这三界的人，怎么会是我的对手。修行不易，我劝你还是赶紧回去吧。"

绿衣仙女也呵呵一笑，冲着天魔躬身施一礼，说道："大天尊在上，今日我得了你这魔水炉的炼化，终于可以不用再躲在那把扇子里了。大天尊，小女就先谢谢你了。"

天魔哈哈大笑道："好，你既然称呼我一声大天尊，我便让你三招，你

第二十九章
霓裳舞月宫

出手吧。"

那绿衣仙女冲着发愣的阿牛与法藏，使劲地喊道："你们怎么还不走？想在这里一起死吗？"

阿牛听绿衣仙女说得有道理，忙对着法藏说道："法藏大哥，我们这就带霓裳姑娘走，我相信姐姐一定能够敌住天魔的。"

说完，阿牛便背上霓裳，与法藏一起向着天魔洞外飞去。天魔用一道白光欲拦住三人，绿衣仙女忙抽出宝剑冲着天魔砍去。天魔也一伸手拿来诛神刀，向着绿衣仙女劈去。趁着绿衣仙女与天魔对战，法藏与阿牛再次爬了起来，带上霓裳，化作一道清风，飞离了天魔洞。

三人刚刚回到卷帘洞，就看到绿衣仙女已经迎到了洞口，惊得法藏等人张大了嘴巴。法藏看着绿衣仙女，惊问道："仙子，你不是正在跟天魔对打吗？怎么比我们回来得还快？"

阿牛也惊问道："是啊，绿衣姐姐，这是怎么回事啊，你可把我们给搞糊涂了。"

绿衣仙女哈哈笑道："阿牛弟弟，我不是人啊，所以，我会分身之法，可以同时做好多事的。"

阿牛又问道："绿衣姐姐，以前你总是出来不一会儿就回到扇子里，现在扇子掉进魔水炉里了，你还能回去吗？"

绿衣仙女又笑道："弟弟，这次啊姐姐就不回去了。以后，姐姐就可以经常陪着你了，再也不回那把扇子里了。"

霓裳惊奇地看着绿衣仙女，问道："仙女姐姐，这到底是怎么一回事啊？"

绿衣仙女笑道："哎呀，你们就别站着了，咱们进洞里说也不迟啊。"

说着话，三人便随着绿衣仙女，一起走进了卷帘洞中。霓裳被天魔打得不轻，被法藏给抬到了石床上。此时的石床，已经被小镇的老乡铺上了被褥。霓裳躺在床上养伤，阿牛就与法藏和绿衣仙女坐到了石桌上。

阿牛好奇地向着绿衣仙女问道："绿衣姐姐，这到底是怎么一回事啊，你快告诉我们吧，别让我们都好奇了。"

绿衣仙女这才缓缓地将自己的来历道了出来。原来，宝扇本是上古时期开天辟地的盘古大仙所有，后来传到太上老君的手里，就被太上老君画上了绿衣仙女的模样，成了赤脚大仙的纳凉之物。日子久了，这宝扇上的绿衣仙子渐渐地就有了通灵之意，并恰巧被阿牛的眼泪所激活。可是，因为没有得人形,所以绿衣仙子必须依靠着宝扇才能活下去。如今,这把宝扇掉进了魔水炉里,魔水炉里的魔水可是天下至阴至邪之物,经过魔水的加持,正好成就了绿衣仙女的道行。尽管宝扇已经毁了,可是此时的她却是真正地活了。

法藏听绿衣仙女说完,笑道:"仙子,这可真是人间的奇事啊,您能从另一个三界的冥河宫来到我们这个三界,还得了人形,脱离了宝扇的束缚,真是可喜可贺。"

绿衣仙女笑道:"谢谢卷帘大将军的夸奖,以后啊,就让我跟着你们去降妖吧。"

阿牛又惊奇地问道:"绿衣姐姐,那天魔极其厉害,你是怎么逃离他的魔爪的呢?"

绿衣仙女说道:"其实,我已经死在他的手里了。"

绿衣仙女这一说,可把法藏跟阿牛给吓了一跳。法藏惊问道:"仙子,莫非现在跟我们说话的,是你的魂魄?"

绿衣仙女呵呵一笑道:"这倒不是,那是因为跟天魔对打的是那把宝扇,所以,我才跟你们说我会分身法哪。这天魔非常厉害,现在已经将扇子给毁了,而我则跟着你们飞来了卷帘洞。只是可惜了我的住所,以后啊,我再也找不到那么好的宝扇栖身了。"

法藏一听,心中大喜,便跟阿牛说道:"阿牛,你看我还不知道你的仙女姐姐叫什么名字哪,你快告诉大哥吧,别再你你的了,这么称呼多不礼貌啊。"

阿牛听法藏这么说,便摸了摸自己的头,说道:"绿衣姐姐,你看,我们认识这么久了,我还不知道你叫什么名字,你快告诉我们你叫什么吧,别让我和大哥一口一个绿衣姐姐或者仙子了。"

绿衣仙女呵呵一笑,也学着阿牛的样子,摸着自己的头说道:"阿牛,法藏,你们别笑话我,其实,我也不知道自己叫什么名字。"

法藏听绿衣仙女这么说,就想起燃灯古佛曾经说过,三界之内有一些从另一个三界来的精怪是不知道自己名字的,他们的名字只能让别人来取。想到这里,法藏便说道:"没事,仙子,不知道自己叫什么名字,这很正常啊。像我出家这么久,早已经忘记我尘世的名字叫逸仙了。不如这样,就让本将军给你取一个名字吧,你看可好?"

绿衣仙女赶紧说道:"既如此,卷帘大将军就快给我取一个名字吧。"

第二十九章
霓裳舞月宫

法藏想了一下，似是自语道："你本来自另一个三界的冥河宫，来无影去无踪，在这个三界的依靠不过是一把宝扇，但你又曼妙多姿，恰如那天上的彩虹，让人感叹你的美冠绝人间，不如就叫你霓虹吧，你意下如何？"

绿衣仙女听到法藏给自己取名为霓虹，高兴地拍着手，连声喊道："多谢卷帘大将军赐我名字。我有名字了，我有名字了！"

说完，绿衣仙女跪倒在地上，向着法藏磕头道："卷帘大将军在上，您给我取了名字，就是我新的主人。从今往后，我愿意永远跟着主人，帮助您实现每一个心愿。"

霓裳看到绿衣仙女这么高兴，也挣扎着从石床上爬起来，对着霓虹说道："真是太好了，我叫霓裳，你叫霓虹，不如我们俩结拜为姐妹吧，不知道霓虹姐姐意下如何？"

霓虹使劲地点了点头，说道："好啊好啊，我有亲人了，我有妹妹了。"

看着霓虹与霓裳这么高兴，法藏也笑道："我跟阿牛已经结拜为兄弟，不如这样，你们就在卷帘洞内结拜为姐妹，如何？"

霓裳点了点头说道："霓虹姐，法藏大哥的提议很好，我从小无父无母，是东海龙王将我养大，也没个姐妹，我们就听法藏大哥的，在这里结拜吧。"

听霓裳这么说，阿牛也高声地嚷道："霓虹姐，霓裳妹，结拜得大家一起啊，这么着，我也来跟霓虹姐姐和霓裳妹妹结拜如何？"

法藏看着阿牛横插一杠子，就笑着说道："阿牛，人家是姐妹结拜，你这也要跟人家结拜，于情于理不合啊。"

霓裳一噘嘴，冲着法藏说道："法藏大哥，其实，也没有什么不合情理的，想我们都是有情有义的人，四个人就这样一起结拜了，岂不是好？"

霓虹也对着法藏说道："主人，您要是不跟我们结拜，那我以后可就要永远地叫您主人了。"

法藏赶紧摇头说道："霓虹仙子，你可千万别叫我主人，我虽是天庭的卷帘大将军，可内心之中永远都是一个和尚，最不喜欢管人了。"

霓裳赶紧说道："法藏大哥，既然你不愿意让霓虹称你为主人，就赶紧与我三人一起结拜为异姓的兄弟姐妹吧，你看好吗？"

听霓裳这么一说，阿牛与霓虹就高兴地拍起了手。法藏想了一下，也点了点头，说道："既如此，霓虹仙子，那我就恭敬不如从命了。"

说完，四个人便在洞中一镇之民的张罗下，铺设了香案，在卷帘洞内磕起了头。四个人磕完头站起身时,村民们便拿来了水酒,给兄妹四人每人倒上了一杯。法藏端过酒杯看了看,说道:"霓虹霓裳两位妹妹,阿牛弟弟,我本是个持十足戒的和尚,是不能喝酒的,这可怎么办?"

霓虹笑道:"法藏大哥,你是我们四人之长,你不喝酒,我们敢喝吗?"

霓裳想了一下,说道:"大哥,你的酒就敬了天地吧,然后,我再用你的酒杯去为你舀一杯水来。"

阿牛笑道:"好啊,酒敬天地,足见我们兄妹真诚结拜之心,而大哥以水代酒,也可全了我们兄妹结拜之义,这个主意实在是太妙了。"

说着话,霓裳便接过法藏手中的杯子,走到铁板桥下,舀了一杯清水过来,双手递给法藏,说道:"大哥,你就以水代酒吧。"

法藏欣然接过水杯,与大家碰了一下,就将杯中的水一饮而尽。待到众人饮罢,大家的手牵在一起,法藏笑道:"我的父母已经仙逝多年,我也出家历经了很长的光阴,除了师祖燃灯古佛外,我几乎没有亲人的陪伴。尽管我苦修佛法,可是不瞒弟弟妹妹,其实我的内心是孤独的,如今有了你们两个妹妹和一个弟弟,我可真是太高兴了。"

霓裳听法藏这么说,也有些激动,就借着结拜之事,向法藏倾诉道:"大哥,愿我们兄妹以后能永远在一起。"

霓虹笑道:"是啊,我本来就不是人,现在成了人形,有了大哥给我取的名字,我是要永远地跟着大哥了。霓裳,你也要永远地跟着大哥吗?"

霓裳点了点头,说道:"是啊,既然已经认了法藏为大哥,那是一定要跟你一样,永远地跟着大哥了。"

法藏一听霓裳这么说,也明白了霓裳对自己的情意。可他是一个和尚,只可以对她有兄妹之情。于是法藏双手合十道:"阿弥陀佛,两位妹妹,我原本一个僧人,虽说现在是天庭大将,可是我的心里,仍然是一个和尚。若是我禅心不定,便永远也实现不了自己的梦想了。再说,眼下我们正准备偷回玉兔,那天魔法力无边,我这一去可以说是九死一生,若是我有个不测,又该如何是好?你们听我的,就不要跟着我了。"

阿牛听法藏这么说,便说道:"大哥,要我说,还是你错了,霓裳与霓虹两位妹妹,那都是非常好的人,她们要跟着你,你不同意,那不如让她们跟着我,你看可好?"

霓裳一听要跟着阿牛,就使劲地摇头道:"我才不跟着你哪,跟着你有

第二十九章
霓裳舞月宫

什么好啊？你说说你那么懒还馋，我不要我不要。你们两个我谁也不跟，我就跟着我自己。"

霓虹也说道："阿牛，你不要伤心，既然大哥不让我跟着他，那我就跟着你吧。你放心，姐姐会像以前一样疼你的啊。"

阿牛使劲地点了点头，冲着霓裳说道："霓裳妹妹，你看到没有，还是霓虹姐姐对我好。"

法藏听到姐妹两人说不跟着自己了，这才长长地舒了一口气，说道："你们说该如何才能找回玉兔？这可真是一件难事啊。"

霓裳听法藏这么一问，心想师父定下的计策果然好使，就对法藏笑道："这个事就交给我吧，我今夜便逃回天魔洞，将玉兔给抱出来。"

法藏摇摇头说道："这可不行，你刚刚被天魔打成重伤，这个时候回去，能有好果子吃吗？听我的话，还是不要回去了。"

霓裳听法藏说不让她回去，心里便不高兴了，冲着法藏喊道："我要跟着你，你不让，我要替你拿回玉兔，你又不让，你说你到底让我怎么做？"

霓虹说道："霓裳妹妹，你不要着急，大哥是担心你所以才这么说的，你说是不是啊，大哥。"

法藏点了点头，说道："霓裳，这拿回玉兔一事，还是容我和阿牛再想几天吧。你先在卷帘洞住几天，等你师父消了气，再回去也不迟啊。"

霓裳嘟着嘴说道："你们既然不相信我，那就算了。你这个当大哥的，这也不让那也不让的，真是烦死了。"

听霓裳说不去偷玉兔了，法藏这才松了一口气，赶紧将话题转移到降妖救人的事上来。听法藏说降妖救人，兄妹四人一直聊到了深夜……

等到第二天清晨，法藏从梦乡中醒来的时候，就看到霓裳已经抱着玉兔，傻笑着站到他面前了，直惊得瞠目结舌。

看着还在发愣的法藏，霓裳笑着将玉兔往法藏的怀里一递，说道："大哥，玉兔我可给你抱回来了，你怎么谢我啊？"

法藏这才回过神来，双手接过玉兔，用手抚摸着，对霓裳说道："霓裳，你打算让我怎么谢你啊？"

霓裳笑道："也不用你谢我，我也不稀罕跟着你。我从小最大愿望便是到月亮上去玩，你去月宫还玉兔，能带上我吗？"

法藏一听霓裳的要求不过分，就笑呵呵地说道："霓裳妹妹，这个没有

-347-

问题，事不宜迟，我一会儿就动身前往月宫送玉兔，你就跟我同去吧。"

法藏刚说到这里，就看到霓虹仙子走过来，说道："去月宫怎么能不带着我？我早就听说月宫里的嫦娥，那是极美的，正好跟她认识一下，沾沾她的仙气，我也好长得漂亮些。"

此时，阿牛还在旁边的石桌上打着呼噜，霓裳跑上前，冲着阿牛就是一脚。这一脚却没能将阿牛踹醒，只见阿牛翻了一下身子，又睡了过去。霓裳一看，一把揪住阿牛的耳朵，说道："阿牛，起来了，快起来了，我们该去月宫了。"

阿牛被霓裳吵醒，睡眼蒙眬地喊道："去月宫？去什么月宫啊？还是睡觉舒服，不去不去。"

法藏缓缓地走上前，对着阿牛说道："阿牛，霓裳找回了玉兔，我正准备将玉兔送回月宫，然后回王母娘娘那里复命。你是在这里睡觉还是跟着我去月宫见你嫦娥姐姐？"

阿牛这才爬起来，一晃脑袋说道："大哥，睡觉尽管舒服，但我还是跟着你们去月宫吧。"

说完，兄妹四人便找来那一镇之长，将要去月宫之事跟他说了一遍，让他好生地照看着镇上的民众，等到他们回来，再做进一步的安排。看着镇长领命而去，兄妹四人便化作一道金光，向着月宫飞去。

此时，嫦娥正站在桂花树下，望着人世间，思索以前在人间的往事。这时看到四个人向着月宫飞来，待到近了，嫦娥才看清是法藏等人。嫦娥见到她们特别高兴，于是，就舒展衣袖飞向空中相迎。法藏将玉兔交给嫦娥。嫦娥在空中接过玉兔后，热情地将四人迎进广寒宫里……

此次玉兔失而复得，嫦娥自然格外高兴，就要在广寒宫里排开宴席，感谢法藏等兄妹四人。法藏想到还要到王母娘娘那里回旨，便不想在广寒宫里多待，于是对嫦娥仙子说道："嫦娥仙子，之前本将军奉王母娘娘之命，帮你去寻找玉兔，幸得霓裳妹妹相助，这才这么快找回了玉兔，不如就让霓裳姐妹及阿牛陪你，我先去瑶池回旨了。"

嫦娥看着法藏，笑道："这哪能行啊？您帮我月宫找回玉兔，这么大的恩德，如果您连宴席都不参加，我怎么能过意得去。"

霓裳也道："大哥，你可别不给嫦娥仙子面子，一般人可是不受她的待见。"

第二十九章
霓裳舞月宫

阿牛也道："大哥，交旨不急，重要的是王母娘娘交给你的事，你已经替她办了。如果她责怪你交旨迟了，那我就去瑶池向我外婆请罪。"

霓虹也笑道："法藏大哥，你就听嫦娥仙子的留下来赴宴吧。"

嫦娥又对法藏深施一礼道："卷帘大将军，您为了帮助月宫找回玉兔，也是经受了不少的磨难，您若是不留下来赴宴，让我于心何忍？我只是想借这宴会表达一下对您的感谢之情。若是您不肯留下来赴宴，我便一直对您施礼，直到您答应留下来赴宴为止，您看可好？"

看到嫦娥不停地向自己施礼，法藏赶紧双手合十向嫦娥仙子还礼道："嫦娥仙子，本将军只是奉王母之命，托众仙之福，才找回的玉兔，并无什么功劳，何况，找回玉兔的是霓裳妹妹。既然仙子执意要留我赴宴，那本将军便恭敬不如从命了。"

听法藏终于肯留下来赴宴了，可是把嫦娥给高兴坏了，忙吩咐下去，让月宫里的仙娥下去准备。不一会儿，一桌丰盛的宴席便在广寒宫里摆开了。

嫦娥仙子也换上了节日的盛装，邀来了月宫的守护神吴刚。等到众人在八仙桌前坐定，嫦娥仙子端起酒杯，对着法藏兄妹款款地说道："卷帘大将军，天蓬大元帅，霓裳霓虹两位妹妹，之前我月宫丢失了玉兔，幸得你们兄妹四人出手相助，才替月宫找回了玉兔，本仙子及月宫众仙自然非常感谢。若不是你们，想那玉兔去往妖魔纵横的人间，少不了成为妖魔的腹中之物。所以，本仙子这就先干为敬，谢谢你们兄妹四人的恩德了。"

说完，嫦娥仙子便将杯里的酒一饮而尽，然后对着法藏等兄妹四人说道："来来来，今日，广寒宫略备薄酒，以谢各位相助之恩。大家都不要客气，快些喝酒吃菜吧。"

法藏听嫦娥仙子这么说，赶紧端起杯中的茶水说道："嫦娥仙子，您太客气了。我是奉王母娘娘之命，托嫦娥仙子洪福，在两位妹妹及阿牛的帮助之下，才替您找回玉兔的，何功之有？有劳嫦娥仙子备下这丰盛的宴席，实在是惭愧啊。今日，我便用这杯中茶水，代我们兄妹四人，感谢嫦娥仙子的款待了。"

说完，法藏便将杯中的茶水一饮而尽。此时，早已经饥肠辘辘的阿牛也赶紧端起酒杯，向着嫦娥仙子说道："姐姐，您是我的好姐姐，我知道您对我最好了，既然如此，我就开吃了，您别笑话我。"

不待嫦娥说话，阿牛便不管不顾地在桌前胡吃海喝起来。看到阿牛如饿鬼一般的吃相，可把霓裳与霓虹笑得不轻。待两人笑过劲后，霓裳便举起酒杯，对嫦娥仙子说道："仙子，我在下界的时候就听说了，您可是三界出了名的大美人。我小时候经常看月亮。每当看月亮出现时，我就在想，您会有多漂亮呢？今日一看，您果真长得漂亮啊。来，小女这就敬您一杯，祝福您更加漂亮。当然，也希望我能沾沾您的仙气，也长得漂亮些，将来也好嫁个好人家。"

嫦娥仙子听霓裳这么说，与霓裳碰了一下酒杯，笑道："你这个鬼丫头，一定会变得越来越漂亮的。到时，肯定会有一屋子的媒人来向你提亲，来吧，快喝吧。"

霓裳将杯中的酒一饮而尽，对嫦娥说道："嫦娥仙子，不如我也像阿牛一样，叫您姐姐怎么样啊？您不会讨厌我吧？"

嫦娥笑了笑，说道："霓裳，你这么漂亮又这么可爱，真是我的开心果，我怎么会讨厌你呢。"

听嫦娥这么一说，霓裳做了一个鬼脸，说道："嫦娥姐姐，你知道吗，为了帮你找回玉兔啊，我连师父都得罪了。现在我回不去天魔洞了，我大哥又嫌我丢人，不想带着我去他的卷帘将军府。我真是没地方可去了，不如就让我跟着姐姐你吧。"

霓虹听霓裳这么说，也端着酒杯，来到嫦娥的面前说道："嫦娥仙子，你如果愿意，就收下霓裳妹妹吧。我这个当姐姐的，先谢谢嫦娥仙子了。"

嫦娥仙子正在犹豫。这月宫之中清冷，况且又是王母娘娘管辖的地方，有护月金光罩守着，可不是随便能够收留人的。正在为难之时，就听到法藏高诵一声佛号说道："阿弥陀佛，嫦娥仙子，为了帮你找回玉兔，霓裳妹妹可是花了不少工夫啊，甚至还被她师父打伤，如今真的无处可去了。她虽然可以回龙宫，但唯恐被天魔找到，而月宫有护月神光罩着，天魔进不来，你就发发慈悲，留下霓裳妹妹吧。"

听到兄妹几人异口同声地要她收下霓裳，嫦娥便缓缓地说道："霓裳，我问你，你可会歌舞吗？"

霓裳笑了笑说道："我不会啊。"

嫦娥便失望地说道："想我月宫中的人，大部分都是女仙，只有吴刚一位大神看护着月宫。若是你会歌舞，我便替王母娘娘收下你。等到天庭举办蟠桃或丹元大会之时，你也可为三界众仙佛献上歌舞。可是你不会歌舞，这

第二十九章
霓裳舞月宫

可怎么办?"

听嫦娥这么说,霓裳拍拍手说道:"嫦娥姐姐,我尽管不会歌舞,可是我喜欢歌舞啊,不管您跳什么舞,只要我跟着您跳,那就一定能跳出来的。"

嫦娥有些不相信霓裳的话,追问道:"你说的可是真的?"

霓裳使劲地点了点头,说道:"是啊,嫦娥姐姐,不信你就随便地跳上一支舞,我不但能够马上记住,还能演化出不少的舞蹈来呢。"

嫦娥这才说道:"天蓬元帅,卷帘将军,霓虹妹妹,今日广寒宫举办这场宴席,本来也是要给你们献舞的,何况前日,天蓬元帅前来月宫,我还没有将那支《霓裳羽衣曲》跳完,今日,我便为大家献上完整的霓裳羽衣舞吧。"

说罢,嫦娥拍了拍手,只见一支月宫乐队款款走到了酒席宴上。等到众仙娥列好队,嫦娥便向着众人说道:"今日,本仙子便献丑了。"

嫦娥的话刚说完,悠扬动听的仙乐声响了起来。嫦娥仙子和着那仙乐舒展衣袖,给兄妹四人跳起舞来。只见嫦娥仙子身形灵动,眉目含情,时而飞在空中,时而脚踏地面,身形婀娜多姿,恰如那绽放的花朵迎风起舞,微风徐徐,衣袂飘飘。嫦娥的纤纤细手,时而灵动非常,时而合手昂立。那一颦一笑之间,透着万种的风情,将九天之上的圣洁与华彩透过舞姿展现出来。挥挥手,更有千娇百媚;迈迈步,正如凌波蜻蜓。那乘风而来的柔媚,恰是春光灿烂,好像夏日荷风,又如那秋水雁霞,更似那冬雪妖娆。这灵动的舞姿,这轻迈的舞步,给人带来一种震撼心灵的美感。那美感赏心悦目,穿透了岁月的沧桑,融合了天上人间所有的期待,披着九天之上明月的光彩,带着初升朝阳的气派。嫦娥将那醉美的感觉给跳了出来,把卷帘大将军法藏给看呆了,把天蓬大元帅阿牛看痴了,把霓虹仙子给看傻了……

仙乐飘飘,舞步风骚,只有那霓裳姑娘,眨着眼睛看着。看着看着,霓裳姑娘摇身一变,披上了与嫦娥仙子同样的红色华服,也不答话,就飞向空中,与嫦娥仙子对舞起来。这一个似春花摇摆青春气派,那一个似秋月皎洁祥云瑞霭;这一个轻挪舞步,宛如莲花绽放,那一个轻摇玉手,更有秋月风采;你一个眉里含情,我一个灵动多彩;这一个出尘脱俗,那一个冰清玉洁。霓裳与嫦娥灵动娇舞,恰似那并蒂的荷花,又如那初升的朝霞,既像是含苞的蓓蕾,又带着圣洁的光华。两位女子就在广寒宫的空中,秀起了舞姿,直把法藏看得目瞪口呆。这霓裳跳得实在是太好了,竟然一点也不输于素以舞技冠绝于三界的嫦娥。

整个广寒宫内仙乐飘飘，所有人都直直地看着她们的仙舞。待到《霓裳羽衣曲》的仙乐终了，二人飘落到宴席中间，左右立定，就成了那分瓣的俏丽梅花。法藏一看，赶紧带头鼓起掌来，接连赞叹道："阿弥陀佛，这霓裳羽衣舞，可真是三界难得啊，怪不得蟠桃会和丹元会都要请嫦娥仙子前去跳舞，实在是太美了，真是让本将军大开眼界啊。"

法藏的话刚说完，只见霓裳摇身一变，变回原先一身紫衣的样子，笑呵呵地跑到法藏面前，说道："大哥，你只顾着夸奖嫦娥仙子了，我跳得好不好啊？"

不待法藏说话，嫦娥仙子接连拍手道："精彩，实在是精彩，霓裳姑娘，你可以留下了。"

霓裳冲着法藏作了一个鬼脸，调皮地说道："法藏大哥，你听到没有，连嫦娥仙子都说我跳得精彩，我心里就更加高兴了。你不想夸奖我，那就别夸了，我不稀罕。"

霓裳又蹦蹦跳跳地跑到阿牛面前，将还在发愣的阿牛的酒杯，一把夺了过来，一饮而尽，转而问阿牛："阿牛，我跳得好不好啊？"

经此一问，阿牛才回过神来。确实，霓裳这一支舞，可把他的魂都给看飞了。听霓裳这么一问，他一伸大拇指，向霓裳大声说道："好，实在是太好了，霓裳妹妹，你跳得跟嫦娥仙子一样，看得我眼睛都直了。"

霓虹也赶紧说道："霓裳妹妹，你跳得实在是太好了，嫦娥姐姐也说要留下你了，你还不赶快道谢。"

经霓虹姐这一提醒，霓裳姑娘马上将杯中的酒倒满，拿着酒杯跑到嫦娥面前，双手举着酒杯说道："谢谢嫦娥姐姐收下我，我一定跟着您好好地学习舞蹈，将来好跟着您，给天上的那一帮仙人老头儿跳舞。"

嫦娥笑道："霓裳，没有想到你的舞姿竟然如此华美动人哪，本仙子也是非常高兴，既然如此，你就留在月宫，跟着本仙子操练舞蹈吧。"

看到嫦娥收下了霓裳妹妹，法藏赶紧说道："嫦娥仙子，恭贺您收下霓裳。既然如此，就请将梭罗木交于本将军，我这就带去鲁班府，让他为我打造兵器吧。"

嫦娥笑了笑，说道："法藏大将军，梭罗木又被封进了桂花树里，今日时辰已晚，不如您与阿牛及两位妹妹在广寒宫里待一天，等明日太阳初升的时候，我再命吴刚取来给您吧。"

法藏听嫦娥这么说，说道："如此，本将军便听嫦娥仙子的，等明日一早，我们就一起见证梭罗木解除封印这一神圣时刻的到来。"

听法藏这么说，霓裳的心里可是乐开了花，因为多在月宫待一天，她便有更充足的时间去实施与天魔商议好的盗取梭罗木的计划……

第三十章
兄弟救霓虹

等到月宫的宴会结束时，已经是深夜了，法藏和阿牛被安排在一间寝殿内。阿牛的呼噜声实在太大了，吵得法藏根本无法入睡。法藏从床上爬起来，穿上衣服，慢慢地走出了广寒宫，来到宫外的台阶上坐下，望着那棵五百丈高的桂花树发呆……

法藏正在思索往事的时候，就听到一阵脚步声响，回头一看，竟然是嫦娥仙子。法藏赶紧起身，躬身施礼道："阿弥陀佛，嫦娥仙子，这么晚了还不睡啊？"

嫦娥仙子也向着法藏深施一礼道："卷帘大将军，想我这月宫终年冷清，今日，您与天蓬大元帅等贵客来访，真是让月宫蓬荜生辉啊。"

法藏笑了笑，说道："嫦娥仙子客气了，我与阿牛及霓裳姐妹前来月宫，实在是打扰至极，幸得仙子设宴相请，实在是于心有愧啊。"

嫦娥道："卷帘大将军，您能来我们月宫，这是小仙的荣幸。明日我们还要跟着吴刚将军去迎接梭罗木，您还是要早些休息养足精神啊！"

法藏叹口气说道："嫦娥仙子，我睡不着啊。"

嫦娥笑道："是阿牛的呼噜声吵着您了吗？还是您还在思念素女？"

嫦娥的话一出口，法藏心里就是一惊。与素女的往事，他只跟阿牛和霓裳提起过，怎么嫦娥也知道素女的事？想到这里，法藏便疑惑地问道："嫦娥仙子，你怎么会知道我与贤妻素女的事情？"

听法藏这么一问，嫦娥的脸上略带慌张地说道："噢，是霓裳妹妹告诉我的。霓裳这个姑娘舞跳得好，人又长得漂亮，我非常喜欢她。她今天跟我

-354-

第三十章
兄弟救霓虹

说起过你跟素女的事，真是很感人。没想到，你会为了她走上修佛之路。"

法藏这才恍然大悟，长叹一声说道："原来如此啊，这都是很久以前小僧犯下的错。时间过得真快，近千年过去了，素女也不知经历过多少次的轮回了。这茫茫人海，我又该到哪里去找她？"

嫦娥听法藏这么说，略带伤感地说道："卷帘大将军，您也不必烦恼了，想来凡事皆由天定，您为她坚定修行之心，一定会有与她重逢的那一天。等到将来再见到她时，您也可度化她。想来，她知道您为她付出了这么多，该是多么幸福啊。"

法藏叹道："仙子，人海茫茫，这天人两隔更是再难相遇，只望我佛慈悲，让能小僧再见到她吧。"

嫦娥点了点头，说道："对了，大将军，霓裳让我转告您，她先回东海龙宫了。她说以后要跟着我习舞，要先回龙宫禀报她的父王一声。"

法藏点点头道："这样也好，霓裳姑娘能够跟着嫦娥仙子，这也是她的造化。想来，我这个小妹非常调皮，还需要仙子多多栽培啊。"

嫦娥笑道："大将军，您就放心吧，我待霓裳会同亲妹妹一样的。好了，大将军，明天还要跟着吴刚去解除梭罗木的封印，咱们都先回房休息吧。"

法藏道："嫦娥仙子，你先回去吧，阿牛的呼噜声太大了，我实在是睡不着，还想在这里待一会儿。"

嫦娥听法藏这么说，就说道："如此，大将军就请便吧，我先回宫中歇息去了。"

说完，嫦娥仙子便轻迈芳步，缓缓地回房去了。法藏坐在台阶之上，隔着云海望着人间，又想起了很多关于素女的往事……

法藏一夜未眠，就在桂花树下的台阶上站立着。次日清晨，法藏就看到嫦娥带着阿牛、霓虹与吴刚一起走了出来。等到大家齐聚广寒宫外，便跟着吴刚一起，向着月宫后面的桂花树走去。

自从上次阿牛救母大闹月宫以后，梭罗木便被吴刚的神斧砍出。梭罗木乃是三界至宝，三界之内觊觎梭罗木的妖魔太多，所以，嫦娥仙子禀报王母娘娘之后，王母娘娘便告诉嫦娥，让吴刚继续将梭罗木封印在桂花树里。法藏将天魔从玉皇大帝的意识里赶出去后，为了感谢法藏的大恩，王母娘娘这才发出懿旨，让嫦娥仙子将梭罗木交给法藏当兵器。

今日解除梭罗木封印的仪式，吴刚也是格外重视，提前设好了香案。在法藏等众人的注视之下，点起了香，带领着大家恭敬地磕过头后，便提起了手中的神斧。

别看吴刚的法力在三界之内不是最高的，可是这梭罗木在桂花树里的封印，除了吴刚的神斧，谁也打不开。它由王母娘娘所设，一旦上了封印，王母娘娘也打不开，就连燃灯古佛、天魔及太上老君这些三界之内法力通天的大天尊也是打不开的。只有吴刚的那把神斧，才可以劈开桂花树，打开王母娘娘亲自设定的封印。

只见那吴刚威风凛凛地走向桂花树，抡动起手中的神斧便飞了起来。吴刚使出了浑身的力气，砍向着桂花树。只听得"咔嚓"一声巨响，一道金光四射，那根三界至宝梭罗木便从桂花树的树顶缓缓地掉了下来。吴刚看着梭罗木掉了出来，就飞了下去，一手持神斧，一手将梭罗木接到了手中。然后，他缓缓地飞向地面，将神斧往腰间一别，双手托举着梭罗木，向嫦娥仙子走去。

嫦娥仙子看到吴刚向自己走来，赶紧伸手去接。眼看着嫦娥仙子的手就要够到梭罗木了，突然，一道白光闪过，霓裳出现在了月宫里，一把就从吴刚的手里抢过梭罗木。霓裳哈哈狂笑道："梭罗木啊梭罗木，你这三界至宝，终于到了我的手里了。"

吴刚大惊道："霓裳，怎么是你？你快将梭罗木给法藏，这是王母娘娘的懿旨。违背王母娘娘的懿旨，那可是大罪啊。"

霓裳狂笑道："嫦娥，吴刚，这王母娘娘的懿旨你们害怕，我可不怕。本仙这就要拿着这根梭罗木，练成纵横三界的法术，打得天上那帮神仙屁滚尿流，哈哈哈哈……"

法藏一看，感觉这个霓裳不对劲，忙用七窍玲珑心的神通一看，却没看出什么情况，眼前抢夺梭罗木的就是霓裳。法藏用手一指霓裳，大声地说道："你绝不是霓裳，快说，你是谁？"

只见霓裳哈哈大笑道："法藏啊法藏，在月宫当中，你的七窍玲珑心不起作用，竟然还能看出我不是霓裳，厉害，真是厉害啊。"

说着话，只见那霓裳摇身一变，变成了天魔的模样，指着法藏说道："快说，你是怎么看出我不是霓裳的？"

法藏一看是天魔，心里大惊，赶紧掏出金簪子当胸一横，说道："因为霓裳姑娘没有你那股狂劲。废话少说，快将梭罗木给我，不然，我就让你尝

第三十章
兄弟救霓虹

尝我金簪子的厉害。"

天魔将梭罗木一横，说道："梭罗木在我的手中就是我的，凭什么给你？不但不能给你，而且，我还要拿着它倒反天宫。"

说完，天魔一挥梭罗木，便向着法藏打去。阿牛见状不敢怠慢，一个箭步冲上前，抡起上宝沁金耙挡在了法藏的身前，用手一指天魔说道："天魔，休伤我大哥，你就看耙吧。"

阿牛本来看到霓裳来抢梭罗木，心里也是大惊。他已经爱上了霓裳，如果霓裳抢走梭罗木，那就是违背了王母娘娘的懿旨，肯定是死罪。阿牛刚想要劝解霓裳不可犯下大错，就听到法藏说出她不是霓裳。等到天魔变回原样，阿牛才长出一口气。虽说天魔不好对付，可是总比霓裳犯下这死罪要强。

当阿牛看到天魔举木便打大哥法藏时，护大哥心切的阿牛便一个箭步冲上前，挡住了天魔。这天魔经过这一阵的调养之后，法力更胜当初，用手一挥梭罗木，便将阿牛打倒在地上。吴刚一看天魔打倒了天蓬元帅，便挥动起神斧，向着天魔砍去……

当初阿牛前来月宫救母之时，吴刚就对这个有孝心的孩子手下留情。这次为了救阿牛与法藏等人，吴刚更是不敢怠慢。天魔可是纵横三界的大天尊，论法力那是与玉皇大帝及西天佛祖平级的，想到这里，吴刚忙用上全力，挥动起神斧不停地向着天魔砍去。

吴刚与天魔斗在一处，法藏一看也不能闲着，挥动着金簪子便冲了上去。阿牛也爬起来，再次抡动耙子上前助阵。别看吴刚、法藏与阿牛三人同时进攻天魔，可天魔却满不在乎。只见他不慌不忙地挥动着梭罗木，只几个回合，便将三人给打倒在地。天魔冲上前，举起梭罗木要打倒在地上的法藏之时，就看到霓虹仙子举剑冲了上来。天魔一看是霓虹，便怒道："真是奇了怪了，你怎么还活着？"

霓虹举剑笑道："我本来就是个扇子精，不是这三界的人，你是打不死我的。"

说着话，霓虹便用剑挡住梭罗木，救下了法藏。天魔一挥梭罗木，只一下就将霓虹给打退。虽然天魔杀不死霓虹，可是霓虹的法力却比天魔差了很多。天魔用手一指霓虹道："我尽管打不死你，你也休想活命，今天我便用法力封印了你。"

说着话，天魔手里的梭罗木便化作一道白光，将霓虹给收了进去。吴刚

-357-

大惊,一个翻身便扑了过去,可是,却再次被天魔给打倒在地上。阿牛猛地冲过来护住吴刚,法藏也抡起金簪子冲了过去。天魔转换身形,再次轻松地将两人打倒在地。当天魔举起梭罗木又要砸向两人之时,嫦娥忙甩出红丝带,架住了梭罗木,着急地喊道:"大天尊,求您放了阿牛与法藏吧。"

天魔看了看嫦娥,笑道:"嫦娥仙子,你的美丽冠绝三界,本天尊可是非常喜欢你。我不对你动手,你也不要管我的闲事,以免咱们俩伤了和气。"

说完,天魔便一下子甩开红丝带,举起梭罗木向着阿牛打去。阿牛倒在地上,心想这下算是完了。眼看着梭罗木即将落下,阿牛即将一命呜呼之际,一道金光袭来,将梭罗木给挡开。空中传来一个声音:"二弟,手下留情,千万不要伤了本宫的外孙啊。"

法藏一看,内心狂喜,正是天宫瑶池的王母娘娘到了。只见那祥云之上的王母娘娘威严大方,颇有母仪三界之风范。即使面对着狰狞的天魔,王母的面目却依然和蔼可亲。

天魔看到是王母娘娘来了,赶紧将梭罗木收起,向着王母娘娘深施一礼道:"原来是王母娘娘到了,请受小弟一拜。"

王母娘娘笑道:"二弟,法藏与阿牛都是你的后辈,你又何必为难他们?听本宫一句劝,念在法藏曾经去兜率宫救过你的分上,你就将梭罗木送予法藏,成就他的一番功业吧。"

天魔将手中的梭罗木一举,说道:"王母,法藏手里的金簪子,还有阿牛手里的纤云飞星神梳,都是我送给你的,可是你却转手送给了这两个不知礼数的后辈。我现在也不去计较这些,只想要这根梭罗神木,难道你就不能将它送给我吗?"

王母娘娘叹道:"二弟,梭罗神木本就与佛家有缘,而法藏新升为天庭的卷帘大将军,正需要梭罗木做兵器,你就看在本宫的面子上,将梭罗木还给法藏吧。"

天魔说道:"王母,念在昔日的情分上,我劝你不要管我的闲事。法藏凭什么成就功业?还不是要降了我吗?王母,梭罗木我是要定了,也请你不要管我倒反天宫的事了,你就等着我坐上玉皇大帝的宝座,再来朝贺吧。"

说完,天魔便一纵身,化作一道白光飞离了月宫。法藏看着天魔飞离月宫,忙起身要追,就听到王母娘娘说道:"法藏,天魔已去,你就不要追了。"

法藏赶紧跪地向王母娘娘磕头道:"王母,难道就由着天魔将梭罗木给

第三十章
兄弟救霓虹

拿走吗？我的妹妹霓虹姑娘可是被他抓走了啊。"

王母叹道："法藏，此乃三界的浩劫。哀家本以为，月宫有神光罩着，天魔根本来不了，可他还是变成霓裳的模样抢走了梭罗木。在月宫里你的七窍玲珑心看不出他的变化，哀家也看不出来，幸有你识破天魔，想来，这一切都是定数。我们日后再想办法拿回梭罗木吧。"

法藏闻听，刚要说话，就听到王母又说道："嫦娥仙子，琉璃盏与定水珠已经到了天庭，不想天魔竟然拿走了梭罗木。天魔倒反天宫，三界众仙更是人心惶惶。我与玉帝商定，要提前举办蟠桃大会，以安众仙之心。所以，你要赶紧排练歌舞，迎接这盛大的蟠桃大会。"

嫦娥仙子赶紧跪地磕头，说道："是，王母娘娘，本仙子接旨，这便操练歌舞，以助天庭众仙之兴。"

法藏想这三界之内能够制服天魔的，或许只有师父燃灯古佛，于是就向空中的王母娘娘奏道："王母娘娘，现在天魔盗走了梭罗木，在此三界众仙人心惶惶之际，我准备去请师祖燃灯古佛帮忙，下界收魔，并救出霓虹妹妹。不知道王母意下如何？"

王母娘娘听法藏这么说，便缓缓地道："卷帘大将军，蟠桃大会即将召开，当下之急，你需要与天蓬大元帅阿牛速速返回天庭，守好自己的职责。等到蟠桃会后，你们再想拿回梭罗木救出霓虹姑娘之事吧。"

法藏叹道："可是，天魔已经抓走了霓虹妹妹，她的生命危在旦夕啊。"

王母娘娘说道："法藏，此事你不必着急，先回天庭筹备蟠桃大会吧。"

法藏还要再说，阿牛用手使劲拉了拉法藏的衣袖，法藏这才说道："是，小将卷帘领王母娘娘懿旨。"

王母娘娘点了点头，化作一道金光，消失在月宫茫茫的云海之中。看着王母娘娘离去，法藏与阿牛便匆匆与嫦娥仙子作别，欲返回天宫。嫦娥也没再挽留，目送着法藏与阿牛飞离了月宫……

阿牛一返回天庭，便去探望母亲织女，这段时间帮助嫦娥找玉兔，也是好几天没见到母亲了。一见母亲的面，阿牛便冲上前给织女来了一个拥抱，嘴里喊着："娘啊，几天没见到您，可真是想死儿了。来吧，娘，今天儿要给您梳头。"

织女笑呵呵地说道："好，我儿给娘梳头，娘心里高兴哪。我儿啊就是孝顺。"

说着话，织女便在阿牛的搀扶下，坐到了镜子前。阿牛拿过梳子，便对着镜子给织女梳起了头，边梳头边说道："娘啊，过些日子天庭要举办蟠桃盛会，我也没什么事，就可以经常回家给您老人家梳头了。"

织女笑道："阿牛啊，你现在可是天上的天蓬元帅了，为娘啊，就盼着你能早些成个家，我也好早抱上孙子。"

阿牛听织女这么一说，就叹道："娘，孩儿看上了一个姑娘，可是人家姑娘不喜欢我啊。"

织女一听，回过头来说道："阿牛啊，你看上谁家的姑娘了？快跟娘说说。你是玉皇大帝的外孙，这天下的女孩啊，都巴不得你娶她，怎么会不喜欢你？"

阿牛停住梳头的手，说道："娘，我喜欢的这个姑娘是东海龙王的义女霓裳。她本来已经定好要嫁给三太子敖丙的，可是在新婚当天，敖丙却被三坛海会大神哪吒给打死了。我曾经当面跟霓裳表白过，可却被她拒绝了。"

织女听阿牛这么说，就说道："阿牛啊，哪吒对我们家有大恩，他与东海素有仇怨；东海又是你外公玉皇大帝的属下。当下天魔即将倒反天宫，你外公玉皇大帝正需要人手，所以，我看你喜欢霓裳这个事，暂时还是别提了吧。"

阿牛大声地说道："不，娘，我就喜欢霓裳姑娘，除了她我谁也不娶。"

织女看到阿牛有些激动，便站起来说道："阿牛啊，娘劝你，凡事要懂得放手，千万不要像你爹和我一样啊。噢，对了，阿牛，你觉得她为什么不喜欢你呢？"

阿牛叹了口气，说道："娘，我觉得霓裳之所以不喜欢我，最主要的原因还不是敖丙被哪吒打死，而是她喜欢我大哥法藏。可是我大哥法藏又是一个和尚，是根本不可能娶她的。"

织女叹道："阿牛啊，你别乱想了，缘分的事啊，不能太强求。我看这样吧，这三界之内，除了霓裳以外，只要是没有定亲的姑娘随你选。只要你选好了，跟娘说一声，为娘这就跟你爹爹说，让他去上门提亲。"

阿牛摇头说道："不，娘，除了霓裳，我谁也不娶。"

看着阿牛这么固执，织女握住阿牛的手说道："阿牛啊，你就不要着急了。你告诉为娘，霓裳现在在哪儿，为娘想去见见她。如果你还是执意要娶她，娘便跟月老说一声，让他把你和霓裳的姻缘线给牵到一起。"

第三十章
兄弟救霓虹

阿牛听织女这么说,简直是喜出望外,说道:"谢谢娘,她现在已经成了嫦娥仙子的侍女了,跟着嫦娥仙子学舞。"

织女说道:"这就好办了,阿牛,我这就去月宫找嫦娥,去看看这个让我儿放不下的姑娘,到底长的什么样子。"

阿牛说道:"娘,虽说她跟了嫦娥姐姐,可她现在不在月宫,我听法藏大哥说,她回东海龙宫了。"

织女就笑着说:"阿牛啊,既然她现在在龙宫,那娘就去一趟龙宫,跟东海龙王要来这位霓裳姑娘给娘做侍女,这样你就可以天天跟霓裳在一起了,好不好?"

阿牛一拍大腿,说道:"娘,您实在是太好了,如果霓裳能来咱们家当您的侍女,我就可以天天和她在一起了。可是这样一来,霓裳就不能跟嫦娥练舞了,再说,我也不知道龙王会不会同意。"

织女笑道:"阿牛啊,你不用担心。想那东海龙王敖广本就是下界的小仙,为娘可是玉皇大帝的女儿,这点面子,他还是会给娘的。"

阿牛听织女这么说,就说道:"娘,既然这样,我们不如现在就去东海吧,我可是想霓裳都想疯了。"

织女笑着说道:"好,阿牛,为娘这就带你去一趟东海。不过,我可说好了,等到这事成了,你可不能娶了媳妇忘了娘啊。"

阿牛呵呵笑道:"哪能哪,媳妇可以再娶,可是娘就只有一个。您放心,儿子会永远都会孝顺娘的。"

织女与阿牛两人说走便走,匆匆地离开了天蓬元帅府,脚踩祥云就出了南天门,向着茫茫东海直飞而去。

此时,东海老龙王敖广正在犯愁。自从他上天请罪以来,龙宫的水族看到老龙王敖广不但没事,还被升为天蓬大元帅,可高兴坏了。但只有老龙王敖广知道,这是天魔的旨意,肯定长不了。果然,刚回到龙宫就接到金甲神传旨,他还是龙王,既没升也没降,龙宫的众水族空欢喜一场。

老龙王敖广知道,玉皇大帝此时正在为降服天魔做准备,肯定没有时间理他,可是早晚有一天玉帝要惩罚他的,只是不知会如何处罚。想到这儿,敖广就感觉度日如年。现在七十二洞妖王还在危害人间,虽说天庭已经派下重兵下界降妖,可那帮妖魔也聪明得很,收敛了不少,一时之间很难斩草除根。

正在敖广焦头烂额之时，就听到巡海夜叉来报，说是天蓬元帅与九天织女到了。东海龙王敖广听到奏报，心里就是一惊，这对母子莫非是来传玉皇大帝的旨意，要将自己宣上天去押往剐龙台？想到前些日子，自己曾经阻止过阿牛救父，敖广就觉得肯定是织女母子在玉帝面前进了谗言，这才要拿自己出气。老龙王越想越是害怕，哆嗦着带领众水族走到了水晶宫外，将阿牛与织女迎进了水晶宫。

等到织女与阿牛坐定，水族便献来了好茶。织女端起茶杯，看了一眼老龙王敖广，便笑道："老龙王，几日不见，真是风采犹胜当日啊。"

敖广一听，有些摸不着头脑，织女怎么不传旨，还跟我客气上了，他们母子到底是来做什么的呢？想到这里，敖广赶紧施礼道："公主殿下，看管东海大海牢是小龙的职责，我阻挡天蓬元帅阿牛救父也是职责所在，还请您莫怪啊。"

织女喝了一口茶，笑道："老龙王，不必客气，您是职责在身，想来如果我是您也会那样做的，又怎么会怪您呢。"

敖广听织女这么说，就觉得他们母子好像不是来宣玉皇大帝旨的，既然如此，他的心也就放下来了，转而对阿牛说道："天蓬大元帅，您是吉人自有天相，岂是小龙这等微末的小神能够触犯的？如今你们一家团圆了，真是可喜可贺啊。"

阿牛笑了笑，说道："老龙王，您不必客气，想来都是一场误会，您又何必当真？"

敖广点了点头，这才问道："公主殿下，天蓬元帅，不知今日驾临东海有何贵干？"

织女看了看阿牛，说道："老龙王哪，您看，阿牛刚刚升任为天庭的天蓬元帅，刚建起的元帅府人手短缺，我听说您有一义女名唤霓裳，不知道老龙王能不能让她上天，给我做个侍女啊？"

老龙王敖广这才明白织女所为何事，真是喜出望外。如果霓裳上天跟着织女，攀上织女这层关系，有她在玉皇大帝面前替自己说好话，想来，自己也就没有什么事了。可是再一琢磨，又觉得霓裳可是天魔的徒弟，如果自己答应将霓裳送予织女，天魔问起来可怎么办？于是，就顺口说道："公主殿下，您想让小女霓裳做您的侍女，这是小龙巴不得的事啊，可是霓裳一直没有回东海，这样，等她回来，我问一问她再说吧。"

第三十章
兄弟救霓虹

织女闻听便将脸一沉，问道："莫非老龙王不想让霓裳给我当侍女？"

老龙王敖广赶紧解释道："不是不是，我是真想让她给您当侍女啊，可是她真的没有回来啊。"

阿牛疑道："老龙王，前几天我跟霓裳一起去的月宫，大家都知道她回东海了啊，怎么你又说她没有回来？"

老龙王听阿牛这么说，着急地说道："公主殿下，天蓬元帅，小龙说的句句是实啊。假如您不相信，就请在我的龙宫里搜上一搜吧。"

听到老龙王说让他们搜水晶宫，织女觉得他应该没有撒谎，霓裳肯定没有回来，于是问道："那她既然没有回来，又会到哪里去？"

老龙王听织女这么问，就想这霓裳肯定是去天魔洞找她师父去了。可是，他可不敢将这些事告诉织女，就说道："公主殿下，我也不知道她去哪里了，我看这样，我这就从四海选一位龙女，公主殿下这就带上天去吧。"

阿牛听老龙王敖广说要随便选一个人跟着他们走，赶紧摆手道："不用不用，老龙王，我娘就喜欢霓裳。"

老龙王听阿牛这么说，就说道："既然元帅这么说，那就再等一等。等到霓裳回来，我就跟她说去您府上的事。"

织女本想来东海见见霓裳，可是天不遂人意，这个丫头竟然没有回东海，就拒绝了老龙王敖广的宴请，赶紧带上阿牛离开了东海龙宫。

母子俩驾着祥云往天上飞，织女就想带着阿牛去见见自己的妹妹三圣母。自从她被解除封印以来，还没见到三圣母。想到这里，织女就说道："阿牛啊，娘以前在天宫的时候，与三圣母关系甚好，今天，娘便带着你去见见她如何？"

阿牛笑道："娘，你们姐妹这么多年没见，你去看看她也好，我就不去了。现在，天魔抓走了霓虹姐姐，她的生命危在旦夕，我想去找法藏大哥，跟他商议一下，看看怎么样才能救出她来。"

织女点了点头说道："阿牛啊，你也不要太担心了，相信你义姐霓虹吉人自有天相。你去吧。"

说完，母子俩便在云端告别。织女驾起祥云飞往西岳华山，阿牛则脚踩着祥云，向着天宫的卷帘大将府飞去。

天宫的卷帘大将府也是新修建的，就在灵霄宝殿不远的云端。法藏是救过玉皇大帝的大恩人，又是王母娘娘眼前的红人，可以自由出入玉帝的紫薇

-363-

宫，所以，建卷帘大将府的工匠们自然不敢怠慢，将大将府建得气派非常。阿牛到了卷帘大将府后才看到，这座宫殿虽然气派，却更像是一座寺院，这才想到，这是玉皇大帝与王母娘娘为了照顾修行的法藏，特意为他建成了寺庙的模样。但是这座寺院却与一般的寺院不同，门口有天兵天将把守着。阿牛迎着把门的两名天兵走上前，说明了来意。不一会儿卷帘大将军法藏便走出了门，将自己的这位好弟弟迎进了将军府中。

阿牛跟法藏那是两次结义的兄弟，所以一见法藏便直奔主题说道："大哥，天魔在月宫抓走了霓虹姐，虽说王母娘娘命我们暂时先不要轻举妄动，可是，我还是想尽快救出我义姐霓虹。"

法藏点了点头，说道："阿牛，我也是这么想的，这晚救出一天，霓虹便要受一天的苦，我们确实得赶紧行动。"

阿牛叹道："大哥，你也知道，天魔极其厉害，我们俩合力都不是他的对手，你说，我们该怎么做呢？"

法藏说道："阿牛，你说得对，我们两个虽然法力精进不少，可是确实不是天魔的对手。我想不如我们去找镇元大仙，有了他的帮忙，相信定能救出你的义姐霓虹来。"

阿牛听法藏这么说，赶紧说道："大哥，既然如此，那我们事不宜迟，这就去五庄观找镇元大仙求助吧。"

法藏也是救霓虹心切，听阿牛这么说，便命人看好卷帘大将军府，随后便与阿牛一起动身，向着五庄观飞去……

镇元大仙听道童来报，说是天蓬元帅阿牛与卷帘大将军法藏来访，赶紧迎出了观外。上次相见之时，法藏只是一个凡僧，阿牛只是一个猎户，而今，两人都成了天庭的重要将领，他镇元大仙虽说是天尊级的人物，可是见到他们两个天上的仙官，也是要给一个面子的。镇元大仙笑着将两人迎进观内，说话也格外客气。当镇元大仙听法藏说要救义妹霓虹时，就问道："法藏，你这义妹霓虹到底是什么来历，方便告诉本仙吗？"

不待法藏说话，阿牛就说道："大仙啊，我这义姐您见过的。她本来就不是人，只是我师父赤脚大仙送给我的一把扇子。她多次出来救我脱险，情真意切，所以，我们便与她义结金兰了。"

镇元大仙点了点头，说道："天蓬元帅，卷帘将军，本来，你们来找我，我是应该出面的，可是，你义姐霓虹本来就不是人，又该从何处救起？再

第三十章
兄弟救霓虹

说,她已经被天魔封印,你们也都知道,天魔的封印可是极为厉害,就连本仙也破解不了啊。"

法藏忙道:"大仙,照您这么说,我这义妹是救不出来了吗?"

阿牛也道:"是啊,大仙,就请您帮一帮我们吧。"

镇元大仙叹口气,说道:"天蓬元帅,卷帘将军,不是本仙不帮你们,而是我也破不了天魔的法术,根本无计可施啊。"

法藏听镇元大仙如此一说,皱着眉头问道:"大仙,既然你破解不了天魔的封印,那我就去请师祖燃灯古佛帮忙吧。"

镇元大仙说道:"你的义妹霓虹本来就不是人,她来自另一个三界。你就是请谁来都不管用啊。何况还有天魔的封印,我看你们就别空费力气了。"

阿牛叹口气说道:"难道真的没有办法了吗?还请大仙帮我们出个主意,看看怎么样才能救出我义姐来。"

镇元大仙低头想了一下,又掐指一算,便缓缓地说道:"我在最初修行的时候,曾经听师父鸿钧老祖说过,要想救出这画中人,只有先把她变成人,成就她的人形,这样才有法可救,只是不知能否成功。"

法藏听镇元大仙的话里似乎还有转机,赶紧说道:"大仙,您快告诉我们,该如何才能将我义妹变成人吧。您放心,不管付出多少辛苦,我与阿牛都要去试上一试。"

镇元大仙听法藏这么一说,想了一下,便说道:"昔日,哪吒被他的师父太乙真人莲花塑身,这才死而复生。我虽然不懂这莲花塑身之法,但我的人参果既然可以使人长生,那么如果找来那把扇子,我定可以用人参果帮她解除天魔的封印。"

阿牛叹道:"可是那把扇子已经掉入魔水炉里炼化了,这可怎么办啊?"

法藏也道:"是啊,大仙,那把扇子已经炼化了,她也是得了魔水炉魔水的煅炼,才成就真形的啊。"

镇元大仙说道:"好,既然如此,你们速去兜率宫太上老君那里,求得他那把芭蕉扇。本仙要用仙法在那把扇子上画出霓虹的容貌来。到时,再用人参果成就于她。这样不但可以使霓虹解除天魔的封印,更可以让她永远成为我们这个三界的仙人。"

法藏闻听心中大喜,对着镇元大仙深施一礼道:"大仙,真是有劳您了。我们兄弟这就去太上老君那里,求取他的芭蕉扇。"

镇元大仙道:"卷帘大将军,你们不必同去,需留一人来告诉我霓虹长的什么样子,我也要做好在扇子上画你义姐的准备。"

法藏听镇元大仙这么说,就将阿牛留在五庄观,然后,独自驾起祥云,向着兜率宫的方向飞去……

第三十一章
魂飞冥河宫

为了救义妹霓虹仙子，法藏辞别了镇元大仙，一个纵身便跳上了云头，只听得耳畔的风声呼呼作响，不一会儿，便来到了兜率宫门外……

守门的道童见卷帘大将军法藏来了，赶紧将法藏领进宫。此时，太上老君站在八卦炉旁，正研究着怎么炼丹。自从上次天魔将仙丹给偷了个精光以后，太上老君便夜以继日地炼制仙丹，想尽快补上缺失的仙丹。在这天魔即将倒反天宫、仙人即将历劫的时刻，越早炼出更多的仙丹来，天庭众仙便会多一份战胜天魔的胜算。

法藏走到八卦炉前，双膝跪倒在地，向着太上老君磕头道："太上老君在上，请受小将三拜。"

太上老君手摇着芭蕉扇，哈哈笑道："卷帘大将军，你新上任，老道我还没有到府上祝贺，你就来看我了，不必拘礼，速速平身吧。"

法藏郑重地给太上老君磕了三个头，便站了起来，说道："太上老君在上，今日小将前来，是有一事相求，还请老仙君一定要帮我啊。"

太上老君笑道："卷帘大将军，你既是燃灯古佛的弟子，又是玉皇和王母眼前的红人，有何事？但讲无妨。"

法藏这才将前来兜率宫的目的，跟太上老君说了一遍，太上老君一听，便说道："卷帘大将军，你亲来兜率宫求取宝扇，老道我本应借给你，可是你也知道，天魔即将倒反天宫，我也需要这把宝扇扇火，好炼制更多的仙丹来给仙人们吃，如此他们才有力气跟天魔开战。所以，这把宝扇，现在真的是不能借给你啊。"

法藏听太上老君这么说，着急地说道："太上仙君，救人如救火。想我那义妹霓虹正被天魔封印，受着无穷之苦，我这当大哥的又于心何忍？就请老仙君快将芭蕉扇借给我吧。"

　　太上老君没说话，低头想了一会儿，才说道："卷帘大将军，你知道我这把宝扇的来历吗？"

　　法藏摇了摇头说道："小将不知，还请老仙君不吝告知。"

　　太上老君这才缓缓地说道："昔日天地初开之时，昆仑山上有一株芭蕉树。历经千万年，吸收日月精华之后，芭蕉树上长出了两片芭蕉精叶，一片至阳，一片至阴。那至阳的芭蕉叶被我摘了来，就成了我这八卦炉扇风的扇子。那至阴的芭蕉叶被冥河老祖摘了去，跟我这把名字一样，也叫作芭蕉扇。但是他那把至阴，我这把至阳。我的这把要炼制仙丹，不能给你。不如你去冥河老祖那里，求取他那把芭蕉扇吧。"

　　法藏听太上老君说完两把芭蕉扇的来历，赶紧问道："求老仙长示下，我该到哪里去找这位冥河老祖？"

　　太上老君说道："大将军，冥河老祖住在三十三重天外，是另一个三界。你的兄弟阿牛所闯的阿修罗界，就是由他的意识创造而成的。依你现在的法力，根本到不了他那儿，更别说是求取他那把芭蕉扇了。再说他这个人脾气古怪，搞不好，你会有杀身之祸的，你还愿意去吗？"

　　法藏看着太上老君，说道："老仙君，既然有这么多的困难，您还让我去他那里吗？我看，您还是将手中这把芭蕉扇给我吧。"

　　太上老君用扇子指着法藏，哈哈大笑道："大将军啊大将军，我一直以为你是一个心性澄明的佛子，想不到也会调侃本道啊。眼下仙魔即将再战，胜败难分，我多炼出一枚仙丹，这仙人便可多一分胜算。照我说，既然你不愿意去见冥河老祖，那么也就不用救你的义妹霓虹了，毕竟她原本就是冥河老祖那个三界的仙子。"

　　法藏赶紧双手合十道："老仙君，我是一定要救我的义妹霓虹的，求您告诉我，我该怎么做，才能找到冥河老祖，求来他那把芭蕉扇哪。"

　　太上老君这才缓缓说道："法藏啊，冥河老祖所居之处甚远，依你现在的法力需要飞上几十亿年才能到达，你还愿意去找他吗？"

　　法藏听太上老君这么说，就叹道："老仙君，你不是不知道，这天地生成也就是几十亿年的时间，我能不能活这么长时间还不知道，又怎么会用几十

第三十一章
魂飞冥河宫

亿年的时间去找他？老仙君，您就别跟我绕弯子了，您快告诉我，怎么样才能以最快的时间见到他。我真的想用他的芭蕉扇，来救我的义妹霓虹啊。"

太上老君笑道："大将军莫急，大道至简，就是说世界上再难的事，都有简单的解决办法。我这就告诉你，你如果想去见冥河老祖，只有一个办法，那就是用你的心灵跟他对话。只有心灵的对话，才能超越时空。"

法藏摇头道："可是我不会这心灵的对话啊。"

太上老君又道："法藏啊，冥河老祖那里是另一个三界。跟我们这里不同，他们那里是极阴的世界。你如果用意识跟他对话，你的意识会被冻化，甚至丧失，你会成为一具行尸走肉，你还愿意去吗？"

法藏看着太上老君，说道："老仙君，我们兄妹至情至深，纵使付出一切，我也定要救出我的义妹霓虹来。"

太上老君点了点头，说道："既然如此，那我就直说了吧，克制他那寒气的唯一办法，就是要在我的八卦炉里炼上一炼，这可是烈火焚身，也是极难之事，你可愿意吗？"

法藏坚定地说道："老仙君，您就别再问我愿意不愿意了，为救我的义妹，我这一身臭皮囊又算得了什么，不管付出任何代价，我都愿意。"

太上老君将芭蕉扇一摇，说道："好，既然如此，那贫道便送你前往这三界之外的另一个世界，会一会那个古怪刁钻的冥河老祖。"

说完，太上老君打开了炉盖，对着法藏说道："大将军，你可想好了，去了就有回不来的可能，这可比灰飞烟灭厉害多了。"

法藏没再说话，纵身一跃便跳入八卦炉那熊熊烈火当中。法藏刚跳入八卦炉，肌肤便被烧得嗞嗞作响。他强忍着烈火焚身之苦，咬着牙大声喊道："为救义妹，我也顾不得那么多了，老仙君，你快快作法助我前往冥河宫吧。"

看到法藏跳入八卦炉中，太上老君赶紧将炉盖盖紧。熊熊的烈火又猛地烧了起来，法藏被烈火焚身万分痛苦。太上老君一见，忙手拿着宝扇念动咒语。只见一道绿光护持住了法藏，而法藏的一道真灵，则瞬间被太上老君用仙法送到了三界之外的冥河宫……

法藏的意识刚来到冥河宫，就看到无数只青面獠牙的厉鬼向着他扑来。他不敢怠慢，挥动起手中的金簪子，便与这冥河宫的厉鬼争斗起来。这些厉鬼不同于地府的厉鬼，他们个个刀枪不入，眼看着金簪子刺穿厉鬼的身体，可它们却毫发无损。法藏不停地格挡猛刺，直累得气喘吁吁。

正当法藏不敌之际，一道红光闪过，一个女子冲了出来，用手中的长剑护住了法藏。法藏抬头望去，心中更是大喜，因为来人正是自己要救的义妹霓虹仙子。法藏高叫一声："霓虹妹妹，我正想救你，你怎么在这里？"

霓虹一边挥舞着长剑挡开厉鬼，一边对法藏说道："大哥，我本来就不是人，只是被天魔封印，实在没办法了，才回到冥河宫的。这里是我的老家，你来我们这儿做什么？这儿危险得很，你极有可能回不去了。"

法藏道："霓虹啊，我是为了救你求取芭蕉扇才来到此地，想不到你会出现在这儿。"

霓虹叹道："大哥啊，我早就跟你说过，我不是人，你何苦救我？我们根本就不是一个世界的生灵啊。我这就送你回去，若是你不回去，会被我的师父冥河老祖给吃掉的。"

法藏一边与厉鬼打着，一边说道："不，霓虹妹妹，我就算被你的师父冥河老祖吃掉，也一定要救出你去。毕竟你是因为我，才被天魔抓走的。"

霓虹一看，叹口气说道："大哥，我本不想在你们那个世界里打扰你和阿牛，可是你们却为了我闯入冥河宫这龙潭虎穴。好吧，既然如此，我就带你去见我的师父冥河老祖吧。"

说完，只见霓虹一拉法藏的手便跳出了厉鬼组成的战圈，移动身形飞进了冥河宫中。法藏抬头望去，只见这里处处阴森森的，比那地府还可怕，而他的身体则被冻得瑟瑟发抖。法藏打着冷战，说道："霓虹妹妹，你怎么住在这里？这里实在是太冷太可怕了。"

霓虹说道："大哥，人间所有的想象都会在我们这里出现，如果你现在要离开的话，还来得及。等到一会儿见到我师父冥河老祖，再想走，可就来不及了。这里距离你的世界十分遥远，遥远得超乎你的想象，就是飞几十亿年也飞不到，你还愿意救我吗？大哥，小妹就劝你忘了我吧，我们根本就不是一个世界的人。"

法藏大声喊道："不，霓虹妹妹，我们既已结义，我就是你永远的大哥，我不能让天魔把你封印在这里，就是付出再多，就算被你的师父吃掉，我也一定要把你救出去。"

霓虹听法藏这么说，叹道："好吧，大哥，既然如此，那你就去见我的师父，求取他那把至阴的芭蕉扇吧。"

第三十一章
魂飞冥河宫

说着话，霓虹拉着法藏，向着那阴森森的冥河殿飞去。那通往冥河殿的路上，生着十二座黑色的莲花。霓虹边往前飞，边指着黑色的莲花，向法藏说道："大哥，你看下面的这十二座黑色莲花，每一座都是一个大千世界，你那三界之内所有消失的灵魂，都困在这十二座黑色莲花里受苦啊……"

法藏往下一看，只见那硕大的黑色莲花闪着恐怖的阴森森的光芒，直让他不寒而栗。法藏强忍着寒冷，问道："霓虹妹妹，你被困在这里不害怕吗？"

霓裳笑道："害怕又有什么办法呢？我本来就不是你们那个世界的人，再说这里是我从小生活的地方，我早就习以为常了，只是念及你们对我的这片深情，才想回到你们的世界的。"

法藏又问道："霓虹妹妹，既然下面的莲花里住着那灰飞烟灭的灵魂，我可以在莲花里找到我的素女吗？"

霓虹笑道："法藏大哥，只要她没有灰飞烟灭，就不会出现在我们这里，毕竟这是另一个三界。好了，你别多想了，一会儿见到我师父，你可要恭敬着点，万一惹得他不高兴，定会将你吃掉，到时你连在这朵黑莲里受苦的资格都没有了。"

法藏点了点头道："谢谢妹妹，想我本是一个跳出三界外不在五行中的人，为了救你回去，我也顾不得那么多了，纵使是在你的这个三界，我也要秉持佛法。"

霓虹点了点头，说道："大哥，你真了不起，小妹可是越来越佩服你了。噢，对了，大哥，你知道怎么才能得到我师父的喜欢吗？"

法藏摇了摇头说道："我哪里知道他有什么喜好啊。妹妹，你快告诉我吧，我想尽快借来你师父的芭蕉扇，好救你回去啊。"

霓虹道："法藏大哥，我师父脾气古怪，这个三界也不同于你们那个三界。所以，一会儿你见了我师父，什么难听你就说什么。在我们这个世界里，说难听的话，就是对我师父最大的尊敬了。"

法藏听霓虹这么说，直惊得张大了嘴巴，说道："可是我一个出家人，怎么可以骂人？"

霓虹笑道："如果你不会骂人，不会说难听的话，又不敢揍他老人家，那你就赶紧回去吧，我师父一定会吃了你的。"

法藏无奈，只得说道："好吧，为了救你，我也只好试上一试了。"

霓虹一边抱着法藏往前飞，一边与法藏聊着，渐渐地，两个人就来到了冥河宫大殿外。法藏一看这冥河大殿更加阴森恐怖,到处黑气弥漫,就连四周的空气里都透着摄人心魂的寒光。

到了这里,法藏已经被冻成了一团,颤抖着问霓虹:"妹妹,这里也太冷了,我实在是有些受不了了。"

霓虹见法藏被冻成这样,就说道:"这还是太上老君的八卦炉正在炼着你的真身,要是寻常人,早在十万八千里以外就被冻得灰飞烟灭了。大哥,你穿上我的长袍吧,这样就能暖和一些。"

说着话,霓虹便将长袍披在了法藏的身上。法藏摇头道:"妹妹,你不冷吗?我不能穿你的长袍,否则你会被冻僵的。"

霓虹笑道:"大哥,这里是我们的三界,再冷我也不怕。好了,你就别拒绝这件长袍了。大哥,你记得少说话,咱们很快就会见到我师父了。"

霓虹的话刚说完了突然,一条黑龙扑了过来。法藏大叫一声"小心",却已经晚了。霓虹与法藏两个人,生生地被吞到了黑龙的肚子里……

等到法藏再次醒过来的时候,霓虹已经不见了,他正身处一间宽敞的大殿里。法藏抬头望去,只见这间大殿丝毫不输于玉皇大帝灵霄宝殿,处处金碧辉煌,灯火通明。大殿之上高坐一人,殿两旁并排站立着不同的仙人,那些仙人威风凛凛,个个盔明甲亮,给人以一种不可触犯的威严与气派。

法藏缓缓站起身,刚要说话,就听到高坐在大殿上的那个长须老人说话了:"哈哈哈,几十亿年了,终于有那个三界的人来了,甚好甚好啊。"

法藏听到那人说话,赶紧起身跪倒在地上,向着那人磕头道:"阿弥陀佛,小僧法藏,向老人家施礼了,不知老人家该怎么称呼啊?"

那人用手一指法藏,怒道:"什么怎么称呼,真是气死我了,掌嘴掌嘴。"

那人说完,只见冲过来两只厉鬼,向着法藏便挥手打来。法藏被打得晕头转向,这时,才想起霓虹曾经跟他说过的话,那就是在这里不能说好话。

想到这儿,法藏猛地挣脱开两只厉鬼,用手一指那大殿上的长须老人,大骂道:"你这个老东西,真不是个玩意,竟然敢打老子,看我不打死你。"

说着话,法藏便欲冲上前揪打那个老人。那个老人也怒道:"你竟然要打我,真是气死我了。来人,快把他给我剥皮抽筋。"

法藏听那人这么说,也顾不得许多了,一边向上冲一边骂道:"我正手痒痒哪,你就来惹我了。看我不打死你,你可真是气死我了。"

法藏边说着话,边冲到了那个老人的面前,抡起巴掌就向那老人打了过

第三十一章
魂飞冥河宫

去。法藏本以为,他抡起的手会被那两只厉鬼给拦住,却没有想到,他的手打到长须老人时,下面的厉鬼竟然停住了手,站在原地一动不动,眼睁睁地看着法藏打人。

法藏把那个长须老人的脸给打开了花,这才停住手,怒吼道:"告诉老子,你是个什么东西。"

那人竟然毫不恼怒,呵呵大笑起来,笑过以后说道:"好,确实是好啊,舒服,真是舒服啊。自从上次被太上老君和燃灯佛祖将我打到这里,多少年了,我都没挨过这么舒服的揍,我先谢谢你了。你记着,我是冥河老祖,是这里的老大,你是谁?"

法藏一看这人怎么这样,挨了打还高兴,真是不可思议。想到霓虹说过这里的一切都是反的,法藏就又抡起胳膊来,向着那人又是一耳光,说道:"我是你大爷法藏,快把芭蕉扇给我。"

冥河老祖一抹嘴角的血,骂道:"你这个混账玩意,借芭蕉扇做什么啊?"

法藏冲着他又是一嘴巴,怒喝道:"管那么多干啥,快把芭蕉扇给我,不然,我就打得你屁滚尿流。"

冥河老祖怒道:"你大爷的,你还挺对老子的脾气。舒服啊,真是舒服啊。快,赶紧,别闲着,赶紧再抽我几下。"

法藏听冥河老河这么说,忍不住想笑,心说这个冥河老祖怎么这个脾气,就使上了劲,对着冥河老祖又是一顿耳光,边打边说道:"你快把芭蕉扇给老子拿出来,快给老子拿出来。"

等到法藏气喘吁吁再也抬不起手来时,那冥河老祖才将脸上的血一抹,只见那脸上马上恢复正常,一点血迹也看不出来。冥河老祖看着法藏,笑道:"舒服啊,真是舒服啊,被打的感觉真爽,那可真是飞一般的感觉。法藏啊,咱们爷俩对脾气。本来,我应该把芭蕉扇给你,可是你带不回去啊。你想从我们这里飞回你那个三界,需要飞几十亿年哪。你能用意识来到我这里,就用意识回去吧。不然,再耽误上片刻,你的意识就再也回不去了。那个三界里的你,也就成了行尸走肉。"

法藏怒道:"不拿到你的芭蕉扇,我就不回去。你这个臭不要脸的,快告诉老子,该怎么才能将你的芭蕉扇拿回去。"

冥河老祖一听,呵呵笑着说道:"法藏大爷,恐怕那太上老君为了将你送过来,将那八卦炉也用上了吧?"

法藏喝道："不错，你这个狗东西是怎么知道的？"

冥河老祖将手一伸，手中就平添了一把芭蕉扇，说道："法藏大爷，你看这就是我的那把至阴的芭蕉扇了，你要我便给你，但是你真的拿不回去，不信你就伸手试试。"

法藏说着话就往前伸手，可是手挥了半天，眼看着手碰到芭蕉扇了，就是拿不到。这把芭蕉扇竟然是个幻境。法藏怒道："你快把扇子给老子，不然我还抽你。"

冥河老祖哈哈大笑道："法藏啊，你虽说能够用意识来到我这里，可你带不走它。就像你能在我这里见到霓虹，可你也带不走她一样。要想拿走我这把大千世界里唯一的至阴芭蕉扇，除非唤出你最爱的人来，让她吃了你。"

法藏冲着冥河老祖又是一嘴巴，怒道："吃便吃，你啰唆什么，快让她来吃我。"

冥河老祖高兴地笑道："舒服，真是舒服啊，快，你再给我来一巴掌，我就叫她来吃你。"

法藏冲着冥河老祖又是一巴掌。巴掌打下去的时候，法藏再一看，座上哪里还有什么长须老者，分明是素女。法藏一下子握住素女的手说道："素女，怎么是你？太好了，我终于见到你了。"

说完，法藏便不顾一切地抱起了素女，嘴上不停地说着："素女，一千年了，我终于又见到你了，当你跳井离开我以后，我感觉整个天都塌了，素女，这一千年你去了哪里，你过得好吗？"

法藏的眼里含着热泪，放声大哭起来。那素女也用手摸着法藏的头，说道："逸仙，我要吃掉你，你不害怕吗？"

法藏含着泪，哽咽着说道："不怕，素女，我本来就亏欠于你，你即使吃掉我，我也不会有任何怨言的。"

法藏抬起头，含情脉脉地看着素女，没有一丝害怕的感觉。只见那素女张开的嘴瞬间便变成了血盆大口，向着法藏的头便咬了下去。法藏也不躲避，迎着那血盆大口，便闭上了眼睛……

那血盆大口刚咬到法藏，就看到法藏的身上发出了护体佛光，素女的两颗獠牙也嘎嘣一声掉了下来。在阵阵佛光里，素女瞬间变回了冥河老祖的样子，冥河老祖怒道："没想到啊，真是没想到，太上老君这个狗东西竟然将他防身的神衣都给了你，好啊，如此我更要吃掉你了，法藏，你难道不害怕

第三十一章
魂飞冥河宫

吗？"

法藏再睁开眼睛时，看到素女消失了，坐在椅子上的还是冥河老祖。法藏不敢怠慢，赶紧抡起手，对着冥河老祖又是两巴掌说道："快说，你把我的素女给藏到哪里去了？"

冥河老祖笑道："舒服，真是舒服啊，我告诉你，素女不在我这里，她还在你的那个三界里轮回，都不知道已经过去多少世了。"

法藏这才停住手说道："既然素女不在你这里，那你快将芭蕉扇给我，我好拿着它去救人。"

冥河老祖说道："不是我不给你，而是你确实带不走我的芭蕉扇啊，因为你不是我们这个三界里的人。"

法藏又是一巴掌扇去，说道："快说，我该怎么做，才能将芭蕉扇拿回去。"

冥河老祖用手摸了摸脸，擦了擦血迹，说道："法藏啊，你要拿回去，也不是完全没有办法。我早就说了，要用你的命来换。可是太上老君又给你穿上了仙衣，我也吃不了你。你快想想办法，看看怎么死在我这里。只有你的意识在我这里灰飞烟灭，成了我们这个世界的人，才能拿到芭蕉扇。"

法藏又是一嘴巴，怒喝道："我都灰飞烟灭了，还要这把芭蕉扇做什么？"

冥河老祖又被打出了血，忙用手擦了一把鼻血，说道："咱们爷俩很对脾气，你既然不想尝试，我现在就送你回去。如果你还想拿回我的芭蕉扇，只有灰飞烟灭这一条路。"

法藏听冥河老祖这么说，不像是在开玩笑，就说道："我灰飞烟灭以后，会成为你这个世界的人吗？"

冥河老祖哈哈大笑道："法藏，亏你还是学佛之人，岂不知一切皆是虚妄之说吗？若是你还不改变自己的想法，我现在就送你回去，你也不要救你的霓虹义妹了，她本来也不是你们那个世界的人。"

法藏听冥河老祖这么说，双手合十道："阿弥陀佛，那老子就给你试上一试。"

说完，法藏便一挥手拿出了金簪子，冲着自己的胸口上刺去。那金簪子深深地刺了进去，法藏强忍着疼痛一咬牙，拔出了金簪子，一股鲜血流了出来。法藏整个人倒在地上，化为一个个破碎的纸片，慢慢地消失在冥河宫的大殿之上……

冥河老祖点了点头，默默地作起法来，许久才说道："法藏回来，法藏回来！"

冥河老祖连叫两声，只见那空中出现了一道黑光，黑光渐渐地散发出七彩的光芒。在那光芒闪耀之处，法藏慢慢地现出了人形，双手合十，向冥河老祖说道："阿弥陀佛，冥河老祖，谢谢你成就我的意识黑身。"

冥河老祖笑道："法藏，你能为了真情与义气舍生取义，也是令我非常感动啊。依老夫看来，你一定能够修成真佛的。你这就拿了我的这把芭蕉扇，救你的义妹霓虹仙子去吧。"

说着话，冥河老祖便将手中的芭蕉扇往法藏面前一递，说道："法藏，你一定要记住，不管是你的那个三界也好，还是我的这个三界也罢，一切皆是虚妄，一念成佛一念亦可成魔，小打小闹可以，但是你切不可误入魔道啊。"

法藏点了点头说道："弟子记下了，你快送我回去吧，不然我还要揍你。"

冥河老祖哈哈大笑道："你别着急，我这就念动咒语送你回去。你莫在此久待，这里实在是太冷了，可千万别伤了你的意识真元。"

法藏跪地磕头道："老人家，请恕法藏刚才的不敬之罪，若是有幸再见，我再向你致歉吧。"

听法藏这么说，冥河老祖怒道："你这个狗东西，怎么净说这些不好听的，再说这些气人的话，我就不将芭蕉扇给你了。念在你一片至情的分上，我不与你计较。来来来，你再抽我两下，让我舒服舒服。我舒服了，才好作法让你回去啊。"

法藏这才缓过劲来，心想这是在冥河界，说好听的不行。想到这里，法藏便冲上前，对着冥河老祖就是一顿拳打脚踢，怒道："看我今天不打死你，我打死你，打死你……"

法藏一边骂着一边打着，冥河老祖尽管被打得满脸开花，连门牙都给打掉了，嘴上却不停地说着："舒服啊，舒服啊，真是舒服啊……"

冥河老祖一边喊着舒服，一边念起咒语来。只见法藏的身体飞了起来，在空中不停地打着转，突然，"啪嗒"一声便掉在地上，昏了过去……

等到法藏再次醒来之时，就看到周身之外到处都是熊熊烈焰，这才想起自己的真身还在太上老君的八卦炉中，想起刚才自己的意识赶赴冥河界，如同做了一场大梦，可是抬起手来，那把芭蕉扇却真真切切地握在手中。法藏拿起芭蕉扇轻轻一挥，只见那八卦炉中的熊熊烈火顿时便熄灭了……

法藏大惊失色，只见那八卦炉的炉盖一下子打开了。太上老君将头伸

第三十一章
魂飞冥河宫

进来喊道："哎呀，这芭蕉扇可真是厉害啊，连我的火都给灭了。法藏贤侄，你已经去冥河宫取来了芭蕉扇，就别在我的炉中待着了，赶紧出来吧。"

法藏听太上老君这么说，赶紧念动咒语，飞出了八卦炉，站到了太上老君的面前，双膝跪倒磕头道："老仙君，多谢您助我前往三十三重天外的冥河宫，取来这把至阴的芭蕉扇。"

太上老君哈哈大笑道："法藏啊，你去冥河宫取来这芭蕉扇，皆是你善缘广大所至，就连那吃人不眨眼的冥河老祖都对你赞赏有加，老道我也是深为佩服啊。法藏，你不必客气，这就去五庄观救你的义妹霓虹吧。"

法藏站起身来，看着那八卦炉说道："老仙君，您看为了救我义妹，您的八卦炉内火都熄灭了，真是对不住，小僧我日后一定会报答您的。"

太上老君笑道："法藏啊，你不要为八卦炉的事担心了，速去救你的义妹吧。在你上路之前，我有几句话送你。你善缘广大，能从冥河宫回来，但也因此沾上了魔性。切记以后还要努力秉持佛法，苦苦修行，切不可遁入魔道啊。"

法藏赶紧双手合十道："阿弥陀佛，老仙君，弟子受教了。"

太上老君用手一挥他那把至阳的芭蕉扇，只见那八卦炉又燃起了熊熊烈火。法藏看得目瞪口呆，太上老君说道："法藏，你这就去吧。"

法藏不敢久留，赶紧与太上老君拜别，身形一晃飞离了兜率宫，向着镇元大仙的五庄观飞去……

只用了不多一会儿，法藏便飞到了五庄观的上空。

看到法藏拿着芭蕉扇回来了，镇元大仙赶紧将法藏迎进屋，掏出一张画，说道："法藏贤侄，在你去太上老君那里求取芭蕉扇的时候，我已经按阿牛的描绘，画出了你义妹霓虹的样子，你看看像不像啊？"

法藏向着那画望去，只见那画中的霓虹仙子衣袖飘舞，婀娜多姿，正含情脉脉地看向远方，似乎是要告诉他，她就要来到这个世界了。

法藏一看，对着镇元大仙一伸大拇指，说道："镇元大仙，您的丹青水墨，实在令小僧佩服啊，简直比霓虹真人还要生动三分。"

镇元大仙笑道："法藏啊，你前去求取芭蕉扇，太上老君没有为难你吧？"

法藏说道："太上老君没有为难我，不过他自始至终都没有将扇子借给我。"

镇元大仙闻听，便叹口气说道："既然太上老君不肯借扇子给你，那救你义妹之事就不能成功了。毕竟三界之内，只有芭蕉扇才可以成就你义妹的人形啊。"

法藏笑着将芭蕉扇往前一递，说道："镇元大仙不要着急，您看这不就是芭蕉扇吗？"

阿牛看着法藏，惊奇地问道："大哥，你是从太上老君那里偷来的扇子吧？这可坏了，那太上老君要是知道丢了东西，还不得找上门来打你。"

镇元大仙接过芭蕉扇一看，说道："不错啊，这确实是芭蕉扇，法藏，你真的如阿牛所说偷了老君扇子吗？"

听到镇元大仙与阿牛如此一问，法藏便笑道："镇元大仙，阿牛，这把不是太上老君的芭蕉扇，这是冥河老祖的芭蕉扇。"

镇元大仙大拇指一伸，赞道："法藏贤侄啊，你实在是太有善缘了，竟然能从冥河宫借来宝扇。那冥河宫就是连太上老君与你师父燃灯古佛也去不了啊。快讲讲你在那里看到了什么，本仙非常好奇。"

阿牛听镇元大仙这么说，赶紧催问道："是啊，法藏大哥，你快将去冥河宫的所见所闻跟我和大仙讲讲吧，我都快等不及了。"

法藏笑道："大仙，你看把我这个直脾气的兄弟给急的，其实啊，那里的世界尽管跟我们的世界是反的，但也没有什么不同啊，都讲究善缘恶缘，只是那里在三十三重天以外，是另一个水火风构成的世界。"

镇元大仙点头道："不错，法藏贤侄，昔日我尚年幼，跟着师父学法之时，师父就告诉我，这个世界诞生以前，冥河宫就已经存在了。师父还告诉我，从我们这里往冥河宫飞，即使是用仙术，也要飞上几十亿年才能到。本仙就奇怪了，你怎么能在这么短的时间里，将三十三重天外冥河老祖的芭蕉扇给拿回来？"

法藏这才将自己在八卦炉中被烈火焚身，然后在太上老君仙法的帮助之下，用意识飞去冥河宫，又在冥河宫见到霓虹仙子等事情，一五一十地向镇元大仙与阿牛说了一遍。等到法藏说完之后，镇元大仙赞道："法藏啊法藏，你可真是了不起。既然你拿来了冥河老祖的芭蕉扇，那本仙现在就作画，将你的义妹霓虹仙子给救活吧。"

说完，在阿牛与法藏的注视下，镇元大仙将扇子放到了桌上，命道童取来纸笔，照着画中的霓虹仙子，在扇子上画了起来。很快，镇元大仙便将霓虹画到了芭蕉扇上。阿牛与法藏不住地赞叹，镇元大仙对着芭蕉扇缓缓

第三十一章
魂飞冥河宫

念道:"义气深重为霓虹,哪管真实与虚空?只待仙根人参果,去修大道至深情……"

镇元大仙念完,便命道童去后院取人参果。法藏与阿牛满眼期待,镇元大仙也是感慨万分,这就要用人参果,成全阿牛、法藏与霓虹的一片兄妹之情!

第三十二章
母女情堪伤

　　正当镇元大仙要用人参果成就霓虹真身之时，织女的一道神光，早已经飞到西岳华山的上空。

　　三圣母乃是二郎显圣真君的妹妹，道场就在西岳华山。认识牛郎之前，织女便经常与姐妹们一起找三圣母玩。如今自己重新来到这西岳华山，望着这神奇险秀的华山，织女更是感慨万分。织女将云头落定，轻迈脚步走进了西岳华山的三圣母庙中。守门的道童告诉织女，三圣母去天宫了，还没回来。织女刚想告别，就听守门的道童说三圣母去了有一段时日了，应该快回来了，嫦娥仙子正在殿上等候。织女想了一下，嫦娥之前一直替自己照顾阿牛，自己也是十分感激，这次在华山重逢，不如就见见嫦娥，叙一叙情谊。

　　想到这里，织女便随着道童走进了院内。道童推开大殿的门，织女一眼便看到了嫦娥仙子，心中欢喜，赶紧走上前向嫦娥施礼道："嫦娥仙子，能在三圣母这里见到你，我实在是太高兴了，那日一别，你一向可好啊？"

　　嫦娥仙子回礼道："这位仙子，我一时有些眼生，没认出您来，还请告知您是哪位？"

　　织女听嫦娥说不认识自己，心中有些纳闷，心说不应该啊，嫦娥仙子怎么会不认识自己呢？阿牛救自己解除封印之时，不是刚见过面吗？嫦娥仙子到底是怎么了？难道是失忆了？不可能啊。

　　再一想，自己现在重新回到了天庭，妆容确实做了一些新修改，所以，也就淡然一笑，说道："嫦娥仙子，您难道真的不认识我了吗？我是织女啊。"

　　嫦娥仙子这才缓过劲来，热情地握住织女的手，说道："织女姐姐，听说

第三十二章
母女情堪伤

你已经被玉皇大帝封为织女星，阿牛也被封为天蓬元帅，真是可喜可贺啊。"

织女笑道："说起来，这一切都是你的功劳啊！你对我们家可是有大恩，要不是你帮我找到阿牛，我们一家也不会团圆。只是我那苦命的女儿，也不知在何处受苦。"

嫦娥听织女这么说，就拉着织女的手，说道："织女姐姐，你不要着急，想来，你女儿一定是吉人自有天相，说不定正在哪里享福哪。"

织女叹道："嫦娥仙子，想来我们都是人人羡慕的天仙，可是这天仙也有天仙的烦恼啊，尤其是像我们这种有家庭的天仙更是如此。我现在就盼着能够尽快找回我的女儿，那样，我们一家也就真正团圆了。"

道童听到织女这么说，赶紧说道："公主殿下，嫦娥仙子，后殿已经备好香茶，你们就别在这里聊了，还是请到后殿用茶吧。"

织女听道童这么说，赶紧拉起嫦娥的手来，笑道："嫦娥仙子，我们就听道童的，别在殿上说话了，快到后殿去喝茶吧。"

说完，织女便与嫦娥一起，随着道童向着后殿走去。刚走到后殿，二人就看到后殿之上供奉着三圣母圣像。圣像的头顶上，一座宝莲灯正闪着七色的神光，将整座大殿照得宛若白昼。

道童将织女与嫦娥带到后殿，早有另外的道童端来了茶。道童将茶放到桌上，说道："两位仙子，还请在这里歇息一下，喝杯清茶吧。我们这就点燃信香给三圣母报信，料想三圣母应该会很快回来的。"

织女施礼谢过道童，这才坐在桌前，端起茶来向嫦娥说道："嫦娥仙子，这华山啊山清水秀，想这华山之茶，自然也是人间极品。来，我们快喝茶吧，可别辜负了道童的一片心意啊。"

嫦娥仙子也端起茶来，喝了一口，将茶杯放到桌上，向织女问道："织女姐姐，不知你来找三圣母干什么啊？"

织女笑道："自从上次在月宫与你分别以后，我与阿牛又救出了夫君牛郎。现在一家团圆了，我就想来看看昔日的好姐妹三圣母，不知道嫦娥仙子所为何来？"

嫦娥仙子叹了口气说道："织女姐姐，你是不知道啊，我在月宫给卷帘大将军取梭罗木的时候，不想那天魔出现，硬是夺走了三界至宝。我也被梭罗木给打伤了，疼痛难忍。观音菩萨闻听我遭难之后，特地驾临月宫告诉我，要想治好我的伤，只有用三圣母的宝莲灯。所以，我就来求三圣母来，谁知，三圣母却不在。"

织女听嫦娥仙子这么说，便笑道："既然是观音菩萨让你来的，三圣母回来以后，定会用宝莲灯给你治伤的，还请仙子耐心等候，我想三圣母应该快回来了。"

嫦娥仙子捂着自己的肚子，说道："织女姐姐，你是不知道啊，现在的我直感觉腹内的疼痛越来越厉害，简直生不如死！"

织女感念嫦娥对自己的大恩，眼看着嫦娥捂着肚子十分痛苦，便心有不忍地说道："嫦娥仙子，不如就让我来为你取出宝莲灯，给你治伤如何？"

嫦娥仙子看了看三圣母塑像头顶上的宝莲灯，说道："不行啊，宝莲灯有神光护持，三界之内任谁也取不下来，就是太上老君与天魔也不行，只有三圣母回来，才能取下这宝莲灯给我治伤。只是不知道，我还能不能等到三圣母回来。哎哟，可真是疼死我了。"

织女听嫦娥仙子这么说，再看到她那痛苦的表情，就笑道："嫦娥仙子，你暂且忍耐一下，我这就取来宝莲灯给你治伤。你不知道，昔年我与三圣母是好友，她的护宝之法还是我父玉皇大帝赐的，所以，我是知道怎么取出宝莲灯的。"

嫦娥仙子听织女这么说，高兴地说道："多谢织女姐姐，如此便有劳了。"

织女想到这里，便迈步走到三圣母雕像前，双手合十念动咒语。只见一道神光飞进了那道护灯神光里，那道神光散发着璀璨的光彩，托举着宝莲灯，缓缓地飞出了护灯神光，向着织女飞去。眼看着那盏宝莲灯即将飞到织女面前，嫦娥仙子却冷不丁地冲上前来抢夺宝莲灯。

织女大惊，忙一挥手变出宝剑，向着嫦娥伸过来的手腕便刺，大声地喊道："你不是嫦娥，快说，你是谁？竟敢打三圣母宝莲灯的主意。"

嫦娥哈哈大笑着，一下子变回霓裳的模样，说道："你好厉害啊，竟然看出我不是嫦娥，好，那我就告诉你，我叫霓裳，特奉师命来取这宝莲灯，你速速让开，不然，可别怪我对你不客气。"

说完，霓裳便向着掉在地上的宝莲灯扑去。织女挥剑拦住霓裳问道："你先住手，我有话问你。"

霓裳大声喝道："你有话快说，别挡着我拿宝莲灯。"

织女将剑一举，问道："你莫非就是天魔的徒弟，东海龙王敖广的义女霓裳？"

第三十二章
母女情堪伤

　　霓裳点了点头，说道："是啊，你怎么会知道本姑娘的名字？"

　　织女长叹一声，说道："霓裳啊霓裳，我家阿牛可是对你一片深情啊，本公主还特意赶往东海，想着调你上天庭享福，没有想到你竟然是一个盗宝贼，你可真是太令我失望了。"

　　霓裳哈哈笑道："要你管啊？我告诉你，我师父是天魔，他的法力可不输于玉皇大帝，你儿阿牛对我一片深情，那是他的事，与本姑娘无关。织女，你听我一句劝，赶紧让开，别挡着我取宝莲灯。"

　　织女冷笑道："霓裳啊，本公主就劝你一句，若是你改邪归正，定可前途无量，若是你执迷不悟非要跟着天魔，哼，恐怕我这一关，你也过不去。"

　　霓裳哈哈大笑道："既然你非要护着宝莲灯，那就别怪本姑娘无情了。出招吧，咱们手底下见真章。"

　　织女也断喝一声，说道："霓裳，今日有我在，你休想拿到宝莲灯。"

　　说着话，霓裳便挥剑向着织女砍去。织女大怒，也不再客气，挥动起手中的长剑，向着霓裳便刺去。织女是天庭玉皇大帝的女儿，平时很少与人动刀动枪，今日为了避免宝莲灯落入天魔之手，这才不得不与霓裳动手。可这一动起手来，织女才发现自己打不过霓裳。没有几个回合，织女便被霓裳刺中胳膊。情急之下，织女祭起了法宝织女梭，一梭子便向着霓裳打去。霓裳正欲挥剑刺向织女，没防备织女快速扔来的织女梭，被打倒在地上。织女一个翻滚起身，挥剑便指向了霓裳，怒喝道："霓裳，念在我儿阿牛对你的一片深情，本公主不愿意伤害你，你速速离去，不要再打宝莲灯的主意了，免得成为本公主织女梭的祭品。"

　　霓裳将头一抬，怒目圆睁道："本姑娘既然落入你手，要杀要剐随你的便，要是皱一下眉头，就不配做天魔的弟子。"

　　织女叹口气，说道："好，霓裳，既然你执意如此，可就休怪本公主无情了。"

　　织女正要下手，突然一阵风儿吹过将霓裳脖子上的衣领。看到霓裳露出的脖子，织女的手颤抖着，握在手中的长剑"吧嗒"一声便掉在地上。织女的眼里含着热泪，向着霓裳问道："快说，你，你的脖子上怎么会有七星痣？"

　　霓裳正闭上眼睛准备受死，却突然听到织女的长剑掉到了地上。看着织女这反差极大的表情，霓裳一时也愣在那里。霓裳将衣领拉了位，遮住脖子上的七星痣说道："这是娘胎里带的，有什么大惊小怪的。"

织女擦了一把眼泪，问道："霓裳，你快告诉我，你的亲生父母到底是谁？"

霓裳冷冷地说道："我从小无父无母，被东海龙王敖广收养在东海龙宫。哎，我说，你那么多废话干什么？要杀要剐随你的便，没事就别挡着我拿宝莲灯。"

织女一听，如同疯了一样地抱住霓裳，大声地哭喊道："霓裳啊，我的女儿，为娘可算是找到你了。"

织女的这句话一出口，可把霓裳给惊得不轻。霓裳推开织女，说道："织女啊，你可别乱说，我怎么会是你的女儿啊，开玩笑吧？"

织女眼含热泪，哽咽着说道："没错，霓裳，你就是我丢失多年的女儿。你一出生，脖子上就有这七星痣，不会有错。普天之下只有我织女的女儿脖子上拥有七星痣。孩子，你受苦了，娘总算是找到你了……"

听织女说得这么恳切，霓裳倒退了两步，两行热泪流了下来，哽咽着说道："当我被敖广与敖丙严加管束的时候，我是多么希望能有个娘。当我被龙王逼着嫁给敖丙之时，我是多么希望生身父母能够给我撑腰。可是没有，什么都没有。你们知道我吃了多少的苦吗？"

织女的眼里含着热泪，伸过手来，说道："霓裳啊，我的女儿，来，快让娘好好地看看你。"

织女往前走着，想要伸手抱住霓裳，可是霓裳却不停地往后退着。霓裳哭着说道："这么多年了，你们不管我，让我受尽欺负。后来，我成了天魔的徒弟，才没有人再欺负我。所以，你这个娘出现得太晚了，我不认！"

织女哭喊道："霓裳，我的女儿，不是娘遗弃了你啊，而是我和你爹都被你外公玉皇大帝给关了起来，我们也是没有办法啊。来，女儿，别再恨娘了，好吗？"

霓裳流着泪说道："你让我认你，办不到。今日我是来取宝莲灯的，你要么一梭子打死我，要么便让我替师父拿走宝莲灯。"

织女哽咽着说道："霓裳，我的女儿，不要为难娘，好吗？宝莲灯是三界的至宝，若是让天魔拿到，整个三界会大乱的，你外公玉皇大帝更不会饶了你。"

霓裳哭喊道："我不管，我不管，你是仙，我是魔，我们之间没有那么多的亲情。为了法藏能永远留在我身边，我已经顾不得那么多了。"

第三十二章
母女情堪伤

说着话，霓裳猛地一弯腰将宝莲灯拿到手中。织女看到霓裳拿起了宝莲灯，一挥长剑向着霓裳刺去。长剑抵到霓裳的脖子上，织女大喊道："霓裳，你不要逼娘好吗？"

霓裳的眼里含着热泪，手里拿着宝莲灯，一步步迎着长剑向前走去，说道："我说了，要么你刺死我，要么你就给我让开，我们俩没什么好说的。"

霓裳往前走一步，织女便往后退一步。织女拿着长剑的手在颤抖着，突然"啪"的一声，手中的长剑掉在了地上。织女倒地放声大哭。霓裳一见，拿起宝莲灯，不再管哭泣的织女，化作一道白光，便向着天魔洞的方向飞去。

正在织女放声大哭之时，三圣母回到了后殿之中，赶忙跑上前搀扶起织女，问道："织女姐姐，我回来了，你这到底出了什么事情啊？"

织女一看三圣母回来了，擦了一把眼泪说道："三圣母，你可回来了，我，我，咳，我对不起你啊。"

三圣母赶紧问道："到底怎么了，织女姐姐，你快告诉我吧。"

织女说道："三圣母，你是我的好姐妹，我对不起你，我把你的宝莲灯给弄丢了。"

三圣母大惊，抬头看了看自己真身塑像头顶的那盏宝莲灯已经不知去向，就赶紧追问道："织女姐姐，出了什么事，你快告诉我吧，丢了宝莲灯，可是一件大事啊。"

织女流泪说道："三圣母，是我失散多年的女儿霓裳将你的宝莲灯给偷走了。我对不起你啊。我女儿偷走了宝莲灯，便跟我偷走宝莲灯也没有什么区别，你就将我绑起来押往天宫，交给我父王玉皇大帝发落吧。"

三圣母听织女这么说，叹口气说道："织女姐姐，此事不能怪你，你们母女失散了这么多年，她来偷宝莲灯，你能有什么办法？她是她你是你，这件事与你无关，我们姐妹情深，我又于心何忍将你绑起来押往天庭？我可不希望你刚被阿牛救出来，又被抓进天牢当中受苦。"

织女长叹一声，说道："可是，宝莲灯乃是三界至宝，你负有看护宝莲灯之职，若是把宝莲灯给弄丢了，你无法跟我父皇玉皇大帝交代啊。"

三圣母说道："织女姐姐，你是玉皇大帝的女儿，我是她的外甥女，这丢失宝莲灯一事，又不是我们犯了天条。你放心吧，我这就上天庭向玉皇大帝禀明此事，就说宝莲灯被贼人给偷走了。此事我会一人承担下来，绝不让你牵涉其中。"

织女摇头道："不，三圣母，我的好妹妹，你不能这样做，我父皇的脾气你又不是不知道，连我都被她关了这么久，更何况你。你不能一人承担此事，那样会害了你啊。"

三圣母装作没事地笑笑，对织女说道："好了，织女姐姐，没事的，不就是丢了宝莲灯嘛，我们一起找回来就是了。"

织女道："可是那天魔着实厉害，他那里又聚集了一帮妖魔鬼怪，戒备森严，凭着我们姐妹俩的法力，根本进不了天魔洞的啊。"

三圣母道："织女姐姐，你不要着急，我们两个当然不行了。我想咱们这就上天庭禀报玉帝，也别说是你女儿偷走了宝莲灯，就说天魔盗走了宝莲灯，让你父皇玉皇大帝来想主意，你看可好？"

织女这才一擦眼泪，说道："看来，也只有如此了。料想那天庭之上，法力广大的仙人众多，有他们出面去天魔洞寻回宝莲灯来，总比我们两个弱女子强得多。"

三圣母道："好了，织女姐姐，你别多想了，我们这就上天庭，去向你父皇玉皇大帝禀报吧。"

说完，三圣母便向道童嘱咐看好圣母庙，然后拉起织女的手，化作一道金光，向着天上的灵霄宝殿飞去……

此时，灵霄宝殿之上的玉皇大帝，正在与众仙商议举办蟠桃盛会之事。只听到金甲神前来奏报，说是三圣母与织女求见他。玉帝听闻，心想这两个人，一个是自己的女儿，一个是自己的外甥女，她们两个如果有事，一般会在紫薇宫奏报，这次上灵霄宝殿来见我，又有什么事情呢？想到这里，玉皇大帝便赶紧让金甲神传旨，让姐妹俩速来见驾。

不一会儿，织女与三圣母便在金甲神的带领下，走进了灵霄宝殿。大殿之上，二人双双跪倒在大殿前，口称："参拜玉皇大帝，祝玉皇大帝仙福永享寿与天齐。"

玉皇大帝尽管对织女思凡下界之事很是恼火，可毕竟父女情深，就和蔼地说道："免礼平身吧。这次来灵霄宝殿见朕，有何要事，还不速速报来。"

听玉皇大帝这么一问，三圣母就站起来，隐去织女之女霓裳盗走宝莲灯之事，只将宝莲灯被天魔盗走等事情向玉皇大帝说了一遍。玉皇大帝听完三圣母的禀报，坐在那里半天没说出话来。半晌，才缓缓说道："三圣母啊三

第三十二章
母女情堪伤

圣母,你负有看护宝莲灯之职责,如今丢失了宝莲灯,你说让我怎么罚你好哪?"

三圣母听玉皇大帝这么说,再次跪倒在地,向玉皇大帝磕头道:"是,小仙知罪,不管您怎么处罚我,我都心甘情愿地接受责罚。"

织女一看父皇发怒了,也跪倒在地,向着玉皇大帝磕头道:"父皇息怒,想那天魔乃是纵横三界的妖魔,他来偷宝莲灯,谁又能阻拦得了呢?"

玉皇大帝一拍桌子,喊道:"那宝莲灯有护灯神光护佑,能开启这护灯神光的,只有朕、三圣母和你,就连天魔对宝莲灯的护灯神光也无计可施。你这么急着给三圣母求情,是不是这丢宝莲灯之事,你也参与其中啊。"

三圣母听玉皇大帝这么说,怕织女一接话说露了馅,赶紧说道:"启奏玉帝,织女不知道这件事。我刚才在南天门外碰到织女姐姐,是她将我领来灵霄宝殿的。宝莲灯的护灯神光确实是厉害,可不知天魔从哪里学来的仙法,竟然打开了宝莲灯的护灯神光,我也是无计可施啊,就请玉帝惩罚我吧。"

玉皇大帝刚要说话,就听到太白金星奏道:"启奏玉皇大帝,料想三圣母之言应该不虚。那天魔乃是纵横三界的妖魔,连天上的神仙他都不怕,更别说三圣母的护灯神光了。依老臣看来,当下最要紧的事,还是要派人速速找回宝莲灯来,这才是上策啊。"

玉皇大帝听太白金星这么说,捋着胡须说道:"太白金星,你所言有理,依你看来,朕这天宫之上,有谁可担当重任,前往天魔洞寻回这三界至宝宝莲灯?"

太白金星想了一下,说道:"启奏玉皇大帝,如今二郎神与哪吒正带着天兵天将在下界降妖炼魔,无法抽出身来。依老臣看,陛下应当速宣新升任的天蓬元帅与卷帘将军。他们两个曾经去天魔洞找回了月宫的玉兔,对天魔洞也是极为熟悉。料想只要他们出马,定可找回宝莲灯来。"

玉皇大帝听太白金星这么说,赶紧下旨:"如此说来,那就有劳太白金星速去传旨,让天蓬元帅与卷帘将军前往天魔洞寻回宝莲灯吧。"

玉皇大帝把话说完,就想宝莲灯丢失乃是三界的大事。天魔已经拿到了梭罗木,如今又拿到了宝莲灯,拥有两件法宝的天魔,不输于拥有圣水珠与琉璃盏的自己。定海针如今在东海,无人可以拿走,倒并不着急。最着急的,还是要尽快找到女娲石,以免落入天魔之手。如果天魔再找到女娲石,那么,他能不能偷到圣水珠与琉璃盏已经不重要了。到时他定会带领着天魔

-387-

洞里的妖魔鬼怪打上天庭来，只怕到时又是一场仙魔大战啊。

想到这里，玉皇大帝极为头疼，这些事不能当着众仙说，以免人心不稳。在此天魔即将倒反天宫之时，他这个玉皇大帝，必须表现出超乎寻常的镇静来，以安众仙之心。不管发生任何情况，自己都不能乱。

玉皇大帝深知，当务之急，应该是尽快找来王母娘娘与太上老君，一起商议加强天庭守卫之事，以免天魔混上天来，再将宝贝给偷走。想到这里，玉皇大帝便匆匆退了朝，坐上九龙辇便回到了紫薇宫……

退朝以后，织女对三圣母千恩万谢。三圣母这个人极重情义，她本可以将此事全推到织女身上，毕竟这也是事实，可是她却冒着被玉皇大帝责罚的风险，独自将此事承担下来，令织女万分感激。此时，织女只想尽快找到自己的儿子阿牛，将霓裳是他妹妹这件事告诉他。所以，织女匆匆与三圣母分别，前往卷帘将军府。

镇元大仙的五庄观中，道童早已经取来了人参果。镇元大仙就在供奉着天地的供桌前，将那把极阴的芭蕉扇放到了桌上，然后，又口中念念有词地将人参果放到了那把宝扇之上。只见那人参果刚一放上芭蕉扇，立即发出了祥和的光彩，然后，在一片神光氤氲里，慢慢地消失在宝扇里……

等到人参果全部消失之后，只见宝扇上的霓虹妹妹画像，竟然飘飘摇摇飞了出来，缓缓飘到了镇元大仙的面前。霓虹的双脚刚一落地，便双膝跪倒在地，说道："霓虹多谢大仙用人参果为我成就真身。"

镇元大仙哈哈大笑道："霓虹仙子，不要客气，成就你人形的并不是我，而是你的这两位兄弟啊。你的大哥法藏，为了成就你的人形，冒着被八卦炉烈火焚身，以及被冥河宫冻死的危险，历经九死一生，才终于用意识为你拿回了冥河老祖的芭蕉扇，着实不易啊。你不要谢我，赶紧跟你的大哥法藏和弟弟阿牛说声谢谢吧。"

霓虹仙子听镇元大仙这么说，就又来到法藏与阿牛的面前，深施一礼道："谢谢大哥与小弟成就我的人身，霓虹感谢了。"

看到霓虹还要再拜，法藏赶紧搀扶起她，笑道："霓虹妹妹，你回来就好，回来就好啊。你得了镇元大仙的人参果，容貌可是更胜往昔啊。好，这实在是太好了。"

阿牛也拉住霓虹仙子姐姐的手，说道："霓虹姐姐，谢谢你多次救我，以后我们再也不用分别了，这可实在是太好了。"

第三十二章
母女情堪伤

正在兄妹三人拉着手，高兴地诉说离情之时，空中一道金光飞来。太白金星飞临五庄观，不待与镇元大仙等人寒暄，便传旨道："天蓬大元帅、卷帘大将军接旨。"

阿牛与法藏赶紧跪倒在地上，向着太白金星磕头道："臣天蓬元帅阿牛（卷帘将军法藏）听旨。"

太白金星就站在空中，将玉皇大帝命他们前往天魔洞寻找宝莲灯与梭罗木之事，仔仔细细地说了一遍。阿牛与法藏领旨谢恩过后，太白金星便匆匆与镇元大仙话别，返回天宫去了。

看着太白金星消失在茫茫的云海之中，法藏就向镇元大仙说道："大仙，如今天魔又偷走了宝莲灯，这可如何是好啊？"

霓虹也叹道："是啊，镇元大仙，这个天魔可实在是太厉害了，恐怕我们加起来，也不是他的对手啊。"

阿牛听霓虹这么说，便将脖子一梗，说道："霓虹姐姐，你别害怕，想当初我是一个凡人的时候，就跟他说过要打得他满地找牙，如今我也学会了仙法，就更不怕他了。请霓虹姐放心，我不怕天魔，咱们即使被他打死，也绝对不能被他吓死。"

法藏叹道："阿牛啊，话虽这么说，可是天魔法力高深这是事实，我们更须小心。我就是因为不敢去他的天魔洞救霓虹妹妹，才不得不冒着生命危险前往冥河宫借芭蕉扇。"

镇元大仙听兄妹三人这么说，哈哈笑道："法藏、阿牛、霓虹仙子，你们不必着急，想来这一切都是天意。如今我们有了这把冥河宫的芭蕉扇，本仙也就不再惧怕那天魔了。你们放心，不管出现任何情况，本仙都会与你们并肩作战。"

阿牛听镇元大仙这么说，赶紧说道："大仙，有您助阵，相信我们定会成功寻回宝莲灯与梭罗木的。"

镇元大仙笑道："法藏啊，你现在用的还是王母娘娘的金簪子，非常不称手。我想你去天魔洞之前，不妨先去借一样兵器。"

法藏问道："大仙，还请指示，我该借什么兵器？"

镇元大仙道："就是那月宫吴刚大仙手里的斩神斧啊。我想你几次帮助月宫，那吴刚定会将斧借给你。"

法藏点了点头说道："如此，你们就在此稍候，我这就去向月宫借斧。"

阿牛闻听法藏要去月宫借斧,心里也特别高兴,因为前天跟母亲去龙宫并没有见到霓裳,想来这会儿霓裳应该回到月宫了,于是大声说道:"大哥,我也要与你同去月宫。"

霓虹也笑道:"上次霓裳与嫦娥的舞姿实在是太美了,大哥与弟弟既然要去月宫,那我也跟着你们去吧。"

法藏点点头,说道:"就是借个斧子,又不是什么大事,既然你们都想到月宫找霓裳妹妹玩,那我们就一起去吧。"

说完,法藏便向镇元大仙施礼作别,与阿牛和霓虹驾起祥云,向着月宫飞去。不一会儿,就飞到了广寒宫中。

三人刚将云头落定,就看到吴刚迎了上来,着急地问道:"法藏,你们来得正好,可曾见过嫦娥仙子?"

法藏摇了摇头,说道:"我没见过嫦娥啊,怎么?嫦娥仙子不在广寒宫中吗?"

吴刚着急地说道:"当然不在广寒宫中了。想这蟠桃盛会就要举行了,按照往年的惯例,嫦娥是不应该外出的,应该留在广寒宫中排练歌舞。可是,我找遍了月宫也找不到她。我还派人前往天宫寻找,也没有她的踪迹啊。"

阿牛听吴刚这么说,赶紧问道:"大仙,你不必着急,我想嫦娥姐也是这三界之内有名的仙子,丢不了的,你就放心吧。"

霓虹也说道:"是啊,吴刚大仙,嫦娥仙子是有名的仙人,她一定不会有事的。"

吴刚叹道:"卷帘大将军,天蓬元帅,你们不知道啊,如果是以前,肯定没事,可如今,也不知道天魔靠什么法术,竟然能不怕月宫的护月神光,亲自来月宫拿走了梭罗木。这天魔一出现,什么情况都有可能发生。而且前往天宫打听消息的人回来告诉我说,天魔还盗走了三圣母的宝莲灯。"

法藏一听,说道:"大仙,我们也是因为要赴天魔洞斗天魔拿回宝莲灯,才来月宫找您借神斧的。"

吴刚听法藏说出来意,便将胸脯一拍说道:"卷帘大将军,您是天上的神将,您想借我的神斧,我当然是要借的。说到底,你们借我的神斧闯天魔洞,与救嫦娥仙子是同一件事。所以,就请看在嫦娥多次帮助过你们的分上,帮忙找找嫦娥仙子吧。她这一下没了踪影,可真是急坏我了啊。"

第三十二章
母女情堪伤

法藏点了点头说道:"大仙,你就放心吧,这件事我义不容辞。"

阿牛听法藏这么说,就说道:"是啊,大仙,你也不要着急,我们这就帮你去找嫦娥,这下你该放心了吧?"

吴刚点了点头又说道:"奇怪的是,就连霓裳姑娘也不见了踪影。"

法藏道:"上次我曾经听嫦娥仙子说霓裳已经回到东海龙宫向老龙王禀告跟嫦娥仙子学舞的事。怎么,她没有回来吗?"

吴刚摇了摇头说道:"没有啊。"

阿牛赶紧说道:"不对啊,霓裳没有回东海啊。我前几日曾经跟我娘去东海找过她,老龙王敖广说她一直没有回去。"

法藏疑惑地说道:"这个霓裳妹妹,可真是不让人省心,这是跑到哪里去了呢?"

吴刚说道:"你们千万不要着急,想来是霓裳这个姑娘爱玩,肯定是躲在哪里玩去了,定然不会有事的。"

阿牛听吴刚这么说,赶紧说道:"霓裳丢了,你不着急,我还着急哪。天魔刚来月宫抢走梭罗木,接着,嫦娥与霓裳就都丢了,你们说,这可怎么办吧?"

法藏叹了口气,说道:"大仙,我想嫦娥与霓裳姑娘以及宝莲灯的丢失,定然都是天魔干的。请大仙将神斧借给我,我这就去天魔洞解救她们。"

吴刚说道:"卷帘大将军啊,咱们关系这么好,我肯定会借你的。但是如今嫦娥仙子走失,我又负有看护月宫之职责,如果此时我将神斧借你,谁来守护月宫的安全?你要知道,月宫不能再出事了,否则,玉帝肯定饶不了我啊。"

法藏听吴刚说的在理,赶紧说道:"吴刚大仙,你不要着急,我这就用元神出窍之法,前去寻找师祖燃灯古佛。只要他老人家张开法眼一看,定能知道嫦娥仙子在哪里,你看可好?"

霓虹听法藏这么说,就说道:"事不宜迟,法藏大哥,你赶紧元神出窍,去问燃灯古佛吧。"

法藏听霓虹说完,就在广寒宫的台阶上坐下,运起元神出窍的大法。吴刚、阿牛与霓虹等人,在法藏的真身旁着急地等待着。一会儿,只见法藏一下睁开了眼睛,大叫一声:"快跟我去桂花树下……"

第三十三章
何处诉衷肠

法藏元神归位，猛地喊出了"快跟我去桂花树下"，接着便站起身来，向着桂花树跑去。看到法藏行为失常，不知道发生了什么事的吴刚、阿牛及霓虹，被惊得一愣一愣的。

吴刚迈开脚步便去追法藏。阿牛与霓虹看到他俩跑开了，也跟在后面向前跑去。吴刚跟在法藏后面，大声问道："卷帘大将军，怎么了？到底出了什么事？"

法藏边往前跑着，边回过头来说了一句话："快走，不然就来不及了。"

说完，法藏又奋力地向前跑去。跑着跑着，法藏一个凌空飞舞便飞到了桂花树下。他抬起头望着桂花树，对追上来的吴刚问道："大仙，你以前将梭罗木封印在哪里？"

吴刚用指着那五百丈高的桂花树冠，说道："大将军，梭罗木以前就被封印在桂花树的最顶端，到底怎么了？你快告诉我吧，可真是急死我了。"

法藏长叹一声，说道："大仙，燃灯师祖告诉我说，嫦娥仙子就是被天魔封印到了梭罗木曾被封印的位置。你快用你的神斧劈开桂花树，将嫦娥给救下来吧。否则过了今晚，嫦娥可就要永远变成木头了。"

听法藏这么说，吴刚也是惊恐万分。他不敢怠慢，赶紧拿起斩神斧，向着五百丈高的桂花树上飞去。吴刚脚踩着祥云飞到树顶，挥起神斧一斧便将树干砍断。只见嫦娥从桂花树里直直地掉了下来，吴刚大喊道："嫦娥仙子，你到底怎么了？"

嫦娥仙子已经被封印，根本听不到吴刚的问话，身子直直地往下坠去。

第三十三章
何处诉衷肠

吴刚见状，赶紧往下飞去，伸出手便将嫦娥紧紧地抱住……

嫦娥被吴刚抱在怀里，却一直昏迷不醒。吴刚着急地喊道："嫦娥仙子，嫦娥仙子，你到底怎么了啊？"

等吴刚抱着嫦娥落地，法藏兄妹三人赶紧走上前。法藏弯下腰来，看了看嫦娥，对着吴刚说道："吴刚大仙，燃灯师祖告诉我说，天魔的封印非常厉害，现在的嫦娥就是个活死人。要想救活嫦娥仙子，必须用太上老君的仙丹。"

嫦娥一直照顾阿牛，所以阿牛对嫦娥的感情极深，听法藏这么说，着急地说道："大哥，既然太上老君的仙丹能救活我嫦娥姐，那事不宜迟，我们就赶紧赶往兜率宫，向太上老君求取仙丹吧。"

法藏点了点头，说道："大仙，她现在可千万不能有事，要是再出什么意外，恐怕仙丹也难救了。所以，你们在这里好好地守着嫦娥，我这就去兜率宫向太上老君求取仙丹。"

吴刚点了点头，说道："如此就有劳大将军了。"

阿牛看到法藏要亲赴兜率宫，赶紧说道："大哥，你刚才元神出窍去西天，一定很累了，不如就让我去老君那里求取仙丹吧。"

霓虹说道："是啊，大哥，你为了救嫦娥仙子，元神出窍确实已经很累了，我看还是我跟阿牛去求仙丹吧。"

法藏还要坚持，可是见阿牛与霓虹却执意不肯，只好点头说道："如此也好，我跟吴刚大仙在这里守着，你们速去速回。"

没过多久，霓虹仙子就拿着太上老君赠的仙丹，直奔月宫飞来。而阿牛因为听说娘亲织女因宝莲灯的丢失被玉帝罚了禁闭，不敢怠慢，从兜率宫出来便直奔天蓬元帅府。

看到霓虹仙子这么快便回到了广寒宫中，法藏与吴刚一直悬着的心可算是放下了。两人赶紧将霓虹仙子迎进宫里。霓虹仙子迈动芳步，走到嫦娥仙子的床前，对吴刚说道："大仙，劳驾您取一碗水来，我好给嫦娥仙子服下仙丹。"

吴刚不敢怠慢，赶紧命人去取水。不一会儿，月宫仙女们便取来一碗水交到霓虹仙子的手中。霓虹一手撬开嫦娥仙子的嘴，一手将那粒仙丹往嫦娥仙子的口中一放，然后端起碗来，用小勺舀了一勺水，就往嫦娥仙子的口中送去。不一会儿，只听得嫦娥的腹中咕咕作响，随后便缓缓地睁开了眼睛。

吴刚一看嫦娥醒了，心里别提多高兴了。他激动地冲上前，握住嫦娥仙子的手说："仙子，你可醒了，真是急坏我了。"

嫦娥仙子挣扎着要爬起来，却被霓虹仙子劝住。霓虹仙子笑道："嫦娥仙子，你先躺着好好歇息吧，不要乱动。"

法藏也冲着嫦娥仙子说道："是啊，嫦娥仙子，你就快些躺着吧，你不知道，为了救你，吴刚大仙可是好几天都没合眼了。"

吴刚笑了笑，对嫦娥说道："嫦娥仙子，是法藏、阿牛还有霓虹兄妹三人救了你啊，这个人情我们月宫算是欠下了。"

法藏说道："大仙，你不必客气，嫦娥仙子多次帮助我们，我们为仙子做些事情也是应该的。"

吴刚说道："仙子，法藏兄妹的人情我们日后再报，我说，你怎么被天魔封印到桂花树里的？"

嫦娥仙子用手摸了一下头，这才想起那天的事情，缓缓说道："我记得那天宴会结束，我收下了霓裳作我的侍女，正要带着霓裳熟悉房间，突然，就看到天魔出现在我的面前。我心里惊恐万分，正要叫喊，就被霓裳给打倒在地，然后就什么都不知道了。"

法藏一听，怒道："真没想到这件事竟然是霓裳做的。她可真是大胆啊，竟然敢对你下手。等我抓到她，非得好好地教训她，替仙子出这口恶气。"

吴刚劝道："大将军不必发怒，想那霓裳是你的妹妹，断不会做出暗算嫦娥仙子的事情来，定是中了天魔的妖术，所以才从背后暗算仙子的，你可别错怪了她。"

霓虹也点头劝道："是啊，大哥，吴刚大仙说的在理。这霓裳可是我们的妹妹啊，她怎么会跟天魔在一起？"

法藏叹道："霓虹啊，你原本就不是人，而是另一个三界的生灵，所以有很多的事情你根本就不知道。其实霓裳妹妹还是天魔的徒弟。她跟天魔在一起，实在是太正常不过了。"

嫦娥仙子道："卷帘大将军，如今天魔已经偷走了梭罗木，如果他拿着梭罗木倒反天宫，我们可怎么办哪？"

法藏道："嫦娥仙子，天魔不只拿走了梭罗木，还拿走了宝莲灯。我这次来月宫，就是向吴刚借神斧，要跟镇元大仙一起向天魔开战，夺回梭罗木和宝莲灯。"

第三十三章
何处诉衷肠

嫦娥仙子叹道："大将军，你这么说更是让人担心。那天魔法力高深，恐怕镇元大仙再加上你，也不是他的对手吧？"

霓虹仙子劝慰嫦娥道："嫦娥仙子，你就不要着急了，我想吉人自有天相，那天魔作恶多端，是一定会伏法的。"

吴刚也道："是啊，嫦娥仙子，你不必着急，就安心养伤吧，等你的伤养好了，还要操练歌舞，现在距离蟠桃盛会的召开可是越来越近了。"

嫦娥仙子点了点头，正要说话，就听到霓虹仙子跟法藏大哥说道："大哥，阿牛已经回家去陪伴母亲了，我们是去天蓬元帅府找阿牛，还是去找镇元大仙？"

法藏想了一下，说道："霓虹，嫦娥已经复醒了，想来月宫也没有什么事了。如今，织女姑姑正在闭门思过，这个时候，我们这些晚辈还是应该先去探望织女姑姑。"

霓虹道："大哥，小妹全听你的，我们这就前往天蓬元帅府吧，也好叫上阿牛弟弟，一起前往五庄观跟镇元大仙会合。"

听霓虹这么说，法藏便对吴刚说道："吴刚大仙，如今嫦娥仙子已经苏醒过来，我们也就不打扰你们了。还请你将神斧借我一用，等我战完天魔，找回宝莲灯与梭罗木，便将神斧还给你。"

吴刚听法藏这么说，赶紧双手将神斧递上，说道："大将军，我肩负守护月宫之职，不能陪您下界大战天魔，实在是抱歉。这神斧就借给将军吧，大将军切记，天魔法力无边，您一定要万事小心。"

法藏点了点头，伸手接过吴刚的神斧后，便带上霓虹仙子，驾起祥云离开了月宫……

此时的阿牛早已经回到家中，正在给织女梳头。自从将母亲织女救出来以后，他便被玉帝封为天蓬元帅，虽说整天忙于公务，可是只要有空闲，便回家给母亲梳头，而且将这当成了一件非常幸福的事情。

这次，阿牛赶回家中便拉起母亲的手，将母亲拉到了镜子前，拿过梳子给织女梳起头来。阿牛想用这种方式，让闭门思过的母亲开心。

镜子前的织女看着阿牛，眼里的泪水便流了下来。阿牛看到母亲流泪，拿着梳子的手便停了下来，说道："娘啊，我外公那人吧有点好面子，他责罚您，您可别往心里去啊。其实，我能感觉出来，他还是挺疼您的。"

织女叹道："阿牛啊，娘现在感觉心里堵得慌，真想找个地方大哭一场啊。"

阿牛赶紧问道："娘，到底是什么事让您流泪呢？您快跟儿说说吧。"

织女没说是什么事，而是接着说道："这一切都是爹和娘作下的孽啊，要不是我们触犯天条，也不会连累你和你妹妹吃那么多的苦啊。"

阿牛听到母亲织女说起失散多年的妹妹来，便说道："娘，您就放心好了，等我与法藏大哥拿回宝莲灯和梭罗木，我一定发动天上所有的仙人一起去寻找妹妹，就是找遍三界，我也要将一个完整的妹妹还给您老人家。"

织女摇了摇头说道："阿牛啊，这个妹妹恐怕是真的丢了，找不回来了。"

阿牛问道："这又是怎么了？娘，妹妹现在是丢了，可是您放心，只要我发动天庭众仙去找，就一定能找得到的。"

织女叹了一口气说道："阿牛啊，你是娘的乖孩子，既孝顺又懂事。我在想，你和你妹妹从小跟我和你爹分开，你能理解娘的苦衷，可是你妹妹能理解吗？"

阿牛笑道："原来娘是为这件事流泪啊！您放心吧，娘，您又不是不要我们，而是被我外公玉皇大帝给关了起来，您和爹爹也是没有办法啊。"

织女哽咽着说道："阿牛，你说你妹妹为什么不认我？"

阿牛听织女这么一说，心里就是一惊，忙问道："娘，莫非您找到了妹妹？"

织女流着泪说道："阿牛啊，这么多年，我与你爹被关着，一直没有关心过你们，你和你妹妹一定在生我们的气吧？"

阿牛将手放在织女的脸上，替织女擦了一把眼泪，说道："娘，您就放心吧，我是不会怪您的。我相信妹妹如果知道娘这么牵挂她，也一定会理解的。"

织女长叹了一声，说道："阿牛啊，娘的元神被锁在桂花里，无人可托，只有托嫦娥仙子下界去找你们。可是，她只找到了你，却没找到你的妹妹。想来，你的妹妹一定受了不少苦。"

阿牛说道："娘，您就不用为妹妹担心了，说不定她已经嫁给了一个好人家，正在享福呢。"

织女的眼泪一直在流着，哽咽着对阿牛说道："阿牛啊，你说那个霓裳姑娘，如果不来咱们的府上，可怎么办？"

阿牛听织女一会儿说失散多年的妹妹，一会儿又说霓裳，有些前言不搭后语，便笑道："娘，您就别哭了，放心吧，我是谁啊？我可是天蓬大元帅，而您可是玉皇大帝的女儿，这谁家的女儿不是求着来给您当侍女啊。娘，您

第三十三章
何处诉衷肠

放心，我这就让人把她传来，给您做侍女。"

织女说道："阿牛啊，如果霓裳讨厌娘，不想来府上，你说该怎么办哪？"

阿牛胸脯一拍，说道："不会的，娘，她都愿意给嫦娥当侍女，给那些神仙跳舞，我觉得留在咱们家，给您当侍女，总比给嫦娥仙子当侍女好吧。您放心，我这就让人把她叫来。再说，她可是我的结义妹妹，这个面子还是会给我的。"

织女又问道："阿牛啊，你能不能不娶霓裳啊？"

阿牛一听就是一愣，今天的娘到底是怎么了，说起话来欲言又止，以前可从来不会这样，就说道："娘，这是为什么啊？我不都跟您说了吗？除了霓裳，我谁也不娶，您前一阵不是答应得好好的吗？您还跟着我一起去东海找过她呢。"

织女哽咽着说道："阿牛啊，你就听娘的吧，不要再想娶霓裳了，好吗？算娘求你了，三界之内，不管你看上谁家的姑娘，娘都点头同意，可是你千万不能娶霓裳啊。"

阿牛摇着头，大声地喊道："娘，您快告诉儿，这到底是为什么啊？"

织女从镜子前站起身来，回过身来用手摸着阿牛的脸，说道："阿牛，你不要问娘为什么，好不好？"

阿牛一摇脑袋，说道："不，娘，您不让我问我也要问，您让霓裳来府上给您当侍女，不就是为了成全我与霓裳的婚事吗？怎么您又不让我娶她了？"

织女叹口气，流着泪说道："阿牛啊，娘答应你，改日一定要跟你说个清楚，今天娘的心里好乱，你就别问了，好吗？"

阿牛摇着头说道："您不让我问，我偏问，您不让我娶霓裳，我也跟您说一句话，这件事，我不能听您的，三界之内，除了霓裳，我谁也不娶。"

织女突然一个耳光向着阿牛打去，嘴里大喊道："你混账，娘说不许娶你便不能娶。"

阿牛捂着脸，有些委屈地说道："娘，您打我，您可从来没有打过我啊，我就搞不明白，为什么我不能娶霓裳呢？"

织女突然一下子倒在了镜子前的桌子上，哽咽着说道："因为，因为她是你的亲妹妹啊。"

织女的话一出口，阿牛的脑际如同打了一个晴天霹雳。他呆呆地站在那里，半天没有说话，手里的梳子也掉在了地上……

突然，阿牛向着织女大声喊道："娘，我不信，我不相信。霓裳怎么会是我的亲妹妹？你在骗我，你肯定是在骗我。"

织女重新站了起来，用手摸着儿子的脸，说道："阿牛，娘没有骗你，霓裳真的是你的妹妹啊。"

阿牛一下子瘫软在地上，用手捶着地，嘴里念叨着："我不信，我不信，我不信啊！"

说完，阿牛便一下子站了起来。情绪激动的他冲出了房门，向着外面跑去。织女一看，赶紧向着阿牛追去。

阿牛刚跑到门口，便被一道金光给拦住了。法藏与霓虹仙子出现在阿牛的面前。法藏看到阿牛在哭，就问道："阿牛，到底怎么了？出了什么事，你跟大哥说说好吗？"

阿牛没有说话，从法藏与霓虹的身边走过，一直呆呆地向前走着。法藏与霓虹看着阿牛这个样子，正在猜测出了什么事的时候，就看到元帅府里走出了织女。法藏赶紧让霓虹跟着阿牛，自己走上前向织女问道："织女姑姑，到底出了什么事啊？阿牛和您老人家怎么都流泪了？"

织女忙擦了一把眼泪，说道："法藏，你先别管出了什么事，我知道你是阿牛的好大哥，你赶紧去劝劝他吧，好吗？我怕他想不开啊。"

法藏点了点头，说道："姑姑，是阿牛惹您老人家生气了吗？"

织女摇了摇头说道："法藏啊，阿牛是个好孩子，这件事不怪他，一切都是我和他爹牛郎不好啊。"

听织女这么说，法藏更是摸不着头脑了，就说道："织女姑姑，虽然您不告诉我出了什么事，我也不方便再问下去，但是依我说，您还是不要想太多了，以免伤了身体。"

织女擦了一把眼泪，冲着法藏点了点头，说道："法藏贤侄，谢谢你，你快去看看我们家阿牛吧，我真的没事。"

听织女这么说，法藏赶紧回过身去，快速跑到阿牛的身旁，将吴刚的神斧往阿牛面前一举，说道："阿牛啊，我的好弟弟，你看，吴刚的神斧被我借来了。这可真是一把好兵器啊，来，你快看看，这斧子可真是锋利。"

阿牛没有理法藏，继续呆呆地向前走着。法藏讨个没趣，便对霓虹问道："霓虹妹妹，他刚才跟你说什么了吗？"

霓虹摇了摇头说道："大哥，他就一直这样，什么话也不说，一直呆呆

第三十三章
何处诉衷肠

地往前走着,他这个样子,可真让人担心啊。"

法藏道:"刚才织女姑姑让我们跟着他,好好地劝劝他。我尽管不知道发生了什么事,可是我想,阿牛一定是受到了刺激。所以,霓虹妹妹,我们先不要跟他说话,就跟着他,只要他不发生意外就好。"

霓虹听大哥法藏这么说,忙点了点头,就在后面跟着阿牛,一步一步地向前走去。阿牛一步一步地向前走着,霓虹与法藏就在后面跟着,三个人就这样默默走着,渐渐地走到了天河岸边,可阿牛仍然没有停下来的意思,这一下,法藏可是真的着急了,一纵身便跳到了阿牛的面前,张开手臂拦住阿牛,大声地喊道:"阿牛,你到底要做什么?"

阿牛还是没有说话,绕过法藏的阻拦,继续向着河边走去。法藏一看阿牛的脚都快要踩到天河的水面了,他一下子抱起了阿牛,大声地叫道:"阿牛,你到底要做什么?"

阿牛还是没有反应,眼光有些呆滞地说道:"酒,我要喝酒。"

霓虹听到阿牛终于开口说话了,连忙对法藏说道:"大哥,他要酒喝,我这就去找酒给他喝。他这个样子可让人担心了,说不定喝点酒能好受一些。"

法藏想了想,就说道:"好吧,我们一起带他回家,给他些酒喝吧。"

法藏一下子抱起阿牛,阿牛还是没有反应,嘴里依然嚷嚷着:"酒,快给我酒,我要喝酒……"

法藏不再理阿牛,将阿牛扛在肩头,跟霓虹一起向着天蓬元帅府走去。

看到法藏将阿牛抱了回来,织女赶紧迎上前,向着阿牛喊道:"阿牛,你这是怎么了?可不要吓唬娘啊。"

阿牛还是一个劲地说道:"酒,我要喝酒,快给我酒……"

法藏将阿牛往桌前的座位上一放,便跟织女说道:"织女姑姑,就劳烦您去给阿牛找点酒来吧。"

织女担心着儿子阿牛,赶紧回过头,命人去找酒。不一会儿,一坛酒便端到了桌上。阿牛坐在桌子上,一把抓过那个酒坛子,将那一坛子酒给喝得干干净净,嘴里喊道:"酒,我要喝酒。"

法藏一看阿牛还是要酒,就握住阿牛的手,说道:"阿牛,你不能再喝了,已经喝了一坛子的酒了。"

阿牛的目光呆滞,嘴里继续说道:"酒,我要喝酒,快给我拿酒来。"

法藏一听阿牛还要喝，他的火也被阿牛给激起来了。他抡起巴掌，冲着阿牛就是一巴掌，大声地喊道："阿牛，你真是气死我了！"

　　阿牛挨了法藏的一巴掌后，"哇"一声便哭了起来，嘴里大声地喊道："大哥，我的心里苦啊，原来，我一直喜欢的霓裳姑娘竟然是我的亲妹妹啊。"

　　看到阿牛悲痛欲绝的样子，法藏也流下了热泪。他终于明白了阿牛的苦衷，便说道："好了，阿牛，没事了，你看你终于知道妹妹是谁了，这是好事啊，你们一家就要团圆了。"

　　霓虹也说道："是啊，阿牛弟弟，你也不要太伤心了，你要往好处想啊，这找回失散多年的妹妹，是多么开心的一件事啊。"

　　织女的眼里也含着泪，哽咽着对法藏和霓虹说道："法藏，霓虹，这都是我和他爹做下的错事啊。这么多年了，我日夜都盼着这双儿女能够回到我的身边。终于，阿牛回来了。可是，当我终于知道女儿是谁的时候，我的儿子竟然爱上了他的亲妹妹，真是作孽啊。"

　　说完，织女便放声大哭起来。霓虹赶紧掏出手绢往织女手中一递，说道："织女姑姑，您就不要再哭了，您找回亲女儿来，这是好事啊，快擦把眼泪吧。"

　　织女没有接霓虹递过来的手绢，而是继续哽咽着说道："令我没有想到的是，我的女儿不认我啊。不但不认我，还认了天魔当师父。她可是玉皇大帝的亲外孙女啊，怎么能跟着玉皇大帝的死对头天魔去造他外公的反？"

　　法藏双手合十，说道："阿弥陀佛，织女姑姑，这一切都是天意，您也不必太挂在心上了。"

　　看到织女与阿牛哭得这么伤心，法藏没有说出霓裳与天魔一起打伤嫦娥并将嫦娥封印一事，以免织女更加担心，便宽慰织女道："织女姑姑，凡事皆是天定，好在现在你们一家就要团圆了，这确实是天大的好事啊。"

　　织女还是一个劲地哭。法藏便走到阿牛的身旁坐下，拉着阿牛的手，说道："阿牛啊，你看织女姑姑正在伤心，你可不能再哭了。你哭，她老人家就哭得更厉害。来，阿牛，你快些振作起来，我还有很多事情要跟你一起做。"

　　阿牛听法藏这么说，就擦了一把眼泪，哽咽着说道："大哥，我不相信，真的不敢相信啊。"

　　法藏叹口气，说道："阿牛啊，不管你信还是不信，这都是事实。我想不管你是人还是仙，都要接受这个事实。如果你还有孝心，就要快些振作起

第三十三章
何处诉衷肠

来，跟我一起打败天魔，咱们好尽快救出霓裳妹妹来啊。"

霓虹也赶紧说道："是啊，阿牛弟弟，霓裳妹妹如果继续跟着天魔，说不定会做出什么事呢。这倒反天宫可不是闹着玩的。依我说，你那么爱她，就更不应该让她跟着天魔了。"

霓虹的话一出口，阿牛的眼泪又流了下来。阿牛一边哭一边抓着自己的头，样子极其痛苦。突然，只见阿牛站了起来，抓起桌上那坛子酒又喝了起来。阿牛手拿着酒坛子，大声地喊道："我不接受，我不能接受啊……"

看到阿牛不停地喝着酒，法藏再也不能忍受阿牛这个样子了，冲上前一把夺过酒坛子，猛地一下摔到了地上。酒坛子被摔得粉碎，酒也洒了一地。法藏用力握住阿牛的手，说道："阿牛，你振作些好吗？大哥希望你振作起来。"

阿牛一边哭一边笑，根本听不进法藏与霓虹的劝。正在此时，只见一个人在侍卫的带领下，走进了屋里。法藏一看心里大喜，来人正是多日不见的西海龙宫三太子"敖玉"。

"敖玉"看着又哭又笑的阿牛，忙向法藏问道："大哥，阿牛二哥到底出了什么事？"

法藏发出一声长叹，说道："敖玉兄弟，这个事以后再说，你怎么来天上找你二哥了？"

"敖玉"这才将自己此行的目的说了出来。原来，义气深重的"敖玉"为了帮助阿牛救父，不顾与龙族决裂的后果，前往东海帮助阿牛。情急之下，他不得不带领仇人哪吒前去移动定海神针。说来心里也是矛盾至极，他本是敖丙魂魄附体在敖玉的身上，与哪吒本就有着杀身之仇，可是看着哪吒为了阿牛救父，也是如此仗义，在经过与哪吒的并肩作战之后，就对哪吒冰释前嫌了。可是，他作为西海龙宫三太子，竟然当着众龙族的面帮助仇人，自然是惹得西海龙王大动肝火。西海龙王更是派出了龙族兵将，将"敖玉"给捉回了西海龙宫。他虽然犯下重罪，可是爱子心切的西海老龙王还是不忍杀子，就把他关到西海的海牢里严加看管。"敖玉"本身就是个闲不住的人，费了好大的力气才骗过看守的水族，逃出了西海海牢。无处可去的他打听到阿牛大闹东海龙宫之后不仅没受到责罚，反而被封为天蓬元帅，心中大喜，便前来投奔。

"敖玉"看到法藏与阿牛重归于好，心里非常高兴，可是看到又哭又笑的阿牛，又着急了。在"敖玉"的一再催问下，法藏这才将阿牛的事情跟

"敖玉"说了一遍。"敖玉"听罢，心里非常矛盾。因为霓裳本来是自己的妻子，可是，现在自己已经借尸还魂，虽说与霓裳再无瓜葛，却还是牵挂着她。可没有想到，霓裳竟然是阿牛二哥的亲妹妹……

　　想到这里，"敖玉"就叹口气，说道："大哥，阿牛二哥这个样子，可如何是好啊？"

　　法藏说道："贤弟，你不知道，我们正准备前往天魔洞，抢回宝莲灯与梭罗木。可是在这个节骨眼上，阿牛却成了这个样子。你来得正好，就在这里守着阿牛吧。我们也好早些与镇元大仙会合，去天魔洞抢回宝莲灯与梭罗木。"

　　听法藏这么说，"敖玉"点了点头，说道："大哥，我一切都听你的，就在这里陪着织女姑姑和阿牛二哥，静候你和霓虹姐姐的好消息。"

　　法藏又跟织女说了一些话，想到阿牛有了"敖玉"的陪伴，应该可以放心了，便想早些去与镇元大仙会合。于是，法藏便匆忙与织女和"敖玉"告别，与霓虹一起驾起祥云，向着五庄观的方向飞去……

　　约莫飞了一炷香的时间，兄妹两人便飞到了五庄观上空，按落云头时，早有道童守在院里，将两人迎进了镇元大仙府。

　　此时的镇元大仙，看到法藏借来了神斧，心里也是非常高兴，忙摆开盛宴，迎接法藏兄妹二人。在酒席宴上，法藏跟镇元大仙聊起了这一去的经过。眼看着酒过三巡菜过五味，镇元大仙便与法藏兄妹相约，等到次日清晨，便一起打上天魔洞，找天魔算账，夺回梭罗木与宝莲灯。

第三十四章
大战天魔洞

霓裳进入月宫，帮助天魔破了月宫的护月神光，让天魔走进月宫夺走梭罗木，还从西岳华山三圣母庙拿回了宝莲灯，可把天魔给高兴坏了，一个劲地夸奖霓裳聪明伶俐能办大事，当着天魔洞里众多妖魔鬼怪的面，亲口封霓裳为天魔洞第一护法，并许诺等到倒反天宫成功以后，就将霓裳封为灵霄宝殿的镇殿公主。这一下，群妖沸腾了。霓裳自此以后也真正成天魔洞里的二号人物了。只要是天魔不在洞中，那么，天魔洞里的群妖都要听霓裳的。

霓裳本不是一个迷恋权力的人，听到群妖的恭贺声，她就有些不耐烦。本来霓裳替天魔拿回这两件三界至宝也不是为了什么封赏，而是为了让法藏心甘情愿成为天魔洞的大护法，永远和自己在一起。

可法藏是燃灯古佛的弟子，又是天上的卷帘大将军。虽说她已经与法藏、霓虹与阿牛四人结义，可是自己偷了梭罗木，又盗了宝莲灯，现在的她在法藏眼里，早已成了魔女。仙魔势不两立，说不定再相见时，就要刀剑相迎。想到这儿，霓裳就有些不开心。天地这么大，什么事她都能放得下，可是偏偏对法藏这个臭和尚放心不下。

为了让法藏成为天魔洞的人，她不惜放弃与母亲织女相认的机会。其实，在她的心底也已经理解了母亲，毕竟她们有血缘关系啊。可是为了能够拿到宝莲灯，为了能够用梭罗木与宝莲灯这两件法宝改变法藏的心思，她也顾不得那么多了。

天魔不知道霓裳正在想心事，走到她面前，笑道："霓裳，我封你为天魔洞第一护法，这可是大好事啊，你怎么不高兴哪？"

霓裳这才回过神，说道："师父，我不愿意当天魔洞的第一护法。"

霓裳的这句话一出口，天魔就觉得不可思议。天魔洞的第一护法，那可是群妖都在争的一个职位，而霓裳竟然不想当。想到这里，天魔将脸一沉，问道："霓裳啊，天魔洞第一护法，那可是一人之下万人之上之职啊，你怎么不愿意当？"

霓裳说道："师父，您不是说过要让法藏来当您的护法吗？他可是救过您的命啊！我想，还是把第一护法之职留给法藏大哥吧，他武功那么高，一定可以当好您的护法的。"

天魔看到霓裳红着脸，心里早就明白了霓裳所想。自己当初骗霓裳去偷梭罗木和宝莲灯，说是只要这两件宝贝到手，就可以作法改变法藏的心思，让法藏由天庭的卷帘大将军，成为天魔洞的第一护法。没想到，自己随口这么一说，霓裳竟然深信不疑。为了心中所爱的人，她竟然真的偷来了梭罗木与宝莲灯。想来这爱情的力量确实伟大。可是处在爱情中的人，又都是傻子，要想改变一个人的心思，这怎么可能？尽管天魔是三界的大天尊，拥有无边的法力，也是不可能的。因为法力是法力，信念是信念，这是完全不同的两件事情。

霓裳看到天魔在出神，又说道："师父，现在宝莲灯与梭罗木都到手了，您快施法改变法藏的心思，让他来天魔洞当您的第一护法吧。"

天魔听到霓裳在催自己，笑呵呵地说道："好啊，霓裳，我的好徒儿，你就先当着我的这第一护法吧。等以后法藏来了，你再将第一护法之位让给他，可好？"

霓裳笑了笑说道："师父，我不是这个意思，我是说你赶紧用梭罗木和宝莲灯作法啊，好赶紧改变法藏大哥的心思，让他来天魔洞啊。"

天魔哈哈大笑，说道："我的好徒儿啊，法藏没在这里，为师怎么作法啊？只有抓到他以后，梭罗木和宝莲灯才有效啊。"

霓裳似是自语地说道："师父，原来这么麻烦啊，有没有一些省事的办法啊？您可是三界的大天尊，我想这个世界上，肯定没有您办不到的事。"

天魔笑道："我的好徒儿啊，你平时可不是这个样子啊，怎么今天说话吞吞吐吐的，还真有些扭扭捏捏大姑娘的样子。好了，徒儿，你就先别想这些事了，为师今天再传你一些厉害的法术，你看好不好啊？"

霓裳一听，这才恢复了以前的脾性，上前说道："好吧，师父，这次我

第三十四章
大战天魔洞

要跟您学最厉害的法术,一见面就要打得法藏屁滚尿流。"

天魔说道:"霓裳啊,刚才还说你是个扭扭捏捏的大姑娘,这转眼之间啊,你就变成了大大咧咧的假小子了,不对啊,你对法藏那么好,怎么突然又想打他了?"

霓裳笑道:"谁让他让我不高兴哪,您不知道,他板起脸来的样子,可真是气人。"

天魔听霓裳这么说,就笑道:"好,你这就跟我回后殿去吧,为师今天要教你几招厉害的功夫,让你一见面就能将法藏给打倒。"

天魔呵呵笑着,拉起霓裳,向着后殿走去。到了后殿,天魔就开始传授法术给霓裳。传授结束后,天魔对着霓裳说道:"霓裳啊,我传给你的可都是纵横三界的高深法术啊。你记着,只要你练熟了这些法术,以后就再也不怕那些神仙了。"

霓裳点了点头,说道:"师父,我可喜欢您教我的三头六臂了,可是那个讨厌的哪吒也会,我们两个的三头六臂比较起来,我还是打不过他。您今天教我的这些法术,能打败哪吒吗?"

天魔道:"霓裳,哪吒是三坛海会大神,他师父也是经常教他功夫的。你如果也想像他那么厉害,就得常跟着我学法术。可是学法术苦啊,你得勤加练习。所以,你这阵子就别到处跑了,就在天魔洞里跟着我练习法术吧。"

霓裳牵挂着法藏,听天魔说别让他到处跑,就有些不高兴,说道:"师父,整天闷在天魔洞里多不好啊,我觉得要想练好法术,还是到外面去比较好。"

天魔叹了口气,说道:"霓裳,你要知道,为师对你可是期望很高啊,等你学好了,将来跟那些神仙打起来,便多一些胜算。你要是现在不学,到时在战场上,为师怕照顾不了你啊。"

霓裳听天魔这么说,也感受到了天魔对自己的期许,便说道:"是,师父,我一定好好学,学好了法术,还要替您办很多事。只是,我们什么时候将法藏给抓来,您好作法改变他的心思,让他成为天魔洞的护法?"

天魔听霓裳又说起法藏,便说道:"霓裳啊,其实不用为师出面,只要你学好了法术,自己都可以改变别人的心思。"

霓裳一听,高兴地问道:"师父,您说的是真的吗?"

天魔笑道:"当然是真的了,为师什么时候骗过你啊?好了,霓裳,你就在这里好好地练习吧,为师还要到大殿之上去办点事情。"

说完，天魔便扔下霓裳，向着前面的大殿走去。霓裳一看师父走了，就停止练习法术，一屁股坐在桌子上，用手托着头，想法藏想出了神。

镇元大仙早早地起了床，将观中之事与弟子们交代清楚，便带上天地宝鉴与至阴芭蕉扇，与法藏、霓虹一起飞离了五庄观。

本来，法藏不想让霓虹仙子前往助阵，可是霓虹却非要跟去。法藏觉得自己是天庭的战将，出面跟天魔大战，这可以理解，但霓虹本是女儿身，又刚刚成就人身，搞不好会再被天魔伤了，那可就得不偿失了。可是霓虹却执意要去。法藏与镇元大仙苦苦相劝，就是劝不住霓虹，无奈，带她同去。

镇元大仙与霓虹、法藏驾起祥云，只听得耳边风声呼啸而过，用了不长的时间，便飞到了天魔洞的上空。就在天魔洞的云头之上，镇元大仙吩咐霓虹前去叫阵，等到她把天魔引出来，再由自己与天魔大战，并利用自己与天魔对战的工夫，法藏与霓虹一起进洞，找回被天魔偷走的梭罗木与宝莲灯。

霓虹尽管是女儿身，却是巾帼不让须眉，听到镇元大仙的吩咐，毫不含糊，拿起手中的斩妖剑，飞到了天魔洞的洞口，用长剑向着守洞的小妖一指，娇喝道："下面的小妖听着，我是卷帘大将军麾下霓虹仙子，速速报于你家天魔，让他出来受死。"

守洞的小妖一看，云层之上站着一位威风凛凛的女战将，手里挥舞着一把寒光四射的宝剑，忙慌慌张张地回天魔洞奏报。天魔闻听霓虹仙子来了，就纳闷怎么不派一位有名望的战将前来，什么霓虹仙子，根本没有听说过啊。又一想，既然她敢前来，实力自然不容小觑，可是如果自己亲自出马，又太给霓虹仙子面子了。

正在思考着怎么退敌之际，就看到黑熊精将黑缨枪一晃，向天魔奏道："报大天尊，杀鸡怎么能用牛刀哪，我这就出去将霓虹仙子给您擒来，让你今晚就着她的心肝下酒。"

天魔看到黑熊精护法主动请战，心内大喜，便点了点头笑道："好，黑熊护法，你万事小心，这就出战吧，本尊就在洞里等着你的捷报。"

黑熊精向天魔一抱拳，领了一队妖兵跑出天魔洞。霓虹一看天魔没出来，倒出来了一只长着黑毛的黑熊，便不想与他交战。可是人家出来了不战也不行，如果不下去会会这只黑熊，又怎么能引出天魔这个老魔头来？

霓虹就要往下冲，就听到黑熊说话了："什么霓虹仙子，原来是个丑八怪啊，看我今天不拿了你，剥你的皮抽你的筋，给我们的大天尊下酒，哈哈

第三十四章
大战天魔洞

哈哈。"

黑熊精的狂笑与出言不逊彻底惹急了霓虹。她在冥河宫里也是数一数二的美丽俏仙子，怎么受得了黑熊精的辱骂，便一抖手中的斩妖剑，向着黑熊精高声喝道："住口，你这只烧炭的畜生，这次我定要将你抓上天去，送往斩妖台受死，你拿命来吧！"

说完，霓虹便挥舞着手中的斩妖剑，向着黑熊精砍去。黑熊精一看那长剑带着风，呼地一下就砍过来了，心说别看这是一员女将，功力可不凡，就在心里加着十万个小心，抡起黑缨枪就与霓虹你来我往地斗了起来。霓虹的一身本事来自冥河老祖，那实力不遑多让。自从霓虹被镇元大仙施恩成就人形来到这个世界之后，便想用自己的仙法助法藏大哥成就一番功业。霓虹的法力本来就比这个黑熊精高，再加上此时寻宝心切，更是一招快似一招。黑熊一看霓虹不要命地打法，手里也是有点慌乱，打着打着，一个没注意就被霓虹给砍了一剑，"哎哟"一声倒在地上。霓虹举起长剑正要往黑熊身上刺时，就听到耳边一个熟悉的声音传来："霓虹姐，不许你伤害黑熊护法。"

随着声音到来的，是一把锋利的宝剑，一下子就挡开了霓虹手中的长剑。霓虹一看是霓裳，眼泪"哗"地一下子就流了下来，这可是自己结义的妹妹啊，怎么会在战场上与她相逢？想到这里，霓虹就对着霓裳喊道："妹妹啊，你怎么能帮助天魔，我可是你的义姐啊。"

她们姐妹本是情义深重，可是为了让师父天魔得到宝莲灯和梭罗木，彻底改变法藏的心思，让情郎留在自己的身边，也顾不得那么多的姐妹情了。想到这里，霓裳便娇喝道："霓虹姐，我们虽然已经结拜为姐妹，可是我毕竟是大天尊的徒弟。今日你打上洞府，也就休怪妹妹跟姐姐动手了。等到来日，小妹再向姐姐赔礼吧。"

霓虹听霓裳这么说，苦笑道："霓裳妹妹，我们姐妹俩难道非要动手吗？"

霓裳道："霓虹姐，你就多谅解吧，今日之事，小妹也是没有办法，我是万万不能让你伤了黑熊护法的。"

霓虹叹了一口气，说道："霓裳妹妹，听姐一句劝，你本是玉皇大帝的外孙女，怎么能帮助天魔，去造你外公的反？你知道你娘织女，还有你哥阿牛有多着急吗？听姐的话，快离开天魔洞回家去吧。"

霓裳听霓虹这么说，就说道："霓虹姐，小妹可从来没有寻你的麻烦，这次是你自己打上洞府来的。再说，这也不是说姐妹情义的地方，咱们手底下见真章吧。"

说着话，霓裳便挥剑刺霓虹。霓虹不忍对自己的妹妹下手，就挥舞起长剑，抵挡着霓裳的进攻。正在霓虹抵挡着霓裳七星剑的时候，黑熊精爬了起来，向着霓虹便刺了一枪。霓虹正在抵挡着霓裳的剑，突然就觉得耳旁生风，心里暗叫一声不好，忙低头将这一枪闪过。借着躲枪的这股劲，霓虹回过头来，冲着黑熊精就是一剑。黑熊精躲开霓虹刺来的这一剑，又冲上前与霓裳一起，向着霓虹仙子便打。

云层之上的镇元大仙看到霓虹没有约出天魔，倒是与霓裳和黑熊打了起来，就有些着急，便对法藏说道："法藏，你赶紧过去帮忙，切记，不可跟他们恋战，我们的目的是引出天魔，好让你和霓虹进洞去偷宝贝。"

法藏听到镇元大仙吩咐，赶紧手拿着吴刚的斩神斧，脚踩着祥云来给霓虹助阵。法藏这一加入战团，可是把黑熊精给忙坏了。因为霓虹不可能真打自己的义妹霓裳，法藏也对霓裳有情有义，更是不能真打。霓裳也知道两人手下留情，便也不去真打，只是虚与周旋，那把七星宝剑往往是即将刺到霓虹的面前，便立即闪开。兄妹三人在一起的这一场假战，黑熊掺和到其中，可就惨了。本来一个霓虹也够他受的，再加上法藏，他更是难以招架，眼看着便要败阵……

天魔闻听小妖来报，说是霓裳与黑熊大战霓虹与法藏，眼看着就要败阵，天魔就有些坐不住了。不方便出战的他忙掏出断魂香来，用手聚起一道白光，将断魂香点燃，只见断魂香袅袅飞出天魔洞，向着霓虹与法藏飘了过去……

霓虹与法藏正越战越勇的时候，突然，就觉得头晕目眩。法藏知道定是天魔点燃了断魂香，刚想跑，却已经来不及了，扑通一声倒在地上。

小妖们一见忙擂鼓助威，天魔洞外一时鼓声大阵，喊杀声不绝于耳。霓裳看到霓虹姐姐与法藏大哥中了断魂香倒在地上，正想着怎么救他俩的时候，小妖们已经冲上前。此时镇元大仙一道金光闪过，将手中那把芭蕉扇一扇，那些小妖飞到了九霄云外。后面正往前冲的小妖们，一看镇元大仙手中的扇子这么厉害，忙回过头向着天魔洞里没命地跑去……

天魔一听镇元大仙来到天魔洞外，再也坐不住了，摇身一变，将披挂穿戴整齐，领着小妖飞出了天魔洞。

镇元大仙站在洞外，看到天魔带领着众妖跑了出来，就向着天魔深施一礼，笑呵呵地说道："大天尊，小仙有礼了。"

第三十四章
大战天魔洞

天魔哈哈大笑道:"镇元大仙,我说你不好好地在你的五庄观里待着,怎么天天跑到我的洞府来闹事,你是活腻歪了?"

镇元大仙也哈哈大笑道:"大天尊,话不能这么说,你应该知道,梭罗木与宝莲灯都不是你的东西,你却偏偏抢了去,我这才来到你的洞府寻宝,听我这么说,你还能说我是来闹事的吗?"

天魔用手一指镇元大仙道:"镇元大仙,你知不知道,梭罗木乃是我的旧相识王母娘娘的东西,我拿梭罗木时,她也在场,并没有为难我。而宝莲灯本身就是我家的东西,怎么就只许我大哥玉皇大帝拿,不许我拿啊?说来说去,这都是我的家事,你又有何理由强出这个头啊?他玉皇大帝要是真有胆,就自己来我的天魔洞,我跟他大战三百回合,输赢我都认了。可是,你算老几啊?真是不要脸。"

镇元大仙听天魔这么一说,脸上一红。其实天魔说的也并非全无道理。可是,今日之事已经到了这个地步,就算是天魔说得再有理,那也不能由着他拿着梭罗木与宝莲灯。要是再让他拿到五宝中的其他任何一宝,他定要反上天宫,到时三界又是一场浩劫。想到这里,镇元大仙也顾不得那么多了,他用手一指天魔说道:"好你个天魔,竟然敢跟我讲起歪理来了,我且问你,你偷这两件宝贝到底要做什么?"

天魔狂笑道:"梭罗木配上宝莲灯,那将是纵横三界的第一法器,我当然是要拿着它,去找我大哥玉皇大帝算账了。"

镇元大仙怒道:"这正是我来找你的原因。你找你大哥算账不要紧,可是你找玉皇大帝算账,那就不行。他可是三界最大的天尊,你们若打起来,惹得三界生灵涂炭,使我等道人不能静心修行,你说我还能不来找你吗?"

天魔被镇元大仙这话给彻底激怒了,他怒喝道:"好你个镇元鸟仙,真是大胆,竟然敢对本尊无礼。你这个手下败将,今天不把你打得屁滚尿流,我就不配当这个三界的大天尊。"

镇元大仙喝道:"也罢,看来我是好言难劝该死的鬼啊,既然如此,休怪本仙对你不客气了。"

天魔怒道:"好,镇元鸟仙,既然话已经说到这份上了,也就不需要再说什么了,今天我不活捉了你,誓不罢休。"

说完,天魔便挥舞起诛神刀向着镇元大仙砍去,他身后的那些小妖便也跟着冲了上来。镇元大仙哈哈一笑,掏出乾坤袖里的芭蕉扇,向着天魔便是

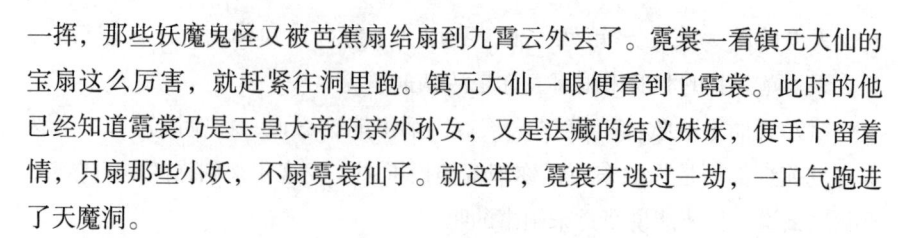

一挥，那些妖魔鬼怪又被芭蕉扇给扇到九霄云外去了。霓裳一看镇元大仙的宝扇这么厉害，就赶紧往洞里跑。镇元大仙一眼便看到了霓裳。此时的他已经知道霓裳乃是玉皇大帝的亲外孙女，又是法藏的结义妹妹，便手下留着情，只扇那些小妖，不扇霓裳仙子。就这样，霓裳才逃过一劫，一口气跑进了天魔洞。

法藏看到镇元大仙的芭蕉扇这么厉害，一伸大拇指赞道："大仙，冥河老祖的芭蕉扇，实在是太厉害了，竟然把天魔给扇走了，既然如此，我这就跟霓虹进洞拿宝贝去。"

法藏的话刚说完，就听到天魔洞的上空传来了一阵狂笑。法藏、霓虹与镇元大仙忙抬头看去，只见天魔竟然站在天魔洞上空的云头上，正冲着他们大笑。天魔笑过后，用手一指镇元大仙，说道："镇元大仙，冥河老祖的芭蕉扇怎么会在你的手里？"

镇元大仙将手中的宝扇一扬，说道："你管得着吗？接扇吧！"

说着话，镇元大仙便使出浑身的力气，对着天魔就是一通猛扇。那芭蕉扇扇出的风惊天地泣鬼神，只见阴风阵阵黄沙漫天，就连那天魔洞外的参天大树也被连根扇起，整个天魔洞更是被扇得天摇地动……

虽说芭蕉扇非常厉害，可是在这狂风大作之中的天魔，竟然纹丝不动。风中的天魔用手指着镇元大仙，哈哈大笑道："镇元大仙，他冥河老祖是魔，我也是魔。不过他再厉害，也是另一个三界的天尊，到不了我这里。我告诉你，我才是这个三界最大的魔，你凭着冥河老祖的一把破芭蕉扇就想扇走我？真是好笑啊好笑。"

镇元大仙一看芭蕉扇对天魔不起任何作用，为了不使这芭蕉扇扇出的阴风涂炭生灵，便将宝扇一收，叹道："没想到啊，你竟然能定住冥河老祖芭蕉扇的阴风，果真是厉害，小仙佩服啊。"

听镇元大仙这么说，天魔也是一声狂笑道："镇元大仙，我就奇怪了，虽说你法力高深，可是依着你的法术，要去找冥河老祖借扇子，也要飞上几十亿年，你是怎么找到他拿到这传说中冥河宫的至宝芭蕉扇的？"

镇元大仙呵呵一笑，说道："大天尊，万事皆是缘，这个你就不要多问了。不过，尽管你厉害非凡，但是想要想赢我，恐怕也不容易吧？"

天魔狂笑道："镇元大仙，上次我不小心着了你天地宝鉴的道，将我拿住送去八卦炉受那烈火焚身之苦。今日，本天尊说什么也不能饶了你，定要

第三十四章
大战天魔洞

让你尝尝我魔水炉的厉害，你就接招吧。"

说完，天魔便化作一了阵飙风，向着镇元大仙卷了过去。镇元大仙不敢急慢，迎着那道飙风祭起了天地宝鉴。天魔曾经被天地宝鉴拿过，也知道天地宝鉴是三界的至宝。以前只要镇元大仙祭出天地宝鉴，天魔只有逃跑的份，可如今，他被太上老君的八卦炉炼过，法力更加高深，碰上这同样从太上老君炉里炼出的天地宝鉴，便不再害怕了。所以，天魔一个闪身便躲过天地宝鉴射出的寒光，在空中又与镇元大仙战在一处……

镇元大仙与天魔交手，使的都是大天尊级别的法力。只见空中到处金光飞舞，瑞气腾腾，直激起霞光万道彩云满天……法藏与霓虹站在地上看着，想帮镇元大仙，却是丝毫也插不上手，因为这两个天尊级的仙人打起来，所激起的哪怕是一道光线，都足以要了他们的命。

法藏急得是直跺脚。他看了一眼霓虹，冲着霓虹一使眼色，两人便冲进了洞中。法藏跟霓虹刚一进洞，就看到黑熊精手拿着黑缨枪向着他俩扑来。镇元大仙拿出芭蕉扇扇出的阴风可是刮跑了不少的小妖，怎么这黑熊精一点事也没有？他哪里知道，镇元大仙在扇芭蕉扇时，一直对霓裳加着小心，而黑熊精就在霓裳的身旁，这才躲过一劫。

法藏可是两次差点命丧黑熊之口，看到黑熊拿着黑缨枪冲了过来，心里的气便不打一年来，举起手中吴刚的劈山神斧，照着黑熊便是一通砍。霓虹仙子也没闲着，拿起手中的长剑，更是一口气刺死了好几个小妖。

法藏手拿神斧越战越勇，左一斧劈去寒光一片，右一斧劈去霞瑞腾腾。那神斧带着风声是越劈越勇，可把个黑熊精给忙得够呛。黑熊精打着十二分的精神，使出浑身解数迎战法藏的神斧，可他哪里是法藏的对手啊。两个人打着打着，法藏就使了一个破绽。黑熊精一看大喜，举枪便刺，正中法藏下怀。法藏抡起大斧，一下子就砍中了黑熊的胳膊，又一神斧向着黑熊精的头劈去。黑熊精听到神斧劈出的风声，猛地一低头，躲了过去，吓出一身冷汗。他知道自己不是法藏的对手，便不敢再战，化作一阵清风逃命去了……

黑熊精这一逃，法藏与霓虹面对着冲上来的那些小妖，更是越战越勇，如入无人之境。法藏本是佛家弟子不忍杀生，可此时正是性命攸关之际，如果让天魔回来，他与霓虹便再无拿到宝莲灯与梭罗木的可能。想到这里，法藏便坚定了斩妖除魔维护佛法的正义之心，抡起神斧便是一阵乱砍。这一下那帮小妖可惨了，碰上神斧便伤，挨上神斧便死。只用了片刻工夫，法藏与霓虹便解决了这一帮小妖，一直冲到了大殿的天魔宝座前。

到了天魔大殿的宝座前，法藏又开始犯愁了。梭罗木与宝莲灯是三界至宝，天魔不可能摆在明面上，肯定是藏到一个比较隐蔽的地方。这两件法宝被天魔藏到哪里去了呢？正在法藏想要寻宝之时，就看到霓虹一屁股坐到了天魔宝座前，嘴里喊道："这天魔的宝座，本姑娘今天就坐上一坐，看看是不是舒服。"

法藏刚要阻拦，却为时已晚。只见刚坐上天魔宝座的霓虹，"啊"的一声掉了下去。法藏忙伸手去拉，虽说拉住了霓虹，可两个人却同时掉了下去……

法藏与霓虹重重地跌倒在地上。法藏爬起来才看到，这是一间密室。再往前看，心中大喜，只见三界至宝梭罗木与宝莲灯正摆在这间密室里。法藏与霓虹刚要上前拿，就看到一道剑光刺来，随着剑光一起出现的正是自己的义妹霓裳。霓裳挡在两件法宝的面前，冲着法藏与霓虹大喊道："不许碰我们天魔洞的宝贝！"

法藏用将手中的神斧一举，对霓裳喊道："霓裳妹妹，我念在我们结义情深，你又多次救我的分上，劝你赶紧让开吧，不然，休怪大哥不讲情面。"

霓虹也赶紧劝道："霓裳妹妹，你快让开吧，咱们都是一家人，你怎么能向着天魔，那玉皇大帝可是你的亲外公啊。"

法藏将手中神斧一扬，冲着霓裳喊道："霓裳，你给我让开。"

霓裳眼里含着热泪，叹道："法藏大哥，我不能让啊。"

法藏走上前说道："霓裳，你先是骗入月宫，将嫦娥封印在桂花树里，帮助天魔破了护月神光拿到梭罗木，后来又变成嫦娥的模样偷来宝莲灯，你以为我不知道吗？"

霓裳一惊，说道："你怎么会知道？"

法藏长叹一声，高诵佛号道："阿弥陀佛，霓裳，要想人不知，除非己莫为啊。你帮助天魔拿到俊罗木与宝莲灯，考虑到后果吗？假如天魔用它倒反天宫，即使你是玉皇大帝的亲外孙女，恐怕也少不了要在那斩妖台上挨那一刀吧？"

霓虹也劝道："是啊，霓裳妹妹，你可别入了魔道后悔莫及啊。你就听大哥一句劝，这就让开吧。"

霓裳的眼里含着泪，倒退了一下，嘴上却坚定地说道："大哥，我真的

第三十四章
大战天魔洞

不能让啊！"

法藏叹道："霓裳妹妹，难道你为了天魔，非要让三界生灵涂炭吗？你可知这样会犯了天条的，大哥知道你本性善良，却又为何执意要做此丢了性命的事？"

霓裳突然大声地喊道："还不都是为了你！我不管了，不管了！为了让你留在我的身边，犯了天条又如何？丢了性命又如何？纵使我万劫不复，我也要帮师父拿到这两件法宝，让你成为天魔护法，永远留在我身边……"

霓裳的这一席话说出口，法藏也是一愣，心说霓裳偷梭罗木与宝莲灯，怎么会跟自己有关系？想到这里，法藏便双手合十道："阿弥陀佛，霓裳啊霓裳，你知道我心坚志定，又何必多此一举。你就听大哥一句劝，速速让开吧。"

霓裳突然一下子走上前，将手中的长剑一举，歇斯底里地哭喊道："如果让你拿走这两件法宝，从此我们就仙魔永别，那才是真的万劫不复！"

霓虹深深地叹了一口气，将手中的长剑一挺，说道："霓裳妹妹，如此，可就别怪姐姐不客气了。"

说完，霓虹便举起长剑，向着霓裳冲了过去。霓裳忙挥起长剑，架住了霓虹的长剑。法藏趁着姐妹对战的时候，一个弯腰就将梭罗木拿在了手中。另一只手刚要去拿宝莲灯时，只见寒光一闪，霓裳的长剑便刺进了法藏的胸中。霓裳大惊，一把抽出宝剑，一股鲜血立即从法藏的胸口处喷了出来。法藏应剑倒地，霓裳一下子抱住法藏大声哭道："大哥，你没事吧，我不是有意伤你的，真的不是有意要伤你的啊。"

法藏缓缓地睁开眼，看着霓裳虚弱地笑道："霓裳，我没事，真的没事……"

霓裳用手捂住法藏的胸口，鲜血染红了她的手，她着急地喊道："大哥，没事，我这就救你，这就救你，你没事的，你肯定会没事的。"

霓虹看到法藏倒地，也是大惊，忙蹲下身来，向着法藏哭喊道："大哥，你怎么了？你怎么了啊？"

法藏虚弱地对着霓虹说道："霓虹，你不要管我……快……快去拿梭罗木与宝莲灯……快啊……"

霓虹听法藏这么说，便不再迟疑，站起身来要去拿梭罗木与宝莲灯。此时，就看到白光一闪，天魔已经挡在了面前，哈哈大笑道："好感人哪，真是好感人啊，我都快流泪了，哈哈哈哈。"

霓虹看到天魔出现，更是大惊失色，心想天魔到底把镇元大仙怎么样了。刚要说话，就看到双手满是鲜血的霓裳，一下子扑倒在师父天魔的脚下，大声地喊道："师父，您快救救法藏大哥吧。"

天魔呵呵一笑道："我凭什么救他？救了他，他还要来偷我的梭罗木与宝莲灯，如此，还不如让他在这里死了。"

霓裳听天魔这么说，哀求道："师父，他也曾经去天宫救过你，你就快些救他吧。救醒了他，你就可以拿着梭罗木与宝莲灯改变他的意志，让他永远地留在你的身边，成为你的第一护法了。"

天魔摇了摇头，叹道："霓裳啊，你还是太天真了，区区两个法宝，怎么能够改变一个禅心坚定者的心？不可能，不可能啊。"

霓裳着急地问道："师父，那您为什么还要我去偷梭罗木与宝莲灯？"

天魔缓缓地说道："霓裳，因为只有你才可以帮为师拿到这两样法宝，我如果不这么说，你会帮助为师吗？"

霓裳的眼泪"哗"地一下便流了下来，她哽咽着喊道："不，师父，我不相信。"

天魔摇了摇头，说道："霓裳，你是我的徒儿，我本来不想利用你，你太痴情了也太善良了。为师很喜欢你，你就像当初的为师一样善良单纯。可是，痴情与善良有什么用？只会害了你啊。不如就被为师利用这一回吧，等到我倒反天宫成为玉皇大帝以后，为师再成全你的痴情与善良吧。"

霓裳摇着头哭喊道："师父，我对您既爱又敬，却没有想到，连您也来骗我，这是为什么，为什么啊？"

天魔叹口气，说道："因为，为师这是在保护你。"

就在霓裳情绪失常之时，地上的法藏周身突然散发出了佛光，他手持着神斧一下子站了起来，对着天魔喊道："天魔，我知你法力高深，但是我更相信邪不胜正，来吧，今天我定要打得你满地找牙。"

天魔哈哈大笑道："法藏啊，你休要口出狂言，连镇元大仙都被我打倒在地，更别说你了。好，既然你想死，那我就成全你。"

说完，天魔便一晃身形，向着法藏扑了过去……

第三十五章
最美是霓裳

　　法藏看见天魔向着自己袭来，不敢怠慢，手持着吴刚的劈天斧迎了上去，两个人在天魔洞里打在一处。天魔是大天尊级的人物，法力极其高深，以法藏现在的法力，确实不是他的对手。可是，此时的法藏已经无路可退，为了保护霓裳与霓虹，法藏靠着元神化成的护体佛光，高高举起神斧与天魔大战在一处。

　　法藏本不是天魔的敌手，只是仗着护体佛光之勇才暂时敌住了天魔。打了二十多个回合，只听天魔突然大叫一声，那把神刀带着凌厉的寒光向着法藏扑去。法藏再想躲避却已经来不及了，被寒光击中，应声倒地。就在天魔的诛神刀即将砍向法藏时，霓裳猛地一下子扑到了法藏身上，用身体挡住了天魔的诛神刀。霓裳中刀倒地，鲜血喷涌而出，染红了她的那身紫衣。法藏疯了一样地冲上前，不顾一切抱住霓裳，大声哭喊道："霓裳，霓裳……"

　　看到霓裳中刀倒地，天魔的诛神刀也"啪"的一声掉在地上。天魔呆立在原地，痛苦地喊道："霓裳，你为什么要这样？"

　　此时的霓裳已经陷入昏迷状态。法藏死死地抱住霓裳，使劲地哭喊着。天魔看到霓裳重伤倒地，突然"啊"地大叫一声，用手指着法藏大喊道："都是你，都是你这个凡僧，害了我徒儿的命，我今天定要将你碎尸万段，为我的徒儿报仇！"

　　说完，天魔便举刀向着法藏砍去。此时的法藏，早已经哭成了一个泪人，哪里还管得了砍过来的神刀。眼看着法藏即将被天魔砍到，霓虹仙子大喊一声："不要伤我大哥。"

霓虹仙子说着话,便一个纵身飞起,挥剑向着天魔砍去。可是,霓虹仙子哪里是天魔的对手,也重重地倒在地上,手中的长剑脱手而飞。发了疯的天魔正要举刀砍向霓虹时,就看到一道金光闪过,镇元大仙"嗖"地挡在天魔身前,手举拂尘高声喊道:"住手,你跟他们动手,算得哪门子本事,来来来,咱们重新打过。"

　　天魔已经发疯,看到镇元大仙重新出现在自己面前,断喝道:"你这个手下败将,我本有意放你一条生路,可既然你想死,那我现在就将你们一起送上西天,为我的爱徒霓裳偿命。"

　　天魔话音刚落,便冲上前与镇元大仙重新动起手来。镇元大仙不敢怠慢,忙挥动起拂尘向着天魔挥去。天魔手持诛神刀迎着拂尘便打,镇元大仙边打边退。天魔今天是铁了心要拿下镇元大仙,更是紧追不舍。两个人一前一后就打出了天魔洞的密室。

　　法藏还在紧紧地抱着霓裳,不停地哭喊着:"霓裳,你醒醒啊,醒醒啊。"
　　可是昏迷状态的霓裳却根本没有任何反应。就在法藏声嘶力竭地哭喊时,神奇的一幕出现了,只见霓裳脖子上的七星痣发出了淡淡的光彩,霓裳也在这淡淡的光彩里慢慢地睁开了眼睛,她看了看抱着自己的法藏,虚弱地说道:"法藏,我……我刚才好像做了一个梦,想起了很多事……"

　　法藏一看霓裳醒来,大声地喊道:"霓裳,你不要说话,不要说话,好吗?"
　　霓裳虚弱地笑了笑,继续说道:"逸仙……飘动……何世舞?安然太平……共画眉。"

　　法藏猛地用手一抹眼泪,大声喊道:"霓裳,你怎么会这句诗?"
　　霓裳长叹一声,挣扎着说道:"法藏大哥,不,你不是法藏,你是逸仙,是我的相公,这么多年了,我又见到你了,你不认识我了吗?我……我是素女啊。"

　　法藏终于明白了,霓裳竟然是素女的转世。法藏动情地抱住霓裳,哭喊道:"素女,我的素女啊。我可算是找到你了,这么多年,你去了哪里,去了哪里啊?"

　　霓裳微弱地说道:"我一直想不明白,为什么我那么爱你,原来,你就是逸仙,是我的相公啊,相公,你带我回家好吗?我……我可是好久没有回家了。"

　　法藏搂着霓裳,声泪俱下地喊道:"霓裳,不,素女,你不要说了,我这就带你回家，带你回我们的定州老家。"

霓裳笑笑说道："来不及了，逸仙，刚见到你，就又要分别了，我……我舍不得你啊……我们来生……来生再见吧！"

法藏疯了一样地哭喊道："霓裳，不，素女，我的爱人，我不会让你死的，就算是大闹阴曹地府，我也一定要将你救出来，带你回家。"

霓裳摇了摇头，费尽全身的力气抬起手来，摸着法藏的头说道："来不及了，逸仙，被斩神刀砍过的人……人会灰飞烟……烟灭的……逸仙……法藏……永别了……"

法藏使劲地抱住霓裳，大声地哭喊道："不要啊，不要，素女，霓裳，就算是将天地闹翻，我也要带你回家……"

法藏的手死死地抱住霓裳，可是霓裳的身体却渐渐地化成碎片，慢慢地化成了一缕缕的璎珞，附在了一旁的梭罗木上。法藏的手举着，却再也没有了霓裳的影子。法藏擦了把眼泪，一把抓起梭罗木，猛地站身，大喊一声："天魔，我跟你拼了。"法藏冲着密室外跑去，霓虹也从地上爬起来，拿起宝莲灯向外追去……

此时，镇元大仙正在空中与天魔打得难解难分。两人都是大天尊级的仙人，尽管镇元大仙法力略逊于天魔，可是天魔要想拿下镇元大仙，如果不使用法宝，也得费上很多周折。在两人刚才的对战中，天魔眼看着法藏与霓虹冲进洞里。牵挂着洞中小妖的他，不得不使出分身之术回到洞中将法藏与霓虹打伤。没想到，霓裳为了保护法藏，竟然被自己的宝刀砍伤。他将这一切的罪责全部都推到法藏身上，正待举刀杀死法藏，没有想到镇元大仙已经将他的分身给化解，又进洞中纠缠。看着一直缠住自己不放的镇元大仙，天魔的气便不打一处来，心想，这一次怎么着也得拿下镇元大仙，让他也尝尝魔水炉的厉害。

想到这里，天魔一边与镇元大仙打着，一边用分身术点燃了断魂香。那缕断魂香点燃后，便向着镇元大仙飘去。镇元大仙没有防备，突然闻一阵奇香，身子一软，便从空中跌了下来……

眼看着镇元大仙跌了下来，刚冲出洞的法藏飞身跃向空中，一下子便抱住了镇元大仙。天魔本想冲上前抓住镇元大仙，可是看到法藏与霓虹一个手持梭罗木，一个手拿着宝莲灯，拿走了他的两件逆天法宝，气得哇哇大叫，举起斩神刀向着法藏便扑了过去，口中大喊："你竟然敢偷我的宝贝，纳命来吧！"

法藏忙将镇元大仙交给霓虹仙子，便用元神化出护体佛光，手拿着三界至宝梭罗木，向着天魔打去。梭罗木与法藏有缘，他使起来颇为顺手。那梭罗木发出的阵阵寒光更是迫得天魔连连倒退。霓裳的死激发了法藏的男儿血性。正是这个天魔使自己刚刚找到素女，便又要生离死别。法藏将所有的愤怒都发泄出来，那根梭罗木被他使得上下翻飞。愤怒、无奈、悲欢、离合，这人间的愁肠百转，让这位早已经禅心澄明的佛子进入了疯狂的状态。他手举着梭罗木，招招都攻向天魔的要害，把天魔气得哇哇大叫……

天魔看到发了疯的法藏，不敢怠慢，手里的斩神刀不停地乱砍。这一阵好杀，直打得是天摇地动。法藏终究敌不过天魔，这一次战了约有五六十个回合，法藏的胳膊便中了一刀，手举着的梭罗木也掉落在地上。天魔手持斩神刀正要砍向法藏的时候，突然，只见空中金光一闪，阿牛带着"敖玉"冲了过来，用手一指天魔，大喊道："敢伤我大哥，看我今天不打得你满地找牙。"

阿牛举起上宝沁金耙，向着天魔便是一通打。"敖玉"手拿着方天画戟，舞得虎虎生威。为了救下大哥法藏，阿牛与"敖玉"面对着不可一世的天魔，早已经将生死置之度外。虽说阿牛威风凛凛，"敖玉"身手不凡，可是在天魔的面前，却是差了不止一个等级，只用了没几个回合，两个人便被天魔给打落云端……

阿牛与"敖玉"两个人直直地向着地面跌去，天魔手举着斩神刀向着地面不停地追。眼看着天魔即将把阿牛斩为两段之际，苏醒过来的镇元大仙又手持着拂尘冲了过来，与天魔战在一处……

法藏与霓虹看到阿牛与"敖玉"兄弟同时来援，心里都是特别激动。阿牛看到法藏，着急地问道："大哥，看到我妹妹霓裳了吗？我娘让我赶紧带她回家。"

听阿牛问起霓裳，法藏的眼泪"哗"地一下子又流了下来，对着阿牛说道："阿牛，对不起，我没有照顾好霓裳，她，她……"

看着哽咽流泪的法藏，阿牛着急地问道："大哥，我妹妹她到底怎么了，你快说啊。"

霓虹看到法藏大哥只顾得哭，阿牛又不停地催问，她的眼泪也流了下来，哽咽着说道："霓裳已经被天魔给打死了。"

霓虹话音刚落，阿牛就感到一阵头晕目眩，犹如五雷轰顶。来的时候，

第三十五章
最美是霓裳

织女千叮咛万嘱咐，一定要带霓裳回家，可是却没有想到，分别了这么多年，刚刚知道自己妹妹是谁，却偏偏又是生离死别。想来，老天爷真是不公啊。阿牛的眼泪夺眶而出，指着正在空中与镇元大仙对战的天魔，疯了一样地喊道："天魔，你还我妹妹的命来！"

言罢，阿牛便拿起上宝沁金耙，向着空中飞去。法藏看到阿牛冲了上去，忙擦了一把眼泪，也拿起梭罗木向着空中飞去。霓虹与"敖玉"更是忍住悲痛，一起向着天魔冲去……

镇元大仙已经吃过断魂香的亏，这次再战天魔，可是有着十万分的小心。他不停地催动着拂尘，拼尽全力抵住天魔的斩神刀。眼看着阿牛、法藏、霓虹与"敖玉"飞来助阵，镇元大仙心说不好，我还能架得住天魔的攻击，这帮人如果冲上来，很快便会被天魔给打倒，自己如果分心去救他们，难免会遭到天魔的毒手。想到这里，镇元大仙便趁着天魔举刀迎向拂尘的时候，故技重施，一乾坤袖便将天魔给收进了袖中……

镇元大仙猛地一下便封住了袖口，迎着法藏高声喊道："法藏，你们不可前来助阵，以免缠斗之时伤了你们。"

法藏听到镇元大仙这么说，便与阿牛、霓虹、"敖玉"停在空中。法藏大喊道："大仙，天魔好生厉害，我等兄妹该如何帮你？"

镇元大仙着急地喊道："天魔已经被我的乾坤袖暂时困在里边，过不了多久就会出来，你们不要管我，赶紧将梭罗木和宝莲灯带上天庭，去找玉皇大帝搬救兵去吧，不然，我们今天都会被天魔给拿住。"

法藏答道："大仙万事小心，我等这就去天庭搬兵。"

说完，法藏便带上霓虹、"敖玉"与阿牛，一起向着天宫飞去。法藏正在向上飞着，就听到"嘭"的一声，镇元大仙的乾坤袖四分五裂。天魔向正在飞向天庭的法藏等人高声地怒喊道："要走，没那么容易，还我的法宝来。"

天魔一转身形，手拿着斩神刀飞身上前，挡住了法藏等人的去路。天魔也不答话，一下子就从霓虹的手中抢过宝莲灯，对着追上来的镇元大仙喊道："宝莲灯在手，三界无敌手。来吧，今天我就拿了你们，送你们进魔水炉受死。"

天魔手持着宝莲灯暗暗地念动咒语，只见宝莲灯散发出万道霞光，那霞光瞬间化作万千的刀剑，向着镇元大仙等人袭去。镇元大仙忙将拂尘一举，

-419-

用神光挡住袭来的这万千刀剑。天魔一看镇元大仙用神光挡住了刀剑，猛地一下就将宝莲灯抛向空中，口中念念有词，又用手一指宝莲灯，大喊一声"收"，只见法藏、霓虹、阿牛与"敖玉"便被收入了宝莲灯里，镇元大仙的神光也瞬间化为乌有。

镇元大仙大叫一声"走也"，便不再与天魔对战，化作一道金光，向着天庭的灵霄宝殿飞去……

镇元大仙很快便飞到了灵霄宝殿外。守门的金甲神看到镇元大仙如此狼狈，便问到底出了什么事。镇元大仙着急地喊道："快带我去见玉帝，再晚就来不及了……"

此时，玉皇大帝正在灵霄宝殿里与众仙商议蟠桃会的事情。看到金甲神匆忙来报，说是镇元大仙有要事求见，玉皇大帝便命金甲神速速传镇元大仙上殿。

镇元大仙匆忙赶到大殿之中，向着玉皇大帝躬身施礼道："玉皇大帝在上，大事不好了。"

玉皇大帝看到镇元大仙如此慌张，一捋长须说道："镇元大仙不必惊慌，发生了什么事，你速速报来。"

镇元大仙禀报道："启奏玉帝，我与天蓬元帅、卷帘大将一起去找寻宝莲灯与梭罗木，却不料天魔实在是厉害，竟然将天蓬元帅、卷帘大将、霓虹仙子及西海龙宫三太子敖玉一并捉了过去，求玉帝速发救兵，降魔救人吧。"

众仙听闻镇元大仙如此一说，一个个更是胆战心惊。众仙都知道天魔法力无边，连镇元大仙这等天尊级的神仙尚且不是他的对手，如今他又有了宝莲灯与梭罗木这两件纵横三界的法宝，更是三界无敌了，谁还能是他的对手？

玉皇大帝听完镇元大仙的奏报，也是大吃一惊，猛地从龙椅上站起，向着下面的众仙高声喊道："各位仙卿，天魔如此猖狂，简直是欺我天庭无人，你们谁愿意下界将天魔给捉来？朕必定重重有赏。"

玉皇大帝的话刚说出口，刚才还交头接耳的众仙，马上不吱声了，整个灵霄宝殿静得出奇，就是掉一根针也能听到。也是，在这个仙人历劫的关键时刻，众仙人人自危，谁都知道天魔神通广大，哪敢下界找天魔去送死？

玉皇大帝看着面面相觑的众仙臣，长叹一声说道："众位仙卿，尔等都是维护三界安定的重要仙人，负有炼魔降妖的责任，怎么在这天魔横行的时

第三十五章
最美是霓裳

候，竟然毫无对策？"

玉皇大帝把话说完，大殿之上依然鸦雀无声。玉皇大帝正要动怒，就看到太白金星出班奏道："玉帝万岁，您不必惊慌，老臣保举一仙，只要他出马，定可降魔成功，救回天蓬元帅与卷帘大将军来。"

玉皇大帝听太白金星这么说，赶紧问道："老爱卿速速说来，是哪位仙人啊？朕这便宣他下界迎战天魔。"

太白金星奏道："启奏玉帝，这位可以下界迎战天魔的，正是您的外甥二郎显圣真君哪。他现在正在与哪吒剿灭七十二洞的妖王，岂料那些妖王知道不是天兵天将的对手，竟然纷纷躲了起来，二郎神与哪吒也是无计可施。您不如调他们前去降服天魔，以安众仙之心。"

玉皇大帝听太白金星说完，心中大喜，便道："如此甚好，你速速传旨，就由二郎显圣真君与哪吒三太子前往降魔，若是降魔成功，朕定有重赏。"

太白金星听玉皇大帝这么说，赶紧迈步离开灵霄宝殿，去调杨戬与哪吒迎战天魔了……

此时，天魔手举着宝莲灯已经返回到天魔洞里，暗暗念动咒语，将那宝莲灯往下一倒，就将法藏、霓虹、阿牛与"敖玉"给倒在地上。众小妖一拥上前，便将兄妹四人给捆了个结结实实。

天魔用手一指被绑住的法藏，说道："法藏，我本想将你碎尸万段，替我的霓裳徒儿报仇，但是念你曾经救过我的分上，我最后再问你一句，你愿不愿意归降于我，做我的第一护法？"

法藏昂然不跪，冲着天魔喊道："天魔，要杀要剐随你的便，你若不杀我，我还是要捣毁你的天魔洞，替我的妹妹霓裳报仇雪恨。"

天魔怒道："你给我住口，是你杀了霓裳，不是我。今天，你若是降了本尊，本尊不但会封你为第一护法，还要教你一身纵横三界的法力。若是你不降，你看到没有，那魔水炉里翻滚的黑水，便是你魂飞魄散的地方。"

法藏也哈哈大笑道："阿弥陀佛，我意修佛，岂能跟了你这逆天的妖魔，你什么也别说，动手吧。"

天魔怒道："好，我今天便成全了你，来人啊，快将他给我扔进魔水炉中。"

小妖们一拥而上，打开魔水炉盖，便将法藏给推入炉中……

眼看着法藏大哥被推入炉中，急得阿牛、霓虹与"敖玉"大声地呼叫，可是根本没人理睬他们。

被绑得结结实实的霓虹仙子，对着天魔怒喝道："天魔，你知道为什么人人都说你是魔吗？就是因为你利欲熏心违背了天道。你等着吧，天道昭昭，你不会有好下场的。"

天魔听霓虹这么说，便是一阵狂笑。笑过后，天魔缓缓地说道："我怎么不会有好下场？我告诉你，我曾经也很善良很痴情，可是怎么样了，我被女人背叛，我的玉皇大帝之位被夺，我被封印了几十亿年。如今，我复活了，我要将我失去的一切都夺回来，这就是天道。"

霓虹怒目圆睁道："天魔，你不会有好结果的。你等着，早晚有一天，天庭定会将你押上斩妖台，为我的法藏大哥报仇雪恨。"

天魔怒道："你给我住嘴，他害死我的爱徒，死有余辜。我告诉你，我不但要将他炼化，还要把你也打入魔水炉中。"

说完，天魔便把大手一挥，小妖们赶紧打开魔水炉盖，将霓虹仙子也推入了魔水炉里……

看到天魔将法藏大哥与霓虹姐姐都推入了魔水炉，阿牛使劲地挣扎着，可是却挣脱不开捆仙绳，阿牛对着天魔破口大骂道："天魔，你不会有好下场的，我们兄妹就是死也不会皱一下眉头，你就等着玉皇大帝将你再次封印吧。"

"敖玉"也冲着天魔怒吼道："天魔，你的所作所为已经惹得天怒人怨，你等着吧，早晚你会为你所犯下的罪行付出代价。"

天魔听阿牛与"敖玉"对他破口大骂，哈哈狂笑道："来人啊，将他们二人速速押往我刚刚建好的仙牢，我要慢慢地折磨他们，让他俩痛不欲生……"

天魔的话刚说完，众小妖便冲上前来，将对着天魔仍在破口大骂的阿牛与"敖玉"给押入了魔牢。

天魔慢慢地走到魔水炉前，对着炉里的法藏与霓虹说道："法藏，这魔水炉里的滋味还好受吧？"

只听得魔水炉里传来了阵阵的诵佛声："阿弥陀佛，阿弥陀佛，阿弥陀佛……"

天魔掏出断魂香来大声地喝道："想不到啊，法藏，你快要被我的魔水炉给炼化了，竟然还能禅心坚定地念佛。好，很好，我便用断魂香干扰你的元神，让你求生不得求死不能……"

第三十五章
最美是霓裳

说着话，天魔便点燃了断魂香。只见那断魂香的青烟弥漫开来，向着魔水炉里飞去。看到断魂香钻入魔水炉，天魔又问道："法藏，现在如何？"

只听到魔水炉里又传出法藏的声音："禅心坚定……西天……取经，不能让魔界的人成为取经……取经人，否则，……否则魔即……即成佛……"

天魔弯腰捡起梭罗木，指着魔水炉，哈哈大笑道："取经，成佛？好，本天尊不但要拿到五件法宝，成为玉皇大帝，还要成为最大的佛。我不但要统治这个三界，还要统治冥河老祖那个三界，哈哈哈哈！"

正在被魔水浸泡的法藏，苦苦忍受着乱蚁噬心的苦痛。虽说被八卦炉炼过一时不至于被魔水炼化，可是中了断魂香的法藏已经不能念佛，神志迷乱之际便将取经之事说了出来。当听到天魔说出冥河老祖时，法藏的意识忽然又动了起来，抛开了正在魔水炉中历劫的身体，向着三十三重天外的冥河宫飞去。原来，三界之内，除了太上老君的八卦炉，天魔的魔水炉也可以将法藏的意识送往冥河宫。

法藏意识萌动，突然便飞到了冥河宫十二座黑莲花的上空，被冻得直发抖。正在苦苦地忍受着那刺骨的寒冷之时，突然看到霓虹仙子衣袂飘飘地飞了过来。

法藏一看霓虹仙子，心中大喜地问道："霓虹妹妹，你怎么会在这里？"

霓虹仙子飞来过，拉住法藏大哥的手说："法藏大哥，你不知道吗？我也被扔进了魔水炉里，只是我的身体是人参果所化，一时还不至于被炼化，但是元神却不能附在人参果上了，就飞回到老家了，哎？大哥，你的意识怎么会来到这里？"

法藏问道："霓虹妹妹，你说的话我还是不懂，你快告诉我，意识与元神到底有什么区别？"

霓虹仙子道："大哥，我也说不好，意识好像是你的想法，可是元神却是你的魂魄吧。人的意识是很杂乱的，没想到禅心坚定的你，却能凝聚意识来到三界之外的冥河宫。"

法藏只感觉这里特别阴冷，他哆嗦着说道："上次我来这里，身体还是被太上老君的八卦炉焚烧着才来到了这里，现在来到这里，不会被冻化吧？"

霓虹仙子笑道："怎么会？那太上老君的八卦炉与天魔的魔水炉，一阴一阳，都可以将你的意识送到这里来的。你先是经过八卦炉的焚烧，又经过魔水炉的浸泡，大哥，若是你再出去，就是纵横天下的仙人啦。好了，你既然来到这里，就快去见我的师父吧，他老人家可是非常喜欢你啊。"

想到上次来冥河宫抽冥河老祖的那些耳光，法藏就觉得有些好笑，心说这里的人怎么跟他们那个三界的人想法不一样？你越是抽他他越是觉得你好。这一次，一定要好好抽冥河老祖几个耳光，好让他将霓裳，噢，不，将素女灰飞烟灭的魂魄给交出来。

说着话，兄妹两人并肩，飞进了冥河宫的冥河大殿。

上次匆匆来冥河大殿，法藏还没有认真地看看，这一次，他仔细地看了看，只见那大殿非常雄伟，布局奇特，比之灵霄宝殿更加气派。那大殿的四周布满了精致的宝莲台，每一座宝莲台上都洒满了光，将整个大殿照得富丽堂皇。大殿的顶端镶嵌着无数颗夜明珠，散发着圣洁的光彩。那大殿之上耸立着十二根粗大的红柱，每一个柱下站着一位威风凛凛的将军。真是个金碧辉煌的神仙殿堂啊，法藏的心都跟着清灵空明起来。

法藏跟着霓虹来到大殿之上，就看到冥河老祖老远走下了龙椅，向着法藏磕头道："法藏师父，小仙前来见你了，你一向可好啊？"

法藏看到跪在地上的冥河老祖，也不搀扶，上前就是一耳光，嘴里喝道："你这个臭不要脸的老头，快给我起来，不然我还踹你。"

冥河老祖听法藏这么说，哈哈大笑着站起来说道："法藏师父，你怎么又来了？你不怕回不去吗？"

法藏冲着冥河老祖又是一顿拳打脚踢，边打边说："不怕，今天来找你商量点事。"

冥河老祖被打出了血，依然高叫着："舒服啊，舒服，这被人打就是舒服啊，来来来，再给我来两下，你再跟我说你的事。"

法藏听冥河老祖这么说，不敢怠慢，冲着冥河老祖又是两个耳光，说道："霓裳已经灰飞烟灭魂飞魄散了，我很伤心，我该到哪里去找她？"

冥河老祖一抹脸上的鼻血，说道："这个你不用担心，既然她魂飞魄散了，那就一定到了我们冥河宫，我这就让人去把她给叫来。"

法藏冲着冥河老祖又是一脚，说道："你这个老不死的，快些叫人去找，若是迟了些，你就是求我我也不打你了。"

冥河老祖赶紧站起身，走到了宝座上坐下，高声地叫道："自在天波旬、大梵天、欲色天、湿婆四大魔王何在？"

只见四大魔王出班走到殿前，向着冥河老祖拜道："属下在此，请大天

第三十五章
最美是霓裳

尊吩咐。"

冥河老祖道:"法藏师父又来我们冥河宫伺候我了,我很舒服,你们速去十二朵黑莲花里查看所有灰飞烟灭的鬼魂,将素女或霓裳的魂魄给我速速带来,好让她与法藏师父相见。"

四大魔王向上一抱拳,说道:"得令。"

说完,四大魔王便威风凛凛地走出了大殿。趁着四大魔王寻找霓裳的时候,冥河老祖又笑着求道:"来来来,法藏师父,你可千万别闲着,赶紧耳光招呼着。"

法藏心里直乐,他本是一个僧人,不能随意地恶语伤人,更别说打人了。可是,这是在冥河宫,一切都是反的,冥河老祖就喜欢被另一个三界的人打。想到这里,不敢违拗冥河老祖吩咐的法藏赶紧冲上前,对着冥河老祖又是一顿耳光,指着冥河老祖大喊道:"快说,我该怎么样才能救活我的霓裳?"

只听得冥河老祖转了一下脑袋,喊道:"舒服哪,舒服,法藏师父,要想救活霓裳可是难哪!"

听冥河老祖这么说,早已经为霓裳的死伤心欲绝的法藏,冲着冥河老祖又是一阵拳打脚踢,大喊道:"我不管,就算是付出天大的代价,就算是让我上刀山下火海下油锅,我也要将霓裳救回人间。"

法藏刚说到这里,就听到一阵脚步声响,只见素女已经被四大魔王带到了殿里。素女一见法藏,躬身施礼道:"相公,你来了,冥河老祖知道我们的关系后,对我可好了,奴家谢过相公了。"

法藏一见到素女,心里万分激动。他冲上前,一下子抱住素女,热泪盈眶地喊道:"素女,我这就带你离开这里,咱们一起回定州老家,好吗?"

素女用手推开法藏,眼含着热泪道:"相公,我已经回不去了。你听奴家的话,快些回去吧,这里真不是你该来的地方。"

法藏紧紧抱住素女,大声喊道:"不,我们再也不要分开了,你快跟我走吧,我这就带你回家。"

素女也使劲抱住法藏,哽咽着说道:"相公,我也想跟你回去,可是,我真的回不去啊。就算是冥河老祖法力通天,也难以帮助我回去。这一千年的时光,实在太漫长了,我已经消失在那茫茫的天地中,又怎么能回去?"

法藏一下子放开素女,冲到冥河老祖面前,就是一顿拳打脚踢,大喊道:

-425-

"你快告诉我，怎么样才能将素女带回人间。"

冥河老祖将头一仰，嘴里喊道："舒服啊，真舒服啊，这被人打就是舒服啊。哎，我说法藏师父，你是要带素女走，还是要带霓裳走啊？"

法藏听冥河老祖这么说，就是一愣，问道："这有什么区别吗？"

冥河老祖没有回话，用手一指前方说道："法藏师父，你快来看。"

法藏顺着冥河老祖手指的方向看去，只见大殿上走来了一个蹦蹦跳跳的熟悉身影，定睛一看来人正是霓裳。一见法藏，霓裳便扑了上来，使劲地抱住法藏说："法藏大哥，我没有想到你能来这里找我，你还好吗？你可想死我了！"

法藏看着眼前的素女与霓裳，大惊失色道："你们，你们不是一个人吗？"

冥河老祖笑道："法藏师父啊，虽然霓裳是素女的转世，但是她们在我们这里就是两个人，你是要带谁回人间啊？"

法藏听冥河老祖这么说，大声地喊道："她们两个我都要带回去，因为她们都是我最亲最爱的人。"

法藏的话刚说完，只见素女的身形化成一股青烟，飘进了霓裳的身体里。霓裳动情地看了看法藏说道："大哥，你带我走吧，我再也不要在这里了。"

法藏摇着头，大喊道："素女哪？我的素女哪？"

冥河老祖说道："法藏啊，这霓裳就是素女，素女就是霓裳啊。我说，你还想不想让她们重新活过来啊？"

法藏双手疯了一样地抓扯着自己的头发，大喊道："你快说，我到底该怎么才能让她们重生？"

冥河老祖道："不急，不急，你先伺候伺候我再说。"

法藏又冲上前，对着冥河老祖又是一耳光说道："只能打你一耳光，不能再多了。你这个老东西，快告诉我，怎么才能救活他们？"

冥河老祖笑道："不急，这次又是太上老君将你送到我这里的吧？怎么，太上老君没让你给我送我点东西？"

法藏想了想，缓缓地说道："不是，这次是天魔用魔水炉将我送来的，他也不是要将我送到你这里来，而是要彻底地炼化我。"

冥河老祖大惊道："哎呀，天魔可是你们那个世界最厉害的魔王，据我

第三十五章
最美是霓裳

所知，他已经被玉皇大帝封印，怎么又重生了？"

这时，一直站在一旁不敢说话的霓虹向上报道："启禀师父，天魔不但要将大哥炼化，在看到您的芭蕉扇后，他还口出狂言，说即使您出现在他那个三界，也不是他的对手。"

冥河老祖听霓虹这么说，一拍桌子怒喊道："他大胆，虽说我去不到你们那个三界，但是我也要送法藏师父一样东西，让他知道知道我的厉害。"

说完，冥河老祖一张口便吐出一粒魔丹，往法藏的身前一递，说道："法藏，你是燃灯古佛的弟子，又跟我有缘，我就将这粒魔丹送给你，你吞下它后，可以助你增强法力，到时，你就再也不用害怕天魔了，哈哈哈哈。"

法藏心中大喜。为了表示感谢，他举起手来，对着冥河老祖又是一耳光，说道："谢谢你啊，如此，我便再赏你一耳光。"

冥河老祖又指着自己的脸，说道："舒服啊，舒服啊，这被人打就是舒服啊，来，再来两下。"

法藏双手接过魔丹吞下，只感到身体格外轻快，冲着冥河老祖又是一脚，说道："你快告诉我，该怎么样让霓裳，噢，不，是素女，该怎样让素女重生？"

冥河老祖哈哈大笑道："难哪，难哪。"

霓虹仙子听冥河老祖说难，赶紧对法藏说道："大哥，你再伺候伺候我师父，他一高兴，再难的办法他也会为你想到的。"

法藏听霓虹仙子这么说，赶紧冲上前，对着冥河老祖又是两个耳光，疼得冥河老祖大声地喊道："舒服哪，舒服啊，这被人打就是舒服哪。"

法藏实在是无语，便说道："你就别说舒服了，快告诉我，怎么样才能让素女重生吧。"

冥河老祖想了一想，缓缓地说道："霓裳，噢，不，是素女，咳，其实她俩都是同一个人。就说霓裳吧，早已灰飞烟灭，只有天魔手里的紫金莲，才能确认霓裳纷飞的灵魂归处。你找到霓裳灵魂后，再用琉璃盏的灯芯和女娲石会合，才可以使霓裳重生。可是这第一样的紫金莲，却也是极难找到，因为它被天魔藏到了一处极隐秘的地方……"

法藏听冥河老祖这么说，就指着霓裳说道："冥河老祖，她不就站在我这里吗？为什么你不让她跟我一起回去？"

冥河老祖叹一口气，说道："因为现在的素女，噢不，现在的霓裳，在你们那个三界人的认识里，只是一个意识，她连个魂魄都算不上，根本就是不存在的，我也不能让你带走她啊。"

法藏又问道："难道素女，噢不，是霓裳，就永远地留在了你这里，再也回不去了吗？"

冥河老祖笑了笑说道："如果你能让霓裳重生，她也就消失在我们这个三界。好了，法藏，你的意识不能在我这里停留太久，否则你会被魔水炉炼化的，快跟霓虹仙子一起回去吧。想来有我那粒魔丹相助，天魔便再也不能为难你了，回去吧，回去吧！"

说完，只见冥河老祖将大手一挥，聚起一道黑光。黑光不停地旋转，将法藏与霓虹仙子卷了进去。法藏与霓虹的意识，便随着黑光缥缥缈缈地飞离了冥河大殿，向着极远极远的地方飞去……

第三十六章
无敌宝莲灯

法藏再次醒来时，发现自己身处黑漆漆的魔水炉里，魔水正翻腾着噬人的气泡。法藏强忍着疼痛，猛地一下子站了起来，用手一推身边的霓虹仙子，却没有反应，法藏这才想起，霓虹仙子的意识，可能还在回归本元的路上。

想到这里，法藏一拳向着魔水炉打去。只听得"嘭"的一声，魔水炉被打得粉碎，魔水溢满了整个大殿。那些守卫在魔水炉旁的小妖，立即被魔水炼化，哭喊之声不绝于耳。

天魔正在闭目修炼，突然，他猛地一张口，"哇"地一下吐出一大口鲜血。魔水炉本是天魔元神所化，可以炼化天地间的一切，魔水炉被打碎也深深地伤到了他。天魔正在吐血，就看到法藏从破碎的魔水炉里站了起来，紧紧抱住霓虹仙子。

天魔大惊失色，指着法藏怒喝道："好你个法藏，我可真是没想到啊，凭你的本事，也能打碎由我元神化成的魔水炉？"

法藏将霓虹仙子往地上一放，指着天魔怒喝道："天魔，你想不到的事情还多着哪，我告诉你，即使你成为这玉皇大帝，在这无数个三界之中，也是有着许多比你法力高深的大仙。"

天魔哈哈地大笑着，说道："法藏，我就是三界最大的魔，也是三界唯一的佛。你能逃出并打碎我的魔水炉，本尊很欣赏你。我再说一遍，你若是能归降我，等我倒反天宫之后，一定封你为一人之下万仙之上的大天仙，本尊绝不食言。"

法藏也学着天魔的样子，哈哈大笑道："不可能，你永远也不可能让一个禅心坚定的佛子改变初衷。"

看到法藏打破了魔水炉，天魔心想，法藏哪里有这么大的法力，能够逃脱我元神所化成的魔水炉？天魔忙睁开法眼睁看法藏，想知道在魔水炉里的法藏究竟得到了什么机缘。可是，看了半天也没看到什么。

天魔哪里知道，他虽然是这个三界的魔王，可是，冥河宫远在三十三重天外，是另一个三界，他又怎么能看得到。天魔对着法藏笑道："法藏啊，你可真了不起，想不到我用法眼也看不出你得了什么机缘，竟然能打碎我的魔水炉。"

法藏指着天魔怒喝道："你不要以为自己多了不起，我告诉你，佛法广大，你看不到的事情还多着哪。"

天魔怒哼一声道："法藏，你别以为我看不到，就不知道你得了什么机缘，你也太小看我的法力了。"

说完，天魔掐指一算，算到法藏去了冥河宫，得了冥河老祖的魔丹。于是，天魔哈哈狂笑道："法藏，我真没想到，你竟然能够用我这魔水炉，去那三十三重天外的冥河宫。那冥河老祖对你不错啊，竟然能将他元神炼成的魔丹送给你。好，很好，今天，我就要看看是他冥河老祖厉害，还是我厉害。"

法藏道："天魔，人家冥河老祖虽是魔，却秉持天道，而你呢，竟然妄想着倒反天宫，今日我便要打倒你，替我的霓裳报仇雪恨。"

说完，法藏便化作一道疾风，向着天魔猛扑过去。天魔本以为法藏不敢对他动手，却没有想到，法藏的意识去了一趟冥河宫，胆子也壮了起来。天魔刚要拿身边的梭罗木，却被法藏给一把抢过。法藏手举着梭罗木，向着天魔打了过去。天魔看到法藏已经得了梭罗木，忙拿出斩神刀，迎着法藏便砍。

冥河老祖的魔丹确实是厉害，只这么一粒，法力便突飞猛进，已经不输于天魔了。法藏举起梭罗木照着天魔便没有章法地一个劲地猛打。天魔一边忙于应付，一边在想，冥河老祖果然是厉害啊，隔着这几十亿年的飞行距离，只用一粒魔丹，便让法藏的法力达到了大天尊的级别，厉害，实在是厉害。可是这法藏再厉害，那也不是自己的对手，现在自己手忙脚乱最主要的原因还是魔水炉被打碎，元神受了伤，才法力大减。

天魔确实不服气，但如果再跟法藏强斗法力会吃亏，不如斗一斗法宝。

第三十六章
无敌宝莲灯

想到这里,天魔便一个箭步向后退去,从怀里掏出了宝莲灯,暗暗念动咒语。只见那宝莲灯散发出七彩的神光,"嗖地"一下便将法藏给收进了宝莲灯里。

天魔哈哈大笑道:"法藏啊法藏,冥河老祖的魔丹再厉害,那也不是我宝莲灯的对手,你就等着灰飞烟灭吧。"

刚说到这里,就听到下面的小妖匆忙来报:"报大天尊,二郎显圣真君杨戬奉玉皇大帝的命令,正在天魔洞外叫阵。"

天魔听到小妖说二郎神杨戬来了,头皮就是一阵发麻。二郎神的威名三界皆知,当年劈山救母,连玉皇大帝也无计可施。虽说二郎神只是一个凡人修成的神仙,可是战力却可以纵横三界,很多大罗金仙都不是他的对手。如今,二郎神打上天魔洞,自己更是要加着十二分的小心。

想到这里,天魔又摸了摸宝莲灯,心想,虽说二郎神让人头痛,可是自己有这么强大的法力,又有宝莲灯助阵,定能捉回二郎神的。捉了二郎神杨戬,定会让那玉皇大帝胆战心惊,从此,再也不敢派天兵天将来剿灭天魔洞。所以这一战不能派别人出战,必须自己亲自出战,而且必须一战拿下二郎神,给玉皇大帝来一个下马威。

想到这里,天魔便对着众小妖喊道:"来得好,你们这就跟着我去洞外,咱们捉了二郎神,今晚便用他的心肝来下酒。"

说完,天魔便抖擞精神,一手持着梭罗木,一手拿着宝莲灯,在小妖们的拥簇下向着天魔洞外走去。

天魔刚走到洞口,就看到二郎神威风凛凛地站在空中,旁边还站着一员小将,正是三坛海会大神哪吒。

杨戬看到天魔出了洞,便将手中的三尖两刃刀一举,向着天魔高声喊道:"呔,天魔,认得你家二郎显圣真君否?"

天魔哈哈大笑道:"杨戬,不得无礼。你是玉皇大帝的外甥,我是玉皇大帝的亲弟弟,算起来,你也是我的外甥,为什么见了本尊还不下跪啊?"

二郎神听天魔这么说,先是一愣,他没有想到天魔竟然也来挑他的理。二郎神将三尖两刃刀一放,说道:"天尊,你虽是我的小舅,可是你倒反天宫,欲篡夺大舅的玉帝宝座,致使三界涂炭生灵,就不要怪外甥对你不客气了。"

天魔听二郎神这么说,点了点头说道:"二郎神,你好糊涂啊,那玉皇大帝先是将我这个弟弟封印，后来，又将你的母亲，也就是我的妹妹封印在桃山受苦，可真是为了帝位毫无半点亲情啊。你不如听小舅我的，归顺于我，将来等到我倒反天宫成功，我一定封你为三界的大天尊。你意下如何啊？"

还没等二郎神说话，就听到一旁的哪吒哈哈大笑道："天魔，我告诉你，你就死了这条心吧，想我杨戬大哥是天庭赫赫有名的战神，他怎么会跟着你？你就省省吧，别白费口舌了。"

天魔看了看哪吒，怒道："哪吒，就凭你也配跟本天尊讲话？我争夺玉皇大帝的宝座，那是我的家事，与你何干？假如你再敢胡言乱语，小心本天尊让你灰飞烟灭。到时就算是你的师父太乙真人，也休想让你重生。"

哪吒听天魔这么说，心中大怒，刚要举起火尖枪往前冲，就听到二郎神说道："哪吒，不可动怒，小心天魔激怒你再暗施毒手。"

天魔看到哪吒不再说话，就转过头来，向着杨戬说道："好外甥，你仔细想想我说的话有没有道理。若是我说的还合你的意，你这就跟着我进天魔洞，舅舅这就为你接风洗尘，可好？"

听天魔说到接风洗尘，二郎神哈哈大笑道："天魔啊天魔，你可真是啥都敢想啊。不错，我母亲确实是被玉皇大帝关在山里，纵使我劈山救母，也没能救出她。虽说我恨死了玉皇大帝，可是我万万不会归顺于你。因为跟着你倒反天宫会造成三界生灵涂炭，所以，你就死了这条心吧。"

天魔听二郎神这么说，叹了一口气说道："二郎神，难道我们之间真要动手吗？我可真是很喜欢你，不想跟你动手啊。"

二郎神哈哈大笑道："大天尊，不是我要跟你动手，而是你要逼着我动手啊。若是你不想伤了我们的和气，不如就将宝莲灯和梭罗木给我。如果你肯给我这个面子，我便返回灌江口，从此再也不管你和玉皇大帝的烂事。"

天魔听二郎神这么说，哈哈大笑道："二郎神，你真是痴心妄想啊。想我为了拿到这两件法宝，费了九牛二虎之力，就凭你动动嘴皮子就想从我这里拿走这两件三界至宝？你把我当三岁的小孩子吗？"

哪吒听天魔这么说，便将手中的火尖枪一举，冲着天魔怒喝道："天魔，既然你不肯将两件法宝给我们，那就受死吧！"

说完，哪吒便不再搭话，举起手中的火尖枪，向着天魔便冲了过去。天魔看到哪吒冲了过来，大叫一声"来得好"，便迎着哪吒扑了上去。二郎神杨戬看到哪吒冲上去了，怕哪吒有失，也赶紧举起三尖两刃刀，向着天魔冲

第三十六章
无敌宝莲灯

了过去。

二郎神杨戬是天庭数一数二的战神,三坛海会大神哪吒也是天庭出了名的神将,两人合力往前一冲,天魔不敢怠慢,挥舞起手中的斩神刀,就与杨戬和哪吒打在了一起。天魔一边与这两位神将打着,一边在心里想,这二人还真是有两下子,竟然能敌得过自己手中的诛神刀。想当年自己倒反天宫,有无数的天庭神将死于诛神刀下。虽说自己最后被燃灯古佛、太上老君、女娲娘娘等大天尊联手封印,可心里还是不服啊。如今复活为的就是夺回玉皇大帝的宝座,凭着自己这么多年的苦修,就算是燃灯古佛等几位大天尊再次联手,再想封印自己也不是那么容易。可没想到,在自己被封印的这些年,沧海变桑田,天庭竟然出了这么多能打的神将,就连二郎神与哪吒都能敌上自己一阵子,想要倒反天宫,夺回玉皇大帝的宝座,那可真是难上加难啊。

二郎神与哪吒一跟天魔交手,也感受到了天魔的威力。二郎神曾经劈山救母,也曾经为了助周伐纣跟许多仙魔交过手,算起来,他心中真正佩服的仙人没有几个。可是今天这位天魔二舅,确实是不好对付。如果天魔不被封印,阻挡姜子牙兴周灭纣,定然会给周军平添不少的麻烦……哪吒也感觉到了天魔的法力,那诛神刀带着无边的阴风,呼呼地向着他劈来,累得他气喘吁吁,不停地挥动着火尖枪抵挡。哪吒心想,自己连他的边都挨不上,这仗还怎么打啊。想到这里,哪吒便一下子从肩上取出了乾坤圈,照着天魔打了过去。

天魔正在与二郎神打着,就感到一阵风向着自己袭来。天魔知道是乾坤圈到了,他头也不回便发出了护体的神光。只见那乾坤圈一挨上天魔的护体神光,便像失重一样,"啪"的一声跌落在地。哪吒一看,吓得面如土色,心说天魔实在是太厉害了,若是再打下去,恐怕他和二郎神都要被天魔捉回天魔洞。

想到这里,就听到二郎神在空中大喊:"哪吒,不要管我,速速返回天庭禀报玉帝,让他再增兵天魔洞,降妖炼魔去吧。"

哪吒也知道二郎神说的有理,可是讲义气的哪吒又怎么能丢下二郎神独自逃生,便大声地喊道:"不,我不能将你扔在这里不管,我要与你并肩作战!"

说完,哪吒便不顾杨戬的苦劝,抛出混天绫向着天魔袭去。天魔正与二郎神交战,看到混天绫向着自己袭来,心说真是好笑,就凭着一条混天绫,也想把自己给绑缚住吗？于是他不慌不忙地回过头去，用手一指，那混天绫便失去了力道，改变方向向下落去。哪吒一看大惊失色，忙捡起混天绫变作三头六臂的法身，向着天魔再次袭去。

这一场大战实在是惊天地泣鬼神。二郎神手举三尖两刃刀威风凛凛。天魔心想，要是再与他们周旋下去，还不一定要打到什么时候，不如就用宝莲灯将他们都拿进洞府去，也省了麻烦，毕竟自己的元神受了伤，也极需要休养。想到这里，天魔一个闪身退后，便祭起了宝莲灯。那宝莲灯立刻发出了霞光瑞霭，道道霞光照亮了整个天地……

二郎神与哪吒本来就不是天魔的对手，如今天魔又祭起宝莲灯，没有防备的他们瞬间便被宝莲灯给吸了进去。宝莲灯原本是二郎神的妹妹三圣母之物，二郎神深知宝莲灯的威力不凡。他被天魔收进宝莲灯后，刚想用咒语破解宝莲灯的神光，就看到一阵符印从空中落下，贴到了他和哪吒的脑门上，二郎神再也使不出神通，与哪吒一起被囚禁在了宝莲灯里。

天魔拿下二郎神与哪吒，收起宝莲灯，在小妖们的簇拥下，敲着得胜鼓回到了天魔洞中……

这一场惊心动魄的大战，早惊动了九天之上的玉皇大帝。玉皇大帝祭出了宝镜，在大殿当中与众仙一起，实时观看着二郎神与哪吒大战天魔。当玉皇大帝看到天魔祭起宝莲灯，将二郎神与哪吒都捉进洞去后，吓得面如土色，好半天没有说话……

许久，玉皇大帝才缓缓地从龙椅上站起身来，对着众仙说道："众位仙臣，那天魔好生厉害，谁人可再去与那天魔交战，救回被天魔捉进洞中的天庭战将？"

玉皇大帝的话一出口，整个大殿又是鸦雀无声。确实，天魔实在太厉害了。如今他又得了宝莲灯与梭罗木，谁还敢在这个时候去与天魔交战？

看到众仙臣默不作声，玉皇大帝指着群仙臣怒喝道："你们也都是朕的臣子，在三界遭劫之际，尔等该为朕分忧，想不到啊，真是想不到，在这天魔横行的危难时刻，你们竟然一点办法也没有，真是可笑啊可笑！"

玉皇大帝看到那群仙臣没有一人答话，便精神一振，豪气干云地说道："也罢，今天朕便御驾亲征，我就不信天魔是朕的对手。来人啊，速速点齐十万天兵天将，朕今天便要去天魔洞，与那天魔大战三百回合。不分出个输赢胜负来，朕绝不班师回朝。"

第三十六章
无敌宝莲灯

　　玉皇大帝这句话刚说出口，就看到太上老君出班奏道："玉帝，请您暂息雷霆之怒。您乃是三界之主，怎么能轻易地下界？老道保举一员神将，定可打败天魔，将天魔捉上天宫伏法。"

　　玉皇大帝说的不过是气话，因为他知道，如果等到他亲自上场大战天魔，想必天庭已经沦陷了。此时，听到太上老君说又要保奏战将出战，玉帝颇有些感动，心说还是太上老君好啊，不忍心看着自己带兵下界。等到他保举的战神收服了不可一世的天魔，一定要好好地褒奖他。想到这里，玉皇大帝便说道："太上老君，速速讲来，哪位神将可以下界降妖啊？"

　　太上老君一甩拂尘说道："启奏玉帝，那镇守北天门的真武大帝法力无边，又有龟蛇二将守护左右，请玉帝速速传旨，让真武大帝下界降妖去吧。"

　　玉皇大帝听太上老君这么说，忙说道："来人啊，速速去北天门传旨，令真武大帝带领龟蛇二将下界降魔。"

　　玉皇大帝的旨意一下，金甲神便走出灵霄宝殿传旨去了。众仙听完玉皇大帝的传旨，也都是仙心稍放。那真武大帝是谁啊？那可是赫赫有名的降魔大将，是威震三界的九天荡魔祖师。他法力无边神通无敌，料想由他出面降妖，这不可一世的天魔，自然可以手到擒来……

　　天魔用宝莲灯收了二郎神与哪吒后回了洞府，将宝莲灯一倒，便将二郎神与哪吒给倒了出来。小妖们一见，赶紧冲上前来，将二郎神与哪吒给绑了个结结实实。天魔对着两位战将哈哈大笑道："二郎神，哪吒，你们知罪否？"

　　二郎神昂然不跪，冲着天魔大笑道："知罪？我有何罪？"

　　天魔用手一指二郎神怒道："二郎神，你等对本天尊不敬，竟然敢打上门来，这难道不是罪吗？今日本天尊擒了你们，你们还有何话说？我有心将你们打入魔水炉，可是又不忍伤了你们的性命，我只问你们两个，哪个愿意归降于我？只要你们答应归降，不但可免一死，还能成为我的大护法。"

　　哪吒听天魔这么说，冲着天魔喊道："呸，我与二郎神都是天庭的战将，今日落到你的手里，要杀要剐随你的便，皱一下眉头，我等便不是英雄好汉。"

　　二郎神听罢也不答话，被绑得结结实实的他，忙用法眼向着天魔袭去。天魔周身顿生护体神光，挡住了二郎神法眼的神光。天魔哈哈大笑道："好，我是好言难劝该死的鬼啊。今日，我便用魔水炉将你们两个炼成魔丹，以增

-435-

强我的法力。"

说完，天魔便用手一指，只见那破碎的魔水炉瞬间恢复如初。天魔冲着手下的小妖大喊道："来人，速速将他们两个给我推入魔水炉中！"

二郎神知道魔水炉的厉害，就想用分身术挣脱捆仙绳的捆缚，却发现自己根本使不得半点神通。原来，这道绳索乃是天魔的魔绳，只要被它绑了，任你是大罗神仙还是满天神佛，也休想再挣脱得动。

二郎神心里大惊，心想这一世的英名恐怕就要毁在天魔手里了。这魔水炉可以炼化世上的一切，想来自己凶多吉少。

天魔看着二郎神在使劲地挣脱却怎么也挣不开，便哈哈大笑道："二郎神，你的神通在我这里不管用，你和哪吒就到魔水炉里享福去吧。"

刚说到这里，就听到小妖又跑进洞中，高声奏报道："报大天尊，门外有三员神将正在叫阵。"

天魔将手一挥，说道："来人啊，先将这两个不知死活的东西给我押入仙牢，待我捉了外面那三名神将，再来将他们扔进魔水炉炼丹。"

说完，天魔便带着小妖们往洞外走去。天魔心想，二郎神与哪吒都是天庭赫赫有名的神将，如今也被自己捉了，还有哪位神仙敢下界来与自己一战？难不成太上老君亲自来了？也不对啊，太上老君一般不会出手，玉帝这是又派了谁前来征剿？想到这里，天魔加快了脚步，很快便走出了天魔洞。

天魔刚走出天魔洞，就听到一个熟悉的声音从空中传来："大天尊，好久不见，您还好吗？"

天魔往空中一看，只见九天荡魔祖师真武大帝正带着龟蛇二将在空中跟他行礼。真武大帝曾经是天魔的属下，当初跟着天魔南征北战，立下过赫赫的战功。天魔对他非常尊敬，便躬身还礼道："真武大帝，本尊还礼了。"

真武大帝叹口气，说道："大天尊，我们已经很多年不见了，以前知道你被众仙封印，我还整日为你焚香祷告，祈祷你早日逃脱大难。前者听说你解除封印，我自然是欣喜万分，就想你也该享几天清福了，却没想到，玉帝又传下旨意，让我来与你斗法，让我好生为难啊。"

天魔听真武大帝这么说，便说道："真武大帝，你曾经是我的属下，今日遇到你，本天尊实在是欣喜万分。料想玉皇大帝定是恼你曾经跟着我，这才让你去看守北天门。真武啊，给玉帝当个看门的有什么好啊？不如你还像以前一样，跟着我一起闹上天去。等我做了玉皇大帝，定然会重赏于你，岂

第三十六章
无敌宝莲灯

不更好。"

真武大帝笑道:"大天尊啊,您就听属下一句劝吧,天命已归于玉皇大帝,如何能轻易更改?不如您将天庭众神将放回,将宝莲灯与梭罗木交于我,我定在玉皇大帝面前为您进言,让他不再征伐您。到时,你们兄弟重归于好,您也可效力于玉皇大帝的座下。这样既成全了你们的兄弟情,又使我等免动干戈,岂不是好啊。"

天魔听真武大帝如此一说,便大声喊道:"真武大帝,我真没想到啊,你曾经是我的属下,竟然如此忠心于玉皇大帝,难道我们俩还真要动手吗?"

真武大帝又长叹一声,说道:"大天尊,请恕本仙无礼,我不是忠于玉皇大帝,而是忠于天道啊。我实在是不忍心看到您打上天宫,造成三界生灵涂炭。如果您现在是玉皇大帝,有人要造您的反,请您相信,我也会挺身而出为您助阵的。我这样说,您能理解我的苦衷吗?"

天魔哈哈大笑道:"好,真武大帝,当年你跟着我扫荡群魔,我等兄弟也是情深义重。不知你的法力多高,今日我便与你试上一试,只要你能赢得了我,我便听你良言相劝;假如你今日赢不了我,也休怪我不念往日的恩情。来吧,你就动手吧。"

说完,天魔便举起手中的斩神刀,向着真武大帝扑了过去。真武大帝还没出手,就看到龟蛇二将挺身而出,迎住了天魔。

真武大帝看到天魔已经与龟蛇二将动起手来了,还是没有上前,而是踩着云头劝道:"大天尊,我实在是不想与您动手啊,您真的不能给我一点薄面吗?"

天魔一边战着龟蛇二将,一边冲着真武大帝喊道:"真武大帝,我不是不给你面子,是不能给啊。想我这些年受的无极之苦,我爱的人成了玉皇大帝的人,我的皇位也被夺去,而我的元神则被困在宝莲灯里,你说我能甘心吗?既然你已经不念昔日的恩情,那也别再相劝,这就动手吧。"

真武大帝长叹一声,说道:"如此,大天尊,也请别怪属下不客气了。"

天魔怒喝一声道:"真武大帝,我也不需要你的假客气。"

说罢,天魔便举起斩神刀,又向着龟蛇二将猛砍过去。龟蛇二将不敢分心,合力迎战天魔,可是他们两个哪里是天魔的对手,只用了不到五个回合,便被天魔给打倒在地上。天魔举刀便砍,真武大帝冲了上来,喊道:"大天尊,不要伤我的龟蛇二将,我来也。"

说完，真武大帝便举起手中的混元神剑，向着天魔刺了过去。天魔高叫一声："来得好，请试我的宝刀。"

宝刀带着风砍了过来，真武大帝忙挥舞起混元神剑，与天魔斗在一处。当年，真武大帝跟着天魔扫荡群妖，两人也是意气相投，真武大帝经常与天魔切磋，两人武艺相差无几。后来，天命归于玉皇大帝，真武大帝成为镇守北天门的九天荡魔祖师，而天魔则不甘心帝位落入大哥之手，忙宣旧部真武大帝跟他一起造反。可是真武大帝跟玉皇大帝关系也极好，不愿意插手他们兄弟之事，导致天魔不敌玉皇大帝，被仙佛联手封印几十亿年。而今天，玉皇大帝宣诏于他，让他下界降妖，真武大帝的心中也是极为矛盾。本来他不想参与其中，可是如果不奉调，那么必然会落下抗旨的罪名。无奈的他只得前来与天魔交战，可心中却也非常为难。

此时，为了保护龟蛇二将，真武大帝也不得不出手了。可念着昔日恩情的真武大帝，只是顾着挡天魔的神刀，却并不进攻。天魔看到真武大帝不动手，就说道："真武大帝，事已至此，你一直让着我，也算是报了昔日的恩情。今日不管发生任何事，我都不会怪你，你别挡了，快还手吧。"

说完，天魔又是"唰唰"地连砍两刀，真武大帝这才转过身来，举剑向着天魔刺去。两人都是天尊级的大仙人，真武大帝又是九天荡魔祖师，法力自是非凡。这一动起手来，天魔可就感到有些吃力了，忙打起十二分的精神来，才与真武大帝斗了个平手。天魔在心里想，真武大帝以前不是我的对手啊，怎么现在这么厉害？想来定是自己被封印的这些年，他也没闲着，一直在修习高深的法术。哎呀，这要是败于他的手中，这逆天的计划岂不是要成为泡影？想到这里，天魔就不愿意再与真武大帝打下去了，又祭出了宝莲灯。宝莲灯的霞光阵阵，直晃得真武大帝睁不开眼来。就在真武大帝烦心之际，天魔大叫一声"收"，只见真武大帝连同龟蛇二将，都被收进了宝莲灯里。

众小妖敲着得胜鼓回洞，可把个灵霄宝殿上的玉皇大帝给急坏了，玉皇大帝本来对真武大帝信心满满，心想，这真武大帝出马，定可擒来这不可一世的天魔。真武大帝也是不负圣望，打得天魔手忙脚乱。正在天庭众仙以为这次定可降妖成功的时候，却没有料到，天魔竟然又祭出了宝莲灯，将真武大帝连同龟蛇二将也一并给收了过去。

玉皇大帝大怒，冲着大殿上的众仙家喝道："这天魔好生无礼，竟然敢

第三十六章
无敌宝莲灯

将朕的爱将真武大帝也给收了去，这，这可如何是好啊？"

整个大殿之上的群臣又沉默起来。玉皇大帝看了看太上老君，太上老君也是沉默不语，玉皇大帝长叹一声，说道："天魔难不成真的要反上朕的天宫吗？"

玉皇大帝此话一出，太白金星忙出班奏道："启奏玉帝，天魔本来就厉害，如今，他拿着宝莲灯与梭罗木更是不可一世，依老臣看来，应当速速将女娲娘娘、西天燃灯与如来两位佛祖，王母娘娘及南海观世音菩萨，地府地藏王菩萨，下界的四海龙王一并请上天来，一起商议炼魔降妖之事，方是上策啊。"

玉皇大帝听到太白金星这么一说，就想到上次的仙魔大战，就是集合了仙佛两家的力量，才将天魔给降服。如今天魔有了宝莲灯与梭罗木，比上次大战时更加强大，如今之计，也确实应该重新集合起三界内所有正派的力量，才能敌得住天魔。

想到这里，玉皇大帝便高声说道："如此，便依太白金星所言，速速去传旨，请女娲娘娘、西天燃灯与如来两位佛祖，王母娘娘、南海观世音菩萨、地藏王菩萨等仙佛火速上殿。朕要与他们一起商议这炼魔降妖之事。"

玉皇大帝颁下旨来，殿上的众金甲神忙分头行动，纷纷前往西天、南海及地府去请这些大天尊级的神佛来。玉皇大帝看到金甲神出了灵霄宝殿，握紧拳头当空一挥，在心中横下一条心，誓要与众仙佛一起，与那天魔决一死战！

第三十七章
布施玲珑心

　　天魔高举着宝莲灯，在一群小妖的簇拥下回到了天魔洞大殿。

　　天魔在大殿上站定，将宝莲灯往下一倒，真武大帝连同龟蛇二将，都被倒了出来。天魔忙用手变出三张法帖，往真武大帝及龟蛇二将头上一贴，对着三人大笑道："真武大帝，你如今落到了本天尊的手里，你有何话说？"

　　真武大帝长叹一声，说道："大天尊，我本来也是您的属下，今日不得已才带上龟蛇二将来到天魔洞，冒犯您的神威。今日落到您的手里，我是无话可说，要杀要剐随您的便，我是绝对不会皱一下眉头的。"

　　天魔听罢，笑道："真武啊，你原本就是我的属下，想当年我们南征北战，好不痛快。今日，我虽捉了你，可是如何处置你，确实令我好生为难啊。不如这样，你就听我一句劝，重新跟着我吧。我一定不负你的期望，将玉皇大帝的宝座给抢回来，你看可好？"

　　真武大帝摇头道："大天尊啊，我其实并没有背叛您。当年我之所以不帮您和玉皇大帝的任何一方，就是不忍心看到你们兄弟相残。而如今，天命已归玉皇大帝，我也已经成为玉皇大帝的臣子，您要倒反天宫，定会造成三界浩劫，您说玉帝差我，我能不来吗？今日我既落入您的手中，还是那句话，要杀要剐全凭大天尊的意。要我重新跟着您，那真是绝无可能啊。"

　　天魔长叹一声，说道："真武大帝，你我当年虽是主仆，可却情同兄弟，你难道真的不想与我重归于好吗？"

　　真武大帝也叹口气，说道："大天尊，若是您想与我重归于好，其实不难啊。只要您将梭罗木与宝莲灯给我，归降于玉皇大帝，定会被玉皇大帝委

第三十七章
布施玲珑心

以重任，到时，我宁肯不做这九天荡魔祖师，也要重新归附于您，咱们也会像以前一样天天对酒当歌，您看可好？"

天魔冷笑道："真武大帝，你真是痴人说梦，我怎么会降服于玉皇大帝，这绝无可能。"

真武大帝摇了摇头，说道："大天尊，您就听我一句劝，赶紧打消倒反天宫的念头吧。三界皆知您法力无边，可您就是再神通广大，也绝对不是仙佛联手的对手。若是您再执迷不悟，恐怕难逃被封印的结局啊。大天尊，我的话已经说完了，您动手吧，我绝不怨您。"

天魔听真武大帝这么说，长叹一声说道："真武啊，这再世为人难啊，我既然已经解除封印重生，怎么能做那伤害兄弟情分的事情。真武大帝，你虽无情，我却不能无义，我这就放你与龟蛇二将走，以后，你们也别再来我的天魔洞搅闹，否则，可别怪我不念昔日的情分了。"

说完，在众小妖诧异的眼神中，天魔一挥手，对着众小妖说道："来人啊，速速打开真武大帝及龟蛇二将的绳索，让他们逃生去吧。"

小妖们本来想着，真武大帝已经被捉，定然会被剥皮抽筋，却没有想到，大天尊竟然会放掉他们，这可是天魔洞从来没有过的事情。小妖们听完天魔的吩咐，不敢怠慢，忙将真武大帝及龟蛇二将的绳索解开。天魔又一挥手，揭下了三人的封帖，说道："真武大帝，你这就带着龟蛇二将逃生去吧，不过，话我可说好，此后我们兄弟之情便一刀两断，若是你再来我的天魔洞闹事，我也绝不再对你客气。"

真武大帝此时也是非常感动，他本来想着既然已经被旧主天魔捉住，天魔肯定会用魔水炉炼化他们，以解心头之恨，却没有想到天魔也是情意深重之人，竟然会念及兄弟之情放了自己。想到这里，真武大帝反而对自己打上门之事感到不好意思了。于是，真武大帝冲着龟蛇二将说道："龟蛇二将，速速跪下向大天尊磕头谢恩。"

龟蛇二将本来昂然不跪，听到真武大帝这么说，赶紧跪倒在地，说道："谢大天尊不杀之恩。"

天魔没有说话，只是挥了挥手说道："去吧，快去吧，免得我后悔，将你们重新捉了回来。"

真武大帝叹了口气，也是双膝跪倒在地上，向着天魔磕头道："大天尊，谢谢您的不杀之恩，大恩来日再报，我这就返回天庭奏报去了。"

天魔一挥手，说道："好，你速速带上龟蛇二将离开我的仙洞吧。我劝你一句，切莫再来，若是你再敢来，那时，我定将你剥皮抽筋。去吧。"

真武大帝向天魔磕过头，带着龟蛇二将，在众小妖的怒视中，缓缓地离开洞府，化作一道金光，向着九天之上的灵霄宝殿飞去。

天魔看到真武大帝离开，便命小妖将二郎神与哪吒押到殿中。看到二郎神和哪吒，天魔哈哈大笑道："二郎神，哪吒，你们也是三界里的英雄，本尊最后再问你们一句，可愿意归降于我？只要你们答应归降于我，我定然不会亏待你俩。"

二郎神哈哈大笑道："天魔，今日落入你的手中，还是那句话，砍头不要紧，但我断然不会归降于你。"

哪吒也笑道："天魔，你除了能杀掉我们，还能对我们怎么样？小爷我今天就是不降你，你又能奈我何？"

天魔是真想得到二郎神与哪吒这两员战将，将他们放入魔水炉炼化实在是心有不忍，就继续苦口婆心地劝道："二郎神，我的外甥。我想如果当年我是玉帝，是绝对不会将你母亲封进桃山的。我就不明白了，你归降于我，还是效力于玉皇大帝，都是效力于你的舅舅，这又有何区别呢？"

二郎神冷笑道："天魔，我告诉你，因为你是三界的大魔头，而玉皇大帝不管他做了多少错事，他毕竟是众神之首，是稳定天道的定盘星，你可明白？"

天魔听二郎神如此一说，狂笑道："天道？天道还不是出自玉皇大帝的私心。若是我成为玉皇大帝，这天道也可以成为我扫荡群仙的借口。好啊，既然你和哪吒如此固执，可就不要怪我不讲情面了。来人啊，将他们速速扔进魔水炉里，我要用他们炼成仙丹下酒。"

小妖们听天魔如此一说，便往前一冲，想要将二郎神给抬起来。二郎神见状哈哈大笑，忙使了个千金坠，那些小妖使出了吃奶的力气，却不能抬起二郎神一分。只是哪吒被抬了起来，只听得扑通一声，身体便掉到了魔水炉中，哪吒"啊"的一声痛叫。魔水炉里的魔水是天下的纯阴之水，翻腾着阴森森的气泡，哪吒掉进魔水炉，直感觉浑身如众蚁噬心般疼痛，再也不能说出一句话来……

二郎神见到哪吒被扔进魔水炉，大声呼喊着："哪吒，哪吒，你可要挺住啊，你放心，天上的神仙一定会来救我们的。"

第三十七章
布施玲珑心

天魔看到二郎神使出千金坠，哈哈大笑道："二郎神，你竟然敢在我的面前逞能，看我不破了你的千金坠，让你与你的兄弟哪吒一起到魔水炉里享福。想让天上的神将来救你？我看你就死了这条心吧，哼！"

说完，天魔便用手一指二郎神，二郎神的千金坠立即失去了力道。众小仙抬起二郎神来，向着那魔水炉里一扔，只听到扑通一声，又是"啊"的一声尖叫，二郎神也被浸泡到魔水当中。

此时，宝莲灯里的腾腾烈焰正在焚烧着法藏与阿牛。法藏禅心恒定，一声声高诵着佛号。阿牛"啊啊"的呼救之声，使法藏睁开眼来。法藏冲上前去，扶起阿牛大喊道："阿牛，我的好兄弟，你忍着疼痛，与我一起高诵佛号，这样也会好受些啊。"

听法藏这么说，阿牛便忍受着烈火焚身之苦，在宝莲灯虚幻的世界里，念起了佛来。兄弟俩已经立下了舍身的志向，一声声佛号从两人口中念出，念着念着，只见那熊熊的烈火飞出了灯外，点燃了宝莲灯的那根灯芯，瞬间照亮了整个天魔洞。天魔心烦意乱，急火攻心，又是一口鲜血吐了出来……

法藏与阿牛看到那烈火飞出了宝莲灯，周遭再无半点火迹，法藏忙拉起阿牛的手，飞出了宝莲灯的虚幻世界，现身到天魔洞中。法藏看到天魔正在吐血，一个箭步冲上前，抢过了天魔手中的梭罗木。天魔大惊失色，忙一擦口中的鲜血，挥刀向着法藏砍去。法藏忙用梭罗木架住天魔的神刀，冲着阿牛喊道："阿牛，你快去捡回宝莲灯来。"

阿牛听大哥吩咐，不敢怠慢，一个飞身，便向着掉在地上的宝莲灯冲过去。那黑熊精眼看着阿牛冲过来，忙使出黑缨枪向着阿牛刺去。阿牛举起上宝沁金耙，向着黑熊精便打，两个人就在天魔洞里打在一处。众小妖一看法藏和阿牛正与大天尊及黑熊精对打，便一窝蜂地冲了上来，将法藏围到了当中。法藏打着打着，便打到了魔水炉旁，一挥梭罗木，又将那个魔水炉给打得粉碎。周遭的小妖碰到那魔水都立即化了开来。二郎神与哪吒从魔水炉里逃了出来，纷纷拿起兵器，与冲上来的小妖大战起来。

趁着这个工夫，天魔退了回去，举起了手中的宝莲灯，向着阿牛一挥，一道金光直直袭去，阿牛便应声倒地，一口鲜血吐了出来。正当天魔要用宝莲灯袭向法藏的时候，被宝莲灯的圣火扰乱心神的他，又吐了一口鲜血。法藏见状使出浑身的法力挥动起梭罗木，只见一道金光闪过，众小妖倒了一片。趁着二郎神与哪吒大战群妖的时候，法藏冲着二郎神与哪吒喊道："二郎神、哪吒，我先抵住群妖，你俩速去魔牢救出镇元大仙、敖丙和霓虹仙子。"

黑熊精听闻，怒道："尔等休想在我天魔洞里救人。"说完，黑熊精挥起手中的黑缨枪，便来阻拦二郎神与哪吒。

法藏心里牵挂着倒地的阿牛，不顾一切冲上前去抱起阿牛，可是阿牛早已经被宝莲灯给打晕过去。法藏大声呼喊着阿牛，阿牛毫无反应。法藏哭喊道："不，阿牛，我是不会让你死的，我有七窍玲珑心，可以让你渡过死劫，我这就用七窍玲珑心来救你。"

说罢，法藏一伸手抓向了自己的胸腔，一下子便掏出了正在跳动着的七窍玲珑心，鲜血瞬间喷了出来。倒在地上的法藏强忍着剧痛，将心放到了阿牛的胸口上，只见那七窍玲珑心慢慢地消失在阿牛的胸口。阿牛缓缓睁开眼来，虚弱地喊道："大哥，大哥！"

法藏无语，又是一口鲜血吐了出来。阿牛站起身来，一手抱起大哥一手拿起大哥身旁的梭罗木，向着天魔大声喊道："你还我大哥的命来！"

天魔缓缓地站起身来，喝道："大胆狂徒，我今天不把你碎尸万段，就不配做这三界的大天尊。"

说完，天魔便向着阿牛冲了过来，只一个回合便将阿牛给打倒在地。正在天魔要挥刀砍向阿牛的时候，只见浑身鲜血的法藏发出了护体的佛光。阵阵佛光向着天魔不停地袭去，天魔又是一口鲜血吐了出来。阿牛看到天魔吐血倒地，忙伸手抱起法藏大哥。正当天魔欲挥刀砍向阿牛的时候，一道金光闪过，镇元大仙出现在天魔面前，一挥天地宝鉴，便向着天魔打去。"敖玉"看到镇元大仙敌住了天魔，便一个弯腰捡起了掉在地上的宝莲灯，二郎神、哪吒与霓虹仙子也向着群妖乱打，直杀得天魔洞血肉横飞。眼看着众仙拿回了梭罗木与宝莲灯，正要逃向天庭，天魔气得哇哇大叫，可是有镇元大仙挡着他，他也难以分身，众仙一直打出天魔洞外。眼看着众妖还是源源不断地从四周扑来，镇元大仙冲着众位仙人大喊一声："我们不可恋战，这就速速退回天庭去吧。"

听到镇元大仙说退，众仙便立即化作一道金光，飞离了天魔洞。经过刚才与群仙的一场大战，元神受伤极重的天魔不敢再去追赶，忙传下令去鸣金收兵。天魔看到众仙飞去，赶紧坐到地上固守元神，可他的伤实在是太重了，又是一口鲜血吐了出来……

第三十七章
布施玲珑心

霓虹仙子抱着法藏,"敖玉"手拿着宝莲灯,天蓬元帅阿牛手拿着梭罗木,跟着镇元大仙、二郎神与哪吒一起,向着天宫飞去。

众仙刚刚飞到南天门外,托塔天王李靖带着四值功曹、五方揭谛、九耀星君与二十八星宿便一起迎了上来,将众仙接进了灵霄宝殿当中。

此时,西天燃灯、如来两位佛祖,南海观世音菩萨、地府地藏菩萨,以及女娲娘娘、王母娘娘,也都来到了灵霄宝殿当中,正在与玉皇大帝商议降魔救人之事。听到千里眼顺风耳前来奏报,说镇元大仙带着群仙回来了,玉皇大帝可真是喜出望外。看到浑身沾满了鲜血的众仙,玉皇大帝站起身来,离开宝座迎了下去。

霓虹仙子走到殿中,将昏迷不醒的法藏往大殿当中一放,便与阿牛等众仙一齐跪倒在大殿之上,向着玉皇大帝等大天尊行礼。

玉皇大帝赶紧迎上前,双手将大家搀扶起来,说道:"尔等亲赴天魔洞寻找梭罗木与宝莲灯,今日功成回殿,实在是劳苦功高,不必行礼,不必行礼啊,都起来,都起来吧。"

众仙缓缓地站起来,燃灯古佛也下了莲台,走到法藏身旁,向着玉皇大帝说道:"启奏玉帝,我徒儿法藏受伤极重,还请您让太上老君赐他一粒仙丹吧。"

玉皇大帝点了点头,将头转向太上老君道:"太上老仙君,法藏重情重义,为救兄弟阿牛,竟然不顾自己的死活,将七窍玲珑心给了朕的外孙阿牛,朕也是大为感动啊,还请你拿一粒仙丹出来,救救他吧。"

太上老君点了点头,缓缓走到法藏的面前,掏出葫芦来倒出一粒仙丹,放到法藏的口中说道:"法藏醒来,法藏醒来啊。"

女娲娘娘长叹一声说道:"太上老君,我知天魔偷了你的仙丹要赐给法藏,法藏都执意不吃,足见其禅心恒定。如今,你用仙丹成就他,真是令人感动啊。只是法藏受伤极重,又经历了魔水炉的浸泡,还曾为救霓裳去了冥河宫,身上也是沾染了不少的魔性,如今他又把七窍玲珑心给了阿牛,等到他醒来以后,恐怕禅心再难恒定了。"

太上老君闻听,点了点头说道:"女娲娘说得是啊。假如法藏入了魔道,这可如何是好啊?"

女娲娘娘刚要说话,就听到如来佛祖说道:"老仙君、女娲娘娘,请不必惊慌,这一切皆是劫数,就让我等仙佛给法藏一点时间,相信定可以让他脱离魔性，早日修成正果。"

燃灯古佛听如来佛祖如此一说，也双手合十道："释迦牟尼尊者，你言正合我意，此乃劫数，非仙力可为，大家就请莫再担心了。"

王母娘娘看着法藏，说道："众仙佛切莫担心，哀家这就将蟠桃送予他吃，我想定然可以让他禅心恒定早证菩提。"

燃灯古佛赶紧说道："善哉善哉，为救我的贤徒，各位天尊也是纷纷出力，老僧在此多谢众位天尊了。"

玉皇大帝点了点头说道："众位天尊，如今天魔受伤极重，不如就趁这个时机，我等众仙一起打上天魔洞，灭了这天魔，岂不是好。"

太上老君说道："玉帝所言极是，想我等也是法力高深，如果一起向天魔发难，定可让那天魔伏法，再说，他现在身受重伤，正是我等仙佛将他重新封印的大好时机啊。"

太上老君刚说到这里，就听到赤脚大仙上前奏道："启奏玉帝，那天魔虽是身受重伤，可是却聚集了十万之众的小妖，若是我等打上天魔洞去，虽说能将天魔重新封印，却也会造成天兵天将的惨重伤亡。如今蟠桃盛会即将召开，梭罗木与宝莲灯也已经重新拿回，我想不如先让镇元大仙等仙家好好养伤，待蟠桃盛会过后，再去除魔降妖吧。"

如来佛祖听罢，点了点头说道："赤脚大仙言之有理，当下，法藏及其他众仙都是受伤极重，正需要好好养伤，料想有我等在此，时天魔也反不到天宫来，不如就先让众仙养好伤，蟠桃盛会开罢，再去找天魔算账吧。"

玉皇大帝听完，着急地说道："如来佛祖，赤脚大仙，现在天魔受伤极重，可是灭他的大好时机啊。若是等到他恢复过元气来，恐怕又要为祸三界了。"

女娲娘娘听玉皇大帝这么说，就笑道："玉皇大帝不要着急，现在圣水珠、梭罗木、宝莲灯、琉璃盏这四宝皆在天庭手中，你还怕了那天魔不成？就听如来佛祖及赤脚大仙一句劝，等到蟠桃盛会过后，众仙吃罢蟠桃增强了法力，再去找那天魔算账，岂不是好？"

王母娘娘也道："是啊，玉帝，嫦娥的歌舞已经排练完毕，瑶池的蟠桃也已成熟，此时正是举办蟠桃盛会的大好时机啊。"

玉皇大帝听完，在大殿之上踱步沉思了一会儿，然后，慢慢地走到龙椅前坐下，说道："既然如此，那朕便听众仙卿所言，等到蟠桃盛会过后，再集合我们众仙佛之力除魔降妖。"

第三十七章
布施玲珑心

众仙佛忙向上施礼道："玉皇大帝圣明，玉皇大帝圣明啊……"

看着大殿之上的众仙佛一片赞颂之声，玉皇大帝便摇了摇头，突然笑了起来，心想这帮仙佛，平时只知道对自己歌功颂德，到了关键的时刻却又怯战，谁也不肯站出来，多亏了镇元大仙、二郎神、哪吒与法藏兄妹三人才拿回了三界至宝梭罗木与宝莲灯。如果没有他们，恐怕天魔此时已经打上了灵霄宝殿，岂容他们在这里歌功颂德。想到这里，玉皇大帝决定要好好奖赏镇元大仙及法藏等仙人，好给天庭众仙做出一个表率。

王母娘娘看到玉皇大帝笑了，正不知道他为何发笑，就问道："玉皇大帝，您笑什么呢？"

玉皇大帝道："朕在想该怎么赏镇元大仙、法藏等众位仙家，王母娘娘，你来说说，该对他们如何封赏？"

王母娘娘笑道："玉帝，他们可都是经历了九死一生才拿回梭罗木与宝莲灯的，依本宫看来一定要重赏，不重赏不足以对众仙做出表率，可是如何赏却需要好好地思量一下。不如等玉帝您想好怎么封赏他们后，到蟠桃盛会上，当着诸天神佛的面，一起封赏他们吧。本宫这么说，不知玉帝意下如何？"

玉皇大帝手捋着长须，笑道："王母之言正合朕意，那就在蟠桃会上再决定如何封赏众仙吧。"

女娲娘娘听玉皇大帝这么说，就说道："玉帝，王母，之前曾说要将梭罗木赏给法藏做兵器，只是后来梭罗木被天魔抢走，这才引出了镇元大仙与天魔的大战。如今，法藏等人身历九死一生，才将梭罗木与宝莲灯给抢回来，不如现在就将梭罗木交给鲁班，让他给卷帘大将军打造兵器吧。"

玉皇大帝听女娲娘娘这么说，就笑道："如此甚好，就依女娲娘娘所言，将梭罗木交由鲁班打造兵器，完工以后，速速交付卷帘大将军。好了，今日众仙家拿回梭罗木与宝莲灯，朕也是极为高兴，已经命人在朝天宫设宴，众仙家就一同赴宴去吧。"

听到玉皇大帝说要设宴款待，众仙佛也是极为高兴，纷纷跪倒在地，向着玉皇大帝磕头谢恩。西方诸佛菩萨也纷纷双手合十，向玉皇大帝表达谢意，整个大殿之上山呼万岁声响成一片。在众仙佛的欢呼声中，玉皇大帝从龙椅上站起身来，带领着王母娘娘、女娲娘娘、众仙卿及西天诸佛菩萨，一起走出了灵霄宝殿。玉皇大帝与王母娘娘上了九龙辇，众佛菩萨登上莲台，大家一起朝天宫的方向飞去。

法藏再次醒来，正躺在卷帘大将府卧室的床上。法藏因献琉璃盏有功，被玉皇大帝封为卷帘大将军。这座府邸刚盖好没多久，可是因为他公务繁忙，所以很少回到府中居住。此时，受伤极重的他被霓虹仙子、"敖玉"等人抬回了府，这才有机会在府中多待几天。

法藏一睁开眼，就看到燃灯古佛守在自己的旁边，赶紧挣扎着欲起身向燃灯古佛行礼。燃灯古佛赶紧用手将法藏扶住，说道："贤徒，你不必行礼，赶紧躺下去静养吧。"

听燃灯古佛这么说，一旁的霓虹仙子也笑道："大哥，你好幸福，你知道吗，你已经躺了三天了，玉皇大帝和王母娘娘还带人来看过你，王母娘娘更是亲手提着一篮子蟠桃送给你吃，这是所有的仙佛都没有的待遇啊。"

法藏笑笑说道："玉皇大帝与王母娘娘的天恩，小僧哪里受得起啊。"

阿牛拿过一个蟠桃，递到法藏的床前，说道："大哥，这蟠桃可好吃了，你没醒大家谁都不敢吃，来，你快吃吧，吃了这蟠桃可以长生不老。"

一旁的"敖玉"也说道："是啊，大哥，你快吃吧。"

法藏笑笑说道："霓虹妹妹，阿牛、敖玉，你们不用管我，我现在什么也吃不下，你们就把那一篮子蟠桃分吃了吧。"

"敖玉"赶紧说道："大哥，这哪里行啊，这可是王母娘娘赏给你的。"

阿牛听法藏这么说，就将手中的蟠桃咬了一口，说道："好吃，真是好吃。我说霓虹、敖玉，大哥让你们吃，你们就吃吧，这可是大哥的心意。"

看着阿牛吃着蟠桃，燃灯古佛笑着摇了摇头。霓虹仙子看到燃灯古佛在笑，就从桌上拿起两个蟠桃，将一个递给燃灯古佛道："阿牛啊，你就知道吃，真是个吃货，要吃也得燃灯古佛先吃。来，燃灯佛祖，您快吃吧。"

燃灯古佛笑道："无妨，无妨，霓虹仙子，你快将蟠桃给敖玉吃吧，这蟠桃可是三界至宝，能吃到它可是需要极大的缘分啊。"

听燃灯古佛这么说，霓虹仙子将蟠桃往"敖玉"手里一递，说道："来吧，敖玉弟弟，你快吃吧。"

敖玉双手接过霓虹仙子手里的蟠桃，向着燃灯古佛施礼道："谢佛祖赐我仙桃。"

燃灯古佛哈哈笑道："敖玉，你先吃吧，这蟠桃我曾经数次吃过，确实是三界的至宝啊。你也不要谢我，要谢就谢你的大哥法藏吧。"

第三十七章
布施玲珑心

敖玉弯下腰来,将蟠桃往法藏面前一递说道:"大哥,你不吃,我可不敢先吃。"

法藏叹了一口气,说道:"师祖,这要是霓裳姑娘还活着,该有多好啊。可是,她却为了救我被天魔给活活地打死了。想来,真是痛断我的肝肠啊。"

燃灯古佛也是长叹一声,双手合十道:"霓裳重情重义,实在是难得啊。法藏,你切记,这由死生有命富贵在天,切不可让凡心沾染了你的禅心啊。"

法藏的眼里流下了滚烫的热泪,他哽咽着说道:"师祖,就请您施展高深的佛力,救霓裳姑娘重生吧。"

燃灯古佛叹道:"法藏啊,霓裳已经魂飞魄散,那道真灵也早已经灰飞烟灭,你又让为师到哪里去救她?就算是我有无边的法力,却也爱莫能助啊。"

听燃灯师祖这么说,法藏一下子坐了起来,大声地说道:"我不信,我不信啊。"

阿牛也流着泪向燃灯师祖说道:"燃灯师祖,想我兄妹自幼分别,刚刚相认,却又生离死别。霓裳妹妹灰飞烟灭了,到现在我也没敢告诉娘啊,还请师祖用高深的法力,助我妹妹重生,让我一家团圆吧。"

说完,阿牛便扑通一声跪倒在地上,向着燃灯古佛不停地磕头。燃灯古佛赶紧搀扶起阿牛,说道:"阿牛,霓裳的魂魄早已经灰飞烟灭,不是我不救,而是我真的无能为力啊。"

敖玉说道:"燃灯古佛,打死我的哪吒被我父逼得自尽以后,他的师父尚且能为他莲花塑身。您的法力可比太乙真人高出很多,这再造霓裳又有何不可?就请师祖大发佛家慈悲之心,助霓裳重生吧。"

霓虹仙子也说道:"是啊,燃灯师祖,哪吒尚能重生,想来这天道向善,霓裳妹妹人又那么重情重义,那么善良,您为什么就不能施展高深的法力,助她重生?"

燃灯古佛听罢,双手合十道:"善哉善哉,你等是只知其一不知其二啊。哪吒本是灵珠子转世,自尽以后一道真灵不灭,他母亲还为他塑了金身,受了下界的香火供奉,自然可以莲花塑身重生。而霓裳的情况却不一样,她已经被天魔给打得魂飞魄散,一道真灵也灰飞烟灭,我虽然能够为她莲花塑身,却也难以让她重生。这么说吧,莲花塑出来的真身,将不再是霓裳,而是另外一个人啊。"

法藏听完燃灯古佛的话,突然一翻身下了床,跪倒在地,向燃灯师祖磕头道："燃灯师祖，我曾经听冥河宫的冥河老祖说过，霓裳虽然早已灰飞烟灭，可是那天魔手里的紫金莲，却能确认霓裳魂飞的灵魂归处，找到霓裳灵魂后，再用琉璃盏的灯芯和女娲石会合，就可以使霓裳重生啊。"

燃灯古佛点了点头，说道："冥河老祖乃是另一个三界的至尊，他说的话自然是有道理。为师我法力并不弱于他，岂能不知？只是这第一样的紫金莲极难找到，因为它被天魔藏到了一处极隐秘的地方……"

法藏大声地喊道："师祖，我不管，纵使是让我上刀山下火海滚油锅，也一定要救回霓裳来，她是为我而死，她还是素女的转世啊。"

燃灯古佛叹道："法藏，你好糊涂啊，你虽在冥河宫见过素女与霓裳，可是那毕竟是你意识的产物。其实，你见到的素女与霓裳只是你所思所想罢了。这里距离冥河宫极远，就是为师的法力也要飞上几十亿年，又怎么能帮你去找回霓裳呢？我看还是作罢吧。"

阿牛、"敖玉"与霓虹见状，也齐齐地跪倒在燃灯古佛的面前，求燃灯古佛广施佛法，救霓裳仙子重生。

燃灯古佛长叹一声，忽然流下了泪来，对着法藏说道："法藏啊，为师已经几十亿年没有流过眼泪了。想当年，为师也曾经有一段刻骨铭心的爱情，等到失去她时，我痛断肝肠，这才坚定修佛之心。可纵然是我后来成为佛祖，却也不能与她相见。你说，为师又有何法去救你的霓裳？"

听燃灯师祖这么说，阿牛一下子站了起来，用手指着燃灯师祖说道："你是西天的燃灯佛祖，是如来佛祖的师父，你怎么会没有办法？我看你说了这么多废话，完全就是不想救人。"

阿牛这句话，可把众人给吓着了。燃灯师祖那可是如来佛祖的师父，就连玉皇大帝、太上老君、女娲娘娘见了都要躬身行礼，而阿牛为了让他救霓裳，竟然敢对着他老人家横加指责，实在是太无礼了。

不待燃灯师祖说话，法藏便一下子站起身，冲着阿牛怒喊道："够了，我不许你污蔑我师父，他说的是事实。"

霓虹仙子也对燃灯师祖说道："燃灯师祖，求您饶了阿牛的不敬之罪吧。"

燃灯古佛看了看法藏等兄妹四人，叹道："阿牛啊，你言之有理，我是绝不会怪罪于你的。我想，你们兄妹是至性至情之人，我如果再不想尽一切办法救活霓裳，那可就真如你所说，是无情无义之辈了。"

第三十七章
布施玲珑心

　　听燃灯古佛这么说，可把法藏等兄妹四人给高兴坏了。法藏赶紧双手合十，向着师祖拜道："燃灯师祖，如此，我兄妹四人便代霓裳，感谢师祖的活命之恩了。"

　　燃灯古佛笑着点了点头，然后，就跟法藏等兄妹四人说出了这逆天改命，帮助霓裳重生的办法来……

第三十八章
大闹蟠桃会

宝莲灯与梭罗木的失而复得，让玉皇大帝与王母娘娘十分高兴。玉帝传旨，提前举行蟠桃盛会，整个三界众仙更是喜气洋洋，如同过节一般。

王母娘娘已经备好了龙肝凤髓与琼浆玉液，整个瑶池鲜花铺地明珠妆成，所有的瑶池众仙更是穿上了节日盛装。一眼望去，瑶池内到处张灯结彩好不喜庆……

王母娘娘带领着瑶池众仙子，早早地就迎到了瑶池大门口，欢迎众仙的到来。等到快要开席之时，只见玉皇大帝乘着龙辇来到了瑶池，仙女赶紧迎上前，将玉皇大帝搀扶下龙辇。玉皇大帝与玉母娘娘走在前，西天佛老、三界诸菩萨圣僧及罗汉跟在后，再后面跟着南方南极观音、东方崇恩圣帝、十洲三岛仙翁、北方北极玄灵、中央黄极黄角大仙，又见那五方五老，还有五斗星君、上八洞三清、四帝、太乙天仙等众仙，以及中八洞玉皇、九垒、海岳神仙，还有那下八洞幽冥教主、注世地仙，各宫各殿大小尊神，一齐赴蟠桃盛会。大家在玉皇大帝与王母娘娘的带领下，迈步走进了瑶池圣地。

三界盛大的蟠桃盛会，自然少不了天蓬大元帅阿牛与卷帘大将军法藏。法藏本来不想来，他已经下定决心要让霓裳复生，所以对于参加蟠桃盛会这种仙人们都渴望的事情，也是提不起精神来。后来在燃灯师祖的劝说下法藏才决定先去参加蟠桃盛会，再去实施霓裳复生的计划。

"敖玉"与霓虹仙子也没有参加过蟠桃盛会，法藏就想蟠桃会上那么多人，也不差带上"敖玉"与霓虹两个，便向师祖燃灯古佛请示带两人一同前往。经过燃灯师祖的同意后，法藏便让"敖玉"与霓虹以卷帘将军侍卫的身

第三十八章 大闹蟠桃会

份参加。这可把"敖玉"和霓虹高兴坏了，不停地感谢燃灯师祖与法藏。霓虹自小在另一个三界的冥河宫长大，冥河宫的盛会她是见过的，可这个三界的蟠桃盛会她却从来没有见过，所以，她渴望着能够早日参会。而"敖玉"虽说自小在东海龙宫里养尊处优，却还是盼着能够参加蟠桃盛会。之前每次听父王敖广讲述蟠桃会的盛况，他的内心便非常神往，但父王从来没有说过要带他去参加蟠桃会。父王有时也会带家人同去，但一般都是带自己的大哥，至于他这个三儿子，也只能是想想罢了。今天，他终于要参加蟠桃会了，虽说是以卷帘将军府的侍卫的身份参加，但这足以让他激动万分，因为这可以说实现了他儿时的梦想……

法藏与阿牛带领着霓虹与"敖玉"来到瑶池，就看到三界的仙佛都已经坐好。法藏与阿牛在瑶池仙子的带领下，来到天蓬元帅与卷帘将军的座位上坐好，霓虹与"敖玉"则侍立在两人的身后。

王母娘娘高坐在凤座之上，看到众仙已经到齐，便笑着对身边的玉皇大帝说道："玉皇大帝，时辰已到，众仙已经坐好，就等着您这位三界的大天尊说话了，您快宣布开席吧。"

玉皇大帝笑笑，对着王母娘娘说道："王母娘娘，今天可是蟠桃会，不是丹元会，还是按照往年的惯例，由你来宣布蟠桃会开始吧。"

王母娘娘说道："玉帝，今年与往年可是不同，前些日子天庭派镇元大仙、天蓬元帅、卷帘大将军，以及二郎神与哪吒大战天魔，终于拿回了三界至宝梭罗木与宝莲灯，重伤了天魔，这可真是振奋群仙的好消息啊，众仙更是深受鼓舞。依哀家看来，咱们还是改改这往常的惯例，由您来宣布盛会开始吧。"

玉皇大帝说道："好，王母娘娘，既然如此，那我便恭敬不如从命了。"

王母娘娘笑道："本该如此。玉帝，您一会儿还要宣布对镇元大仙等有功仙人的封赏，您这就宣布开席吧，您看群仙都已经等不及了。"

玉皇大帝听王母娘娘这么说，这才从龙椅上站起来，端起酒杯说道："众仙卿，诸天佛菩萨，三界众仙佛，蒙大家不弃，前来参加王母娘娘的蟠桃盛会，朕也是格外高兴啊。今日，就让我们满饮此杯，一起仙福永享寿与天齐吧。来吧，就让我等一起举杯，一起在蟠桃盛会尽情地欢乐吧。"

众仙听玉皇大帝讲完，也都高高地举起酒杯，说道："玉皇大帝、王母娘娘仙福永享寿与天齐！"诸天仙佛菩萨一起欢呼，整个蟠桃盛会立刻变成了欢乐的海洋。众仙佛菩萨谢过玉皇大帝与王母娘娘，满饮了杯中的仙酒后便重新坐定。等到大家坐好后，蟠桃会上的仙娥便端起酒壶，再次给众仙佛菩萨倒满了酒。

王母娘娘看到大家重新坐定，这才从凤座上站起身来，端起杯中的仙酒，对着众仙佛菩萨说道："众仙卿，诸天佛菩萨，三界众仙佛，前些日子，天魔造反，偷走了梭罗木与宝莲灯，扰得三界不得安宁。幸有镇元大仙、卷帘大将军、天蓬大元帅、二郎神及哪吒下界，在西天燃灯、如来两位佛祖及诸菩萨罗汉的帮助下，在太上老君、女娲娘娘、观音菩萨等仙佛的共同出力下，终于成功从天魔洞拿回三界至宝梭罗木与宝莲灯。玉皇大帝与本宫都格外高兴，这才提前举行的这场蟠桃盛会。来吧，让我们再次举杯，为了三界的安定，共饮这杯中的仙酒。"

蟠桃会上的众仙再次端起酒杯，祝福王母娘娘与玉皇大帝，然后，将杯中的仙酒喝下。

玉皇大帝站起身来，向着众仙看了一眼，说道："镇元大仙何在？"

镇元大仙忙站起身来，向着玉皇大帝躬身施礼道："玉皇大帝，小仙在此。"

玉皇大帝缓缓说道："镇元大仙，这次拿回三界至宝梭罗木与宝莲灯，你是功劳第一啊。你本是地仙之祖，地位已不在朕之下，可是为了让你参与天庭诸事，朕特升你为天庭丞相。"

镇元大仙忙施礼谢恩道："启奏玉皇大帝，小仙虽说是地仙之祖，可是法力微末，有何能耐当这天庭丞相？还望玉帝收回成命，让小仙返回下界五庄观，专心地为您与众天仙种好人参果树吧。"

玉皇大帝听到镇元大仙不想上天任职，便叹口气说道："镇元大仙，既然你执意不愿意上天，朕也不强留你在天庭。可是打伤天魔拿回两样至宝，你确实是劳苦功高，朕如果不封赏你，又确实是说不过去啊。"

镇元大仙笑道："玉帝，只要您差遣小仙，小仙定然从命，至于赏赐，我看就免了吧，修道之人清灵空明，还是专心修道为好啊。"

玉皇大帝听罢，点点头道："镇元大仙，不赏实是不恭啊，既然你不想上天庭任职，那朕便赐你五庄观所有的仙童，每人仙酒五瓶、仙丹一粒，以助他们早日成仙，你看如此可好？"

镇元大仙点头道："如此甚好，小仙就代五庄观众道童，感恩玉帝大天尊的错爱了。请玉皇大帝放心，我等一定好好修仙，将来也好为天庭效力。"

第三十八章
大闹蟠桃会

　　玉皇大帝听镇元大仙这么说,非常感动。镇元大仙功劳之高地位之尊,那是不低于任何仙佛的。可是他竟然如此谦卑,实为三界之楷模啊。想到这里,玉帝大帝便举起杯中之酒,对着镇仙大仙说道:"镇元大仙,你居功而不傲,朕甚为激动,今日朕便敬你一杯,略表心意吧。"

　　看到玉皇大帝将这届蟠桃会的第一杯酒敬了自己,镇元大仙可激动坏了,忙回到座前,双手举起酒杯,来到玉皇大帝面前,将酒杯与玉皇大帝碰了碰,一饮而尽。往年蟠桃会的第一杯酒,玉皇大帝不是敬太上老君,便是敬燃灯古佛或如来佛祖,又或者是女娲娘娘,今天这第一杯酒敬镇元大仙,那可真是荣宠无以复加。镇元大仙虽说是地仙之祖,也算是天尊级的仙人,可是比太上老君、女娲娘娘与西天两位佛老,却稍逊一筹。但从这一杯酒开始,他镇元大仙不用谁封,便与这些顶尖的天尊级仙人再无差别。

　　在众仙的恭贺声中,玉皇大帝赏过了二郎神与哪吒,又将天蓬大元帅封为天蓬定天大元帅。等到将众人封完,玉皇大帝又缓缓地说道:"卷帘大将军法藏何在?"

　　法藏正在喝着茶,听到玉皇大帝叫自己,赶紧从座位上站起来,迈步走到玉皇大帝的面前,双膝跪倒,高声喊道:"小将在此。"

　　玉皇大帝笑道:"卷帘大将军,你本是燃灯古佛之弟子,禅心恒定,清灵空明,因到天庭进献琉璃盏有功,被朕封为卷帘大将军。前者你跟随镇元大仙下界,找寻梭罗木与宝莲灯,如今事已成功,朕心甚慰,今日,就依王母娘娘所言,将这梭罗木打造成的降妖宝杖赐予你。来人哪,速将宝杖取来送与卷帘大将军。"

　　听玉皇大帝这么说,法藏也是非常高兴。梭罗木本是月宫的镇宫之宝,也是王母娘娘最喜欢的法宝,如今被玉皇大帝赏给自己,那真是荣宠至极。想到这里,法藏不敢怠慢,赶紧双手从金甲神手中接过降妖宝杖,向着玉皇大帝磕头谢恩道:"谢玉皇大帝王母娘娘厚爱,小将定将竭力降妖,以报玉帝与王母之隆恩。"

　　玉皇大帝笑道:"卷帘大将军,你先是将天魔赶出朕的身体,寻宝又有功于三界,又用深厚法力,将那天魔打伤,论功劳你也是数一数二的。今日,朕便在这瑶池之上,升你为卷帘安天大将军,位列仙班一品,享受天仙级俸禄。"

　　法藏听到玉皇大帝如此恩宠自己,极为激动。可是此时的法藏,心思全不在瑶池盛会上，尤其是当他看到梭罗木上的璎珞，更是想起了霓裳姑娘，就向玉皇大帝磕头道："启奏玉帝，小将宁肯不要这一品的仙级，也不要升为卷帘安天大将军，只想求玉皇大帝成全小将一事。"

玉皇大帝听到法藏不想要这些封赏，就有些奇怪地问道："大将军，你速速说来，你有功于三界，你的事情，朕是无有不准啊。"

法藏奏道："启奏玉皇大帝，您外孙女霓裳仙子，为了帮助您夺回梭罗木与宝莲灯，已经被天魔给打得灰飞烟灭，还请玉皇大帝施以深厚法力，助霓裳仙子重生吧。"

玉皇大帝听法藏说起自己的外孙女，也是心生感慨，虽说没有见过这个外孙女，可心里还是有些不忍，便长叹一声，说道："法藏，你不是不知，霓裳已经灰飞烟灭，就算是朕等大天尊，也是无能为力，你就不要再说了。既然霓裳为了帮朕夺回这两件法宝，命丧于天魔之手，那今日朕便追封霓裳为霓裳公主。好了，你不必再报，这就拿出琉璃盏，让琉璃盏圣洁的光芒，照亮这蟠桃盛会，让众仙佛菩萨也一起看看琉璃盏的华彩吧。"

法藏听玉帝说让他向众仙佛菩萨展示琉璃盏，就明白了玉皇大帝的意思。琉璃盏本是佛家的至宝，更是三界的至宝。虽说圣水珠、梭罗木、女娲石、宝莲灯及定海针这些三界至宝都非常厉害，但比起琉璃盏，还是稍逊一筹。虽说五宝相聚可逆天，可是只要琉璃盏这个佛家法宝在天庭，那么任谁也难以反天，可以说琉璃盏是天庭极品法宝中的最极品。玉皇大帝让自己展示琉璃盏，便是在这三界历劫的关键时刻，以安众仙之心。

想到这里，法藏不敢怠慢，赶紧从怀中掏出琉璃盏来。只见那琉璃盏一掏出，便闪出了霞光瑞霭，看得瑶池所有的仙佛菩萨都直发呆。法藏用法力将琉璃盏点燃，然后，手举着琉璃盏，在瑶池的正中央慢慢地向前走着，每走到一处，仙佛菩萨都是起立观看，欢呼声喝彩声响成一片。

就在法藏举着琉璃盏向众仙展示之时，早有天魔安插在天庭的密探，用千里传音之秘法，将此消息告诉了正在天魔洞中静养的天魔。只见天魔睁开眼睛，阴笑了一下，便掏出断魂香来点燃。一缕清香便袅袅地飞向了瑶池，直冲着法藏猛扑过来。

法藏举着琉璃盏慢慢地向前走着，可他的心思却全在霓裳身上，正想着怎么拿到天魔的紫金莲，确认霓裳魂归的地方时，突然，就闻到一股奇香扑鼻而来。法藏多次吃过断魂香的亏，心里便暗叫一声不好，可却已经

第三十八章
大闹蟠桃会

迟了……

天魔的断魂香那可着实厉害，只要他念动咒语，就算你是大天尊也抵挡不住。身边的人却难以闻到。只有天魔想迷惑的人，才能闻到。

中了断魂香的法藏意识不受控制，他将霓裳之死的怨恨，全部发泄到了玉皇大帝的身上，便拿起琉璃盏，使上浑身的力气，向着玉皇大帝扔了过去。玉皇大帝正在群仙的赞扬声中得意扬扬，冷不丁地就看到琉璃盏向着自己飞来。眼看着那琉璃盏即将砸向玉皇大帝，眼疾手快的太上老君，猛地掏出金刚琢，朝飞向玉帝的琉璃盏便打了过去。那金刚琢将琉璃盏打了个粉碎，只见那琉璃盏的两根灯芯飘飘摇摇地向着空中飞去。如来佛祖一看，忙用手聚起一道金光，将一根灯芯给收进了手中，刚要用手指向另一根灯芯的时候，那根灯芯却已飘下界去……

法藏狂笑着，猛地冲上前去，将琉璃盏的碎片捡起来，送进口中便吞了下去。

这一幕来得实在是太突然了，所有的神仙菩萨谁能想到刚才还在展示琉璃盏的法藏，竟然会拿着琉璃盏去砸玉皇大帝？众仙一时呆在那里，竟然忘了救驾。玉皇大帝也是大吃一惊，这是怎么回事？法藏怎么可能拿着琉璃盏砸自己？

不管什么原因，法藏此举触犯了玉皇大帝的天威，犯下了不可饶恕的罪行。只是此时，包括玉皇大帝在内的众仙佛都还没反应过来。这时，又听到法藏哈哈大笑起来，用手一指玉皇大帝，高声地怒喝道："玉帝老儿，你说你算个什么东西。那霓裳是你的亲外孙女，你竟然对她的死活不管不问。你还将你的女儿织女囚在阿修罗界受苦，将你的女婿与七十二洞妖王关在一起。你全无半点人性，实在是可恨至极。看我今天不打得你满地找牙。"

说着话，法藏便举起降魔宝杖，狂笑着向着玉皇大帝扑了过去。法藏自从吃下冥河老祖的魔丹后，法力大增，他这一出手，金甲神这才反应过来，忙上前护驾。法藏挥动起降魔宝杖，向着扑过来的金甲神便是一阵猛打。那些金甲神哪里是法藏的对手，只用了没几个回合，便被法藏打翻在地上……

这一幕又是将瑶池上的众仙佛给惊得不轻。法藏到底是怎么了，也没有任何理由对玉皇大帝动手啊。玉皇大帝刚刚封他为卷帘安天大将军，并授了仙禄一品，还将三界至宝梭罗木打造成的降魔杖给他，他怎么会对玉皇大帝动手？不可能啊。可是，不可能的事还是发生了，法藏还是动手了，不但动手了，法藏还把那天庭护驾的众金甲神给打得落花流水。

玉皇大帝此时才反应过来，他猛地一拍桌子，大喊道："来人哪，快来人哪，法藏疯了，法藏真的疯了，你们快将法藏给我捉住。"

玉皇大帝这一怒喝，整个瑶池可就反应过来了，二郎神与哪吒冲了过来，对着法藏便打。二郎神一边挥舞着三尖两刃刀，一边向着法藏急问道："法藏，你这是怎么了？你快醒醒啊！"

法藏呵呵地狞笑着，大声地吼道："怎么了？我告诉你，我要当玉皇大帝，我要当玉皇大帝！"

说罢，法藏便抡起降妖宝杖，冲着二郎神与哪吒一阵猛打。疯狂的法藏已经入魔，有着无边的法力，眼看着二郎神与哪吒难以招架，如来佛祖再也坐不住了，掏出一个钵向着法藏便扔了过去。法藏看到那飞来的带着佛光的钵，催动起降妖宝杖便将那钵给打飞。眼看着法藏在瑶池之内横行无阻，打得龙肝凤髓满天飞，仙杯仙壶到处乱撞，可把燃灯古佛给急坏了。燃灯古佛忙暗暗地念动起咒语，向着法藏一指，只见一道佛光便向着法藏袭去。法藏被佛光打倒在地上，嘴里还在破口大骂："玉帝老儿，有本事，你与我大战三百回合，我不怕你，你打不过我的，我要当玉皇大帝！"

玉皇大帝可给气坏了，他用手指着法藏高声地喝道："来人啊，快来人啊，快用法力让他给朕闭嘴，真是气死朕了！"

燃灯古佛又念动咒语，向着法藏指去。只见法藏的嘴还在动，却是一句话也说不出来了。众金甲神一见，忙一下子冲了过来，拉肩头拢二背便将法藏给捆了个结结实实。

玉皇大帝一拍桌子，大喊道："法藏，朕今天封你为卷帘安天大将军，让你位列仙班一品，你为什么还要行刺朕？"

燃灯古佛听到玉皇大帝如此一问，赶紧上前奏道："启奏玉皇大帝，依老僧看来，好像他是中了天魔的断魂香。这天魔的断魂香极为厉害，还请玉皇大帝不要怪罪小徒法藏啊。"

燃灯古佛的话刚说完，只听到太上老君说道："燃灯古佛，此言差矣，法藏即使中了断魂香，可也冒犯了玉皇大帝的天威，如果饶恕了他，这天宫的法度何在？以后众仙还如何对玉皇大帝恭敬？"

太上老君是天庭数一数二的仙人，他的话一出口，众仙便是一片附和之声，纷纷进言玉皇大帝要严惩法藏，以儆效尤。

第三十八章
大闹蟠桃会

　　王母娘娘心疼法藏,不愿意玉帝严惩,因为行刺本身就是重罪,如果玉帝严惩,法藏必将灰飞烟灭。想到这里,王母娘娘赶紧对玉皇大帝说道:"玉帝,你想想,你已经将法藏封为一品仙官,又将三界至宝梭罗木给了他,他怎么可能行此冒犯天威之事?我看他的样子已经疯了,若是您跟一个疯子一般见识,这岂不是让三界的众仙佛笑话?"

　　玉皇大帝听太上老君与王母娘娘说的都很有道理,就想了一下,说道:"法藏绝不可能行刺于朕,朕是深信不疑的。可是若不处置他,又怎么跟天庭众仙交代?他可是犯了刺王杀驾之罪,这要是按照天条律法,罪该斩首啊。"

　　太白金星一听玉皇大帝这么说,赶紧奏道:"启禀玉帝,依臣看来,还是听王母娘娘的话,就别怪罪已经陷入魔障的法藏了吧。当务之急,还是要赶紧救治法藏,将他的魔怔给治好,问明白了才是上策。"

　　太白金星的话刚说完,就听到如来佛祖说道:"启奏玉帝,太白金星所言在理,您宽恕了法藏,那么三界的神仙菩萨,定能感受到玉皇大帝您的慈悲之心。"

　　玉皇大帝点了点头,叹道:"如来佛祖,你言之在理,朕这就饶恕了法藏,来人哪……"

　　玉皇大帝的话刚说到这里,就听到一句"玉帝且慢",只见赤脚大仙奏道:"玉皇大帝且慢啊,请听老臣一言。若是你宽恕了法藏,以后不管是哪个凡人神仙,对您不满意了,便来刺王杀驾,你抓住他,他就说自己疯了,如此,该怎么办?"

　　玉皇大帝手捋着长须,点头说道:"赤脚大仙所言却也有理,来人哪,速速将法藏拖上斩妖台,明正法纪吧。"

　　敖玉与霓虹是跟着法藏来参加蟠桃盛会的,刚才看到玉皇大帝升了法藏大哥的官,还将梭罗木给了大哥,心里正高兴,突然,场面就来了一个大逆转,法藏竟然犯下了刺王杀驾的大罪。想要上前劝住法藏吧,可是这么多神仙面前,哪轮得到他们两个上前。"敖玉"与霓虹急得是直跺脚,连忙跑到天蓬大元帅阿牛的面前,求阿牛上前替法藏美言几句。法藏是阿牛的大哥,阿牛当然想救下法藏,可是他也在想,这么多的天尊在场,自己上前是否合适。当听到玉皇大帝说到要将法藏押往斩妖台,阿牛便再也顾不上那么多了,一个箭步冲上前,双膝跪倒在玉皇大帝的面前,磕头道:"玉皇大帝,看在法藏曾经救驾有功的分上,您就饶恕他吧。他是中了天魔的断魂香,才

-459-

做下这天大的错事啊，求玉皇大帝饶了他吧……"

阿牛冲上前，"敖玉"与霓虹也跟在后面，跪在地上，一个劲地替法藏喊冤。玉皇大帝看着他们三个人，便缓缓说道："此事，朕已经做出圣断，尔等速速退下吧。"

看到玉皇大帝不理阿牛兄妹三人的求情，燃灯古佛赶紧双手合十说道："玉皇大帝在上，请听老僧一言。法藏是中了天魔的断魂香，真正的罪魁祸首是天魔啊，就请您念在法藏曾经救过您的分上，饶他一命吧。"

燃灯古佛求情，玉皇大帝不能不给他面子，正在众仙臣你一言我一语，说得玉皇大帝不知道该怎么处置法藏的时候，就听到女娲娘娘开口说道："陛下，法藏尽管处于魔障之中，可他也确实犯有刺王杀驾之罪。依本座看来，法藏虽然犯有大罪，但念他前者有功，就打他八百杖，将他贬出天庭去吧。"

玉皇大帝点头说道："好，女娲娘娘之言正合朕意。来人啊，将法藏给我拖出去，重打八百仗，将他贬入凡间，从此再也不准踏入天庭半步。"

玉皇大帝旨意一下，只见从玉皇大帝身后冲出来两名金甲神，押起法藏便向着外面走去……

一场盛大的蟠桃盛会被法藏给搅闹了，天庭众仙也是失望至极。举目望去，到处是落在地上的仙果佳肴山珍海味和仙杯仙壶。看到这里，玉皇大帝再也坐不住了，也不想再跟瑶池的众仙佛说些什么，猛地一甩袖，带着护驾的侍卫，上了龙辇便向着朝天宫的方向走去。

看着玉皇大帝离开，众仙佛也不想继续待在这里了，纷纷起身向着瑶池外走去。燃灯古佛向着法藏离去的方向看了看，便弯腰捡起了掉在地上的降魔宝杖，也上了莲台向外飞去……

法藏被打了八百大杖后被两名金甲神押往南天门外抛下云端。阿牛心疼大哥，站在云头之上刚要去接，便被师父赤脚大仙紧紧抱住。赤脚大仙边抱住阿牛边劝道："阿牛，法藏犯的可是大罪啊，为师求你别掺和了，以免惹祸上身啊。"

阿牛向着掉入尘埃的法藏大声地喊道："大哥，大哥……"

被师父赤脚大仙死死抱住的阿牛，再也不能往前一步，只能眼睁睁地看着法藏快速向下坠去，慢慢地消失在了茫茫的云海当中。

赤脚大仙又劝道："阿牛啊，你们兄弟之情我知道，可是你若是真的去

第三十八章
大闹蟠桃会

救法藏，被你外公玉皇大帝知道了，你也是难逃干系啊。你这就跟我回你的天蓬元帅府吧。"

阿牛瞪着师父，大声地喊道："不，我要去救我的大哥，我要去救我的大哥啊。"

阿牛声嘶力竭地呼喊着，却推不开抱紧自己的师父。看着法藏掉下了云端，阿牛放声痛哭起来……

被封住法力的法藏，只得任由自己的身体往下跌，一点办法也没有。风声从耳边呼啸而过，早已经清醒过来的法藏闭上了眼睛，准备着跌落地面那粉身碎骨的一刻。他想在临死之前，再看一眼这个世界，于是，他睁开了眼睛，却看到了琉璃盏中飘摇的那根灯芯。法藏伸出手来，将那根灯芯握在了手心，再次闭上了眼睛，等待着与地面的撞击……

此时的霓虹与"敖玉"，早已经等在下面的云空当中，刚要伸手去接迎面掉下的法藏，却突然闻到了一股奇香，霓虹与"敖玉"两人也中了断魂香，纷纷跌落尘埃。正在霓虹与"敖玉"下跌之时，如来佛祖出现在空中，用手一指，将两人收进了佛光里。他是奉燃灯古佛之命前来保护法藏的，却意外救下了中了断魂香的霓虹与"敖玉"。

法藏眼看着就要撞到地面了，正在他再次闭上眼睛之时，一只大手抓了过来，将法藏紧紧地抓住。法藏猛地一睁眼，正看到天魔。天魔用另一只手掰开法藏的手，将灯芯抢了过来，哈哈狂笑道："法藏，你屡次坏我的好事，我也坏一次你的好事，这才公平啊。怎么样，你刚刚升官，就被打入凡间的感觉不错吧？"

法藏冲着天魔破口大骂："天魔，我就知道是你捣鬼！你亲手打死了你的徒弟霓裳，后又要倒反天宫扰乱三界，你就做梦去吧。依我看来，你早晚要被天庭的众仙佛给重新封印到万劫不复之地。"

天魔哈哈大笑道："法藏，你的一场天庭升官的美梦尽管落空了，可是你别怕，你还有我。尽管你跟我不是一路人，可我还是很喜欢你，念在你曾经去天庭救过我的分上，你就做我的第一护法吧。到时，我来解除你封印的法力，还会传授你一身纵横天下的武功，好不好？"

法藏冲着天魔吐了一口口水，喝道："你休想，我就是再也不能上天庭，也不会跟着你，因为我是一个和尚，一个禅心恒定的和尚。"

天魔冷笑道："法藏，你清醒些好吗？天庭已经容不下你了，这三界都是玉皇大帝掌管。你想，你已经被打入凡间，没了法力，以后还会有你的好吗？"

法藏怒道："那也比跟着你强，我宁肯粉身碎骨，也绝不会跟着你的。"

天魔说道："法藏，既然你不肯跟着我，那你就将吞到肚子里的琉璃盏给我吐出来，我便放了你，从此以后，咱们俩再无关系。"

法藏哈哈大笑道："我说我怎么在天庭突发魔障，吃掉那破碎的琉璃盏，原来你是为了得到琉璃盏啊。实话告诉你，我体内有冥河老祖的魔丹，更有太上老君的仙丹，还有王母娘娘的蟠桃，即使我没有法力成为凡人，你也不可能从我的体内炼出琉璃盏来。"

天魔点点头说道："法藏，你很聪明，我的所作所为全让你给猜中了，所以，我才让你心甘情愿地吐出来。你已经将我的宝莲灯与梭罗木给偷走了，坏了我倒反天宫的好事，只要你把琉璃盏给我吐出来，我就能将它修好，到时，不管你跟不跟着我，等我倒反天宫以后，都对你升官晋爵，你看可好？"

法藏哈哈大笑道："天魔，你就死了这条心吧，别再痴心妄想。头可断血可流，让我吐出琉璃盏给你这个大魔头，办不到。"

天魔怒道："那可就别怪我对你不客气了。"

法藏也大声喊道："我也不需要你对我客气。"

听法藏这么说，天魔便不再说话，张开血盆大口便向着法藏咬了下来。法藏慢慢地闭上眼睛之时，就听到空中一个熟悉的声音传来："阿弥陀佛，大天尊，你又何必为难于他？有本事你就冲我来吧。"

天魔抬头一看，大叫一声不好，原来是西天如来佛祖到了，看来，今天真是出师不利啊！

第三十九章
流沙困法藏

天魔的血盆大口即将咬下之时，法藏就看到空中霞光阵阵紫气腾腾。再往空中一看真是喜出望外，原来是如来佛祖带着四王菩萨与五百罗汉来了。法藏便冲着如来佛祖大喊道："如来佛祖，快来救弟子法藏啊！"

如来佛祖将莲花台宝座往空中一停，四大菩萨与五百罗汉护持在左右，如来佛祖便对着天魔双手合十施礼道："大天尊，好久不见了，你一向可好啊？"

天魔哈哈大笑道："如来佛祖，承问承问，你说，我被封印了这么多年能好吗？你不要明知故问。我劝你，还是好好修你的佛吧，以免惹得我发怒，打上你的西天雷音寺去，让你那灵山宝地毁于一旦。"

观音菩萨手拿着净瓶往下一指，高声喊道："大天尊，休要逞口舌之能。你速速放下佛门弟子法藏，我们也免于干戈。"

天魔狂笑着，用手一指观音菩萨道："观音菩萨，你慈悲度世济世救人，本天尊对你可是礼敬有加啊。今日，我不与你为难，也不想与你对话，有什么话，我只对如来佛祖说。"

观音菩萨回头看了看如来佛祖，如来佛祖便驱动莲花台向前，来到天魔的身边，哈哈大笑道："大天尊，你有何说，尽管对我说来。"

天魔点点头，说道："谢谢如来佛祖给我面子，我可真是受宠若惊啊。如来佛祖，你们佛家最讲因果，对不对？"

如来佛祖点了点头，说道："大天尊，你之言语好有佛缘，我真是高兴万分啊。"

天魔仍然用手紧紧地握住法藏，对如来佛祖说道："如来佛祖，本来这玉皇大帝的宝座是我的，可是，我大哥竟然篡夺了我的玉帝之位，抢走了我最爱的女人，你说这恨是深还是不深？"

如来佛祖笑道："这恨确实是深，比海还深，大天尊你所言不错。"

天魔又道："后来我不服气，带领着群魔打上天庭，与玉帝展开了仙魔大战。玉帝联合众仙，将我封印在天魔洞，使我受那无涯之苦，你说我痛是不痛？"

如来佛祖又笑道："确实是痛彻心扉。"

天魔又说道："既然如此，我今天要倒反天宫，不顾一切地抢夺能够逆天的五个宝贝，你说我该是不该？"

如来佛祖笑道："确该如此。"

天魔长叹一声，说道："还是如来佛祖你通情达理啊，既然确该如此，那我盗来的梭罗木与宝莲灯，都被你佛门弟子法藏给偷去，你说他该不该打？"

如来佛祖笑道："确实该打。"

众菩萨与五百罗汉听到如来佛祖今天这么说话，不禁心生疑惑，如来佛祖这是怎么了？今天天魔怎么说什么话，他都跟着附和？正在众菩萨与五百罗汉奇怪的时候，就听到那天魔又说话了："如来佛祖，我用断魂香让法藏迷失心智，为的就是让他吞掉琉璃盏，这样，我才有机会拿到琉璃盏啊。只有拿到琉璃盏，我才能不怕拥有四个法宝的玉皇大帝，才能跟他决一死战，你说我做的对还是不对啊？"

如来佛祖拍手鼓掌道："太对了，大天尊你做的实在是太对了啊，要是换成我，恐怕也要如此啊。"

天魔哈哈大笑道："承如来佛祖这么看得起我，等我打上天宫之时，就将你的佛教奉为三界正教，你看可好？"

如来佛祖说道："好，谢谢大天尊，如此，就请你将法藏给放下吧，他一个后生晚辈，不值得你大动干戈。"

天魔这才将巨手给放下，法藏的双脚稳稳地踩到了地上。

天魔看着如来佛祖，笑道："如来佛祖，跟你说话实在是太痛快了。既然如此，就请你将你拿到的那根琉璃盏的灯芯拿给我吧。"

如来佛祖突然将脸一沉，说道："没门。"

天魔听如来佛祖这么一说，一下子愣在了那里，他没有想到一个劲地顺着他说话跟他套近乎的如来佛祖，却在这时来了一个大转变，就有些不悦

第三十九章
流沙困法藏

地说道："如来佛祖，你刚才不是还说我做得对吗？怎么又不肯将那灯芯给我？"

如来佛祖也笑道："大天尊，我要是不这么说，你能放下法藏吗？不过，虽然我顺着你说是为了让你放开法藏，但念在你与佛有缘的分上，我在此告诫你一句，放下复仇之战吧。只要你肯放下，我愿意将你请上西天，当那西天的佛教大护法，尊位在我之上，不知你意下如何啊？"

天魔哈哈狂笑道："如来佛祖，就是尊位在你之上又如何？在你的西天能够喝酒吃肉吗？能够妻妾成群吗？能够权力威震三界吗？"

如来佛祖摇头道："大天尊，你说的这些，我西天佛国净土，确实是没有啊。"

天魔冷冷地道："那我到你那西天，还有什么意思？倒不如我打上天宫，夺了玉皇大帝的皇位，那才痛快哪。我说如来佛祖，只要你不横加阻拦，待我夺了玉皇大帝的皇位，我还是会将你的佛教奉为三界正教的。"

如来佛祖哈哈笑道："大天尊哪，就先谢谢你了。我觉得你与佛有缘，你为什么就不能听一句劝？修习佛法禅心永定，岂不比你倒反天宫造成三界生灵涂炭好？"

天魔怒道："如来佛祖，看来，你是执意要与我作对了？"

如来佛祖笑道："不是我执意与你作对，而是你执意要与你自己作对。想当初，你确实有当玉皇大帝的机会。那时的你，恐怕也不希望三界生灵涂炭吧？所以，那时的你是仙，而现在的你心中充满了仇恨，所以你是魔。"

天魔用手指着如来佛祖，怒道："你竟然敢说我是魔？好，既然话已经说到这份上，我也不需要与你客气了，快将你收走的那根琉璃盏的灯芯给我！"

如来佛祖将脸一沉，说道："休想。"

天魔高声地喝道："如来，别人怕你，我可不怕你，既然你横加指责，也休怪本天尊对你不客气了，你就看招吧。"

说完，天魔便冲了过来。四大菩萨一看，赶紧冲到如来佛祖的面前，挡住天魔的进攻。如来佛祖将手一伸说道："四大菩萨，这是我与大天尊之间的事，你们不要插手，待我领教一下大天尊高深的法力。"

天魔点了点头，说道："好，如来佛祖，你够仗义，不以多欺少，本尊佩服。"

-465-

说着话，只见如来佛祖的身上发出了护体的佛光，那天魔的周身也发出了护体的神光，两位大天尊便升到空中拼起了法力。天魔是三界的魔界至尊，如来是西天的当世佛老，如来佛祖的法力纵横三界，这是全三界都知道的事情，天魔与如来佛祖斗起法来，那可是加着一万倍的小心。天魔自从被宝莲灯伤到以后一直在闭关修炼高深的法术，经过一段时间的静养，他不但恢复如初，又习成了威震天界的诛仙大法，法力更比当初大战镇元大仙时高出了很多。此次大战如来佛祖，天魔一上来便使出了诛仙大法，招招都向着如来佛祖的要害袭去，可那如来佛祖的本领也是不凡，使出高深的佛法，不停地化解着天魔的诛仙大法。

　　天魔眼看对如来佛祖无可奈何，非常着急，这一分神向下看时，只见文殊菩萨将法藏给迎了过去，急得他是哇哇大叫。此时的他是孤家寡人，而如来佛祖可是有四大菩萨与五百罗汉护持左右。如果让文殊菩萨将法藏带走，那么自己将再无拿到琉璃盏的可能，倒反天宫成为玉皇大帝的计划更是不知道何时才能实现。

　　想到这里，天魔就知道不能再犹豫了，必须使出魔界的至宝水流沙大阵。这阵本来是为了对付天庭众仙而专门设计的，这次被如来佛祖困在这里，眼看着就要败阵，天魔便往后一退，暗暗地念动咒语，向着空中一挥手，祭出了水流沙大阵。只见那空中突然就生出了惊涛骇浪，在阵阵阴风的吹拂下，向着如来佛祖、四大菩萨及五百罗汉袭去。如来佛祖正在与天魔交战，突然看到那五百罗汉的上空袭来了滔天巨浪，大叫一声："速速闪开！"

　　可是已经晚了，那惊天骇浪随着阵阵阴风，已经袭到四大菩萨与五百罗汉的身前。众菩萨与罗汉忙发出护体神光，在那瑟瑟的阴风当中抵挡着。那股滔天巨浪夹杂着漫天的黄沙不停地袭来，冲破了众菩萨与罗汉的护体神光，众菩萨与罗汉瞬间便成了落汤鸡。眼看着他们即将掉入云端，如来佛祖大叫一声："天尊，休要得意，看我的法宝。"只见一道巨大的佛光形成了一道光罩，挡住了惊天的骇浪。那阴风夹杂着的黄沙，再也不能袭向诸佛菩萨与五百罗汉。

　　观音菩萨手拿着净瓶，向如来佛祖奏报道："如来佛祖，您的法力只能挡住水流沙一时，却难以挡住这水流沙一世啊，我们速速退去吧。"

　　如来佛祖点头道："观音尊者，我们这便带上法藏回西天雷音寺吧。等

第三十九章
流沙困法藏

返回西天，我们再想破阵良策。"

说完，只见那巨大的佛光护持着如来佛祖、四大菩萨与五百罗汉，向着空中飞去。文殊菩萨手拉着法藏正向上飞着，眼看着就要走进如来佛祖加持的佛光罩里了，突然，法藏感到脚下一紧，天魔的巨手从下面伸了过来，一下子便将他拉了下去。法藏高声大喊："佛祖，救我！"

坐在莲花台上的如来佛祖猛地转过身来，将手变长向下伸去，想要将法藏给拉上来，只见那股阴风卷着滚滚黄沙，也同时向着如来佛祖的佛手袭来，慌得如来佛祖赶紧抽手，却已经晚了。如来佛祖赶紧用广大法力断了那只伸下来的手，才没有被黄沙给扯进去。可是，那只手却已经永远地留在了水流沙的岸上。坐在佛光里的如来佛祖猛地又变出一只手来，单手念佛，叹道："这天魔好生厉害，竟然能夺走我一只手臂。可叹啊可叹，你越是厉害，越是距离那万劫不复就又近了一步。"

文殊菩萨急问道："佛祖，法藏已经被天魔拉进了水流沙大阵，这可如何是好啊？"

如来佛祖叹道："本欲炼魔如佛，却困流沙之河，我也是无可奈何。也罢，待我回往灵鹫山元觉洞，禀报给燃灯古佛师祖，再做定夺吧。"

说完，如来佛祖便与四大菩萨和五百罗汉化作一道金光，向着西天灵山飞去……

天魔站在如来佛祖的胳膊化成的山峰前，哈哈大笑道："如来佛祖，我的水流沙是专门为天庭众仙设计的，任你是谁也休想冲破我这水流沙大阵。你们不来则罢，只要你们敢来，我定要让你们天庭众仙及西天诸佛都困在我的水流沙里，哈哈哈哈……"

笑罢，天魔在如来胳膊化成的立石上，写了三个大字：流沙河。

阵阵的黄风当中，天魔举起手臂哈哈地狂笑着。法藏站在沙流河的岸边，迎着那阵阵的黄沙傲然挺立，像个英雄一般，对那步步走过来的天魔竟也是毫无畏惧。

阴风阵阵，浊浪腾腾，黄沙弥漫，飞沙走石，法藏这位坚定的佛子，站在这黄沙满天的阴风中，闭着眼睛高声念起佛来："阿弥陀佛，阿弥陀佛……"那阴风卷着黄沙吹得沙藏衣袂劲舞，法藏竟浑然不觉。天魔看到法藏在水流沙中竟然傲立不动，狂笑道："法藏，你看到没有，就连如来佛祖及西天诸罗汉菩萨，也不是我这水流沙大阵的对手，你快些将琉璃盏给我吐

-467-

出来，我好救你出流沙河，免受这无涯之苦。"

法藏睁开眼睛，看了看天魔，双手合十道："天魔啊天魔，本僧禅心恒定，是不会将琉璃盏交给你的。我知道，若是将琉璃盏交给你，你定会带着它打上天庭，到时三界生灵涂炭，皆是我的罪过，所以，你就死了这条心吧。"

天魔"唰"地一下抽出了天魔剑，用剑锋指着法藏，说道："法藏，你不要以为你不吐出琉璃盏来，我便没有办法。今日，我便用手中的天魔剑来穿你的心，你怕是不怕？"

法藏坚定地说道："不怕。"

天魔举着剑一步步向着法藏逼近，边走边说道："这宝剑不同寻常，可是我们魔界的至宝，它会永远跟着你，每七天刺穿你的心一次，你怕是不怕？"

法藏还是那两个字："不怕。"

天魔哈哈怒笑道："虽说琉璃盏融入你的体内，你又有冥河老祖的魔丹及太上老君的仙丹护体，可是这把天魔剑却能通过每七天一次的穿心，用一千年的时间逼出融入你体内的琉璃盏来，你怕是不怕？"

法藏突然冲着天魔大喊道："我不怕，一千年太漫长，我看不到，可是不管身在何方，经历人间多少苦痛，小僧我禅心恒定，永远都不会怕你这个天魔。"

天魔哈哈大笑道："法藏啊法藏，你就是死鸭子嘴硬。我再告诉你，若是被我的天魔剑穿心而过，你便会永远陷入魔障当中，你怕是不怕？"

法藏迎着天魔，向前走了两步，将胸口对准天魔的天魔剑，哈哈大笑道："阿弥陀佛，佛又如何？魔又如何？你尽管来吧，任我是佛还是魔，都不怕你，更不会将琉璃盏交给你。"

天魔看着信心坚定的法藏，往后退了两步，重新站定后说道："好，法藏，虽然我们走的路不同，但本天尊却还是很喜欢你，其实我们才是一路人，都是那么固执，都是认准了一件事绝不回头啊。"

法藏双手合十，高声说道："阿弥陀佛，魔就是魔，佛就是佛，我们不一样。我并不是固执，我是禅心恒定，而你才是固执，你固执地要倒反天宫，固执地要夺走玉皇大帝的宝座。我告诉你，你每一次的努力，其实正如如来佛祖所说，都是向着万劫不复在一步步走近。"

说到这里，法藏突然用手一指天魔，大喊道："天魔，你等着吧，只要我不死，便会与你周旋到底，永远与你为敌，直到把你封印到万劫不复的深

第三十九章
流沙困法藏

渊为止，哈哈哈哈……"

天魔看着一步步迎上来的法藏，他所有的勇气、信心与法力，都被法藏这豪气干云的气魄给镇住了。他倒退着又倒退着，一只脚已经踏进了流沙河里。突然，天魔大喊一声，怒吼道："你休想，我是谁？我是玉皇大帝，我是这三界之主！"

法藏笑道："你是魔，是一个即将魂飞魄散灰飞烟灭的魔，你永远也不可能成为玉皇大帝，你很快会完蛋的。"

天魔"啊"的一声大叫起来，祭起了手中的天魔剑，向着法藏大喊道："那我就先用这把天魔剑穿透你的心，逼出琉璃盏来！"

说完，天魔便一下子跃到空中，将手中的天魔剑猛地向着法藏扔了过去。只见那天魔剑化成了千万支剑，在空中画了一个剑圈后便调转方向，一剑一剑地向着法藏的胸口穿去。法藏一大口鲜血吐了出来，可是口中仍然念念有词："阿弥陀佛，阿……弥……陀……佛……"

天魔站在黄沙漫漫的空中，向着法藏高声地喊道："每七日，你都会感受一次这万剑穿心之苦。你放心，没人来救你，因为谁也进不了我这长万里宽八百里的流沙大阵。你就在这'鹅毛飘不起，芦花定底沉'的流沙河，慢慢地受那乱剑穿心之苦吧。等到一千年以后，不管你愿意不愿意吐出琉璃盏来，琉璃盏都会是我的宝贝，哈哈哈哈……"

法藏的鲜血一口口地吐着，染红了他的僧衣，也染红了脚底的黄沙。在黄沙弥漫中，法藏的头发蓬乱了起来，他捂着胸口，迎着风哈哈狂笑着，大声喊道："天魔，你还有什么办法，尽管使出来吧，只要我不死，便与你誓不两立！"

天魔看着魔怔发作的法藏，高声地说道："法藏，你不会成佛的，因为现在的你可是会吃人的，吃人的你怎么会是佛？再说，没有仙佛能进了我的流沙阵，就算是进来了，你也会吃掉他们。你说我是魔，我看你才是魔。"

法藏猛地一下张开血盆大口，冲着天魔张牙舞爪地喊道："是，我要吃人，我第一个便要吃你，我要吃掉你。"

天魔狂笑道："你就在这里慢慢地受苦吧，我去也……"

说完，天魔便化作一道白光，向着天魔洞里飞去，只留下法藏一个人，在水流沙大阵中受着乱剑穿心之苦。

西天灵鹫山元觉洞，燃灯古佛张开法眼看到了正在经受乱剑穿心的法藏，便双手合十，发出了一阵梵音："阿弥陀佛！"

如来佛祖也跟着双手合十道："阿弥陀佛，燃灯师祖，法藏已经身陷流沙阵，想我这西天佛老，却也破不了天魔的水流沙大阵，救不得法藏逃出生天，这可如何是好啊？"

燃灯古佛长叹一声，缓缓地说道："如来佛祖，此乃劫数，也是他法藏命该如此啊。他曾经两赴冥河宫，其实本身已经误入了魔道，只是他为了素女诚心受具足戒的愿力极深，才换来他的本身不死。"

如来佛祖也点头道："燃灯师祖，想我等诸佛，本是诸佛门弟子的依靠，法藏正在这万里长八百里宽的水流沙阵中受苦，求燃灯师祖大发慈悲，这就前往定州流沙河去救他一救吧。"

燃灯古佛道："如来佛祖，那法藏本是我的徒儿，我怎有不救之理啊。再说，就算他与我素不相识，佛家的慈悲也是定要救他一救。可是这水流沙大阵着实厉害，那本是天魔准备困住天庭众仙的法宝，我等虽法力深厚，却也是无计可施啊。"

如来佛祖追问道："燃灯师祖，如此，我们便眼睁睁地看着法藏受苦吗？"

燃灯古佛叹道："非也，我只是在想一个周全的计划，好救出法藏贤徒来啊。"

如来佛祖用手一挥，只见那元觉洞的空中出现了流沙河的场景。在阴风飒飒的席卷下，漫天的黄沙滚滚而来，法藏迎着那狂风和黄沙一动也不动。突然，一把把的利剑闪着凛冽的寒光，不停地穿过法藏的胸口，一口口的鲜血从他的口中吐了出来，将那地上的黄沙给染红。法藏再也支撑不住，一下子跌倒在流沙河里……

如来佛祖高诵佛号："阿弥陀佛，善哉善哉，法藏立下受具足戒的大愿，立志修佛，禅心恒定，想不到要受此无极之苦啊。"

燃灯古佛双手合十，抬起头来看了一眼元觉洞中法藏跌入流沙河的画面，叹道："如来，老僧说过，此乃劫数，想我等诸佛虽然法力无边，却也无法帮他渡过这千年之劫啊。只怕这流沙魔阵，会让我的贤徒误入魔道啊。"

如来佛祖道："魔又如何？佛又如何？一心所演化罢了。师祖，您看那至性至情的兄妹三人，也一起救他去了。"

只见那元觉洞的空中，出现了阿牛、敖玉与霓虹三人的画面。在黄沙漫漫的流沙河上空，兄妹三人正驾着云头，沿着黄沙的边缘向前飞着，一

第三十九章
流沙困法藏

边飞一边使劲地向下高喊着："法藏大哥，你在哪里？我们来救你了！"

漫漫的黄沙飞过，却没有人来回答，兄妹三人的嗓子都喊哑了。就在三人踩着云头，商议如何救出法藏的时候，突然，从漫漫的黄沙里出现了一只大手，一下子便捉住了霓虹仙子的脚。霓虹仙子的半截身子立即陷入黄沙，直吓得她花容失色，惊叫连连。阿牛与"敖玉"一看，赶紧来拉霓虹仙子。霓虹仙子的身子被阿牛与敖玉死死地拽住，这才没有被大手给拉进流沙阵。

漫天的黄沙飞舞中，传来了一声狂笑："哈哈哈哈，好饿啊，我好饿啊，我要吃了你。"

阿牛等兄妹三人往下一看，只见一个蓬头乱发的疯子，正用一只巨大的手死死地扯住霓虹仙子。阿牛冲着"敖玉"着急地喊道："不好，这个疯子就是我们的大哥法藏，他已经入了魔道，这可怎么办？"

"敖玉"大声地喊道："我也不知道该怎么办。你看他死死地拽住霓虹姐，我们得赶紧想办法，不然，霓虹仙子就会被大哥拉入黄沙当中。"

阿牛急忙说道："敖玉，我来拉住他，你速去天庭请救兵去吧。"

"敖玉"大声地喊道："我们俩拉住霓虹姐尚且吃力，我要是离开，你肯定也会被陷入这恶阵当中的。"

兄弟两人说着话，这一分神的工夫，只见那霓虹的身子又往下陷了一下，只有头还露在流沙阵外。霓虹仙子的双手被"敖玉"与阿牛死死地拽住，眼看着霓虹仙子即将陷进流沙阵中，只听得霓虹大声喊道："阿牛，敖玉，你们不要管我，快些走吧，不然，你们也会陷进来的。"

阿牛大声地喊道："不，霓虹姐，要死我们一起死，我是不会丢下你的。"

阿牛话刚说完，就觉得手又往下沉，霓虹仙子的头也陷进了流沙阵。兄弟两人死死地拽住霓虹仙子的双手，可是那霓虹仙子已经全身陷入流沙阵，再难被拉出。兄弟两人都觉得这一下是真完了，流沙阵可是天魔为了对付天上的神仙准备的，大罗金仙也难逃一劫，更别提他们两个法力一般的仙人了。阿牛的眼泪流了下来，他不忍心看到霓虹仙子身死在流沙阵中。虽说霓虹仙子本不是这个世上的人，可是他与霓虹有缘，是他的眼泪将霓虹仙子从冥河宫请到了这个三界，也是他与法藏一起，请镇元大仙用人参果成就了她的真身。可以说，虽然她们不是亲姐弟，但却已经凝成了姐弟亲情。所以，不管付出任何代价，他也要救出霓虹来。

"敖玉"尽管与霓虹认识时间不长，可是对这位姐姐也是非常敬重。今天，眼睁睁地看着霓虹身陷流沙阵，他更是非常焦急。他对大哥法藏与二哥阿牛及霓虹仙子的情义是一样的，可却没想到，法藏大哥身陷流沙阵后，竟然会堕入魔道，成为吃人的妖怪。而即将成为他口中之物的竟然是他的好妹妹霓虹仙子，"敖玉"的心里那个急可就别提了。

眼看着再这样死拽下去，兄弟两人都会身陷流沙阵，阿牛想起了一件事，他对着黄沙里的霓虹仙子大声地问道："霓虹姐，你的芭蕉扇呢？"

霓虹这才想起自己有芭蕉扇，也顾不得被黄沙吹得睁不开的眼睛了，就张开口一下子将芭蕉扇给吐了出来。阿牛用手一接芭蕉扇，对着那流沙阵就是一扇子。芭蕉扇本来是冥河老祖的宝贝，被法藏借了来，在镇元大仙的妙笔下成就了霓虹仙子的真身。过后，镇元大仙将宝扇交给了霓虹仙子，霓虹仙子便将芭蕉扇放进了口中。

此时，那芭蕉扇在阿牛的手中一挥，漫漫的黄沙就弱了一些，阿牛与敖玉拉着霓虹仙子的手，终于向上提了一下。兄弟两人都非常振奋，阿牛更是拼着全力，一口气连扇了许多下，虽说抵挡住了黄沙的飞舞，可是要想将霓虹仙子拉出来，却依旧是难上加难。

本来，芭蕉扇扇着人，足以把人扇走八万多里，可是天魔的流沙阵实在是太厉害了，就连芭蕉扇也只是暂时抵挡住席卷而来的黄沙，根本不可能扇走流沙阵里已经变成恶魔准备吃人的法藏。

这一阵狂扇把阿牛给累得气喘吁吁，一直拉住霓虹仙子的手也渐渐松了下来，急得"敖玉"大喊道："阿牛二哥，你快使些力气，我快支撑不住了！"

阿牛一看霓虹仙子又陷进了黄沙阵里，忙双臂一较劲，拼尽全力拉住了霓虹仙子。可是，那漫漫的黄沙，在阴风的吹动下，竟然越来越厉害。眼看着兄妹三人都要身陷水流沙大阵，半空中佛光一闪，一朵莲花宝座出现在空中，正是西天灵鹫山元觉洞的燃灯古佛。燃灯古佛的左右两边分别侍立着观音与灵吉两位菩萨。

燃灯古佛用手往下一指，将阿牛手里的芭蕉扇收进手里，对观音菩萨说道："观音尊者，天魔的水流沙大阵好生厉害，就连我等法力深厚的仙佛也不敢进阵。幸好，这里有冥河老祖的芭蕉扇，请再借我净瓶一用。虽说我不能救出贤徒法藏，但却可以用这两件法宝将我那贤徒法藏的善灵给救出来。"

观音菩萨听到燃灯古佛吩咐，不敢怠慢，赶紧将净瓶双手捧出。燃灯古佛下了莲花台，手拿着芭蕉扇，用上深厚的法力对着那漫漫的黄沙一挥，

第三十九章
流沙困法藏

"敖玉"与阿牛一下子便将霓虹仙子给拖了上来。法藏猛地一下子脱了手，"啊"的一声摔了下去，重重地摔倒在黄沙之上，一口鲜血吐出来，再也爬起不来了。

阿牛、"敖玉"与霓虹仙子抬头看去，只见燃灯古佛带着观音与灵吉两位菩萨来了，阿牛忙领着"敖玉"与霓虹跪地磕头，拜求道："燃灯古佛，您与两位菩萨可算是来了，请您念在与法藏大哥师徒情深的分上，与观音、灵吉两位菩萨救救他吧。"

燃灯古佛点了点头，说道："天蓬元帅，你们兄妹不要着急，我与观音灵吉菩萨正是为了救法藏而来。"

说完，燃灯古佛就又举起宝扇一扇，将那漫漫的黄沙给扇走，抽出净瓶里的柳枝对着黄沙阵一扬，只见那黄沙阵里下起了雨来。站在空中的燃灯古佛刚要下去，就看到一道金光闪过，天魔哈哈大笑道："燃灯古佛，休想救走你的徒弟，他不给我吐出琉璃盏，就别想走出我这水流沙大阵。"

燃灯古佛双手合十，向天魔行礼道："大天尊，好久不见，老僧我祝大天尊仙福永享寿与天齐。"

天魔大手一挥道："燃灯古佛，你少废话，要不是你把琉璃盏让法藏送去天庭，本尊也不至于费此周折。今日，你若是让法藏吐出琉璃盏来，一切都好说。若是你执意向着你徒弟，那也别怪本天尊对你不客气。"

站在空中的观音、灵吉两位菩萨，看到天魔出现，便飞身挡到燃灯古佛的身前。观音菩萨双手合十道："大天尊，你怎可对燃灯古佛无礼？"

天魔哈哈狂笑道："观音，你不是不知我一定要拿到琉璃盏，然后打上灵霄宝殿报仇雪恨。谁若是想阻挡我，任你是佛还是魔，我都要打得你魂飞魄散。"

灵吉菩萨一举手中的飞龙宝杖，怒道："大胆天魔，若是再敢口出狂言，小心我的飞龙宝杖。"

天魔用手一指灵吉菩萨，怒道："大胆，你这个无名小辈，也敢对本天尊无礼，看我怎么收拾你。"

说完，天魔便一挥手中的诛神刀，照着灵吉菩萨砍了过去。灵吉菩萨忙拿起飞龙宝杖，与天魔斗在一处。燃灯古佛看罢，赶紧双十合十道："善哉善哉，大天尊，你就看在老僧的面子上，暂息雷霆之怒，有什么话就跟老僧我说吧。"

天魔这才停手，冲着灵吉菩萨喝道："好，我就给燃灯古佛一个面子，暂且不与你计较，你也别不识好歹，免得枉送了性命。"

说罢，天魔又冲着燃灯古佛说道："燃灯，既然你让我跟你说话，那我问你，你徒弟法藏不肯将琉璃盏给我，此事该怎么办？"

燃灯古佛笑道："大天尊，琉璃盏本来就是佛家的至宝，他肩负守护琉璃盏之职责，要我说，他做得对，确实是不能给你啊。"

天魔怒道："燃灯，看来你是敬酒不吃吃罚酒了。那好，我就让你尝尝我这水流沙大阵的厉害，你敢进阵来吗？"

燃灯古佛哈哈大笑道："大天尊，进阵与不进阵有何区别？这佛与魔又有何区别？之前如来佛祖曾经说过，只要你放下打上灵霄宝殿之妄想，佛门便将你请上灵山，做灵山的大护法，地位在当世佛祖如来之上。不知你意下如何啊？"

天魔狂笑道："你那西天灵山虽好，可终究不是我想要的。我想要的是三界的主宰玉皇大帝的宝座，想要的是那杀伐独断的权力，你那灵山能够给我吗？"

燃灯古佛摇头道："这个嘛，西天灵山佛门圣地自然是没有。"

天魔哈哈大笑道："既然如此，那就啥也别说了，动手吧。"

说罢，天魔一挥手中的诛神刀，向着燃灯古佛冲了过去。燃灯古佛周身生出了护体金光，挡住了天魔砍过来的诛神刀。燃灯古佛双手合十道："大天尊，难道我们两人非要动手吗？"

天魔怒道："佛挡杀佛，魔挡杀魔，你休要再说，这就看刀吧。"

看到天魔又举着刀冲了过来，灵吉菩萨举起飞龙宝杖，观音菩萨手举降妖宝杖，一同迎向天魔，和天魔打在了一处。

燃灯古佛此来只为救法藏，所以，他趁着两位菩萨抵挡天魔的工夫，赶紧念动起佛门咒语，想要唤出法藏的善念真灵来。虽然他不能救出身陷流沙阵的法藏真身，可也要用自己的高深法力，成就法藏善灵的另一个机缘……

第四十章
夺宝紫金莲

　　观音、灵吉两位菩萨大战天魔，这一场大战实在是险恶。虽说两位菩萨法力无边，可是碰上三界的大魔头天魔，就感觉有些吃力了，毕竟如今的天魔早已经不是一般的天尊级大神能够相比的了。

　　天魔也知道观音与灵吉两位菩萨的法力无边，所以，他小心翼翼将那把诛神刀舞得出神入化，直把两位菩萨累得气喘吁吁。观音菩萨原本已经修成正法明佛，只是为了普度众生才化成菩萨像，自从他修成正果，还从来没有碰到过这样的恶战，要不是手中拿着三界至宝梭罗木化成的降魔宝杖，恐怕早已被天魔给打倒。而拿着佛界至宝飞龙宝杖的灵吉菩萨，也感到手臂发麻，渐渐地力不从心。

　　天魔看着两位菩萨已经露出败象，更是催动起手中的诛神刀，一刀快似一刀，想要尽快摆脱他们，好抽出身来斗燃灯。可是，两位菩萨毕竟法力通天，天魔一时之间也很难胜出。天魔摇身一变，变出两个法身与观音、灵吉两位菩萨周旋，自己的元神则猛地一下跳出来，就要去流沙河大阵中寻燃灯古佛大战。观音菩萨一看，赶紧暗暗地念动咒语，使了一个分身之法拦住了天魔的去路。天魔一看观音菩萨好厉害，竟然能够用化身拦住他的分身，忙打消去寻找燃灯古佛的念头，将分身与元神合成一体，聚精会神地与两位菩萨又战在一处。

　　阿牛、"敖玉"与霓虹仙子看着两位菩萨恶斗天魔，急得直跺脚，想要上前助阵，可是以他们的法力，说不定刚走近天魔就会被他的护体神光所伤，便只能站在原地，祈求佛祖保佑两位菩萨能够战胜天魔。可是看着两位菩萨越斗越力不从心，阿牛急得哇哇大叫，也不管那么多了，拿起手中的上宝沁金耙，抡起来向着天魔就打了过去。天魔正全力大战两位菩萨，一眼就看到冲上来的阿牛，心想就凭你也敢来打我，真是找死。

想到这里，天魔暗暗念动咒语，只见凭空出现了一只火龙，向着天蓬元帅阿牛就咬了过去。阿牛大惊，扭头便跑。眼看着那条火龙就要咬到阿牛，"敖玉"身形一晃，化成了一条白龙飞在空中与火龙缠斗起来。霓虹仙子看到两条龙在空中翻飞，也举起手中的神剑，向着那火龙便砍了过去。阿牛正往前跑着，猛回头看到这打斗场景，便立刻转过身来，抡起上宝沁金耙向着那火龙打去……

趁着阿牛姐弟三人恶斗火龙，两位菩萨抵挡天魔之际，燃灯古佛托举着手中的净瓶，走到了流沙大阵的边缘。他不停地用杨柳枝蘸着净瓶里的水向着流沙大阵挥舞，流沙大阵里降起了丝丝的细雨，那阴风劲舞的黄沙也渐渐地弱了下来。燃灯古佛站在流沙大阵的边缘，向着躺在流沙河岸边的法藏缓缓地说道："法藏醒来，法藏醒来啊，你这就跟为师回元觉洞去吧。"

只见那倒在黄沙上的法藏，周身发出了淡淡的佛光。法藏的善灵缓缓脱离本体站了起来，在那柳枝雨的沐浴下，慢慢地飞出了水流沙，向着空中的燃灯古佛飘去，在飘到燃灯古佛面前跪倒，磕头拜道："燃灯祖师在上，请您救我出这水流沙恶阵的苦海吧。"

燃灯古佛叹了口气，说道："贤徒，这水流沙的恶阵是天魔所设，就连为师也进不去啊，更别说救你出来了。"

法藏叹口气，问道："师祖，这可如何是好啊？难道我就永远地身陷这水流沙的恶阵中了吗？"

燃灯古佛缓缓地说道："法藏，你不要着急，我虽救不得你的真身，可是却能把你的善灵给救出来，只是苦了你的身体，它可能要与你的恶灵，在天魔的加持下步入魔道，去经历那千年的劫难了。说不定以后天魔倒反天宫，你也是参与的元凶之一啊。"

法藏的眼里流下了泪水，说道："师祖，我的身体陷入这流沙恶阵，若是我的恶灵相助天魔，我又何处可依？"

燃灯古佛道："法藏，你是佛门弟子，难道还看不透这人世的一切缘是幻象吗？此乃劫数，非人力可为，你就不要多想了。法藏，你看观音、灵吉两位菩萨，还有霓虹姐弟三人为了救你，正与天魔恶斗，事不宜迟，你速钻

第四十章
夺宝紫金莲

进净瓶里来,为师这就带你回西天灵山,咱们再说话也不迟啊。"

法藏赶紧拜道:"遵燃灯师祖法旨。"

说完,法藏的那一缕善灵便化作一阵青烟,飘进了燃灯古佛手托着的净瓶里。

燃灯古佛将柳枝插入瓶中,发出万道护体佛光,将观音、灵吉两位菩萨与阿牛等三人护持住,对着天尊哈哈笑道:"大天尊,我事已毕,咱们后会有期。"

天魔看着燃灯古佛的护体佛光,一扬手中的诛神刀,怒喝道:"燃灯古佛,你算什么英雄,有本事你撤去你的护体神光,跟我大战三百回合,分出个输赢胜败来。若是你做缩头乌龟,我可真是瞧不起你。"

燃灯古佛笑道:"大天尊,亏你还修行了几十亿年的光阴,难道还不明白?这胜又如何?败又如何?一切不过是过眼云烟而已,咱们这就别过,后会有期。"

说完,燃灯古佛便不再理会天魔的叫骂,化作一道佛光,向着西天灵鹫山元觉洞飞去。看着燃灯古佛等众人从容地离去,天魔气得哇哇大叫,可是却又无计可施,因为燃灯古佛的护体佛光着实非常厉害,纵使是他也不敢贸然去追……

燃灯古佛带着灵吉、观音两位菩萨,以及阿牛、敖玉、霓虹仙子兄妹三人一返回元觉洞,便坐上了莲台,周身发出了璀璨的佛光。

燃灯古佛对着站在面前的灵吉、观音两位菩萨,缓缓地说道:"观音、灵吉两位尊者,尔等今日大战天魔,使我能够抽身唤出法藏的善灵来,实是大功一件。事不宜迟,观音尊者,你速去灵鹫山后山取一朵莲花来,我这就要为法藏的善灵莲花塑身,助他重生。"

观音菩萨不敢怠慢,赶紧晃动身形,飞出了元觉洞。燃灯古佛又对灵吉菩萨说道:"灵吉菩萨,你速往西天佛塔,将佛骨舍利取来,相助法藏善灵重生。"

灵吉菩萨双手合十道:"领燃灯古佛法旨。"

两位菩萨共同出力,自然是马到功成。不一会儿,两人便取来了莲花与舍利,回到元觉洞复燃灯古佛法旨。

只见燃灯古佛手托着净瓶走下莲台,在观音、灵吉两位菩萨及阿牛兄妹三人的注视下,将那朵莲花抛向空中,一挥手用法力定住莲花,拿着柳枝对着莲花洒了几滴净水。在净水的滋润下,只见那朵莲花慢慢地幻化成法藏的身形。

法藏的身形出现在空中,可把阿牛、"敖玉"及霓虹仙子兄妹三人给高兴坏了,接连冲着法藏的身形说话,可是那身形却像是一块木头,根本不答话。燃灯古佛冲着阿牛等兄妹三人说道:"这只是一朵莲花,根本不会说话,等我用舍利成就他,唤出法藏的善灵来。"

说着话,燃灯古佛口中念念有词,将舍利向着法藏的莲花化身一送,只见舍利带着金光,飞到了法藏莲花化身的胸口。燃灯古佛用手又一指净瓶,只见净瓶里灵光一闪,法藏的善灵便飘出了净瓶,又化作一道青烟,向着法藏的莲花身形飘去。看到法藏的善灵附在了莲花之上,燃灯古佛高叫一声:"贤徒醒来,贤徒醒来啊!"

燃灯古佛连喊了两声,只见莲花化身的法藏在空中慢慢地睁开了眼睛,然后,一朵祥云托举着莲花法藏,稳稳地落到地上……

法藏刚落地,便赶紧向前去了两步,"扑通"一声跪倒在燃灯古佛的莲花台下,跪地磕头道:"燃灯师祖,弟子法藏感谢您的再生大恩。"

两位菩萨看到法藏重生,也是分外高兴。观音菩萨走上前,将手中的降妖宝杖往前一递,说道:"法藏,前者你被天魔打入水流沙恶阵,西天众佛菩萨可都是焦急万分啊。可是,那水流沙大阵实在是太厉害了,就是我等也难以进阵救你。今日,你在燃灯师祖的帮助下已经重生,这根降魔宝杖,便物归原主吧。"

法藏赶紧双手接过观音菩萨递过来的降魔宝杖,双手合十道:"阿弥陀佛,弟子谢观音菩萨送杖之恩。"

燃灯古佛看着法藏,笑笑说道:"法藏,你虽已重生,但你的本身随同你的恶灵,还要在天魔的水流沙阵中受那千年之苦,为师也是爱莫难助,这才在两位菩萨的帮助下,唤出你的善灵,用莲花成就你的真身。你就跟着为师在元觉洞修炼,待千年以后,再去与你的本身会合,去完成三界共定的取经大业吧。"

观音菩萨双手合十,向燃灯古佛问道:"燃灯师祖在上,弟子有一事不明,法藏既已重生,为什么还要在千年之后去与真身会合?"

燃灯古佛也双手合十道:"阿弥陀佛,观世音菩萨,此乃天机,也是劫数,不可泄露啊。"

第四十章
夺宝紫金莲

看着法藏重生，阿牛、"敖玉"和霓虹仙子高兴坏了，三个人冲上前对着法藏就是一顿拥抱。兄妹四人重逢，法藏的心里也是格外高兴，遥想当初结拜之时，霓裳姑娘还在世，如今看着霓虹仙子，法藏就想起了霓裳，于是，跪倒在地上拜求道："燃灯师祖，既然您能让弟子重生，还请您大发慈悲之心，也给霓裳姑娘莲花塑身，助她重生吧。"

听法藏这么说，阿牛、"敖玉"与霓虹仙子也纷纷跪倒在地上，求燃灯古佛助霓裳重生。燃灯古佛看到兄妹四人情真意切，缓缓说道："法藏，之前我已经跟你们说过，要想让霓裳重生，可不是莲花塑身这么简单了，你首先要找到天魔的紫金莲，可这紫金莲被天魔藏到一处极为难找的地方，甚难甚难啊。"

法藏听燃灯师祖这么说，坚定地说道："燃灯师祖，就算是付出再大的代价，我也一定要让霓裳姑娘重生。"

阿牛也流着泪说道："是啊，燃灯师祖，我一直没敢将妹妹已经死去的消息告诉娘，就请您助我妹妹霓裳重生吧，我娘还盼着妹妹回家团圆呢。"

燃灯古佛缓缓地说道："你们都是有情有义之人，我是真想帮助你们啊，可是霓裳已经灰飞烟灭，我爱莫能助。你们要是真想让她重生，就按照冥河老祖所说，先到天魔那里去寻找紫金莲吧。"

听燃灯古佛这么说，急于让霓裳重生的法藏兄妹四人，便匆匆拜别了燃灯古佛与两位菩萨，向着天魔洞的方向飞去。

兄妹四人在灵鹫山的上空站定，便在云端之上商议起得到紫金莲的计策来。思来想去，就觉得黑熊精愚笨，可以从他那里入手，于是，就打算变成小妖，先混进天魔洞去，约出黑熊精喝酒，再从黑熊精那里，打探出紫金莲藏在哪里。

兄妹四人争着变小妖混进天魔洞去约黑熊精，谁都不愿意让别人冒险进洞。可是争论了半天，四人各不相让，最后，还是法藏决定，由他独自前去，其他人就变成小妖，在洞外准备酒菜。看着大哥法藏执意要去，兄妹三人只得作罢，化成小妖跑到后山准备酒菜，只等法藏前去约黑熊精来喝酒。

法藏站在空中，摇身一变，成了小妖的样子，告别了阿牛等人，便按落云头，大摇大摆地走进了天魔洞中。

法藏刚进天魔洞，迎面便看到黑熊精向着洞外走来。法藏曾经两次差点命丧黑熊之口，一见到黑熊精，气就不打一处来，就想掏出降魔宝杖去打黑熊精。可今天是来打探紫金莲消息的,于是,法藏赶紧收起怒气,装作满心欢喜的样子,走到黑熊精的面前说道:"黑熊护法,您这是要到哪里去啊?"

黑熊精一看这个小妖他不认识,就问道:"你这个小妖是做什么的,我怎么没见过你啊?"

法藏笑道:"黑熊护法,我是敲鼓的小妖啊。前些日子,咱们大天尊大显神通,捉住真武大帝之时,就是我擂的鼓啊。当时的我正高兴地在擂鼓,您看到大天尊活捉了真武大帝,不是还夺过我的鼓来,亲自擂鼓庆贺吗?"

黑熊精摸了摸脑袋,一时有些想不起来。天魔的势力越来越强大,从大海牢里被阿牛放出的大部分妖王,因为天庭派天兵征剿得紧,纷纷投靠了天魔洞,而跟着这些妖王投奔来的,还有无数的小妖,他哪能想得起来?于是就笑笑,假装认识地说道:"噢,原来是你啊,你这是做什么来了?"

法藏赶紧从兜里变出二两银子来,说道:"黑熊护法,您能夺我的战鼓亲自擂,说明咱们俩有缘分哪,我就想应该孝敬您一下,以后也好跟着您混啊。您看这个,哎哟,也就是一个意思,您可千万别嫌少。"

黑熊精心内大喜,赶忙接过银子来,哈哈大笑道:"好兄弟啊好兄弟,既然你如此有情有义,那我可就却之不恭了。"

法藏假装热情地说道:"黑熊护法,您一直在关照我,我的心里可是格外感谢您啊。我就想现在大天尊在修炼,那些神仙也不敢再来闹事,不如您就给我一个面子,跟我一起去洞外喝一杯吧。"

黑熊精既接了银子,又听法藏说要请他喝酒,真是喜出望外,大胸脯一拍说道:"没说的,看你如此有孝心,以后就跟着我吧。你放心,我是肯定不会亏待了你的。"

说着话,法藏便与黑熊精迈步走出天魔洞,驾起祥云来到了后山。早有阿牛、"敖玉"与霓虹仙子变成的小妖,准备了一桌子丰盛的酒菜,法藏就陪着黑熊精喝了起来。阿牛知道法藏不喝酒,所以提前给法藏准备好了水,而黑熊精喝的可是真的酒。法藏一边陪着黑熊精喝,一边说道:"黑熊护法,咱们大天尊可真是厉害啊,连那真武大帝、镇元大仙、二郎神与哪吒都不是他的对手,就更别提那个法藏了。想想,等到大天尊带着我们打上天庭打败玉皇大帝,您可就是天上的神仙了,到时,您可别忘了拉兄弟一把啊。"

黑熊精哈哈大笑道:"没说的,兄弟,跟着咱们的大天尊哪,那是真跟对了。我跟你说,我要不是跟着大天尊,早就没命了。现在你看,我不但活

第四十章
夺宝紫金莲

了下来，还练成了一身纵横三界的仙法。不是跟你吹，二郎神与哪吒要是跟我打，那也不是我的对手。"

法藏给黑熊精又倒了一杯酒，顺着黑熊精说道："那是，二郎神与哪吒怎么会是您的对手？您可是得到了大天尊的指导啊，我想就是镇元大仙与真武大帝，现在也不是您的对手。"

黑熊精被法藏吹捧得格外高兴，便喝了一口酒，笑道："你说话好听，我很喜欢你。你放心，等到大天尊成了玉皇大帝，我成了天上的神仙，一定会在大天尊面前替你美言几句，给你加官晋爵，就让你当降魔大元帅吧。"

法藏笑道："那是太好了，咱们大天尊厉害哪，平时我只见他赤手空拳，就能把那些神仙给打败，这要是再使出他那厉害的法宝来，我觉得天上的神仙全加起来，那也不是咱们大天尊的对手。"

黑熊精笑道："那是，咱们大天尊的法宝可不止一件，断魂香、水流沙还有紫金莲。噢，说起紫金莲来，我可得多说几句，要不是这紫金莲，我可早就没命了，这紫金莲可以给人续命哪。所以，以后跟神仙打起来，你就往前冲，被打死了也没有关系，大天尊拿出紫金莲，就能让你活过来。"

法藏伸出大拇指，向着黑熊精奉承道："这紫金莲真是好宝贝啊，您让我猜猜紫金莲生在哪里啊。"

黑熊精又喝了一口酒，说道："你猜吧。"

法藏道："我猜肯定是生在西天的灵山圣地，也只有西天的灵山圣地，才能生出紫金莲这样的法宝啊。"

黑熊精用手一指法藏，说道："说错了，罚酒三杯。"

法藏端起酒杯，问道："我怎么说错了？"

黑熊精此时已经喝得有些醉，说话就没了把门的，便接着说道："实话告诉你，就是那西天灵山也产不出这么好的宝贝。这紫金莲是在咱们魔界的黑暗崖上生出的宝贝，所以我说你说错了，你快自己罚酒三杯。"

法藏听黑熊精说出黑暗崖来，心里就是一惊。黑暗崖的大名，法藏以前在灵鹫山陪燃灯师祖的时候就曾经听说过，那可是三界极其险恶的地方，平常的仙人根本到不了那里，更别说凡人了。想到这里，法藏赶紧端起酒杯将水喝下，连喝了三杯，说道："大护法，罚酒我已经喝了，你说那黑暗崖在什么地方？我可真是很好奇啊。"

黑熊精已经醉得有些迷糊，再加上对黑暗崖的看守非常有信心，便真的是知无不言言无不尽，舌头有些发软地说道："就在咱们天魔洞的下面，那里有阴风阵、浊浪阵，还有八大魔王看守，寻常人是根本进不去的……"

说完，黑熊精便一头歪倒在桌子上，呼呼大睡起来。看着直打呼噜的黑熊精，法藏赶紧站起身来，让"敖玉"与霓虹先回天蓬元帅府静候，他这就要与阿牛一起勇闯黑暗崖。尽管"敖玉"与霓虹执意不肯，可是法藏却已经下定了去偷紫金莲的决心，坚决不肯让"敖玉"与霓虹前去冒险。

"敖玉"与霓虹无奈，只得与法藏和阿牛分手，回天蓬元帅府等他们哥俩的消息去了。看着二人离去，法藏与阿牛抖擞精神，向着天魔洞的方向走去。按照黑熊精所说，二人使用地行之术，向着天魔洞的下方便钻了下去，钻了约莫一炷香的工夫，就来到了一处别样的天地。

法藏向前望去，只见到处是彤云密布阴风阵阵，远处的山峦上飘浮着无数的黑气，地上的景象尽管与人间并无二致，森林树木与山川河流也一应俱全，但是却透着一股子阴森森的气氛。

阿牛看着这里的景象，对法藏说道："大哥，这里实在是太像阿修罗界了，我们可要多加小心啊。"

法藏点了点头，刚要再说话，就感到远处一道道阴风向着他们席卷而来。原来，黑暗崖能听到人说话，只要是人一说话，便启动了机关，那阵阵的阴风刮过来，直刮得阿牛与法藏睁不开眼。阿牛与法藏两人咬着牙生顶住。

渐渐地，阿牛举着耙子的手便虚化起来，阿牛高声叫道："大哥，这阴风能刮透人的骨肉，会将我们刮化的，这可如何是好啊？"

法藏也是急得要命，突然就想起了梭罗木乃三界至宝，而手中的降妖宝杖正是梭罗木打造成的，于是，就一边念动佛号，一边高高地举起了降妖宝杖……

看到法藏举起降妖宝杖静心念佛，阿牛着急地喊道："大哥，我的头发都被这阴风给刮掉了，你快想些办法吧，我快受不了了。"

阿牛的话刚说完，只见法藏举起的降妖宝杖化成了万丈的护体佛光。佛光慢慢地越变越大，化成光圈将阿牛给罩到了光圈里，阿牛虚化的身体这才慢慢地真实起来。阿牛看着佛光挡住了阴风，冲着法藏一伸大拇指，说道："大哥，你好厉害啊，竟然也能像燃灯师祖一样，发出这万丈的护体佛光了。"

第四十章
夺宝紫金莲

法藏睁开眼睛,对着阿牛说道:"阿牛,事不宜迟,我们赶紧去找紫金莲吧。"

说完,法藏与阿牛便在护体佛光的保护下,迎着那阴风向前飞去,渐渐地走出了阴风阵。刚走出阴风阵,突然电闪雷鸣,接着,一阵阵的滔天巨浪向着两人袭来,将法藏护体佛光里的阿牛打进了浪里。法藏大惊失色,忙伸手拉住阿牛,大喊道:"兄弟,紧握住我的手,我这就将你拉进我的护体佛光里。"

阿牛大叫着:"不行啊,大哥,水底下好像有东西在抓我的脚!"

阿牛的话刚说完,只见水下钻出了两只青面獠牙的厉鬼,向着法藏便扑了过去。法藏一手抓住阿牛,一手高举起降妖宝杖,大叫一声"来得好",便打了过去。自从法藏得了冥河老祖的魔丹和太上老君的仙丹以后,法力大增,何况他还吃过镇元大仙的人参果和王母娘娘的蟠桃,这可都是三界的至宝啊。所以,在这四样至宝的加持之下,法藏的法力早已不输于天魔了。如今手持着梭罗木化成的降妖宝杖,法藏更是势不可当,只用了没几下,便将那两只厉鬼给打入水中。法藏单手一用力,便将阿牛给拉了护体神光里。

法藏知道这里极为险恶,不敢怠慢,赶紧驾起祥云,向前飞去,老远就看到最高的那座山峰之上绽放着紫色的光芒。阿牛也看到了这紫光,对着法藏说道:"大哥,你看那放紫光之处,是不是紫金莲?"

法藏说道:"阿牛,事不宜迟,我们这就上前看看。"

说完,脚下祥云舞动,两人便飞到了那座山下。刚走到那座山下,就看到八个魔王各持着兵器打来。这八大魔王可是天魔的心腹,神通广大,法力无边,八个人往前面一冲,就将法藏与阿牛给围了起来。阿牛心里大惊,举起耙子便打了过去,却被其中一个魔王给打倒在地上。法藏不敢怠慢,忙将降妖宝杖化成八条,向着八个魔王打了过去。法藏如今法力大增,早已经不是当初那个凡僧了,这八条降魔宝杖很快便将八个魔王给打倒在地。

法藏将阿牛再次拉进佛光里,刚要往前飞,突然,就看到燃灯古佛、如来佛祖、玉皇大帝、王母娘娘、女娲娘娘、太上老君、观音菩萨与真元大仙这八个天尊出现在眼前。

法藏大惊失色,这可都是他最敬仰的人啊,他们怎么会出现在黑暗崖哪?法藏赶紧跪倒在地,说道:"弟子法藏,参拜八位大天尊。"

莲花台上的燃灯古佛赶紧伸出手来,向着法藏和蔼地说道:"法藏贤徒,你速速到为师这里来。"

法藏不敢怠慢，忙撤去护体的佛光走到了燃灯古佛的莲花台下。燃灯古佛又说道："贤徒，这是在黑暗崖，凭你的法力是拿不到紫金莲的，你赶紧闭上眼睛，为师这就传你无上的仙法，助你拿到紫金莲吧。"

玉皇大帝也说道："阿牛，我的好外孙，你赶紧上前来。我也要传你无上的仙法，助你成为这三界的大罗金仙。"

阿牛闻听玉皇大帝这么说，赶紧走上前来，就在阿牛即将走到玉皇大帝面前的时候，阿牛突然听到自己胸腔内的七窍玲珑心说："阿牛，你不可上前，他们都是魔王所化，你如果上前就没有命了。"

阿牛再向前一看，只见燃灯古佛猛地变成了张牙舞爪的魔王，正在用力掐着法藏的脖子，直吓得大喊道："法藏大哥，你快睁开眼，他不是燃灯古佛，他是魔王啊！"

法藏猛地睁开眼，看到的却依然是燃灯古佛。燃灯古佛说道："法藏，你不可听阿牛所言，他是胡说八道，为师正在传你大法。传大法肯定会有苦痛，你一定要挨着。"

阿牛眼里的燃灯古佛可是真实的魔王，眼看着法藏被魔王掐得露出了白眼珠，阿牛忙掏出上宝沁金耙，向着"燃灯古佛"便打了过去。魔王所化的燃灯古佛一下子便将阿牛打倒在地上，化成玉皇大帝的魔王也向着阿牛冲了过去，一把便将阿牛给攥在了手里。阿牛大叫一声："大哥，你快来救我啊！"

阿牛被攥昏过去，法藏这才挣脱开"燃灯古佛"，向着"玉皇大帝"扑了过去。"玉皇大帝"手舞着长剑，一剑便刺中了法藏的胸腔，一股鲜血喷涌而出。这股鲜血一下子便让八个魔王现了原形，法藏也应声倒地。

法藏的元神猛地一下子从莲花真身里蹿出来，挥动起降妖宝杖，与八个魔王打在一处。法藏急于救阿牛，只几下便将七个魔王给打倒在地上。那位攥着阿牛的魔王大声地吼道："法藏，你快住手，不然，我这就掐死阿牛！"

担心阿牛受伤的法藏立在原地，不敢上前却也不能退后。正在此时，阿牛缓缓地睁开眼睛，张嘴便吐出了一股大火，向着魔王便烧了过去。魔王冷不丁地被大火一烧，抓着阿牛的手松了，阿牛一下子掉在了地上。法藏赶紧用手拉住阿牛，又发出了护体的万丈佛光，挥舞着降妖宝杖，将八个魔王打得魂飞魄散……

第四十章
夺宝紫金莲

　　法藏与阿牛披着万丈佛光，脚下驾起祥云，便向着黑暗崖的崖顶飞去。远远地，法藏便看到一朵紫色的金莲散发出璀璨的光彩。法藏心中大喜，刚要伸手去摘那朵紫金莲，就看到一个蓬头乱发的僧人手持着降妖宝杖挡在身前。法藏一看大惊失色，只见那个护花人正是自己。那护花人看了看法藏怒道："好啊，法藏，你竟然敢打我们大天尊的紫金莲的主意，我看你是活得不耐烦了。"

　　阿牛看到蓬头乱发的法藏，惊得是张大了嘴巴，他大惊失色地喊道："你，你……"

　　蓬头乱发的法藏哈哈大笑道："你什么你，我也是你的大哥法藏。我告诉你，你身边的这个法藏是假的，我现在已经归顺了大天尊，奉命在这里看守紫金莲。阿牛，你也跟着大天尊吧，等将来我们反上天宫，你的官会比天蓬元帅还大。"

　　法藏怒道："你住嘴，赶紧给我让开，不然小心我用手中的降妖宝杖打得你魂飞魄散。"

　　护花法藏将手中的降妖宝杖一举说道："咱们俩本是一个人，你我法力一样，你就别白费力气了。噢，听你这么说，我再告诉你一件事，你打得我魂飞魄散，你也会魂飞魄散的。"

　　阿牛大惊地问道："这到底是为什么？"

　　护花法藏道："因为我就是他，他就是我。不过，我才是他的真身，他不过是一朵莲花化身而已。所以，阿牛啊，你快打死他，让他回到我的身体里来。"

　　法藏听护花法藏这么说，不敢再去与他理论，就对阿牛说道："阿牛，你快去采下紫金莲来，我们一起救你妹妹霓裳重生。"

　　护花法藏却哈哈大笑道："有我在此，你们谁也别想拿走我们大天尊的紫金莲，哈哈哈哈。"

　　护花法藏忙对着阿牛喊道："阿牛，你别听他疯言疯语，快去拿紫金莲救霓裳啊。"

　　阿牛听法藏这么说，便上前去采紫金莲，却被护花法藏给拦住。法藏一看忙掏出降妖宝杖，与护花法藏打了起来。阿牛趁机走上前，一把便将紫金莲拿到了手中，对着法藏喊道："大哥，我已经拿到紫金莲了，事不宜迟，我们赶紧离开这里吧！"

护花法藏大怒道："给我留下紫金莲，不然，你们休想离开这里。"说完，便挥动起降妖宝仗向着两人打去。法藏与阿牛双战护花法藏，护花法藏渐渐不支。两人不敢恋战，忙跳出圈外，刚要驾云飞去，就见一道白光闪过，天魔出现在法藏的跟前。天魔看了看法藏，哈哈大笑道："想不到啊，真是想不到，燃灯古佛竟然能够给你的善灵莲花塑身。好，法藏，我正要找你，你快跟护花法藏合体，将琉璃盏给我吐出来。"

法藏怒道："天魔，现在的我虽是莲花塑身，可琉璃盏却在他的体内，你找他要去吧。"

天魔笑道："法藏，护花法藏虽是你的真身，可是没有你的帮助，他是吐不出琉璃盏来的。你快与他合体，吐出琉璃盏来，我这就将紫金莲双手奉送，助你们找到霓裳破碎的灵魂。她可是我的徒弟，我也很想救她回来啊。"

法藏哈哈大笑道："原来如此，天魔，你要让我帮你取出琉璃盏，休想。再说，我得了冥河老祖的魔丹，法力比以前可高多了，现在的我根本就不怕你。"

天魔狂笑道："好，敢跟我叫板，有志气。我承认你法力已经很高了，但是和我比起来，还差得远。何况，还有另一个你在帮着我，哈哈哈哈。"

阿牛听到天魔这么说，冲着天魔一指说道："好，那我们今天就来比个高低，我阿牛豁出去了，宁肯被你打死，也不能被你吓死。"

天魔冷笑道："好啊，看来你是真长本事了，那就来吧。"

说罢，天魔便一挥手中的神刀，向着阿牛与法藏劈了过去。法藏忙用降妖宝杖架住，阿牛一看也不敢怠慢，用上宝沁金钯挡住了护花法藏的宝杖，四个人分两对厮杀起来……这一场真是惊天动地的比拼，直打得整个黑暗崖是天摇地动。阿牛的法力本就比不过法藏，护花法藏本事与法藏一般无二，阿牛一个疏忽便被宝杖打中。法藏一看忙挥动着降妖宝杖来救阿牛，却没有防备天魔从背后挥来的神刀，被砍倒在地。天魔哈哈大笑道："法藏啊法藏，今天我便要你与护花法藏合体，好帮助我取出琉璃盏来。"

说着话，天魔对着法藏的脖子便挥下了诛神刀。正在这个时候，黑暗崖一道金光闪过，女娲娘娘出现在了空中，向着天魔急喊道："大天尊，请住手！"

天魔一看女娲娘娘来到空中，不敢怠慢，赶紧躬身施礼道："女娲娘娘在上，请受小侄一拜。"

第四十章
夺宝紫金莲

女娲娘娘点点头说道:"大天尊,既然你还肯认我这个姑姑,那就请你给我一个薄面,放了法藏吧。"

天魔说道:"女娲娘娘,不是我不肯给你面子,而是这个法藏实在无礼,竟敢混进我的黑暗崖来偷我的宝贝,真是气死我了。"

女娲娘娘缓缓说道:"大天尊,法藏是至性至情之人,他虽说是偷你的紫金莲,可救的却是你的徒弟霓裳,你就成全他吧。"

天魔点点头说道:"好,女娲娘娘,既然你这样说,我便给你一个面子,将紫金莲送给他。"

听天魔这么说,法藏真是喜出望外,赶紧双手合十,向天魔施礼道:"谢大天尊成全,您放心,我一定会救出霓裳来的。"

女娲娘娘也非常高兴,刚要说几句感谢天魔之类的话,就听天魔又说道:"女娲娘娘,我送他紫金莲,这个没问题,但是在我拿到紫金莲以前,他得先与那个法藏合体,吐出琉璃盏来给我,这样我才肯将紫金莲给他,这叫一物换一物。"

女娲娘娘叹口气说道:"大天尊,你虽法力无边,可是却救不回你的爱徒霓裳,因为只有至性至情的人拿着紫金莲才能确定魂飞的霓裳真灵在什么地方,你办不到,法藏却能办得到,你就成全他吧,如此也好再续你与霓裳的师徒情,难道你不想你的徒弟霓裳吗?"

天魔点了点头,说道:"我是想让我的爱徒霓裳回来,可是我更想得到琉璃盏,夺回我玉皇大帝的宝座。"

女娲娘娘摇摇头说道:"大天尊,你如此固执,确实已经入了魔道啊。"

天魔着急地说道:"女娲娘娘,难道连你也说我是魔吗?这仙与魔有区别吗?如果让我做了玉皇大帝,凭着我的能力,我会让这三界变得更加美好。"

女娲娘娘点了点头,说道:"大天尊,我相信你的能力,可是,天命早有所归,你如此行事恐怕会造成三界生灵涂炭,还是早些醒悟过来吧。"

天魔怒道:"醒悟?我看要醒悟的是你们这些神仙。你们从来不管别人的感受,凭着你们的意思,就去改变三界众生,三界的众生问你们时,你们却说这是天意。凭什么啊?你们凭什么啊?"

女娲娘娘也道:"大天尊,你休要再说,今天,我便要助法藏得到这紫金莲,若是你执意阻拦,可就不要怪我不客气了。"

天魔将手中的诛神刀一举,高声地说道:"女娲娘娘,我本来敬重于你,既然你执意帮助他,那也就休怪我对你不敬了。你想帮助法藏拿到紫金莲,先问问我的诛神刀答应不答应。"

说完,天魔便举起手中的诛神刀,向着女娲娘娘砍去。女娲娘娘看到天魔的诛神刀来得急,忙发出了护体神光,挡住了那诛神刀,说道:"大天尊,我们之间难道非要动手吗?"

天魔怒道:"女娲娘娘,当年我大哥当上玉皇大帝,将我封印在暗无天日的地方,也有你的责任,所以,你就少废话,接招吧。"

天魔猛地祭起了诛神刀。那诛神刀化作万千刀剑,向着女娲娘娘便飞了过去。女娲娘娘叹了口气,将刚刚找回的五彩女娲石攥在手中,猛地向外一扔,只见那五彩女娲石化作了千千万万颗石子,向着那万万千千的刀剑打去。石子迎着刀剑直直地撞了上去,将那万千的刀剑给打了下去……

天魔看到五彩石击落了诛神刀,大怒道:"女娲娘娘,你竟然敢破我的宝刀,看我跟你死战!"

女娲娘娘趁着天魔捡起诛神刀之际,一把将法藏与阿牛拉进自己的护体神光里,对着天魔说道:"大天尊,你法力无边,我不与你动手,咱们后会有期。"

女娲娘娘话音刚落,天魔挥舞着神刀又冲了过来。女娲娘娘也不恋战,催动那道护体神光,消失在黑暗崖的上空。天魔气得直跺脚,忙化作一道白光追出了黑暗崖,再抬头往远处一看,女娲娘娘早已经带着法藏与阿牛消失在茫茫的云空之中了。

第四十一章
枯骨的心愿

女娲娘娘法力通天，转眼之间，便将阿牛与法藏带回到九天之上的娲皇宫。女娲娘娘被誉为华夏始祖，更是天尊中的天尊，她的娲皇宫无比气派，巍峨高大的殿堂，奇珍铺满地面，明珠点缀在殿顶，雕梁画栋，锦绣生香，直把阿牛给看得瞠目结舌，这里摸一下，那里也摸一下，真是喜欢得不得了。

法藏心里也是赞叹不已，心想这女娲宫的规模，虽然比不上玉皇大帝的灵霄宝殿，还有冥河老祖的冥河宫，可是这布置这摆设，可称得上富丽堂皇。

看到女娲娘娘高高地坐在法座之上，法藏不敢怠慢，赶紧双膝跪倒在地上，向着女娲娘娘磕头道："女娲娘娘在上，请受小僧法藏一拜，多谢您救我逃出天魔洞，拿回紫金莲。"

女娲娘娘点点头，说道："法藏，你不必客气，我之所以前去助你，是受你师祖燃灯古佛所托。本尊本不插手佛魔的是是非非，可是，本尊念你乃至性至情之人，又知三界仙佛历劫，你是帮助仙佛逃脱大难的关键人物，我才答应助你。"

法藏双手合十，虔诚地说道："小僧多谢女娲娘娘相助。现在紫金莲已经到手，还请女娲娘娘示下，我该如何做，才能找到霓裳姑娘魂归的地方。"

女娲娘娘缓缓说道："法藏，你只需手拿着紫金莲，闭上眼睛，左右各转三圈后，不用任何法力，就地蹦起任由身体旋转，落地后身朝着哪个方向，便一手拿净瓶，一手拿紫金莲，一直按这个方向朝前走。无论遇到任何凶险，无论听到什么，都不能睁开眼睛，直到你听到有人跟你说出霓裳临终前对你说的最后那句话，你再睁开眼睛，第一眼看到的，便是霓裳姑娘纷飞的灵魂所依附的地方了。"

阿牛叹了一口气，问道："女娲娘娘，这么麻烦啊？"

法藏冲着阿牛瞪了一眼，说道："阿牛，不可乱说，你要是还想救活你的妹妹，便听女娲娘娘的吩咐。"

女娲娘娘又道："阿牛，你是法藏的兄弟，法藏这次出发，不能睁开眼睛，就由你寻几个人来，助法藏一臂之力吧。"

阿牛点头道："好，多谢女娲娘娘，我这就去寻'敖玉'与霓虹姐姐来。想我们三人保护法藏大哥，法藏大哥一定会找回我妹妹的灵魂的。"

法藏听女娲娘娘这么说，便对阿牛说道："阿牛，事不宜迟，你这就出发，请敖玉与霓虹仙子来女娲宫吧。"

大哥法藏吩咐，阿牛不敢怠慢，赶紧驾起祥云飞离娲皇宫。这娲皇宫与他的天蓬元帅府相距不远，都在灵霄宝殿的四周，所以，阿牛很快便回到了自己的天蓬元帅府。早有人报上织女，说是阿牛回来了，织女忙领着"敖玉"与霓虹仙子迎出府来。

等到阿牛来到屋里，织女就迫不及待地问道："阿牛，你这一去好几天，为娘的可是深为挂念啊，你怎么才回来啊？你妹妹霓裳怎么样了？你快跟为娘说来听听。"

阿牛一听织女问起霓裳，强忍着热泪说道："娘，您放心吧，霓裳妹妹已经答应回来孝敬您了，只是她现在还有些事要处理，等她忙完了，就来看您。"

阿牛没敢将霓裳魂飞魄散的事情告诉织女，随意地撒了谎。织女听到阿牛说霓裳即将回来跟她团聚十分高兴，哪里能想到自己的儿子竟会来骗她，忙说道："好，这实在是太好了，我女儿肯回来，这实在是天大的好事。如此，我们一家就真的团聚了。"

"敖玉"也知道阿牛在撒谎，便说道："织女姑姑不必着急，我想霓裳会很快回来的。"说完，他又对着阿牛问道，"阿牛二哥，你这次回来有什么事吗？"

阿牛这才说道："敖玉啊，是这样，你大哥法藏知道你和霓虹妹妹去找过他，他说要有要事相告，我也不知道什么事，所以，这就来请你和霓虹姐了。"

织女听阿牛说他们还有事，就笑着说："你们不必管我，赶紧去找法藏

第四十一章
枯骨的心愿

大将军吧。我被父皇责令在家闭门思过，不能出门，你们兄弟无论遇到什么事，都要多加小心哪。"

阿牛说道："娘，您就放心吧，我这就出发，很快就能带着霓裳妹妹回来跟您团圆的。"

说罢，阿牛便带上霓虹与"敖玉"，驾起祥云向女娲宫飞去。不一会儿，阿牛等人便来到了娲皇宫。只见法藏一手持观音菩萨的净瓶，一手拿着紫金莲，已经做好了出发的准备。

法藏急于救活霓裳，看到阿牛带着"敖玉"和霓虹仙子回来后，也不搭话，左转三圈右转三圈，然后纵地跃起任由身体转圈，一个趔趄就掉到了地上。阿牛看到法藏面朝着东方，便搀扶起他来，说道："大哥，你是面朝着东方，咱们这就快些出发吧。"

法藏不敢说话，朝着东方便迈开大步向前走去……

此时的法藏脑海中全是霓裳的影子，那一袭紫衣带着青春的色彩，慢慢地变成了素女的样子。记得当初第一次见素女是在一个冬日的清晨，他刚从城里拜访完朋友归来，路过定州沙河岸边时，满河的芦苇迎着风儿摇曳。在那成片的芦苇荡的岸边，一位衣袂飘飘的红衣女子，正在对着芦苇深情地唱着歌。那迎风飘舞的芦苇荡，那带着青春色彩的红衣女子，那真情回荡如诉如泣的歌声，一下子便吸引了玩世不恭的逸仙，从此，逸仙便决定为了这位红衣女子洗心革面。可是当他终于用自己的行动赢得了美人的芳心后，却改变了初衷，再一次玩世不恭起来。素女自然非常伤心，有一次竟然在他外出回家时，站在井边，吟唱着："逸仙飘动何世舞？安然太平共画眉。"逸仙疯了一样扑了上去，试图阻拦素女。眼看着伸过去的手即将拉住素女，素女却一纵身跳入井中。逸仙忙命人下井打捞素女，可哪里还有素女的身影？逸仙痛不欲生，素女纵身跳入井中前的回头一笑，竟成了他们最后的一面，那"逸仙飘动何世舞？安然太平共画眉"的诗句，竟然成了素女最后的绝唱。逸仙试图厚葬素女，却连她的尸骨也没有找到，只好用素女生前的衣服给她造了一个衣冠冢。从此，逸仙决定痛改前非，为了素女出家苦修，他想用自己的佛法超度轮回中的素女，以弥补自己以前犯下的过失。

也不知道经历了多久的期待，时光似乎已经成为一种超时空的存在。那穿越千年的梦幻与期待，竟然化成了霓裳的衣袂摇摆，红尘中玩世不恭的逸仙，早已成了禅心恒定的法藏。当他终于明白了霓裳即为素女转世的时候，却又面对生离死别。那"逸仙飘动何世舞？安然太平共画眉"的诗句，又成了他与霓裳最后的绝唱。人世间所有的情与爱，所有的生死离别，所有的悲欢离合，还有比这更痛苦的吗？没有了，真的已经没有了……

　　好在，与第一次的离别不同。那次的离别，逸仙只能期盼着上天能够让他再见到素女，而这一次离别时，他已经成为法力高深的仙佛，有了燃灯师祖、女娲娘娘及观音菩萨等大天尊的帮助，他说什么也要让霓裳重生。他要给霓裳一个共画眉的期许，哪怕是让他堕入十八层地狱永世不得超生，也决不反悔。素女的离开是他修行的本源，是让他禅心恒定的基础，可是再见到素女的转世霓裳时，却又是新的离别的开始。他开始怀疑自己的禅心恒定是否正确，因为人的想法都是在摇摆的，佛会摇摆吗？他不知道。他只知道，似乎每个人都有最初修行的本心，而在这最初的本心里，都逃不开一个"情"字。

　　当他的身体陷入那痛苦的水流沙大阵时，当他被天魔的乱剑穿心之时，他的心开始动摇了，他觉得禅心恒定不过是一种美好的愿望，在现实的生活里是不存在的。这一想那罪恶的恶灵便占了上风，法藏没有想到当燃灯师祖用了无边的法力，费了很多的周折，将自己的善灵从水流沙的恶阵中唤出来，并用莲花成就自己的真身，他还要每七日经受乱剑穿心的痛苦。剑穿透的是自己的本身，他怎么会痛苦？可事实却是他也会痛苦，而且是乱蚁噬心的痛苦……

　　更令法藏没有想到的是，他的本身连同他的恶灵竟然会投靠天魔，成为天魔的护法。这真是太不可思议了，他不是一直与天魔作对的吗？难道仅仅是因为上天宫救过天魔，就沾染上了魔性？也不对啊，燃灯师祖不是说他救人没错吗？想到这里，紧闭着眼睛的法藏，希望时光过得快一些再快一些，最好是睁开眼睛便是千年的轮回。他期待着自己能够与本身合体的那一个瞬间，只是经历了千年的星光斗转，他能去接受被恶灵控制的本身吗？那可是另外一个活生生的人啊！

　　法藏思索着与素女和霓裳的两世之情，千年的光阴消逝，他是仙不是人。如果是人，或许早已经经历了几十世的轮回穿越，世事早已物是人非，任何的情缘也都不复存在了。想到这里，他又开始感谢起自己的禅心恒定来，不然，他也不会被燃灯师祖收为徒弟，也不会长生不死，更没法去实现那么久远的誓言了。所以，爱不需要经过漫长的期待，他一定要在今世去实

第四十一章
枯骨的心愿

现让霓裳重生的美好心愿。

想到这里，法藏的心又清灵空明起来，继而更加坚定了禅心恒定的想法。他深信，佛家也是有情人，这真爱与修佛原本就是系出同源，是一种事物的两种体现，所以，他更加坚定了快些让素女，不，是霓裳重生的决心。

法藏努力地控制着自己的双眼，不让它们睁开，可是那两个眼皮却似乎铁了心要与他作对，有几次都差点睁开，法藏似乎都已经看到外面的光线了，却猛地一咬牙，才将那似是睁开的眼皮重新合上……

法藏用意志控制着眼皮时就听到耳边风声呼呼地响着，正猜测出了什么事的时候，就听到耳边一个熟悉的声音："逆子，哪里走？快跟我回西海受罚。"

法藏听出了这是西海老龙王敖闰的声音。敖闰是一个严格的父亲，他不能理解"敖玉"帮助仇人哪吒去打开东海大海牢，因为这样做得罪了龙族不说，还犯了龙族的族规。可是他并不知道，"敖玉"其实就是东海龙宫三太子敖丙，如果他知道"敖玉"的真灵竟然是敖丙，恐怕更会觉得不可思议了，为了阿牛救父，敖丙竟然帮助打死自己的仇人。可是，不可思议的事情就这么发生了。尽管玉皇大帝对阿牛救父之事没有深究，杨戬与哪吒也没有受到处罚，可是对于龙族来说，这个事不能就这么算了。因为"敖玉"的做法确实违反了龙族的族规，敖闰作为父亲，再心疼儿子，也得将他押回西海的大海牢，因为四海的无数双眼睛正看着他。

法藏并没有停下脚步，他心想："敖闰与敖玉毕竟是父子，玉皇大帝都没有追究，他怎么会严惩自己的儿子？他之所以要抓回敖玉，不过是为了堵堵其他三个龙王的嘴而已。"

这时，法藏就听"敖玉"说道："父王，今天法藏大哥有要事，等我帮法藏大哥完成这件事后，一定回西海，任凭您老人家怎么处罚我，我都心甘情愿。"

"敖玉"的话刚说完，一阵狂笑声传来。敖闰笑过后，指着"敖玉"大喊道："逆子，今天可由不得你了，你看我可是全副甲胄，还带来了其他三海的兵将，你还敢抗拒我的抓捕吗？"

阿牛看到敖闰如此不顾父子亲情，就说道："敖闰老龙王，我天蓬元帅阿牛也向您保证，等敖玉替我大哥法藏办完了这件事，我一定带他回龙宫，绝不食言，还请龙王爷看在我的薄面上，今天就不要带他回去了。"

西海老龙王这才看到法藏只顾自己向前走着，什么话也不说，如同一个木头人。法藏对西海有大恩，阿牛又是天上的天蓬大元帅，所以，阿牛的话，西海龙王也不得不认真考虑。可是略一沉思过后，敖闰还是决定抓回敖玉，因为现在可不是他一个人说了算，旁边还有其他三海的兵将在盯着。想到这里，敖闰便对着阿牛深施一礼道："天蓬大元帅，此乃家事，还望您理解小龙的无奈啊。"

阿牛刚要说话，就看到敖闰又转向法藏，深施一礼道："卷帘大将军，小龙有礼了，多谢您给龙儿治病，救活我儿敖玉，只是他太叛逆了，竟然帮助龙族的仇人，今天我甲胄在身，不便多聊，改日再向您致歉吧。"

敖闰的话，法藏听到了，可是他不能说话。法藏像个木头人一样，仍然继续向前走着。看着这一幕，西海龙王敖闰又问道："卷帘大将军，您这是怎么了？"

法藏依然没有回答。老龙王敖闰以为法藏被贬后精神受了刺激，就转向阿牛问道："天蓬大元帅，卷帘大将军这是怎么了？"

阿牛长叹一声说道："咳，老龙王，你就别问了，改天我再跟你说吧，你儿敖玉也是因为这事，才不肯跟你回水晶宫的。"

霓虹仙子也说道："是啊，老龙王，您今天就别为难我这弟弟了。"

敖闰根本不理阿牛与霓虹仙子的劝说，将手中的斩神斧一挺，对着"敖玉"说道："你这个逆子，我多次抓你都被你逃了，今天我不把你带回龙宫，誓不罢休。来人哪，将他给我捆起来。"

"敖玉"听到敖闰这么说，赶紧说道："父王，您就等我办完这个事，我一定回西海龙宫，领受您的责罚。"

敖闰大怒道："你上次也是这么说，来人哪，别听他的，快把他抓起来。"

四海的龙族听到敖闰下令，不敢怠慢，一拥而上，就将"敖玉"给捆了个结结实实。阿牛与霓虹正在犯难之际，就听到敖闰说道："天蓬定天大元帅，卷帘安天大将军，我事已毕，这就告辞，欢迎你们改日拜访龙宫，老龙我一定厚加款待。"

说罢，敖闰便带着四海的水族众人，驾起祥云向着西海飞去。法藏其实不愿意"敖玉"回家受罚，他喜欢这位忠厚仁义的兄弟。可是，他不能说什么，也不能做什么，为了尽快地救活霓裳，他只能这样一直朝前走，不能回头。因为只要他一回头，他心爱的素女，也是心爱的霓裳，也就永远没有再

第四十一章
枯骨的心愿

回来的可能了。

也不知道走过了几条路,翻过了几座山,法藏走到了花果山的卷帘洞旁,阿牛嚷道:"卷帘洞,大哥,我们到了你的卷帘洞了!"

洞里边冲出来很多的人,大家将法藏、阿牛、霓虹仙子围起来。法藏可都是他们的恩人,当他们听阿牛说到在天庭的围剿下,妖魔们已经不敢出来,他们可以回家了,纷纷跪倒在法藏的身边,叩谢几位恩人的活命大恩。可是,法藏却不能说话。在百姓的注视下,法藏向着不远处的大海岸边走着。

这里是哪里?这里是卷帘洞,是法藏第一次见到霓裳的地方。想起与霓裳一起走过的往昔,法藏紧闭的双眼流下了泪水。这时,阿牛看到空中电闪雷鸣,一阵阵的瓢泼大雨从天空落下,众人纷纷涌进洞里躲雨。只听得一声巨响,众人吓得面如土色,那卷帘洞的上头竟然冲下来一道道激流,在洞外形成了一道水幕。接着,只见那道水流在洞外冲出了一条河,直向着大海倾泻而来……

霓虹仙子与阿牛也被这神奇的一幕惊呆了,只听得人群中有人喊道:"洞外有了一道瀑布,简直是不可思议。这太神奇了,你看这道瀑布真漂亮啊,以后,我们便把卷帘洞叫水帘洞吧。"

人群欢呼雀跃,都喊道:"水帘洞,好,就叫水帘洞吧。"

法藏依然不言不语,为了霓裳重生,他不能言语,他的眼泪与大雨的水滴连成一起,流进刚刚冲出的那条河流,直奔着大海而去。是啊,人太渺小了,渺小得如同一滴眼泪。可是即使是一滴眼泪,它也不能随意地干涸,也要与激流汇合,成为波光粼粼的大海的一部分……

这就是法藏的信念!这便是法藏的意志!

为了素女,也为了霓裳的重生,法藏愿意让自己的眼泪汇成那大海的激流……他的一只脚已经踏入了海里,跟在身后的阿牛与霓虹仙子,以及那一镇的乡亲,都在呼喊他不要再走下去。可是,他还没有听到素女与霓裳临终时的那句话,他不能停止自己的脚步。为了自己最爱的人能够尽快重生,他说过,就算是上刀山下火海滚油锅,也绝不会皱一下眉头。

人群中已经有人冲过来,他们要救下自己的恩公法藏,他们不能看着法藏跳海自尽,可是却被阿牛与霓虹仙子给劝住了。他俩告诉众人,法藏不是凡人,他这不是跳海自尽,而是下海救人……

法藏的身体已经完全沉入了大海当中，他还是不停地向前走着。阿牛刚要跟着下海，霓虹说道："阿牛，你曾经闯过东海龙宫，你要是下海，东海龙宫的人肯定不会善罢甘休的。"

　　阿牛问道："霓虹姐姐，那依你说，我们该怎么办才能不惊动东海的龙族呢？"

　　霓虹仙子想了想，便说道："阿牛，我们是去东海救人，不是去闹事的，为了早些救活霓裳妹妹，我们就使用隐身法吧。"

　　阿牛一拍脑袋说道："霓虹姐，还是你考虑得周全。我这就使用隐身法，将大哥与你都隐身，这样，也可减少麻烦。"

　　说完，阿牛便暗暗地念动咒语，用隐身法将三人隐去了身形，然后，跟着法藏继续向前走去……

　　也不知道走了多久，法藏三人来到东海大海牢坍塌的地方。那里是一条极深极深的海沟，从来没有人哪怕是龙族的人来过这里。法藏没有犹豫，尽管一脚踩空，可还是迈出了另一只脚，任凭自己的身体陷入那万丈深的大海沟里……

　　阿牛与霓虹仙子担心大哥法藏的安危，也跟着跳了进去。不知道下沉了多久，当法藏的双脚终于踩着海底的时候，他一直期盼的话终于从耳边传来："逸仙飘动何世舞？安然太平共画眉……"

　　法藏的热泪一下子流了下来。他猛地睁开了眼睛，看到地上有一副枯骨，看样子应该死去至少有一千年了。法藏不敢怠慢，赶紧对阿牛说道："阿牛，你快将观音菩萨的净瓶给我，我这就将霓裳破碎的灵魂聚起来。"

　　霓虹仙子疑问道："法藏大哥，霓裳妹妹的灵魂怎么会依附在一副枯骨上？不会搞错了吧？"

　　阿牛说道："霓虹姐，你就不要多问了。女娲娘娘、冥河老祖与燃灯古佛可是洪荒时期就存在的大神，他们说的是不会有错的。"

　　法藏接过阿牛递过来的净瓶，按照燃灯古佛教他的咒语，口中念念有词，他看到霓裳的影子出现在眼前，大叫一声"收"，霓裳的影子有几次要进入净瓶，可是又有一股力量似乎在控制着她，使法藏收不起她破碎的灵魂来。

　　阿牛着急地大叫道："霓裳妹妹，是你吗？我跟法藏大哥来救你了。"

　　霓裳的眼里含着泪，似乎是要跟他们说着什么，可只是张了张嘴，什么

第四十一章
枯骨的心愿

也说不出。只过了片刻，霓裳的影子便又消失在了枯骨里……

霓虹仙子问道："法藏大哥，净瓶可是观音菩萨的宝贝，连它都收不起霓裳破碎的灵魂，这可怎么办？"

法藏叹道："你们赶紧护持在我左右，我这就灵魂出窍回灵山元觉洞请教燃灯师祖。他老人家一定会知道怎么办的。"

说完，法藏便坐在枯骨前双手合十，进入禅定状态。过了一会儿，法藏睁开了眼睛，阿牛着急地问道："大哥，燃灯师祖怎么说？"

法藏一下子站起来，对着阿牛与霓虹仙子说道："燃灯师祖说，只有完成这千年枯骨临终前最后一个心愿，然后将它安葬，才能聚起霓裳破碎的灵魂。"

霓虹仙子叹口气说道："唉，这么麻烦啊？"

法藏坚定地说道："为了救活霓裳，不管付出什么代价，我都不会皱一下眉头。阿牛，霓虹，你们快来帮我将这千年的枯骨给抬出去吧。"

说完，法藏便弯下腰，使劲地搬动。可是那副枯骨却像生了根一样一动也不动。阿牛与霓虹仙子见状，赶紧过来帮忙，可是合三人之力也难以搬动丝毫。法藏将降魔宝杖交给阿牛，用上了神力来搬，可枯骨仍然纹丝不动。

阿牛着急地问道："大哥，我们搬不动啊，这可怎么办？"

法藏想了一会儿，抬起头看着阿牛与霓虹仙子说道："阿牛，霓虹妹妹，这个枯骨好像被施了法，凭我们的力量很难搬动它。我们赶紧去找龙三太子敖玉帮忙，他是海里的龙子，应该知道怎么办。"

阿牛点了点头说道："大哥，这千年枯骨最后的心愿是什么啊？"

法藏说道："我也不知道，燃灯师祖告诉我，只有天庭托塔天王拿的照妖镜才可以照出枯骨生前最后的遗愿来。"

霓虹仙子叹道："太麻烦了，大哥，要是照妖镜照不出来，我们岂不是白费力气了吗？再说，你就算是找来敖玉弟弟，也不一定能搬动啊。"

法藏叹了口气，说道："霓虹妹妹，你不必着急，只要我们努力去做，就一定能够救回霓裳妹妹的。我现在已经被贬出了天宫，阿牛你是天蓬元帅，又是玉皇大帝的亲外孙，你这就去找托塔天王李靖。我与霓虹仙子去西海寻敖玉弟弟。我想，只要我们兄妹同心，霓裳妹妹一定会早日回到我们身边来的。"

为了尽快救回霓裳，法藏与霓虹仙子赶往西海，阿牛赶往天宫。法藏带着霓虹仙子与阿牛分开后,化作一道金光,向着西海飞去。东海与西海相距万里,法藏为了尽快救活霓裳,那可是拼尽全力在空中飞,很快便飞到了西海,并在龙宫水族的带领下,见到了老龙王敖闰。

敖闰听法藏说出此行是专为找敖玉而来,便叹口气,说道:"卷帘大将军,你来找小龙帮忙,我本应该伸出援手,可是,小儿刚刚被关进西海海牢,还有那三海的龙兵看守着,我放他出去,难以堵住其他三位龙王之口啊。你们也知道,他帮助天蓬元帅阿牛救父,那可是犯了众怒,我不敢自作主张放他出去。"

法藏说道:"老龙王,既然您不能放出敖玉,而我们又需要敖玉弟弟的帮助,我们如果砸牢,您不会有意见吧?"

敖闰想了一会儿,嘿嘿一笑,说道:"我可什么也没有听见啊。"

说完,敖闰便丢下法藏与霓虹,哈哈大笑着离开了水晶宫大殿。看到敖闰在跟他们耍滑头,法藏便对着霓虹仙子说道:"霓虹,老龙王敖闰爱子心切,这是默许我们去救他的儿子,咱们这就行动吧。"

法藏与霓虹仙子赶紧冲出龙宫,很快便来到了西海的海牢。海牢外有两名水族把守,法藏掏出降魔宝杖对着牢门便冲了过去。看守的水族一看有人来劫牢,大喊一声"有人劫牢",话还没出口,就被法藏一宝杖给打倒在地上。然后,法藏使上全力,一下子便砸开了大海牢。"敖玉"一看大哥法藏来了,大声地喊道:"大哥,这里有重兵把守,你们不要管我,快走吧。"

"敖玉"刚说完,就看到那龙宫的水族黑压压地扑了过来。法藏哪里管那么多,冲上前挥动起降魔宝杖,只一下便劈开了捆在"敖玉"身上的捆龙绳,带着"敖玉"便向着大海牢外冲去。兄妹三人与水族好一通厮杀才离开西海,直奔东海的幽魂沟而去……

法藏急于救出霓裳,化作一道金光,带着"敖玉"与霓虹来到了千年枯骨前。法藏指着枯骨对"敖玉"说道:"敖玉贤弟,你看这副枯骨好像被人施了法术,我、阿牛和霓虹仙子三个人,都抬它不动啊。"

敖玉说道:"大哥,你不要着急,这里原先是被定海神针压着七十二洞妖王的地方,虽说大海牢坍塌了,但是定海神针的威力还在,我这就帮你们抬出来。"

说罢,敖玉念动咒语,用手向着那枯骨一指,然后弯下腰,轻松地将它抱了起来。兄妹三人不敢怠慢,立马离开幽魂沟……

第四十一章
枯骨的心愿

几人刚刚飞出幽魂沟，只听得鼓声大作，东海老龙王敖广带着水族的众位虾兵蟹将冲了过来，将几个人给围了个水泄不通。老龙王敖广看到"敖玉"，这个气就不打一处来。因为"敖玉"帮助阿牛救父亲牛郎，才致使东海大海牢坍塌，敖广最不能容忍的便是吃里扒外的人，就算是自己亲儿子也不行，更不用说是侄儿了。之前，"敖玉"等人前来搅闹龙宫，玉皇大帝震怒之下差点将他押上剐龙台。此事虽然因为天魔附体玉皇大帝最终不了了之，可是终日的担心，整日的害怕，还是让他将这一口怨气都撒到"敖玉"的身上。于是，敖广便撺掇着北海与南海龙王多次去找西海龙王，西海龙王无奈才答应自己带兵抓回儿子来。东海龙王最初是希望将"敖玉"押往东海，可是西海龙王爱子心切执意不肯，东海龙王这才派兵前去西海的海牢看守。谁料想，法藏与霓虹竟然劫了海牢，救走了"敖玉"，这使东海龙王深为恼火，正想着怎么抓回"敖玉"，谁想，他们竟然自己跑到东海幽魂沟里去了。巡海的夜叉报来以后，敖广便集结重兵将幽魂沟给围了个水泄不通，只等他们上来后将"敖玉"给抓起来。

敖广当然不敢为难前卷帘大将军法藏，毕竟法藏待他们东海可是不薄，还亲自出手相助。他对着法藏躬身施礼道："卷帘大将军，今日甲胄在身不便施礼，还请谅解啊。"

法藏说道："老龙王免礼，咱们都是老朋友了，你不要客气，我看你带着虾兵蟹将，这是要干什么？难道是要来打我不成？"

老龙王敖广赶紧说道："卷帘大将军来我东海，实在是东海的贵客啊，我哪里敢抓你啊，欢迎还来不及。只是小龙要抓回那个不孝的敖玉，他可实在是太气人了，还请大将军千万不要拦着啊。"

法藏一听，赶紧说道："老龙王息怒，我们找敖玉帮忙，那也是没有办法的事情，还请你不要抓他。等到改日，我一定带着弟弟敖玉，前来向你说明今日之事。"

敖广听法藏这么说，就想上次多亏了他的帮忙，有心要给他这个面子，可是这个"敖玉"逆侄实在是太可恶，如果今天不抓到他，以后再想抓他可就难了。想到这里，老龙王敖广便说道："卷帘大将军，小龙承蒙你多次援手，实在是不胜感激啊。今日我抓敖玉，实在是龙族之事，与你无关啊。你若是强行阻拦，可令小龙好生为难啊。"

法藏哈哈大笑道："老龙王，虽说抓敖玉是你们龙族之事，可我是他的大哥，今日又有要事求于他，还请您就给我一个面子吧。"

东海龙王刚要说话，脾气暴躁的北海龙王可就忍不住了，他用手一指法藏，怒道："大胆，你法藏不过是一个前任的卷帘大将军，已经被贬下界去，你若是再强行管我们龙族之事，可就别怪我对你不客气了。"

北海龙王这一句话，可是把个霓虹仙子给惹火了。霓虹仙子一举手中的宝剑，怒道："岂有此理，他即使被贬，也曾经当过卷帘大将军，而你一辈子也别想当上天庭的大将军。你若是还想抓敖玉弟弟，就问问我手中的长剑同意不同意。"

看到北海龙王就要上前动手，背着千年枯骨的"敖玉"便站了出来，对着东海、北海、南海三位龙王说道："伯父，叔叔，实话告诉你们吧，我们来东海，就是要帮助法藏救活霓裳妹妹啊，还请你们快些让开吧。"

东海老龙王一直没离开东海，不知道霓裳已经死在了天魔的手里，听到"敖玉"这么说，惊得张大了嘴巴。尽管他对霓裳要求严格，可却不想她死，如今听到"敖玉"说出霓裳已死的消息，真的是痛断心肠，用手一指"敖玉"怒道："想我那霓裳公主一直乖巧，定是你惹来祸端，害死了我那龙女霓裳，你可知她的命好苦啊，今日我不剥了你的皮抽了你的筋，我誓不罢休。"

说完，东海老龙王就一举手中的镇天锤，向着敖玉砸了过去……

第四十二章
菩提收高徒

　　法藏一看东海龙王敖广举起了镇天锤，便使出法力架住了。法藏对着敖广说道："老龙王，您息怒啊，霓裳的死确实跟敖玉没有关系，都是那可恨的天魔害死了你的龙女霓裳啊。"

　　听法藏这么说，一直站在旁边没有说话的南海龙王敖钦感觉此事蹊跷。他知道天魔非常喜欢霓裳这位徒弟，又怎么会打死她？定然是法藏他们将霓裳害死嫁祸于天魔的。想到这里，敖钦用手一指法藏，怒道："法藏，你不要信口开河。我那霓裳侄女本是大天尊的爱徒，他怎么会打死霓裳？定是你们害死了我那苦命的霓裳侄女，却将此事都推给天魔。今日，你们一个也跑不了，我定要将你们捉来，挖出你们的心肝下酒。"

　　霓虹仙子闻听，怒不可遏，娇喝道："胡说，霓裳是我们的义妹，我们怎么会加害于她？法藏大哥说天魔打死了霓裳，你们不信，我看你们是不敢去找天魔报仇。来吧，既然你们冤枉我们，那咱们就刀剑下见个输赢。"

　　霓虹仙子刚要举剑往前冲，就看到空中白光一闪，西海龙王敖闰来了，高声喊道："大家都不要动手，都是自己人，干啥要动手啊，快放下兵器吧。"

　　法藏一看敖闰来了，心想这个架肯定打不起来："敖闰老龙王，你来得正好，敖广等三海龙王误解了我们，非要说是我们害死了霓裳龙女，你快给我们解释一下啊。"

　　西海老龙王飞到法藏身边站定，对着法藏施礼道："卷帘大将军，这里没有什么误会，请你也不要管我们龙族的事情，将敖玉交给我们吧。这个孩子是野性难驯，我已经给他向碧波潭万圣老龙王说了亲，万圣龙王已经答应了这门亲事，等敖玉受完惩罚，这就给他完婚。"

法藏听西海老龙王这么说，心说这都哪跟哪啊，一边是剑拔弩张地要捉人，一边是亲亲热热地要提亲，这龙族可真是乱哪。他回头看了看"敖玉"，只见"敖玉"大声地喊道："父王，我不要成婚，我不喜欢那个碧波潭老龙王的万圣公主，我见过她，丑死了。"

敖闰冲上前，对着"敖玉"就是一巴掌，怒喝道："逆子，你给我住口！自从盘古开天地，这姻缘都是父母定，哪里轮到你说话。你快放下这骨头架子，跟你伯父回去领罪。"

"敖玉"将脖子一梗，大声地喊道："我不，我偏不，要娶你自己娶去，你别管我的闲事。"

敖闰被"敖玉"都给气糊涂了，又抽了他两个大嘴巴，大声地喊道："你真是气死我了，快跟我走。"

"敖玉"一看父王发怒了，原来的父王敖广也发怒了，就冲着法藏说道："大哥，咱们不要管他们，你们护着我，咱们快走吧。"

法藏心说是啊，救霓裳的事可是耽误不得，就向着四位龙王喊道："四位龙王，少陪，我等这就去了。"

说罢法藏便要走，但却被四位龙王连同虾兵蟹将给拦住了。东海老龙王拿着镇天锤大声喊道："我东海龙宫岂是你们想来就来想走就走的，你当我们这里是什么地方了？你们想走，没那么容易！来人啊，将他们都给我捉起来。"

东海龙王敖广这一声吩咐，众龙族兵将就冲了过来。霓虹仙子为了保护法藏，先与他们动起手来。法藏一看与四海龙王也没有什么仇，本不想与他们动手，可是如果不动手，休想逃出东海去，而救霓裳之事又耽误不得。想到这里，法藏便大声地喝道："四位龙王，我们真是为了救霓裳而来，既然你们执意要动手，那可就别怪我不客气了。"

北海龙王大怒道："你一个区区的前卷帘将军，有什么了不起的。实话告诉你，你都架不住我这一剑。你既然强行管我们龙族的事情，那就做我的剑下之鬼吧。"

说完，北海龙王便举着宝剑冲过来与霓虹仙子动起了手。"敖玉"看到大家打起来了，心里也是很为难，这四位龙王可是自己的至亲，怎么好跟他们动手，何况东海龙王也是自己的父亲。想到这里，"敖玉"便想赶紧逃离

第四十二章
菩提收高徒

东海。于是，他一转身形便向海面飞去，边往上飞边对着四海龙王说道："孩儿先走了，你们四位长辈多保重吧。"

法藏看到"敖玉"向上飞去，也要跟着飞，却被东海与南海两位龙王挡住去路。众位龙族的兵将更是对"敖玉"紧追不舍，这一下可把个法藏给惹急了。南海老龙王的降魔棍一打，他不想与四位龙王动手的法藏，既不躲也不闪，任由那棍打来。棍随着风声转眼即到，直直地打到了法藏的头上，只听得"咔嚓"一声，众人再一看，法藏啥事没有，那根铁棍却应声而断。

这一下，众龙族将士连同四位龙王都是大惊失色。前些日子阿牛来东海闹事，他们也见过法藏的本事，根本就没有多高深，不但不是哪吒等人的对手，就是随便哪位龙王，单挑法藏都不是个事。想不到几日不见，这南海龙王的降魔棍竟然也伤不得他分毫，人家没还手降魔棍就被打断了。要知道这降魔棍可是龙宫的至宝啊。东海龙王刚要抡锤去砸法藏，就看到法藏将头一扬，冲着四海龙王及众虾兵蟹将就是一声震天的怒吼，把东海龙王的镇天锤给吼飞了。众龙族将士皆被这巨吼吓到了地上，四海龙王赶紧捂住耳朵，可是依然架不住那穿透耳膜的吼声……

法藏根本不想伤害龙族众将士，所以，等他吼完，立即对四海龙王说道："四位龙王，我们之间缘分不浅，我不为难你们，更不想伤害你们，你们也不要来拦我，否则没有你们的好果子吃。"

说完，法藏便带上霓虹向前直追"敖玉"而去。看着法藏与霓虹离去的身影，四海龙王吓得不轻，都想若是天魔来了，恐怕也很难招架这吼声啊。幸亏法藏本身是个有菩萨心肠的僧人，不想伤人，否则，他们这东海的龙族，恐怕个个都要被他吼得魂飞魄散。四位龙王及龙宫的水族个个心惊胆战，呆立在那里，哪里还敢去追兄妹四人，只能眼睁睁地看着法藏等人离开了东海。

法藏与霓虹仙子用了没有多久，便追上了"敖玉"。三人很快就来到了花果山水帘洞外，刚将枯骨放进水帘洞的石床，就听到一阵脚步声响，阿牛也拿着照妖镜回来了。

阿牛此去天庭托塔天王府借照妖镜倒是非常顺利。托塔天王也知道阿牛跟哪吒是好朋友，所以，便热情地将阿牛迎进府去。当然，让他更愿意借照妖镜，还是因为阿牛是玉皇大帝的外孙，他想也没想将照妖镜借给了阿牛。阿牛也想尽快救活自己的妹妹，好带着霓裳回家与爹娘团圆，拿到照妖镜后，便匆匆地告别了托塔天王与哪吒，向着花果山水帘洞飞去……

法藏双手接过阿牛手里的照妖镜，对着枯骨一照，只见那照妖镜还原了枯骨生前的情景。法藏不看则罢，一看更是痛断肝肠，那眼泪更是止不住地流啊。

原来，照妖镜照出的是素女跳井的画面，这副枯骨竟然是素女的。只见素女笑吟着"逸仙飘动何世舞？安然太平共画眉"，刚吟完，逸仙便不顾一切地冲了上来，可是却已经拉不住爱妻的手。素女在井中的尸体慢慢地沉到了井底，随着水流的涌动通过了一道水下河流，渐渐地漂到了东海之中。后来那素女的身体被小时候的东海龙王三太子敖丙看到，敖丙抱起了素女，将她葬到了东海的幽魂沟……

"敖玉"看罢，发出了一声长叹，流着泪说道："怪不得我能背动素女的枯骨哪，原来我儿时葬下的那个人，就是素女啊。"

法藏扑通一声跪倒在地，撕心裂肺地哭喊道："素女啊，素女，一千年了，我终又见到你了，当年我想葬你而不可得，今日，我是一定要好好地给你一个风光大葬啊……"

霓虹仙子抹了一把眼泪，赶紧搀扶起法藏来，说道："大哥，这都已经是一千年前的往事了，你看时间都已经过了这么久了，就别太伤心了，还是赶紧完成素女的心愿，救活霓裳姑娘吧。"

"敖玉"也说道："是啊，大哥，你别伤心，还是想想怎么完成素女的心愿吧。"

法藏用手不停地捶着地，哽咽着喊道："素女啊，素女，这一千年过去了，我想给你画眉，可是你在哪里啊？你在哪里啊……"

大地无声，空山寂静，只有法藏撕心裂肺的哭声，在卷帘洞周围回响……

阿牛与霓虹仙子就站在法藏的身旁，默默地看着法藏。法藏哭了良久，才缓缓地掏出净瓶，对着那千年枯骨念动咒语。只见霓裳的灵魂慢慢地聚拢起来，可是刚要向着净瓶飞来，却又消失在枯骨的上空……

正在法藏不知道该怎么办的时候，突然，水帘洞上空一道金光闪过，女娲娘娘出现在水帘洞里，对着法藏说道："法藏，你不必着急，就让我来帮你实现素女的心愿吧。"

法藏看到女娲娘娘来了，赶紧擦了一把眼泪，对着女娲娘娘磕头道："女娲娘娘，素女已经死去千年，我现在面对着的是一副枯骨，我该怎样实

第四十二章
菩提收高徒

现给她画眉的心愿？"

女娲娘娘叹了口气，从袖中掏出一幅山河社稷图来，缓缓地说道："善哉善哉，法藏啊，每个灵魂在去世前，都有一个或无数个未了的心愿，可是，人已逝，情未了，今日，本尊便用这山河社稷图，了了这素女千年的夙愿吧。"

说完，女娲娘娘便在法藏、阿牛与霓虹仙子的注视下，将那山河社稷图展开，对着法藏说道："法藏，这山河社稷图包罗万象，乃是我娲皇宫的镇宫之宝，图里有大千寰宇、山川河岳、光怪陆离、日月星辰、花草树木、飞禽走兽、山川地脉，又有无边灵气孕育亿万生灵，应有尽有，可谓包罗万象，是一个真实的三界。本尊这就把你与素女，都放进我这山河社稷图中，让你们过一世与世无争的日子吧。"

法藏问道："女娲娘娘，若是我进到图中，还怎么救霓裳姑娘重生？"

女娲娘娘叹道："法藏，亏你还是一位禅心恒定的佛子，你难道不知图中一刻世上千年的道理吗？好了，法藏，你快听本座的，赶紧进到我的山河社稷图里来吧。"

说完，女娲娘娘便用手一指，将那素女的千年枯骨收进了山河社稷图当中。只见霓裳的一道真灵闪现，化作一缕青烟，向着法藏手中的净瓶中飞来。

法藏一看不敢怠慢，赶紧跳到空中，化作一道金光，向着那山河社稷图飞去……

法藏刚进到图里，就看到了千年前自己在定州的老家，两间茅草屋加一个宽敞的院落。法藏刚打院门，就看到素女站到了井边，两只眼睛里含着笑，流下了两行清泪，素女冲着法藏吟道："逸仙飘动何世舞？安然太平共画眉……"

就在素女即将投井的那一刻，法藏不顾一切地冲了上去，伸出的手，终于拉住了素女跃入井中的手。法藏拼尽全力终于将素女从井中拉了上来，一把抱住素女，泪眼婆娑着大声喊着："娘子，我回来了，我的娘子，我回来了啊！"

素女的眼里含着热泪，说道："相公，你可回来了，我好像等了你好久好久啊。"

法藏哽咽着喊道："娘子，我这次回来，再也不离开你了，我要守着你一生一世，用一生的时间来为你画眉，好吗？"

素女流着泪点了点头。法藏将素女抱回屋里，轻轻放到了镜子前。在素女的笑容里，法藏用画笔给素女慢慢画起了眉。镜中的素女开心地笑了起来，她的笑容很漂亮，眼神中荡漾着别样的幸福……

正在法藏给素女画眉时，就听到女娲娘娘的声音传了过来："法藏，速速离开我的山河社稷图吧……"

闻听女娲娘娘叫他，法藏不敢怠慢，尽管心里有万千个不愿意离开素女的理由，可是为了救活霓裳，深知这是幻境的他只好忍着离别的苦痛，化作一道金光，飞出了山河社稷图。法藏飞到水帘洞中站定，只见霓虹仙子与"敖玉"的眼里都含着热泪，便向着霓虹与"敖玉"问道："你们哭什么啊？我这不是好好地回来了吗？"

霓虹仙子擦了一把眼泪，对着山河社稷图一指说道："大哥，你快看。"

法藏顺着霓虹仙子手指的方向看去，只见山河社稷图里逸仙正在给素女画眉。素女笑得那么开心，与逸仙紧紧地抱在了一起……

法藏的眼里也流下了泪水，双手合十向着女娲娘娘道："阿弥陀佛，善哉善哉。女娲娘娘，多谢您帮助我和素女完成我们这一千年来共同的心愿。"

女娲娘娘将山河社稷图收进手里，对着法藏说道："法藏，我这山河社稷图虽是幻境，却也是真实的存在。逸仙与素女这一对有情有义的夫妻，将在我的山河社稷图里幸福地生活一生一世，这下你该满意了吧？"

法藏扑通一声跪倒在地，向女娲娘娘磕头道："弟子法藏，感谢女娲娘娘成全。"

女娲娘娘点了点头说道："法藏，虽说这是素女枯骨的心愿，其实给素女画眉，何尝不是你的心愿啊。如今，你们的心愿已了，这就用我的三界至宝女娲石，还有那琉璃盏的灯芯，助霓裳姑娘还阳吧。"

女娲娘娘说完，便将女娲石缓缓地向着法藏扔了下去。法藏赶紧伸出双手接过女娲石，说道："女娲娘娘，弟子拜谢，他日定再到娲皇宫，拜谢您的大恩。"

女娲娘娘笑道："法藏，你不必客气，燃灯古佛托我之事，我已经全部办妥，这就离去，你速速救霓裳重生吧。"

说完，只见女娲娘娘脚下的祥云舞动，飞离了水帘洞。法藏、阿牛、霓虹与敖玉一直跪着，直等到女娲娘娘离开，才慢慢地站起了身。

第四十二章
菩提收高徒

法藏从怀里掏出琉璃盏的灯芯,放到了女娲刚刚送来的女娲石上,只见那女娲石缓缓地升腾起五彩的霞光,慢慢地飞了起来。法藏不敢怠慢,赶紧掏出净瓶,将霓裳刚刚聚拢起来的灵魂给放了进去,只见那女娲石自动地飞出了水帘洞。

霓虹仙子着急地说道:"大哥,不好,这女娲石怎么飞出洞了?"

"敖玉"也道:"大哥,我们快去追。"

法藏点了点头,说道:"好,我们这就去追。"

法藏、霓虹、阿牛与"敖玉"兄妹四人不敢怠慢,跟着女娲石便跑了出去。只见那女娲石飞到了大海边一块巨石上才停了下来,一只正在海边玩耍的猴子,也被这从天而降的石头给吸引过来,一下子便蹦到了石头上,然后,对着女娲石撒起了尿。

法藏一看大惊失色,冲着那只猴子大声地喊道:"你快让开,你若再不让开,小心我拿石头砸你……"

那只猴子看到法藏等人赶过来,这才跳下女娲石。猴子刚离开,女娲石便不停地旋转起来。渐渐地,女娲石发出了如火焰般的光彩,越转越快,只听天崩地裂的一声巨响,一个石猴从女娲石里蹦了出来。这一声巨响,可把法藏、霓虹、阿牛及"敖玉"给吓坏了,赶紧躲在海边的一块巨石后。待到那声巨响过后,只见一只石猴从天而降,一下子跳到了大海里……

石猴一下子从海边蹿出来,蹦蹦跳跳地冲着法藏大叫道:"法藏大哥,霓虹姐姐,敖玉弟弟,阿牛,我回来了,我真的回来了……"

法藏没有反应过来,这石猴是谁?阿牛、霓虹与"敖玉"也被搞糊涂了,女娲石中蹦出了个石猴子,而且这个石猴还能口吐人言,还能叫出他们的名字。正在三人在惊诧地思考这是怎么回事的时候,只见那只石猴蹦蹦跳跳地跑了过来,一把就抱住了法藏,大声地叫道:"法藏大哥,我回来了,我回来了啊。"

法藏一把推开那只石猴,大声地问道:"你是谁?你是谁啊?"

那只石猴抓耳挠腮地说道:"大哥,你不认识我了吗?我是你的妹妹霓裳啊。"

法藏大惊失色地问道:"什么?你是霓裳?你,你是一只石猴,怎么可能是霓裳姑娘?"

法藏的话音刚落,空中便传来了一个声音:"没错,他就是霓裳。"

法藏抬头望去,只见空中白光一闪,天魔来到了花果山的上空,倏地一

-507-

下飞到了霓裳的身边，冲着霓裳慈祥地喊道："霓裳，我的徒儿，你还好吗？为师可真是想死你了。"

霓裳调皮地跑到天魔的身边，摸了摸天魔的胡子，呵呵笑道："好，我很好，师父，我离开了这么久，可真是想死我了。"

天魔哈哈大笑道："霓裳，我这就带你回天魔洞，以后你就留在为师的身边，再也不离开为师了，好吗？"

霓裳使劲地点点头，说道："好啊，好啊，只是，法藏大哥也跟我们一起回去吗？"

天魔哈哈大笑道："是啊，法藏大哥现在已经是为师的大护法了，已经在天魔洞里等着你了，你快跟为师回家吧。"

霓裳冲着法藏做了一个鬼脸，说道："法藏大哥，恭喜你啊，能成为我师父的大护法，那可是很荣幸的事情啊，我师父一定能教你一身纵横三界的法力的。"

法藏看了看石猴，大声地说道："胡说八道，我怎么会成为天魔的护法？如果我成了他的护法，那才入了魔道哪，小僧即使是死，也不会跟着他的。"

石猴霓裳看了看法藏，又看了看天魔，摸了摸自己的头，向着天魔问道："师父，法藏大哥没有成为您的护法，您为什么要骗我，说他成了您的护法？"

天魔将一只手搭在霓裳的胳膊上，将石猴揽在怀里，亲切地说道："为师说的不是他，而是你真正的大哥法藏。"

石猴道："师父，我都搞糊涂了，你说法藏大哥成了你的护法，可是法藏大哥却不承认，这是咋回事啊，你快告诉我吧。"

天魔用手一指远处，对石猴说道："霓裳，你来看。"

石猴霓裳顺着天魔手指的方向看去，只见远处走来了另一个法藏，对着石猴施礼道："霓裳姑娘，我确实已经成了天魔的护法。"

石猴惊恐地看着法藏，问道："这到底是怎么一回事啊？法藏大哥，你们两个哪个是真的，都快把我给搞糊涂了。"

那个法藏哈哈大笑道："霓裳，没什么好糊涂的，我是法藏，他也是法藏，不过我是真的，他只是一朵莲花。"

法藏点了点头说道："霓裳，他说的没错，你不要怀疑，每个人的心中都有善恶两念，我是善念的法藏，被师父莲花塑身，他的身体虽然是我的，可是他的脑子里却全是恶念。"

第四十二章
菩提收高徒

护花法藏指着法藏说道："你胡说八道，你才是恶念化成的法藏，今天，我就要打死你这朵莲花，让你的真灵跟我附体，咱俩共同吐出琉璃盏来，献给大天尊，好免了我俩的乱剑穿心之苦。"

法藏冲着那个法藏"呸"了一下，怒喝道："你就死了心吧，我说什么也不会将琉璃盏交给天魔的。"

护花法藏将手中的降妖宝杖一举，说道："法藏，那就什么也别说了，动手吧。"

说完，护花法藏便举起手中的降魔宝杖，向着法藏便打了过去。法藏也不客气，掏出手中的降魔宝杖，照着那个法藏的头便砸了过去。两个人你来我往地斗在了一处。看着两个法藏斗在一处，可把霓虹与"敖玉"给急坏了，霓虹冲着两个法藏大声地喊道："你们俩哪个是真的啊？"

两个异口同声地说道："我是。"

两根杖斗在一处，这可真是一场好杀，直杀得是天昏地暗。霓虹与"敖玉"急得直跺脚，可是却无法帮助自己的大哥，他们怕上手打伤了真正的善灵法藏。

石猴霓裳看看两个人揪打在一处，也是非常着急，对着天魔喊道："师父，您快让他们停下来，不要再打了啊。"

天魔哈哈大笑道："霓裳，两个法藏今天不打，明天也会打的。他们两个不打出个生死来，是没有个完的，你就别管了。你这就跟我回天魔洞吧，为师要教你一身纵横三界的真功夫，让你成为三界除师父以外最大的大魔王。"

说完，天魔便带着石猴霓裳向前走去，可刚向前走了没几步，就听到空中一个声音传来："大天尊，我们又见面了。"

天魔抬起头来向空中看去，只见空中有一座莲花台，莲台上坐着的正是燃灯古佛，正在向着天魔施礼。

天魔也向着燃灯古佛还礼道："燃灯古佛，是你啊，我们又见面了，你一向可好？"

燃灯古佛缓缓地道："承大天尊的问，老僧我一向都好，今日来寻我的爱徒，还请大天尊帮忙，免去他们二人的乱剑穿心之苦，让他们两个合体成一个法藏吧。"

天魔狂笑道："哈哈哈，燃灯，你休想，真法藏已经投靠了我，成为我

-509-

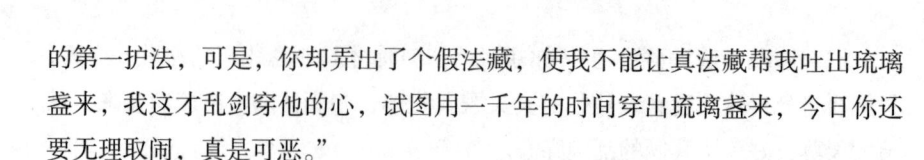

的第一护法，可是，你却弄出了个假法藏，使我不能让真法藏帮我吐出琉璃盏来，我这才乱剑穿他的心，试图用一千年的时间穿出琉璃盏来，今日你还要无理取闹，真是可恶。"

燃灯古佛道："大天尊，还请你暂息雷霆之怒。老僧今日前来，还有一事，霓裳本是至性至情之人，如今虽说变成了石猴，但她终归是女娲石所化，还请大天尊将她交于我吧。"

天魔用手一指燃灯古佛，怒道："胡说，霓裳是我的徒弟，又是女娲石所化，我当然要带她回天魔洞，岂能让你带走她？"

燃灯古佛笑道："天尊，你如此一说，难道是想与老僧动手吗？"

天魔哈哈大笑道："燃灯，你别不识抬举，上次仗着观音与灵吉两位菩萨给你撑腰，才让你侥幸逃走，今日，我定要打得你屁滚尿流才解我心头之恨，你就接招吧。"

说完，天魔便一纵身形，向着燃灯古佛的莲花台袭来。燃灯古佛见天魔纵身来攻，也赶紧下了莲花台，跟天魔打在一处。天空之上，燃灯古佛与天魔战在一处，地面之上，两个法藏斗成一团。霓虹与"敖玉"看在眼里急在心上，却是两边都帮不上忙，急得直跺脚，霓裳石猴也站在海边的巨石上，抓耳挠腮地看着这四个人的生死对决……

石猴霓裳正在看两个法藏对打，突然，就看到燃灯古佛走到了身边，对他说道："霓裳，老僧恭喜你重生，只是你这个样子，怕是会有很多人把你当成妖怪了吧，你快跟着我回元觉洞去，老僧也好教你无边的法力啊。"

石猴霓裳摇摇头说道："我才不跟着你哪，我要跟着师父大天尊，他也能传我一身纵横三界的法力，再说了，法藏大哥已经成为师父的第一护法，我当然要跟法藏大哥在一起了。"

燃灯古佛听石猴霓裳这么说，轻轻地在石猴霓裳身上一拍，她一下子瘫软在地，燃灯古佛笑道："好了，霓裳，我这就带你回西天元觉洞去吧。"

正在空中与燃灯古佛对打的天魔，一招快似一招地攻击着燃灯古佛。燃灯古佛眼看就要支撑不住了，天魔哈哈大笑道："燃灯，今日我便将你拿回天魔洞，让你在我的魔水炉里好好地享享清福。"

那燃灯也不回话，继续应付着天魔的进攻。天魔关心着两个法藏的战事，往下这么一看，就看到石猴霓裳已经被燃灯古佛给收入了袖中，这才明白自己已经中了燃灯古佛的分身计，忙冲下来打真的燃灯佛祖。可是燃灯佛

第四十二章
菩提收高徒

　　祖却根本不跟天魔动手，暗暗念动咒语，便发出了千丈的护体佛光，将两个法藏、霓虹与"敖玉"给罩了起来。天魔指着燃灯古佛大喊道："燃灯，尽管你劫走了我的爱徒霓裳，可是那个法藏你是带不走的。"

　　说完，天魔用手一指，只见那个恶缘法藏，一下子跌出了燃灯古佛的护体佛光。法藏向着燃灯古佛急问道："师父，我的真身又被天魔给劫走了，这可如何是好啊？"

　　燃灯古佛双手合十道："阿弥陀佛，为师早就说过，此乃劫数，你的真身已经入了魔洞，不但成为天魔的第一护法，还在流沙河里吃人哪！"

　　法藏赶紧双手合十念道："罪过，罪过啊，燃灯师祖，虽说是他吃人，可是归根结底，他也是我我也是他，他吃人跟我吃人其实也没什么区别啊。"

　　燃灯古佛点了一下头，说道："法藏，你这话原也不错。"

　　法藏刚把话说完，就一口鲜血吐了出来，嘴里喊道："师父，你快救我，那乱剑又来穿我的心了。"

　　霓虹与"敖玉"赶紧一左一右地将法藏给扶了起来，向着燃灯师祖急问道："师祖，这可怎么办哪？"

　　燃灯古佛叹道："这就是劫数啊，天魔要用天魔剑逼出法藏体内的琉璃盏来，每七天穿那个法藏的心一次，两法藏本来就是一个人，虽说是我的莲花所化，却也要跟着受那乱剑穿心之苦，为师我也是救他不得哪。"

　　法藏在云头上捂着胸口，冲着燃灯师祖痛苦地说道："燃灯师祖，我真的受不了了，敖玉，霓虹，你们快拿刀杀了我吧。"

　　燃灯师祖叹了口气，说道："法藏，你忍着，为师这就为你念经，减轻你胸口的疼痛。"

　　说完，燃灯古佛便念起了慈悲的佛经。法藏渐渐地坐到了云头之上，双手合十，跟着师父念起经来。尽管口中的鲜血不断地溢出，可是法藏的眼神却充满了坚定的光芒。

　　流沙河里的法藏，也在经受着乱剑穿心的苦痛。他出不了流沙河，仅有两次出流沙河还是被天魔给带出去的。一次是看守黑暗崖的紫金莲，一次是为了将霓裳石猴给骗回天魔洞。天魔利用完他以后，就将他打入流沙河恶阵，天魔有的是耐心与信心，这几十亿年的封印他都撑下来了，更别说这一千年的光阴了。融入法藏身体的琉璃盏，天魔是要定了。恶灵法藏受不住乱剑穿心之苦，曾经数次哀求要归顺天魔，可是天魔就是不答应。其实，天魔也不是不答应,而是那个善灵法藏不答应。天魔即使能控制法藏的真身,也刺不出琉璃盏来。只有一千年的时光过去,他才可以拿到琉璃盏……

流沙河里的法藏真身刚刚吐完一大口鲜血,便缓缓地站了起来,伸手拔出了一把插在胸口的剑。他是多么想死啊,这乱剑穿心实在太痛苦了,可是偏偏他又吃了太上老君的仙丹,吞了冥河老祖的魔丹,他永远都死不了。这种在寻常人看起来无比美好的长生,在法藏的心里却成了可怕的梦魇。他曾经尝试过咬舌自尽,可是舌咬了再长出来,他已经是神仙之体,死不了。此时的他,刚刚被乱剑穿心而过。他望着那天上的星星,想起了素女与霓裳,就觉得那星星多么像素女或是霓裳神奇的眼睛啊。它们一眨一眨闪着光,像是素女或霓裳在看着他,仿佛是在安慰他那颗刚刚被乱剑穿过的心……

也不知道过了多久,突然,他的耳边传来了一阵阵清脆的铃声,一位僧人牵着一匹马,走到了流沙河的岸边。法藏知道,这万里长八百里宽的水流沙困仙阵,凡人是可以进来的,只有仙人或佛菩萨不能进来,他也是靠着吃人,才支撑到了现在。其实,法藏是仙人之体,不吃他也死不了,可是那种饥饿的感觉,却是真实存在的,那实在是太难受了。流水河里没有鱼也没有水草,岸上都是无尽的黄沙,根本就是寸草不生,法藏必须靠着吃人,才能够挨过那痛彻心扉的饥饿……

那个骑着马的人越走越近,法藏的眼睛睁大了,这个人和这匹马即将成为他的腹中之物,因为即使他不下手,他们也根本过不了这长万里宽八百里的流沙河。

这实在是太好了,又可以吃人了,想到这里,法藏一下子钻出了流沙河的水面,迎着那凛冽的阴风,还有那漫天飞舞的黄沙,跳到了那个人的面前。等到那个人走近了,他举起禅杖的双手又颤抖了,因为这个人他认识,就是用自己的七窍玲珑心让他不死的金蝉子。

法藏的突然出现,显然将金蝉子吓了一跳,金蝉子看了法藏一眼,双手合十道:"阿弥陀佛,法藏,我们又见面了,你怎么会在这里?你不是在天上做卷帘大将军吗?"

法藏举起禅杖的手哆嗦着,他的心在挣扎,要不要吃掉金蝉子?吃掉他那是忘恩负义,不吃掉他,自己又难以忍受那饥饿的痛苦。想到这里,法藏就想来个不认人,便哈哈大笑道:"你这个凡僧,我不是法藏,你认错人了。"

金蝉子摇了摇头说道:"阿弥陀佛,法藏,我怎么会不认识你哪,你的

第四十二章
菩提收高徒

腹中还有我的七窍玲珑心,我正要往西天取经,我看你一个人在这里孤苦伶仃,不如与我结伴同行吧。"

法藏闻听金蝉子说要去西天取经,狂笑道:"胡说,西天取经的人是我。当初在地藏王菩萨面前,你说要取经,我以为你信口一说,便没有理你,没有想到你真的要去取经啊?"

金蝉子笑道:"你终于承认你是法藏了。我一人一骑正寂寞得很,我看你还是跟着我一起去西天取经吧。"

法藏本来犹豫的心一下子坚定起来,不能让金蝉子去西天取经,自己才是燃灯古佛选定的西天取经的人。想到这里,法藏大喊道:"够了,西天取经的人是我,我看在你曾经用七窍玲珑心救过我的分上,不忍心吃你,你马上回头逃命去吧,不然可就别怪我了。"

金蝉子看着法藏,叹口气说道:"法藏,你不可胡说,这人怎么能吃人哪,同类是不能相食的,你又不是妖怪。"

法藏大怒道:"我就是妖怪,我就是这流沙河里的妖怪。金蝉子,既然你不听我的劝,那就别怪我不客气了。"

金蝉子双手合十道:"阿弥陀佛,法藏,想不到卷帘洞一别,你竟然真的成了妖怪。你吃吧,你吃了我,二十年后我又是一条好汉,到时我还是要到西天取经。"

法藏手举着降妖宝杖,说道:"我吃了你,你还怎么到西天取经?再说,真正取经的人是我,不是你,你快回头吧,不要枉送了性命。"

金蝉子用坚定的眼神看着法藏,说道:"你吃了我,我的一道真灵不灭,便要到西天取经,无论付出任何代价,我都要去西天取经。你让开吧,法藏,你挡不住我的。"

法藏大怒道:"取经人是我,不是你,我一定要吃了你。"

法藏不再犹豫,心也不再颤抖,这不是他第一次吃人了,也没有可以再犹豫的理由了。想到这里,他张开血盆大口,一口便将金蝉子吞入了腹中,然后又将金蝉子的头吐出来,猛地一下便扔进了水里。奇怪的事情发生了,那颗头竟然不沉没。法藏觉得奇怪,便掏出阿牛送给他的敖丙龙筋,将那颗不沉的头颅穿了起来,戴到了自己的脖子上……

第四十三章
金蝉子投胎

　　石猴霓裳再次醒来的时候，已经躺在一间石洞的门口。它抬起头来看了看，只见那石洞上写着五个字：斜月三星洞。

　　石猴已经记不起自己怎么来的了，好像是刮了很大很大的风，将它的小木筏一直给吹到了这里。石猴又好像做了一个很长很长的梦，在那个梦里，它是水帘洞的美猴王，因为在一次酒宴上看到一只老猴子死去，引起了它的恐惧。有一只老猴子告诉他，要想长生不老只有到海外去找仙人学习长生不老之法。也是为了学习那长生不老之术，它才来到这里的。至于再久远的事情，它已经想不起来了，只是觉得那既是一个梦，又为何如此真实呢？

　　正在石猴看着这斜月三星洞的洞口发愣时，洞门被打开了，沙僧从里面走了出来，看着石猴问道："我家师祖说门外有一个学道的，让我出来看看，是你吗？"

　　石猴摸了摸自己的脑袋，在梦中好像自己确实是为了学长生不老之术而来的，就一拍脑袋说道："是啊，是啊，我是来学长生不老之术的。"

　　沙僧笑着看了看石猴，拉过石猴的手来看了看，问道："石猴，你叫什么啊？"

　　石猴摇摇头，说道："我不知道，我生下来就没有名字。"

　　沙僧点了点头，说道："不知道没有关系，可以让菩提师祖给你取一个，另外，你一会儿见了师祖可要好生求他，他才可能教你道法。"

　　石猴好奇地问道："你家师祖法术厉害吗？学了他的法术可以长生不老吗？"

第四十三章
金蝉子投胎

沙僧笑道："当然了，我们家师祖那是开天辟地时修成的大罗金仙，天上的地上的水里的法术，没有他不会的，这长生不老自然也不在话下。"

石猴高兴地摇了摇尾巴，拉着沙僧的手，说道："既然如此，师兄，你快带我进去找菩提祖师吧。"

沙僧这才将石猴拉到了菩提祖师的大殿之上。当好动的石猴蹦蹦跳跳地向前走的时候，沙僧的泪水模糊了双眼，他知道，眼前的这只石猴，就是他拼尽全力救下的霓裳姑娘，也是他修行的本源素女的转世，可是他却怎么也不肯接受这个事实。他要的是一个活泼可爱美丽善良的霓裳，不是一只可爱的石猴子。当他在水帘洞外，听到那只石猴子学着霓裳的样子，叫他法藏大哥的时候，他还是有些接受不了。确实，他现在是仙人之体，可毕竟不是佛，他接受不了霓裳这么大的改变。

燃灯古佛也知道沙僧接受不了，可燃灯古佛有他的计划。这只石猴本是女娲石所化，如果被天魔利用，那么一定会成为天魔倒反天宫的有力助手，造成三界生灵涂炭。所以燃灯祖师才不得不删去石猴关于霓裳的所有记忆，用一个水帘洞"美猴王"的大梦，引导它来到自己的身边学艺。这一切，燃灯古佛知道，沙僧也知道，除了他们两人以外，再也没有其他人知道了。

燃灯古佛化成菩提祖师，一改往日佛家的打扮，穿上一身干净整洁的道衣，坐在大殿之上的椅子上，正在给排列整齐的弟子们讲授大法。突然，就看到石猴蹦蹦跳跳地上了大殿，一口气蹿到了大殿的横梁上。调皮的石猴子惹得众门徒哈哈大笑。菩提祖师一举手中的拂尘，一股强大的力道立即发了出来，将石猴打倒在大殿之上。

石猴看着仙风道骨的菩提祖师，正在琢磨祖师为什么打自己之时，就听到沙僧在一旁说道："石猴，见了菩提祖师为何不拜？"

石猴这才醒悟过来，赶紧双膝跪倒在地上，朝着菩提祖师磕头道："祖师在上，请受我石猴一拜。"

菩提祖师点了点头问道："你叫什么名字？"

石猴道："我不知道自己叫什么名字。"

菩提祖师笑道："人人皆有名字，你为什么没有名字？"

石猴道："祖师，我真的没有名字，就请祖师给我取一个名字吧。"

菩提祖师道："你本是个猢狲，狲字去了兽旁，乃是个子系，子者儿男也，系者婴细也，正合婴儿之本论，便教你姓孙吧。"

石猴满心欢喜地叩头道:"好,谢祖师赐姓,麻烦祖师再给我赐个名字吧。"

菩提祖师手捋着长须,笑了一笑,说道:"我门中有十二个字分派起名,乃广大智慧、真如性海、颖悟圆觉十二字,排到你,正当'悟'字。给你起个法名叫作孙悟空,好不好?"

石猴跪地再拜道:"好,太好了,祖师,我有名字了,我叫孙悟空!"

看着孙悟空高兴的样子,沙僧的眼睛闪现出泪花,他赶紧擦了一把眼泪。是的,素女已逝,霓裳已远,这是根本不可能改变的事实,而眼前的这只石猴,尽管是素女三世情的延续,可是从此与女儿身彻底地告别,以后它的命运会是什么?它与自己又会演绎出怎样的故事呢?

时光斗转,花落花开,转眼之间,沧海变成桑田,又是八百多年的时间过去了,沙僧的真身法藏也在水流沙的大阵当中受了八百多年的苦。在这八百多年的时间里,莲花化成的善灵法藏——沙僧,引导孙悟空拿到了定海神针。女娲石与定海神针两件法宝合体的孙悟空,在天魔断魂香的迷惑下,偷蟠桃盗仙丹,大战二郎神,最后被如来压在了五行山下。沙僧与阿牛几次前去探望,可是都被五行山看守给拦住。阿牛看护的圣水珠被天魔给盗走,使阿牛异常苦恼,在断魂香的迷惑下调戏嫦娥,被玉帝贬下界但错投了猪胎,成了一头野猪——猪刚鬣……

孙悟空大闹天宫,猪八戒调戏嫦娥,天庭里那个神秘的天魔眼线,竟然帮助天魔,成功拿回了圣水珠。眼看着天魔倒反天宫的计划在一步步地实施,整个天界众仙人人自危。为此,玉皇大帝以降服孙悟空为由,举办了盛大的安天大会。会上,燃灯、玉帝、如来、太上老君及王母、观音等大尊者都认为,天人渡劫,人人自危,天魔出世,天界不宁。虽说蟠桃、仙丹可使众仙暂时无恙,可是,却只有取经完成佛法东渡,让佛法普度天上人间,三界才能建立起仙魔和谐的新秩序。于是,众仙佛商定取经人要称三藏法师,为天、海、人三地去取经,存天上称华藏一切经,海里龙藏三藏经,人间东土为大藏经大乘经。自此,取经大业便在天界与佛界达成了广泛的共识……

佛家有言,十世修行的好人可以成佛,而发下宏誓大愿西天取经的金蝉子也已经被恶灵法藏吃了九次,九颗头颅被法藏用敖丙的龙筋串起来,戴到了自己的脖子上……

当法藏第九次吃掉金蝉子时,金蝉子的一道真灵飘浮在流沙河的上空。金蝉子的心里充满了怨恨,每一次重生,他都是心志坚定地要去西天取经,

第四十三章
金蝉子投胎

　　每一次来到流沙河时，都会被那个食人的妖怪法藏给吃掉。如果有来生，岂不是还要被他给吃掉，这样取经还有什么意义？可是，他在地藏王菩萨与镇元大仙面前许下的宏誓大愿，却又不能不去履行。正如同地藏王菩萨所许下的"地狱不空誓不成佛"的大愿一样，尽管不可能实现，却也要认真地去做。因为地狱不可能空，地藏王菩萨也不可能成佛。可是，地藏王菩萨却依然在普度众生，这也正是他的伟大之处。想到这，尽管来生还有可能会被法藏给吃掉，但金蝉子依然心坚志定地要去西天取经。因为只有这样，他的那颗禅心才能够永远地有目标，永远地清灵空明……

　　金蝉子的那道真灵，徘徊在黄沙漫漫阴风阵阵的流沙河上空，正不知道该往何处去的时候，碰到了前来接引他的沙僧。沙僧一出现，就把金蝉子的魂魄给吓出了一身的冷汗。

　　金蝉子误以为沙僧就是那个食人的妖怪法藏，因为他们的容貌确实一样，所以，金蝉子便没命地往前跑，沙僧则在后面苦苦地追。沙僧一边追一边喊道："圣僧，你不要跑，我奉西天如来佛祖之命，特来接您去西天大雷音寺。"

　　金蝉子一边跑一边高声地喊道："你是恶魔，你哪里会有那么好的心，我都已经被你吃掉九次了，也不怕你再吃我一次了，但是你想让我跟着你入魔道，却是万万不能。"

　　沙僧法力高深，飞行速度也是极快，可是面对着没命逃跑的金蝉子，沙僧却是毫无办法。因为刚刚追上并拦住金蝉子，金蝉子便掉头又跑，就是不跟沙僧好好说话。

　　情急之下，沙僧将手中的降魔宝杖化成了一根索魂绳，向着前面一抛，就将金蝉子的魂魄给绑了起来。金蝉子的灵魂是再也跑不了了，他气喘吁吁地说道："法藏，你这个吃人的恶魔，我现在已经是灵魂了，有本事你再吃我一次，我告诉你，我是不会跟你求饶的。"

　　沙僧赶紧双手合十，对金蝉子说道："阿弥陀佛，金蝉子，那恶魔法藏本是我的真身，也是我的恶灵，他吃你其实与我吃你也并无区别，小僧也不怪你怨恨于我。今日，我便发出大慈悲心来助你重生。"

　　金蝉子听沙僧这么说，这才定下神来，仔细地看了看沙僧。这和尚慈眉善目，一股正气凛然于心，完全不同于流沙河中张牙舞爪的恶魔。金蝉子这才相信了沙僧的话，赶紧双手合十道："法藏，原来你真不是那个恶魔。"

沙僧道："金蝉子，我是沙僧，此间有很多的原委，等我日后再与你慢慢说来，咱们这就赶往西天大雷音寺，回复佛旨吧。"

金蝉子忙整理了一下锦襕袈裟，手拿着九环锡杖，被沙僧拉着，向西天大雷音寺飞去。只见那云海茫茫，耳边是呼呼风响，沙僧又是法力极其高深的罗汉，在他的助力之下，金蝉子很快便来到了祥云瑞霭彩霞万条的大雷音寺上空。

进到雷音寺中，只见西天诸佛菩萨已经整齐就座，无数座莲花台绽放出耀眼的光芒，整个雷音古刹被照得金碧辉煌，好不壮观，直看得沙僧心生赞叹，金蝉子更是心驰神往。

待沙僧交还完法旨，金蝉子便双膝往佛前一跪，流着泪说道："启禀如来佛祖，想我当初在地藏王菩萨及镇元大仙面前发下宏誓大愿，要来西天拜到佛祖您的驾下，将那佛国真经取回东土，以度众生，化三界之劫，可是那流沙河里的恶魔法藏却挡住我的去路，致使我九次命丧他口，求佛祖大发慈悲，指给弟子一条明路，该如何绕过万里长八百里宽的流沙河，好让我来西天取经啊。"

如来佛祖高坐莲台，听金蝉子说完，看了一眼沙僧，缓缓说道："圣僧，你不必着急，那恶魔来由我已知晓，他本是法藏的恶灵所化，欲渡流沙河，需要沙僧与他那分开近千年的本身合体，才能助你过这万里长八百里宽的流沙河。"

沙僧听到如来佛祖这么说，赶紧双手合十道："阿弥陀佛，还请如来佛祖示下，那流沙河本是天魔所设，黄沙漫漫阴风阵阵，就是大罗金仙也近它不得，弟子又该如何走进流沙河，与本身合体，以助圣僧过这八百里宽的流沙河？"

观音菩萨向佛祖问道："佛祖，沙僧说得对，水流沙这困仙阵已经摆下八百多年，残害了无数的生灵，难道就任由它继续为祸人间吗？"

如来佛祖叹道："观音尊者，流沙河虽是天魔为阻挡众仙佛所设，但它还有另一重功能，也就是只有在流沙河里，用天魔剑穿法藏之心，才能逼出我佛家至宝琉璃盏来，但法藏本身已经分裂成善沙僧与恶法藏，天魔也想将两人合体，所以，圣僧金蝉子欲渡流沙河取真经，天魔也正要趁机将两个法藏合体，说来也确实是两难的选择啊。"

燃灯古佛道："如来，你不必着急，虽说此乃劫数，但邪不胜正，佛法

第四十三章
金蝉子投胎

定能胜于魔法，自古使然，何况佛家有言，十世便可成佛，如今金蝉子已经被法藏吃了九次，料想这金蝉子的第十世，那个法藏便再也吃不了他了。所以，即使金蝉子过不了流沙河，情况也坏不到哪里去，你这就助金蝉子重生，让他再下界历劫去吧。"

如来佛祖点了点头，双手合十道："谨遵燃灯师祖法旨。"

说完，如来佛祖便掏出一根灯芯来，对着金蝉子说道："金蝉子，这是琉璃盏的一根灯芯，你速头顶琉璃盏的灯芯，下界投胎到大唐国新科状元陈光蕊的家中，用十世修行之善根，来我西天拜取真经吧。"

金蝉子赶紧走上前，接过如来佛祖手中的灯芯，顶到头上说道："弟子领如来佛祖法旨，这便下界去了。"

如来佛祖将手一挥，说道："且慢，沙悟净，金蝉子此去，已经历十次转世。我佛有言十世好人便可成佛，如今金蝉子即将转世，已经引来了天魔，你法力高深，就与金蝉子同去，助他投胎去吧。"

沙僧双手合十，向着燃灯、如来及西天诸佛菩萨施礼道："弟子领命。"

说完，沙僧便一手拿起降魔宝杖，一手将金蝉子的灵魂收入袖中，驾起祥云飞离了西天雷音寺，按照如来佛祖的指示，向着陈光蕊所在的洪江渡船飞去。

沙僧刚飞到渡船的上空，就听到渡船上传来了陈光蕊之妻满堂娇撕心裂肺的叫喊声。沙僧知道满堂娇即将生产，不敢怠慢，马上将金蝉子的灵魂请出来，送到满堂娇的腹中投胎。眼看着金蝉子的灵魂即将飘入渡船，突然，一阵凛冽的黄风吹来，已经修炼高深法术的霓裳玩伴黄风怪挡住了金蝉子的投胎路。只见黄风怪用手一指金蝉子，大声地喝道："金蝉子，你快将琉璃盏的灯芯交出来，不然，我就打得你灰飞烟灭。"

沙僧刚想去护住金蝉子，就看到天魔向着正站在渡船走廊的陈光蕊袭去，一棍子便将陈光蕊打到了洪江之中。救人心切的沙僧大喊一声，冲着天魔便挥起了降魔宝杖。天魔一看是沙僧到了，用手一指沙僧怒道："法藏，你屡次坏我的好事，今天我不把你打得灰飞烟灭，便不配做这三界的大天尊。"

沙僧挥舞着手中的降魔宝杖，大喊道："天魔，你好大的口气，论法力我已经不输于你，你还敢在我的面前口出狂言。看我今天便为三界除了你这个祸害。"

沙僧声到杖到，冲着天魔的脑袋便砸了过去。天魔不慌不忙，使出诛神刀来，架住了沙僧的降魔宝杖。两个人你来我往地在洪江的上空斗起法来。两人的斗法惊动了洪江的龙王。

此时，洪江龙王正在接待西海龙王三太子"敖玉"，酒席宴上感到天摇地动，桌上的杯子盘子都掉到了地上。不知道发生了什么事的"敖玉"，赶紧拿起方天画戟，来到江面查看，一眼看过去真是喜出望外，竟然是好多年不见的大哥法藏，便大声地喊道："大哥，怎么是你？"

正在与天魔交战的沙僧，一看江面上飞出了"敖玉"，心中狂喜，大喊道："敖玉贤弟，你不必管我，速去将金蝉子之父陈光蕊的身体守好，等我打败天魔，再来助他还阳。"

天魔也知道沙僧法力高深，如果不加外力，仅凭着自己的法力难以胜他，于是便想到了天魔剑，哈哈大笑道："法藏，你这个不知死活的疯和尚，在我的面前，还敢口出狂言，我这便用天魔剑来穿你的心。"

说罢，天魔便暗暗地催动流沙河里的天魔剑。那剑化作万千只魔剑，向着蓬头散发的法藏刺去。法藏应声倒地，一口一口的鲜血吐了出来……

洪江上空正与天魔对战的沙僧也应声倒地，口吐鲜血。天魔哈哈狂笑着，冲着沙僧便是一刀。眼看着那诛神刀即将砍到沙僧的脖子之时，空中一道金光闪过，地藏王菩萨出现在洪江上空，冲着天魔大喊道："大天尊，休伤害沙僧，我来也。"

"敖玉"本想上前助阵，可是大哥的话他又不得不听，正在焦急的时候，就看到大哥狂吐鲜血。"敖玉"拿起方天画戟刚要往前冲，就看到天魔的诛神刀向着大哥的头上砍来，这可把"敖玉"给吓出了一身的冷汗。正在敖玉不知所措之际，地藏王菩萨骑着谛听赶来，用大佛力挡回了天魔的诛神刀，这一下"敖玉"心才稍安，想地藏王菩萨法力高深，定可挡住天魔保护大哥的周全，也就不需要自己出手了。于是，"敖玉"便潜入水下，专心寻找起陈光蕊的身体来。

天魔看到地藏王菩萨出现护住了沙僧，便用刀一指地藏王菩萨，怒道："地藏王菩萨，我劝你还是少管我的闲事，否则，你小心我把你打到万劫不复之地。"

地藏王菩萨双手合十道："阿弥陀佛，大天尊，一念成佛一念也可成魔，本座还请大天尊给小僧一个薄面，不要阻止金禅子投胎，坏了三界的秩序。"

第四十三章
金蝉子投胎

天魔冷冷地说道："想那燃灯、如来两位佛祖，在我的面前都恭恭敬敬，你又有什么薄面？念在我不想与你们佛界伤了和气，你就速速离去吧。"

地藏王菩萨道："大天尊，金蝉子与法藏皆是佛门弟子，你今日要加害他们，是先与佛家伤了和气啊。"

天魔怒道："那也是你们先把琉璃盏送上天庭引出来的罪孽。我跟玉皇大帝有仇，跟你们佛门却无仇，你们却用琉璃盏来帮助玉帝。今日，你又阻拦我来抢夺金蝉子头上的灯芯，那可就别怪本天尊对你不客气了。"

说完，天魔便不再说话，抡起手中的诛神刀，向着地藏王菩萨砍去。地藏王菩萨忙下了谛听，拿起禅杖便敌住了天魔的诛神刀。谛听一看主人与天魔交起手来，便来到沙僧的身边，用法力替沙僧疗伤……

金蝉子被黄风怪给挡住。正当黄风怪拿着三股钢叉刺向金蝉子，想要拿回他头顶上的琉璃盏灯芯时，突然，金蝉子的头顶发出七道佛光，锦襕袈裟的护体七佛飞出体外，抵挡住了黄风怪刺来的三股钢叉……

天魔对战地藏王菩萨，金蝉子护体七佛抵住黄风怪，金蝉子听到母亲满堂娇发出的撕心裂肺的呐喊声，便知道自己投胎的时候到了，于是，他便慢慢地飘进渡船客舱，化作一道金光，猛地一下钻进了满堂娇的体内。

"哇"的一声哭喊，金蝉子降生了。地藏王菩萨一下子跳出战圈，向着天魔说道："天魔，琉璃盏的灯芯已经投胎了，你还是罢手吧。"

天魔恼羞成怒，一下子点燃了断魂香，冲着地藏王菩萨便袭了过去。地藏王菩萨闻到那断魂香，正感到头晕目眩之际，就看到天魔化作一道神光，向着自己扑了过来……

天魔穿过地藏王菩萨的身体之际，地藏王菩萨一口鲜血吐了出来。天魔冷笑着，向着地藏王菩萨便举起了诛神刀。眼看着地藏王菩萨即将被诛神刀砍中，沙僧猛地一下祭出了宝杖，将天魔的诛神刀给打落在地上。沙僧挣扎着站起来，向着天魔怒目圆睁道："天魔，你竟敢伤害地藏王菩萨，看我不把你打得灰飞烟灭。"

天魔看到沙僧得了谛听的救助，已经站了起来，而天魔刀又需要七日后才能刺他，又想到金蝉子已经投胎，再与法藏死战毫无意义，便不再理他，带上黄风怪，匆匆赶回天魔洞……

地藏王菩萨受伤极重，看到天魔逃去，深深地松了一口气，他与沙僧匆匆告别，赶回地府疗伤去了。法藏这才想起"敖玉"还在洪江水下守护陈光蕊，便猛地跃入水中寻找"敖玉"。

洪江龙王也被这一场大战给吓着了，他只是一个江河的龙王，哪里见过什么大世面，什么天魔、地藏王菩萨，这些高高在上的天尊级仙人，他是根本没有机会见到的。今天，洪江龙王可算是开了眼了。这一场惊天动地的佛魔大战，把洪江龙王吓得躲在洪江水晶宫里，不敢出房门一步。

等到江面上平静下来，洪江龙王还是不敢出房门，直到"敖玉"抱着陈光蕊的尸身来喊他开门，他才打开了房门。洪江龙王一看"敖玉"的身边还有一位和尚，瞧那模样从未见过，便对着"敖玉"问道："三太子，这位圣僧是谁啊？"

沙僧赶紧说道："龙王，我是燃灯古佛座下弟子沙僧，是敖玉的大哥。"

听沙僧说到燃灯古佛，洪江龙王肃然起敬，更在心里感叹，幸好与天魔大战的是燃灯古佛的弟子，否则，就是借他十个胆，他也不敢将沙僧给迎进来，以免天魔找上门来闹事，毁了这洪江的龙宫。想到这里，洪江龙王赶忙将兄弟两人迎进水晶宫，命洪江水族接过敖玉手中抱着的陈光蕊尸体，重新吩咐水族设宴款待。

酒席宴上，沙僧一个劲地唉声叹气，洪江龙王便问道："圣僧，您为何唉声叹气？"

沙僧双手合十说道："阿弥陀佛，金蝉子已经投胎，可是刚降生便失去父亲，西天取经又是要经历九九八十一难，真是让人为他落泪啊。"

"敖玉"端起酒杯喝了口酒，对沙僧说道："大哥，你不必心急，我们这就去地府将陈光蕊的灵魂接过来，助他重生吧。"

沙僧叹道："若是如此容易便能助陈光蕊重生，我早就随地藏王菩萨赶往地府了。问题就出在陈光蕊乃是天魔打伤，要想让他还阳，可是难上加难啊。"

洪江龙王听沙僧如此一说，也是面露愁容地问道："圣僧，照您的话来说，陈光蕊是复生无望了？"

沙僧叹道："早年我曾经听燃灯师祖说过，被天魔打死的众生，灵魂早已不知飞到了什么地方。要想让陈光蕊还魂，需要用圣水珠定住容颜，方可一试啊。"

"敖玉"笑道："大哥，你不必着急，你这就告诉我圣水珠在什么地方，我也好前去寻来，助金蝉子之父还阳啊。"

第四十三章
金蝉子投胎

沙僧举起茶杯喝了一口，眼睛望向外边，缓缓地说道："敖玉，这圣水珠已经被天魔给偷走，不在别处，就在天魔的黑暗崖里啊。"

"敖玉"大吃一惊，说道："大哥，天魔确实很厉害，既然圣水珠在他那里，这可怎么办？"

沙僧一下子站起身来，面朝着西方坚定地说道："敖玉，早年金蝉子曾经用七窍玲珑心救我不死，如今，为了救我的恩公之父，我也只好再上天魔洞，抢来圣水珠，以报答他的恩情了。"

"敖玉"也站起身来，走到法藏的身边说道："大哥，你放心，不管你在哪里，我都会陪着你。我们分别了这么多年，这一次，我可不想再跟你分开了。咱们这就打上天魔洞，找回圣水珠吧。"

"敖玉"的话一出口，洪江龙王赶紧站起身来说道："三太子，你可不能前去啊，你大婚在即，怎么可以胡乱外出？"

沙僧听洪江龙王说"敖玉"即将大婚，便对着他说道："阿弥陀佛，贤弟，想不到你就要成婚了，大哥我先在此祝贺兄弟了，如此一来，你真的不方便跟我同去天魔洞，万一出了意外，我无法跟你父王敖闰交代啊。"

"敖玉"听大哥沙僧这么说，将头一摆说道："大哥，我本不喜欢那万圣公主，因此才四处逃婚，这才致使我们兄弟分开这么多年。可是谁想父王竟然奏报了玉皇大帝，玉帝赐婚，我自然不敢违抗，这才答应迎娶碧波潭万圣公主。这次重新见到大哥，尽管我不敢抗旨，可是婚事早一天晚一天也无所谓，我说什么也要助你一臂之力。"

沙僧被敖玉的兄弟情所感动，说道："好，既然如此，我们便再次赶往那天魔洞偷出圣水珠来，救金蝉子之父陈光蕊还阳吧。"

说完，兄弟二人便让洪江龙王好生看管陈光蕊的尸身，然后，两人向着天魔洞飞去。

自从燃灯师祖给自己莲花塑身后，沙僧便跟着燃灯师祖潜心研习佛法，以度那乱剑穿心之苦，他已经很久没有来天魔洞了。这次为了取圣水珠再来天魔洞，沙僧看到此时的天魔洞与八百年前不同。只见那黑压压的乌云更重了，山中的小妖也更多了，被阿牛从东海大海牢放出的七十二洞妖王，更是齐聚到天魔的麾下，已经成了可以与天庭抗礼的三界最大的魔窟。天庭虽几次派兵征讨都是损兵折将，只得罢兵任由天魔发展自己的势力。当下，天庭与天魔虽然表面上平和，可是双方却都在招兵买马，为最后的仙魔大战做着准备。

　　沙僧带着"敖玉"刚到天魔洞外，就听到耳边传来一声狂笑："哈哈哈哈，谁人这么大的胆子，竟然敢来我的天魔山打探消息，我看你们是来找死！"

　　沙僧定睛一看，只见一阵黑风滚滚袭来，化成了一个猿猴的模样，正是千年前被锁在大海牢里的水猿大圣。沙僧知道这些妖魔都是不可一世的妖王，也不答话，冲上前就是一降魔宝杖。那水猿大圣也不含糊，使出法天象地的神通，伸出巨手便来抓沙僧，一下子就将沙僧抓在手里，张开血盆大口便咬了过来。眼看着沙僧即将没命，可把"敖玉"给吓坏了，刚要冲上前去救时，就听到耳边一个声音传来："兄弟，不要管我，那是我的假象，咱们不要恋战，快化成小妖的模样混进洞去。"

　　听到这个声音，敖玉这才将心放下来，忙化作一阵清风，随着沙僧进入天魔洞中。两人都变成小妖的模样，在群妖的面前也没有露出什么破绽。沙僧朝着大殿的上方看了看，没有看到天魔，心想这个魔头不在洞中，真是天大的好事，正好可以趁机快速地赶赴黑暗崖。沙僧以前为了拿紫金莲救霓裳来过这里，所以很快便找到了黑暗崖的入口，拉着"敖玉"便闯了进去。

　　黑暗崖比之以前更加凶险，又增设了不少机关，可是，这些机关对于别人好用，但是对于修习了千年高深法力的沙僧来说，却实在是算不了什么。很快，沙僧便护着"敖玉"来到了黑暗崖。只见那崖顶上绽放着璀璨光彩的正是与沙僧甚是有缘的圣水珠。

　　圣水珠圣洁的光彩让沙僧感慨良多。他是因为这颗圣水珠才与霓裳、阿牛等人结缘。如今，霓裳已经化成孙悟空，阿牛也不知被贬到了什么地方，自己的真身正在流沙河里受苦，这一切的一切都是这颗圣水珠所致。睹物思人，沙僧情不自禁地流下了热泪。

　　"敖玉"看到大哥沙僧流泪，就问道："大哥，你怎么了？"

　　沙僧叹了口气说："敖玉啊，人老了就会想起很多的往事，没事，咱们这就拿着圣水珠，去救金蝉子之父陈光蕊吧。"

　　说完，沙僧便在"敖玉"的注视下，伸手去拿圣水珠。手刚伸过去，猛地就看到一道寒光刺了过来，沙僧忙闪开双手，定睛一看，喜出望外，竟然是霓虹仙子到了。"敖玉"也高兴地说道："霓虹姐，原来是你，这实在是太好了，我们姐弟可是分别了好多年了……"

第四十三章
金蝉子投胎

可霓虹仙子却好像不认识他们，举起手中的宝剑，向着沙僧与"敖玉"大喊道："你们是什么人？竟然敢来偷我家天尊的圣水珠。"

霓虹仙子的这句话刚出口，沙僧与"敖玉"就感到不可思议。当年，沙僧、阿牛、霓虹与霓裳兄妹四人可是磕过头的，后来又加进了"敖玉"，都是手足情深的兄妹，如今怎么不怎么识了？沙僧就动情地问道："霓虹妹妹，你不认识我了吗？我是你的大哥法藏，他是你的敖玉弟弟哪！"

霓虹仙子将剑一举，喝道："什么大哥、敖玉？我不管你们是谁，想偷天尊的宝物，你们就接招吧。"

说罢，霓虹仙子便一剑向着沙僧刺去。"敖玉"哪里能让霓虹刺到沙僧，拿起方天画戟便冲了过来。沙僧心想，霓虹仙子跟他虽说已经八百多年没见，可是再怎么着，也不至于不认识自己了啊？这到底是怎么回事？想到这里，沙僧便睁开法眼向着霓虹仙子看去，只见她头上满是黑气。沙僧不由得大吃一惊，心想，霓虹仙子虽说是冥河宫里的人，不属于这个三界，可是自从她得了镇元大仙的人参果，在这个三界成就了人形以后，那可是仙气环绕啊，怎么会满是黑气？

沙僧正在疑惑，就看到霓虹仙子手里的宝剑已经将敖玉手里的方天画戟给磕飞。霓虹正要举剑刺向敖玉，法藏一个飞杖打去，猛地一下便将宝剑挡开。霓虹仙子大怒道："敢挡开我的宝剑，看姑奶奶怎么收拾你们！"

说完，霓虹仙子便从口中吐出了芭蕉扇，要用扇子将沙僧与"敖玉"给扇到九霄云外去。沙僧一看，心里也是大惊，虽说自己法力高深，可是这另一个三界的芭蕉扇，却会将自己给扇到九霄云外去，甚至有可能扇得自己灰飞烟灭，这，这可如何是好呢？

第四十四章
天宫盗仙丹

满堂娇顺利诞下金蝉子。看着儿子清秀方正的面庞，眉宇间依稀有陈光蕊的影子，满堂娇很是欣慰，心想，孩子的父亲是新科状元，这个孩子将来也一定会是大唐的栋梁之材。

满堂娇开心地看着儿子，刚想从稳婆手里接过孩子，就听到门外脚步声响，一个壮汉走了过来，一把夺过孩子说道："你这个畜生，看我不吃了你。"

满堂娇大惊，喊道："你是什么人，竟敢来此行凶，他父亲可是新科状元，若是让他父亲知道，定会将你千刀万剐。"

那壮汉抱着孩子，向着满堂娇怒喝道："我已经将陈光蕊打死在水里了，这个小畜生我也要杀了，怎么，不行吗？"

满堂娇惊恐万分，向着客舱外大声地喊道："来人啊，快来人啊！"

那壮汉抱着孩子狂笑道："你喊吧，即使你喊破喉咙，也不会有人过来的。"

满堂娇在床上惊恐地往后退着，一边退一边喊道："你是谁？为什么要害孩子的父亲？为什么又要吃我的儿子？难道就没有王法了吗……"

那壮汉狰狞地笑道："王法？王法在我的眼里什么都不是。我告诉你，我是天魔，我吃人没事，连玉皇大帝都不敢拿我怎么样，你的儿子金蝉子是十世修行的好人，我吃了它不但可以增强法力，还可以拿回我的琉璃盏灯芯，而你这个临凡的九天神女，就给我当天魔洞的押洞夫人吧，哈哈哈哈。"

说完，天魔便张开血盆大口，想要吞掉投胎的金蝉子。孩子的哭声激起了满堂娇的母性，她顾不上自己刚生产完的虚弱身体，拼上全身的力气冲上前去，便要从天魔的手里抢夺孩子，可却被天魔一把给推倒在地上。眼看着

第四十四章
天宫盗仙丹

　　天魔的血盆大口即将吞掉金蝉子,孩子的头顶突然冒出七道佛光,挡住了天魔的巨口。瞬间,那七道佛光变成了七个金佛,扯住了天魔张牙舞爪的手。满堂娇趁机一把抢过了孩子,疯了一样地跑出了客舱。

　　天魔看到即将到口的金蝉子灵童被七个金佛救下,指着七个金佛怒吼道:"大胆,既然你们要阻挡我吃掉金蝉子,我便吃掉你们,以解我心中的恶气。"

　　天魔的这句话一出口,只听到为首的金佛双手合十道:"大天尊,你也是纵横三界的仙人,虽说你想倒反天宫,有违三界之和,但终究是一股怨气在心,如今你怎么也吃起人来了,阿弥陀佛,不该啊,确实是不该啊。"

　　天魔怒道:"金蝉子的体内有人参果,本身又是灵童,吃了他便可以增加我倒反天庭的胜算,但这不是最主要的原因。你们说得对,我是大天尊,本身也是一个慈祥的仙人,我确实不吃人,可是如果我不吃掉他,便永远也拿不回琉璃盏的灯芯。你们给我让开,不然,可别怪本天尊对你们不客气。"

　　为首的金佛叹了口气,说道:"大天尊,妖魔才吃人,如果你今天吃了人,便有违天道,你就永远成为魔鬼了。阿弥陀佛,大天尊,你还是听我一句劝,快些罢手吧。"

　　天魔哈哈大笑道:"天道?本天尊告诉你们,老子便是天道。你看那玉皇大帝吃的是龙肝凤髓,是不是也有违天道了?你们怎么不去管他?"

　　金佛又说道:"大天尊,人各有命,仙佛亦是如此,你若是再执迷不悟,怕是会永远入了魔道。"

　　天魔怒道:"什么魔道仙道,都比不上老子的霸道,既然你们不滚开,那便受死吧。"

　　说罢,天魔便化作一阵黑风,向着七位金佛扑了过去。七位金佛虽说是有锦襕袈裟护体的金佛,但真实法力并不高深,哪里架得住法力无边的天魔的夺命招式?没用几个回合,七位金佛便被天魔给打回到锦襕袈裟里躲劫去了。

　　天魔这才跑出客舱,一个闪身便飞到了紧抱着孩子正在疯狂逃跑的满堂娇面前,用法力一指将满堂娇给定住,伸过手来便将满堂娇给拉进了客舱。满堂娇早已被天魔给吓破了胆,"扑通"一声跪倒在地上,苦苦地哀求道:"大天尊,求您放过我的儿子吧,只要您放过我的儿子,让我做什么都行。"

　　天魔狰狞着笑道:"你是九天神女临凡,长得很像我最初的爱人,如果我让你成为我天魔洞的夫人,你也肯吗?"

满堂娇跪在地上,寻思着天魔确实厉害,为了保护自己的孩子,尽管一万个不情愿,也得先答应了,就说道:"大天尊,只要您放过我的儿子,妾身愿意跟您回天魔洞伺候。"

天魔哈哈大笑道:"好,很好,可是,我还是不能放过他,因为我需要吃掉他,拿回我的琉璃盏灯芯,好从沙僧那个恶僧的身上,取出三界至宝琉璃盏来。"

说完,天魔又张开了血盆大口,直惊得满堂娇花容失色。正在此时,就看到天魔大叫一声:"哎呀,大事不好,我得赶紧回到天魔洞去,再晚就来不及了!"

看着天魔化作一阵风而去,满堂娇便抱起掉在地上的孩子,眼含着热泪说道:"我的儿啊,你刚出生,你父便没了性命,如今又惹来天魔这样天大的祸事,为娘的也不愿意再委身于魔鬼,这就放你到木盆当中,你独自逃命去吧,为娘只能跟你来生再见了。"

满堂娇有些不舍地亲了亲孩子,从客舱的边角找来了一个木盆,打开包着孩子的被子,一狠心咬掉了孩子的小脚趾,疼得小孩子哇哇大哭。情况紧急,满堂娇不敢怠慢,用手蘸着孩子的血写了一封血书,藏在了孩子的身上,然后,将孩子放进木盆,抬起木盆便来到渡船舱。满堂娇的眼里含着泪,用绳索缓缓地将木盆放入水中,只见那木盆顺流直下,慢慢地向着前方漂去……

满堂娇转身便回到客舱,找来一根绳子,系到了客舱的横梁上,自己则慢慢地站到了凳子上。正要将那根绳子架到脖子上,就看到一道金光闪过,一个声音急喊道:"满堂娇,不可如此。"

满堂娇手拿着绳索,眼含着热泪道:"你又是谁?"

来人高声地喊道:"满堂娇,本座乃是地藏王菩萨啊。"

闻听地藏王菩萨来此,满堂娇"扑通"一声跪倒在地上说:"菩萨,救命啊。"

地藏王菩萨缓缓地说道:"满堂娇,你乃是天上的九天神女临凡,你儿也不是凡人,他本是如来佛祖的二弟子金蝉子,你不必自尽,将来定有苦尽甘来的时候。"

满堂娇哭道:"菩萨,我的相公已经被天魔打入水中淹死,天魔还要逼

第四十四章
天宫盗仙丹

我侍奉他，想我本是一个清白的人，哪里会从了他呢？更何况是这个与我有不世之仇的天魔。我心志坚定，不想屈身于魔，想来也只有悬梁自尽这一条路了。"

地藏王菩萨叹道："满堂娇，你与天魔有十七年的孽缘，此乃劫数，连佛也是无可奈何，要想真正渡劫，就得先委身于天魔，只有你生下的孩子金蝉子才能完成取经大业，等他长大后，才可以为你复仇啊，你难道不想等了吗？听话，还是放弃自尽的念头吧。"

地藏王菩萨把话说完，便化作一道金光离去。满堂娇这才站了起来，想到连地藏王菩萨都来了，那漂浮在洪江水面的儿子定然无事了。想到这里，满堂娇便坚定了与天魔周旋到底的信心，她不甘心自己家破人亡，一定要等到儿子给自己报仇的那一刻来临……

黑暗崖前，本应是兄妹相见的欢喜时刻，却不料几人刚见面便打在了一处。沙僧掏出降魔宝杖护住"敖玉"，激怒了已经陷入魔道的霓虹仙子，只见霓虹仙子一张口便吐出了芭蕉扇来。这芭蕉扇本是沙僧当年从冥河老祖那里取来救活霓虹仙子的宝物，他是知道这宝扇的威力的。看到霓虹仙子掏出了宝扇，沙僧就想今天算是功亏一篑了，就算不被那把宝扇给扇死，也不会有什么好果子吃，更何况他们来是要拿回圣水珠的，如此，自己都保不住了，那这拿回圣水珠救回金蝉子父亲的计划便更要泡汤了。

沙僧刚想到这里，霓虹仙子照着两人就是一扇子。沙僧刚想拉着"敖玉"跑，却已经来不及了，就听到一阵风响，直刮得这座黑暗崖山摇地动。沙僧正想自己这是被刮到哪里去了的时候，却发现自己竟然一点事也没有，再一看，那颗圣水珠竟然飞离了黑暗崖的峰顶，正在自己的面前闪着柔和的光彩。

正在沙僧纳闷的时候，霓虹仙子又是几扇，可是，依然没有将沙僧给扇飞。沙僧就想这颗圣水珠乃是三界的至宝，可能正是克制芭蕉扇的宝贝，便将圣水珠握在了手里，拉住敖玉向外飞去……

刚飞出黑暗崖来到天魔洞的洞口，二人就看到天魔领着七十二洞的妖王，堵在了洞口。天魔感知到了黑暗崖正有人闯入急于离开洪江客船，因为黑暗崖藏着他倒反天宫的宝贝圣水珠，绝对不能再落入仙人的手里，否则，他又要大费周折了，尤其是在他即将用天魔剑逼出法藏体内琉璃盏的关键时刻，圣水珠更是绝对不能出任何岔子。

天魔看到沙僧领着"敖玉"出现在洞口，就用手一指沙僧，怒喝道："沙僧，你这个疯和尚，我念你曾经救过我，始终不忍加害于你，可是你却屡次坏我的好事，你赶紧束手就擒，否则，别怪本天尊对你不客气。"

沙僧对于这位天魔已经很熟悉了，经过了千年的修炼，沙僧的法力也是更深厚，哪里会怕天魔的恐吓。他一举手中的降魔宝杖，哈哈大笑道："天魔，你要想拿下我，恐怕也不是那么容易吧？"

天魔怒吼道："好你个沙僧，今天，我便要拿住你，将你的莲花塑身打死，带你去流沙河与真法藏合体，好替我拿出琉璃盏来，你就受死吧。"

天魔的大手一挥，蛟魔王冲上前去。沙僧一看来了个送死的，也不客气，举起降魔杖迎着蛟魔王便冲了上去。这蛟魔王尽管法力高深，却根本不是沙僧的对手，没几回合便败下阵来。

眼看到蛟魔王败阵，水猿大圣便又提着宝剑冲了上来。水猿大圣法力无边，早年也是赫赫有名的妖王，千年前出了海牢，有心想要自立门户，却被真武大帝打得四处逃窜，无处可去的他这才重新投奔了天魔，成为天魔座下仅次于黑熊精与黄风怪的三号护法。他来斗沙僧，沙僧明显感觉到这只猴子的法力确实高深，虽说仍然比不上自己，可是对方人多势众，再打下去恐怕自己无法护"敖玉"周全，于是便暗暗地祭起了圣水珠，一下子便将水猿大圣给打倒在地上。

水猿大圣挨了这一圣水珠，直气得哇哇大叫，还要再往上冲，却被天魔给拦住，天魔说道："水猿护法，你暂且退下，待本天尊为你报仇雪恨。"

天魔也知道，沙僧的法力已经不输于自己，谁上都不是他的对手，只有他自己亲自出马，才可以抵住沙僧，再有底下的妖王助阵，说不定就可以擒住沙僧，拿回圣水珠。

想到这里，天魔便挥动着诛神刀冲了上去。两人也是多次交手，抛却佛魔对立的因素，其实两人也都佩服彼此的法力。打着打着，天魔就在心里说，沙僧的法力可是又见长了，虽说自己也没闲着，练成了很多霸道的法术，可是沙僧竟然都能够从容地化解。这一下，天魔可就有些着急了，看了一眼正在观战的"敖玉"便一挥手。于是那七十二洞妖王，便一齐向着"敖玉"扑去……

"敖玉"哪里是这么多妖王的对手，连一个回合都没有，就被蛟魔王打中，一下子倒在了地上。沙僧赶紧躲过天魔挥来的诛神刀，冲上前抱起"敖

第四十四章
天宫盗仙丹

玉",往回跑进天魔洞。天魔哈哈大笑道:"沙僧,你已经无路可走,本尊劝你,还是速速归降于我,我想,只要我们两个联手,别说一个三界了,就是十个三界也会被我们拿下。以前,我总说要封你为一人之下万人之上的魔王,今天,我要告诉你的是,如果你和我联手倒反天宫,成功之时,我便与你平分这三界,你看如何?"

沙僧听天魔这么说,也知道天魔很敬重自己,因为平分三界已经是天魔最大的许诺。可是,他本是一个禅心恒定的和尚,什么功与名,对于他来说都是一场浮云,何况秉持善念的他,是无论如何也不肯投靠魔界的。沙僧便对天魔说道:"阿弥陀佛,修行之人志不在天下,而在于内心,大天尊,你懂吗?"

天魔哈哈大笑道:"沙僧,既然你如此不识抬举,可就别怪本天尊对你无情了,来人啊,给我将他们两个拿下。"

说完,众妖王便扑了上来。沙僧打起精神护住"敖玉",边打边往后退,退着退着,便退到了天魔洞大殿的墙壁之上。此时,已经不能再退了……

沙僧举起降魔宝杖刚要往前冲,就闻到一阵奇香扑鼻,接着便是一阵恶心。沙僧心想坏了,这断魂香怎么在这个节骨眼上又来迷惑自己了,想要禅定渡劫,可是身边全是妖王,想要打起精神,可是精神却被断魂香迷惑,看来,自己的命就要丢在这天魔洞了。

想到这里,不甘心被围的沙僧往前一看,只见墙壁远处正是黑暗崖的入口,于是,沙僧便一把拉起"敖玉",使出地行之术,又冲进了黑暗崖里。黑暗崖险恶无比,此乃三界共知,可是对于此时的沙僧与"敖玉"来说已经没有了任何选择,因为退入险恶的黑暗崖,总比面对这么多的妖王的阻截要强得多,何况沙僧已经两次闯入黑暗崖,对里面也算是有所了解了。

畏惧黑暗崖机关的那帮妖王,追到这里便停住了脚步,直惹得天魔震怒。在天魔的连声催促下,众妖王才追进了黑暗崖里。此时,沙僧早已经被断魂香给迷得东西不分。"敖玉"大惊,用手拍着沙僧的脸大喊道:"大哥,你快醒醒,你快醒醒啊!"

可是沙僧却已经听不到"敖玉"的呼喊了。"敖玉"看到追过来的妖王,只得硬起头皮,顶住那黑暗崖硕硕的阴风,抱起沙僧往前跑。那些妖王也是十分厉害,"敖玉"哪里跑得过他们。敖玉突然感到胸口一凉,一柄长剑贯胸而入,"敖玉"一口鲜血吐了出来。突然,一道绿影闪过,将晕倒的沙僧与敖玉给抱起，化作一阵清风，从黑暗崖的暗道跑了出来……

沙僧再次睁开眼睛，就看到霓虹仙子守在自己的跟前，不知道出了什么事的他，忙问道："霓虹，我怎么会在这里？"

霓虹仙子听法藏这么一问，赶紧说道："大哥，我也不知道怎么回事。上次，阿牛二哥被贬下界，天蓬元帅府也被封了，我无处可去，便到流沙河去救你，谁知却被天魔碰到，将我打倒在地上，我再次醒来，就看到你和敖玉正在黑暗崖里，被那些妖王给追赶着，你们吐了很多的血。"

沙僧点了点头，缓缓地说道："我明白了，我全明白了，霓虹妹妹，你是被天魔抹去了记忆，成了他的属下。我曾经听燃灯师祖说过，只有在天魔洞的黑暗崖吐出的龙血才能破解断魂香，正是那些妖王将我们砍伤才使你复苏了记忆啊。霓虹妹妹，分别这千年以来，你过得好吗？"

霓虹笑道："好与不好，我不知道，我只知道，再次见到你，我实在是太高兴了，我以后又可以跟你一起并肩作战了。"

敖玉叹道："霓虹姐，我明白了，你已经不知道自己是谁好几百年了，天魔也将你的意识封存了好几百年，好在你终于恢复了意识。如此，那我们便大闹天魔洞，一定要打得天魔还有那些妖魔鬼怪屁滚尿流。"

沙僧看了看"敖玉"，说道："贤弟，此事不急，当务之急是要赶紧将圣水珠放到金蝉子之父陈光蕊的口中，以保他肉身不腐。"

霓虹仙子问道："大哥，敖玉弟弟，陈光蕊是谁？金蝉子又是谁？你们说的，我怎么听不明白啊？"

沙僧笑道："霓虹妹妹，这么多年来，发生了很多的事情，等以后我再跟你慢慢说吧。事不宜迟，咱们这就前往洪江水晶宫救金蝉子的父亲陈光蕊。"

说罢，沙僧兄妹三人便驾起祥云，向着洪江的上空飞去。只见那江面之上激流阵阵，在那激流当中，有一个木盆漂浮其上，仔细看去，里面好像有一个婴儿。沙僧本就是佛子，具有大慈悲心，看到那木盆在江面之上无处可依，便脚踏着祥云向下飞去。"敖玉"与霓虹仙子也跟在后面，将云头按落在江面之上。

沙僧脚踩江面，弯下腰来将那孩子抱起，就想这是谁家的孩子，怎么一出生便被抛到了江里，这个孩子的父母怎么会这么狠心？再一看那木盆当中有一方织绢，沙僧拿起织绢一看，这才恍然大悟，这个孩子正是金蝉子的转

第四十四章
天宫盗仙丹

世灵童。沙僧有心将孩子送还给满堂娇,可是又怕天魔再来杀害孩子,便叹了口气,说道:"金蝉子啊金蝉子,想不到你命运如此多舛,刚刚出生,父亲便身死江中,母亲不得已委身于天魔,我可怎么救你才好呢?"

"敖玉"听大哥沙僧这么说,就说道:"大哥,此处距离金山寺不远,金山寺法明方丈又是出了名的大德高僧,不如将这金蝉子送往金山寺,你看如何?"

沙僧想了想,说道:"好,霓虹妹妹,如此便有劳你将金蝉子送往金山寺法明方丈那里去,我与敖玉肩负守护圣水珠的使命,不便前去。你将孩子送给法明方丈后,马上回洪江水晶宫与我们会合。"

霓虹仙子点头称是,她一弯腰从木盆里抱起孩子,一晃身形向着金山寺的方向飞去。沙僧与"敖玉"看到霓虹仙子已经飞远,便一纵身跃入江中,向着洪江水晶宫游去。

等两人到了洪江水晶宫,陈光蕊的肉身已经开始腐烂,沙僧赶紧将圣水珠放到陈光蕊的口中,只见那腐烂的地方慢慢地还原如初。洪江龙王叹道:"好宝贝啊,真是好宝贝啊,就连腐败的肉身都能复原如初,只是,这陈光蕊的灵魂,现在不知道飞到哪里去了,这可如何是好呢?"

沙僧说道:"老龙王,您不必着急,圣水珠不但能定住陈光蕊的容颜,还能将他的魂魄给招来。你们稍等,我这便将陈光蕊的灵魂招来助其重生。"

说完,只见沙僧坐到地上,口里念念有词,陈光蕊口里的圣水珠发出了淡淡的光芒。接着,一道阴风便缥缥缈缈地吹了过来。那道阴风不停地打着转,渐渐地化成了陈光蕊的模样,向着沙僧磕头道:"陈光蕊叩拜圣僧,还请圣僧好人做到底,赶紧助我还阳吧。"

沙僧点了点头,说道:"陈光蕊,我已算定,你有十七年之劫,我虽能将你灵魂重聚,但却不能救你还阳,等你儿长大以后,定会前来搭救你,你就先在龙宫里渡劫吧。"

"敖玉"听沙僧这么说,忙问道:"大哥,圣水珠虽然能暂时保其肉身不腐,但是等到金蝉子长大,陈光蕊的肉身怕是早已经只剩下一堆白骨了,到时还怎么还阳啊?"

洪江龙王叹了口气说道:"是啊,圣僧,如此又该如何是好?如果将圣水珠就这么放入他的口中,恐怕又要引来天魔前来偷圣水珠了。到时,我的洪江水族也难逃厄运啊。"

沙僧说道："老龙王，您不必着急，圣水珠也不会长久地放在他的口中，要想保其肉身不腐，其实还有他法，只需要天上的仙丹或者蟠桃就可以。"

"敖玉"问道："大哥，仙丹和蟠桃，确实具有让人起死回生的功效，为什么不能助陈光蕊还阳？"

沙僧叹口气说道："因为陈光蕊是被天魔打死的，所有被天魔打死的人，几乎都会魂飞魄散，这还是因为陈光蕊怨念极深，又得了圣水珠护体，才勉强招回他的灵魂来啊。"

"敖玉"说道："大哥，这么说，陈光蕊就不能复活了吗？"

沙僧道："能不能复活得看他的机缘，他儿子金蝉子本是如来佛祖的二弟子，想来等他长大以后，定可以助他还阳。我们当下，还是要尽快找到仙丹或蟠桃，以助其肉身不腐吧。"

陈光蕊大声喊道："圣僧，你们就大发慈悲助我还阳吧，我妻满堂娇，还有我那刚出生的苦命孩子，还等着我回家呢。"

沙僧摇了摇头，叹口气说道："陈光蕊，你不必着急，就暂且住在龙宫，慢慢地等待你儿子前来救你吧。"

听沙僧这么说，陈光蕊就在自己的尸体前放声痛哭起来。洪江龙王也非常伤心，说道："恩公，你本有恩于我，如今重生暂且不能，不如就在我的龙宫里做个都领吧。"

陈光蕊听洪江龙王这么说，叹道："也好，如此就多谢龙王栽培了。"

沙僧道："敖玉，我想圣水珠已经被天魔偷走了好几百年，天上诸仙更是非常着急，我们俩这就去求取蟠桃或仙丹，好替下圣水珠来，将圣水珠献上天庭去吧。"

"敖玉"道："大哥，事不宜迟，我们这就飞上天去求仙丹吧。"

洪江龙王听"敖玉"又要走，就赶紧说道："敖玉，你不可前去啊，你的婚期已定，你不在家里待婚，到处乱跑可不是一件好事。如果被你父王敖闰知道，肯定会怪罪我的。"

沙僧听洪江龙王再次说起"敖玉"的婚事，便说道："敖玉，你也不必随我前去，这就回家待婚去吧。"

"敖玉"摇了摇头说道："大哥，你不知道，我不喜欢那个碧波潭的万圣公主，所以才四处逃婚的。现在大哥有事，正好可以助我延迟婚期，我们这便上天去吧。"

第四十四章
天宫盗仙丹

沙僧又劝了几句，可是"敖玉"却执意不肯，沙僧便说道："敖玉，你不要固执，现在天魔急于拿回圣水珠，好实施他那倒反天宫的计划，你就留在洪江水晶宫看护圣水珠，我独自一人前往天庭即可。"

听大哥沙僧这么说，"敖玉"只得听命。沙僧又跟"敖玉"交代了几句，便匆匆跟洪江龙王告辞，一纵身便飞离了洪江水面。

沙僧本以为，自己这位前卷帘大将军出马，太上老君怎么着也得给自己一个面子，所以，等见到了太上老君，沙僧便双手合十，向前参拜道："太上老仙君，弟子祝您老人家寿与天齐。"

太上老君哈哈笑道："卷帘大将军，您不必客气，咱们可是好久不见了，您来我这里何事啊？"

沙僧赶紧将为救陈光蕊特来求取仙丹一事，跟太上老君仔细地说了一遍。太上老君听闻，叹口气说道："卷帘大将军，你来求取仙丹，本应给你，只是之前被那恼人的猴头孙悟空给我全偷吃了，不但如此，他还把我的八卦炉踢翻了，我如今刚刚将八卦炉给修好，仙丹确实是一粒没有啊。"

沙僧听太上老君这么说，就知道太上老君不想给，孙悟空大闹天宫不假，可是这都过去很多年了。虽说天上一日地上一年，可是再怎么说，太上老君也不至于一粒仙丹也没有。可是这些话碍于面子，沙僧不便明说，就说道："既然如此，那我就去王母娘娘那里，求取蟠桃救陈光蕊吧。"

太上老君叹道："大将军，你不是不知啊，王母娘娘的蟠桃都是几千年方能开花结果的，五百年前都被孙悟空给吃了个精光，哪里还有蟠桃。不如这样，等到一百年后，你再来我的兜率宫，我送你一粒仙丹，这可比王母娘娘的蟠桃快多了。"

沙僧知道，太上老君说的也在理，三界皆知王母娘娘的蟠桃正在生长期，现在根本无蟠桃可用。可是，如果照太上老君所说，一百年后再来取仙丹，那陈光蕊早就成一堆白骨了，想到这里，急于救人的沙僧，向着献茶的道童看了一眼，一条妙计便上了心头。

沙僧以到别处寻找救人之方为由，匆匆拜别了太上老君，然后，便施展隐身法，进入太上老君的兜率宫中。看到那献茶的道童正往后殿走去，沙僧便一直跟着他。等到那道童来到房内，沙僧便使了一个定身法，将那道童定在那里，摇身一变便变成道童的样子，大摇大摆地向着丹房走去。这座丹房沙僧以前来过，当时是为了救天魔而来，如今重来这里，真的是感慨颇多。

当时霓裳陪着自己，自己还变成了镇元大仙的模样，是以进献人参果的名义进来的，而如今，霓裳已远，芳踪已逝，只有那个被压在五行山下的猴头正在经历无穷的苦难。而自己虽然练成了纵横三界的法术，可是每七日乱剑穿心的苦楚特别难熬。不过这乱剑穿心已经过去了八百多年，痛苦其实早就不当回事了，唯有那猴头依然牵挂着他的心，就想着让金蝉子一家早日团圆，也好尽快踏上西行之路，搭救那被压在五行山下的猴头，不是，是搭救自己的旧爱霓裳。

想到这里，沙僧不敢怠慢，快步走进丹房，在那成排的葫芦里随手拿出一个葫芦，打开一看，竟然真的是空空如也。不对啊，太上老君怎么着也不至于一粒仙丹也没有啊。可是这兜率宫的丹房里却真的没有仙丹，这可真是奇事一桩。沙僧不信，连打开了几个葫芦，都是空空的，没有一粒仙丹。

正在沙僧奇怪的时候，就看到一个顶着两个角的青牛精走了进来，冲着道童喊道："道兄，你在找啥？"

沙僧心里就是一惊，听青牛精说出"道兄"两个字来，猛地想起，自己现在是道童的样子，便说道："道兄，师父让我来拿一个葫芦，说是要盛仙丹用。"

青牛精一笑，说道："道兄，你怎么糊涂了，自从天魔与孙悟空两人吃空仙丹后，师父现在不用这丹房的葫芦盛仙丹了，早将盛丹的葫芦放到密室了。"

沙僧听青牛精这么说，就笑道："道兄，这几天师父总是训斥我办事不力，不如你就陪着我前去取葫芦吧，我想有你在身边，说不定师父就不会训斥我了。等拿了葫芦，我就请你喝酒。"

青牛精听沙僧说要请他喝酒，哈哈大笑道："如此也好，我便陪着你去密室拿葫芦，然后，咱们便一醉方休。"

沙僧自然是心里大喜，便跟着这头愚笨的青牛精来到了密室。一打开密室，沙僧便小跑着来到放葫芦的架子前，拿起一个葫芦摇了摇，对着青牛精说："道兄，我们也来一粒？"

青牛精低声说道："你小点声，仙丹现在这么少，可是极其珍贵。这样吧，你来一粒我来一粒，跟谁也不准说，来，我们拉钩。"

沙僧听青牛精这么说，心里就想笑，心说这只青牛精可真是天真，可是他既然这么说了，如果不跟他拉钩肯定露馅。于是，沙僧便伸出手指来与青

第四十四章
天宫盗仙丹

牛精拉起了钩。然后，沙僧从葫芦里倒出了两粒仙丹，两人一人一粒吃下。沙僧也不是真吃，他趁青牛精吃下的时候，便将仙丹放进了袖里，然后，便拿起一个葫芦往外走去。刚走到门口，正撞上真的道童带着太上老君前来，沙僧顿时大惊失色。

太上老君勃然大怒，用手一指沙僧说道："你是何人？竟敢来我的兜率宫密室偷仙丹。"

沙僧不能再用假身相示了，便摇身一变现出本来面目，向着太上老君施礼道："太上老仙君，为了救人我只能出此下策，还请太上老仙君见谅啊。"

太上老君怒道："沙僧，你本是出家的僧人，怎么也行此鸡鸣狗盗之事？"

沙僧急于下界救人，便说道："老仙君，不如此便拿不到你的仙丹救人啊，你又不肯给我，要我说，还是你先撒谎说没有仙丹，我才不得不出此下策啊。"

话刚说完，沙僧就感到胸口那乱剑穿心的痛苦又来了。而此时，早已对沙僧不满的青牛精更是掏出了手中的金刚琢，向着沙僧打了过去。沙僧正在历劫根本没有防备，一下子便被金刚琢打中，就感到天旋地转起来，暗叫一声不好，心想："看来今天我是难以逃出太上老君的兜率宫了……"

第四十五章
小白龙大婚

　　看到沙僧被金刚琢打晕在地,太上老君对着众道童,缓缓地道:"来人啊,速将法藏给我绑起来,押往灵霄宝殿玉皇大帝那里,听候处置。"

　　太上老君这一吩咐,道童忙找来绳索,与青牛精一起,将人事不省的沙僧给捆了个结结实实。青牛精与道童一弯腰,刚要将沙僧抬起来,就看到空中佛光一闪,观音菩萨来到了兜率宫。观音菩萨下了莲花台,便向着太上老君施礼道:"太上老仙君,别来无恙啊。"

　　太上老君极为敬佩观音菩萨,便打个稽首,说道:"原来是观音菩萨到了,老道长我这厢有礼了。不知菩萨来我的兜率宫,有何贵干?"

　　观音菩萨叹口气,说道:"老仙君,沙僧乃是燃灯古佛的弟子,他的本身正在流沙河里受苦,他此来盗取仙丹,并不是为他本人,而是为了救金蝉子之父陈光蕊,还请老仙君给本座一个薄面,就不要惊动玉皇大帝了,这便放他下界去吧。"

　　太上老君听观音菩萨说出此行的来由,便想到观音菩萨素以普度众生为己任,慈悲之心令三界敬仰,自己如果不给他面子,也实在是说不过去,便说道:"好,既然菩萨来我的兜率宫求情,那老道我便给菩萨一个面子,放他下界去吧。"

　　说完,太上老君便用手一指沙僧,只见一道金光向着沙僧飞去,沙僧猛地打了一个激灵,便苏醒过来。太上老君对着沙僧说道:"法藏,本来我想将你送到玉皇大帝那里伏法,但念在观音菩萨求情,你又是为了救人,这便放你出宫去吧。切记,你以后不可再来盗丹,若是你再来,可就别怪本道长

第四十五章
小白龙大婚

不给你留情面了。"

沙僧从昏迷中醒过来，看到观音菩萨来了，真是喜出望外，忙跪地向观音菩萨磕头道："弟子多谢菩萨前来救我。"

观音菩萨道："沙僧，救你的人不是我，而是太上老君的慈悲心啊。你还不速去参拜，感谢太上老君的赠丹之恩。"

沙僧不敢怠慢，赶紧向太上老君行了礼，之后便化作一道金光，向着洪江水晶宫飞去……

到了水晶宫后，沙僧看到霓虹仙子早就回来了。兄妹三人见面，沙僧将自己此去兜率宫发生的事跟大家说了一遍，直听得"敖玉"跟霓虹担心不已。三人都在赞叹观音菩萨真是慈悲，也都感念观音菩萨的相助之恩。

沙僧看着泪眼汪汪的陈光蕊魂魄，不敢怠慢，忙拿出那粒仙丹，往陈光蕊的尸体上一放，将圣水珠取出放进袖中，对着陈光蕊说道："陈光蕊，这粒仙丹可保你的肉身永远不腐。等你儿金蝉子长大将你救出之后，只要你勤加练习，便可以开启仙丹的能量，定能助你长生不老，修仙得道。"

陈光蕊赶紧跪在地上，向着沙僧拜谢道："多谢圣僧搭救之恩，若是我真能重生，定为圣僧建庙供奉，以传圣僧的功德啊。"

沙僧笑道："陈光蕊，你不必如此，我与你儿金蝉子渊源极深，万望你不要自暴自弃，更要相信邪不胜正，那天魔多行不义，必有被重新封印到万劫不复的那一天。"

说完，沙僧对着洪江龙王说道："龙王，洪江的事已经结束了，我这就带上圣水珠，前往灵霄宝殿献宝，等日后炼魔成功，再来看你吧。"

洪江龙王赶紧躬身施礼道："圣僧，万事小心。"

"敖玉"听沙僧说要走，赶紧说道："大哥，你别急，我这就陪你和霓虹姐一起到灵霄宝殿献宝去。"

洪江龙王看到"敖玉"要走，赶紧说道："敖玉侄儿，你的婚期快要到了，又是玉皇大帝赐婚，难道你真的要抗旨不遵吗？"

"敖玉"听洪江龙王总是不停地唠叨成亲之事，就有些不耐烦地说道："叔叔，不是我抗旨，而是我跟大哥多年不见，如今大哥有事，我怎能袖手旁观？等我帮助大哥去天庭献宝回来，再说大婚的事也不迟啊。"

"敖玉"的话刚说完，就看水晶宫的水花舞动，正是西海老龙王敖闰来了。敖闰看到"敖玉"气就不打一处来，也不搭话，冲上前去就是一耳光，喝道："逆子，你还不跟我回西海龙宫去完婚，这是又要跑到哪里去疯啊？"

沙僧一看西海龙王敖闰来了，赶紧施礼道："老龙王，多日不见，您还好吗？"

敖闰对沙僧本来就有些好感，几次争斗那也是身不由己，此时见面，自然要敬重一些，便躬身还礼道："师父，你是我儿敖玉的大哥，还请你看在小龙的分上，劝一劝我那不成器的孩子吧。若违抗了玉皇大帝的圣旨，落得上了剐龙台的下场，可就后悔莫及了。"

沙僧点了点头，说道："敖玉，你父王所说也是很有道理，不如你就听你父王还有洪江龙王的话，赶紧回西海完婚去吧。"

"敖玉"也是个倔脾气，一听沙僧也说完婚之事，便说道："完婚完婚，整日完婚，还有完没完了？我说过，我不喜欢万圣公主，你们不听，硬逼着我娶她，我不娶，你们还请来了玉皇大帝的圣旨。没事，我不怕，我这就跟大哥上天庭献宝，也好趁机向玉皇大帝说明此事。"

敖闰本来就对"敖玉"这个叛逆的孩子担着心，听他说要上天去朝拜玉皇大帝，更是吓得面如土色，心说，就这个叛逆的孩子见了玉皇大帝，肯定会捅出娄子来。敖闰厉声喝道："不可，你要是敢去灵霄宝殿面圣，我便打断你的腿！"

"敖玉"才不管敖闰说什么，他也知道敖闰也不会真打断自己的腿，他真正怕的其实是东海老龙王敖广，那对自己才是真的严格。西海龙王虽然嘴上说得厉害，其实，他是刀子嘴豆腐心，平时可疼自己了。想到这里，"敖玉"就不想多说了，向着法藏挤了一下眼睛，便化作一阵清风，向着洪江水面飞去。

敖闰刚要去追，就听到沙僧说道："老龙王，你不必担心，想我兄妹三人情深义重，此去灵霄宝殿朝拜玉皇大帝，我定能护得敖玉贤弟周全，您就放心吧。"

敖闰知道沙僧是三界的高僧，他说出来的话肯定会做到的，想到自己的儿子有这样好的大哥陪着，如果自己再不放心，那就有些小家子气了，便也双手合十道："如此那就麻烦师父了，还请师父下界以后，将小儿敖玉带回西海龙宫完婚，那时我的心愿方了啊。"

沙僧看到老龙王敖闰爱子心切，便笑道："老龙王，您是长辈，我们是晚辈，您放心，我们跟敖玉都是最好的兄弟，一定不会让他出事的。"

第四十五章
小白龙大婚

霓虹仙子问道："大哥，我们快去追敖玉贤弟吧。"

法藏点了点头，向着霓虹仙子说道："霓虹妹妹，金蝉子对我有大恩，你先留在洪江龙宫看守着陈光蕊的尸身，如果有天魔捣乱，你便赶紧通知我，我就来助你。"

霓虹仙子点了点头说道："好吧，大哥，本来还想跟你去天庭，既然你让我留在龙宫里，我便留在这里吧。"

老龙王敖闰还是千叮咛万嘱咐，沙僧一看这样聊下去也没有个头，便匆匆地与敖闰及洪江龙王和霓虹仙子拜别，随后化作一道金光，向着洪江水面飞去。

沙僧的法力如今已高深莫测，速度自然不必多说，只用了没一会儿，他便追上了正在往灵霄宝殿飞的"敖玉"。兄弟两人一边说笑着，一起向着南天门里飞去。

此时，玉皇大帝正在灵霄宝殿与众仙臣议事，听金甲神前来奏报，说是前卷帘大将军来天宫进献圣水珠了。玉皇高兴坏了，他猛地一下子从龙椅上站了起来，大声地喊道："宣，快宣他进来，朕可是好久没有见到卷帘大将军了。"

金甲神领命，刚要出殿宣旨，就听到龙椅前站着的玉皇大帝再次高声地喊道："且慢，你不必去宣旨，想那法藏劳苦功高，待朕亲自将他迎上殿来吧。"

玉皇大帝亲自出灵霄宝殿相迎，这是开天辟地从未有过的事情，众仙都羡慕不已。其实，玉皇大帝出殿相迎，主要是表明他要迎回卷帘大将军的态度。卷帘大将军忠心耿耿，佛法精深法力无边，这是三界皆知的事情。想当初他进献琉璃盏有功，被封为卷帘大将军后，多次除魔降妖，可谓是劳苦功高，就因为中了天魔的断魂香，才犯了刺王杀驾的大罪，被打出天庭贬下界去。其实，玉皇大帝心里也后悔。后来听说法藏被困天魔的水流沙大阵，每七日承受那乱剑穿心之苦，三界诸仙佛谁也救他不得，玉皇大帝更是自责不已，心想如果不将法藏给打下界去，或许他就不会吃那么多的苦了。如今，自己将沙僧给迎上殿来，就是要向众仙臣表明自己已经知错的态度，可他是玉皇大帝，即使知道自己错了，那也是绝不能明说的，于是，他便用出殿相迎这种亘古未有的礼节，来迎接卷帘大将军法藏的荣归。

玉皇大帝走出殿去，众仙臣也不能再待在原地了，跟着一起迎了出来……

沙僧与敖玉正站在灵霄宝殿外的祥云之上，焦急地等待着玉皇大帝的宣召。突然，大殿的门打开，一群人走了出来。沙僧不知道出了什么事，忙上前走了几步，看到玉皇大帝带着众仙臣迎了过来。玉皇大帝老远便向着沙僧招手，嘴里大喊道："卷帘大将军，你可回来了。"

说罢，玉皇大帝便跑了过来。沙僧一看，就与"敖玉"往前跑着。等到走近了，沙僧扑通一声跪倒在地上，向着玉皇大帝磕头行礼。

玉皇大帝跑上前，一下子便搀扶起沙僧来，上下看了看沙僧，便一把抱住了沙僧，激动地说道："卷帘大将军，八百多年没有见你了，你一向可好啊？"

沙僧听玉皇大帝这么一问，眼泪哗地一下子便流了下来，哽咽着说道："好，小将一切都好。玉帝，您一切都好吗？"

玉皇大帝长叹一声，说道："还好吧，只是被那孙悟空给大闹了天宫。朕在想，一个猴头就闹得天宫鸡犬不宁，要是天魔真的倒反起天宫来，这还了得？所以，朕是一定要请回你这个卷帘大将军以安天庭。来吧，快跟朕进殿去吧。"

玉皇大帝话刚说完，众仙臣便让开了一条道，玉皇大帝和沙僧并列向前走进了灵霄宝殿。

来到大殿之上，玉皇大帝独自上了龙椅，接着王母娘娘也来了。王母娘娘本来就喜欢法藏，法藏手里那根降妖宝杖便是她的梭罗木所化。听手下人说前卷帘大将军回到天庭了，王母娘娘便停住正在侍弄蟠桃的手，驾起祥云，匆忙赶到了灵霄宝殿。

玉皇大帝看到王母娘娘也来了，赶紧将王母娘娘拉到龙椅上坐下。等众仙臣重新给玉皇大帝及王母娘娘行过大礼之后，沙僧便按照当卷帘大将军时的老礼，出班奏道："启奏玉帝，天魔盗走圣水珠，小僧托玉皇大帝洪福，与敖玉弟弟和霓虹仙子一起，亲赴天魔洞寻宝，将圣水珠给找了回来。今日功成，特地将圣水珠进献于玉皇大帝。"

说完，沙僧便从怀里掏出圣水珠，交由金甲神呈给玉皇大帝。玉皇大帝龙颜大悦，伸手接过圣水珠，哈哈大笑道："之前宝莲灯与梭罗木丢失，是卷帘大将去天魔洞寻回的。今日，卷帘大将军又将圣水珠寻回，使那天魔功亏一篑。这三界的至宝能够寻回，使天魔不能行那逆天之事，想来，全是卷帘大将军之功。好，朕今日便当着众仙臣之面颁旨，封法藏为卷帘定天大元帅，钦此！"

众仙臣闻听玉皇大帝将被贬出天界的卷帘大将军封为卷帘定天大元帅，

第四十五章
小白龙大婚

都是羡慕至极，这可真是天大的荣耀了，因为这可是权倾三界的职务啊。料想那法藏承受千年的乱剑穿心之苦，现在，其心也该欣慰了。

王母娘娘也是大喜，冲着法藏说道："法藏，你还不速速谢恩。"

沙僧待在原地没动。此时，他的心里也是百感交集。他没有想到玉皇大帝会封自己的官职。确实，卷帘定天大元帅，这个官职可谓是荣宠至极，已经不亚于玉帝的亲外孙阿牛了，应该领旨谢恩，然后，回天庭的卷帘元帅府就任。可是，他又一想，自己不过是一个佛门弟子而已，虽说是机缘巧合，得了无边的法力，更受到了玉皇大帝的信任，可是这所有的一切，对于一个佛子来说毕竟都是空的。对于此时的沙僧来说，在经历了无数次生死的考验之后，心里其实早就看淡了一切，只有那受具足戒的宏誓大愿，还有那永远修行的佛心，才是他心中最真实的一切。

想到这里，沙僧便赶紧向玉皇大帝拜谢道："谢玉皇大帝隆恩，想我本是一介佛子，虽说立下了些微末的功劳，那也是玉皇大帝、王母娘娘及天庭众仙臣洪福齐天，因此，还请玉皇大帝收回成命，就将对我的封赏赏给别人吧。我最大的心愿，便是能够长伴燃灯古佛座下，还请玉皇大帝成全。"

天庭众仙臣本以为沙僧会欣然受命，然后拜谢玉皇大帝隆恩，可是却没有想到，他竟然不想当卷帘定天大元帅。所以，当沙僧说出不想位列仙班只想当一名佛子之时，就连玉皇大帝也愣在那里。玉帝心想，难道是因为沙僧还对当初被贬之事耿耿于怀吗？还是另有其他原因？玉帝大帝沉思片刻，便说道："法藏，你是嫌朕封你的官职小了吗？"

沙僧赶紧叩首道："玉皇大帝在上，您封的官职已经不小了，可以说是荣宠至极啊。可是，此时的我，真身还在流沙河里受乱剑穿心之苦。心尚在佛与魔之间摇摆，怎么能胜任卷帘定天大元帅之职？还请玉皇大帝收回成命，等我除魔成功之时，再来玉帝您的驾前牵马坠镫吧。"

玉皇大帝点了点头，想到沙僧乃是一个心志坚定的僧人，如果再强求于他，可能会不美。于是，玉皇大帝便站起身来，向着众仙臣说道："法藏本是我天庭重臣，想不到会受那天魔的乱剑穿心之苦，以至诸天仙佛皆无能为力，这是朕之失职啊。法藏，你放心，朕无论如何，也要想办法消除你的乱剑穿心之苦。"

沙僧刚要领旨谢恩，突然就感到胸口一疼，那乱剑穿心的痛苦又来了。灵霄宝殿上的沙僧，疼得在大殿之上直打滚，可把个天庭众仙给急坏了。玉皇大帝忙宣来御医来给沙僧诊治。可是御医在诊了诊沙僧的脉后，却是一个劲地直摇头。

看着沙僧疼得这么厉害，一直跪在一旁的西海龙宫三太子"敖玉"走上前来，使劲地抱住了沙僧，试图用拥抱来减轻沙僧的痛苦。说来也怪，当"敖玉"抱住沙僧以后，沙僧竟然闻到了一股奇异的味道，疼痛感立即减少了很多。沙僧很奇怪，向着那股散发出奇异味道的地方找去，竟然看到了"敖玉"臂膀上的伤口。沙僧一把推开"敖玉"，那种撕心裂肺的疼痛又来了。等到西海龙王三太子"敖玉"再次抱住沙僧的时候，沙僧竟然又不疼了。

沙僧直直地看着"敖玉"，看得他心里直发毛，心说大哥这是怎么了，他可从来没有用这样的眼光来看我啊。

这种奇怪的现象，玉皇大帝及众仙也是看在眼里。正在众人不知道怎么回事之际，太上老君手捋着长须，哈哈大笑道："我明白了，我全明白了。"

玉皇大帝看到太上老君正在自言自语地说他明白了，便向太上老君问道："老仙君，您明白什么了？"

太上老君哈哈大笑道："启奏玉帝，解除沙僧乱剑穿心之苦的灵药，不是我的仙丹也不是王母的仙桃，而是敖玉的鲜血啊。"

"啊？"玉皇大帝、王母娘娘及众仙臣皆是大吃一惊，玉皇大帝问道："老仙君，你快说来听听，这到底是为何啊？"

太上老君道："启奏玉帝，当年的仙魔大战，龙族那可是魔界的灵物。在大战结束以后，虽说龙族归顺了天庭，可却仍是下界的小仙，我们这些天庭众仙更是从来没有把龙当成天庭的人，所以，才没能充分发挥他们的能力。依我说来，在此天魔即将再次大战之际，天庭更需要龙族的帮助啊。"

王母娘娘听太上老君这么一说，便站起身来说道："老仙君，您所言甚善。可是，这跟龙血能解除法藏的痛苦有什么关系啊？"

太上老君笑道："王母，请听我慢慢讲来。那天魔剑本是天魔的邪性化成，具有诛杀天神的作用，被天魔剑穿心那是痛苦至极。而我观之，龙乃是三界的灵物，本身是亦正亦邪，龙的鲜血更是难得，而这一般不会流出的龙血，恰巧就是天魔邪性的克星啊。"

"敖玉"听太上老君这么说，赶紧从身上掏出一把匕首，向着伤口处便是一刀，鲜红的龙血立即流了下来。然后，敖玉将胳膊对准了沙僧的嘴。沙

第四十五章
小白龙大婚

僧被"敖玉"给惊着了,边摇头边说道:"贤弟,不可如此,不可如此啊。"

看到沙僧说什么也不肯喝敖玉的龙血,"敖玉"着急地喊道:"大哥,你若是再不用我的鲜血疗伤,我便将心肝掏出来给你吃,好不好?"

玉皇大帝、王母娘娘及天庭众仙都被"敖玉"的舍身精神感动。看着沙僧还在摇头,玉皇大帝走下龙椅,来到沙僧的面前,说道:"大元帅,你还是喝了吧,如果你不喝,岂不是有违你贤弟敖玉的一番美意?难道你真的要让他掏出心肝来给你吃吗?"

王母娘娘也走到沙僧的身边,说道:"法藏,喝了吧,喝了你贤弟的鲜血,你就能摆脱那乱剑穿心的痛苦,也可早日与你的真身会合,好替天庭除魔降妖。"

"敖玉"又将胳膊伸了过来,一滴滴的鲜血流到了沙僧的脸上。沙僧的眼里含着热泪,慢慢地张开了嘴,喝下了从"敖玉"胳膊上流下的鲜血。

玉皇大帝站在大殿之上,看着众仙臣说道:"众位仙臣,朕今日便向尔等宣布,不管法藏是不是去修佛,朕都不会横加干涉。从今往后,不管法藏在哪里,他都是我们天庭永远的卷帘定天大元帅。卷帘元帅府照建,俸禄照拿!"

玉皇大帝这一传旨,又把群臣给惊着了,这更是亘古未有之事啊。众仙臣忙躬身向玉皇大帝朝贺道:"恭喜玉皇大帝新收卷帘定天大元帅,祝玉皇大帝仙福永享,寿与天齐……"

在众仙臣的山呼万岁声中,沙僧的眼里含着泪,慢慢地离开"敖玉"的怀抱,一翻身便跪倒在殿前,大声地喊道:"谢玉皇大帝隆恩,小僧虽不能在天庭任职,但是天庭之事便是我之事,我定当为了三界稳定鞠躬尽瘁死而后已。"

玉皇大帝听沙僧这么说,心里也是感慨万分,再一看流了很多龙血的"敖玉",便说道:"西海龙宫三太子敖玉接旨。"

"敖玉"听到玉皇大帝叫自己,赶紧跪地磕头道:"小龙接旨。"

玉皇大帝缓缓地说道:"敖玉,你是法藏的好兄弟,今日又用龙血解除卷帘定天大元帅的魔剑穿心之苦,于天庭有功,于法藏有义,朕今日便封你为八部天龙大将军,掌管下界的四海,奉命看守朕的圣水珠,钦此!"

"敖玉"一听玉皇大帝封自己的官,心里也是格外高兴。从此他就可以不用再害怕北海及南海两位叔叔了。不但如此,他这个八部天龙大将军还直接管辖四海。想到这里,"敖玉"的心里就很激动,便再磕头道:"谢玉皇大帝隆恩。"

玉皇大帝又道:"敖玉,前者你父王敖闰曾来灵霄宝殿为你征婚,朕虽为你和万圣公主赐婚,可是至今你也未完婚。今日,你便带了圣水珠,返回西海,到碧波潭迎娶万圣公主去吧。"

"敖玉"听玉皇大帝说到赐婚之事,心里可不乐意了,因为他不喜欢万圣公主。他东躲西藏,为的就是逃避这桩婚姻,没想到来到灵霄宝殿,玉皇大帝还能想起这事。敖玉便说道:"启奏玉帝,我不想娶那碧波潭的万圣公主,因为我不喜欢她。"

玉皇大帝听"敖玉"这么说,就将脸一沉,心想这法藏与敖玉哥俩怎么都这样?一个拒辞朕的封官,一个拒绝朕的赐婚,如此下去,岂不乱了规矩?想到这里,玉皇大帝面带愠色地说道:"难道朕的赐婚你也敢拒绝?你眼里还有朕吗?"

"敖玉"仍然是面无惧色,大声说道:"启奏玉皇大帝,喜欢便是喜欢,不喜欢便是不喜欢,小龙确实不想娶万圣公主啊。"

玉皇大帝刚要发怒,就听王母娘娘问道:"这是为何啊?敖玉,你要知道,玉皇大帝赐婚,那可是相当大的荣耀啊。"

"敖玉"还没有说话,就听到太上老君说道:"玉皇大帝,您暂息怒火,容老臣报来,这万圣公主本是被哪吒打死的东海龙宫三太子敖丙的堂妹啊。"

玉皇大帝听到太上老君说话,便问道:"万圣公主是东海龙王三太子敖丙的堂妹,却不是西海龙宫三太子敖玉的堂妹,老仙君,这跟朕的赐婚没关系吧?"

太上老君笑道:"启奏玉帝,我再跟您说一个秘密,这西海龙宫三太子敖玉,便是东海龙宫三太子敖丙借尸还魂所成啊。他敖玉说白了,其实就是东海龙宫三太子敖丙。"

"啊?"太上老君这么一说,灵霄宝殿之上所有的仙人都震惊不已。"敖玉"被太上老君道破真身,更是惊得张大了嘴巴。知道他还魂之事的只有地藏王菩萨、地狱阎君及几名鬼卒,还有已经转世成为孙悟空的霓裳,以及法藏、阿牛,想不到太上老君竟然能知道此事,还当着玉皇大帝及众仙臣的面说破。"敖玉"刚要说话,就看到一个熟悉的身影走了过来,正是三坛海会大神哪吒。哪吒走上前去看了看"敖玉",见"敖玉"眉宇之间依稀有敖丙

第四十五章
小白龙大婚

的影子。想到自己当初太年轻，出手不慎以致打死了敖丙，直到现在，心中仍然愧疚不已。哪吒走到"敖玉"的面前，扑通一声跪倒在地上，说道："龙兄，昔日我只是一个顽童，想不到竟然将你给打死了，还请你宽恕我吧，我已经知错了。"

昔日的仇敌就跪在自己的身边，请求自己的宽恕，"敖玉"对哪吒所有的恨意便都释怀了。"敖玉"搀扶起哪吒来，说道："哪吒三太子，你不必客气，我当初确实恨过你，可是后来在东海，看到你为了阿牛两肋插刀，我就原谅你了。从今往后，我们两人就是兄弟了，你快快起来吧。"

沙僧也赶紧双手合十道："阿弥陀佛，善哉善哉，相逢一笑泯恩仇，好啊。敖玉，你心胸之博大，更是令大哥我刮目相看了。"

玉皇大帝也没有想到，这敖丙的魂魄已经附在了敖玉的身上，就问道："老仙君，既然敖丙是借尸还魂，那真敖玉的灵魂现在在哪里呢？"

太上老君笑道："玉帝啊，这真的敖玉灵魂也没有消失，就在南海普陀山，跟着观世音菩萨修行呢。"

玉皇大帝点了点头，这才说道："敖玉，万圣公主虽是你的堂妹，可是你的身体却是西海三太子的。你没有喝孟婆汤，所以，还记着敖丙之事。依朕说来，这与朕的赐婚并不相违，今日，朕便封你大哥法藏为朕的赐婚使，这就带着你下界完婚去吧。"

玉皇大帝的话已经说到这份上了，就算"敖玉"再想不通，再不想娶万圣公主，也不敢再顶撞玉皇大帝，否则，可就真要惹得玉皇大帝龙颜大怒了。这可不是"敖玉"所能承担得起的。想到这里，"敖玉"也只好领旨谢恩，带上圣水珠及玉帝秘密传授的封印，随着法藏一起回西海龙宫去了。

天庭所发生的事情，早有魔界的密探将消息传给了天魔洞里的天魔。当他听到玉皇大帝将圣水珠交给"敖玉"看管，心里就乐开了花，因为到西海龙宫去偷圣水珠，总比到天庭去拿圣水珠要容易得多。

想到这里，天魔身形一晃，向着西海龙宫飞去。西海龙宫庄严气派，宫殿的规模虽然比不上东海水晶宫，可是布置与豪华程度却是一点也不逊色于东海。由于西海龙宫三太子敖玉即将大婚，所以，整个西海龙宫到处贴满了大红的喜字。那随处可见的夜明珠更是将整个西海龙宫给照得金碧辉煌。再加之四海龙王及天上众仙臣的来贺，整个西海龙宫沉浸在一片喜气洋洋的气氛之中。

天魔睁开法眼遍观整个西海龙宫，看到在龙宫的后殿，有一颗珠子闪烁着圣洁的光彩，这就是天魔一直觊觎的三界宝物圣水珠了。知道了圣水珠的所在之地，天魔不敢怠慢，忙来到供奉着圣水珠的大殿，刚要伸手去拿，突然，一道摄人心魂的金光便向他飞来，吓得天魔赶紧逃离了大殿。

　　在海里定住身形的天魔掐指一算，知道圣水珠已经被金光封印，这道封印与敖玉的心魂相通，要想拿到圣水珠，只有扰乱敖玉的心神，才不会激活圣水珠的金光。这样，天上的神仙也就不知道圣水珠被偷的消息了。

　　想到这里，天魔摇身一变，变成了九头虫的样子，拿着一样贺礼，便来到了西海的水晶宫大殿。

　　大殿之上早已经是群朋毕至，天上的神仙也来了不少。因为敖玉的身份已经不同了，他不但是西海龙王三太子，更是玉帝亲封的八部天龙大将军，他的大婚自然是不同于一般的龙族……

　　当东海龙王敖广得知敖玉即是自己被打死的三太子敖丙时，真是百感交集，对"敖玉"所有的不满也全都抛到九霄云外去了，忙准备了一份特别的重礼，带着虾兵蟹将来到西海龙宫赴宴。由于这是玉皇大帝赐婚，"敖玉"那些八竿子也打不着的亲戚也来了。来者都是客，西海龙宫也热情地将他们给请进龙宫。令人没有想到的是，就连王母娘娘与太上老君也来到了西海龙宫参加"敖玉"的成婚大礼。在西海老龙王敖闰的操持之下，整个西海龙宫是大排筵宴，所有的神仙及龙族的一众亲朋，更是喝得不亦乐乎。

　　天魔化成的九头虫将礼物交给礼宾，然后，便在大殿的角落上随便找了个座位坐了下来。他不是来喝酒的，要喝酒他那天魔洞里有的是，所以，他一边坐在桌子前端着酒，一边看着那大殿之上的宾客。为首的自然是王母娘娘，左首是太上老君，右首是西海龙王，众仙臣及龙族众人分左右排开。天魔看着王母娘娘，再看着水晶宫那硕大的喜字，心里百感交集。几十亿年了，如果当初他娶了王母娘娘，或许就不会有这么多的事了。当初王母娘娘嫁给了玉皇大帝，为了得到王母娘娘亲族的支持，天帝最终改变了主意，将帝位传给了大哥。如今几十亿年的时间过去，他仍然耿耿于怀，对王母娘娘的那片心意依然不改。可越是不改，对玉皇大帝的恨意也就越深，就越想尽快拿到圣水珠、琉璃盏等宝贝，好实施他那倒反天宫的计划。

　　其实，自从重生的这八百多年来，尽管他与天庭都没有闲着，也经历过几次大战，可是真正的大决战还没有开始。因为谁都没有绝对的把握可以打

第四十五章
小白龙大婚

败对方。这种表面的和平，犹如二月的河冰，冰上看起来平静如初，可是冰下却早已暗流涌动了。

想到这里，天魔不敢怠慢，悄悄地离了席，向着水晶宫后宫走去，老远便看到了打扮得异常漂亮的万圣公主。天魔看着那万圣公主笑了笑，便掏出断魂香来用火点燃，那缕断魂香便袅袅地向着万圣公主飞去。

天魔看着"敖玉"老远地走了过来，便推开房门走了进去。万圣公主此时已经被断魂香迷得失了本性，见到天魔变成的九头虫过来，便一下子扑到了天魔的怀里。天魔用手抱住万圣公主，将头扭向房门，眼神正对着刚要进门的"敖玉"。"敖玉"看到万圣公主被九头虫抱着，心内立刻怒火冲天。万圣公主可是他的堂妹啊，从小他便对自己这位堂妹疼爱有加。原先的他从来没有想过会娶自己的堂妹，虽说现在是敖玉的身体，已经不存在伦理的障碍，可是他的心里还是有些接受不了，这才以不喜欢万圣公主为由，四处躲避着这场婚姻。如今被玉帝赐婚，自己不能抗命，只得迎娶堂妹，却突然看到她竟然躺在了别人的怀里。

"敖玉"真的怒了，他忙掏出方天画戟，向着天魔变成的九头虫打了过去。可是，他哪里是天魔的对手，方天画戟刺都没有刺出去，"敖玉"便扑通一声跌倒在地上。天魔一下子冲了上来。眼看着他的大手即将挥下，"敖玉"即将有性命之忧，一柄降魔宝杖飞了过来。天魔大惊，忙躲避开宝杖，空中金光一闪，一个熟悉的身影挡在了"敖玉"的身前。

第四十六章
火烧圣水珠

前来搭救"敖玉"的正是玉皇大帝新任命的卷帘定天大元帅沙僧!

沙僧刚才在酒席宴上,正端着茶与来往的宾朋寒暄,就看到新郎官"敖玉"站起身来,向着后殿走去。本来沙僧也不想跟着,虽然他是玉皇大帝的赐婚使,可今天是"敖玉"大喜的日子,没必要"敖玉"到哪里,他就跟到哪里,再要是看到"敖玉"跟万圣公主亲热,那可就不美了。可他是"敖玉"的大哥,又往前一看酒席宴上少了九头虫,便有些疑惑。从九头虫来到宴席上后,沙僧就注意到它的眼神可是四处乱转。于是,不放心"敖玉"的沙僧,便追到了后殿,正好看到九头虫伸手便将"敖玉"打翻在地,这才出手相救。

此时的天魔披着九头虫的脸皮,对着手持降魔宝杖的沙僧喊道:"沙僧,我告诉你,万圣公主喜欢的是我,是他敖玉横刀夺爱,这是我跟敖玉之间的事,没你这个和尚什么事。"

沙僧哈哈大笑道:"我是玉皇大帝的赐婚使,万圣公主现今已经是敖玉的妻子,你九头虫与万圣公主以往的瓜葛,我管不着,但是今天,你打伤我贤弟敖玉,可就别怪我对你不客气。"

天魔用手一指沙僧道:"你好大的口气,你以为凭你手中的降魔宝杖,就能胜得了我吗?"

沙僧怒道:"胜得了胜不了,这个不是你说了算的,咱们在这里动手不方便,来吧,咱们出去,海里天上陆地,我都陪着你。"

天魔才不管沙僧的激将之法,哈哈狂笑道:"法藏,你好大的口气啊,

第四十六章
火烧圣水珠

你那乱剑穿心的胸口不疼了吗？"

说完，天魔便斗智不斗勇，暗暗地念动咒语，将天魔剑化成万千把剑，刺水流沙魔阵中的法藏真身，想以此刺伤莲花化身的沙僧。可是，再一看沙僧，竟然一点事也没有。

沙僧看着九头虫念动咒语，以为有什么利器要袭向自己，便死死地拿住降魔宝杖，以防对方的法宝袭身。可是，沙僧等了一会儿，也没有等到对方的利器袭来，便哈哈大笑道："你念咒也不行，来吧，接招吧。"

眼看着沙僧一点事也没有，天魔的心里可就有些发慌了，心说这是怎么了，为什么沙僧能不怕他的天魔剑穿心？为什么他一点痛苦的样子都没有？

天魔刚想到这里，就看到沙僧晃动着身形向着他扑了过来……

两人刚一交上手，沙僧就感受到对方强大的法力，心想，这绝对不可能是九头虫，一个水里的怪物，怎么能有这么大的法力？想如今，他的法力已经不输于任何一位天尊级的仙佛，可是对方怎么能拥有这么强大的法力，能够架得住自己降魔宝杖的不停进攻。

两人的这一番争斗，可把个西海龙宫给搅得天翻地覆。参加酒席宴的众仙更是身子摇晃，酒杯菜肴全部都给震到了地上。西海龙王敖闰忙命巡海夜叉前去查探，就听巡海的夜叉来报，说是赐婚使沙僧与九头虫打起来了。

天庭的众仙及龙族的亲朋闻听，忙拿着武器前来助阵。可是，众人来到后殿一看，都是大吃一惊，因为九头虫与沙僧两个人的法力都极其高深，随便一挥手便是金光闪烁，再一碰兵器那更是地动山摇。就在众目睽睽之下，两个人斗了个难解难分……

王母娘娘看着两人在后殿的上空斗法，慢慢地便看出了门道，走上前去深施一礼道："大天尊，别来无恙啊？你怎么变成后生晚辈的模样前来西海闹事？这要是传出去，岂不是让人笑掉大牙。"

天魔化成的九头虫，听到王母娘娘冲着自己说话，知道是王母娘娘认出了自己，便一下子跳出战圈，施礼道："王母娘娘，你一向可好？"

王母娘娘道："好与不好，皆是生命的真实存在，大天尊，听本宫一句劝，这就罢手回去吧。"

天魔笑道："既然王母出面，那本天尊便不再搅闹，这就告辞。"

所有的仙人们及龙宫的众水族，都不知道王母娘娘为何要对九头虫施礼，那样子又不像是作假。大天尊是谁？知道的已经猜出了是天魔，不知道的还蒙在鼓里，可是又不能去问王母娘娘。正在猜测之时，就看到九头虫已经化作一道白光，消失得无影无踪。

敖闰看到前来搅闹的天魔已经走了，就想今日是三太子"敖玉"大喜的日子，不能被这场争斗破坏了氛围，便立即命人打扫龙宫，重新上了酒与菜，与众仙及龙族的亲朋，重新开始了酒宴……

"敖玉"缓缓地从地上站起身来，此时的他真是悲愤难平。他想自己真是窝囊，竟然连妻子都守不住。这已经不是第一次了，曾经他作为东海龙宫三太子敖丙，在大婚之时哪吒前来搅闹，直闹到他被打死。这一次他作为西海龙王三太子敖玉大婚，又碰到九头虫前来闹事，虽然没有身死，可是看到自己的女人被别的男人抱着，他的气还是不打一处来。他从小便宠着万圣公主，也不忍心将怒气撒到她的身上，只能赌气不与万圣公主同房，独自来到后殿看护圣水珠。

此时的"敖玉"真的是心烦意乱，那圣水珠封印所散发出的神光也是时明时暗。就在此时，一道黑影直冲着圣水珠扑了过来。"敖玉"大惊失色，急忙用身体挡住了那道黑影，却被撞倒在地上。眼看着黑影即将拿到圣水珠的时候，一道金光飞来，又是沙僧挺着降魔宝杖冲了过来。

沙僧听王母娘娘语气那么恭敬，又称对方为大天尊，早已经猜出了九头虫即为天魔所化，心说怪不得对方这么厉害，原来是天魔到了。所以，等到众人重新赴宴之时，沙僧便越想越不对劲，牵挂圣水珠的他，便独自离席，向着后殿跑去。

沙僧看到天魔来偷圣水珠，这气便不打一处来，将降魔宝杖在身前一横，怒喝道："大胆天魔，竟敢前来西海龙宫搅闹我贤弟敖玉的大婚，看我今天不打得你跪地求饶。"

九头虫摇身一变，变回了天魔本身的样子，对着沙僧怒喝道："法藏，你屡屡坏我的好事，快纳命来吧。"

语到刀到，只见那柄诛神刀向着沙僧的脖子便砍了过去。沙僧用降魔宝杖一迎，格开了天魔的诛神刀。天魔一看宝刀没砍到沙僧，又是一刀。接着，天魔口里吐出了魔火。沙僧赶忙躲开，却没有挡住那魔火。只见那魔火向着圣水珠便烧了过去。圣水珠的四周被红绸托举着，一遇到魔火便烧了起来。这魔火借着天魔凌厉的火势破了封印，将个圣水珠给烧着了……

"敖玉"一看大惊失色，赶紧扑上前去灭火，可却已经晚了，大火最终

第四十六章
火烧圣水珠

还是将圣水珠给烧毁了。天魔也想去抢下圣水珠来，可身子已经被沙僧缠住。看到即将到手的圣水珠正在火中燃烧着，可把个天魔给急坏了。无奈，他用宝刀猛地一挡，挡开了降魔宝杖，向着圣水珠冲了过去。眼看着圣水珠即将到手，说时迟那时快，"敖玉"一下子冲上前去，一张嘴便将圣水珠给吸到了嘴里。

沙僧一看天魔直奔圣水珠而去，也是穷追不舍。天魔眼看着圣水珠被"敖玉"吞下，气得哇哇大叫。正在此时，降魔宝杖带着风声便打了过去，天魔无奈，只得化作一道白光，匆匆飞离了西海龙宫。

此时，敖闰带着龙族众虾兵蟹将也冲了过来，刚好看到"敖玉"吞掉圣水珠。这可把西海龙王敖闰给吓坏了。圣水珠是玉皇大帝指明要敖玉看守的圣物，可是，"敖玉"竟然将圣水珠给吞了下去。敖闰再想阻止，却已是来不及了。

敖闰大惊失色，用手指着"敖玉"说道："逆子啊，你闯下大祸了。"

"敖玉"也是吓得胆战心惊，正不知道该说什么好时，就听沙僧叹了口气，说道："阿弥陀佛，敖闰老龙王，你不必着急，天塌了有高个儿顶着，他敖玉有事，有我这个当大哥的给他撑腰，您就放心好了。"

敖闰听沙僧这么说，痛哭流涕地说道："师父啊，圣水珠乃是三界的至宝，如今却被敖玉吞下，这要是玉帝大怒，我们西海龙宫可怎么办啊？求你还是想个法子，来助我西海龙宫渡过这一关吧。"

沙僧点了点头，说道："老龙王，您别着急，我想圣水珠被毁，天庭必定会降罪于敖玉。但知道此事的人极少，当务之急，还是先将此事保密，等到我与敖玉帮助金蝉子将他的父亲陈光蕊救活，到那时，一定会想出更好的办法，您看如何？"

敖闰虽害怕天庭问罪于他，可他更心疼自己的儿子，虽说这个儿子是敖丙还魂而来，可是这个肉身却还是自己的亲骨肉，又怎么忍心看着他被天兵天将捉走，押上剐龙台？想到这里，敖闰便叹口气，说道："师父，既如此，那小龙就先谢过您的救命大恩了。"

沙僧看到"敖玉"还在为圣水珠被烧毁一事发愁，将手轻轻地搭在他的肩膀上，说道："敖玉贤弟，事情已经出了，就不要多想了，我想我们耽搁了这么久，金蝉子也该长大了吧，就让我们一起去帮助金蝉子救他的父母吧。"

"敖玉"依然打不起精神来,沙僧说道:"敖玉,既然你不想陪大哥去帮助金蝉子,那你就留下来吧。大哥忙完以后,再来看你。"

说完,沙僧便拿起降魔宝杖向外走去,刚走了没几步,就听到身后有脚步声响,"敖玉"追了上来,说道:"大哥,帮助金蝉子救父,怎么能少得了我?"

沙僧听"敖玉"这么说,心里大喜,回过头来紧紧地握住了敖玉的手。兄弟两人在敖闰的注视下,离开了龙宫,直向着金山寺飞去,用了没多会儿,便飞到了金山寺的上空……

此时,一阵阵悠扬的钟声正从金山寺里传出。兄弟两人按落云头,被执事僧引到了法明方丈的禅房,禀明来意后,法明方丈便让执事僧去叫江流儿。

不一会儿,沙僧便听到脚步声响。只见禅房的门被推开,一个眉清目秀的小和尚走了进来,向方丈双手合十道:"师父,您找我?"

法明方丈点了点头,说道:"玄奘,这是沙僧师父,说有要事前来寻你。"

玄奘看了看正在冲着他点头的沙僧,又看了看西海龙王三太子"敖玉",躬身向着两人深施一礼,问道:"请问,两位师父是从哪里来的?找小僧有何事啊?"

沙僧也双手合十,还礼道:"阿弥陀佛,玄奘,你上前来。"

玄奘不知道沙僧叫他什么事,便迈动双脚走到沙僧的身前站定。沙僧站起身来,抡起胳膊冲着玄奘就是一巴掌,直把个玄奘给打得口吐鲜血。这一下可把个法明方丈给惊着了,他赶紧站起身来,冲着沙僧问道:"沙僧,无冤无仇的,你怎么打起我的徒儿来了?"

不待沙僧答话,再一看那玄奘,嘴角尽管在流着血,可是却好像换了一个人似的,正双手合十,向着沙僧及"敖玉"施礼道:"谢法藏师父赐我一巴掌,分别这么多年,您一向可好?"

沙僧笑道:"一入红尘梦幻多,恩情两忘又奈何?而今不问从前事,暮鼓沉钟空自多。金蝉子,你在此逍遥快活,可是你的父母正在受苦,你于心何忍?"

法明方丈看这两人不但不恼不怒,反而像是认识很多年的朋友,便问沙僧道:"圣僧,您可把我给搞糊涂了,这到底是怎么回事啊?"

听法明方丈这么一问,沙僧便将霓虹仙子将金蝉子送来金山寺寄养,以及这次来是要带金蝉子去救他父母之事,一五一十地做了解释。法明方丈这

第四十六章
火烧圣水珠

才知道，自己的徒弟江流儿竟然是如来佛祖的二弟子金蝉子，现在跟着自己研修佛法，那可真是三生有幸的事情啊。

法明方丈听沙僧说到要找天魔报仇搭救父母，更是义愤填膺。他本是通情达理的高僧，听完沙僧的一番讲述，便站起身来，双手合十道："阿弥陀佛，想那天魔作恶多端，定会有恶报的。啥也别说了，玄奘，你这就跟着沙僧与敖玉两位师父，下山去救你的父母去吧。"

金蝉子被沙僧打了这一巴掌，早已经想起了前世今生的事情，便点了点头，匆匆辞别了师父，随着沙僧及敖玉直奔洪江水晶宫。

玄奘尽管已经记起了前世的记忆，可他还是不会水，被沙僧拉扯着踩在云头上的他，看到脚下是波涛滚滚的江水，心里也有些害怕。还是"敖玉"调皮，一个巴掌便将玄奘给推下了云头。玄奘掉在水里后，"敖玉"忙用避水诀为玄奘分开水势……

三个人在江中慢慢地向前走着，老远就看到洪江龙王带着霓虹仙子及陈光蕊的魂灵迎了出来。霓虹仙子看到沙僧及"敖玉"，老远便迎了上来。兄妹三人热情地握手，感觉好不亲切。兄妹三人正在说着话，就看到陈光蕊迎上前去，看到玄奘，便冲上前拥抱住玄奘，嘴里喊道："我的儿啊，为父可是见到你了。"

父子两人抱头痛哭。洪江龙王看到两人哭得肝肠寸断，便走上前对玄奘父子说道："光蕊啊，你就别只顾着哭了，赶紧将令郎迎进水晶宫里去吧。"

父子两人这才分开，拉着手随着沙僧兄妹三人走进了水晶宫。洪江龙王已经听说沙僧被玉皇大帝封为卷帘定天大元帅，因此这次的招待比上次更为隆重，不但上了龙宫里的佳肴美酒，还有歌舞助兴。整个洪江龙宫里鼓乐喧天仙乐飘飘，直看得"敖玉"不停地拍巴掌，早忘了圣水珠被他烧毁的事情了。霓虹仙子也是开心得很，自从大哥让她看护陈光蕊的尸体以来，她生怕出任何岔子，所以格外用心，现在大哥"敖玉"终于回来了，霓虹仙子这才松了一口气。为了迎接大哥及敖玉，庆祝陈光蕊父子团圆，霓虹仙子也主动请缨，随着鼓乐的伴奏翩翩起舞。

看着霓虹仙子翩翩起舞，沙僧的眼泪流了下来，他知道，霓虹仙子这个从另一个三界来的人其实并不擅长歌舞，她的舞还是跟着霓裳学的。当初霓裳与嫦娥双舞月宫，那真是舞出了天地的光彩。而今看着霓虹献舞，沙僧便睹舞思人，想起了霓裳。可是这位昔日的妹妹，却在转世成孙悟空后大闹天

-555-

宫，被压在了五行山下，让人想救都无从救起。

看着沙僧流泪，陈光蕊长叹一声，眼泪也跟着流了下来。玄奘看到父亲陈光蕊流泪，便问道："父亲，你为何流泪啊？"

陈光蕊擦了把眼泪，叹道："我们在此欢聚，可怜你那苦命的娘，还在天魔那里受苦。"

玄奘听到陈光蕊说起母亲，便叹口气说道："父亲，您不必着急，孩儿这就去天魔洞搭救母亲，再救您还阳，咱们一家一定会团圆的。"

陈光蕊摇了摇头，说道："我的儿啊，你哪里知道，天魔本是三界最大的魔，连玉皇大帝都不敢惹他，你一个凡僧又有何法力救出你的母亲？"

玄奘听父亲说的在理，便叹道："这可如何是好啊？"

陈光蕊叹了口气，说道："儿啊，来，随为父一起跪下。"

玄奘听父亲说让他跪下，正不知道怎么回事呢，只见陈光蕊已经向玄奘伸出了手，拉着玄奘便来到沙僧与"敖玉"的面前，双双跪倒在地上，说道："圣僧，三太子，你们都是法力极其高深的神仙，求你们搭救孩子的母亲，让我们一家团圆吧。"

沙僧与"敖玉"赶紧去搀玄奘父子，说道："陈光蕊，玄奘，你们父子不必客气，我与敖玉此行正是为了让你们一家团圆啊。"

"敖玉"也赶紧说道："玄奘，你放心，我和大哥不管付出多大的代价，也一定要救出你的母亲来。"

听沙僧与"敖玉"这么说，陈光蕊父子才站了起来。沙僧看了看玄奘父子，将玄奘拉到一旁，说道："你母亲满堂娇，当初为了你，不得不委身于天魔。而现在，天魔已经将你母亲立为天魔夫人。只是不知这么多年过去，你母亲是不是已经心许天魔了？这个事我们得搞清楚啊。"

玄奘闻听，心里也是一愣。是啊，天魔也是三界的大天尊，法力高深，如果母亲真的随了天魔，那救母亲还有什么意义啊？想到这里，便叹道："这可如何是好啊？"

沙僧笑道："玄奘，你不必着急，我这就带你上天魔洞，让你们母子相见，你一问便知。只是这天魔洞异常凶险，不知你敢不敢去啊？"

玄奘看着沙僧，目光坚定地回答："人都是父母所生所养，为了我们一家团圆，就算天魔洞是龙潭虎穴，我也要闯上一闯。沙僧师父，您啥也别说了，这就带我前往天魔洞吧。"

第四十六章
火烧圣水珠

沙僧点了点头,说道:"好玄奘,好孩子,既然如此,那我们也别耽搁了,现在便出发吧。"

看到沙僧要带着玄奘同去,不放心玄奘的陈光蕊说什么也要跟着同去。霓虹仙子与"敖玉"也都要跟着一起去,可是沙僧却执意不让。此去天魔洞,只是为了让满堂娇母子相见,试一试满堂娇。若是满堂娇变了心,那不救也罢。而且天魔洞极其凶险,如果人去多了,反而会打草惊蛇。

"敖玉"与霓虹仙子见沙僧执意如此,便不再反对,沙僧拉住玄奘化作一道金光,向着洪江水晶宫外飞去……

沙僧法力高深,不一会儿,便带着玄奘来到了天魔洞的上空。脚踩着云头的玄奘往下一看,就看到天魔洞的上空是黑云一片,禁不住打了个冷战。沙僧看了看玄奘,笑道:"玄奘,你这一下去凶险至极,你可要想仔细了。若是现在跟我说不去,还来得及啊。"

玄奘尽管害怕,可是救母心切的他一咬牙说道:"为了能救我的母亲,刀山火海我也要去。师父,我们这就下去吧。"

沙僧点了点头,摇身将自己变成一个狼头小妖,这一下,可把玄奘给吓坏了,用手指着沙僧说道:"你?你怎么变成了这个模样?"

沙僧笑了笑,变出一面镜子说道:"你别说我,看看你的尊容吧。"

玄奘接过镜子一看,镜子里的自己竟然是虎头小妖的样子,大惊失色地喊道:"师父,我这是怎么了?"

沙僧笑道:"天魔洞是三界最大的魔窟,里面住着的都是妖魔鬼怪,你如果不变身,就你那细皮嫩肉的,一百个都不够小妖分着吃。"

玄奘这才明白沙僧的良苦用心,便不再说话,跟着沙僧来到了天魔洞外。沙僧来过天魔洞好几次了,对于里面的情形了然于心。他带着玄奘走进洞中,只用了不一会儿,便到后殿找到了满堂娇。一看到满堂娇,沙僧便跪倒在地,向着满堂娇磕头道:"主母在上,请受小妖一拜。"

满堂娇正在望着山洞发呆,看到两个小妖来拜她,便问道:"你来找我何事啊?"

沙僧便想试探她一下,就说道:"主母,大天尊要我来告诉你,说是陈光蕊的元神被他给抓来了。这陈光蕊本是天上的文曲星君转世,他的魂魄可以让人长生不老,大天尊这就要我来请您,让您去品尝陈光蕊的元神。"

满堂娇闻听,差一点晕倒在地,愣了好半天,才哽咽着说道:"相公啊,都是我连累了你。你放心，我这就去救你。若是救不了你，我也定要随你而去。"

听满堂娇这么说，沙僧知道她还没有变心，便笑道："主母，我跟您开玩笑哪，其实根本没有这个事，就是大天尊让我来试探您一下，看看您是不是还对那个死鬼有情义。"

满堂娇听罢，真是怒从心头起，用手一指沙僧变成的小妖，说道："我告诉你们，你们虽然能留得住我的人，却永远也别想留住我的心。"

沙僧听满堂娇说得这么坚决，便用手一指，将自己与玄奘都变回本相。满堂娇看到两人突然变化了，大惊失色地问道："你们是什么人？竟然敢来我这里搅闹，若是让大天尊知道，定然会打死你们。"

沙僧将正流着泪的玄奘，一把拉到满堂娇的跟前，说道："满堂娇，你看看他像谁？"

满堂娇听沙僧这么说，更是丈二和尚摸不着头脑了，仔细地打量玄奘，见玄奘眉宇间依稀有陈光蕊的影子，便用手指着玄奘说道："你，你是，你是？"

玄奘再也控制不住自己的情感，泪眼蒙眬的他，扑通一声跪倒在母亲的跟前，放声大哭道："娘，我是您的儿子啊。"

满堂娇听玄奘说是自己的儿子，也抱着玄奘放声大哭。哭了一阵，突然，她一把推开玄奘道："不，你不是，我儿说不定已经被江水淹死了，你们肯定是天魔派来戏耍我的……"

玄奘闻听，一下子脱掉鞋子，露出了脚趾，说道："娘，我真是您的儿子啊。您快看看我的脚趾吧，是四个。"

满堂娇这才不再怀疑，抱起玄奘放声痛哭起来。沙僧赶紧上前劝道："好了，满堂娇，这里是魔窟，我们不便久留，我这就带你们母子离开吧。"

满堂娇听沙僧说要带他们离开，心里真是感慨万分。十几年了，她就盼着离开天魔洞的一天，为此，她忍辱偷生。而今，当沙僧说要带她们母子离开之时，满堂娇一下子跪倒在沙僧的面前，说道："圣僧，您的大恩大德，我们全家定当永世不忘。"

看到母亲跪下，玄奘也赶紧跪倒在沙僧的面前。沙僧见状，赶紧搀起母子二人，说道："此处不是说话之处，咱们快些走吧。"

说完，沙僧便暗暗念动咒语，将满堂娇及玄奘变成小妖的模样，大摇大

第四十六章
火烧圣水珠

摆地走出了天魔洞，向着洪江直飞而去。脚下祥云朵朵，耳边风声刮过，眼看着三人就要到了洪江上空之时，一声巨响从耳边传来："哪里走？"

声到人到天魔到，天魔已经挡在了三人的面前。沙僧一看坏了，想不到天魔追得这么快，竟然将他们给拦在了云空中。沙僧心想，自己左手右手分别拉着玄奘母子，无法跟天魔对战，这可怎么办？刚想到这里，只见天魔一挥手，一道寒光向着沙僧袭去。沙僧本可躲开，可是只要他一躲开，那么玄奘母子便会摔成肉饼。无奈之下，沙僧一咬牙，硬生生地挨了天魔的这一道寒光，一大口鲜血吐了出来。沙僧只觉得头晕目眩，拉着玄奘母子的手也松开了。眼看着玄奘母子即将掉落，霓虹与"敖玉"两人从洪江水面冲了出来，飞上天空，一左一右地扶住了玄奘母子。

天魔用手一指沙僧等五人，喝道："你们五个，谁也别想活过今天，纳命来吧。"

说完，天魔便又是一道寒光向着沙僧袭去。眼看着那道寒光即将袭到沙僧之时，说时迟那时快，只见一道金光闪过，玄奘护体真灵金蝉子出窍，一下子便挡开了那道寒光。金蝉子双手合十，向着天魔说道："大天尊，您何必要赶尽杀绝？"

天魔怒道："好你个金蝉子，你以为元神出窍我就怕你了。今天，我不但要让你们五人归西，还要让你魂飞魄散，拿回我的琉璃盏灯芯。"

这五人当中，天魔真正顾忌的只有沙僧。而现在沙僧已经被打伤，就凭着金蝉子、霓虹与"敖玉"，他不费吹灰之力，便可以将他们三人打败。至于满堂娇与玄奘这两个凡人，那就更不在话下了。

天魔想到这里，一拳打向金蝉子。金蝉子不躲不闪，只见头顶的琉璃盏灯芯一亮，接着七位金佛飘了出来，迎住了天魔。天魔哈哈大笑道："想不到啊，金蝉子，你已经长这么大了，仍然还有七佛随身。"

天魔一边说着话，一边举起了诛神刀，冲着七佛劈了过去。在此性命攸关之际，金蝉子不敢分心，忙闭目念诵佛号，点燃头顶那束琉璃盏的灯芯，随身七佛与天魔不停地周旋，琉璃盏的灯芯越来越亮，天魔立即明白了，这琉璃盏的灯芯便是七佛的本源，如果将灯芯拿在手里，灭七佛就不费吹灰之力。想到这里，天魔便使出了分身术，一个天魔与七佛打着，另一个天魔绕到金蝉子的身后，一伸手便将灯芯给抓到了手里。

灯芯的光亮灭掉了，七佛也消失得无影无踪，金蝉子"哇"地一口鲜血吐了出来……

天魔怒喝道："满堂娇，这十七年来，我一直对你不薄，想不到我却得不到你的心，好，既然你背叛我，那就别怪我对你不客气了，我要让你们都尝一尝被惩罚的滋味。"

天魔刚把话说完，就看到洪江龙王带着陈光蕊的真灵飞了上来。陈光蕊见到满堂娇，早已经控制不住内心激动的心情，泪水哗哗地流了下来。他不顾天魔就在眼前，冲上前抱住满堂娇便放声大哭起来。天魔怒道："陈光蕊，你大胆，竟敢碰我的女人，我看你是找死。"

陈光蕊一擦眼泪道："天魔，你先是将我打死，后又霸占我妻，今日，我已是一道灵魂，有本事，你再将我打死。我告诉你，我不怕你。"

天魔听闻一个凡人就敢跟他这么说话，早已怒不可遏，手一挥便聚起一道寒光，向着陈光蕊便打了过去。陈光蕊本就是一道凡灵，哪里挡得住天魔这一击，一道真灵便被打得粉碎。玄奘见状，大叫一声"不要啊"，然后冲上前便抱住了陈光蕊。陈光蕊被打得极重，眼看着灵魂即将灰飞烟灭，金蝉子长吟一声"阿弥陀佛"，便发出了一道佛光。在那道佛光的加持下，陈光蕊那破碎的灵魂慢慢地聚拢，罩在佛光里的陈光蕊的真灵，向着下方的洪江龙宫飘去。

天魔一见，大吼道："陈光蕊，哪里走，我今天不灭了你，难消我的心头之恨。"

天魔刚要往下冲，只听见一个声音从远处传来："阿弥陀佛，大天尊，缘起缘灭本是世之万象，您是大天尊，当然会知道这个道理，又何必赶尽杀绝啊？"

沙僧抬头一看，心中大喜，正是灵吉菩萨到了，便大声喊道："灵吉菩萨，您小心些，这个天魔好生厉害。"

灵吉菩萨在空中按定云头，对着天魔双手合十道："大天尊，您别来无恙？"

天魔怒道："想当初，我与玉皇大帝决战，你们佛界就帮着他，真是恼人。如今我又兴起义兵，准备讨伐玉帝，这可不关你们佛界的事，为什么你们佛界要与我做对？"

灵吉菩萨道："大天尊，您为了得到琉璃盏，屡次伤害法藏，如今又打伤如来佛祖的二弟子金蝉子，这便是与我佛界为敌，我们当然不能袖手旁观。"

天魔闻听，将手中的诛神刀一举，怒喝道："好啊，既然你执意要与我

第四十六章
火烧圣水珠

为敌,那你就来吧,我倒要看看,连你们两位佛祖都难以降我,你又有什么本事降我。"

说完,天魔便举刀砍去。灵吉菩萨知道天魔的厉害,忙举起手中的飞龙宝杖相迎,两个人就在空中周旋到了一起。战了五十来个回合,灵吉菩萨就有些招架不住了,准备寻机逃走之时,就看到天魔一刀砍来,再避已经来不及,灵吉菩萨的飞龙杖已经脱手。眼看着灵吉菩萨即将被诛神刀砍到,"敖玉"拿起方天画戟加入了战团。"敖玉"本来法力就不高,他出面肯定是讨不了好。这方天画戟一刺出,他连人带戟就飞了出去,重重地跌在了地上。"敖玉"只觉得嗓子眼发咸,一大口鲜血便吐了出来。伴随着鲜血吐出来的,还有那沾染着"敖玉"龙血的圣水珠。

圣水珠沾了龙血,已经激活了它本身内在的能量,放射出万丈光芒。这光芒越来越强,很快,便将天魔的护体黑光给压了下去。灵吉菩萨一见,猛地一下便向着天魔扔出了飞龙宝杖。天魔见事不好,大叫一声"走也",化作一道白光,向着洪江水里飞去……

第四十七章
大战南天门

眼看着天魔向着洪江水晶宫飞去，灵吉菩萨一把将圣水珠给抓到手里，跟着追了下去。金蝉子与沙僧见状，生怕灵吉菩萨有闪失，也跟着追了下去。趁着众人追击天魔的时候，"敖玉"也被满堂娇及玄奘搀扶起来，慢慢走到了洪江的岸边。

江水滚滚，玄奘望着那波涛起伏的大江，心里是感慨万千。这里是洪江水面，是他出生的地方，也是他的父亲陈光蕊被天魔打死的地方，更是他一生颠沛流离开始的地方。此时，他真想痛哭一场，可却欲哭无泪，因为他得照顾好母亲满堂娇。

满堂娇遥望着潮起潮落的江面，眼泪早已止不住了。她多么希望这是一场梦，可是，这个可怕的梦，却是如此真实，就连那江面上的风，都在告诉她，这不是梦，这就是现实……

天魔来到洪江龙宫，一看到陈光蕊的真灵便飞了过去，用手聚成一道强光，向着陈光蕊狠狠地打了过去。灵吉菩萨见事不好，忙出手相救，可却已经迟了。尽管陈光蕊看到那道强光打来，本能地躲了一下，可他一个凡人哪里躲得过天魔的一击，被这一道强光给打了个结结实实。他的灵体已经支撑不住，眼看着就要灰飞烟灭，金蝉子连忙发出了护体的佛光，用佛光将陈光蕊的灵体给罩到了里面，尽最大可能拖延陈光蕊的时间……

灵吉菩萨看到天魔行凶，手持飞龙宝杖，向着天魔打去。天魔手持诛神刀再次举刀相迎。灵吉菩萨哪里是天魔的对手，就在即将落败之时，灵吉菩萨再次祭起了圣水珠。那圣水珠圣洁的光芒将整个龙宫给照得雪亮。只见天

第四十七章
大战南天门

魔的黑气慢慢地消失，天魔有些支撑不住，忙化作一道白光，遁出了洪江水晶宫。

灵吉菩萨看到陈光蕊的灵体即将灰飞烟灭，便大叫一声："金蝉子，快把你的锦襕袈裟披到你父亲的身上！"

金蝉子赶紧按照灵吉菩萨的嘱咐，脱下了身上的锦襕袈裟，披到了陈光蕊的身上。锦襕袈裟是佛界的至宝，是由织女亲手做成的，上面是宝珠镶成灵线织就，穿上这件袈裟便可不致沉沦，这是整个仙佛界都知道的事情。可是，让沙僧没有想到的是，这件袈裟竟然还能让灵魂归位。

沙僧当初为了报金蝉子的大恩，上天庭盗仙丹之时，本以为可以救活陈光蕊，可是太上老君的仙丹，却只能保住陈光蕊的肉身不腐。转眼十七年过去了，陈光蕊的肉身虽然还是保存完好，但毕竟是一具没有灵魂的肉体。而当金蝉子将锦襕袈裟披到陈光蕊即将破碎的灵体之时，只见灵体慢慢地聚拢成一道强光，向着陈光蕊的肉身飞了过来……

沙僧、灵吉菩萨与金蝉子都守在陈光蕊的肉身旁，只听到陈光蕊的腹内咕咕作响。不一会儿，陈光蕊便一下子睁开了眼睛，从床上爬起来，双膝跪倒在地上，向着灵吉菩萨、沙僧等人磕头道："谢菩萨及两位圣僧救命之恩，我就是当牛做马，也报答不了你们的再生之恩。"

言罢，陈光蕊便放声痛哭起来。沙僧赶紧将陈光蕊搀扶起来，说道："陈光蕊，你不要哭了，现在尊夫人正在岸上等你，这里毕竟不是你的久留之地，你还是赶紧随我们上岸去吧。"

灵吉菩萨也道："陈光蕊，你大难已过，还望你日后多行善事，用你的智慧来造福大唐的百姓哪。"

灵吉菩萨说完，便用手一指，只见陈光蕊的身体慢慢地从江底漂起，直向着洪江岸边漂来。转眼之间，陈光蕊便来到了江岸之上。满堂娇看到陈光蕊从江面上走了出来，便在玄奘的搀扶下，向着江岸边迎去。夫妻两人分别十七年后再次见面，抱头痛哭。玄奘也是百感交集，不停地流着泪水。

正在夫妻两人抱头痛哭之时，就看到空中飘来了一片乌云，从乌云顶上下来了一队天兵天将，在哪吒三太子的带领之下，将"敖玉"给抓了起来。哪吒站在前面，向着"敖玉"喊道："敖玉，你烧毁圣水珠，玉皇大帝已经知道了，特传旨派我来拿你，前往天庭领罪。"

沙僧一看是哪吒来拿"敖玉"，赶紧拿起降妖宝杖挡住哪吒道："哪吒，我们都是好兄弟，你怎么能抓敖玉？我不许你捉敖玉去天庭。"

哪吒见到沙僧，赶忙施礼道："卷帘定天大元帅，恕小神甲胄在身不能全礼。您放心，我带敖玉去天庭只是完成公务，我跟敖玉的关系也不错，私下里肯定会尽力帮他的。"

霓虹仙子大喊一声："不行，哪吒，你说你先将敖丙打死，现在又要来拿重生的敖玉，你打死他一次也就够了，今天我说什么也不让你带走敖玉弟弟，看剑！"

霓虹边说着话，边挺剑直向哪吒刺去。现在的哪吒已经成了天上的大神，早已不是当初那个顽童了，忙使出混天绫缠住霓虹仙子的宝剑，说道："霓虹仙子，我其实也不愿意这样。你们兄妹都是至性至情之人，很对我的脾气。可是，我也是没有办法啊。如果不完成玉帝的法旨，我根本无法向天庭交旨，还请你们兄妹谅解小神。"

沙僧道："哪吒，我们好歹也是兄弟一场，你愿意看着敖玉去送死吗？你看看天上的神仙吃的是什么？龙肝凤髓，你愿意敖玉被吃掉吗？"

哪吒的心里也不是个滋味，他知道"敖玉"这条罪龙去了天庭肯定好不了，可是他又有什么办法？

正在哪吒为难之际，只听得灵吉菩萨缓缓地说道："阿弥陀佛，圣僧，霓虹仙子，你们就让哪吒将敖玉带上天庭吧。"

沙僧听灵吉菩萨这么说，便长叹一声，说道："菩萨，如果任由哪吒带走我兄弟敖玉，他就要被处死啊。"

灵吉菩萨点了点头，说道："圣僧，这个本座知道，你不要为难哪吒了，就让哪吒带走敖玉吧，本座这就去请燃灯古佛为敖玉求情，相信玉皇大帝看在佛祖的薄面上，定会从轻发落的。"

"敖玉"看到沙僧大哥与霓虹姐姐说什么也不肯让哪吒带走自己，便长叹一声，对着天空高喊道："命啊，都是命啊，当初打死我的是哪吒，如今来抓我的还是哪吒。大哥，霓虹姐，你们别管了，这是我的命，我得认啊。"

正在众人的注意力都被哪吒来抓"敖玉"赴天庭的事情吸引过去时，满堂娇独自走到了洪江岸边，回过头来，对着陈光蕊流泪喊道："相公，如今你已重生，我心愿已了，但我已委身于天魔，实在是无颜再见你，我们来生再见吧。"

说罢，满堂娇便一下子跳进了波涛汹涌的江水里。陈光蕊与玄奘父子两

第四十七章
大战南天门

人同时向着满堂娇扑去,可是,哪里能够抓住满堂娇的手。只见江水阵阵,波涛滚滚,满堂娇的身体很快便给冲走了。玄奘扑通一声跪倒在岸边放声大哭,指着灵吉菩萨、沙僧与哪吒等人,大声地喊道:"你们这些神佛,口口声声济世救人,可是你们为什么不救我的母亲?这到底是为什么?"

沙僧也被刚才发生的这一幕给惊到了,他不顾玄奘的指责,一纵身便跃到了水里,将满堂娇的尸体给打捞了上来。沙僧刚走到岸上,玄奘便一把夺过满堂娇的尸体,冲着沙僧喊道:"不许你碰我娘亲!"

陈光蕊看到爱妻竟然为了名节跳江自尽,也扑到满堂娇的尸体前放声大哭起来。哭着哭着,陈光蕊突然一下子跪倒在灵吉菩萨的面前,哀求道:"菩萨,您法力无边,求您救救我的妻子吧。"

灵吉菩萨长叹一声,说道:"阿弥陀佛,陈光蕊,菩萨也有无能为力的时候啊。"

玄奘抱起满堂娇的尸体,对着陈光蕊大喊道:"父亲,您不必求他们,母亲死了,儿子也不准备活了,我这就追随母亲而去。"

说完,玄奘便抱着母亲满堂娇的尸体,一纵身跳进了江中。陈光蕊大惊失色,冲上前去拉玄奘之时,就看到佛光一闪,金蝉子的佛光将抱着满堂娇身体的玄奘,定在了佛光里。金蝉子说道:"玄奘,母亲已经走了,可是她却希望你能够活得好好的。"

玄奘哽咽着说道:"你要是真有本事,就把母亲救活,我不需要你在这里说风凉话。"

金蝉子叹道:"玄奘,我就是你,你就是我啊。我们皆是佛门弟子,你难道看不明白吗?缘起缘灭,恰如这滚滚的江水。而世间本苦,只有西天取经,度化众生苦悲之谛,才能真正解救母亲。等到你西天取经功成之时,母亲也将被你接入佛国,那样才是永恒啊……"

说罢,只见佛光载着玄奘向着岸边飘去。待玄奘双脚站定之时,那满是佛光的金蝉子便消失在了众人的眼前……

沙僧被陈光蕊夫妻生离死别的场面深深地震撼了。想当初,他与素女何尝不是如此恩爱,又何尝不是经历过这痛彻心扉的生离死别,以至于他要用千年的修行,去期待那感人至深的相见。可是,终于等到再见的那一刻,却又是一次生离死别。虽说霓裳已经重生为石猴,他接受不了,可是,接受不了又如何?真正爱一个人,就需要包容她的一切,哪在乎对方是以什么面目出现在眼前。而现在，霓裳化成的石猴正在五行山下受苦，只有西天取经的玄奘可以解救他，可是玄奘却一点也没有西去的意思，这可怎么办？

想到这里，沙僧便向着灵吉菩萨叩首道："菩萨，我该怎么才能救出孙悟空来，还请菩萨示下。"

灵吉菩萨没有回答沙僧，而是对着玄奘说道："圣僧，你已经领了佛旨，即将踏上西行取经之路，如今你救父之事已了，如果你想救活你的母亲，这就踏上西行之路去吧。等到你取经功成之时，便是救母成功之日！"

沙僧忙问道："那我呢？菩萨，我该如何去救敖玉和霓裳？"

灵吉菩萨缓缓地道："沙僧，凡事皆是缘，一切都是度，你所有的乞求与造化，都会体现在玄奘的西行取经路上。"

沙僧听灵吉菩萨这么说，就说道："菩萨，您是让我现在就与金蝉子一起去取经吗？"

灵吉菩萨道："沙僧，你下界时日已多，如今帮助金蝉子之事已了，你这就跟本座一起，回燃灯古佛处交旨吧。等玄奘踏上西行之路，你也该去解救你那陷在水流沙大阵中的真身了。去吧，去吧！"

沙僧大声地喊道："不，菩萨，我的兄弟敖玉马上要被带上天庭受罚，霓裳还在五行山下受苦，这个时候，我怎么能够独自回西天燃灯古佛那里呢？我这就跟着哪吒去天庭，不救出敖玉兄弟，我誓不罢休。"

霓虹仙子也将头一抬，倔强地说道："是啊，菩萨，我也要去天庭，不救出敖玉兄弟，我誓不罢休。"

莲花台上的灵吉菩萨长叹一声，说道："沙僧，既然如此，你就去天庭吧。我这就去西天交付燃灯古佛法旨，并请燃灯古佛助你一臂之力。"

说完，灵吉菩萨的莲花台便放出万道佛光，向着西天飞去。哪吒目送着灵吉菩萨飞去，便命天兵天将将"敖玉"用捆龙索给锁住，脚踩祥云，向着天上飞去。沙僧与霓虹仙子也抱定了不救回"敖玉"誓不回头的决心，脚踩祥云，跟在哪吒的后面，慢慢地飞上茫茫的云空。

圣水珠变成的定风丹拥有无穷的能量。畏惧定风丹的天魔，此时正站在南天门外的云头上。为了不让人发现他，他使着隐身法隐在南天门外。四大天王正威风凛凛地站在那里。南天门内，便是那巍峨壮观的灵霄宝殿，那里曾是天魔幼年生活的地方。可是，灵霄宝殿看似近在咫尺，却又是千里之遥，哪怕再往前迈一步，都是难上加难。天魔复活以来，仙魔之间虽说没有

第四十七章
大战南天门

什么大战，可是，双方都在暗中较着劲，天庭也在招兵买马。玉皇大帝更是重新将卷帘大将军沙僧封为卷帘定天大元帅。这沙僧法力高深，实在是天魔的劲敌。如今女娲石和金箍棒已经与霓裳合体，沙僧又拿走了梭罗木，圣水珠变成的定风丹也已经被灵吉菩萨给拿走，天庭除了一盏宝莲灯，已经没有法宝了，如果天魔能拿到渴望了千年的琉璃盏，那么，倒反天宫的计划也会成功实施。

可是，要想拿到琉璃盏是非常艰难的一件事情。确实，他是三界的大天尊，拥有无比强大的法力。可是，法藏已经被燃灯古佛分了身，水流沙大阵里的法藏，如果不与莲花化身的善灵沙僧合体，想拿到琉璃盏，还得用天魔剑再穿法藏的身体。这一千年来，天上人间早已物是人非，如果再等一千年，谁知道又会发生什么？

不，绝对不能这样，趁着沙僧现在重伤，必须尽快毁掉他的莲花身，让法藏的善灵归位，如此才能尽快拿到琉璃盏。想到这里，天魔朝着脚下的茫茫云天望去，只见那南天门外，飞来了一队人马。天魔定睛一看，正是沙僧、哪吒等人。而碰巧的是，那个手拿着定风丹的灵吉菩萨竟然没在这里。这是再好不过的机会了，必须马上动手，才能尽快捉住沙僧。

哪吒正往前走着，突然，就感到一阵风带着凛冽的气势袭来，慌得哪吒赶紧一个纵身跳起，躲过了那阵风，再一看，正是天魔向自己挥来了一团黑气。哪吒是天庭赫赫有名的战神，尽管也知道天魔威力巨大，可是，凭着一股正气，他才不怕。于是，哪吒便脚踩着风火轮，抡起火尖枪，向着天魔刺了过去。天魔不慌不忙地拿出诛神刀，迎着哪吒便砍了过去。两个人你来我往地战在一处。

眼看着哪吒与天魔打起来了，沙僧高举着降魔宝杖，冲着霓虹仙子大声喊道："霓虹，哪吒不是天魔的对手，我们快帮哪吒！"

霓虹点头称是，便一晃宝剑向着天魔袭，眼看着就要逼近天魔了，突然，天魔挥动着宝刀便砍了过来。霓虹仙子定睛一看，这下可坏了，只见沙僧、哪吒与天兵天将，每个人的身边都有一个天魔。原来，天魔已经使出了分身法，以一人分身同时抵住了哪吒、沙僧、霓虹仙子与天兵天将。

看着天魔的无数个分身将沙僧、霓虹等战在一处，可把"敖玉"给急坏了。他一咬牙一较劲，一下子便挣脱开了捆龙索，手举着方天画戟，就去增援大哥沙僧。

-567-

南天门外，喊杀声、刀剑碰撞声此起彼伏，早惊动了四大天王，他们站在南天门外往前一看，就看到无数个天魔正与哪吒、沙僧等人战在一处，慌得他们赶紧派人前往灵霄宝殿通报。而他们四个则手持着兵器，前去南天门外助阵。

　　天魔暗暗地念动咒语，用法力抵住了前来增援的四大天王，同时，用千里传音之法向天魔洞外求援。很快，黑熊精、黄风怪偕七十二洞妖王，便赶到了南天门外助阵。整个现场喊杀声不绝于耳，呐喊声、叫骂声、战鼓声一同作响，将几十亿年来平静的南天门，变成了人仰马翻的战场。

　　灵霄宝殿上的玉皇大帝听闻，不敢怠慢，忙调太上老君、二郎神、真武大帝、四值功曹、五方揭谛及二十八星宿等天庭战将，带领着灵霄宝殿所有的天宫侍卫，冲出了南天门外……

　　玉皇大帝高坐在龙辇之上，冲着正在厮杀的双方断喝一声："住手！"

　　天魔一看是玉皇大帝来了，哈哈大笑道："大哥，我们又见面了，你一向可好啊？有没有经常想我啊？"

　　玉皇大帝眉头紧皱，大声喊道："天魔，你屡次在下界兴风作浪，朕不与你计较，今日你竟然打到了南天门外，可就别怪朕对你不客气了。朕劝你速速束手就擒，还可看在一母同胞的分上，饶恕你的罪过，否则，你就是法力再高，我也定要将你碎尸万段，以伏三界之法。"

　　天魔用手一指玉皇大帝，怒喝道："玉帝，你给我住口！想当初如果不是你暗施诡计，就凭你那两下子，有什么资格来坐这玉皇大帝的宝座？你不但抢了我的玉帝宝座，还抢走了我心爱的女人，今天，我便与你新账旧账一起算，你纳命来吧！"

　　说罢，天魔便手举诛神刀，向着玉皇大帝砍去。早有二郎显圣真君杨戬，手举着三尖两刃刀迎住了天魔。玉皇大帝则在众人的保护下，飞到南天门的上空观起战来。只见那二郎神威风凛凛，将那把三尖两刃刀舞得出神入化。天魔一看二郎神法力高深，一时半会儿还拿不下他，便暗暗地使出断魂香，向着二郎神便挥了过去。二郎神没有防备，扑通一声跌倒在云空之上。天魔一看大喜，举刀便向着二郎神砍去。眼看着二郎神即将被砍倒，沙僧手举着降魔宝杖，一杖便将天魔的诛神刀给挡了开来。

　　天魔定睛一看是沙僧，便停住诛神刀，高声喊道："法藏，你也曾有恩于我，我是念念不忘啊。我想，今日若是你与我携手，凭着我们两人的高强

第四十七章
大战南天门

法力，定可活捉了玉皇大帝。到时我也不封你的官，咱们还是平分了这三界，你看如何？"

这句承诺天魔以前就说过，沙僧根本不为所动，刚要说话，就听到真武大帝断喊道："天魔，你住口！沙僧可是有名的大德高僧，又是天庭新任命的卷帘安天大元帅，他是不会跟着你造反的。"

天魔看着真武大帝，怒道："真武，你也曾经是我的属下，我也曾将你放生，今日你这么说，可是令我好生失望啊。我还是那句话，若是你依然执迷不悟，小心我的诛神刀不念往日的恩情。"

真武大帝看了一眼玉皇大帝，将手拱了拱，说道："天魔，我当日只是答应你不去天魔洞征剿你，当着玉皇大帝的面，我实话跟你说，若是你打上天庭，我誓死也要护得天界周全。"

这一句话，可是把玉皇大帝给感动得热泪盈眶。真武大帝确实不是他的嫡系，所以，在第一次仙魔大战以后，便被派往北天门当一个看门的神将。其实，论他的法力，早就是天庭的大元帅了。想到这里，玉皇大帝便觉得有愧于真武大帝，便缓缓地说道："真武大帝，你护驾有功，等到除魔事毕，朕定当对你加官晋爵，绝不食言。"

玉皇大帝的话刚说完，只见站在玉皇大帝旁边的赤脚大仙从怀里掏出了捆仙绳，猛地一下便向着玉皇大帝抛去。太上老君眼疾手快，赶忙用紫金红葫芦将捆仙绳给收进了葫芦里。

玉皇大帝用手一指赤脚大仙，怒道："赤脚大仙，天庭一直在苦苦追查的天魔眼线，便是你吧？"

赤脚大仙往后一退，站到天魔的身边，说道："不错，你刚愎自用独断专行，连你的女儿都被你打入阿修罗界，你可真是毫无情义啊。你还吃那龙肝凤髓，早已经惹得天怒人怨，我想，这玉皇大帝的宝座也该换换人了。"

太上老君高声喊道："赤脚大仙，你给我住口！你这个吃里爬外的小人，看我今天不将你拿住，用我的八卦炉，将你炼得灰飞烟灭。"

赤脚大仙哈哈大笑道："太上老君，你是先帝托孤的重臣，别人不知道你，我还不知道你吗？天帝在临终前曾经有密旨，若是玉皇大帝难以服众，便要让大天尊取而代之，你难道忘了吗？我说太上老君，玉皇大帝又给了你什么好处，让你做他的走狗？"

赤脚大仙的这一番话，可把天庭众仙及七十二洞妖王给吓了一跳，纷纷像木鸡一样地呆立在原地，静听太上老君如何回答。

太上老君哈哈大笑道："赤脚大仙，天帝临终前确实让你我辅政玉皇大帝，这几十亿年来，我亲眼所见，玉皇大帝为了众生殚精竭虑，哪里有半点浮行怠政之举，就连他的女儿织女与外甥犯了天条，也是从严处罚决不姑息，这样的玉皇大帝你不保，却要去保什么天魔，我看你已经入了魔道。"

赤脚大仙怒道："太上老君，你给我住嘴！今日大天尊在此，你若是执迷不悟，小心大天尊将你打得灰飞烟灭。"太上老君哈哈大笑道："赤脚大仙，你多次给天魔通风报信，泄露天庭的机密，还有，让他去天蓬元帅府偷圣水珠，都是你干的好事吧？"

赤脚大仙闻听是大吃一惊，慌张地问道："你是怎么知道的？"

太上老君哈哈大笑道："要想人不知，除非己莫为。你中有我，我中有你，难道你不知道吗？"

赤脚大仙闻听，便凭空聚起一道金光，向着太上老仙君打去。眼看着金光即将伤到太上老君之时，太上老君将金刚琢一抛，便将赤脚大仙的金光给挡了回去。天魔怒道："太上老君，你真是无礼，我今天定要将你打得灰飞烟灭，以解我心头之恨。"

天魔准备动手，只见云层之下乌云滚滚，四海龙王带着虾兵蟹将也赶到了南天门外。玉皇大帝一见四海龙王来了，大喜道："四海龙王，你们来得正好，天魔已经打到了南天门外，你们速来救驾啊。"

玉皇大帝话音刚落，就听到东海龙王敖广用手一指玉皇大帝，怒喝道："玉帝，你也有今天，想当年我儿敖丙被哪吒打死，你不管不问，还封哪吒为三坛海会大神，如今，我儿已经重生为敖玉，你又要将他押往天庭处罚，你好狠的心啊。今日，我定要跟随着大天尊，与你斗个你死我活，以消心头之恨。"

天魔听东海龙王这么说，真是喜出望外，再看到其他三海龙王威风凛凛地站着，便哈哈大笑道："玉皇大帝，你听到了没有，刚才太上老君还说你并无浮行怠政哪，那哪吒打死了敖丙，你不加处罚还升他的官，这是不是浮行怠政是什么？你天天享尽天人之福，开个蟠桃会却要用龙肝凤髓，这是不是浮行怠政？若是由我来当这个玉帝，定然不会做下这么多的罪孽之事，所以，赤脚大仙所言正合我意，这玉帝的宝座确实该换一换了。"

玉皇大帝让四海龙王和天魔给气得浑身发抖，坐在龙辇上的他，用手指

第四十七章
大战南天门

着四海龙王，却是半天也说不出一句话来。正在此时，沙僧挺身而出，站到了天魔的面前，怒喝道："天魔，你给我住口，你还没有成为玉帝，就已经纵容你的妖魔鬼怪下界吃人，若是由你来做，这三界岂不是大乱。"

玉皇大帝正在哑口无言之时，看到沙僧挺身而出，真个是喜出望外，他一拍龙辇扶手，大声地喊道："卷帘大元帅，你说得好，这天魔作恶多端，如今又反上天庭，朕今日便要将它们捉来伏法，给那些被它们残害的生灵报仇雪恨。"

天魔哈哈大笑道："法藏啊法藏，你好糊涂啊，你原先也救过玉帝，可是怎么样了？你不过是打碎了琉璃盏，就被打了八百锤罚下界来，你难道还不明白伴君如伴虎的道理吗？若是你跟着我捉住玉帝，我还是那句话，定要与你平分三界，绝不食言。"

沙僧双手合十道："阿弥陀佛，天魔，你终究是魔，玉帝之位早在几十亿年前便已经尘埃落定，你如今打上天庭强抢玉帝的宝座，致使三界生灵涂炭，还说什么平分三界的妄言，真是大言不惭啊。再者，我是一个出家人，别说平分三界，你就是给我整个三界，也难以让我的素女重生，让我的霓裳归位啊，你就看在我往日曾经救过你的分上，下界去吧。"

天魔哈哈大笑道："法藏，天上龙华日月星，地下龙华水火风，人身龙华精气神，若是你帮我倒反天宫，我定要约来天下所有的神仙，一起为你再造水火风，让你的素女和霓裳重生，你看如何？若是你定要帮助玉皇大帝，那可就别怪我对你不客气了。"

沙僧摇摇头，说道："大天尊，人死岂能复生，小僧劝你，忍一时风平浪静，退一步海阔天空，若是你再执迷不悟，可就别怪小僧对你动手了。"

天魔用诛神刀一指沙僧，喝道："好啊，看来你是铁了心要帮助玉帝，那也就别怪我对你不客气了，你接刀吧。"

说着话，天魔便抡起宝刀向着沙僧砍去，沙僧忙抡起降魔宝杖迎向宝刀。两个人当着天庭众仙及七十二洞妖王的面战在一处，这一场真是好杀。天魔宝刀刀刀生风，沙僧宝杖杖杖勇猛，你一个刀劈万里乾坤，我一个杖扫千秋日月。刀是三界至宝，杖本梭罗神木，刀可偷天换日，杖可定地安天。两个人你来我往，眼看着越转越快，沙僧的佛光与天魔的神光搅在一起，刀与杖已经分不清，只见那佛光与神光不停地旋转，忽而佛光多些，忽而神光多些，直看得众神连眼珠也不敢眨一下，生怕错过了这一场震动三界的佛魔之战。

　　沙僧本来法力不弱于天魔,只是之前为了保护玄奘与满堂娇,生生地挨了天魔黑光的袭击,此时还未恢复,打着打着就感到有些吃不消了,刚刚避开天魔挥来的一刀,就感到耳边生风,只见天魔的分身法从背后抡起了宝刀,照着沙僧的后背就是一刀,沙僧再躲还是慢了一些,天魔的宝刀扫中了沙僧的胳膊,形成了一道血柱,直疼得沙僧一下子跌倒在地上,降魔宝杖也脱手而出。天魔一看,心中大喜,一把就抢过了降魔宝杖,冲着沙僧又打了过来。

　　就在天魔即将行凶之际,霓虹仙子与"敖玉"一下子扑了上去,死死地抵住了天魔。可他们两个哪里是天魔的对手,只一个回合,便重重地跌倒在地上。天魔的刀又向着沙僧砍去,只见西南方向上,燃灯、如来两位佛祖带领着四大菩萨与五百罗汉前来护驾了,坐在莲花台上的燃灯古佛高声叫道:"大天尊,你且住手,老僧来也!"

　　天魔看着佛界的人来了,用手一指燃灯古佛,高声喊道:"燃灯,你与如来是来帮玉皇大帝的,还是来帮助我的?"

　　燃灯古佛双手合十道:"大天尊,你今日反上天宫,这是要与玉帝决战吗?听我一言,速速下界去吧,你断然不是玉帝、太上老君及西天诸佛菩萨的对手啊,只恐遭了毒手,到时悔之晚矣啊。"

　　天魔笑道:"好,既然你执迷不悟,那我也告诉你,你连我的水流沙大阵也破不了,今天,我就让你尝尝我的黄风大阵的威力。"

　　玉皇大帝用手一指天魔,大声喝道:"天魔,你如果再执迷不悟,现在可就不是被封印那么简单了,朕定然要将你打到灰飞烟灭,以安三界法规。"

　　天魔怒道:"天魔?你才是天魔!好,那就等我夺了你的玉皇大帝宝座,重立天条,让你也尝尝被封印的滋味。"

　　天魔刚要动手,就听到一声娇喝传来:"大天尊,不可啊!"

　　天魔抬头一看,正是王母娘娘陪着女娲娘娘来到了南天门外。天魔大声地喊道:"王母娘娘,这几十亿年来,我一直念着你,你就听我一句劝,此事与你无干,你速速让开,免得刀剑无情,再伤到了你啊。"

　　王母娘娘长叹一声,说道:"大天尊,众仙都说你入了魔道,可是本宫不信,你永远都是玉帝和本宫的好弟弟,你速速下界去吧,你放心,我一定劝说你大哥玉帝,从此再也不对你加以征剿。"

第四十七章
大战南天门

女娲娘娘也叹道:"是啊,大天尊,你就听王母的劝,下界去吧。你看看玉帝身边的这些仙人,哪一个的法力输于你?若是真打起来,你的下场可就惨了。"

天魔哈哈怒笑道:"好,既然你们断定我必败,那我就让你们尝尝我黄风大阵三昧神风的威力!"

说完,天魔用手一指,只见身旁的黄风怪,猛地一下便掏出了黄风盏,对着南天门内一吹,整个南天门外立即漫天黄风,直刮得众仙都飘在了空中。眼看着再刮下去,整个天庭也将被黄沙淹没,就听到燃灯古佛大喊一声:"众仙佛,快用神光护住天庭重地,保护玉皇大帝。"

说罢,燃灯、如来两位佛祖便发出了漫天的佛光。玉皇大帝、王母娘娘、女娲娘娘、镇元大仙等天庭众仙,也联手发出了护体的神光。佛光与神光组成了一道璀璨的大光罩,将漫天的黄沙挡在了南天门外……

第四十八章
决战总动员

　　南天门外黄风阵阵，漫天的黄沙在飒飒阴风的劲吹下，不停地向着南天门内刮去。诸天神佛合力用法力组成了光罩，将那黄沙给挡在了光罩之外，保护住天宫不被淹没。

　　玉皇大帝在龙辇上观看着战况。王母娘娘一看，仙魔双方已经陷入胶着状态，心中万分着急。正在这时，就看到空中金光一闪，灵吉菩萨与观音菩萨赶到了南天门外。燃灯古佛看到两位菩萨到了，大喊一声："灵吉菩萨，速速拿出圣水珠化成的定风丹来，破了天魔的黄沙恶阵！"

　　灵吉菩萨闻听，忙掏出圣水珠化成的定风丹，向着那漫漫的黄沙抛了过来。只见定风丹所到之处，黄沙慢慢地退去。眼看黄沙阵即将被破掉，天魔忙掏出手中的降魔宝杖，冲着正在用法力指挥定风丹的灵吉菩萨打去。西天及天庭诸神佛正在全力发着神光，护持住南天门，降魔宝杖向着灵吉菩萨袭去，众仙佛皆反应不及。灵吉菩萨心中暗叫一声不好，再想躲避却已经迟了，结结实实地挨了天魔一杖。天魔欲挥杖再打之时，观音菩萨的净瓶便对准了天魔，只见灵光一闪，天魔便被收进了净瓶当中。众仙佛看到观音菩萨用净瓶收了天魔，心中皆是大喜。

　　众妖魔鬼怪一看天魔被收走，顿时军心大乱，向着下界拼命地逃去。玉皇大帝站在龙辇之上，高兴地喊道："观音菩萨，救驾有功，朕定会重重赏你，绝不食言。"

　　观音菩萨刚要谢恩，就听到一声狂笑从南天门的上空传了过来，只见天魔一手提着沙僧一手提着霓虹仙子，同时把那颗定风丹吞进了腹中，向着观

第四十八章
决战总动员

音菩萨大喊道："观音菩萨，你收走的不过是我的分身，你上当了，现在定风丹已经是我的了，不但如此，梭罗木变成的降魔宝杖也是我的了，你们什么都没有了，就等着当我的阶下囚吧，哈哈哈哈……"

西天众神佛皆大惊失色，只见天魔站在南天门的上空，对着正在逃窜的众妖魔大喊道："都给我回来，倒反天宫的时候到了，本天尊这就带领着你们打上天宫，夺了玉帝的宝座，到时人人都有封赏！"

可是，刚才观音菩萨用净瓶收走天魔，七十二洞妖王及众妖魔都看得真真切切，此时正没命地逃跑，谁还分神去听天魔的命令。天魔又大叫了几声，却再也招不回已经失去军心的众妖魔了。

正在天魔着急的时候，玉皇大帝冲着天魔大喊道："天魔，你的话已经不灵了，朕今日便要替天行道，灭了你以匡扶三界正道。"

说罢，玉皇大帝大手一挥，四大天王、二郎神、哪吒及真武大帝都向着天魔扑了过去。天魔一看，忙用护体神光挡住进攻，冲着玉皇大帝大喊道："玉帝，圣水珠、降魔宝杖都是我的了，你拿什么跟我斗？我这就回去整顿兵马，改日定当打上你的灵霄宝殿，你给我等着！"

天魔一手提着沙僧一手提着霓虹仙子，在众仙佛着急的呐喊声中，不慌不忙地飞出了南天门，向下界飞去。

天魔这一退去，整个南天门外又恢复了朗朗晴空。看着天魔从容地离去，可把玉皇大帝给气坏了。他是三界的至尊，更是三界的主宰，可是现在偏有个天魔要跟他叫板，不但叫板，还要夺了他的玉皇大帝宝座，想到这里，玉皇大帝龙颜大怒，对着诸天的神佛，大声喊道："众位爱卿，今日天魔兵败，我们不能给他喘息之机，这就打下界去，活捉了天魔，以安三界。"

太上老君闻听，赶紧站出来说道："玉帝，今日天魔带领着魔界众将，打上了南天门，虽说他们法力不容小觑，可毕竟不是我们仙佛两界的对手，为今之计，老道以为，天庭众将也需要休养，等到我们养足了精神，再去找那天魔报仇不迟。"

太上老君刚说完，就听到真武大帝说道："玉帝，本尊以为太上仙君所言差矣，虽说天庭打退天魔也是大费周折，可是，天魔本身也是损兵折将，现在，天庭需要休息，天魔更需要休整，我们不能给他以喘息之机啊，不如就让本尊带领天庭众兵将打下界去，将天魔一举消灭。"

玉皇大帝听到真武大帝这么说，便点了点头说道："真武大帝，你所言在理。"

真武大帝刚要说话,就看到金光一闪,镇元大仙来到了南天门外,向着玉皇大帝躬身施礼道:"玉帝,万万不可,天魔洞我曾经去过两次,那里可真是凶险至极,如果就这么贸然地打上天魔洞,我们会大败的啊。"

玉皇大帝听镇元大仙说的也在理,就说道:"镇元大仙,你所言也是有理,那依你之见,该如何除魔降妖以安三界?"

镇元大仙这才缓缓地说道:"启奏玉帝,当下之急,应当先让天兵天将休息,等到天兵天将养足了精神,小仙再带着他们下界降妖,如此方有胜算哪。"

玉皇大帝刚要说话,就看到千里眼顺风耳匆匆赶来启奏道:"启禀玉帝,天魔害怕天兵天将前去追剿,已经在黄风岭布下了黄风大阵,请玉帝速速定夺。"

听到千里眼顺风耳的奏报,托塔天王再也站不住了,不待玉皇大帝说话,他便往前一站,说道:"启奏玉帝,那天魔下界只有刹那之间,便已经在黄风岭上布下了这黄风大阵,如果让他再休养些日子,恐怕就更难剿灭了,依我所见,不如这就带兵下界剿灭天魔,才是上策啊。"

女娲娘娘听完托塔天王的奏报,便说道:"玉帝,本座认为托塔天王所言甚是有理,不如就让托塔天王挂帅,带领着天兵天将下界降妖去吧。"

如来佛祖闻听女娲娘娘赞同立即下界剿魔,便劝道:"玉帝,万万不可,那天魔已经布下了黄风大阵,况且赤脚大仙与四海龙王已经归降了天魔,他又有七十二洞妖王相助,妖兵不下百万,若轻易地派出天兵天将,天兵若胜那也一定是惨胜,如果败了,恐怕天魔定然会趁机打上灵霄宝殿来的,到那时我们可怎么办啊?"

玉皇大帝听如来佛祖说到四海龙王,便将所有的怒气都撒到了小白龙"敖玉"的身上,用手一拍龙辇扶手,怒道:"来人啊,立即将敖玉这条小龙斩了,以消朕心头之恨。"

金甲神听闻,押住西海龙宫三太子"敖玉"就要往剐龙台上走。"敖玉"大声呼救,满天神佛却无一人求情。在这个节骨眼上,四海龙王重新投靠了旧主天魔,他作为西海龙宫三太子,玉皇大帝不斩他还能斩谁?正在"敖玉"大声呼救的时候,燃灯古佛说话了,他向着玉皇大帝奏道:"玉帝,你若斩了小白龙敖玉,定会惹得四海龙王死心塌地地跟着天魔,不如就饶了他吧。"

第四十八章
决战总动员

玉皇大帝听到燃灯古佛亲自给小白龙"敖玉"求情,就想燃灯古佛的金面还是要给,但"敖玉"先是引来魔火烧毁了圣水珠,致使圣水珠变成了定风丹,再者他又是逆臣之子,不杀他又实在说不过去。想到这里,玉皇大帝便说道:"燃灯古佛,您所言有理,可他确实是犯了死罪,如果不处置他,又实在是说不过去啊。今日,朕就看在古佛的金面上,饶了他的性命,但是死罪可免活罪难逃,来人啊,速将敖玉押往蛇盘山鹰愁涧,不得有误。"

诸天神佛听玉皇大帝这么发落"敖玉",也知道这已经是看了燃灯古佛金面,所做出的最轻的惩罚了,便不再说话。金甲神见状,赶紧将"敖玉"押出了南天门外,向着下界蛇盘山鹰愁涧的方向飞去。

看到"敖玉"被关在蛇盘山鹰愁涧,燃灯古佛又叹了一口气,说道:"玉帝,天上一日地上一年,依老僧看来,除魔降妖终究不是长久之计。如今,如来佛祖的三藏真经已经著成,还需那唐僧西天取经,以佛法普济众生,以安三界秩序,这才是上策啊。"

玉皇大帝点了点头,说道:"燃灯古佛,您所言在理,只是一千年前,三界众天尊在约定取经人时,王母娘娘曾经建议,由法藏前往西天取经,如今,法藏的善灵沙僧,也就是朕的卷帘定天大元帅已经被天魔给捉走,这可如何是好啊?"

王母娘娘叹了口气,也向着燃灯古佛问道:"是啊,燃灯,大元帅已经被天魔捉走,这取经之事,又该如何去实行?再说,千年前议定的法藏取经,怎么现在变成了唐僧取经?本宫我可是有些糊涂啊。"

燃灯古佛笑了笑说道:"玉帝,王母,你们不必心急,之前三界曾有传闻,说是'木盏针珠石,三界无人敌,五宝合一体,逆天不足奇'。天魔只是知道拿到五件法宝可以助他实施倒反天宫的计划,他哪里知道,其实,木盏针珠石本身也是三界禅心恒定的产物啊。"

玉皇大帝追问道:"古佛,您的话我怎么听不明白了呢?"

如来佛祖双手合十叹道:"善哉善哉,启奏玉皇大帝,定海针与女娲石已经成就了孙悟空,梭罗木已经成了沙僧的降魔宝杖,琉璃盏本身就在法藏的体内,而圣水珠也将成为他们炼去魔心的宝贝。其实,用凡人的眼光来看,木盏针珠石本身是至性至情的东西,不但可以助三界众仙禅心恒定,更是三界新秩序的守护者。"

王母娘娘问道:"燃灯、如来两位佛祖,请问,真正的取经人到底是法藏还是唐僧啊？"

燃灯古佛笑了笑，对着诸天神佛缓缓地说道："缘起缘灭本生于心，是佛是魔本系一念。本来取经人是吾之弟子法藏，但法藏亦正亦邪，又得了冥河老祖的魔丹与太上老君的仙丹，法力更是精进到不输于任何一位天尊级的大罗金仙，所以，玉帝王母问佛，佛亦问佛，如来佛祖，这取经人之事，就由您这个当世佛祖来权定吧。"

如来佛祖双手合十道："感谢燃灯师祖信任，玉帝，王母，取经队伍已经踏上了取经之路，这三界所有的恩怨情仇都会在那九九八十一难中化解啊。"

玉皇大帝点了点头，说道："燃灯、如来两位佛祖，那取经队伍何时才能到得西天？"

燃灯古佛说道："启奏玉皇大帝，天上一日地上一年，您且看。"

说完，燃灯古佛便将僧袍一挥，只见南天门外的空中，出现了唐僧救孙悟空出五行山，以及西海龙宫三太子化成唐僧白龙马等场景……

等到玉皇大帝及众仙佛看完，燃灯古佛这才说道："启奏玉帝，如今那取经的先锋唐僧，已经到了您即将围剿的黄风岭了，在那里，黄风怪与黑熊精已经等着要吃唐僧肉了。依老僧看来，还是速速让观音尊者与灵吉菩萨下界，助唐僧师徒一臂之力吧。"

玉皇大帝缓缓地问道："燃灯古佛，这西天之路多魔多障，朕是怕那唐僧还没到西天，便被妖魔给吃了啊。即使他们过了黄风岭，可是前面的水流沙大阵，更是难以对付，不但困住了法藏的真身千年，即便是我等仙佛也是难以靠近啊。"

如来佛祖说道："玉帝，您不必着急，想当初天魔布下此恶阵之时，我等仙佛确实无能为力，转眼之间，一千年过去了，想来燃灯师祖已经有了破阵的妙计，就请玉皇大帝带领众仙先回灵霄宝殿，静候佳音吧。"

玉皇大帝点了点头，说道："如来佛祖，从东土大唐到西天雷音寺，隔着十万八千里的距离，不如您就派人将经书送往东土，岂不是好？这样也可以尽快地普度众生以安三界啊。"

听玉皇大帝这么说，如来佛祖缓缓地说道："启奏玉皇大帝，若是吾等诸佛菩萨将经书亲自送上东土大唐，恐怕东土的众生便会轻慢佛法了。而这还不是最主要的，最主要的就是通过唐僧西行，可以将七十二洞妖王一扫而

第四十八章
决战总动员

尽。正如同燃灯师祖所说，三界内所有的恩怨情仇，也会用八十一难的形式全部化解啊。"

玉皇大帝听如来佛祖这么说，就缓缓地说道："如此甚好，就依燃灯、如来两位佛祖的法旨来办。来啊，我们速速回灵霄宝殿，静候取经队伍的佳音吧。"

说罢，众金甲神便催动龙辇前的九条天龙载着玉皇大帝的九龙辇，向着南天门内走去。众仙佛也赶紧驾起祥云，随着玉皇大帝，浩浩荡荡地向着灵霄宝殿飞去。

天魔已经拿到了圣水珠化成的定风丹，现在的他对天庭正式宣战，所以，他急于得到五件法宝之首琉璃盏，好增加胜算。

他在南天门外看到手下的众妖王逃下界去以后，便一手提着沙僧，一手提着霓虹，赶到了流沙河里。天魔心想，这一次无论如何都要逼着两个法藏合体了，只有这样才能尽快拿到琉璃盏。因为与天神的大战已经展开，他现在已经是圣水珠与梭罗木在手，如果再能拿到琉璃盏，那么，整个天庭都将不是他的对手。可是，在拿到琉璃盏之前，他可不敢有丝毫的大意。他手下的妖王，虽然都是神通广大的妖魔，可是与天上的神仙还是没法比，何况天庭众仙还有西天的诸佛菩萨相助。

为了给倒反天宫的计划增添最后的胜算，逼迫法力不输于自己的两个法藏交出琉璃盏来，天魔连元神所化成的魔水炉都带进了水流沙大阵里。

天魔一道白光飞进了流沙河的岸边，将沙僧与霓虹仙子往岸上一扔，霓虹就看到一个蓬头垢面的男子，正龇牙咧嘴地向着她扑来，吓得一个劲地往后退。可是，在水流沙的大阵里，任何法力都施展不出来，霓虹只退了没两步，便被那蓬头垢面的男子给捉住了。男子抓起霓虹仙子，刚要咬下去，却突然停下了手，他愣在那里，大声地喊道："霓虹妹妹，怎么是你？"

霓虹仙子也看清了那个人，竟然是法藏，霓虹大叫道："大哥，你？"

沙僧从一旁走过来说道："霓虹妹妹，没错，他就是我的本身，已经在这流沙河里被乱剑穿身一千年了。"

霓虹仙子瞪大了眼睛，用手指着沙僧与法藏，惊恐地问道："你们两个到底谁是我的大哥啊？"

沙僧与法藏齐声答道："我是。"

正在霓虹仙子惊恐不定之时，天魔哈哈地笑道："霓虹，他们两个都是，不过，那个蓬头垢面的是法藏恶灵和本身，而沙僧则是莲花化身，你快让他们合体给我吐出琉璃盏来，不然，那个法藏会像一千年前一样吃掉你。"

天魔的话刚说完，就听到法藏冲着沙僧大喊一声："你快帮我吐出琉璃盏来，交给大天尊，好让大天尊免去我们俩乱剑穿心之苦。"

沙僧冲着法藏呸了一下，说道："要我吐出琉璃盏来，你做梦。"

天魔哈哈大笑道："好啊，这千年的乱剑穿身之苦，看来你们还没有受够啊，那就再来一次吧。"

沙僧用手一指天魔，哈哈大笑道："天魔，你可能不知道吧，我得了小白龙敖玉的龙血，已经不怕你的乱剑穿心了，现在你穿的是他的心，不是我。"

天魔也哈哈大笑道："沙僧，这就是我抓你来水流沙大阵的原因。是的，你说的没错，在水流沙大阵外，得了龙血的你确实不用再受乱剑心之苦，可是，这是流沙河，龙血已经保护不到你了，你就等着乱剑穿心吧。"

说完，只见天魔用手一挥，从空中飞来的天魔剑，立即化成了万千只透着凛冽寒光的飞剑，向着沙僧与法藏穿了过去。两个人同时吐出鲜血，倒在了地上。

霓虹仙子看到两人承受着乱剑穿心的酷刑，倒在地上不停地打着滚，便扑倒在地上，向着沙僧与法藏不停地呼喊着。可是，沙僧与法藏却用手捂着肚子，不停地打滚，哪里还顾得上霓虹撕心裂肺的呼喊。

天魔狂笑着走上前，一脚将霓虹仙子踢开，大声地喊道："你们两个快些合体，帮我把琉璃盏吐出来，不然，我会让你们更加痛苦。"

法藏捂着胸口，一下子跪倒在天魔的面前，苦苦地哀求道："大天尊，求求您饶了我吧，不是我不吐琉璃盏，而是他不让啊。您看在我对您还算忠诚的分上，就饶恕了我吧，我愿意做您的奴仆，只要您饶了我，您让我做什么都行啊。"

天魔用手抓住法藏的脸，大声地说道："尽管你们两个长得一样，可是你不是他，我要的是他，不是你，你懂吗？"

说罢，天魔一松手，便将法藏给狠狠地扔了出去。法藏倒地后，又猛地爬起来，冲着天魔使劲地磕着头说道："大天尊，求您消了我的乱剑穿心之苦吧，您也知道，没有我这身体，他也吐不出琉璃盏来。"

天魔又一脚将法藏给踢开，弯下腰来，向着沙僧说道："我说，你还是听他的吧，将琉璃盏吐出来，就不用受这乱剑穿心之苦了。"

第四十八章
决战总动员

沙僧怒目圆睁，大声喊道："我不！"

天魔正要发怒，就见一旁的法藏冲上前，掐住了沙僧的脖子，大喊道："你快给大天尊吐出琉璃盏来，不然，我饶不了你。"

说完，法藏便抡起拳头，冲着仍在捂着胸口打滚的沙僧使劲地揪打着。沙僧被法藏打出了血，直翻白眼，可是，他依然挣扎着说道："不能给啊。"

法藏还要再打，霓虹仙子一把推开了法藏，大声地喊道："大哥，你不能再打他了，你不能将琉璃盏给天魔，那样会造成三界浩劫生灵涂炭的！"

法藏揪住沙僧，冲着霓虹高声地喊道："三界浩劫我管不到，我只知道我乱剑穿心，犹如乱蚁噬心，真是生不如死啊，这样的酷刑我已经受了一千年了，你知道吗？"

沙僧被法藏打得奄奄一息，但他瞪着法藏，有气无力地喊道："你就死了这条心吧，我说什么也不会将琉璃盏给他的。"

法藏大喊一声："那就没啥好说的了。"

说罢，法藏便一把推开苦苦哀求他的霓虹仙子，抡起拳头，对着沙僧便又打了起来。沙僧的头一歪，昏倒过去。法藏还要再打，却被天魔一把给挡住。天魔指着法藏，冷冷地说道："你可真让我瞧不起，你看看人家，尽管他不给我吐出琉璃盏来，可我还是喜欢他那一身硬骨头。"

法藏跪爬着来到天魔面前，猛地一下抱住天魔的大腿，苦苦地哀求道："大天尊，您就消了我的乱剑穿心之苦吧，只要您饶了我，我愿意跟着您，去打那些天上的神仙，我知道您正在倒反天宫，正需要我帮您啊。"

天魔哈哈大笑道："法藏，不是我不饶你，而是他不饶你，只要他答应给我吐出琉璃盏来，我不但免了你的乱剑穿心之苦，等我平定三界之时，还要封你们比天还大的官，甚至是与你们平分三界。"

沙僧艰难地爬了起来，正气凛然地向着天魔怒喊道："天魔，你就死了这条心吧，我就是堕入十八层地狱永世不得超生，也不会帮你的。"

天魔怒吼一声："好，那我就让你尝尝在水流沙大阵里被魔水炉炼化的滋味。"

说完，天魔便用手一指，只见一座透着黑气的魔水炉便出现在流沙河的岸边。天魔一只手便向着沙僧抓去。眼看着天魔的手即将抓到沙僧，霓虹仙子一下子猛冲过来，死死地抱住天魔抓住沙僧的手。天魔早已气急，另一只手又抓向霓虹仙子，嘴里大喊道："你们都给我去死吧！"

说完，天魔便将霓虹仙子扔到了地上，霓虹仙子一口鲜血吐了出来。天魔还要动手，法藏突然跪在天魔的面前，大声地喊道："大天尊，求你不要动我的妹妹霓虹仙子，我求你了。"

　　天魔用手指着法藏喊道："你给我让开。"

　　法藏大声地喊道："大天尊，真的不能让啊，您法力无边，再扔她这么一下，她便没命了啊。"

　　天魔大喊道："那我就让你也一块儿去死。"

　　说罢，天魔便抓住了法藏的脖子。法藏奄奄一息，沙僧猛地扑上来，死死地抓住了天魔的手。天魔怒道："你们两个，今天谁也跑不了，都得去死，既然我怎么也得不到琉璃盏，那我便把你们三个都扔进魔水炉里去。"

　　天魔一只手抓住法藏，一只手抓住沙僧，将两个人同时扔进了魔水炉里。霓虹仙子慢慢地爬起来，一下子跪倒在魔水炉前，用手捶着地，撕心裂肺地哭喊道："大哥，大哥啊……"

　　哭了好一会儿，霓虹仙子便又向着天魔哀求道："大天尊，求您放了我大哥吧。"

　　天魔哈哈大笑着，一把抓住霓虹仙子，大声地喊道："你也别哭了，哭得我心烦，我这就送你进魔水炉，跟他俩一起团圆。"

　　说完，天魔便将霓虹仙子也抓进了魔水炉里。魔水炉里的魔水剧毒无比，沾着即死碰着即亡，这千年来，天魔更是将魔水炉做了改进，可以炼化万物。可是，法藏毕竟是得了冥河宫冥河老祖的魔丹，他虽然不怕天魔的磨水，却也要忍受魔水乱蚁噬心之苦。

　　而沙僧一被扔进魔水炉，他那莲花塑身的身躯便不行了，一碰上魔水便被完全溶了。沙僧看到自己的四肢慢慢地溶化，只得在心里不停地念着"阿弥陀佛"，用极大的慈悲愿力，来抵挡魔水的侵袭……

　　当霓虹被扔进魔水炉里时，法藏与沙僧同时睁开了眼睛。两个人同时伸出手来，试图举起霓虹仙子，不让她掉进魔水炉里。可是，随着沙僧身体的不断溶化，霓虹仙子也掉进了魔水炉里，她的身体也慢慢地溶化。可是，霓虹仙子却未感到痛苦，她两只眼睛含着笑，看着眼前的沙僧与法藏，逐渐被魔水炉溶化得干干净净。

　　就在霓虹仙子被溶化掉的时候，法藏的善灵——沙僧，在时隔一千年以后，再一次飘进了法藏的身体里……

第四十八章
决战总动员

法藏紧闭着眼睛坐在魔水炉里,尽管他的人没有动,可是他的意识正在进行着激烈的斗争。

在他那虚幻的意识里,沙僧手提着降魔宝杖,与同样提着降魔宝杖的法藏在激烈地对峙着。法藏用手一举降魔宝杖,大喊道:"今天我就要打死你,帮助大天魔拿到琉璃盏,如此,我便再也不受那乱剑穿心之苦了。"

沙僧一手举着降魔宝杖,单手合十说道:"阿弥陀佛,法藏,你只顾个人的安危,全然不顾三界众生,你摸着自己的良心问一问,你要是真把琉璃盏给天魔,造成三界浩劫,你的心能安吗?"

法藏怒吼道:"你少给我废话,什么三界浩劫,我不管,我只知道,我现在非常痛苦,为了解除我的痛苦,我可以付出一切。"

沙僧缓缓地道:"你也是修行了几千年的高僧,你这样做岂不是入了魔道?"

法藏怒道:"什么魔道佛道?你少给我废话,今天不是你死便是我亡,动手吧。"

说罢,法藏便拿起降魔宝杖向着沙僧冲了过去,沙僧忙抡起降魔宝杖抵挡,两个人就你来我往地斗在一处。沙僧与法藏法力相同,两只降魔宝杖也是打了个难解难分。正在两人的宝杖缠在一起较劲之时,突然,一道凛冽的白光闪过,冥河老祖带着霓虹仙子出现在两人面前。

霓虹仙子赶紧手持着宝剑冲上前,将两条宝杖分开,大声地喊道:"两位大哥,你们别打了,冥河老祖来看你们了!"

法藏看到冥河老祖来了,二话不说冲上前就是两巴掌,大声地喊道:"老祖,你可来了,他不让我吐出琉璃盏给大天尊,以至于我承受这千年乱剑穿心之苦啊。"

冥河老祖伸了一个懒腰,晃了晃脑袋喊道:"舒服,舒服啊,来,再来两下,别停手,赶紧再来两下,这被人打就是舒服啊。"

法藏抡圆了胳膊,冲着冥河老祖又是两巴掌,说道:"老祖,你快让他将琉璃盏吐出来,好解救我出这千年乱剑穿心的苦海啊。"

沙僧站在一旁,大声地喊道:"冥河老祖,不能给啊,那样天魔定会倒反天宫,致使三界生灵涂炭啊。"

冥河老祖看了一眼沙僧,又看了一眼法藏,说道:"你们在魔水炉里即将被炼化,就又来到了我这里。我也不想说别的了,我问你们,你为什么要执着于吐出琉璃盏来？你们难道不想附体在天魔身上，当那三界的至尊吗？"

法藏说道："老祖，不是不想，是不敢啊，天魔是我们那三界法力最高深的大天尊，我哪里有能耐附体到他的身上？"

沙僧一指法藏说道："你住口，想当初就是你的骄奢淫逸害死了素女，又是你的傲慢多疑害死了霓裳，你如今还妄想着附体天魔，想得倒美。你要记住，你不过就是一个为了素女立下受十足戒的僧人，你那样做会走入魔道的，连我也要跟着你受更多的苦。"

冥河老祖哈哈大笑道："好，说得好，但你说得再好也没有用，因为你如果不听法藏的，就会永远承受这乱剑穿心之苦，你愿意吗？"

沙僧还没说话，法藏便大喊道："我不愿意！"

沙僧双手合十，高声说道："阿弥陀佛，身是佛门弟子，纵使舍身护法又如何？如果入了魔道，那才是万劫不复啊。"

冥河老祖用手一指，将沙僧化为无形，对着法藏说道："法藏，我已经将他封印在了你的体内，现在，你们两个已经合体，论法力你已经超过天魔很多了，去吧，去吧，用你对素女刻骨铭心的爱和对天魔铭心刻骨的恨，去做你想要做的一切吧。"

法藏着急地问道："冥河老祖，霓虹仙子怎么也来到这里来了？素女呢？我的素女和霓裳呢？"

冥河老祖叹了一口气，说道："霓虹仙子已经被魔水炉炼得灰飞烟灭了，这才回到了我这里，你不能在我这里多待，回去吧，回去吧……"

魔水炉里的法藏，猛地一下便睁开了眼睛，他一挥拳头将魔水炉给打了个粉碎，魔水炉里的魔水瞬间流到了流沙河里。只见那流沙河里的水也变得乌黑起来，黑水伴着弥漫的毒气，升腾在阴风漫漫的流沙河上空……

魔水炉是天魔的元神所化，炉子一被打破，天魔"哇"地一下便吐出了一大口鲜血，手中的降魔宝杖也掉到了地上。法藏一弯腰，便将降魔宝杖给抓在了手里，用手一指天魔怒道："天魔，今天我便要你好看。"

天魔强打起精神，盯着法藏看了看，缓缓地说道："你们终于合体了，你不是要帮我吐出琉璃盏吗？快吐吧，等我拿着琉璃盏打上天庭之后，我说过要与你平分三界，绝不食言。"

法藏哈哈大笑道："天魔，你的鬼话谁信啊？你去死吧。"

天魔怒道："好你个法藏，你本事见长啊，竟然敢对我无礼，看我今天

第四十八章
决战总动员

不打得你灰飞烟灭。"

法藏狂笑道："天魔，我告诉你，我再也不是以前那个凡僧了，你是魔，我也是魔，咱们今天就比一比到底是谁厉害，你受死吧。"

说完，法藏便举起降魔宝杖，向着天魔打了过去。天魔忙强打起精神，挥舞着诛神刀来相迎。两个人你一杖我一刀在流沙河的岸边斗在一处。法藏本身的法力并不弱于天魔，如今与沙僧合体，等于加上了一倍的法力，冥河老祖又激活了他的法力，使他不用再受困于流沙大阵。完全使出魔力的法藏只用了没几个回合，便把天魔给打倒在地上。然后，法藏一递手便将降魔宝杖抵在了天魔的脖子上，怒喊道："天魔，你也有今天！"

倒在地上的天魔，依然豪气不减地说道："想不到啊，我纵横三界几十亿年，竟然会落到你的手里，要杀要剐随便你吧，反正没有我的咒语，你是出不了流沙河的。"

法藏大笑道："天魔，你害死霓裳，又让我白白地受了这千年的乱剑穿心之苦，我对你早已恨之入骨，你想死，没那么容易。我是出不了流沙河大阵，可是，我今天便要夺了你的身体，带领着你的左右护法，还有那七十二洞妖王反上天庭，我也要做这三界的大天尊，而你只能眼睁睁地看着我，拿走本属于你的一切。"

天魔用手指着法藏，早已经气得说不出话来，半天才说出了一个字："你……"这个"你"字刚出口，一大口的鲜血又喷了出来。

法藏狂笑着，说道："你几十亿年的经营，全都会变成我的，你等着。"

说罢，法藏一张嘴吐出琉璃盏，抛下本身，只看那元神化作一道金光，飞进了天魔的头部……被法藏附体的天魔，缓缓地站起身来，张开双手向着苍天大声地喊道："玉皇大帝，当年就是你将我贬下界来，今天，我便要让你尝尝被人赶出灵霄宝殿的滋味。"

法藏一道真灵附体在天魔的身上，化作一道金光便飞回了天魔洞。

此时，黄风怪、黑熊精两位护法，四海龙王、赤脚大仙以及七十二洞妖王，早已经焦急地等待着他的归来。法藏附体的天魔一来到天魔洞，便飞身坐到了大殿之上，将手中的琉璃盏、定风丹与降魔宝杖往案头上一放，对着众妖王高声地喊道："三界之内，唯我独尊。今天，我已经拿到了琉璃盏、定风丹与降魔宝杖，咱们现在便点兵聚将打上天庭，等到我成为玉皇大帝之时，你们便是天庭的大罗金仙，来吧，你们实现梦想的时刻到了！"

黑熊精与黄风精两位护法，还有七十二洞妖王，全部跪倒在地上，高声地喊道："大天尊战无不胜，攻无不克，祝大天尊旗开得胜马到成功，祝大天尊仙福永享寿与天齐，大天尊万岁万岁万万岁！"

　　天魔将手一扬，大声地喊道："黑熊精护法，你带领十八洞妖王攻打南天门。"

　　黑熊精威风凛凛地往前一站，高声地喊道："得令。"

　　天魔又道："黄风精，你带领十八洞妖王攻打北天门。"

　　黄风精也英姿飒爽地往前一站，娇喝道："得令。"

　　天魔又道："赤脚大仙，你带领十八洞妖王攻打西天门。"

　　赤脚大仙将蒲扇一摇，往前一站，也道："得令。"

　　天魔又道："四海龙王，你们带领十八洞妖王攻打东天门。"

　　四海龙王纷纷走到天魔的前头，向着天魔躬身施礼道："小龙得令。"

　　天魔站起身来，对着黑熊精、黄风精、赤脚大仙及四海龙王，高声说道："今日，我便带领你们打上天庭，等到事成之时，你们皆有重赏。咱们不但要重新改造天庭，还要让三界众生在我们的治理下，生活得更加幸福快乐。"

　　四海龙王、赤脚大仙及众妖魔一齐高喊："大天尊万岁万岁万万岁！"

　　等到众妖魔喊完，赤脚大仙便走到天魔的身边，说道："大天尊，我们都去攻打天庭的四个天门了，谁陪着您跟玉皇大帝决战？您可别忘了，还有西天诸佛菩萨在帮助玉皇大帝。"

　　天魔哈哈大笑道："赤脚大仙，你不要着急，你且看。"

　　在赤脚大仙、四海龙王及众妖魔的注视下，天魔用手一挥，只见黄风岭前的孙悟空一下子变成了霓裳的样子，挥舞着金箍棒便飞了起来。猪八戒也变成阿牛的样子，高举着上宝沁金耙向着天上飞去。小白龙更是变成敖玉的样子，手舞着方天画戟跟在后面，三人一起向着天庭飞去……

　　天魔对着众妖魔大声地喊道："木盏针珠石，三界无人敌，五宝合一体，逆天不足奇。如今五件法宝皆在我的手中，走吧，我们这就打上天庭去，找那玉皇大帝算总账，出发！"

　　众妖魔听罢，更是众口齐喊道："大天尊战无不胜攻无不克，祝大天尊旗开得胜马到成功！"

　　等到众妖魔喊完，避水金睛兽就转过身，慌张地向着天魔洞外走去。天魔往下一看，用手一指，高声地喝问道："避水金睛兽，你要到哪里去？"

第四十八章
决战总动员

避水金睛兽赶紧回过身来，向着天魔行礼道："大天尊，我准备回去拿兵器，这就跟着您打上天庭，去找玉皇大帝算总账。"

天魔聚起一道白光，一下子便将避水金睛兽打倒在地，高喊道："胡说，你以为我不知道吗？你的兵器都是随身携带，哪里还用回去拿？我看你是分明想给天庭通风报信，来人啊，给我搜。"

避水金睛兽大喊道："大天尊，冤枉啊，我冤枉啊。"

赤脚大仙一指避水金睛兽，怒道："实话告诉你，天魔洞里你是内奸的事情，我早已经知晓，只是因为还未到大战的时候，所以才不便揭发你，今天，我便拆穿了你，来人啊，搜。"

天魔与赤脚大仙这么一说，水猿大圣便往前一冲，举起大手便将避水金睛兽给打倒在地。众小妖冲上前，一下子便从避水金睛兽的怀里掏出了信香。水猿大圣拿着信香往前走了两步，来到天魔的跟前说道："大天尊，您看这个。"

天魔接过信香看了看，哈哈大笑道："避水金睛兽，你以为我不知道吗？这个信香可以直接跟玉帝奏报。好，今天我便要用这信香，骗一骗那个玉帝，正好助我实施这倒反天宫的计划。"

避水金睛兽大喊道："大天尊，我冤枉啊，确实冤枉啊，这不过是我的一件玩物而已啊。"

天魔用手一指避水金睛兽，怒道："冤枉？你有何冤枉的？如今人证物证俱在，我看你是难逃死劫了。来人啊，将避水金睛兽给我打入天牢，等到我倒反天宫成为玉皇大帝的时候，我再将他与玉皇大帝还有那些神仙一起，押到斩妖台处斩。"

众小妖忙将绳索往避水金睛兽身上一绑，便将避水金睛兽给推了出去。天魔走到大殿的中间，对着众妖魔高声喊道："如今内奸已除，咱们这就与霓裳、阿牛及敖玉他们会合，打上天宫，跟玉皇大帝决战吧。众位将士，听我号令，出发！"

说罢，天魔便摇身一变，变成了银盔银甲的征天大元帅，信步走出了天魔洞，这便要打上灵霄宝殿，去找那玉皇大帝算总账！

第四十九章
五行朝西行

法藏附体的天魔,带领着众妖魔便出了天魔洞,在天魔洞前的校场上,当着百万妖兵的面,举行了浩大的征天誓师仪式。

然后,天魔便点燃了信香,只见那一缕信香便袅袅地飞上了朝天宫。

此时,玉皇大帝正在朝天宫内面对一面铜镜发呆,他手中的梳子刚刚梳掉了一把头发。看着铜镜里自己苍老的容颜,玉皇大帝慢慢地闭上了眼睛,向着侍立在一旁的仙娥说道:"来啊,给朕端来一盆净水来,朕要净面更衣。"

不一会儿,仙娥便端着一盆净水,来到了玉皇大帝的面前。玉皇大帝一看,直吓得面如土色,只见那盆里哪里是什么净水,分明是鲜红的血水。玉皇大帝一下子蹦了起来,一脚便将仙娥手里的铜盆给踢倒在地上,嘴里大喊道:"仙人五衰,血水洗面,三界遭劫,日月不见,我不信,我不信,啊!"

玉皇大帝疯狂的举动,直吓得仙娥跪倒在地上,直喊道:"陛下息怒,陛下息怒啊。"

玉皇大帝一下子松软下来,他轻轻地走到早已经吓得魂不附体的仙娥面前,弯下腰对着仙娥,轻声地问道:"仙人即将历劫,你怕吗?"

仙娥点了点头,又摇了摇头。玉皇大帝一下子站起身来,突然威风凛凛地喊道:"朕乃是三界之主,我看谁人敢动朕的三界?那就来吧,朕绝不会怕你。"

玉皇大帝的声音还在朝天宫的寝殿里回响,就看到大殿里灵光一闪,避水金睛兽来到了宫中,向着玉皇大帝跪地磕头道:"启奏玉帝,那天魔在黄

第四十九章
五行朝西行

风岭上集结了重兵,正准备与天庭周旋到底,我看他们是一群乌合之众,不足挂齿。"

玉皇大帝点了点头道:"朕知道了,你速去打探,有消息及时来报,不得有误。"

避水金睛兽慢慢地掏出一颗珠子,走到玉皇大帝的面前,说道:"启奏陛下,小仙今日上殿来,还偷来了天魔的定风丹,也就是圣水珠,请万岁过目。"

玉皇大帝刚才还在为血水洗面及仙人五衰等迹象而忧愁不已,听到避水金睛兽将圣水珠给偷出来了,心内稍安,便缓缓地说道:"避水金睛兽,你立下了大功,朕绝不会负你,等到灭掉天魔以后,朕定然要将你提拔到天庭来任要职……"

玉皇大帝边说着话,边伸过手来要接定风丹,可还没有碰到定风丹,就看到那定风丹突然聚起万道白光,向着玉皇大帝便射了过来,一下子便将玉皇大帝给打倒在地。

避水金睛兽一下子变成了天魔的样子,手持着诛神刀冲了上来,玉皇大帝直吓得大惊失色。眼看着诛神刀即将砍到玉皇大帝,一把金簪子飞了过来,猛地一下便将诛神刀给挡到了一边,天魔定睛一看,正是王母娘娘到了。王母娘娘往前一站,怒目圆睁,冲着天魔大喝道:"天魔,你好大的胆子,竟然敢来行刺玉皇大帝,有本宫在此,绝不容你行凶。"

天魔用手一指王母娘娘,厉声喝道:"王母,我连倒反天宫都敢,更别说这刺王杀驾的事了,我告诉你,这是我跟玉皇大帝的事,你少管,否则我定然打上瑶池,让你也不得安宁。"

王母娘娘怒道:"天魔,我一直把你当亲弟弟来看,对你是礼敬有加,没想到你竟然真的敢来倒反天宫,如此,可就别怪本宫对你不客气了。"

天魔狂笑道:"你对我不客气?你还能对我怎么不客气?我告诉你,不但我来了,我的左右护法还有七十二洞妖王也全都来了,四海龙王还有赤脚大仙这些被你们瞧不起的仙人也都来了。今天,我便来跟你们决一死战。"

玉皇大帝趁天魔与王母对话之机,赶紧从地上爬起来,手举着一把宝剑冲着天魔怒喝道:"好啊,既然你早晚都要来,那晚来便不如早来,来吧,朕不怕你。"

天魔一下子又将降魔宝杖掏了出来,厉声喝道:"玉帝,圣水珠、梭罗木、琉璃盏、女娲石及定海针全在我的手里,你拿什么跟我斗?就凭着你那盏破烂的宝莲灯吗？你听，我的左右护法及七十二洞的妖王正在攻打天宫的四座城门，你快完蛋了，听我一句话，快投降吧，念在我们兄弟一场，我便饶了你的性命。"

玉皇大帝将手中的宝剑一举，怒道："士可杀不可辱，既然你已经打上天庭，朕也没有退路了，大丈夫可以战死，但让我投降于你，那是绝无可能。"

王母娘娘往玉皇大帝的身边一站，手拿着金簪子大声说道："玉皇大帝，说得好，无论发生什么事情，本宫定要与你站在一起，并肩战斗。"

天魔拍着手，呵呵笑道："哎哟，好感人啊。好，既然你们敬酒不吃吃罚酒，那就别怪本天尊对你们不客气了，动手吧！"

说完，天魔便举着降魔宝杖向前冲去。侍立在玉帝一旁的仙娥见大事不好，急用身体来挡天魔挥来的降魔宝杖，一下子便被打飞出去。天魔再次挥动着降魔宝杖，向着王母娘娘及玉皇大帝打了过去。

此时的天魔集合了沙僧、法藏及天魔三位大天尊的法力，虽然面对王母娘娘与玉皇大帝两位大天尊联手，但依然毫无惧色，一把降魔宝杖更是使得虎虎生风。渐渐地，玉皇大帝有些体力不支了。还没当上玉皇大帝的时候，他就不是这位弟弟的对手。在第一次仙魔大战中，他是因为奉了正统的名义，才集合了三界那些摇摆不定的神仙，还有西天佛老的力量，费了九牛二虎之力，最终将天魔封印。从那以后，他就觉得无人可以撼动他的玉帝宝座，从而慢慢地丧失了斗志。现在的他，法力还不如皇子时期的自己，又如何抵挡得住集合了三位天尊法力的天魔的攻击，所以，与天魔对打的玉皇大帝是一招慢似一招，马上就要被天魔打倒在地。

王母娘娘一看玉皇大帝有些招架不住，就知道天魔的法力又精进了不少。想当初，天魔虽说可以纵横三界，但是毕竟还有玉帝、她、太上老君及西天两位佛祖等几位天尊可以抗衡。可今日一见，天魔打上天庭绝对是有备而来，就凭着他现在展示出来的强大法力，三界之内已经再无敌手，何况他还拥有琉璃盏、圣水珠及梭罗木等法宝相助。看来今天天庭是难逃此劫了。

想到这里，王母娘娘便拼尽全身的力气，舞动着金簪子护住玉皇大帝。她想天魔或许还对自己有些顾忌，念及往日情分的他，应该不会对自己下手。可是，她想错了，此天魔非彼天魔，早已经恨意冲天的天魔，是绝对不允许任何人来阻挡他实施倒反天宫的计划的。所以，天魔的招式是一招快似一招，直累得王母娘娘气喘吁吁。眼看着降魔宝杖即将打到玉皇大帝，王母

第四十九章
五行朝西行

娘娘挥动着金簪子便刺了过去。天魔虚晃一招，改变降魔宝杖的方向，向着王母娘娘就打了过去。王母娘娘躲避不及，被狠狠地打倒在地，一大口鲜血"哇"地一下便喷了出来。

天魔还要冲上前去行凶，玉皇大帝忙挥动着宝剑阻挡，可哪里是早已经杀红了眼的天魔的对手，宝杖与宝剑相碰的刹那，玉皇大帝也重重地摔倒在地上。天魔往前一踏步，将降魔宝杖往玉帝的头上一指，大声地喝道："玉皇大帝，你输了，赶快投降吧，哈哈哈哈……"

玉皇大帝大喊一声；"让我投降，你休想，如今我落到了你的手里，也已经无话可说，你动手吧。"

天魔高高地举起了降魔宝杖，王母娘娘大叫一声"不要啊"，便扑到了玉皇大帝的身上，试图用自己的身体替玉皇大帝挡这一杖。天魔高高举起的降魔宝杖带着风声便砸了下去，眼看着就要砸到王母娘娘的凤体，只见金光一闪，太上老君、女娲娘娘、燃灯古佛、如来佛祖及三圣母同时现身。

太上老君忙聚起一道金光，将天魔的降魔宝杖给挡开，大喊一声："天魔，不得无礼！"

天魔向着四周一看，看到几位大天尊同时赶到了玉皇大帝的朝天宫，便怒喝道："太上老君，这是我的家事，不容尔等插手。"

女娲娘娘怒道："天魔，你的家事也是三界之事，既然是三界之事，那我们就要管。"

燃灯古佛双手合十，摇着头说道："天尊啊，若是今日我们不管，你必定会夺了玉皇大帝的宝座，三界生灵涂炭先不说，你说被打败的玉皇大帝能甘心吗？等他修炼了几劫以后，定要再来找你报仇，岂不是又空造杀孽？你就听老僧一句劝，下界去吧，若是你不愿下界，也可到我佛国净土，老僧和如来佛祖同时向你保证，在佛国净土，你的地位将是绝对至尊，可好啊？"

天魔哈哈大笑道："去你的西天佛国！你那里有杀伐独断的权力吗？你那里有姬妾成群的美色吗？你那里有仙福永享的日子吗？"

如来佛祖摇了摇头说道："大天尊，我早就跟你说过，这些东西皆是空相，西天佛国真的没有，西天佛国所拥有的是无限虔诚的佛法，还有那无限光明的未来啊。"

天魔用手一指如来与燃灯两位佛祖，说道："那你们还说这些干什么？让我去你的西天佛国，真是痴心妄想，我看今天还是让我送你们回西天吧。"

说完，天魔便一举手中的降魔宝杖，同时分成了七个分身，向着太上老君、女娲娘娘等七位大天尊便冲了过去。燃灯古佛一看，忙发出护体佛光来护住本身，对着三圣母说道："三圣母，我们抵挡住天魔，你快用宝莲灯将天魔收进去。"

三圣母赶紧说道："是，燃灯古佛，我这就拿宝莲灯来收了天魔。"

三圣母向怀中一掏，便将宝莲灯给祭了出去，只见朝天宫内霞光阵阵瑞霭腾腾，向着满是黑气的天魔逼了过去，天魔狂笑着大声喊道："一盏破宝莲灯就想收了我？你休想，看我的法宝。"

说完，天魔向空中抛出了琉璃盏，也是彩霞万丈光彩夺目。宝莲灯与琉璃盏两件法宝在空中不停地转动着，朝天宫内的大殿上，天魔化身的七个分身，与太上老君等人周旋。本来，天魔最多能与他们一人战成平手，可是现在他拥有了法藏、沙僧与天魔三重法力，虽说总体法力依然逊色于七位天尊级的仙人，可是，有了梭罗木、圣水珠及琉璃盏等几件宝贝相助，他毫无惧色，将手中的降魔宝杖使得出神入化，将整个朝天宫打得一片狼藉……

此时，南天门、北天门、东天门与西天门四个天庭城门，喊杀声不绝于耳。二郎神、哪吒、托塔天王、四大天王、镇元大仙及真武大帝等天仙全部出动，四值功曹、五方揭谛、二十八星宿等天上所有的星神也一齐出战，集合天庭所有的力量，来守护住四大天门，拼尽全力阻挡着那一眼望不到头的百万妖兵……

天魔正在与几位大天尊周旋，就看到大殿之上灵光一闪，霓裳姑娘、阿牛与"敖玉"也来到了朝天宫内，他们三个分别手拿着金箍棒、上宝沁金耙与方天画戟来给天魔助阵。霓裳已经转世为孙悟空，为什么又能变回霓裳的样子？这可是所有的神佛都办不到的事情。其实，这不是真实的霓裳和孙悟空，而是集合了三位天尊法力的新天魔用法力唤出的悟空元神而已。尽管霓裳仙子是孙悟空元神所化，可是她所使的定海神针，那可是货真价实的宝贝……

天魔看到帮手来了，便用手一指霓裳、阿牛与"敖玉"，大声地喊道："来啊，给我冲，将他们全都拿下，我们就胜利了。"

眼看着霓裳姑娘、阿牛与"敖玉"冲了上来，如来佛祖对燃灯古佛慌忙地问道："祖师，他们为什么不去取经，打上天庭来了？"

燃灯古佛双手合十道："如来佛祖，你不必惊慌，依我看，他们都是中

第四十九章
五行朝西行

了天魔的断魂香所致,我这就来破一破这断魂香。"

说罢,燃灯古佛便聚起一道金光,将小白龙"敖玉"的胳膊给刺出了血。龙血正是克制断魂香的灵药,虽说在流沙河大阵里不起作用,可是在九天之上的朝天宫里却能作用加倍。只见那小白龙胳膊上的龙血一下子喷涌而出,"敖玉"整个人倒在了地上,霓裳仙子与阿牛也渐渐清醒了过来。

阿牛一看到霓裳,便冲上前将她紧紧抱在怀里,声泪俱下地喊道:"妹妹,我终于又见到你了。"

霓裳仙子一拍脑袋,一下子变成了孙悟空的模样,说道:"阿牛哥,我想起来了,我全都想起来了,这一切都是一场梦啊。法藏,法藏大哥呢?法藏大哥去了哪里?"

燃灯古佛对着悟空说道:"悟空,你们都中了天魔的断魂香前来大闹天宫,你们速回流沙河返归本身,解救你们的法藏大哥去吧。"

孙悟空往地上一跪说道:"师祖,弟子终于又见到您了,您与众天尊大战天魔,我放心不下您啊。"

燃灯古佛哈哈一笑道:"悟空,炼魔降妖本是我佛的职责,你速速回去吧,若是迟了,你们的元神便永远也回不到本身里去了,那样你们都会灰飞烟灭的。"

天魔一边用广大的法力发着黑光抵挡住七位天尊的护体神光,一边冲着孙悟空喊道:"霓裳,你不能走,快帮助为师将这些妖魔鬼怪给拿住,为师定然会重重有赏。"

早已经恢复了前世记忆的孙悟空,冲着天魔喊道:"您也是我的师父,徒儿就求您快下界去吧,您不是三界众天仙神佛的对手啊。"

天魔怒道:"胡说,你看玉皇大帝已经被我打趴在地上,如今我就要当上玉皇大帝了,等到我当上玉帝之时,便封你为霓裳公主,不,你不是公主,你会是实至名归的齐天大圣。"

拥有七窍玲珑心的阿牛,忙运起神力向上一看,只见那天魔变成了法藏的样子,阿牛顿时大惊失色,对着天魔喊道:"法藏大哥,怎么是你?"

天魔一听阿牛拆穿了他的身份,便摇身一变,变回法藏的样子,向着阿牛大喊道:"阿牛,我的兄弟,你跟着那假和尚唐僧有什么出息,不如就听大哥的,跟大哥夺了这玉皇大帝的宝座,到时,这三界就是我们兄弟的了。"

阿牛摇着头大喊道:"大哥,你不能这样,你不是说过你只是一个佛子吗？你本是一个禅心恒定的和尚，怎么能变成天魔？"

法藏怒道："阿牛，你知道我受了多大的苦吗？每七日的乱剑穿心，你承受过吗？我苦苦爱着的素女永远回不来了，我们的妹妹霓裳也被天魔给打死，你说，我该让这帮天神们怎么补偿我？你说啊！"

燃灯古佛双手合十道："法藏，我们千年不见，想不到你竟然变成了这个样子，是为师看走了眼啊，你就听为师一句劝，放下屠刀吧。"

法藏哈哈狂笑着，说道："要我放下屠刀，你休想。燃灯，看在你我师徒一场的分上，我不怨你刚才帮着玉皇大帝，可是你若再阻挡我倒反天宫，可就别怪我对你不客气了。"

燃灯古佛朗声说道："法藏，一念成佛一念亦可成魔，你若再执迷不悟，可真就万劫不复了。"

法藏用手一指燃灯说道："我看，万劫不复的是你们这些虚伪的仙佛。你们口口声声济世救人，可是人间每天都在发生那么多的苦难，当他们迫切需要你们的帮助时，你们却在天上享受着无尽的仙福。你说，你们是不是假慈悲，是不是假慈悲啊？"

如来佛双手合十道："法藏，仙佛本不能助人，实人自助尔，你也是我佛家弟子，论法力已经不输于任何一位大罗金仙，这点事，你难道不明白吗？"

法藏将手中的降魔宝杖一挥，大声地喊道："我只知道只有我的降魔宝杖可以济世救人普度众生，其他的都是胡说八道，看杖吧。"

燃灯古佛摇了摇头，长叹道："阿弥陀佛，法藏，你已经入了魔道，那可就别怪为师不客气了。"

法藏狂喊道："木盏针珠石，三界无人敌，五宝合一体，逆天不足奇，如今我五件法宝都有，我看你们谁还能拦得住我，动手吧。"

眼看着法藏又举起了降魔宝杖，孙悟空往前一挡，大喊道："法藏大哥，不要啊，你这样会万劫不复的。"

法藏哈哈大笑道："霓裳妹妹，噢，不，悟空，你不要拦我，我知道开弓没有回头箭，若是我今天败了，那才是真的万劫不复。现在的我，只相信我的法力。"

说完，法藏便挥动着降魔宝杖向前冲去。孙悟空高举着金箍棒迎上前，只一个回合，便被法藏给打倒在地上。法藏高喊道："今天，我是佛挡杀佛

第四十九章
五行朝西行

神挡杀神，诸天三界，唯我独尊！"

法藏不再客气，将琉璃盏、圣水珠及降魔宝杖祭到空中，那漫漫无尽的黑气便向着燃灯古佛、如来佛祖、女娲娘娘及太上老君快速地袭去。尽管燃灯古佛等人发出了圣洁的护体佛光，可越来越弱。就在黑气即将侵袭到燃灯古佛的时候，孙悟空拿着金箍棒一下子冲到了燃灯古佛的身前，用身体护住了燃灯古佛，说道："师祖，弟子悟空是绝对不会让任何人伤害您的。"

那黑气一下子便漫到了孙悟空的身上，悟空倒在地上，一口鲜血吐了出来，一下子喷到了法藏的身上，只见法藏的身体内闪出了一道灵光。那灵光渐渐地化成了沙僧的模样，对着法藏双手合十，缓缓地说道："法藏，你要想成魔，光你一个人答应还不行，还要问一问我同不同意啊。"

法藏看到沙僧从身体内钻了出来，哈哈大笑道："你答应也得答应，不答应也得答应，因为你奈何不了我。再说，我们成为玉皇大帝有何不好？你不是要普度众生吗？你不是要济世救人吗？等我成了玉皇大帝，这些我都可以给你办到。"

沙僧向着燃灯古佛、如来佛祖、玉皇大帝、王母娘娘、女娲娘娘等众位天尊跪地磕头道："众位天尊在上，小僧入了魔道，还请众位天尊莫怪，小僧这就将他打倒在地，以安三界。"

燃灯古佛的护体佛光越来越弱，整个天庭众仙共同发力组成的光罩也是越来越弱。就在这关键的时候，沙僧高举着降魔宝杖，向着法藏便打了过去。

燃灯古佛大喊道："徒儿，你万事小心，现在的他可是天魔与法藏的合体，就连为师也不是对手啊。"

沙僧回过头，向着燃灯古佛说道："祖师，您放心吧，我这就用佛法除魔降妖，以安三界。"

说罢，沙僧便举起降魔宝杖向着法藏打了过去。法藏正在催动着五件法宝，一看沙僧打了过来，便用了一个分身术，让那个分身架住了沙僧，而他的本身则与天庭的众仙佛继续斗法。

沙僧与法藏两人尽管容貌无二，可是一个是禅容庄重，一个却是蓬头乱发，就在朝天宫内的大殿之上，争斗了起来。这个要捍卫三道以身护法，那个要倒反天宫誓要成功，这一杖挥来是霞光阵阵，那一杖打去是紫气盈盈，这一个天生就是罗汉果，那一个自然生就魔王根，一个人两条心，便在大殿之上斗了个你死我活。打着打着，法藏一看沙僧的法力与自己一般无二，正在苦恼怎么拿下沙僧之际，突然就想到了紫金莲，于是，他掏出紫金莲，向着沙僧便扔了过去。这一下正打中了沙僧的灵体，法藏正要举起降魔宝杖再打，就看到一个人乘着金光来到法藏面前，正是他修行的本源素女。素女一下子扑倒在沙僧的身上，大声地喊道："逸仙，你不能打他，不能啊。"

法藏与沙僧同时向着素女伸出了手，法藏大喊道："素女，我终于又见到你了，终于又见到你了啊。"

就在法藏即将拥抱素女的时候，只见那素女一把夺过了法藏手中的降魔宝杖，向着法藏便是一宝杖。这一下将法藏给打得倒退了好几步，法藏将脚步站定，盯着素女大声地问道："你不是素女，快说，你是谁？"

只见那素女变成了观音菩萨的样子，向着法藏双手合十道："法藏，放下屠刀立地成佛，否则，你也难逃被封印的厄运。"

法藏哈哈狂笑道："连西天两位佛祖，还有这满天的神仙都不是我的对手，你一个菩萨，又拿什么跟我斗？"

观音菩萨长叹一声，说道："我凭的是一腔慈悲之心，你就听我一句劝，速速下界去吧。"

法藏疯狂地大喊道："我不，我不要回下界去，那里有天魔剑，每七日穿我的心，我的痛苦你知道吗？那真的是如乱蚁噬心，生不如死啊，比在十八层地狱受那永世不得超生之苦还要难挨啊。"

观音菩萨点了点头，双手合十说道："法藏，你若是与沙僧合体，从此跟了唐僧西天取经，那天魔剑的穿心之苦就再也不用承受了。"

法藏大喊道："不，我才是西天取经人，我才是取经人，你们连取经人都能改，我凭什么相信你们。啥也别说了，动手吧！"

说着话，法藏便疯了一样地扑向观音菩萨。燃灯古佛一看，一边全力发动护体的佛光，一边吃力地对着孙悟空、阿牛与"敖玉"说道："悟空，八戒，敖玉，法藏已经疯了，你们速速赶往流沙河，与你们的真身会合。只有将法藏真身渡过流沙河，才能解这天宫的浩劫啊。去吧，我等仙佛能否渡过此劫，全靠你们了。"

孙悟空、"敖玉"，与阿牛三人领命，匆匆向着下界飞去。法藏一看，忙使出分身法前去阻挡。正在此时，灵吉菩萨、文殊菩萨、普贤菩萨及地藏王菩萨金光一闪便冲了过来，抵住了法藏分身的进攻，护持着孙悟空、"敖玉"，及阿牛兄弟，向着下界飞去……

第四十九章
五行朝西行

　　眼看着天庭的兵将越来越多，法藏忙催动起定风丹向着燃灯古佛打去。灵吉菩萨一伸手便将定风丹给拿了过来，直气得法藏哇哇大叫。正当法藏挥动起琉璃盏，向着四位菩萨打去，太上老君使出了金刚琢，一下子便打到了琉璃盏上。法藏正在用无边的法力与众仙佛斗法，此时少了沙僧的力量，他有些力不从心，忙催动起天魔的法力向着众仙佛进攻。

　　正在双方僵持不下的时候，法藏猛然就感到体内有五道真火烧了起来，正是被他封印的天魔逃了出来，天魔狂叫着："法藏，没想到啊，你竟然敢附体在我的身上，我今天定要将你碎尸万段，方解我心头之恨。"

　　意识里的法藏看着天魔，大声喊道："天魔，此时不是我们算账的时候，你快与我联手，打败这些天上的神仙，到时，我定拥戴你做玉皇大帝。"

　　天魔哈哈大笑道："法藏，你觉得你的话我能信吗？你不是沙僧，你只是他的恶灵，所以，虽然我讨厌天上的神仙，但是我更不能相信你，你就受死吧。"

　　说着话，天魔便聚起一道白光，向着法藏打去。法藏正在聚精会神地祭起琉璃盏跟天上的神佛斗法，已经耗费了巨大的法力，此时，天魔从体内钻出，更是让他惊慌失措，哪里还受得了天魔的袭击。天魔这一道白光，一下子便将法藏给打倒在地。法藏倒在地上的同时，也意识到倒反天庭的计划即将失败，与其留在这里受死，倒不如将这个烂摊子全推给天魔。想到这里，法藏的一道真灵飞出了天魔的身体，捡起降魔宝杖，便向着下界飞去。而天魔则一下子清醒了过来……

　　黄沙漫漫的流沙河边，孙悟空、猪八戒及小白龙待在原地一动也不动，法藏的肉身待在河中央，也是一动也不动。那夹杂着黄沙的飒飒阴风打在身上，衣袂在风中劲舞，可是他们都像个木头人似的呆立在原地，丝毫不理会唐僧近乎绝望的呼喊。

　　从那漫漫的风沙当中飘来了孙悟空、敖玉与阿牛三人的真灵，渐渐地附在了本身之上，孙悟空一下子醒了过来，对着唐僧说道："师父，我们这就渡河吧。"

　　唐僧长长地舒了一口气，说道："悟空，你可醒了，也不知道怎么回事，你们全都失去了反应，像个木头人似的，一动也不动，可真是把为师给吓坏了。"

　　猪八戒一举上宝沁金耙，对师父说道："师父啊，刚才我们去了灵霄宝殿，好像还跟天上的神仙动了手。流沙河里的那个妖怪虽是旧相识，可是翻脸不认人的他可真是好厉害啊。"

孙悟空道："八戒，你看好师父和小白龙，我这就去劝他带我们师父过河。"

说完，孙悟空便提着金箍棒，向着河中央的法藏打了过去。法藏看到孙悟空来了，不想与孙悟空动手的他一个猛子扎进了流沙河里。孙悟空高叫道："法藏大哥，还请你念在往日的恩情上，带我们过河吧。"

黄沙随着阴风涌动，流沙河的水面上，哪里还有半点法藏的影子，只听得一个声音从水底传来："霓裳，我不想与你动手，你们也过不了流沙河，速速回去吧。"

孙悟空急得抓耳挠腮，一晃身形飞到岸边，一揪猪八戒的耳朵，说道："八戒，老孙水里的功夫不行，你这就到水里面去，将法藏大哥给引出来。他不愿意见我们，我们就过不了流沙河了。"

猪八戒将脖子一梗，一摇两个大耳朵，说道："猴哥，我与法藏大哥感情极好，我这就去劝他，你就瞧好吧。"

说罢，猪八戒便一举上宝沁金耙，一个猛子扎进了流沙河的黄沙浪中。猪八戒念着避水诀，踩着水花向前游走，就看到法藏正在水里面休息。猪八戒上前躬身施礼道："大哥，我们分别了这么多年，你一向可好啊？小弟前来探望你了。"

法藏将手中的降魔宝杖一举，高喊道："阿牛，你这是来嘲笑我了吗？"

猪八戒将手中的耙子一放，长叹一声说道："大哥，我们是比骨肉还亲的兄弟，我怎么能嘲笑你？你就听我一句劝，帮助我师父过了流沙河，好让我们西天取经啊。"

法藏哈哈狂笑道："笑话，我可是燃灯古佛在几千年前便定好的取经人，如今取经大业来临，却换成了唐僧，要是换成你，你会怎么想？我还是那句话，别说我过不了天魔的水流沙大阵，就是过得了，我也不会帮助你。"

猪八戒叹道："大哥，你如此执迷不悟，难道就不怕天庭降罪于你吗？"

法藏高举着降魔宝杖，大喊一声："阿牛，你少废话，若是你们想过这流沙河，就得问问我的降魔宝杖答应不答应，你看杖吧！"

降魔宝杖应声而来，直冲着猪八戒便打了过来。猪八戒硬起头皮举起上宝沁金耙，架住了降魔宝杖，两个人便在流沙河里打了起来。打着打着，只见小白龙也手持着方天画戟冲进了水底，向着法藏高喊道："大哥，我们都

第四十九章
五行朝西行

是义结金兰的兄弟，我们之间怎么能动手？你就听小弟一句劝，送师父他们过河去吧。"

法藏哈哈大笑道："要想让我助那个凡僧过河，你们就做梦去吧，除非你们让我再吃一次唐僧，哈哈哈哈……"

法藏长叹一声，说道："大哥，你若再执迷不悟深陷魔道，就是西天两位佛祖也救不了你了啊。我们之间的兄弟情，看来也要断送在这流沙河里了。"

法藏怒喝一声："少废话，咱们都是至性至情的兄弟，你们却为了那个凡僧来打你们往日的大哥，我看还是你们先抛弃了兄弟情，令我好生地痛心。好啊，既然你们无情，也就别怪我无义了，看招吧。"

降魔宝杖应声向着猪八戒与小白龙打了过去。猪八戒与小白龙本来就打不过法藏，现在在水流沙的大阵当中更是施展不出法力，边打边退到了沙河岸边。法藏刚追到沙河岸边，孙悟空高举起金箍棒，一下子便向法藏砸去。法藏不忍心和孙悟空动手，便立即遁入水中。等到孙悟空跃上岸去，法藏便又站在水中，向着众兄弟挑衅道："你们有本事便下到水里来，看我不打得你们灰飞烟灭。"

猪八戒大喊道："大哥，有什么话，你就上岸来，咱们好好地聊聊不行吗？"

法藏将眼睛一瞪，大喊道："胡说，跟你们还有什么好聊的，咱们既然兄弟情已断，那就手底下见真章吧。"

唐僧看了看孙悟空、猪八戒与小白龙敖玉，说道："你们先不要动手，待为师跟他说几句话。"

孙悟空赶紧拉住唐僧，大喊道："师父，不可，法藏大哥现在已经入了魔道，恐怕他会吃了你的，还是让我和八戒下去会会他吧。"

唐僧双手合十道："阿弥陀佛，悟空，一念成佛一念亦可成魔，想来法藏也不是天生就是魔。你们别管了，就让为师去跟他说几句话，大不了他再吃我一次。只要我真灵不灭，依然还要再上西天取经。"

说罢，唐僧便一撩僧袍，向着流沙河的岸边走去。走到河岸边，唐僧双手合十道："法藏师父，我们久别重逢，你一向可好？"

法藏半截身子立在水面之上，用手一指唐僧，怒喝道："唐僧，你少给我假仁假义，只要我在这里，你就休想过这八百里的流沙河，除非让我再吃你一次。"

听到法藏说要吃人，慌得悟空与八戒赶紧护持在左右。唐僧用手甩开孙悟空与猪八戒，又向前迈了一步，眼看着脚尖已经踏进了流沙河里时，便站定对着法藏说道："法藏师父，你也是佛门高僧，如今怎么坠入魔道，成了吃人的妖怪？实话跟你说，你脖子上的九个骷髅便是我的九个前世。你串起骷髅的龙筋，便是我这徒儿白龙前世的龙筋。你可以再吃我一次。只要真灵不灭，我一定要再来找你，定要过了流沙河，去西天拜佛求经，并用那慈悲的佛法，超度包括你在内的芸芸众生。"

法藏将降魔宝杖一举，高喊道："好，既然你如此固执，不肯离去，那就别怪我不客气了。"

说完，法藏便张开血盆大口，冲着唐僧便咬。猪八戒与孙悟空刚要冲上前，可是却已经迟了。法藏的血盆大口即将咬到唐僧，就看到唐僧的周身发出了护体的佛光，将法藏的血盆大口给挡在了佛光之外。只见金蝉子的真灵出了窍，向着法藏行礼道："法藏师父，好久不见，你就看在我曾经将七窍玲珑心施舍于你的分上，便助我们过了这八百里的流沙河吧。"

法藏将手中的降魔宝杖一举，向着金蝉子便打，嘴里高喊道："你休想，看杖吧你。"

说着话，法藏便抡起降魔宝杖，向着唐僧头顶的金蝉子打去。降魔宝杖打向金蝉子的同时，孙悟空拿起金箍棒相救，却已经迟了。降魔宝杖正打在了金蝉子的头顶上，直打得金星乱射。再一看那金蝉子竟然毫发无损。金蝉子高念佛号道："阿弥陀佛，法藏师父，你已经入了魔道，如此下去，可真就要万劫不复了。"

法藏正要再抡起降魔宝杖，却被孙悟空的金箍棒架住。宝杖与金箍棒的碰撞声响，激起火星乱迸。只见法藏降魔宝杖上由霓裳化成的璎珞，发出了七彩的祥光，飞离了降魔宝杖，像一朵莲花一样，飞到了孙悟空的头顶之上，变成了金灿灿的紧箍……

法藏被那璎珞散发出的祥光罩在里边，琉璃盏也掉到了地上。琉璃盏落地的刹那间，化成了紫金钵盂，更是散发出万道的霞光。孙悟空不敢怠慢，忙弯腰将紫金钵盂捡起，回到了唐僧的身边。

金蝉子见状，赶紧双手合十道："木盏针珠石，三界无人敌，五宝合一体，逆天不足奇。悟空，你本是女娲石化成，手持金箍棒，之前又吞了定风丹，今日又得了梭罗木上的璎珞，真个是五个法宝合体了。可笑那天魔，竟

第四十九章
五行朝西行

然以为拿了五个宝贝，便可以倒反天宫，其实，五个法宝指的是克服内心的心猿意马，坚定西天拜佛求经普度众生的信心啊。这个道理，法藏，你可明白？"

法藏怒喝一声道："胡说八道，天魔是魔，我亦是魔，看你们能奈我何？"

此时的天魔，早已经被太上老君、女娲娘娘、燃灯与如来两位佛祖困在了朝天宫内。三圣母一举宝莲灯，便将天魔的真身收进了宝莲灯里。天魔的元神，眼看着肉身不在，忙灵魂出窍化作一道白光，逃离了天庭的朝天宫。

此时，二郎神、哪吒、托塔天王、真武大帝、镇元大仙等天庭众将帅是越战越勇。四个天门之上，观音用广大法力收了黑熊精，灵吉菩萨降了黄风怪。眼看着两位护法被擒，众妖魔们更是一哄而散，向着下界逃去……

镇元大仙与真武大帝刚要带兵去追，就看到玉皇大帝、燃灯与如来两位佛祖，携众位天尊，来到了南天门的上空。镇元大仙与真武大帝等偕同众守门将帅，忙躬身施礼。玉皇大帝示意大家免礼后，又缓缓地说道："各位仙佛救驾有功，朕心里也是万分感慨啊。你们今天都是有功之臣，朕定当重重有赏，只是那七十二洞妖王已经逃下界去，这可如何是好啊？"

燃灯古佛赶忙奏道："启奏玉帝，木盏针珠石五件宝贝已经融入了取经队伍当中，那没有被剿除的妖王，便让取经队伍来除魔降妖吧，如此也可用妖魔来试一试师徒五人坚定的禅心啊。"

玉皇大帝点了点头说道："燃灯师祖，想那四海龙王还有赤脚大仙，已经入了魔道，这可如何是好啊？"

不待燃灯古佛说话，就听到太白金星说道："启奏玉帝，那四海龙王本无心造反，只是之前您惩办小白龙，救子心切的东海龙王敖广才不得已跟了天魔。如果天魔的元神逃下界去，内心肯定不服，定当再集结力量打上天庭。在此天庭用人之际，不如就让小仙下界，去招安四海龙王与赤脚大仙吧。如此即可免动干戈，更可以让天魔的元神孤立无援。"

玉皇大帝点了点头，说道："如此甚好，太白金星，如此便有劳你下界，去招他们重回天庭吧。他们的罪责，朕也一并免了。只是，他们不得再助天魔。若是再在朕与天魔之间周旋，朕定当派兵征剿，绝不轻饶。"

听玉皇大帝这么说，燃灯与如来两位佛祖，赶紧双手合十说道："善哉，善哉，玉帝大天尊，您如此慈悲，实乃三界之福啊。"

玉皇大帝又问道："燃灯、如来两位佛祖，金蝉子取经走到哪里了？"

如来佛祖道:"启奏玉帝,他们已经到了天魔所设的水流沙大阵了,只是那法藏恶灵阻挠,还没有过河。就让观音尊者下界去,助他们过这八百里的流沙河吧。"

玉皇大帝缓缓地说道:"如此甚好,就命观音尊者下界去助他们除魔过河吧,等到他们取经功成之时,朕也定要对他们加以重赏。"

燃灯古佛双手合十道:"感谢玉帝,想来他们定然会早日除魔降妖成功,用取来的真经安定三界,建立起仙魔和谐的新秩序。"

玉皇大帝道:"今日,各位爱卿联手抗击天魔已经成功。来啊,你们速速跟随朕回灵霄宝殿,朕定有重赏。"

在众仙卿的山呼海喝声中,玉皇大帝及王母娘娘一起上了九龙辇,偕同太上老君等众天尊及众天兵天将,向着巍峨壮观的灵霄宝殿飞去。

观音菩萨则踏上莲花台,带上木吒慧岸行者,向着下界的流沙河里飞去。观音菩萨的莲台行至黄沙漫漫的流沙河上空,便停了下来。木吒慧岸行者向着流沙河里高声三声:"沙悟净,沙悟净,沙悟净……"

法藏心烦意乱之时,听到流沙河的上空有人叫他,便大喊一声:"何人叫我?"

问完,法藏便高举起降魔宝杖,飞到了流沙河的上空。站在黄风里的他,向着观音菩萨施礼道:"原来是观音菩萨来了,请恕小僧出不了沙流河,难以对菩萨施以全礼。"

观音菩萨一手拿着柳枝,一手托着净瓶,对着法藏说道:"法藏,本座愿助你脱离这流沙河苦海,你可愿意?"

法藏赶紧双膝跪倒,说道:"多谢菩萨美意,只是天魔的流沙大阵好生厉害,即使没有天魔阻挠,我的肉身也出不了这流沙河大阵哪。请菩萨大发慈悲,助我逃离苦海吧。"

观音菩萨用柳枝蘸了净瓶里的水,向法藏洒去。只见漫漫的黄沙渐渐远离了法藏,法藏的周身焕发出圣洁的佛光来,善灵的沙僧已经占据了法藏的身体。看着净瓶里的水唤出了法藏的善灵,观音菩萨便缓缓地说道:"法藏,要想渡过这流沙河大阵,需要你交出梭罗木,你可愿意?"

法藏赶紧双手合十道:"弟子愿意。"

法藏话音刚落,就看到那九颗头颅刹那之间变成了九颗佛珠,闪着夺目的光彩,直映得法藏心灵澄明。法藏不敢怠慢,赶紧将梭罗木双手交到了慧岸行者的手中。观音菩萨又道："法藏，奉燃灯、如来两位佛祖法旨，此后你便跟着唐僧西天拜佛求经去吧。等到取经成功之日，不但可以弥补你的恶灵所犯下的过失，你也可得正果。"

法藏双手合十，躬身施礼道："阿弥陀佛，多谢燃灯、如来两位佛祖，多谢观音菩萨慈悲度人！"

观音菩萨点了点头，接过慧岸行者手里的降魔宝杖，暗暗地念动咒语，将降魔宝杖往流沙河里一扔，又掏出一个葫芦化成一条般若船。在梭罗木的引领之下，师徒五人便乘着般若船，渡过了八百里的流沙河，向着无上正觉的西方大道阔步前进！